Barbara Bickmore

Wer nach den Sternen greift

Roman

Aus dem Englischen von
Margarethe van Pée

Knaur Taschenbuch Verlag

Besuchen Sie uns im Internet:
www.knaur.de

Vollständige Taschenbuchausgabe Oktober 2008
Copyright © 2006 by Barbara Bickmore
Copyright © 2007 der deutschsprachigen Ausgabe bei Knaur Verlag.
Ein Unternehmen der Droemerschen Verlagsanstalt
Th. Knaur Nachf. GmbH & Co. KG, München
Alle Rechte vorbehalten. Das Werk darf – auch teilweise – nur mit
Genehmigung des Verlages wiedergegeben werden.
Umschlaggestaltung: ZERO Werbeagentur, München
Umschlagabbildung: getty images
Satz: Adobe InDesign im Verlag
Druck und Bindung: Norhaven A/S
Printed in Denmark
ISBN 978-3-426-63489-9

*Agnes, Ole und Trine Licht gewidmet,
die ich sehr schätze.*

Erster Teil
1878 bis 1920

I

Pfeifend marschierte Frank Curran durch den schmelzenden Schnee. Er war auf dem Weg zu dem schönsten Mädchen in Kansas, um sie zu fragen, ob sie ihn heiraten wolle. Wahrscheinlich war sie sogar das schönste Mädchen westlich des Mississippi. Das schönste Mädchen im ganzen Westen. Vielleicht auch das schönste Mädchen in Amerika. Oder das schönste Mädchen auf der ganzen Welt.
Sie liebte ihn, das wusste er. Und die blasse Märzsonne machte ihm Mut, denn er war sich nicht ganz sicher, wie die Antwort ausfallen würde.
Wenn er sie fragt, ob sie ihn diesen Sommer heiraten wolle, würde sie ja sagen. Aber das wollte er sie nicht fragen. Er wollte sie bitten, noch zu warten.
Sein Bruder Ethan sagte, kein Mädchen, das so hübsch und so süß war wie Annie Phelps, würde so lange warten. Na ja, Ethan dachte ja auch, dass jeder Mann in Hillsboro (was ein komischer Name war, weil es im Umkreis von hundert Meilen keinen Hügel, noch nicht einmal einen Erdhaufen gab) nachts von Annie träumte. Und er gab zu, dass sogar er, obwohl er schon verheiratet war und seine Frau liebte, von Annie träumte. Und eine Frau, die an jedem Finger zehn Verehrer haben konnte, würde einfach nicht so lange warten, bis sie heiratete.
»Um Himmels willen«, hatte er zu Frank gesagt, »du willst sie bitten zu warten, obwohl du selber nicht weißt, wie lange.«

»Nur, bis ich reich bin«, hatte Frank erwidert.
Der Bruder hatte die Augenbrauen hochgezogen und ihn angeschaut. Ethan war siebenundzwanzig, sechs Jahre älter als Frank, und arbeitete bereits seit fünf Jahren bei der Bank in der Stadt. Abgesehen von seiner Tochter hatte er noch zwei Söhne, und einer kam bald in die Schule. Für ihn war Frank schon immer der Träumer in der Familie gewesen, und er fand, mit einundzwanzig Jahren sollte er langsam mal zu Verstand kommen. Nicht, dass Frank keinen besaß, nein, er war sogar äußerst intelligent, aber er hatte eben einen Hang zum Träumen. Er schrieb sogar Gedichte für Annie, die sie, ein rosa Band darum herum, in einer Schublade aufbewahrte.
Insgeheim bewunderte er Frank eigentlich. Ethan selbst träumte nicht allzu viel, weil in seinem Kopf immer nur Zahlen und Fakten umherschwirrten. Vermutlich machte ihn das langweilig. Frank hingegen war nie langweilig.
Er hätte auch gerne so ausgesehen wie Frank, der über eins neunzig war, während Ethan es gerade mal auf einen Meter siebzig brachte. Es mochte ja sein, dass jeder Mann im Umkreis von zwanzig Meilen von Annie träumte, aber Ethan wusste auch mit absoluter Sicherheit, dass jedes Mädchen im Bezirk ein Auge auf Frank geworfen hatte. Allerdings hatte er keines jemals beachtet, denn schon als Sechzehnjähriger hatte er gewusst, dass er Annie Phelps heiraten würde, und etwas anderes kam für ihn gar nicht in Frage. Es machte ihm auch nichts aus, dass sie immer größere Fische fing als er, schneller rannte oder fast so schnell rechnen konnte wie Frank. Er regte sich noch nicht einmal auf, wenn sie Fasane und wilde Truthähne mit einem einzigen Schuss erlegte. Frank grinste immer nur vor Stolz, weil dieses Mädchen in allem besser war als

andere, und er lachte, wenn sie jemanden, auch ihn, in den Schatten stellte.

Er hatte die Süße ihrer Küsse geschmeckt, zum ersten Mal mit sechzehn Jahren, und er wusste, dass das noch nie jemandem vergönnt gewesen war.

Ethan schüttelte den Kopf. »Sie wird nie im Leben auf ihn warten«, sagte er zu sich. Am liebsten hätte er darauf gewettet.

Es war halb vier Uhr an jenem Märznachmittag, und die blasse Sonne hatte noch nicht viel Kraft, als Frank durch den schmelzenden Schnee stapfte. Aber langsam wurden die Tage länger, und Franks Herz tat einen Satz, als er das erste Rotkehlchen im Jahr sah. Es saß auf einem kahlen Ast und flog noch nicht einmal weg, als er näher kam, und dann hörte er auch noch eine Lerche singen. Das war ein gutes Zeichen, denn es gab nichts Hübscheres als den Gesang einer Feldlerche.

Platschend trat er in eine Pfütze. Der Winter war zu Ende. Natürlich konnte es immer noch Neuschnee geben, aber der würde nicht mehr lange liegen bleiben.

Endlich kam das Haus der Phelps' in Sicht. Es war ein weitläufiges Gebäude, dessen Farbe bereits abblätterte, aber Frank wusste, dass Mr. Phelps es diesen Sommer streichen würde. In Kansas gab es im Winter so heftige Schneestürme, und im Sommer war es so heiß, dass die Farbe auf den Holzwänden nicht lange hielt. Aber an den Fenstern hingen hübsche, zurückgebundene Gardinen, und das Haus wirkte solide, als ob es schon seit dreißig Jahren auf seinem Platz stünde, seit der erste Phelps durch das Land gezogen war, was damals wegen der Indianer noch gefährlich gewesen war. Jetzt, 1877, war

Kansas bereits seit Jahren sicher. Oben in Montana und Wyoming plagten die Indianer die Siedler immer noch, aber Kansas war schon lange sicher. Seine eigenen Eltern waren hier bereits seit Mitte der fünfziger Jahre angesiedelt. Seinem Vater war es beinahe schon zu voll hier, aber seine Mutter hatte gerne Nachbarn, andere Frauen, mit denen sie quilten, die Kranken versorgen und Rezepte austauschen konnte. Annie mochte das auch. Sie konnte genauso gut Apfelkuchen backen wie ihre Mutter, und sie war immer die Erste, die erschien, wenn jemand krank war. Schon als Mädchen hatte sie auf die Babys aufgepasst oder für die Männer gekocht, wenn die Frauen krank wurden. Was Annie jedoch nicht hatte, waren schöne Kleider, und dabei hätte sie doch so gerne welche aus einem richtigen Geschäft.

Aber Frank wollte mehr. Er wollte in die Stadt. Er wollte hohe Gebäude sehen, und Annie sollte schöne Kleider tragen, eines für jeden Tag der Woche. Und er würde sich einen Anzug zulegen. Auch Ethan trug bei der Arbeit Anzüge, aber in einer Bank wollte Frank nicht arbeiten. Das würde ihn verrückt machen. Allerdings wusste er nicht so ganz genau, was er eigentlich mit seinem Leben anfangen wollte. Nur eines hatte er sein ganzes Leben lang gewusst: Farmer wollte er nicht werden. Das hatte er seinem Vater gestern Abend auch gesagt. Sein Vater war traurig darüber, weil er eigentlich einem seiner Söhne die Farm hatte hinterlassen wollen, und jetzt zeigte keiner von ihnen Interesse. Aber er hatte nur genickt.

»Nun«, hatte er gesagt und seine Pfeife angezündet, »ich kann nicht behaupten, dass es eine Überraschung ist. Aber du sollst wissen, dass hier immer dein Zuhause ist.«

»Frag Annie nicht sofort, ob sie mit dir gehen will«, hatte

seine Mutter ihm geraten. »Hol sie erst nach, wenn du eine Arbeit hast.« Sie hatte immer gewusst, dass Frank eines Tages weggehen würde. Es lag ihm nicht, von früh bis spät auf der Farm zu schuften, sieben Tage in der Woche morgens im Dunkeln die Kühe zu melken und mühsam zu säen, zu pflanzen und zu ernten. Und das alles in der Einsamkeit von Hillsboro. Der Himmel wusste, dass er hart arbeiten konnte, davor hatte er sich nie gescheut, aber seine Augen blickten in die Ferne, vor allem, wenn es Frühling wurde, die fruchtbare braune Erde auf die Saat wartete, wenn alles grün wurde, der Flieder blühte und sein schwerer Duft die Luft erfüllte. Dann sah seine Mutter diesen Ausdruck in seinen Augen. Sie hatte von Anfang an gewusst, dass das Land ihn nicht für immer halten konnte, und sie hatte sich nur gewundert, dass er gewartet hatte, bis er einundzwanzig Jahre alt war. Aber andererseits hatte er sich seiner Familie natürlich immer verbunden gefühlt, und so wartete er, bis er volljährig war, damit seine Schuldgefühle nicht ganz so groß waren.
Ethan war der Sohn, auf den sie als Eltern immer hatten stolz sein können. Er machte ohne Probleme seinen Schulabschluss, und er war vermutlich nicht einen einzigen Tag in die Schule gegangen, ohne seine Hausaufgaben erledigt zu haben. Er hatte ein Verhältnis zu Zahlen wie Frank zu Tagträumen. Frank hatte mit sechzehn Jahren die Schule verlassen, und es hatte keinen Sinn, ihn zu etwas zu zwingen, was ihm keinen Spaß machte. Er hatte nichts übrig für Mathematik und Grammatik. Was er mochte, war Geographie, weil es ferne Länder bedeutete, und er las gerne Gedichte. Sie hatte den Verdacht, dass er oben in seinem Dachzimmer selbst welche schrieb. Er war völlig unpraktisch, aber als Mutter hatte sie eine Schwäche

für ihn. Er war ihr Liebling, und er war auch der einzige Mann im Haus, der sich um ihr Wohlergehen kümmerte. Er hackte Holz, wenn er sah, dass das Feuerholz zur Neige ging, und er trug ihr nicht nur den Wäschekorb, sondern er stellte sich auch hin und hängte die Wäsche an die Leine. Sie kannte keinen anderen Mann, der das für eine Frau tat.

Und sein Lächeln, oh, sein Lächeln war unwiderstehlich. Irgendwo hatte sie einmal gehört, dass jemand, der Charme hatte, sich etwas Kindliches bewahrte. Und so war Frank. Er strahlte Charme aus jeder Pore aus, dachte immer nur das Beste von den Leuten, und Freundlichkeit war seine zweite Natur.

Er würde ihr sehr fehlen. Als er ihnen gesagt hatte, er ginge weg, war ihr die Stopfnadel aus der Hand gefallen, obwohl sie seit Jahren wusste, dass dieser Tag unweigerlich kommen musste. Aber trotzdem verspürte sie diesen Schmerz in der Brust, und sie wusste, auch sein Vater würde ihn vermissen. Ohne Frank würde es im Haus leer sein.

Gestern Abend im Bett hatte sie laut aufgeseufzt, als sie daran gedacht hatte, und ihr Mann hatte nach ihrer Hand gegriffen und sie fest gedrückt. Mit Frank ging auch ein Teil von ihnen.

Sie hatten ihrem Sohn gegenüber zwar ihre Gefühle nicht gezeigt, aber er wusste, wie traurig sie sein würden. Er musste eben einfach gehen, und jetzt war er auf dem Weg zu Annie, um ihr einen Antrag zu machen.

Annie eilte gerade zur Scheune. Die Phelps hatten keine Söhne, deshalb musste Annie die Pflichten übernehmen, die Mädchen für gewöhnlich erspart blieben. Sie musste die Kühe melken, Holz hacken und Fasane schießen. Sie half sogar im

Herbst beim Schlachten, und sie konnte einem Huhn schneller und sauberer als jeder andere den Kopf abschlagen.
Wahrscheinlich gab es kaum etwas, was Annie nicht konnte, dachte Frank. Sie konnte Pferde beschlagen, Kühe mit dem Lasso einfangen und im Frühjahr, wenn das Vieh zusammengetrieben wurde, sogar die Kälber mit dem Brandzeichen versehen.
Und immer war sie gut gelaunt.
Er kannte Annie jetzt fast ihr ganzes Leben lang, und er hatte noch nie ein böses Wort von ihr gehört. Am meisten liebte er ihr Lachen, ein Lachen, das auf andere Menschen ansteckend wirkte, selbst wenn sie gar nicht wussten, worüber sie eigentlich lachten.
Jeder, der sie kennen lernte, musste sie einfach lieben. Und er liebte sie mehr als sein Leben. Sie war sein Leben.
Einmal hatte er sie nackt gesehen. Damals war sie sechzehn gewesen und er neunzehn. Es war ein so heißer Augusttag gewesen, dass sie zum Schwimmloch gegangen waren, dort, wo der Bach in den Fluss mündete. Sie hatte gesagt: »Frank, wag es nicht, hinzugucken!«, hatte sich die Kleider vom Leib gerissen und war ins Wasser gesprungen.
Aber er hatte jede ihrer Bewegungen beobachtet, und es hatte ihm den Atem verschlagen. »Du bist die allerschönste Frau auf der ganzen Welt!«, hatte er ihr erklärt.
»Du hast doch hingeguckt!« Lachend war sie im Wasser herumgepaddelt. »Wie viele nackte Frauen hast du denn schon gesehen, Frank? Na los, willst du nicht reinkommen?«
Natürlich war er ihrer Aufforderung gefolgt. Damals hatte er sich noch nicht getraut, sie anzufassen. Vor ihr hatte er noch nie eine Frau nackt gesehen, und seit damals sah er sie so vor

sich, ohne Kleider, das blonde Haar in der Sonne schimmernd, und ihre Augen, die weder blau noch grün waren, aber schön wie Juwelen. Sie hatte sich im Wasser so nahe vor ihn gestellt, dass er ihren Körper spüren konnte, ihm einen leichten Kuss gegeben und war dann lachend davongeschwommen. Er hatte sie nicht sehen lassen, was diese Berührung bei ihm angerichtet hatte, und in diesem Moment hatte er ganz genau gewusst, dass er sie heiraten würde.
Und jetzt war er auf dem Weg zu ihr, um ihr einen Antrag zu machen.
Er folgte ihr in die Scheune, in die die letzten Strahlen der Nachmittagssonne fielen. »Annie?«, rief er, als er sie nicht gleich sah.
Sie stand oben auf der Leiter zum Heuschober.
»Bist du das, Frank? Komm herauf!«
Rasch kletterte er hinauf, und sie schlang die Arme um ihn und gab ihm einen Kuss auf den Mund. Ihre Haare rochen nach Sonne und der Seife, die sie und ihre Mutter letzten Sommer gemacht hatten und die ein wenig nach Flieder duftete.
Sie lächelte ihn an. »Wie viele Jahre küsse ich dich jetzt schon, Frank? Anscheinend werde ich es nie leid.«
»Also, ich kann jedenfalls nicht genug davon bekommen.« Er zog sie an sich.
»Ich wusste, dass du heute Nachmittag herkommst«, sagte sie lächelnd und setzte sich auf einen Heuballen. »Schon als ich heute früh aufgewacht bin, wusste ich es.«
»Na, dann hatte ich ja wohl keine andere Wahl, was?«
Sie wollte ihn neben sich ziehen, aber er blieb stehen. »Ich muss dir etwas sagen, Annie.«
Wartend blickte sie ihn an.

»Willst du mich heiraten?«
»Ich wusste schon immer, dass du mich das eines Tages fragen wirst, Frank, aber ich dachte, du wolltest erst mal zu Geld kommen.«
»Ja, das gehört dazu. Aber ich weiß jetzt endlich, wie ich es machen will.«
Schweigend blickte sie ihn an. Sie wollte ihn nicht unterbrechen, weil er dann manchmal vergaß, was er sagen wollte.
»Ich gehe nach Colorado, um Gold zu schürfen. Im letzten Jahr waren die Zeitungen voll von den Gold- und Silbervorkommen in den Bergen von Colorado, Nevada und Utah.«
Gold war zum ersten Mal vor neunundzwanzig Jahren in Sutter's Fort in Kalifornien entdeckt worden. Damals waren sie beide noch nicht einmal auf der Welt gewesen. Und vor achtzehn Jahren, 1859, hatte man im Comstock Lode Gold und Silber gefunden. In den Rocky Mountains jedoch gab es immer noch so viele Gold- und Silbervorkommen, dass man als Mann ein Vermögen machen konnte.
Als ob er seinen Entschluss erklären müsse, fuhr er fort: »Ich bin es leid, mir mühsam meinen Lebensunterhalt auf einer Farm zu verdienen.« Er setzte sich auf den Heuballen neben sie und ergriff ihre Hand. »Ich möchte lieber mein Glück in den Bergen suchen.«
Fragend blickte er sie an. Zum ersten Mal wusste er nicht, was sie dachte. »Ich möchte, dass du auf mich wartest, Annie.«
Sie blickte ihn aus ihren großen Augen mit den langen, goldenen Wimpern an und sagte: »Nein.«
Frank ließ erschrocken ihre Hand los, aber sie nahm seine. »Ich werde nicht auf dich warten, Frank, sondern ich gehe mit dir.« Sie lächelte ihn an. »Wenn du mich willst, musst du mich

schon mitnehmen. Wenn du ein Abenteuer erlebst, will ich auch eines erleben.«
»Das ist kein Leben für eine Frau.«
Sie legte ihm die Hand auf den Arm. »Und was ist ein Leben für eine Frau? Auf ihren Mann zu warten? Däumchen zu drehen, während er aufregende Dinge erlebt? Ich will nicht hier sitzen und warten, Frank. Ich will dir dabei helfen, reich zu werden.«
»Aber was willst du denn dort tun? Da sind doch nur ich und ein Haufen andere Männer.«
Lächelnd blickte sie ihn an. »Sie müssen ja schließlich essen, oder? Wer soll denn für sie kochen?«
Sie wusste, dass sie eher als Köchin für einen Haufen hungriger Männer reich werden würde als Frank, der nach Gold schürfte.

2

»Frank, wie kannst du das dem Mädchen antun?«, fragte seine Mutter.
»Annie, hast du den Verstand verloren?«, fragte ihre Mutter.
Aber der Flieder blühte, und es standen sogar noch ein paar Narzissen in Mrs. Phelps' Garten, als Reverend Leslie McComber Annie Phelps und Frank Curran traute.
Ethan war der Trauzeuge seines Bruders, und seine kleine Tochter trug das Kissen mit dem Ring, den Ethan den Brautleuten als Hochzeitsgeschenk gab, da Frank sein ganzes Geld für ein Pferd, einen Maulesel und Schürfausrüstung brauchte. Ethan hatte den Ring höchstpersönlich ausgesucht und sich, genau wie bei seiner Frau, für einen schlichten Goldreif entschieden, in den er die Worte eingravieren ließ: »Für immer, Frank.«
Er freute sich sehr, als Annie zu Frank sagte, das sei der schönste Ring, den sie je gesehen hätte.
Die Hochzeitszeremonie fand um drei Uhr nachmittags statt, am letzten Samstag im April. Alle aus dem Ort nahmen teil, weil Annie und Frank hier geboren und aufgewachsen waren. Ethans Frau, Mary, schüttelte die ganze Feier über den Kopf darüber, dass Annie, die sie sehr mochte, tatsächlich mit Frank zum Goldschürfen gehen wollte. Dort gab es nur ungehobelte Männer und keine anderen Frauen. Wie würde sie das nur aushalten! Traurig war auch, dass sie selbst niemanden mehr

zum Reden hatte, wenn Annie weg war, und bei dem Gedanken daran traten ihr die Tränen in die Augen.
Annie hatte mit ihrer Mutter zusammen das Hochzeitskleid aus einem weißen Leintuch genäht, das Mrs. Phelps gewaschen und zum Bleichen auf den Rasen hinter dem Haus gelegt hatte. Es war so schön, dass man ohne weiteres glauben konnte, es stamme aus einem Geschäft in St. Louis oder Chicago. Annie bat ihre Mutter, es für sie in ihrer Aussteuertruhe aufzuheben. Wenn sie jetzt mit Frank wegging, wollte sie nur den Quilt mitnehmen, den ihre Mutter vor Jahren für sie genäht hatte.
Auf dem Rasen mit seinem frischen Grün standen Tische, die sich unter den Platten mit Schinken und wildem Truthahn, Kartoffelsalat und zahllosen Kuchen bogen. Die meisten Leute konnten sich nicht leisten, dem Brautpaar etwas zur Hochzeit zu schenken, deshalb hatten sie stattdessen Kuchen mitgebracht.
Annie und Frank nahmen die Sechs-Uhr-Kutsche nach Wichita und übernachteten in Brown's Hotel, wo sie sich zum ersten Mal, ungeschickt und zögernd noch, liebten. Es mangelte ihnen nicht an Leidenschaft, sie wussten beide nur nicht so genau, wie es eigentlich ging. Aber sie empfanden es trotzdem beide als wunderbare Erfahrung. Am nächsten Morgen fuhren sie mit der Kutsche nach Denver weiter und von dort nach Leadville, das sich rühmte, die am höchsten gelegene Stadt in den Vereinigten Staaten zu sein. Dort kaufte Frank eine Spitzhacke und andere Werkzeuge, die er brauchte, außerdem ein Pferd und zwei Maulesel. Annie kaufte Mehl, Zucker, Kartoffeln und Töpfe und Pfannen und was sonst noch so auf der Liste stand, die sie in den letzten Monaten

erstellt hatte. Sie kaufte sich auch ein Paar Stiefel. Zum Schluss besorgten sie sich noch zwei Zelte, eines, um darin zu schlafen, und eines, das Annie als Küche dienen sollte, und dann machten sie sich mit einer Gruppe von Männern auf den Weg zum Golden-Horn-Schürf-Camp, das erst vor einer Woche errichtet worden war.

Fünf Tage waren sie unterwegs, und Annie ritt ab und zu auf dem Pferd. In den Bergen war es noch kalt und nachts drängten sich Annie und Frank eng aneinander, auf der Suche sowohl nach Wärme als auch nach Liebe.

Niemals in ihrem ganzen Leben fühlte Annie sich so willkommen wie in dem Goldgräber-Camp. Und niemals wieder in ihrem Leben musste sie so hart arbeiten wie in jenem Sommer, den sie in den Rocky Mountains verbrachten. Sechzig Männer wurden jeden Morgen von dem Duft nach frisch gebackenem Brot, gebratenem Speck und Kaffee geweckt.

Wenn sie dann mit schmerzendem Rücken von der harten Arbeit des Tages ins Lager zurückkamen, erwartete sie ein Essen, das sie noch nicht einmal bei ihren Müttern bekommen hatten. Da sie ihre Gewehre immer mitnahmen, brachten sie jeden Tag Kaninchen, wilden Truthahn oder ab und zu sogar mal ein Reh an, und sie schauten staunend zu, wenn Annie die Tiere häutete und zerlegte. Die Frauen, die sie kannten, hätten sich vor so viel Blut geekelt. Annie jedoch nicht.

Frank bewunderte an ihr am meisten, dass sie sich nie beklagte. Den ganzen Sommer über hörte er von ihr nicht ein böses Wort. Auch wenn ihr Gesicht hochrot von der Hitze des Ofens war und ihr der Schweiß von der Stirn in die Augen tropfte, weil sie fünfzig oder sechzig Männern das Essen serviert hatte, wusste er, dass alle ihn um sie beneideten, zumal sie nicht nur die schönste, sondern auch die einzige Frau im Camp war. Viele Gelegenheiten, um miteinander zu reden, hatten sie nicht, denn wenn sie abends todmüde ins Bett fielen, schlief sie meistens schon, noch bevor er ihr einen Gutnachtkuss geben konnte, und wenn er morgens aufwachte, hörte er sie bereits mit den Töpfen klappern. Er roch den Duft nach frischem Kaffee, blieb noch ein Weilchen liegen und dachte, dass er doch der glücklichste Mann auf der Welt sei. Er war jetzt schon reicher als manch ein Mann, der Gold gefunden hatte.

Männern, die mit ihr flirten wollten, begegnete sie mit einer schlagfertigen Bemerkung und einem Lachen, und wenn jemand die Suche nach Gold aufgeben wollte, sprach sie ihm Mut zu. Die Männer vergötterten sie und hätten wahrscheinlich ihr Leben für sie gegeben, wenn es nötig gewesen wäre. Frank platzte beinahe vor Stolz, weil sie seine Frau war. Annie war nicht wie andere Frauen, und dafür war er unendlich dankbar.

Nachmittags, wenn niemand im Lager war, wusch sie ihre Kleider in dem eisigen Bach, der in der Nähe vorbeifloss, und anschließend sprang sie selbst hinein. Zitternd vor Kälte tauchte sie unter, und wenn dann Gänsehaut ihren ganzen Körper bedeckte, sah sie durch die Bäume zum Himmel hinauf und lachte.

Sonntags gab es nur Mittagessen. Sie bestand darauf, dass die Männer ihre Kleider und sich selbst im Bach wuschen, weil sie nicht von stinkenden Männern umgeben sein wollte. Zwar hätten die Männer von sich aus wahrscheinlich den ganzen Sommer über keine frische Wäsche angezogen, aber sie gehorchten Annie, um es sich nicht mit ihr zu verscherzen. Im Gegenteil, sie versuchten sogar, sie zum Lachen zu bringen,

weil sie ihr tiefes, raues Lachen, in das jeder unwillkürlich einstimmen musste, liebten.
Während Frank jeden Tag nach Gold suchte, wurde sie reich, indem sie mitten in der Wildnis kochte. Hungrige Männer bezahlten anständig für Verpflegung, zumal, wenn sie so gut und reichlich war wie bei Annie. Und wenn sie nicht nachts von ihr träumten, dann träumten sie doch zumindest von einer Frau, die so war wie sie: fröhlich und zupackend, eine hervorragende Köchin und eine wundervolle Geliebte.
An den Sonntagen machten Frank und Annie lange Spaziergänge durch die Wälder, hielten sich an den Händen und redeten über ihre Zukunft und ihr gemeinsames Leben. Wenn sie schließlich weit genug von den anderen entfernt waren, legten sie sich irgendwo ins Gras und liebten sich, langsam und lange, erforschten sich gegenseitig und taten Dinge miteinander, die ihnen niemand beigebracht hatte. Annie sagte Frank, sie würde ihn immer lieben, und er gestand ihr, er habe das Gefühl, schon reich zu sein.
Aber keiner der Männer stieß in jenem Sommer auf Gold. Sie rissen die Erde metertief auf, aber es zeigte sich nur der blanke, nackte Felsen.
Annie jedoch verdiente dreitausend Dollar.
In der Höhe fiel schon früh Schnee, und in der ersten Oktoberwoche packten Frank und Annie als Letzte aus dem Camp ihre Sachen und machten sich auf den Weg nach Leadville.
»Lass uns hier bleiben«, meinte Annie, als sie kein Lokal fanden, in dem es etwas Anständiges zu essen gab. »Hier kann ich den ganzen Winter über gemütlich drinnen kochen.«
»Aber der Ort wird den ganzen Winter über tief verschneit sein.«

»Trotzdem, auch hier müssen die Leute essen.«
In dem Ort hatten sich fast hundert Männer und sechs Frauen eingefunden, und das Essen in dem Saloon des heruntergekommenen kleinen Hotels war kaum genießbar.
Bevor Annie ihre Küche einrichtete, wollte sie jedoch erst einmal eine Woche lang in einem richtigen Federbett schlafen. Und vor allem wollte sie ein richtiges Bad mit heißem Wasser nehmen.
»Es wäre schön, wenn du auch baden und dir diesen Bart abrasieren würdest«, sagte sie zu Frank.
Augenzwinkernd erwiderte er: »Ich dachte, du fändest das Kitzeln schön.« Aber er ließ ihn sich abrasieren. Außerdem kaufte er sich für ein paar Dollar ein sauberes Hemd, eine neue Hose und eine Weste.
»So viel Geld hätten wir in Kansas in fünf Jahren nicht sparen können«, erklärte Annie.
»Du hast auch hart gearbeitet, um es zu verdienen. Ich habe keinen einzigen Cent beigesteuert.«
»Spielt es denn eine Rolle, wer das Geld verdient? Ich will ja nicht ewig für andere Leute kochen. Du bist auch noch an der Reihe, Geld zu verdienen.«
Sie hatte gerade in der einzigen Badewanne des kleinen Hotels ihr erstes heißes Bad seit sechs Monaten genommen. Frank hatte beim Barbier gebadet. Um sich anzuziehen, bevor sie in den Saloon gingen, ließ sie ihren Bademantel zu Boden gleiten.
»Verdammt«, sagte Frank, »du bist die verdammt schönste Frau, die ich jemals gesehen habe.«
Sie lachte.
»Und wie viele nackte Frauen hast du schon gesehen?«

Ihre Haare hatten goldene Strähnchen von der Sommersonne, und ihre perfekt geschwungenen Augenbrauen betonten ihre grünen Augen.

Frank zog sie in seine Arme. Er konnte sie jede Nacht lieben, aber meistens war sie viel zu müde. Aber an den Sonntagnachmittagen, wenn sie ausgeruht war, nannte er sie seine Wildkatze.

Jetzt drückte er sie zärtlich aufs Bett und begann, sein neues Hemd aufzuknöpfen. Sie streckte die Arme nach ihm aus, und er hätte schwören können, dass er sie schnurren hörte.

»Glaubst du«, fragte sie später, als sie eng umschlungen auf dem Bett lagen, »dass wir eines Tages so reich sind, dass uns die dreitausend Dollar wie Kleingeld vorkommen?«

»Es kommt der Tag, da brauchst du nie mehr zu kochen. Wir werden so ein großes Haus haben, dass wir noch nicht einmal wissen, wie viele Zimmer es hat. Du wirst Dienstboten haben und eine Kutsche mit Fahrer, und jeder, der dich sieht, wird wissen, dass du die reichste Frau in der Stadt bist.«

»Können wir Fuchsjagden machen?«

»Fuchsjagden? Warum das denn?«

»Ich habe gehört, dass die reichen Leute Fuchsjagden veranstalten und all ihre Freunde dazu einladen und dass sie dann abends Feste feiern.«

»Du kannst ja noch nicht einmal tanzen.«

»Das kann ich doch lernen. Und du auch.«

Er zog sie an sich. »Ich weiß zwar nicht, warum wir das machen sollten, aber wenn du Fuchsjagden willst, sollst du sie bekommen.«

»Und werden wir genug Geld haben, dass ich eine Diamantentiara haben kann?«

»Ja, du kannst so ein Diamantending haben.«
»Es ist so etwas wie eine Krone, die man auf dem Kopf trägt.«
»Du kannst den größten Diamanten der Welt haben.«
»O Frank«, sagte sie kichernd und küsste ihn auf die Nase, »wir träumen wie zwei alberne Kinder.«
»Man muss Träume haben«, flüsterte er in die Dunkelheit.

3

Erik Erickson, der Mann, dem das Hotel Excelsior in Leadville gehörte, hatte erfahren, dass Annie ein Restaurant eröffnen wollte, und damit sie ihm keine Konkurrenz machte, bot er ihr seine Küche mit der gesamten Einrichtung an. Die Küche war zwar klein und dunkel, aber Annie putzte und räumte um, und dann schickte sie Erickson und Frank los, um eine Kuh und zwei Dutzend Hühner zu kaufen. Sie mussten bis nach Denver fahren, um die Kuh zu besorgen, und ob sie die Hühner gestohlen hatten, erfuhr Annie nie. Frank baute jedenfalls ein Hühnerhaus hinter dem Hotel und die Kuh stellten sie im Pferdestall unter, und Annie begann mit ihrem Geschäft. Sie berechnete ein wenig mehr für die Mahlzeiten als im Camp, einen Dollar für die warme Mahlzeit, einschließlich Kaffee und Kuchen, und fünfzig Cent für das Frühstück, und da alle Einwohner von Leadville, insgesamt hundertsechs Personen, alle Mahlzeiten im Saloon einnahmen, hatte sie das Gefühl, so viel Geld zu haben, dass sie Erickson eine Beteiligung von zehn Prozent an den Einnahmen anbot. Staunend akzeptierte er und erklärte, dafür könnten sie bei ihm umsonst wohnen.

Mehl, Zucker und Kaffee waren nicht billig, denn Frank musste mehrere Male in diesem Winter über die verschneiten Pässe nach Denver fahren, um Nachschub zu kaufen. Fleisch hingegen hatten sie reichlich, da er und auch ein paar andere

Männer im Ort Wild, Wildvögel und Kaninchen schossen. So gut hatte lange niemand mehr in Leadville gegessen, und als der Winter vorbei war, hatten sie nach Abzug aller Unkosten achtzehntausend Dollar eingenommen.

Im März juckte es sie beide in den Fingern, wieder in die Berge zu gehen. Frank wollte endlich Gold finden, und Annie wollte nicht mehr kochen. Das sagte sie Frank allerdings nicht.

»Wir haben genug Geld«, sagte Frank eines Abends im März, noch bevor der Schnee angefangen hatte zu schmelzen. »Lass uns irgendwo hingehen, wo nicht Dutzende von anderen sind, mit denen wir teilen müssen, falls wir Gold finden.«

Er wartete auf Annies Antwort, aber sie war zu müde, um etwas zu sagen.

»Du musst nicht mehr kochen, nur noch für uns zwei. Unser Geld reicht auf Jahre hinaus.«

»So viel Geld hätten wir in Kansas ein Leben lang nicht sparen können«, erwiderte Annie.

Er sah ihr an, wie erschöpft sie war. »Wir gehen diesen Sommer irgendwohin, wo wir ganz allein sind«, schlug er vor. »Wir haben so viel Geld, dass wir gar nicht wissen, was wir damit tun sollen. Koch diesen Sommer mal nur für mich, irgendwo, wo sonst niemand ist. Wenn wir dann Gold finden, kann es uns auch keiner neiden.«

Annie wusste tief im Innern, dass sie nie Gold finden würden, aber die Vorstellung, mit Frank allein irgendwo zu sein, gefiel ihr. Lächelnd blickte sie ihn an. »Frank, das ist eine wundervolle Idee.«

Also machten sie sich am einundzwanzigsten April des Jahres 1878 mit ihrem Pferd und den zwei Mauleseln, die sich den ganzen Winter über ausgeruht hatten und fett geworden waren, auf den Weg, nach einer Landkarte, die jemand für Frank gezeichnet hatte. Es war ein Mann mit nur einem einzigen Zahn gewesen, der gesagt hatte, einen so guten Kuchen wie bei Annie habe er noch nirgendwo gegessen. Den ganzen Abend über hatte er mit Frank an der Bar gesessen und ihm anvertraut, die Indianer hätten ihm erzählt, oben in den Bergen, wo die Pfade sogar für ein Maultier zu schmal seien, gäbe es viel glänzendes Zeug. Er selbst hätte sein Glück schon gemacht und wäre jetzt auf dem Rückweg nach Ohio, um dort eine Frau und einen Zahnarzt zu finden, oder vielleicht auch andersherum, und deshalb könne Frank die Karte, wo die Stelle eingezeichnet war, haben.

Frank steckte das Stück Papier ein und vergaß es, bis er seine Taschen leerte, weil seine Hose gewaschen werden sollte. Annie schlief schon, und so setzte er sich hin und studierte die Karte. Das machte er in den nächsten drei Monaten jede Nacht, bis er sie sich so gut eingeprägt hatte, dass er den Weg im Schlaf wusste. Er sagte sich zwar, dass er mehr Verstand haben sollte, als einem betrunkenen Mann mit nur einem Zahn und blutunterlaufenen Augen zu glauben, der behauptete, diese Karte von den Indianern bekommen zu haben, aber er träumte Tag und Nacht davon.

Zwei Wochen lang zogen Annie und Frank in jenem Frühjahr über Bergpfade, die wahrscheinlich noch nie ein Mensch beschritten hatte. Um sie herum herrschte eine Stille, die Annie unheimlich war, aber sie ließ sich nichts anmerken. Langsam begann der Schnee zu schmelzen, aber da sie meistens an der Nordseite der Felsvorsprünge entlangmarschierten, lag er noch hoch.

Am Anfang der zweiten Woche, am achten Mai, um genau zu sein, um Viertel nach zehn Uhr morgens, stiegen sie gerade einen schmalen Weg hoch, Frank vorn und Annie auf dem Maulesel dahinter. Plötzlich sagte Annie: »Frank, was ist das denn?«
Auf den Felsen an der Seite blitzte es auf, als die Sonnenstrahlen darauf trafen. In den Spalten wuchsen kleine rote Blumen.
Frank blieb stehen, um es sich genauer anzuschauen. »Ich weiß nicht«, erwiderte er, holte sein Messer heraus und versuchte, den Stein um das Blitzende herum wegzuschaben.
Das Herz schlug ihm bis zum Hals. Ob das wohl eine Silberader war? Wusste er überhaupt, wie so etwas aussah? Würde er es erkennen?
»Steig ab«, sagte er zu seiner Frau, und sie glitt vom Rücken des Maultieres.
Er nahm seine Spitzhacke und arbeitete schwitzend eine Stunde lang, bis er einen Brocken von dem Glitzerzeug in der Hand hielt. Es war entweder Silber oder Blei, da war er sich ziemlich sicher. »Wir müssen zurück nach Leadville, dort ist ein Prüfungsamt, wo sie uns sagen können, ob es Silber ist.«
»Und wenn es tatsächlich Silber ist?«
»Dann muss ich einen Claim anmelden. Komm, wir kehren um.«
Annie schüttelte den Kopf. »Ich warte hier. Siehst du da unten?« Sie zeigte auf das Tal unter ihnen, in dem bereits die ersten grüngoldenen Grashalme aus dem Boden schossen. »Da unten werde ich unser Zelt aufschlagen. Ich habe genug zu essen, und du kannst mir das Gewehr dalassen. Ich werde hier bleiben, damit wir die Mine wiederfinden und sie uns niemand stehlen kann.«

»Ich kann dich doch nicht allein in den Bergen lassen, Liebling.«

Ihre Augen blitzten. »Denkst du, ich habe Angst vor Berglöwen oder anderen Männern?«

Er warf den Kopf zurück und lachte. »In Ordnung, dann lass uns jetzt das Lager errichten, damit du auf diese Stelle ein Auge haben kannst.«

»Du nimmst das Pferd«, erklärte sie ihm. »Ohne die Maultiere und die ganze Ausrüstung dürftest du hin und zurück nicht länger als zwei Wochen brauchen.« Sie überlegte einen Moment lang. »Und wage es nicht, verloren zu gehen!«

Sie band einen Schal um den kleinen Felsbrocken, damit sie ihn vom Tal aus sehen konnte. Sie brauchten über eine Stunde, ehe sie wieder unten waren, und dann errichteten sie Annies Lager neben dem Bach, der durch das frische Grün floss. Frank wollte am nächsten Morgen in der Dämmerung aufbrechen, und Annie kochte für sie beide ein Abendessen wie für Könige. Danach liebten sie sich und hielten einander fest umschlungen.

Als sie am Morgen Speck briet und Frank seinen Kaffee trank, sagte sie: »Ich habe nachgedacht. Keiner von uns beiden hat Ahnung vom Geschäft. Wenn es nun tatsächlich Silber ist? Wir wissen doch gar nicht richtig, wie wir es aus dem Boden herausbekommen sollen, und wie man eine Mine führt, wissen wir auch nicht. Wir werden Arbeiter einstellen müssen, die wir bezahlen und verpflegen müssen, und wahrscheinlich brauchen wir auch eine Mühle, um das Silber zu veredeln.«

Frank nickte zustimmend, wobei er sich fragte, woher sie das mit dem Veredeln wusste.

»Warum lässt du nicht Ethan hierher kommen? Er hat genug

Geschäftssinn. Wenn es also Silber ist, hol ihn her, damit wir ihn um Rat fragen können.«
»Von Minen versteht er auch nichts.«
»Sicher nicht, aber ihm fällt bestimmt einiges ein.«
Frank aß sein Frühstück und brach auf, wobei er sich jetzt bereits Sorgen um Annie machte. Hoffentlich war sie noch da, wenn er wiederkam, und hoffentlich passierte ihr nichts Schlimmes.
Das Schlimmste jedoch, was Annie in den drei Wochen passierte, in denen sie auf Frank wartete, war, dass sie sich jeden Morgen übergab. Ihr war klar, was das bedeutete. Wenn sich wirklich herausstellte, dass es sich um eine Silbermine handelte, würde sie nicht die ganze Zeit bei den Schürfarbeiten dabei sein können.
Sie streifte über die Wiesen, wo sie das Zelt aufgebaut hatte, sammelte wilde Zwiebeln und merkte sich die Stellen, an denen im August Brombeeren wachsen würden. An den Abenden beobachtete sie das Wild, das aus dem Wald kam, um am Bach zu trinken, und sie freundete sich mit einem Waschbären an, der ihr bald schon aus der Hand fraß, wie auch die Vögel es taten, weil sie nie gelernt hatten, vor Menschen Angst zu haben. Selbst eine Schwarzbärin, die mit ihrem Jungen im Bach badete, beachtete sie nicht.
Annie zählte die Tage, und am achtzehnten Tag begann sie, nach ihrem Mann Ausschau zu halten. Aber er kam nicht. Auch in den nächsten Tagen gab es kein Zeichen von ihm. Am vierundzwanzigsten Tag schließlich sagte sie sich, wenn er bis morgen nicht zurück wäre, würde sie sich mit den zwei Mauleseln auf den Heimweg machen. Hoffentlich war er nicht von Indianern oder Buschräubern überfallen worden.

Am frühen Nachmittag dieses Tages jedoch winkte Frank ihr schon von weitem zu. Er saß nicht mehr auf ihrem alten Lastgaul, sondern auf einem großen schönen, dunkelbraunen Pferd. Hinter ihm lief ein braunweißes Appaloosa-Pony und dahinter ein weiteres braunes Pferd, auf dem ein Mann saß, der von weitem wie Ethan aussah. Dann war es also Silber. Vor Erleichterung begann sie zu weinen.
»Warum hast du so lange gebraucht?«, flüsterte sie, als Frank von seinem Pferd sprang und sie in die Arme nahm.
Er strahlte sie an. »Es ist Silber«, sagte er. »Fast reines Silber. Ich habe Ansprüche auf einen Claim angemeldet, und da wir nicht wissen, wie weit die Ader in den Berg hineingeht, hat Ethan mir geraten, den gesamten Berg zu kaufen, damit ich auf der sicheren Seite bin. Also habe ich die Hälfte des Geldes genommen, das du letzten Winter verdient hast, und habe ihn gekauft.«
»Du hast die Hälfte des Geldes ausgegeben?«
»Na ja«, antwortete er, »wir haben fast noch zehntausend übrig.«
Ethan, der mittlerweile ebenfalls vom Pferd gestiegen war, grinste auch übers ganze Gesicht.
»Wir sind reich«, sagte Frank.

In den nächsten vierundvierzig Jahren bauten sie an dem Berg Silber ab. Er wurde berühmt als Curran Mother Lode, als größte Silbermine, die jemals in Nordamerika gefunden wurde.

4

Mit der neuen Eisenbahn fuhr Ethan nach San Francisco und fand dort einen Bergbauingenieur, der aus zwei Silberminen in Nevada hinausgeworfen worden war. Ned Lighthouse Smith behauptete, seine Mutter sei eine Indianerin, die einen Trapper in Wyoming geheiratet habe, und er würde die Berge kennen wie seine Westentasche. Er war studierter Geologe, aber seine Ideen waren für die Besitzer der zwei Minen, die ihn angeheuert hatten, zu ungewöhnlich gewesen. Er war zum Trinker geworden, und halb San Francisco machte sich darüber lustig, dass Lighthouse, wie er genannt wurde, für die Curran-Mine in den Bergen von Colorado verantwortlich sein sollte.

Nach seiner Rückkehr aus San Francisco ritt Ethan auf seinem braunen Wallach in das grüne Tal. Ihm folgte Lighthouse auf einem kräftigen Schimmel. Er trug einen weißen Biberhut, und seine Augen leuchteten vor Erregung, denn Ethan hatte ihm eine Probe des Silbers gezeigt.

Ihnen folgten zwei Dutzend Minenarbeiter aus dem gesamten Westen, zu Fuß oder auf Maultieren, und bald drängten sich zahlreiche Menschen im Tal, die gehört hatten, dass Lighthouse kommen würde.

Er sprang von seinem Pferd, zog sich das Hemd aus und begann, mit Hacke und Schaufel zu graben. Die Arbeiter folgten seinem Beispiel.

In jenem Herbst setzte der Schneefall früh ein, und Lighthouse fuhr mit Ethan und Frank in den Osten, um dort Darlehen aufzunehmen. Die Columbia Bank in New York City ließ sich von der Tatsache beeindrucken, dass die Silberader sich als dreieinhalb Meter dick herausgestellt hatte und viel tiefer in den Berg hineinreichte, als sie ursprünglich gedacht hatten, und gab den Curran-Brüdern einen Kredit über zwei Millionen Dollar. Zur Sicherheit reisten einige ihrer eigenen Leute mit in die Berge, um den Abbau zu überwachen.

Bevor die Arbeiter den Berg verließen, hielt Frank eine kleine Rede und sagte ihnen, diesen Winter könne er sie noch nicht dabehalten, aber wenn sie im nächsten Frühjahr zurückkämen, würde er ihnen den Lohn für zwölf Monate geben, auch wenn sie wegen schlechter Wetterbedingungen nicht arbeiten könnten. Jeder einzelne Arbeiter, zumindest die, die noch lebten, kam im nächsten Frühjahr zurück. Nur Annie blieb in Denver, überwachte die Bauarbeiten an ihrem neuen Haus mit sechzehn Zimmern am Boulder Drive und stillte Sophie, ihre Erstgeborene.

Frank begann, im Tal Hütten für die Arbeiter zu errichten, eine Hütte für jeweils sechs Männer, und jede mit einem Bollerofen ausgestattet, damit sie es im Winter warm genug hatten. Lighthouse riet ihm, zwei Saloons zu bauen, und Annie erklärte, er bräuchte ein Restaurant. Ethan schlug eine Kapelle vor. Eine Kirche brauchten sie allerdings nicht zu bauen, da es im Ort keine Frauen gab, wenn man mal von denen absah, die nicht aus religiösen Gründen kamen.

Im zweiten Jahr, als die Mine zwölf Monate im Jahr in drei Schichten befahren wurde, prüften die Männer von der Bank die Örtlichkeiten und kamen zu dem Schluss, dass die Mine zweihundertfünfzig Millionen Dollar wert sei (sie verschätzten sich um einige Millionen). Annie brachte Adam zur Welt.

Ethan baute ein Haus direkt neben ihnen, ein Haus mit zwölf Zimmern und genauso vielen Badezimmern – sogar das Hausmädchen hatte eines –, und holte seine Eltern sowie Mary Ann und seine drei Kinder nach Denver. Mary Ann und Annie freuten sich sehr, so nahe beieinander zu wohnen, aber die alten Currans wollten gerne ein kleineres Haus mit einem größeren Garten, deshalb baute Ethan ihnen zwei Straßen weiter ein Haus mit nur sechs Zimmern. Dort konnte Mr. Curran eine Kuh und Hühner halten und den ganzen Tag in seinem Garten verbringen. Mrs. Curran wollte um nichts in der Welt ein Hausmädchen haben, noch nicht einmal eine Putzfrau, weil sie »sonst gar nicht mehr wüsste, was sie mit sich anfangen sollte«.

Dieses Problem hatten Mary Ann und Annie nicht. Annie hatte zwei kleine Kinder, und Mary Ann stellte überrascht fest, dass sie mit ihren zweiunddreißig Jahren erneut schwanger war. Die beiden Frauen gingen stundenlang einkaufen, auch wenn es in Denver noch nicht allzu viele Geschäfte gab. Aber sie brauchten noch nicht einmal Rezepte auszutauschen, weil Annie schon im ersten Jahr, als sie in dem großen Haus wohnten, einen chinesischen Koch gefunden hatte, der trotz seiner begrenzten Englischkenntnisse nach ihren Rezepten kochte und auch noch neue erfunden hatte. Sie schwor, dass er sogar besser kochen konnte als sie. Zuerst ging sie noch zusammen mit ihm auf den Markt, aus Sorge, er könne sie vielleicht betrügen oder verstünde nicht genug Englisch, um mit dem Geld zurechtzukommen, aber das gab sie bald schon wieder auf, zumal sie im siebten Monat mit Jerome schwanger war.

Als Mary Ann in das Haus nebenan zog, holte Ah Chin seinen jüngeren Bruder aus Nevada, wo er bei der Eisenbahn gearbeitet hatte, und brachte ihm amerikanische Küche à la Annie bei. Mary Ann und Annie ließen für die Brüder ein kleines Haus mit drei Zimmern bauen und legten sich einige Hühner zu. Bald darauf fragten sie Annie, ob sie auf Brautschau gehen könnten. Mit dem Geld der Currans, die mittlerweile bereits schon großen politischen Einfluss in Colorado hatten, dauerte es nur sieben Monate, bis zwei chinesische Bräute eintrafen, die die Mutter der Brüder für sie ausgesucht hatte. Zunächst äußerten sich Ah Chin und sein Bruder entsetzt über die großen Füße der Chinesinnen, aber sie waren so gutwillig und fleißig, dass dieses Problem schnell vergessen war. Bald schon machten sie die gesamte Wäsche für die beiden Haushalte, was nicht wenig war, und außerdem bekamen sie auch noch jedes Jahr ein Kind.

Es gab in Denver einige sehr reiche Familien, dank der Gold- und Silberminen und der Eisenbahn, aber von einer Gesellschaft konnte man eigentlich nicht sprechen, dazu war die Stadt zu klein und die Straßen zu schlammig. Die Frauen, die alle noch nie eine richtige Großstadt gesehen hatten, gründeten einen Club, in dem jeden Donnerstagnachmittag ein Treffen stattfand, das keine der Frauen jemals verpasste. Da sie in Denver oder sogar im gesamten Westen die reichsten Frauen waren, betrachteten sie sich als Crème der Society und überlegten bei ihren Treffen, welche Projekte sie fördern sollten. Um die Weihnachtszeit, zum Beispiel, brachten sie bedürftigen Familien Körbe mit Essen. Im Frühling beschlossen sie, eine Bibliothek zu gründen. Und schließlich hatten sie die Idee, eine Schule aufzumachen.

Frank und Ethan hatten sich neben der Mine ein kleines Haus gebaut, das sie als Büro nutzten, aber nachdem sie vier Jahre lang jeden Tag von zu Hause dorthin gefahren waren, errichteten sie ein großes, zweistöckiges Steingebäude mitten in Denver, das sie Curran Building nannten. Die Brüder richteten sich im ersten Stock ein, wobei Frank für Ethan, der die gesamte Buchführung machte, sogar das größere Büro vorsah. Im Parterre befand sich die Curran Bank, die eine Filiale bei der Mine hatte, damit den Arbeitern jede Woche problemlos der Lohn ausbezahlt werden konnte.

Ein weiteres Büro im ersten Stock bekam Otto Hoffman, ein Deutscher mit so starkem Akzent, dass sie ihn manchmal kaum verstehen konnten, aber ein nüchterner, mathematisch orientierter Ingenieur, der mit Lighthouse zusammen mehr vom Bergbau verstand, als Frank und Ethan jemals lernen konnten. Frank hatte Lighthouse ein großes Haus an der Mine gebaut, aber dort schlief der Ingenieur nur. Er nahm alle Mahlzeiten im Saloon ein, wo ebenfalls ein Chinese, den Ah Chin empfohlen hatte, kochte. Dieser Koch bestand auf seinem eigenen kleinen Haus, wo er sich hinten eine Art Altar im Garten baute, und spät am Abend roch es dort sogar im Winter nach Räucherstäbchen. Aber er konnte Rindfleisch, Wild und Büffel zubereiten wie kaum jemand sonst.

Am Ende des vierten Jahres hatte Frank kaum noch etwas zu tun. Ethan war ständig beschäftigt, aber Frank musste nur noch zweimal im Monat zur Mine herausfahren, um sich zu vergewissern, dass die Arbeiter anständig behandelt wurden. In dieser Hinsicht gab es jedoch keine Probleme – die Arbeiter bekamen eine Prämie, wenn sie Silber im Wert von einer Million Dollar gefördert hatten, und Lighthouse und Otto waren humane Chefs, die darauf achteten, dass ihre Arbeiter zufrieden waren, weil dann die Arbeit umso besser lief.

Da Denver ständig wuchs, überlegte Frank, er könne vielleicht ein Hotel bauen, ein erstklassiges Hotel, das widerspiegelte, dass der Ort langsam zur Stadt wurde. Als das Gebäude fertig war, überredete er Erik Erickson aus dem alten Hotel, in dem Annie in jenem ersten Winter gekocht hatte, nach Denver zu kommen und das Curran Hotel zu leiten.

Im fünften Jahr wollte Annie unbedingt mit dem Zug nach New York fahren. »Ich wollte die große Stadt immer schon sehen«, meinte sie. »Und außerdem möchte ich ein paar hübsche Kleider kaufen.«

Da Frank sowieso nichts zu tun hatte, willigte er ein. Und so machten sie sich am zweiten Januar mit ihren drei Kindern auf den Weg nach New York.

Die hohen Gebäude überwältigten Frank, und Annie war hingerissen von den Geschäften. Sie kaufte ein Kleid nach dem anderen, Taschen, Schuhe, Strümpfe und Unterwäsche. Frank sagte ihr, sie könne so viele Kleider kaufen, wie sie wolle, sie hätten trotzdem immer noch genug Geld übrig, und beinahe nahm sie ihn beim Wort. Natürlich würde sie in Denver kaum Gelegenheit haben, die prächtigen Roben zu tragen, aber sie kaufte sie trotzdem. Staunend betrachtete sie die Paläste der Vanderbilts, Roosevelts, Stuyvesants und Astors und stellte fest, dass ihr Haus in Denver, auf das sie immer so stolz gewesen war, im Vergleich dazu nichts war.

Sie und Frank dinierten bei Delmonico's, und sie waren sich beide einig, noch nie in ihrem Leben so viele gut gekleidete Menschen gesehen zu haben. Sie tanzten bis weit nach Mitternacht, und Frank registrierte voller Stolz, dass alle seine Annie anschauten in ihrem pfauenblauen bestickten Kleid mit der Schleppe, die blonden Haare kunstvoll hochgesteckt und lachend vor Freude über den wundervollen Abend. Wieder einmal ging ihm durch den Kopf, dass er das schönste Mädchen in ganz Amerika geheiratet hatte. Sie war jetzt vierundzwanzig Jahre alt.

Als sie am Sonntagnachmittag an den prachtvollen Villen an der Fifth Avenue vorbeispazierten, fragte sie ihn: »Könnten wir es uns leisten, so ein Haus zu kaufen, Liebling?«

Er tätschelte ihr die Hand. »Wir können uns alles leisten«, erwiderte er. »Möchtest du denn gerne hier wohnen?«

»Nun ja«, sagte sie nachdenklich. »Ich möchte ja eigentlich Mary Ann und Ethan, deine Eltern und meine Mutter nicht verlassen, aber die Villen hier sind schon sehr schön. Außerdem ist hier in der Stadt viel mehr los als in Denver.«

»Wir könnten ja zwei Häuser haben«, schlug Frank vor, den der Gedanke, in New York zu leben, auch reizte. »Wenn du gerne hier bauen möchtest, dann kümmere ich mich darum, Schatz.«

Frank, der mit der Zeit ein gutes Auge für Investitionen bekommen hatte, kaufte fünf große Grundstücke an der Fifth Avenue, aber viel weiter oben, wo es noch ländlicher war, weil er wusste, dass seine Eltern niemals irgendwohin ziehen würden, wo sie nicht zumindest einen Garten hätten und eine Kuh halten könnten. Allerdings glaubte er nicht, dass sie so weit von zu Hause wegziehen würden, aber es konnte ja nicht schaden, schon einmal Bauland für sie zu haben. Der Makler dachte auf jeden Fall, er habe das Geschäft seines Lebens gemacht, als er fünf Grundstücke so weit draußen auf dem Land verkauft hatte.

Es dauerte noch weitere drei Jahre, bis sie schließlich in ihre Villa an der Upper Fifth Avenue einziehen konnten. Während sie gebaut wurde, reisten sie zu Ostern mit Ethan und Mary dorthin, um ihnen die Grundstücke zu zeigen. Im Central Park, der direkt gegenüber von Franks Villa lag, standen die Magnolien in voller Blüte, und die Bäume waren grün. Ethan wandte ein, er könne sich aus dieser Entfernung nicht um die Mine kümmern, und Mary Ann schauderte bei dem Gedanken an so viele Menschen, aber Frank schenkte ihnen trotzdem eines der Grundstücke und erwiderte: »Ihr könnt uns ja zumindest immer besuchen kommen.«

Er hatte die Pläne selbst gezeichnet, hatte tagelang an seinem Schreibtisch in seinem Haus am Boulder Drive in Denver darüber gebrütet und Annie zu Rate gezogen. Als sie dann im Herbst nach New York gefahren waren, hatte er Mr. Hunt aufgesucht, den Architekten, der die Paläste weiter unten an der Fifth Avenue entworfen hatte, aber der Mann lehnte seinen Auftrag ab, weil er sich mit diesem Niemand aus dem Westen, auch wenn er die Curran-Mine besaß, nicht den Ruf verderben wollte. Mr. Hunt arbeitete nur für die New Yorker Familien, die von den ersten holländischen Einwanderern abstammten und Sommerhäuser in Newport besaßen, die er ebenfalls entworfen hatte.

»Wo ist Newport?«, fragte Annie.

»Auf Rhode Island«, antwortete Frank.

»Wo ist Rhode Island?«, fragte Annie. An Sommerhäusern war sie nicht interessiert. Den Sommer würden sie in Denver verbringen.

New York nahm das prächtige Haus an der Fifth auf dem Land zur Kenntnis. Es war so groß und auffallend wie ihre

Paläste, aber von einem Londoner Architekt entworfen, den keiner von ihnen kannte. Sie hatten zwar von Frank Curran und seiner Silbermine gehört, aber er galt als *nouveau riche,* und Geld allein öffnete den Currans nicht die Tür zu ihrem inneren Zirkel. Vor allem nicht, nachdem Annie im Theater einmal zu laut gelacht hatte. Außerdem trug sie zu grelle Farben, auch wenn ihre Kleider zu den teuersten in der Stadt gehörten. Also verkehrten lediglich normale Bürgerliche, Politiker und Theaterleute im Haus der Currans, was Annie recht war, da sie nach New York gezogen war, um ein aufregenderes Leben zu führen, und das garantierten ihr diese Leute.
Die Partys, die sie gab, erregten Aufsehen, gelangten jedoch nicht in die Gesellschaftsspalten. Und Frank begann, in Grundbesitz zu investieren. Die New Yorker lachten und nannten ihn ein Landei, der sein vieles Geld ohne Sinn und Verstand ausgab. Und es stimmte, die Grundstücke, die Frank kaufte, lagen noch jahrelang brach, aber ihm war das egal. Er baute sich ein Gewächshaus und züchtete Orchideen, während Annie Kleider kaufte und Partys gab. Und ihre Kinder, Sophie, Adam und Jerome, rannten im Haus und im Garten herum, ritten auf ihren eigenen Ponys, und niemand brachte ihnen Disziplin bei.
Schließlich beschloss Frank, dass seine Kinder auf eine Schule gehen sollten. Für Sophie kam dabei nur Miss Shibleys in Frage, wo die Kinder der »oberen Vierhundert«, der High Society hingingen. Mit genügend Geld konnte man seinem Kind einen Platz in diesem Institut kaufen.
Glück jedoch konnte er seiner Tochter mit Geld nicht kaufen.

5

Weder Annie noch Frank waren über die sechste Klasse hinausgekommen, und Frank stellte immer mehr fest, wie der Mangel an Schulbildung sein gesamtes Leben beeinträchtigte. Ethan war damals nach der Grundschule für vier Jahre in eine andere Stadt gegangen und hatte seinen Highschool-Abschluss gemacht, und im Vergleich zu seinem Bruder wusste Frank nur wenig. Nachdem er die Silbermine entdeckt hatte, machte er sich daran, etwas zu lernen. Ethan brachte ihm Mathematik bei, damit er im Notfall die Bücher führen konnte, aber obwohl Frank eine Begabung für Zahlen hatte, gefiel ihm das Fach nicht wirklich.

Er begann zu lesen. Er verschlang alles, was gedruckt war, und saß oft bis tief in die Nacht in seinem Arbeitszimmer. Die kleine Bibliothek in Denver hatte keine besonders große Auswahl an Büchern, und er sorgte dafür, dass eine öffentliche Bücherei eingerichtet wurde. Bei seiner ersten Reise nach New York hatte er die große Bibliothek dort entdeckt und sich stundenlang, oder wie Annie behauptete, ganze Tage lang dort aufgehalten. Er hatte sich kundig gemacht, wie man eine Bibliothek aufbaute, einen Bibliothekar gefunden und Bücher ausgesucht. Ungefähr drei Jahre nach seinem ersten Besuch in New York, zur gleichen Zeit, als ihr Haus an der Fifth Avenue beinahe fertig gestellt war, gründete Frank die erste öffentliche Bibliothek in Denver, ein einstöckiges Ziegelgebäude mit Marmorböden. Als Bibliothekarin stellte er Miss Laurel Fisher aus Canton, Ohio, ein. Sie hatte sich schriftlich beworben, und als sie schließlich eintraf – er hatte ihr die Zugfahrkarte nach Denver bezahlt –, stellte er fest, dass sie eine attraktive, gebildete Frau war. Insgeheim befürchtete er, dass sie nicht lange bleiben würde, aber er hatte sich getäuscht. Zunächst einmal verbrachte Miss Fisher ein Jahr damit, Bücher zu kaufen und sie einzuordnen.

Später lernte sie den Arzt der Stadt, Don Fisher, kennen und heiratete ihn, arbeitete aber trotzdem weiter in der Bibliothek. Dreißig Jahre lang entschied sie, welche Bücher in Denver gelesen werden sollten, und unter ihrer Leitung wurde die Bibliothek zu einer der bestausgestatteten Sammlungen im Westen.

Annie konnte zwar auch lesen, hatte jedoch keine besondere Neigung dazu. Ihr war es lieber, wenn Frank ihr erzählte, was er Interessantes in der Zeitung gelesen hatte. Sie hatte jedoch nichts dagegen, dass für Sophie eine Gouvernante eingestellt wurde, als sie fünf Jahre alt war. Adam war damals vier und Jerome erst zwei.

Als Sophie sechs war, zogen sie nach New York. Die Villa war komplett eingerichtet, und da sie sich in New York auch neu einkleiden wollten, nahmen sie nur sehr wenig aus Denver mit. Kleider zu kaufen war eine der liebsten Freizeitbeschäftigungen von Annie. Sie liebte fröhliche Farben und die neueste Mode. Die Damen des konservativen New Yorker Adels kauften sich auch Kleider nach dem neuesten Pariser Chic, aber sie hängten sie erst einmal ein Jahr lang in den Schrank, damit sie nicht mehr so frivol wirkten. Annie jedoch kümmerte das nicht, und sie merkte auch nicht, wie die Gesell-

schaft über sie die Nase rümpfte. Sie hatte aufregende Freundinnen aus Politiker- und Schauspielerkreisen und gab extravagante Partys, und obwohl Frank davon nicht so begeistert war wie sie, so freute ihn doch alles, was seiner Annie Spaß machte. Er hingegen liebte Opernaufführungen, und wann immer eine neue Oper in der Stadt aufgeführt wurde, ging er hin. Annie begleitete ihn zwar häufig, aber für sie klangen Koloraturen wie Kreide auf einer Schiefertafel.
Die High Society mochte zwar etwas gegen die neureichen Currans einzuwenden haben, aber Frank fiel auf, dass Annie überall Aufsehen erregte. Er kaufte ihr Schmuck bei Tiffany's, und manchmal entsprach das, was sie um den Hals trug, dem Gegenwert von zehn Jahreslöhnen eines Minenarbeiters. Annie liebte Überraschungen, deshalb gefiel es Frank besonders gut, sich zu überlegen, welchen Schmuck er ihr zu irgendeinem Anlass oder auch nur einfach so schenken sollte.
Eines Abends waren sie in »Carmen«, und Mrs. Stuyvesant Fish rauschte an ihnen vorbei, ohne sie auch nur eines Blickes zu würdigen. Annie, die ein zauberhaftes rotes Kleid und eine Feder in ihren prachtvollen blonden Haaren trug, bemerkte es nicht, weil sie gerade Frank anschaute. Sie lachte laut über eine seiner Bemerkungen, und Frank sah, wie Mrs. Stuyvesant Fish verächtlich den Mund verzog.
Am nächsten Morgen ging er zu Tiffany's und erteilte dort einen Auftrag, der ein ganzes Jahr in Anspruch nahm. Annie erfuhr nie den Grund für das Geschenk, aber er überreichte ihr den Kaschmir-Diamanten, einen birnenförmigen, brillant geschliffenen Stein, der mit seinen siebzig Karat der siebtgrößte Diamant der Welt war. Er hieß so, weil ein indischer Maharadscha ihn aus dem Auge einer Gottheit genommen

hatte, um damit den Brautpreis der Frau, die er liebte, der Prinzessin von Haiderabad, zu bezahlen.
So viel zu Mrs. Stuyvesant Fish, dachte Frank.

Mittlerweile war Sophie acht Jahre alt, und Frank beschloss, dass die beiden ältesten Kinder zur Schule gehen sollten. Sophie meldete er auf Miss Shibley's Mädchenschule an. Wer es sich leisten konnte, erkaufte sich einen Platz an dieser exklusiven Schule, weil Miss Shibley nicht nur vom Schulgeld der vierhundert alteingesessenen Familien New Yorks leben konnte.
Aber Akzeptanz konnte man sich mit Geld nicht erkaufen.
Mittlerweile hatten die Currans in ihrem New Yorker Haus zwölf Dienstboten, und Sophie wurde jeden Morgen mit der Kutsche zur Schule gefahren und um drei Uhr nachmittags wieder abgeholt. Der Kutscher sah, wie die anderen kleinen Mädchen lachend und schwatzend in Gruppen aus dem Schulgebäude kamen, während Sophie immer allein war. Und sie war auch die Einzige, die Bücher dabeihatte.
Bücher waren neben ihrem Vater Sophies einzige Freunde.
Annie und Frank waren zwar sehr beschäftigt, aber für ihre Kinder nahmen sie sich immer Zeit. Sie versäumten es nie, ihnen einen Gutenachtkuss zu geben, und wenn sie abends nicht ausgingen, aßen sie früh, nur um mit den Kindern zusammen sein zu können. Jedes Kind hatte sein eigenes Pony, und als Sophie alt genug für ein Pferd war, ritt ihr Vater mit ihr im Central Park aus, bis es zu kalt wurde. Dann kaufte er den Kindern Schlittschuhe und brachte ihnen auf dem kleinen gefrorenen See im Park Eislaufen bei.
Jeden Abend las Frank den Kindern etwas vor oder erzählte

ihnen Geschichten. Sophie fand, dass er wundervoll erzählen konnte, und am liebsten hörte sie die Handlung von »Aida«, »Carmen« oder anderen Opern. Er brachte ihr die Musik nahe und schilderte ihr die Szenen in so glühenden Farben, dass sie ihn bat, sie doch einmal mitzunehmen. Und als sie dann ihre erste Oper erlebte, saß sie den ganzen Abend wie gebannt da.
Franks und Annies Liebe litt nicht unter ihrem regen gesellschaftlichen Leben. Im Winter fuhren sie regelmäßig nach Colorado, um dort unzählige Partys für Freunde und Verwandte zu geben. Dort fand Frank auch Zeit, um sich um die Bibliothek und das Krankenhaus zu kümmern, das Laurels Mann Don leitete. Jedes Mal fuhr er dann auch zur Mine und redete mit Ethan stundenlang über die Finanzen. Sie hatten mehr Geld, als sie jemals ausgeben konnten, und es wurde täglich mehr.
Trotz des Kaschmir-Diamanten, den niemand in der Gesellschaft ignorieren konnte, und trotz der vielen wohltätigen Dinge, die Frank tat, wurden sie von den »Vierhundert« in New York niemals eingeladen. Annie störte das nicht im Mindesten. Ihr Leben war erfüllt. Aber Sophie wurde einsam und zog sich immer mehr zurück, auch wenn sie zu Hause ausgelassen mit ihren Brüdern tobte oder ihren Vater in die Oper begleitete, was die anderen Neureichen ganz entzückend fanden.
Als Sophie zehn Jahre alt war, sagte Annie zu Frank: »Ich möchte nach Europa fahren, und zwar nicht nur für ein paar Wochen, sondern den ganzen Frühling über. Die Kinder können Französisch lernen, und wir können uns anschauen, wie es in einem anderen Land so ist.« Und, dachte sie, ich kann die Pariser Mode aus der Nähe studieren.

Letztendlich blieben sie beinahe ein Jahr.
Sophie liebte die Schule in Paris. Sie entdeckte dort, dass sie eine Neigung zu Geschichte hatte, weil das Fach ganz anders unterrichtet wurde als bei Miss Shibley. Außerdem lernte sie mit einer solchen Leichtigkeit Französisch, dass sie innerhalb weniger Monate mit Pariser Akzent sprach. Annie hingegen konnte gerade mal »Bonjour« sagen und fragen, wo die Toilette ist.
Frank und Annie wurden vom französischen Adel mit offenen Armen empfangen. Viele von ihnen hatten Wohnungen in Paris, das noch keine so sonderlich elegante Stadt war, und Familiensitze auf dem Land. Die Currans waren überall willkommen. Die Franzosen fanden zwar Annie ein wenig ungeschliffen, lachten aber mit ihr, statt über sie, und sie liebten ihre Lebenslust und ihre temperamentvolle Art. Untereinander sagten sie sich, dass die Amerikaner wohl ein wenig ungehobelt und unkultiviert waren, aber sie fanden Annie und Frank erfrischend, ihre Kinder entzückend und die Abendeinladungen in ihrer gemieteten Wohnung unvergleichlich.
Sophie fand Freundinnen in Paris, Mädchen, mit denen sie lachen und Geheimnisse austauschen konnte. Am liebsten wäre sie nie mehr nach New York zurückgekehrt, weil sie sich dort so einsam und zurückgewiesen fühlte. Sie hatte gehorsam alle Regeln bei Miss Shibley befolgt, aber trotzdem hatte man sie nicht akzeptiert. Tief im Innern wusste sie, dass ihre Mutter zu laut lachte, aber sie liebte ihr Lachen. Wenn ihre Mutter einen Raum betrat, war es, als ginge die Sonne auf. Sie wusste auch, dass sie reich waren, weil ihr Vater eine Silbermine entdeckt hatte. Die Väter der anderen Mädchen hatten ihren Reichtum geerbt, und ihre Familien hatten seit Generationen

Geld. All diese Dinge wurden ihr in Frankreich klar. Sie merkte, dass es nicht an ihr gelegen hatte, dass die anderen Mädchen bei Miss Shibley sie gemieden hatten. Und sie wusste vor allem, dass sie in dieser Gesellschaft nie einen Platz finden würde. Die französischen Mädchen mochten sie und luden sie zu sich nach Hause ein, und der französische Lebensstil gefiel ihr sehr, vor allem das französische Essen. Sie dachte sich, dass sie eines Tages einen französischen Koch haben wollte, und dann würde sie jeden Tag zum Frühstück nichts anderes als Croissants und Café au lait zu sich nehmen.

Als sie nach acht Monaten in Frankreich wieder zurückkehrten, blieben sie nur eine Woche in New York, bevor sie über die Weihnachtsferien nach Denver fuhren.

Sowohl Sophie als auch Frank hatten im Ausland einen Entschluss gefasst, der ihr Leben verändern sollte. Im Zug von New York nach Denver verkündete Sophie: »Ich gehe nicht mehr zu Miss Shibley.«

»Wohin möchtest du denn gerne gehen?«, fragte Frank.

»Ich bleibe zu Hause und lese.«

»Nein, das tust du ganz bestimmt nicht«, erwiderte Annie. »Ein zwölfjähriges Mädchen eignet sich nicht zum Eremiten.«

Frank blickte auf die trostlose Landschaft von Nebraska, die am Zugfenster vorbeiflog, und sagte: »Was hältst du denn davon, wenn wir eine Schule gründen?«

Sofort zupfte Sophie ihrer Mutter aufgeregt am Rock. »Mama, wir können doch die Töchter von deinen Freundinnen fragen, die immer zu deinen Partys kommen?«

Annie streichelte ihrer Tochter über die Wange. »Ja, warum nicht? Es wird langsam Zeit, dass sie ihren Kindern mal ein wenig Bildung zukommen lassen.«

»Mach eine Liste«, schlug Frank vor. »Ich rede mit ihnen, wenn wir wieder zurück sind.«
»Ich sage ihnen Bescheid«, erwiderte Annie. »Myra Littlewood und Sylvia Russell werden von der Idee begeistert sein. Und wenn wir ihnen die Planung überlassen, dann sieht es auch nicht so aus, als wollten wir die Oberhand haben.«

Frank hatte in der Zeit in Frankreich den Entschluss gefasst, seine Millionen nicht mehr in den Gewölben der Bank verkümmern zu lassen. Den geschäftlichen Teil konnte Ethan allein bewältigen, aber er wollte gerne mehr über Investitionen lernen, um sein Geld zu vermehren. Nicht, dass er mehr Geld wollte, aber er wollte seinem Gehirn etwas zu tun geben.

Als sie zurückkamen, gefiel es Sophie in New York viel besser, und im Jahr darauf machte sie nicht nur eine mentale, sondern auch eine rasante körperliche Entwicklung durch. Ihr Busen wuchs, und ihre natürliche Lebhaftigkeit, die bei Miss Shibley nur unterdrückt worden war, trat zutage. Sie stand im Mittelpunkt einer Gruppe junger Damen, die vielleicht von der feinsten Gesellschaft nicht akzeptiert wurden, aber zu den reichsten Erbinnen der Welt gehörten. Und in dieser Gruppe wurde Sophie nicht nur akzeptiert, sondern man blickte auch zu ihr auf, und sie wurde zur Anführerin, weil sich herausstellte, dass sie dazu geboren war. Nie machte sie sich über andere Mädchen lustig, weil sie seit ihrer Zeit bei Miss Shibley ganz genau wusste, wie schlimm das war, und sie nahm neue Mädchen unter ihre Fittiche und kümmerte sich um sie. Sie organisierte Tanzveranstaltungen und Ausflüge ins Museum of Natural History. Alle liebten und bewunderten sie, und der Tag hatte nicht genug Stunden für all das, was sie gerne tat. Da sie kaum Zeit hatte, überredete sie ihren Vater, für sie eine Französischlehrerin zu engagieren, mit der sie sich jeden Tag eine Stunde lang auf Spaziergängen und bei Museumsbesuchen auf Französisch unterhielt.

Als seine Tochter fünfzehn Jahre alt war, beschloss Frank, der mittlerweile Grundbesitz nicht nur in New York City, sondern auch in Chicago besaß, ein »Landhaus« auf Long Island zu bauen.

Annie fragte: »Warum? Wir verbringen doch den Sommer immer in Denver.«

»Wir müssen ja nicht jedes Jahr das Gleiche machen«, erwiderte ihr Mann.

Das Sommerhaus hatte achtzehn Zimmer, eine Remise für die Kutschen und einen Stall für sieben von Franks Pferden, die er gerne bei Rennen laufen lassen wollte. In den letzten fünf Jahren hatte er Gestüte im ganzen Land besucht und sich mit Pferdezucht beschäftigt.

Sophie, die wie ihr Bruder Adam die Liebe ihres Vaters zu Pferden teilte, fragte ihn, warum Mädchen eigentlich nicht Jockeys werden könnten, aber er erklärte ihr, dass sie schon zu groß dazu sei. Aber er legte einen Reitplatz für seine Kinder an und ließ auch in den Wald auf seinem Besitz Wege schlagen, auf denen sie reiten konnten.

Es dauerte zwar einige Jahre, aber dann folgten auch die anderen seinem Beispiel und bauten sich ebenfalls Sommerhäuser auf der Insel. Damals dauerte die Kutschenfahrt bis in die Stadt noch einen ganzen Tag, obwohl es nur ungefähr vierzig Kilometer bis New York waren. Im Sommer war es auf der

Insel wesentlich kühler, und im Winter schloss Frank das Haus ab, und ein Verwalter mit seiner Frau kümmerte sich darum. Es war eine frivole Art, drei Millionen Dollar auszugeben, aber was bedeutete diese Summe schon für den Silberkönig?

Die Weihnachtsfeiertage und den halben Januar verbrachten sie immer in Denver. Ethan und Mary Ann gehörten mittlerweile in Denver zur obersten Gesellschaftsschicht, und sie genossen die Rolle, die sie spielten. Ethan hatte dafür gesorgt, dass die Oper in Denver, ein opulentes Gebäude, ein beeindruckenderes Programm bot als manches andere Opernhaus in Amerika, und so gastierte einmal im Jahr die Oper von San Francisco dort, und es war die Rede davon, auch das Ballett dorthin zu holen.
Auch die Fishers gehörten zu den ersten Kreisen, und Frank lud sie, Lighthouse und Otto jedes Jahr zum Weihnachtsessen ein, bei dem sich allerdings die Männer angesichts so viel schöner Frauen nicht ganz wohl zu fühlen schienen. Außerdem hatten sie kaum ein anderes Gesprächsthema als die Mine. Die Fishers besuchten Frank und Annie auch noch einmal pro Jahr für zwei Wochen in ihrer Villa an der Upper Fifth Avenue, die jetzt schon nicht mehr so einsam lag, weil in der Zwischenzeit zahlreiche andere Häuser gebaut worden waren.
Bisher hatte keiner der oberen Vierhundert Sommerhäuser auf Long Island gebaut. Sie bevorzugten immer noch Newport mit seiner starren gesellschaftlichen Struktur, die nur sehr wenige durchbrechen durften. Langsam begann diese Haltung sich jedoch zu lockern, und auch einige der Elite-Familien ließen sich für den Sommer dort nieder, weil dort Platz für

Stallungen war. Pferderennen war der beliebteste Sport in Amerika, und nur die wirklich Reichen konnten ihn sich leisten. Allerdings bauten sie ihre Anwesen nicht in der Nähe der Hamptons, sondern an der Nordküste von Long Island, wo sie ihre Villen in den Hügeln mit kilometerlangen Zäunen umgaben, die so viel kosteten, dass ein kleines Land davon hätte sechs Monate leben können.

Auch sozial begannen die Strukturen weniger starr zu werden. Auf den Debütantinnen-Bällen in New York wurden mehr und mehr junge Männer aus Annies Kreisen zugelassen, weil reiche, akzeptable junge Männer knapp waren. Und so kam es, dass Adam mit den »Vierhundert« lange vor Sophie verkehrte, ohne dass es ihm allerdings bewusst war. Aber er hatte auch vorher nicht bemerkt, dass er sich außerhalb dieser Gesellschaft bewegte, dachte seine Schwester.

Sein athletischer Körperbau, seine Reitkünste und sein Charme machten ihn an seiner Schule in Andover, die er seit seinem vierzehnten Lebensjahr besuchte, sehr beliebt. Er war zwar nicht so ein guter Schüler wie Sophie, aber doch weit über dem Durchschnitt. Er war ein glücklicher Junge, der strahlend durchs Leben ging und sich mit allen gut verstand, mit den Pferdeknechten ebenso gut wie mit den Müttern aus der obersten Gesellschaftsschicht.

Sophie vermisste ihn sehr, als er im Internat war. Ihr fehlte jemand in ihrem Alter, mit dem sie ausreiten, reden und lachen konnte. Jerome war noch zu klein, obwohl auch er seinen Bruder schmerzlich vermisste. Da Sophie ohne seine Begleitung in ihrer freien Zeit nicht mehr so viel unternehmen konnte, las sie viel, und nicht nur die Romane, die gerade populär waren, sondern auch Gedichte von Shelley, Keats und Longfellow oder Sachbücher über Geschichte und Geographie. In einem Jahr wünschte sie sich sogar einen Globus zu Weihnachten, damit sie sich anschauen konnte, wo die Länder lagen, die sie in den Büchern bereiste.

Mit ihrem Vater zusammen studierte sie die Abstammung der Pferde, die er erwarb. Annie liebte Pferde und feuerte ihren Favoriten bei Rennen immer lautstark an, aber im Gegensatz zu ihrer Tochter konnte sie die einzelnen Rassen nicht auseinander halten. Ihr Ein und Alles war ihr gesellschaftliches Leben, wobei sie sich überhaupt nichts daraus machte, dass die alteingesessenen Familien sie ignorierten. Sie betrachtete ihre langweiligen Kleider, ließ sich berichten, wie streng ihr Tagesablauf reglementiert war, und dachte, was sie doch für ein schönes Leben führte. Sie trank nach dem Theater Champagner bei Delmonico's und saß in der Oper auf Plätzen in den ersten Reihen, nicht in den Logen, von denen aus die Familien, die sie vor langer Zeit gekauft hatten, auf sie heruntersahen. Und das taten sie im wahrsten Sinne des Wortes. Sie schnalzten missbilligend mit der Zunge über Annies prächtige Kleider und ihren protzigen Schmuck. Natürlich stellten in der Oper auch die Damen der High Society ihre Juwelen zur Schau, aber es waren keine birnenförmigen Diamanten, die ihre Brüste betonten, keine Choker, die ihre weißen Schultern zur Geltung brachten, und keine baumelnden Ohrringe aus Smaragden und Rubinen, die mit ihren blitzenden, lachenden Augen wetteiferten. Und keine der Gesellschaftsdamen hatte Annies Alabasterteint und ihr goldenes Haar.

Die Männer in den Logen, die ihren Frauen die Organisation des gesellschaftlichen Lebens überantworteten, sie jedoch an ihren Geschäften nie teilhaben ließen, blickten ebenfalls auf

Annie herunter, aber was sie dachten, konnte man nur ahnen, ihren Frauen gegenüber äußerten sie sich jedenfalls nicht. Männer ihres Standes redeten mit anderen Männern nicht über Frauen, sondern nur über Geschäfte. Aber in Gedanken verglichen sie Annie doch mit ihren Ehefrauen.

Es ergab sich, dass diese Männer immer häufiger geschäftlich mit Frank zusammentrafen. Sie fanden ihn angenehm und wohlerzogen, und sie bewunderten seine Zielstrebigkeit und seinen Geschäftssinn. Es war ihnen klar, dass Frank Curran mehr Geld besaß als die meisten von ihnen und dass er vermutlich den größten Grundbesitz in Manhattan hatte.

Es konnte doch sicher nichts schaden, wenn ihre Söhne seine Tochter kennen lernten. Sie war zwar nicht so strahlend schön wie ihre Mutter, hatte jedoch einen wohlgeformten Körper, ein hübsches Gesicht und war offensichtlich viel damenhafter. Der Gedanke kam ihnen, als sie Sophie, die mittlerweile sechzehn Jahre alt war, mit ihrem Vater in der Oper sahen. Auch samstagmorgens beim Ausreiten im Central Park sah man sie mit ihrem Vater und ihrem jüngeren Bruder. Sie ritten nicht gesittet wie die anderen Leute auf den breiten Wegen, sondern galoppierten lachend querfeldein, als ob es ihnen gleichgültig sei, was man von ihnen dachte. Einmal veranstalteten Sophie und Jerome sogar ein Wettrennen im Park, und sie wirkten dabei so entschlossen und zugleich so voller Lebensfreude, dass jeder, der sie sah, sie um ihre Freiheit beneidete.

Zu den Personen, die sie an jenem Tag beobachteten, gehörte auch Colin von Rhysdale, obwohl er einige Jahre lang nicht mehr an diesen Tag dachte. Er war damals vierundzwanzig und stammte aus einer der ersten Familien der Stadt. Seine Vorfahren väterlicherseits hatten 1641 den ersten Kaufladen in

Nieuw Amsterdam gegründet, und die Vorfahren seiner Mutter gingen auf die Puritaner zurück, die kurz darauf in Salem, Massachusetts, an Land gegangen waren. Sein Vater und Frank Curran verhandelten gerade einen Geschäftsabschluss, der ihnen beiden nur Vorteile brachte. Sie besiegelten den Vertrag mit einem Handschlag. Frank ging danach nach Hause, aber Colins Vater schlief in jener Nacht nicht bei seiner Frau, sondern lag im Bett von Dolly Dukakis, einer griechischen Sängerin, deren weiche Brüste Mr. von Rhysdale hart werden ließen. Er belohnte sie für ihre Mühen mit einem Diamantenarmband, mit dem das Schulgeld von Colins jüngerem Bruder in Exeter ein Jahr lang hätte bezahlt werden können. Colins Mutter jedoch, die ganz genau wusste, wo ihr Mann in jener Nacht war und bei wem, änderte den Lauf von Sophies Leben und gab ihr etwas, was weder sie selbst noch Sophie jemals gekannt hatten.

6

Sophie fand die Winterferien in Denver langweilig. Niemand sprach anständig Französisch, und wenn, dann mit einem grauenhaften Akzent, und außerdem war sie aus dem Alter heraus, wo es ihr Spaß machte, dick eingepackt im Schlitten die Hügel hinunterzusausen. Als sie erklärte, ihre Vettern und Cousinen seien nichts als Landpomeranzen, wurde Annie zornig.
»Sie haben wenigstens noch echte Werte«, sagte sie zu ihrer Tochter. »Sie kleiden sich vielleicht nicht so elegant wie du, aber ohne sie wäre dieses Land nichts.«
Sophie blickte ihre Mutter fassungslos an. Für die Leute in New York trat ihre Mutter nicht so ein, aber vielleicht gab es solche Leute dort auch nicht.
Annie betrachtete Mary Ann immer noch als ihre beste Freundin, und am wohlsten fühlte sie sich, wenn die gesamte Familie um sie herum war. Wenn diese Menschen sie in New York besuchten, gab sie keine Einladungen für ihre New Yorker Freunde, weil sie das Gefühl hatte, dass sie vielleicht naserümpfend auf die »Landeier« herabsehen würden.
Sophie fiel das auf, und sie hatte das Gefühl, dass ihre Eltern in zwei Welten lebten. Sie begann sich zu fragen, warum sich gerade Annie und Frank ineinander verliebt hatten und wie es kam, dass sie immer noch so zärtlich miteinander umgingen. Manchmal hörte sie abends das leise Lachen ihrer Mutter aus

dem Schlafzimmer der Eltern, und dann dachte Sophie, dass sie sich immer darauf verlassen konnte, dass ihre Eltern sich liebten. Es war ein gutes Gefühl, und eigentlich wollte sie eines Tages auch einmal eine solche Liebe erleben, aber sie schwor sich, ihr Herz nie über ihren Verstand zu setzen. Sie wusste, was sie von ihrem Leben erwartete, und Liebe hatte damit nur wenig zu tun. Viel wichtiger war es, den richtigen Mann zu heiraten.

Zum alljährlichen Kotillon der Debütantinnen waren die *nouveau riche* nicht zugelassen, und sie wurden zu den anschließenden Bällen auch nicht eingeladen, also veranstalteten sie ihre eigenen Bälle, auf denen sowohl die Söhne der Neureichen als auch die aus alten Familien anwesend waren. Das galt allerdings nur für die Männer. Frauen durften nicht unter ihrem Stand heiraten.

Sophie sollte an ihrem neunzehnten Geburtstag in die Gesellschaft eingeführt werden. Aber schon mit achtzehn Jahren musterte sie die jungen Männer, die ihr zur Verfügung standen, und keiner von ihnen gefiel ihr. Seit sie fünfzehn war, wusste sie, dass sie in eine der alteingesessenen Familien einheiraten wollte, aber keiner von den jungen Männern, die sie umschwärmten, weckte ihr Interesse.

Viel interessanter hingegen war die Ankündigung ihres Vaters, er wolle mit seinen Pferden am Rennen in Saratoga teilnehmen. In Saratoga würden viele der oberen Vierhundert sein, und die jungen Männer dort würden sicher von ihr Notiz nehmen, auch wenn sie noch nicht debütiert hatte. Sophie würde sie sich alle genau anschauen, und vielleicht kamen sie ja nächstes Jahr zu ihrem Debüt.

Sie hatte alles genau durchdacht, als sie nach Saratoga fuhr.

In den Anfängen des siebzehnten Jahrhunderts, als New York City noch Nieuw Amsterdam hieß, waren die von Rhysdales erfolgreiche Kaufleute gewesen. Als New York City dann 1664 britische Kolonie wurde, wurden sie ebenso erfolgreiche Bankiers. Ein Zweig der Familie kontrollierte immer noch einen Großteil des amerikanischen Vermögens durch die Bank, die jetzt seit über zweihundertfünfzig Jahren in Familienbesitz war. Die ersten Familiensitze waren oben am Hudson entstanden, und sie verfielen bereits, als die Abkömmlinge der Familie sich ihre Paläste an der Lower Fifth Avenue errichteten.

Der andere, weniger konservative Zweig der Familie hatte in den sechziger Jahren des neunzehnten Jahrhunderts in die Eisenbahn investiert und dafür gesorgt, dass die erste Transkontinentalbahn die Atlantik- und die Pazifikküste miteinander verband. In den letzten Jahren des neunzehnten Jahrhunderts erstreckten sich Eisenbahnlinien über den gesamten Kontinent und ermöglichten, dass Amerika zu einer Nation zusammenwuchs.

Colin von Rhysdale, mittlerweile siebenundzwanzig Jahre alt, war der älteste Sohn. Anders als seine zwei Brüder, die eine angeborene Abneigung gegen alles besaßen, was mit Energieverbrauch zu tun hatte, arbeitete er in den Finanzinstitutionen seiner Familie. Bis dahin hatte er zwar noch nichts besonders Konstruktives geleistet, aber er lernte mit viel Geschick, mit einem großen Vermögen umzugehen, weil er auf keinen Fall zulassen wollte, dass die Familienfinanzen von unpersönlichen Angestellten geregelt wurden. Seine gegenwärtige Leidenschaft galt jedoch seinem Rennstall.

Im Sommer 1898 fuhr Colin von Rhysdale mit seinem Lieblingspferd nach Saratoga zum Rennen. Trotz seiner siebenundzwanzig Jahre waren ihm seine Pferde wichtiger als das Familienunternehmen. Seine Mutter machte sich jedoch ständig Sorgen, dass ihr nicht so besonders gut aussehender Sohn womöglich nicht um seiner selbst willen, sondern wegen seines Vermögens geliebt würde.

Bisher hatte er sich erst einmal verliebt, als er siebzehn Jahre alt war, und damals hatte sie sich noch keine Gedanken gemacht, aber jetzt war es für ihn an der Zeit zu heiraten. Obwohl er bereits mehr Debütantinnenbälle besucht hatte, als ihm lieb war, und zahlreiche junge Frauen, die als standesgemäße Partie in Frage kamen, kennen gelernt hatte, hoffte seine Mutter von ganzem Herzen, dass er eines Tages ein Mädchen finden würde, das ihn nur aus Liebe heiratete. Was ihm an gutem Aussehen fehlte, machte er allerdings durch seinen großen Charme wett, und er hatte schon vielen jungen Damen das Herz gebrochen, die sich einbildeten, ihn zu lieben, aber in Wahrheit nur seine gesellschaftliche Stellung und sein Vermögen meinten.

Das Dumme war nur, dass er sich am liebsten in den Pferdeställen aufhielt, und dort, so dachte seine Mutter, würde er sicherlich keine geeignete Kandidatin für eine Ehe kennen lernen.

Aber genau dort begegnete ihm Sophie Curran, damals achtzehn Jahre alt und fest entschlossen, einen Ehemann aus einer alteingesessenen Familie zu finden, damit niemand sie jemals wieder von oben herab behandeln konnte.

Sie achtete nicht auf den großen, dunkelhaarigen jungen Mann in schmutzigen Stiefeln, der an einer Box stand, einem Pferd über die Nüstern strich und ihm einen Apfel fütterte. Und auch er bemerkte sie erst, als sie an ihm vorbeiging und an der Box stehen blieb, wo das Pferd ihres Vaters schon begierig auf seine Karotte wartete, die sie ihm hinstreckte. Sie trug Reitkleidung, allerdings nicht, wie für Frauen üblich, für den Damensattel, sondern Jodhpurs, die erst vor kurzem für junge Männer der letzte Schrei geworden waren.

Colin von Rhysdale drehte sich um und sah sie zuerst nur im Profil. Er hörte sie lachen, und als sie den Kopf zurückwarf, fielen ihre Haare offen über die Schultern, überhaupt nicht elegant. Aber bei ihrem perlenden Lachen, das wie Wasser in der Sonne plätscherte, setzte sein Herz für einen Schlag aus.

Wie von einem Magneten angezogen, ging er langsam auf sie zu. Als Sophie sich umdrehte und ihm ihr Gesicht, das ihm wunderschön vorkam, zuwandte, war ihr Schicksal besiegelt. Sie schien jedoch durch ihn hindurchzusehen. Er war schmuddelig, und die Haare fielen ihm in die Stirn.

»Ist das Ihr Pferd?«, fragte er, weil ihm nichts anderes einfiel.

»Eines davon«, erwiderte Sophie herablassend. Sie trat an die nächste Box und ging hinein. Während er zuschaute, warf sie dem Pferd, das darin stand, einen Sattel über und zog den Sattelgurt fest, wobei sie dem Tier beruhigende Worte ins Ohr flüsterte. Das Pferd wieherte leise.

Ohne Colin auch nur eines Blickes zu würdigen, ging sie mit dem Pferd hinaus auf den Reitplatz. Da es erst sechs Uhr morgens war, war kaum jemand auf der Bahn. Ein paar der Knechte eilten herbei, aber ansonsten war es auf der Rennbahn leer. Während sie langsam anritt, stützte sich Colin mit den Ellbogen auf den Zaun und schaute ihr zu. Nach und nach wurde sie schneller, bis er schließlich ihr Gesicht nicht mehr erkennen konnte, als sie an ihm vorbeigaloppierte. Sie erinnerte ihn an ein Mädchen, das er vor Jahren im Central Park beobachtet hatte, und auf einmal dämmerte ihm, wer sie war. Er ging zu-

rück zu den Ställen, um sich zu vergewissern, und stellte fest, dass neben der Box der Name Curran stand. Sie war Frank Currans Tochter, und wer Frank Curran war, wusste jeder.
Er hielt sich im Hintergrund, als Sophie zurückkam und ihr Pferd trocken ritt. Schließlich saß sie ab, küsste es auf die Nüstern und führte es in seine Box. Colin trat auf sie zu und sagte: »Sie reiten gut.«
Sie lächelte ihn an. »Danke.« Dann drehte sie sich um und ging, ohne ihn noch einmal anzuschauen.
Während sie zum Hotel ging, dachte sie, wie schade es doch war, dass er nicht besser aussah.
Sie klopfte an die Zimmertür ihrer Eltern, und als sie eintrat, stand Frank bereits vor dem Spiegel und band sich seine Krawatte, aber Annie lag noch im Bett, mit einem rosa Bettjäckchen mit Federn bekleidet. »Warte nicht auf mich, Liebling«, sagte sie zu Frank. »Das ist eine unchristliche Zeit zum Aufstehen.«
»Ich möchte mit dir frühstücken, Vater«, erklärte Sophie. »Ich muss mich nur noch rasch umziehen.«
Frank trat zu Annie und gab ihr einen Kuss auf die Stirn. Sophie bekam ebenfalls einen Kuss. »Wenigstens eins meiner Mädchen kommt mit mir«, sagte er. »Ich bin im Speisesaal«, erklärte er an seine Tochter gewandt.
Als Sophie eine halbe Stunde später dort eintraf, trug sie ein weißes Musselinkleid mit Blumenmuster und einem smaragdgrünen Gürtel um die schmale Taille. Ein grünes Band hielt ihre Haare zurück, die nicht ganz so blond wie die ihrer Mutter waren, aber dafür waren ihre Augen intensiv grün. Um diese Uhrzeit war sie das einzige weibliche Wesen im Speisesaal, und alle Blicke wandten sich ihr zu. Lächelnd trat sie an den Tisch ihres

Vaters. Ein Kellner rückte ihr den Stuhl zurecht, und sie setzte sich. »Ich war schon reiten«, berichtete sie Frank.
»Das überrascht mich nicht.« Er wusste, dass seine Tochter ihr Leben nicht vergeudete.
»Es ist ein wunderschöner Tag.«
Franks Herz schmolz immer dahin, wenn er Sophie anblickte. Er versuchte, ihr alle Wünsche von den Augen abzulesen, aber einiges, was sie sich wünschte, konnte er ihr nicht geben. Sophie hatte sich nie nach Liebe gesehnt. Natürlich war sie mit viel Liebe aufgewachsen, und ihre Eltern hatten sie immer sehr behütet, deshalb wusste sie nicht, dass man sich danach sehnen konnte. Für sie war es wichtig, dazuzugehören. Sie wollte von der einzigen Gruppe akzeptiert werden, deren Billigung man nicht mit Geld kaufen konnte.
Die Männer, die das Land regierten, die den Kurs der Welt veränderten, machten mit Frank Geschäfte, dinierten mit ihm, luden aber Annie nicht ein. Männer, die Verträge mit ihm schlossen und ihm vertrauten, würden ihn nie mit seiner Frau zu sich nach Hause einladen, weil sie dort nichts zu bestimmen hatten. Die Frauen, die das Sagen hatten, ließen kaum eine Frau aus einer anderen Schicht in ihre Kreise hinein, auch nicht, wenn ihre Söhne sie geheiratet hatten. Manchmal blieben diese jungen Frauen für immer am Rand der Gesellschaft. Sophie jedoch hoffte, die Barrieren überwinden zu können.
Annie bezeichnete diese Leute als langweilig. Sie verstanden es nicht, sich anzuziehen, sie wussten nicht, wie man Spaß hatte oder lachte. Aber Annie war auch nicht als kleines Mädchen mit ihnen zur Schule gegangen, sie hatte nie den Schmerz verspürt, abgelehnt, ignoriert und ausgelacht zu werden. Annie hatte in ihrem ganzen Leben keine unangenehme

Minute erlebt, es sei denn, man bezeichnete die Zeit, in der sie für die Bergarbeiter gekocht hatte, als unangenehme Erfahrung. Und sie hatte immer ihren Spaß gehabt. Sie kannte Dutzende von jungen Männern, die ihr gefallen würden, wenn sie jung wäre. Die Söhne von Politikern, von Männern, die wie Frank mit Minen reich geworden waren, deren Erfindungen die Welt veränderten, oder Männer, die einfach nur charmant und unterhaltsam waren.

Aber Sophie verzog keine Miene, wenn sie mit ihnen tanzte. Sie ignorierte ihre Einladungen, las stattdessen lieber französische Romane, ritt aus oder spielte mit ihrem Bruder Mensch-ärgere-dich-nicht, wenn er aus der Schule nach Hause kam. Ab und zu ging sie mit Annie ins Theater oder mit ihrem Vater in die Oper. Insgeheim machten sich Frank und Annie Sorgen um ihre Tochter.

»Manchmal habe ich das Gefühl, sie ist auf irgendetwas wütend«, sagte Annie. »Ich habe aber keine Ahnung, warum.«

Frank kannte den Grund, wusste jedoch nicht, was er tun sollte.

Sophie war beharrlich, hübsch und ehrgeizig, und wenn sie wollte, entwickelte sie denselben Charme wie ihr Vater. Von ihrer Mutter hatte sie den Sinn für Dramatik geerbt, wenn auch vielleicht nicht so ausgeprägt wie bei Annie. Sie war intelligent und manchmal sogar witzig, ihr fehlte jedoch die Fähigkeit, über sich selbst oder über Dinge zu lachen, die ihr wichtig waren.

»Warum bist du so früh aufgestanden?«, fragte Frank.

»Die Sonne. Es ist ein wunderschöner Tag, nicht wahr? Ich wollte gerne reiten gehen.«

Sie wirkte so glücklich, dass Frank sich unwillkürlich fragte,

was heute früh vorgefallen war. In diesem Moment tauchte der Trainer von Franks Rennpferden auf der Schwelle des Speisesaals auf und ließ Frank über den Kellner ausrichten, er möchte bitte zu den Ställen kommen. Kurz nachdem Frank weg war, schlenderte Colin von Rhysdale in den Speisesaal und trat an Sophies Tisch. Er blieb stehen, und sie blickte ihn an.
»Sie sind Sophie Curran«, sagte er.
»Und Sie sind?«
»Darf ich mich zu Ihnen setzen?«
»Ihre Mutter würde Ihr Verhalten sicher nicht billigen. Wir sind einander noch nicht vorgestellt worden.«
»Hätte Ihre Mutter denn nichts dagegen?«
Sophie lächelte ihn an. »Nein, meine Mutter nicht.«
»Dann wissen Sie also, wer ich bin? Darf ich mich zu Ihnen setzen?« Er ließ sich einfach auf Franks Stuhl nieder, und ein Kellner schenkte ihm Kaffee ein.
»Ich weiß, dass Sie Mr. von Rhysdale sind, aber nicht, welcher.«
»Colin«, erwiderte er und trank einen Schluck Kaffee. Der Kellner brachte die Eier, die Frank bestellt hatte, und blickte verwirrt auf den neuen Gast. Colin machte eine Handbewegung. »Ich nehme sie.«
Sophie lächelte in sich hinein.
»Warum habe ich Sie noch nie gesehen?«, fragte Colin.
Sophie zuckte anmutig mit den Schultern und sagte: »Wir bewegen uns in unterschiedlichen Kreisen, Mr. von Rhysdale.«
Natürlich hatte er schon von Frank Curran gehört, dem Mann, der mehr Silber besaß als sonst jemand in Nordamerika. Sein Vater, der Curran kannte, hatte ihn als »Mann mit scharfem Verstand« bezeichnet.

Aber niemand hatte ihm etwas von Sophie Curran erzählt, von diesen Haaren, die ihr lockig über die Schultern fielen.
»Leben Sie in der Stadt?«, fragte er. Es gab nur eine Stadt.
Sie nickte. »Ja, auf der Fifth Avenue.«
»O ja, natürlich. Weiter oben. Ich bin schon daran vorbeigeritten. Beinahe am Central Park.«
»Und Sie wohnen auch auf der Fifth.«
»Und trotzdem sind wir uns nie begegnet.« Die Tatsache erstaunte ihn.
»Ich habe Ihre Mutter in der Oper gesehen«, erklärte Sophie.
»Ah, in der Oper.« Keine zehn Pferde bekamen Colin dorthin. Als Sophie schwieg, fuhr er fort: »Sie sind anscheinend eine sehr erfahrene Reiterin.«
Sophie schlug die Augen nieder und knabberte an ihrem Toast. Sie wünschte, sie beherrsche die Kunst des Flirtens. Anderen Mädchen schien es leicht zu fallen, aber sie hatte bisher immer gefunden, dass es Zeitverschwendung sei, einem Jungen etwas vorzugaukeln, was man nicht war. Jetzt jedoch stellte sie fest, dass sie nicht wusste, worüber sie sich mit einem fremden jungen Mann von den oberen Vierhundert unterhalten sollte.
»Sind Sie wegen der Rennen hier?«, fragte sie.
»Mein Pferd läuft morgen. Deshalb bin ich auch hier. Nur aus diesem Grund. Normalerweise ist die Saison in Saratoga nicht so ganz meine Sache.«
»Oh.« Sie lachte. »Und was ist Ihre Sache?«
»Viele Dinge, aber nicht die gesellschaftlichen Verpflichtungen, die meiner Mutter am Herzen liegen.«
»Dann fahren Sie also in die Stadt zurück?«
»O Gott, nein, in der Stadt ist es um diese Jahreszeit viel zu heiß. Manchmal halte ich mich in unserem Haus in Newport auf.«

»Oh, auf Rhode Island.«

Er nickte. »Oder ich fahre nach Maine. Wir besitzen eine Insel dort oben. Ich rudere gerne.«

Sie erhob sich, und er stand ebenfalls auf. Sie verließ den Speisesaal und ging durch die Halle auf die Veranda. In den Schaukelstühlen, die dort standen, saß niemand.

Er griff nach ihrer Hand und geleitete sie die Treppe hinunter.

»Wird Ihr Pferd morgen gewinnen?«, fragte sie.

Er zuckte mit den Schultern. »Ich weiß nicht genau, ob er schon so weit ist, aber mein Jockey will es auf jeden Fall versuchen. Ich würde lieber noch drei Monate warten, aber Mitte November gibt es ja keine Rennen in Saratoga, nicht wahr? Auf jeden Fall können wir jetzt schon mal einen Probelauf machen.«

»Wie stehen die Wetten?«

»Siebzehn zu eins.« Colin lächelte. »Er hat noch nie an einem Rennen teilgenommen.«

Sophie klatschte in die Hände. »Wenn ich hundert Dollar auf ihn setze, habe ich dann die Chance, siebzehnhundert Dollar zu gewinnen? Solche Wetten liebe ich.«

»Was bedeuten Ihnen siebzehnhundert Dollar?«

»Vermutlich genauso viel wie Ihnen«, erwiderte sie.

Kurz vor zehn Uhr klopfte Colin an die Tür seiner Mutter. Sie bewohnte eine Suite, und er wusste, sie würde im Zimmer frühstücken. Seine Mutter saß in ihrem rosa Satin-Bettjäckchen im Bett und trank Kaffee. »Und welchem Umstand verdanke ich deinen Besuch so früh am Morgen?«, fragte sie. Er hatte sie immer nur perfekt frisiert gesehen, selbst um diese Stunde.

»Ich möchte, dass du ein Mädchen kennen lernst.« Colin setzte sich ans Fußende des Bettes.

Seine Mutter, Diana von Rhysdale, legte die Hand auf ihr Herz. »Ach, du liebe Güte.« Ihre Augen funkelten.
»Ich möchte, dass du sie und ihre Eltern zum Dinner an unseren Tisch bittest.«
Sie stellte die Kaffeetasse ab und blickte ihren Sohn an. »Hast du dich etwa verliebt? So schnell?«, neckte sie ihn.
Colin lachte. »Es wird dich freuen zu hören, dass sie nicht hinter meinem Geld her ist.«
»Und woher weißt du das?«
»Sie ist Frank Currans Tochter.«
Seine Mutter schluckte und sank in das Kissen zurück. Erneut griff sie nach ihrer Kaffeetasse und blickte hinein, als könne sie die Zukunft ihres Sohnes darin erkennen.
»Ich kenne niemanden, der sie kennt, aber du hast Recht. Dein Geld braucht sie nicht.«
»Möglicherweise gefalle ich ihr gar nicht, aber ich bin hingerissen von ihr, und ich möchte, dass du sie kennen lernst. Kannst du ein Abendessen arrangieren?«
»Mein lieber Junge, du weißt sehr gut, dass ich eine Reise zum Mond arrangieren würde, wenn du es unbedingt wolltest.«
Colin stand auf. »Und sei nicht zu kritisch, Mutter, dazu ist es möglicherweise schon zu spät. Sie setzt morgen sogar hundert Dollar auf Jolly Roger.«
Seine Mutter lachte. »Das ist ja wohl das Mindeste, was sie tun kann.«
Als ihr Sohn das Zimmer verlassen hatte, dachte sie bei sich, dass keine *nouveau riche* mit so wenig Manieren in ihrer Familie gut aufgenommen würde. Sie glaubte sich jedoch zu erinnern, dass ihr Mann den Vater kennen gelernt hatte. Nun, Thomas würde mit dem Nachmittagszug eintreffen. Sie wür-

de eine Einladung in seinem Namen aussprechen. Selbst wenn die Currans für den Abend schon etwas geplant hätten, konnte sie sicher damit rechnen, dass ihre Einladung akzeptiert würde. Niemand sagte den von Rhysdales ab.
Die kleine Curran also. Na, hoffentlich war sie nicht zu launisch, denn Colin würde sich von jeder Frau um den Finger wickeln lassen. Leider hatten diese neureichen Kinder wesentlich mehr Temperament als die Mädchen aus ihren Kreisen, die dazu erzogen waren, sich in jeder gesellschaftlichen Situation benehmen zu können. Und vermutlich war sie auch kein Hohlkopf, denn Colin hatte sich noch nie zu verträumten, albernen Geschöpfen hingezogen gefühlt. Wie viel mochte er zwischen heute Morgen und jetzt schon von ihr erfahren haben?
Dass sie nicht hinter seinem Geld her war, stimmte. Ihr Vater konnte ihr die halbe Welt kaufen. Aber sie war wahrscheinlich hinter seinem Namen her. Ihrem Namen.
Nun ja, was hatte die Ehe zwischen einer Wentworth und einem von Rhysdale schon für den Namen bewirkt? Sie hatten Colin in die Welt gesetzt, einen vielversprechenden Erben, aber mit Jeremy und Bertram konnten sie sich nicht brüsten. Sie brachten allein gar nichts zuwege. Ständig steckten sie in irgendwelchen Schwierigkeiten, aus denen Thomas sie auslösen musste. In ihrem ganzen Leben hatten sie noch nie auch nur einen einzigen Tag gearbeitet, und das würden sie auch nie tun. Sie gaben das Geld mit vollen Händen aus, und irgendwann würden zwei frivole Mädchen sie heiraten, die das Vermögen der von Rhysdales genauso sorglos verprassen würden. Es gab viel zu viele frivole Mädchen unter den Vierhundert, musste sie zugeben, aber sie hatten zumindest Manieren

und wussten sich zu benehmen. Sie hatten ihre Emotionen unter Kontrolle, zumindest in der Öffentlichkeit.

Diana von Rhysdale seufzte. Es war nicht leicht, eine Mutter zu sein, und wen auch immer ihre Söhne heiraten würden, eine Schwiegermutter zu sein würde ihr sicher noch schwerer fallen. Sie war in der Gesellschaft gefürchtet, und alle zuckten zusammen, wenn sie nur die Stirn runzelte. Das würden die Currans auch zu spüren bekommen. Vom ersten Augenblick an würde sie ihnen deutlich zu verstehen geben, dass die von Rhysdales nichts von den Currans und ihrer Sippschaft hielten. Sie wollte doch mal sehen, wie sie das aufnahmen!

Was war an diesem Mädchen, dass es Colins Interesse so rasch geweckt hatte? Sie würde sich heute Abend mit eigenen Augen davon überzeugen. Sie hatte gehört, dass die Mutter des Mädchens unkultiviert war und sich mit diesen Politikern, die gerade erst aus Irland gekommen waren, und Theaterleuten umgab. Abschaum. Die Frau hatte bestimmt nicht die leiseste Ahnung, wie man sich auf gesellschaftlichem Parkett bewegte, und das Mädchen war sicher in vielerlei Hinsicht ungeschliffen.

Sie fragte sich, ob Colin wohl schon einmal mit einem Mädchen geschlafen hatte. Bei ihren jüngeren Söhnen war sie sich diesbezüglich sicher. Sie wäre noch nicht einmal überrascht, wenn das bei beiden die Hauptbeschäftigung wäre. Aber Colin hatte anderes im Kopf, als sich zu überlegen, wen er nachts in sein Bett holen könnte. Er war ihr Liebling, der ihren Namen voller Stolz weiterführen würde.

In einem Punkt hatte Colin Recht. Sie würde nicht hinter seinem Geld her sein, aber er war sehr naiv, sodass er vielleicht nicht merkte, hinter was sie sonst her war.

7

»Eine Einladung von Mrs. Thomas von Rhysdale?« Annie drehte den kleinen, rechteckigen Umschlag zwischen den Fingern. Fragend blickte sie Frank an.
»Ich habe mit ihm geschäftlich zu tun gehabt, aber noch nicht so häufig. Ich habe ihn im Club kennen gelernt und dort zweimal mit ihm und den anderen Männern zu Mittag gegessen.«
Frank hatte keine logische Erklärung für die Einladung.
»Sie haben auch Sophie eingeladen«, sagte Annie. »Das ist nett. Bei den meisten Einladungen sind die Kinder nicht mit dabei.«
»Sie ist ja auch kein Kind mehr«, entgegnete Frank. »Als du so alt warst wie sie, hast du an einem heißen Ofen in den Bergen geschwitzt.«
»Das scheint noch gar nicht so lange her zu sein, nicht wahr?« Annie legte Briefpapier auf den Schreibtisch. »Wir können ihre Einladung heute Abend unmöglich annehmen. Wir dinieren mit den Sullivans.«
»Dann schreib ihnen, dass wir leider schon eine Verabredung haben. Sie werden es sicher verstehen.«
»Das will ich meinen«, erwiderte Annie, ergriff die Feder und tauchte sie in die Tinte. »Schließlich sind sie doch tonangebend im Land, was gute Manieren angeht, oder?«
Frank lachte. »Wenn das so ist, dann folgt aber der größte Teil des Landes nicht ihrem guten Beispiel.«

»Nun, ich habe gehört, dass alle nachmachen, was die Vanderbilts und von Rhysdales tun.«
»Alle?«, neckte Frank sie.
»Na ja, wir gehören ja nicht in ihren Kreis. Wir zählen nicht.«
»Und, mein Schatz«, sagte er und gab ihr einen Kuss auf die Nase, »wenn wir nicht zählen, dann haben sie ihre Augen nicht weit genug aufgemacht.«
»Ich weiß nicht. Meinst du, wir sollten den Sullivans absagen? Niemand aus dieser Gesellschaft hat uns jemals zuvor eingeladen.«
»Ich würde sagen, es zeugt von gutem Benehmen, wenn wir unsere Verpflichtungen erfüllen. Schreib ihr einfach, dass wir die Sullivans unmöglich enttäuschen können. Sie muss doch verstehen, dass frühere Absprachen Vorrang haben.«
Manchmal konnte Annie nur noch den Kopf darüber schütteln, wie Frank in der letzten Zeit redete. Frühere Absprachen, also wirklich. Nun, sie würde genau diese Worte benutzen und Mrs. von Rhysdale schreiben, wie leid es ihnen täte, dass sie ihre Einladung nicht annehmen könnten, aber sie hätten eine frühere Absprache. Sollte sie noch hinzufügen, sie hofften, ein andermal eingeladen zu werden? Ja, das würde sie schreiben.
Als Sophie hörte, dass die von Rhysdales ihnen eine Einladung geschickt hatten, Annie und Frank aber bereits eine frühere Absprache getroffen hatten, war sie überhaupt nicht böse. Lächelnd ging sie hinunter und wettete auf das Pferd ihres Vaters.
Als Colin von Rhysdale erfuhr, dass die Currans die Einladung seiner Mutter ausgeschlagen hatten, lächelte auch er,

allerdings nicht in Gegenwart seiner Mutter. »Dann versuch es mit morgen Abend, Mutter«, schlug er vor.
»Ich lade sie doch nicht noch einmal ein, wenn sie abgelehnt haben.«
»Du legst doch so viel Wert auf gute Manieren, meine Liebe«, sagte er. »Sie benehmen sich einfach nur korrekt und sagen nicht einen Termin ab, weil sie etwas Besseres geboten bekommen.«
Er fragte sich, ob Sophie wohl dachte, dass die Einladung seiner Mutter besser sei. Von den Currans war dies jedenfalls der reinste Geniestreich. Eine Einladung seiner Mutter abzulehnen war die sicherste Methode, um ihr Interesse zu wecken. Er kannte sie nur zu gut. Sie hatte sich bereits vorgenommen, Sophie oder ihre Eltern nicht zu mögen, und würde die Absage als persönliche Beleidigung auffassen, aber sie würde auch wissen wollen, wer es war, der die Kühnheit besaß, ihr die Stirn zu bieten. Sie würde sie erneut einladen, weil er sie darum gebeten hatte, und sie würde nett zu ihnen sein, weil sie wusste, es bedeutete ihm etwas, aber sie würde sich auf keinen Fall bei ihnen einschmeicheln.
Nun, wenn Sophie mit der Missbilligung seiner Mutter zurechtkam, war sie das richtige Mädchen für ihn, ganz gleich, wie ihre Eltern waren. Er war gespannt darauf, wie stark sie war, denn er kannte sie ja kaum. Schließlich hatte er sich noch nicht einmal eine Stunde mit ihr unterhalten.
Als er sie am Nachmittag sah, stand sie am Zaun an der Rennbahn und winkte aufgeregt, als sein Pferd das Rennen lief, wenn auch nicht ganz so aufgeregt wie ihre Mutter, als das Pferd der Currans im Rennen war. Colin lächelte unwillkürlich, als er Mrs. Curran entdeckte. Mit ihren siebenunddreißig

Jahren war sie immer noch eine schöne Frau. Sie trug ein himmelblaues Kleid, wesentlich modischer als die Kleider seiner Mutter, und einen breitkrempigen Hut mit einer Feder. Ihr Kleid war tiefer ausgeschnitten, als es sich für das Nachmittagskleid einer anständigen Frau gehörte, und durch sein Fernglas konnte er sehen, dass an ihren Ohrläppchen hellblaue Ohrringe baumelten. Als das Pferd der Currans als Erstes durchs Ziel ging, schrie sie laut und schwenkte die Arme. Seine Mutter beugte sich vor und tätschelte ihm die Hand, als sein Pferd verlor.

Als er sich schließlich suchend nach Sophie umschaute, konnte er sie nirgendwo finden. Am Abend jedoch saß sie mit ihren Eltern im Restaurant an einem Tisch für zwölf Personen. Links von ihr war ein junger Mann, den Colin nicht kannte, und rechts von ihr saß George Burnham, mit dem Colin in Exeter gewesen war. George war aus Philadelphia, deshalb spielte es keine Rolle, dass sein Vater sein Vermögen mit einer der einflussreichsten Zeitungen im Land gemacht hatte.

Von weitem beobachtete er, wie Sophie zuerst mit dem Mann links von ihr und dann mit George tanzte. Sie trug ein smaragdgrünes Kleid, das ihre hübschen Schultern betonte und so weit ausgeschnitten war, dass man den Ansatz ihrer Brüste sehen konnte. Überraschenderweise trug sie außer einer Spange mit einem Smaragden und einem Diamanten in den kunstvoll hochgesteckten Haaren keinen weiteren Schmuck.

Als sie gerade mit Burnham tanzte, trat er auf sie zu und forderte sie auf. Burnham nickte ihm zu und sagte: »Schön, dich zu sehen«, und löste sich von Sophie.

Sie fühlte sich in seinen Armen so leicht an, als sei dies ihr angestammter Platz. Am liebsten hätte er sie auf der Stelle, vor

allen Leuten, geküsst. Schweigend blickte er auf sie hinunter, und sie erwiderte seinen Blick, während sie herumwirbelten. Als die Musik geendet hatte, gingen sie auf die Veranda.
»Ich habe heute Nachmittag Geld verloren wegen Ihnen«, sagte sie.
Er lächelte. »Ich hatte gehofft, dass Sie auf mein Pferd setzen.«
»Dann tut es Ihnen also nicht leid, dass ich verloren habe?« Jetzt lächelte sie.
»Ihnen doch auch nicht«, erwiderte er, ergriff ihre Hand und führte sie ans hintere Ende der Veranda. »Erzählen Sie mir etwas über sich.«
»Was denn?«
»Etwas, was ich nicht weiß.«
»Was wissen Sie denn schon über mich?«
»Dass Sie gerne schnell reiten. Was bedeutet, dass Sie das Risiko lieben und dass Sie nicht ängstlich sind.«
»Du liebe Güte, so viel schließen Sie aus meinen Reitkünsten? Nun, dann wollen wir mal sehen, was ich Ihnen noch erzählen kann. Ich spreche sehr gut Französisch.«
Er lachte. »Das zählt nicht.«
Sie überlegte einen Moment lang. »Eines Tages werde ich die prächtigste Party geben, die die Welt je gesehen hat, und die Leute werden sterben, wenn sie nicht eingeladen werden. Zwei oder drei Leute, die ganz fest damit rechnen, eingeladen zu werden, werde ich jedoch nicht einladen, und es wird ein bisschen Klatsch geben.«
»Und was wissen Sie über mich?«
»Nicht sehr viel. Dass Sie der Älteste von drei Söhnen sind.« Und deinem Vater gehört die größte Bank in New York, und

damit die Größte im ganzen Land. Und die Vorfahren deiner Mutter sind auf der *Mayflower* gekommen, und sie kann meine Familie mit Sicherheit nicht leiden.

»Dinieren Sie morgen Abend mit uns?«

Sie entzog ihm ihre Hand, ging drei Schritte von ihm weg und blickte sich dann um. »Ich glaube, meine Mutter hat gesagt, wir hätten noch nichts anderes vor.«

»Übermorgen reise ich ab.«

»Oh!« Das war schade. Wie sollten sie dann genug Zeit finden, um sich kennen zu lernen?

»Ich muss arbeiten. Ich fahre für eine Woche in die Stadt.«

»Ach, du liebe Güte. Dort ist es so heiß im Moment.«

»Kehren Sie auch in die Stadt zurück?«

»Meine Mutter möchte nach Denver. Dort kommen wir her, und die gesamte Familie und viele Freunde leben dort.«

»Gefällt es Ihnen dort?«

»Bis jetzt fand ich es immer schön.«

»Werden Sie denn den ganzen Sommer über nicht in der Stadt sein?«

»Für gewöhnlich kommen wir Anfang September zurück, aber es hängt davon ab, wie heiß es ist.« Sie fügte hinzu: »Oh, hören Sie mal, diese Melodie liebe ich sehr. Sollen wir noch einmal tanzen?«

Er ergriff ihre Hand, zog sie an sich und begann, sich mit ihr auf der Veranda im Takt der Musik zu bewegen. Sie warf den Kopf zurück und lachte. Und er wusste ganz genau, dass sie die Richtige war.

Sie tanzten noch zweimal miteinander, bis ein anderer kam und sie von Colin fortholte.

Er kehrte nicht an den Tisch seiner Eltern zurück, sondern

blieb noch eine Zeit lang am Rand der Tanzfläche stehen, um Sophie zu beobachten. Dann hörte er Mrs. Currans fröhliches Lachen und schaute zu dem Tisch, an dem die Currans mit den Sullivans saßen. Seiner Mutter würde das bestimmt nicht gefallen. Aber er betrachtete Mrs. Curran und fand, dass sie mit Abstand die schönste Frau im Saal war. Und sie war über und über mit Schmuck behängt. Also würde Sophie sicher nicht an seinem Geld interessiert sein.

Am nächsten Morgen stand er früh auf, trank noch vor sechs Uhr eine Tasse Kaffee und eilte zu den Ställen, in der Hoffnung, Sophie dort wieder anzutreffen, aber sie war nicht da. Er sah sie den ganzen Tag über nicht, obwohl er überall nach ihr Ausschau hielt.

Sophie hatte sich bereits die Tricks einer Frau angeeignet. Sie wusste, dass er am Abend besonders begierig sein würde, sie zu sehen, wenn er sie den ganzen Tag nirgendwo erblickte. Hoffentlich lachte ihre Mutter heute Abend nicht so laut, und ihr Vater sollte Colin auch nicht so herzhaft auf den Rücken schlagen, wie es seine Art war. Andererseits, wenn ein Mann sie haben wollte, dann musste er auch ihre Eltern akzeptieren oder zumindest tolerieren, denn sie war stolz auf sie, auch wenn sie sie manchmal in Verlegenheit brachten.

Sie bat jedoch ihre Mutter, nicht das leuchtend rote Kleid anzuziehen, das sie ursprünglich für den Abend ausgesucht hatte, sondern das hellblaue. Sie selbst wollte ein dunkelgrünes Taftkleid tragen, das die Farbe ihrer Augen hervorhob, und sich den Smaragdschmuck ihrer Mutter borgen.

Prüfend musterte sie sich im Spiegel. Sie wusste, dass sie hübsch war, wenn auch nicht so schön wie ihre Mutter. Sie würde versuchen, sich so natürlich wie möglich zu geben, aber hoffentlich warf Colin sie nicht in einen Topf mit ihrer Mutter. Denn dort, wo Annie war, wurde viel geredet und gelacht, aber Leute wie die von Rhysdales hielten Lachen sicher nicht für eine bewundernswerte Eigenschaft.

Sie sagte sich, dass das Geld ihres Vaters ihr eigentlich Zutritt zu jedem Kreis verschaffen müsste, aber sie wusste, dass das nicht stimmte. Frank Curran war bei den Männern, mit denen er Geschäfte machte, bekannt und geachtet, ihre Freunde und Bekannten blickten zu ihm auf, und alle respektierten seinen scharfen Geschäftsverstand. Was die Intelligenz der Investitionen und geschäftlichen Transaktionen anging, übertraf er Ethan bei weitem, zumal er das Geld, was die Mine jedes Jahr abwarf, gar nicht verbrauchen konnte.

Sophie zog sich mit allergrößter Sorgfalt an, aber gegen halb acht Uhr war sie so nervös, dass sie sich am liebsten übergeben hätte. Eigentlich nahm sie es Mrs. von Rhysdale übel, dass sie ihr so ein Gefühl vermittelte. Sie nahm es ihr übel, dass sie sich wegen ihr für ihre Eltern, die sie liebte, schämte. Sie nahm es ihrer Mutter übel, dass sie so laut lachte, so auffällige Kleider in leuchtenden Farben trug und so wenig zurückhaltend war. Und sie war wütend auf sich selbst, weil sie ihren Eltern etwas übel nahm.

Als sie ins Zimmer ihrer Eltern trat, sagte sie sich, dass sie viel besser aussahen als andere Eltern. Ihr Vater wirkte elegant und kultiviert, und nach ihrer Mutter drehten sich alle um, sogar in London oder Paris. Sie waren ein schönes Paar, und sie sahen beide mit Sicherheit viel besser aus als Colin von Rhysdale. Zu jedem anderen Zeitpunkt, dachte Sophie, wäre sie stolz auf sie gewesen.

An jenem Abend im Sommer 1898 trugen Sophie und ihre

Mutter Schmuck im Wert von einer halben Million, und das fiel allen Gästen im Speisesaal des Saratoga Spring Hotel auf.
Es fiel Thomas von Rhysdale auf, der Erfolg in Geld und dem, was man dafür kaufen konnte, maß. Es fiel Diana von Rhysdale auf, die Akzeptanz von Herkunft und geerbtem Geld abhängig machte. Es fiel Colin von Rhysdale auf, der dachte, dass seine Mutter jetzt zumindest sicher sein könnte, dass Sophie an seinem Geld nicht interessiert war. Er fand, sie sah bezaubernd aus und ihre Mutter prachtvoll.
In der hinteren Ecke des Speisesaals blickte ein anderer junger Mann auf, als die Currans hereinrauschten.
Er wandte sich an seine Großmutter, die links von ihm saß, und fragte: »Weißt du, wer das ist?«
»Aufsehenerregend, nicht wahr?« Seine Großmutter lächelte. »Jeder weiß, wer das ist. Meinst du die Ältere oder die Jüngere?«
Ihr Enkel musterte sie, als sie am Tisch der von Rhysdales ankamen. »Eigentlich beide, aber die Jüngere sieht so aus, als sei sie noch zu haben.«
»Du könntest keine bessere Wahl treffen«, entgegnete seine Großmutter, »aber wenn Diana von Rhysdale sie zum Dinner einlädt, hast du keine Chance. Das bedeutet, dass ihr Sohn Interesse hat, denn sonst hätte sie sie auf keinen Fall eingeladen.«
Der junge Mann grinste. »Wer ist sie denn?«
»Die kleine Curran. Das ist Frank Curran mit Frau und Tochter.«
»Frank Curran«, murmelte er. Wie interessant.
Die beiden beobachteten, wie Colin von Rhysdale seine Eltern den Currans vorstellte.

»Das Mädchen hat keine Chance«, meinte seine Großmutter. »Diana von Rhysdale wird die Sache beenden, glaub mir.«
»Dir wäre es egal, oder?«
Julie Hult kniff die Augen zusammen und blickte ihren Enkel an. »Mein Lieber, du kannst es dir leisten, aus Liebe zu heiraten. Außerdem bist du begabter als alle anderen.«
»Begabt, Großmutter?« Sein Blick ruhte immer noch auf Sophie Curran. »Begabt heißt, wunderbare Bilder zu malen, Opernarien zu singen, Bücher über Wale und Gedichte über … über fast alles zu schreiben. An Maschinen herumzuschrauben hat nichts mit Talent zu tun. Und nur weil unsere Familie so reich ist, kann ich mit meinen Maschinen spielen und brauche mir keine Sorgen darüber zu machen, womit ich meinen Lebensunterhalt verdiene.«
»Nun, deswegen brauchst du dich doch nicht schuldig zu fühlen. Du hast mehr Geld, als du jemals ausgeben kannst.«
»Das macht mich noch lange nicht zu einem wertvolleren Menschen, Großmutter. Vielleicht beweise ich ja meinen Wert. Ich gehe zu einem Mann namens Ford.«
»Ist er nicht in Detroit? Das ist in Michigan, oder?«

8

Colin war sich im Klaren darüber, dass die Unterhaltung schon längst gestockt hätte, wenn nicht die beiden Väter gewesen wären. Jedes Mal, wenn Annie versuchte, ein Gespräch in Gang zu bringen, blickte Mrs. von Rhysdale sie ausdruckslos an. Colin wusste genau, was seine Mutter plante, aber er wollte sich den Abend nicht verderben lassen und bezauberte mit seinem Charme sowohl Annie als auch Sophie. Schließlich ging sogar seine Mutter darauf ein und begann, sich mit Sophie zu unterhalten, aber kaum war das Essen vorüber, forderte Colin Sophie zum Tanzen auf. Sophie litt unter der angespannten Stimmung. Sie hätte wissen müssen, dass es so enden würde. Ihr war das Herz schwer, weil sie ärgerlich auf ihre Mutter war, die schon wieder zu laut gelacht hatte.
»Sie sehen reizend aus heute Abend«, sagte Colin, als er sie auf der Tanzfläche in den Armen hielt.
Sie schloss die Augen und ließ sich von ihm führen. Ob es wohl günstiger für sie gewesen wäre, wenn sie allein mit den von Rhysdales gegessen hätte? Eigentlich sollte man mit Geld Glück kaufen können, dachte sie, aber das geht nicht. Was ich wirklich will, kann ich mir nicht kaufen. Sie öffnete die Augen und blickte Colin an. Ist er denn das, was ich wirklich will?, fragte sie sich. Besonders attraktiv war er nicht. Wollte sie sich wirklich an diesen Mann und seine dominante Mutter binden, nur um in der Gesellschaft akzeptiert zu werden, zu der sie

immer hatte gehören wollen? War es das wert? Oder verkaufte sie damit ihre Seele dem Teufel?
Aber tief im Innern wusste sie, dass sie alles tun würde, um nie wieder zurückgewiesen zu werden.
Sie schmiegte sich enger an Colin und lächelte ihn an. Er war nicht viel größer als sie. Wenn er es versuchte, würde sie sich von ihm küssen lassen.
Aber plötzlich stand ein anderer junger Mann hinter Colin und tippte ihm auf die Schulter. Colin zuckte zusammen und drehte sich stirnrunzelnd um.
»Darf ich?«, sagte der junge Mann, der größer war als Colin und wesentlich besser aussah.
Colin zog sich zurück, und der andere junge Mann nahm seinen Platz ein und tanzte mit Sophie durch den Saal.
»Sie sind Sophie Curran«, sagte er. »Darf ich mich vorstellen? Ich bin Frederic Hult.«
Der Name sagte ihr nichts, und sie lächelte den jungen Mann noch nicht einmal an. Sie nahm es ihm übel, dass er sie von Colin weggeholt hatte. Sie wollte mit ihm tanzen, ihn küssen, ihn an sich binden.
»Das Pferd Ihres Vaters hat heute das Rennen gewonnen, habe ich gesehen.«
»Ja.«
»Bleiben Sie den ganzen Sommer über hier?«
»Nein, nur diese Woche.«
»Sind Sie zum ersten Mal in Saratoga?«
»Ja.«
»Sie wohnen gegenüber vom Central Park, nicht wahr?«
Der Park war noch nicht der Mittelpunkt der Stadt. Es gab zwar keine Hütten und keinen Sumpf mehr in der Nähe, aber

das Haus der Currans stand immer noch allein auf weiter Flur, zumal die Grundstücke, die Frank Ethan und seinen Eltern geschenkt hatte, noch nicht bebaut waren. Auch die zehn Grundstücke, die er weiter oben an der Fifth Avenue gekauft hatte, lagen noch brach. Er hatte hohe, schmiedeeiserne Zäune außen herumziehen lassen, damit niemand sich dort häuslich niederlassen konnte. Aber die Villa der Currans stand da wie ein einsamer Wachtposten, beeindruckend und prächtig, jedoch ohne direkte Nachbarn. Das störte allerdings nur Sophie. Ihre Brüder hielten sich meist im Park auf, wenn sie zu Hause waren, aber sie waren ja auch nicht so viel zu Hause. Auch jetzt waren sie auf der Schule in Westbury und warteten darauf, dass sich die gesamte Familie nach Denver begab. Saratoga war ihnen beiden zu steif, während Sophie sich nichts Eleganteres vorstellen konnte.

»Ich bin unzählige Male an Ihrem Haus vorbeigekommen. Die Architektur wirkt sehr europäisch, nicht wahr?«

»Ja.«

Sie hörte dem jungen Mann, der gut tanzte und sehr gut aussah, kaum zu. Als der Tanz vorüber war, stand Colin schon neben ihr und geleitete sie zurück zum Tisch.

Frank und Annie hatten auch ein paarmal getanzt, und Colins Eltern waren schweigend am Tisch zurückgeblieben, keine unübliche Situation. Kurz darauf entschuldigten sich Sophies Eltern und zogen sich früh zurück. Colin ging mit Sophie auf die Veranda hinaus und über die breite Treppe in den Garten, der mit japanischen Papierlaternen erleuchtet war. Dort küsste er sie, streifte leicht mit seinen Lippen ihren Mund und sagte, er würde sie besuchen, wenn sie im September wieder in der Stadt seien. In zwei Monaten.

»Woher wissen Sie, wann ich zurückkomme?«
Lächelnd strich er mit seinem Finger über ihr Kinn. »Ich weiß es eben.«

Jeder Meter, den sie im Zug nach Colorado zurücklegte, irritierte Sophie. Sie entfernte sich von der einzigen Chance, die sie jemals gehabt hatte. Colin hatte gesagt, er würde sie nach ihrer Rückkehr besuchen. Jetzt war erst der fünfzehnte Juli, und vor Mitte September kamen sie nicht zurück nach New York. Ob es dann wohl zu spät war? Ob er in der Zwischenzeit eine andere kennen lernte?
Sie konnte die Ferien nicht genießen, hatte an nichts Freude und fand alles und jeden sterbenslangweilig. Sie blickte auf die zerklüfteten Berge und fand die hohen Gebäude in New York wesentlich interessanter. Vergeblich hoffte sie auf einen Brief, aber sie hatte Colin ihre Adresse nicht gegeben. Wenn sie ihm wirklich etwas bedeutete, würde er sie herausfinden. Schließlich hatte er sie ja geküsst, und das bedeutete doch sicher, dass er es ernst meinte. Er kam ihr nicht so vor wie jemand, der die Unerfahrenheit eines jungen Mädchens ausnutzte.
Mary Ann und Ethan versprachen Annie, zu Sophies Debüt im Winter nach New York zu kommen. Sie waren noch nie auf einem Debütantinnenball gewesen. O Gott, dachte Sophie, ich will nicht, dass meine ganze Familie dorthin kommt. Wenn ich in die Gesellschaft eingeführt werde, will ich nicht alle dabeihaben. Schließlich könnten sie ja jetzt, nachdem die von Rhysdales uns zum Abendessen eingeladen hatten, sogar Colin zum Ball einladen. Und vielleicht würde Mrs. von Rhysdale sie und Annie ja trotz ihrer distanzierten Art zum Tee bitten, und wenn es nur geschah, um Colin einen Gefallen zu tun.

Ob Colin überhaupt an sie dachte?
Sie sah ihre Eltern vor sich, die sich nach fast zwanzig Jahren Ehe immer noch häufig küssten. Ob es ihr mit Colin auch so gehen würde? Als seine Lippen die ihren gestreift hatten, hatte sie nichts empfunden. Sie war nicht in Colin verliebt, er war für sie lediglich ein Instrument. Ein Weg, um ihr Ziel zu erreichen. Sie versuchte, von ihm zu träumen, aber es gelang ihr nicht. Sie versuchte, sich zu erinnern, wie er aussah, aber sie konnte ihn sich kaum noch vorstellen. Eines Nachts versuchte sie sogar, sich selbst zu hypnotisieren. Sie setzte sich mit gekreuzten Beinen aufs Bett, die Hände auf den Knien, und schloss die Augen. Dann konzentrierte sie sich auf Colins Gesicht. Aber es blieb alles dunkel. Sie sah nichts.
Aber das war wohl in Ordnung so, versuchte sie sich einzureden. Eigentlich wollte sie nur wissen, ob er an sie dachte.
Als sie Mitte September nach New York zurückkehrten, wartete sie jeden Tag auf Nachricht. Sie bat den Kutscher, an der Villa der von Rhysdales vorbeizufahren. Sie las die Gesellschaftsnachrichten in der Zeitung, und dort erfuhr sie Ende Oktober, dass die Familie von Rhysdale sich für längere Zeit in Europa aufhielt. Hatte Diana von Rhysdale wirklich solchen Einfluss auf ihren siebenundzwanzigjährigen Sohn?
Ende November las sie, dass Mrs. von Rhysdale am Abend nach Thanksgiving ein Fest für achtundvierzig Personen gab, um Spenden für die Erdbebenopfer in Ecuador zu sammeln. Wo war denn Colin?
Weihnachten kam und anschließend begann die Saison der Debüts, der Kotillons, der Tanzveranstaltungen, Dinner und Bälle in einer endlosen Abfolge den ganzen Winter über. Sophies Debüt fand erst im Februar statt. Sie ging zu allen

Partys, jedes Mal in einem neuen Kleid, begegnete jedoch nie einem jungen Mann von den oberen Vierhundert. Aber sie lernte unzählige junge Männer kennen, die aus Familien kamen, die die High Society mit Leichtigkeit hätten aufkaufen können, Söhne von Männern, die ähnlich wie Frank Curran unermesslich reich waren. Sie bewegten sich unbeholfen auf dem gesellschaftlichen Parkett, ihre Frauen trugen viel zu viel Schmuck und die neueste Pariser Mode in viel zu grellen Farben. Ihre Töchter zeigten sich in Pastellfarben, wie es sich für junge Damen schickte, konnten wundervoll tanzen, sprachen akzentfrei Französisch und flirteten mit den jungen Männern, die zu ihren Soireen kamen.

Ende Januar lief Frederic Hult Sophie erneut über den Weg. Es war Samstagnachmittag, und sie war zum Schlittschuhlaufen in den Central Park gegangen. Ein Lakai begleitete sie, weil sie sich nicht allein im Park aufhalten durfte. Während sie sich auf dem Eis vergnügte, setzte er sich in das Häuschen zu dem alten Mann, der Kakao und heißen Apfelsaft verkaufte, und beobachtete Sophie durch die vom Dampf beschlagenen Scheiben.

Sophie, die seit ihrem achten Lebensjahr Schlittschuh laufen konnte, hatte keine Lust, Figuren zu laufen. Sie hatte lediglich das Bedürfnis verspürt, sich ein bisschen an der frischen Luft zu bewegen. Am liebsten hätte sie laut geschrien.

Grimmig presste sie die Lippen zusammen und grübelte finster vor sich hin. Dabei bemerkte sie den kleinen Jungen von vielleicht sechs Jahren nicht, der wie ein Pfeil auf seinen Schlittschuhen mal hierhin, mal dahin schoss. Sie stolperte über ihn, rutschte der Länge nach über die Eisfläche und in einen Schneehaufen hinein. Wütend setzte sie sich auf, wischte sich den Schnee aus den Haaren und dem Gesicht und sagte

laut: »*Merde!* Kannst du nicht aufpassen?« Aber der kleine Junge war verschwunden. Stattdessen stand ein junger Mann vor ihr.
Lachend streckte er ihr die Hand entgegen, und sie blickte in ein vertrautes Gesicht, das sie jedoch nicht einordnen konnte.
»Wie erfrischend!«, sagte er und half ihr beim Aufstehen. »In meinem ganzen Leben habe ich noch keine Frau *merde* sagen hören.«
Sophie errötete. Selbst ihre Mutter wäre schockiert gewesen.
Der Mann trug einen langen schwarzen Mantel und einen roten Schal um den Hals. Sein Hut saß keck auf seinem Kopf, und seine Augen funkelten amüsiert. Sein schwarzer Schnurrbart betonte noch das Weiß seiner Zähne.
Sophie entzog ihrem Retter ihre Hand und richtete sich auf. Sie war wütend, dass sie gestürzt war, und bereit, es an ihrem Retter auszulassen. Aber als sie sah, dass er nicht *über* sie lachte, sondern eher *mit* ihr, verzog sie unwillkürlich die Mundwinkel. Dann lachte sie ebenfalls.
»Ich habe vermutlich die Beherrschung verloren«, sagte sie.
»Und Ihre Anmut, muss ich sagen. Dabei habe ich Ihre Eislaufkünste sehr bewundert.«
Er kam ihr irgendwie bekannt vor, aber sie konnte ihn nicht unterbringen.
»Wie wäre es mit einem Glas heißen Apfelsaft?«, schlug er ihr vor. »Er ist sehr gut hier.«
Sie streckte ihm die Hand entgegen, ohne allerdings den Handschuh auszuziehen. »Ich bin Sophie Curran.«
Er nickte. »Ja, ich weiß. Wir sind uns bereits begegnet.«
Sie zuckte mit den Schultern. »Ich kann Sie nicht einordnen, aber Sie kommen mir bekannt vor.« Er wirkte älter als die

jungen Männer, die sie in diesem Winter auf den Partys getroffen hatte.
»Ich bin Frederic Hult. Wir haben uns letzten Sommer in Saratoga kurz gesehen.«
»Ah ja, wir haben miteinander getanzt, wenn ich mich recht erinnere.«
»Ja, allerdings viel zu kurz, fand ich. Kommen Sie, ich spendiere Ihnen einen Apfelsaft.«
Sie lief zu der Bank, wo ihre Stiefel standen, und er kniete sich hin, um ihr aus den Schlittschuhen zu helfen.
»Leben Sie in der Stadt?«, fragte sie.
»Ich bin hier aufgewachsen, na ja, hier und im Ausland.«
»Wo im Ausland?«
»In Frankreich und Deutschland.«
Er trug ihre Schlittschuhe, als sie zu dem kleinen Häuschen gingen, wo es die Getränke gab. »Ich kenne kaum jemanden, der in Deutschland war. Warum waren Sie dort?«
»Meine Großeltern stammen von dort, deshalb bin ich dort zur Schule gegangen.«
»Zur Schule?«
»Ja, auf die Universität.«
Sie setzten sich an einen Tisch, von dem aus man die Schlittschuhbahn nicht sehen konnte.
»Warum sind Sie denn in Deutschland zur Universität gegangen?« Die jungen Männer, die sie kannte, studierten in Harvard, Yale und Princeton.
»Ich wollte Ingenieurwesen studieren, und dafür gibt es keine bessere Universität.«
Ingenieurwesen? Keiner der jungen Männer, die sie kannte, studierte ein bestimmtes Fach. Sie gingen einfach nur zur Uni-

versität. Oh, sicher, einige hatten einen Abschluss in Ökonomie, aber sie machten selten etwas daraus. Es war einfach nur eine Beschäftigung.
»Ich wäre auch gerne auf die Universität gegangen«, sagte sie. »Ich habe immer gerne gelernt.«
»Und warum studieren Sie dann nicht? Sie sind doch im richtigen Alter dafür.«
»Ja«, erwiderte sie, »aber, Sie wissen schon, eine Frau auf einer Universität.«
»Was ist daran falsch?«
Sophie lachte verlegen. »Eine Frau ist dazu bestimmt, zu heiraten, nicht zu lernen, oder?«
»Eine dumme Frau würde mich zu Tode langweilen.«
Der alte Mann brachte ihnen ihren heißen Apfelsaft, und Sophie schloss ihre Hand um den warmen Becher. »Oh, das tut gut.« Sie wusste nicht, was sie ihm antworten sollte. Es war ein seltsames Gespräch.
Er blickte sie an. »Nun ja, ich glaube nicht, dass ich dumm bin«, sagte sie schließlich.
»Nein, da bin ich mir auch ganz sicher, aber warum wollen Sie aufhören zu lernen?«
»Es ist nicht ... ach, wie Sie es darstellen ...«
»Ja, es tut mir leid. Das ist sicher nicht die richtige Methode, um mit einer jungen Dame ins Gespräch zu kommen, die ich gerne näher kennen lernen würde.«
Sie lächelte. »Und woher wissen Sie das?«
»Weil ich jeden einzelnen Tag an Sie gedacht habe, seit ich Sie letzten Sommer in Saratoga gesehen habe.«
»Sie übertreiben«, erwiderte sie und blickte ihn unter halb gesenkten Wimpern an. »Aber es ist eine nette Schmeichelei.«

»Es ist keine Übertreibung. In Detroit habe ich jede Nacht an Sie gedacht, an das grüne Kleid, das so gut zu Ihren Augen passte, Augen wie die Smaragde, in denen Sie schwammen.«
»In denen ich schwamm?« Sie lachte. Sie konnte sich kaum an ihn erinnern, während er anscheinend noch ganz genau wusste, was sie an jenem Abend angehabt hatte. An dem Abend, an dem sich Colin von Rhysdale in sie verlieben sollte.
»Sie waren viel zu sehr an Colin von Rhysdale interessiert, um mir auch nur die geringste Aufmerksamkeit zu schenken.«
Sie nickte. »Ja, das stimmt.«
»Und, sind Sie jetzt mit ihm verlobt?«
Was für unverblümte Fragen er stellte. »Ich habe ihn seitdem nicht mehr wiedergesehen.«
Er ließ sein Glas sinken. »Das ist nicht Ihr Ernst. Er wirkte völlig hingerissen von Ihnen.«
»Das dachte ich auch.« Sophie konnte es kaum glauben, dass sie so mit einem Fremden redete. Nun ja, nicht ganz ein Fremder, aber sie kannte ihn trotzdem kaum. Sie hatte noch nicht einmal ihren Eltern erzählt, dass sie unter Colins Schweigen litt. Sie beugte sich über den Tisch und fuhr leicht mit dem Finger über Hults Handrücken. Er zog die Hand zurück, als habe er sich verbrannt.
»Es tut mir leid«, sagte sie. »Ich wollte nicht so mit Ihnen reden.«
Ihre Hand lag noch auf dem Tisch, und er ergriff sie. »Wollen Sie heute Abend mit mir essen, oder kennen wir uns zu kurz, als dass ich Sie darum bitten darf? Jetzt ist es drei Uhr. Kann ich Sie um acht abholen?«
»O Mr. Hult, das geht nicht«, erwiderte sie, entzog ihm jedoch ihre Hand nicht. »Zuerst müssen meine Eltern Sie kennen

lernen.« Sie blickte auf ihr Handgelenk und sah, wie ihr Puls pochte. Er ließ ihre Hand nicht los.
»Wann darf ich denn vorsprechen, um sie kennen zu lernen?«
»Ich muss sie erst fragen.«
»Morgen Nachmittag. Sagen Sie ihnen, ich komme morgen Nachmittag.«
»Morgen ist Sonntag.«
Er nickte. »Ja, dann sind sie auch aus der Kirche schon zurück.«
»Niemand macht am Sonntagnachmittag Besuche.«
Er lächelte, als sie ihre Hand zurückzog. »Ich bin nicht niemand. Sagen Sie ihnen, dass wir uns kennen gelernt haben. Sagen Sie Ihrem Vater meinen Namen. Er wird ihm nicht fremd sein.«
»Woher wollen Sie das wissen?«
»Fragen Sie ihn.«
Ihre Blicken trafen sich, ließen einander nicht los. Sophie spürte, wie ihr die Röte in die Wangen stieg. Sie stand auf, und ihr Lakai, der immer noch am Fenster saß, folgte ihrem Beispiel.
Hult merkte, dass der Diener sich ebenfalls erhoben hatte. »Nun, da Sie ja in Begleitung sind, soll er uns folgen. Ich bringe Sie nach Hause.«
Sie konnte nicht gut ablehnen. Also nickte sie dem Lakaien zu, damit er ein paar Meter hinter ihnen blieb.
»Warum habe ich Sie diesen Winter auf keiner Party gesehen?«, fragte Sophie, als sie zum Haus gingen.
»Partys interessieren mich nicht.«
»Was interessiert Sie denn dann?«
»Wagen.«

»Wagen?«
»Automobile.«
»Sie meinen pferdelose Kutschen?« Sie lachte.
Lächelnd nickte er.
»Haben Sie deshalb in Deutschland Ingenieurwesen studiert, um an der Entwicklung einer pferdelosen Kutsche zu arbeiten?«, fragte sie, als sie sah, dass er es ernst meinte. »Kutschen oder Pferde können durch nichts ersetzt werden, das wissen Sie doch.«
»Miss Curran, in zehn Jahren werden Automobile das einzige Transportmittel sein, das Ihnen zusagt. Züge vielleicht noch, aber keine Kutschen mehr. Sie werden passé sein.«
»O Mr. Hult, das können Sie nicht ernst meinen.«
»Ich will Sie nicht mit geschäftlichen Angelegenheiten langweilen, Miss Curran. Aber ich hege doch die Hoffnung, dass Sie sich irgendwann für mein Geschäft interessieren.«
»Sie interessieren sich auf jeden Fall intensiv dafür, nicht wahr?«, fragte sie. Dieser Mann war die Intensität in Person.
»Intensiv.« Er lächelte. »Beinahe so sehr wie für Sie.«
Als sie vor ihrem Haus ankamen, stieg ihr Vater gerade aus seiner Kutsche. Lächelnd blickte er den beiden entgegen.
»Daddy, das ist Frederic Hult. Mr. Hult, mein Vater.«
Frank Curran streckte die Hand aus und sagte: »Hult? Der Ingenieur?«
Sophie war überrascht.
»Ja, Sir. Ihre Tochter und ich haben uns im Park getroffen, und ich würde sie gerne ...«
»Hult? Sagen Sie, was Sie machen, interessiert mich sehr. Haben Sie es eilig? Möchten Sie nicht hereinkommen und mir von Ihren Maschinen erzählen? Ich habe viel über Sie alle in

Detroit gehört. Ford, Chrysler, die Brüder Dodge, Packard, Hult. Kommen Sie herein, junger Mann, und erzählen Sie mir davon.«
Verblüfft sah Sophie zu, wie ihr Vater den Arm um Frederics Schultern legte und ihn die Treppe zum Eingang hinaufschob. Sie blieb auf dem Gehsteig stehen und starrte ihnen nach. Der Lakai war verschwunden.
Frank schloss die Haustür auf und drehte sich nach ihr um.
»Komm, Liebes. Warum bleibst du in der Kälte stehen?«

9

In Franks Arbeitszimmer brannte ein Feuer im Kamin. An den Wänden standen Regale voller Bücher; die Mitte des Raumes nahm sein Schreibtisch ein, an dem er ganze Nachmittage verbrachte und arbeitete. Oft nahm er auch mit Annie in diesem Zimmer einen Drink vor dem Abendessen, aber meistens trafen sie sich dazu doch im Wohnzimmer. Jetzt bat Frank Frederic, in dem großen Sessel vor seinem Schreibtisch Platz zu nehmen, während Sophie sich neben dem Kamin niederließ.

Aufmerksam hörte sie zu, als ihr Vater Hult mit Fragen überschüttete, die dieser begeistert beantwortete.

Ja, wegen des Verbrennungsmotors arbeiteten so viele Männer an den pferdelosen Kutschen. Ransome Olds war in Lansing, Michigan, gewesen, aber ebenfalls nach Detroit umgezogen, wo Ford und die Dodge-Brüder gemeinsam ein Unternehmen gegründet hatten. Dort konnte man sich mit eigenen Augen anschauen, was vor sich ging. Sie hatten bereits einige Wagen, die bereits über die experimentelle Phase hinaus, allerdings noch nicht für den Markt geeignet waren. Ja, die fuhren über dreißig Stundenkilometer, mussten aber alle halbe Stunde anhalten, um die Reifen zu reparieren, weil die Straßen nur für Pferdekutschen angelegt waren.

»Wie kommt ein junger Mann wie Sie dazu, sich für pferdelose Kutschen zu interessieren?«, fragte Frank. Die meisten

Leute empfanden ein solches Fahrzeug eher als laut und störend.

»Ich habe Ihrer Tochter bereits erzählt, dass ich meinen Universitätsabschluss in Deutschland gemacht habe, und dort habe ich angefangen, mich für die Arbeit von Carl Benz zu interessieren, der einen Viertaktmotor mit Vergaser für ein dreirädriges Fahrzeug entworfen hat. Vor sechs Jahren hat er den Motorwagen auf den Markt gebracht, der in Serie produziert wurde. Vor vier Jahren, 1894, gab es das erste Automobilrennen, und es wurde von einem Fahrzeug gewonnen, das Gottlieb Daimler entworfen hat. Ich habe mit beiden Männern zusammengearbeitet und möchte jetzt hier eine Idee umsetzen, die mir dabei gekommen ist.«

Sophie gefiel der Klang seiner Stimme. Er wirkte enthusiastisch und optimistisch. Noch nie hatte sie jemanden kennen gelernt, der sich für eine Idee so begeistern konnte. Mit leuchtenden Augen und lebhaften Gesten schilderte er sein Vorhaben.

Sie sah ihrem Vater an, dass er fasziniert zuhörte.

»Ja, und welche Idee?«, drängte er den jungen Mann.

»Nun, Ford hat den Slogan entwickelt, dass in jeder Garage ein Automobil stehen soll. Er möchte einen Wagen bauen, den sich jeder leisten kann. Ich aber möchte Luxus-Automobile bauen, die nicht nur zweckmäßig sind, sondern schneller und komfortabler als Fords Wagen, und vor allem ästhetisch schön.«

»Sie wollen also teure Fahrzeuge bauen, denen man ansieht, dass ihre Besitzer Geld haben.«

»Nun, Sir, nicht nur als Statussymbol, sondern Fahrzeuge mit der besten Technik, mit luxuriöser Ausstattung, verglichen mit den Automobilen, an die Ford und die Brüder Dodge denken. Ihre Wagen müssen mit der Kurbel angelassen werden, und wenn der Motor abstirbt, muss man aussteigen und ihn wieder ankurbeln. Ich will ein Auto entwickeln, das sich so leicht fahren lässt, dass jede Frau es alleine fahren kann, ohne sich Gedanken darüber machen zu müssen, irgendwo auf der Straße liegen zu bleiben.«

Frank blickte Hult an. Er hatte sich weit vorgebeugt, als wolle er kein einziges Wort dieses faszinierenden Mannes versäumen.

»Sie möchten ein Kunstwerk bauen.«

Aufgeregt erhob sich Hult halb aus seinem Sessel. »Ja, genau!« Sophie hielt ihn für einen Träumer, aber seine Stimme hypnotisierte sie. Sie betrachtete sein Profil und fand, dass er extrem gut aussah. Wie konnte sie ihn nur vergessen haben? Warum hatte sie ihm letzten Sommer nur so wenig Aufmerksamkeit geschenkt?

Draußen wurde es dunkler, und nach einer Weile kam Annie ins Zimmer, gekleidet in ein Kleid in einem warmen Orangeton, der ihre Haut im Schein des Kaminfeuers golden schimmern ließ. Frank stand auf und stellte seine Frau vor. Frederic erhob sich ebenfalls.

»Mr. Hult arbeitet an einer Kutsche ohne Pferde.«

»Ach, diese Dinger«, entgegnete Annie und schob die Vorstellung genauso achtlos beiseite wie ihre Tochter. Aber als gute Gastgeberin unterstützte sie ihren Mann sofort, als er Frederic fragte, ob er zum Essen bleiben wolle.

»Ja, natürlich«, sagte sie. »Sie sind herzlich willkommen.«

»Oh, sehr gerne.« Frederic blickte Sophie an, und sie hätte schwören können, dass er ihr zuzwinkerte.

Schließlich beendeten Frank und Hult ihr Gespräch über Maschinen, und Sophie stellte überrascht fest, dass sie die Unterhaltung äußerst interessant gefunden hatte. Für gewöhnlich fand sie Geschäfte sterbenslangweilig, aber Mr. Hult interessierte sie. Ob sein Schnurrbart wohl kitzelte?
Als Annie fragte, wo sie die Drinks einnehmen wollten, erhob sich Frank und sagte: »Ich habe Mr. Hult jetzt genug mit Beschlag belegt. Wir schließen uns euch Damen an – du liebe Güte, Sophie, warst du die ganze Zeit hier?«
Mr. Hult unterhielt sie während der Drinks und beim Abendessen mit Geschichten über seine Zeit in Deutschland, und er beschrieb Detroit, eine aufstrebende Stadt, wie er sagte, wenn man sie auch nicht mit New York oder Boston oder Philadelphia vergleichen konnte. »Dort gibt es keine nennenswerte Society. Es ist eher eine Arbeiterstadt.«
»Wie Denver«, warf Sophie ein. Dort gab es auch keine Society.
»Nicht ganz.« Frederic lächelte, und Sophie fand ihn charmant. »Denver hat auch eine romantische Seite, eine Atmosphäre, die Detroit fehlt. In Detroit wartet alles nur darauf, dass endlich Automobile gebaut werden. Wenn dort erst Fabriken entstanden sind, werden die Arbeiter zu Tausenden kommen. Das Baugewerbe wird einen mächtigen Aufschwung erleben, weil all diese Arbeiter Familie haben und Häuser brauchen, Essen und ...«
»... und Garagen«, unterbrach Frank ihn.
Lachend blickte Frederic ihn an. »Ja, genau, diese Häuser brauchen Garagen.«
Annie wechselte das Thema. »Und Ihre Familie, Mr. Hult. Wo lebt sie?«

»Meine Großmutter ist zurzeit hier in der Stadt. Sie hat eine Wohnung an der Park Avenue und verbringt mehrere Monate im Jahr hier. Meine Eltern sind vor einigen Jahren bei der Grippe-Epidemie gestorben. Ich bin in West-Pennsylvania aufgewachsen.«
Sophie schwieg enttäuscht. Pennsylvania. Wenn er nicht gerade in Philadelphia lebte, dann hätte er genauso gut aus Denver sein können.
»Pittsburgh?«, fragte Frank.
»Nein, kleiner. Titusville«, antwortete Frederic.
Frank schüttelte den Kopf und zwinkerte. »Titusville. Hult. Ja, natürlich. Der Ölfund von 1859. War das Ihr Vater?«
»Mein Großvater.«
»Deshalb interessieren Sie sich so für die pferdelose Kutsche, was? Sie glauben, dass man Automobile mit Öl fahren kann, das heißt, mit Öl, das in Diesel verwandelt worden ist.«
Hult nickte. Anscheinend freute es ihn, dass Frank bereits so viel davon verstand.
»Die Verbrennungsmaschine braucht Diesel, um laufen zu können. Die Frage ist nur, ob genug Öl vorhanden ist, um alle Automobile, die wir planen, zu betreiben.«
Annie und Sophie wechselten einen Blick. Sie hatten keine Ahnung, wovon die Männer redeten.
»Kommen Sie«, sagte Frank, als sie mit dem Essen fertig waren, »wir unterhalten uns bei einem Brandy weiter.« Er blickte Annie an. »Entschuldigst du uns, Liebling?«
Sophie, die bis dahin kaum ein Wort gesagt hatte, warf ein: »Ich würde gerne zuhören, wenn es dir nichts ausmacht, Vater.«
Annie, die schon viele Abende mit langweiligen Gesprächen

bei Frank und seinen Geschäftspartnern verbracht hatte, war der Meinung, dass ein Abend mehr oder weniger auch nichts ausmachte. Außerdem war dieser junge Mann ungewöhnlich.
»Ich glaube, Sie könnten den Eskimos Eis verkaufen«, erklärte sie ihm.
Frederic grinste sie an. »Nun, die brauchen kein Öl von uns. Sie nehmen Waltran als Öl für ihre Lampen.«
»Oh«, sagte Annie, »dieses Öl. Sie meinen, dass die Entdeckung Ihres Großvaters Licht in unser Leben gebracht hat?«
Er nickte.
»Es mag vielleicht kein Silber sein«, erklärte Frank den Frauen, »aber es ist nahe dran. Man nennt es auch schwarzes Gold.«
Sie begaben sich in den Salon, und Frank trat an eine Anrichte mit verschiedenen Flaschen und Gläsern. Er schenkte sich und Hult einen Brandy ein. Fragend blickte er Annie an, und als sie nickte, schenkte er auch ihr ein Glas ein, und zum ersten Mal bekam auch Sophie einen Fingerbreit Brandy. Überrascht und erfreut nahm sie ihr Glas entgegen. Endlich behandelte man sie wie eine Erwachsene.
»Möchten Sie in Detroit eine Fabrik aufbauen?«
Hult nickte. »Das ist eigentlich der Grund, warum ich in New York bin – wegen des Geburtstags meiner Großmutter und um Geld zusammenzubekommen.«
Frank zog die Augenbrauen hoch. »Ich meine doch, Sie sollten es auch ohne Partner schaffen.«
»Mein Geld ist in so vielen Trusts gebunden, dass ich den Betrag, den ich für die Fabrik brauche, nicht verfügbar habe. Und ich muss auch meine Pläne fertig stellen. Bevor ich eine Fabrik errichte, muss ich sicher sein können, dass meine Erfindung funktioniert.«

Einen Moment lang herrschte Schweigen, und weil Annie glaubte, der geschäftliche Teil des Gesprächs sei vorüber, warf sie ein: »Mr. Hult, wir haben eine Loge in der Oper. Am Mittwochabend steht ›Aida‹ auf dem Programm. Möchten Sie uns begleiten?«
Sophie lächelte leicht. Er brauchte noch nicht einmal zu fragen, ob er mit ihr in Kontakt bleiben dürfe.
»Wenn ich Sie danach zum Essen einladen darf.«
»Eine reizende Idee.« Annie lächelte. Das war ein junger Mann für Sophie, der außergewöhnlichste junge Mann, der ihr je begegnet war. Seit Frank und sie jung gewesen waren, hatte sie kein Mann mehr so beeindruckt. Und er sah auch noch gut aus.
»Vielleicht möchte Ihre Großmutter sich uns ja anschließen?«
Hult nickte, und seine Augen strahlten. »Meine Großmutter liebt die Oper sehr«, erklärte er. »Ich kann für sie zusagen. Sie wird begeistert sein. Sie lebt allein und hat nur noch selten Gelegenheit, in die Oper zu gehen.«
Annie warf ihrer Tochter einen vielsagenden Blick zu.

Als Frederic Hult schließlich ging, war es schon fast neun Uhr. Sophies erste Worte waren: »Mama, eine kleine alte Dame aus einer Kleinstadt in Pennsylvania in der Oper! Alle werden sie sehen!«
Frank brach in Lachen aus. »Ganz gleich, wie klein die Stadt ist, diese kleine alte Dame ist viele Millionen wert.«
»Wie viel Geld sie hat, spielt keine Rolle.«
»Das spielt keine Rolle?«, rief ihr Vater aus. »Willst du denn einen Mann ohne Geld heiraten?«

Sophie zog die Augenbrauen hoch. »Natürlich nicht, aber ich will kein …«

»Du willst nicht mit einer kleinen, alten Landpomeranze gesehen werden, nicht wahr?«

Sophie warf ihrer Mutter einen flehenden Blick zu. »Was ist daran so schlimm?«

Mit gleichmütiger Stimme, was bei ihr immer Missbilligung bedeutete, erwiderte Annie: »Dir scheint die äußere Erscheinung wichtiger zu sein als alles andere. Das ist ziemlich oberflächlich von dir, Liebling.«

»Warum gibst du denn dann so viel Geld für Kleider, Schmuck und dieses Haus aus?«

»Oh«, erwiderte Annie lächelnd, »weil es mir Freude macht.«

»Dir ist es egal, was Leute wie die Vanderbilts und Roosevelts denken.«

»Und die von Rhysdales?«, mischte Frank sich ins Gespräch. »Sophie, wie lange hast du gebraucht, bis du begriffen hast, dass sie uns noch nicht einmal anschauen? Unser Stammbaum ist nicht lang genug. Aber das ist ihr Pech.«

»Genau«, sagte Annie. »Sie wissen ja nicht einmal, wie man das Leben genießt. Ihnen ist nur wichtig, was die anderen denken. Und, Liebling, sie werden es nie zulassen, dass du eine von ihnen wirst. Mir ist es völlig gleichgültig, was sie von meinen Freunden halten oder von den Leuten, mit denen ich in die Oper gehe, einschließlich einer kleinen, alten, schwarz gekleideten Dame.«

Wütend stampfte Sophie aus dem Zimmer. Frank und Annie blickten sich an.

»Es ist nicht unsere Schuld«, sagte Annie. »Ich habe ihr diese falschen Werte nicht vermittelt.«

»Doch. Sie ist einfach mit zu viel Geld aufgewachsen.«
Annie lachte. »Na ja, das weiß ich nicht. Man kann nie zu viel Geld haben.« Sie ging wieder ins Wohnzimmer. »Frank, was hältst du von diesem jungen Mann? Ich bin beeindruckt.«
»Er verkörpert unsere Zukunft, und das finde ich sehr aufregend. Ich glaube, ich werde in sein Unternehmen investieren.«
»Ganz gleich, ob es hanebüchen ist oder nicht?«
»Ja, auf jeden Fall. Viele mögen denken, dass diese pferdelosen Kutschen nur eine vorübergehende Modeerscheinung sind, aber ich habe das Gefühl, dass sie unser Leben revolutionieren werden.«
»Glaubst du wirklich, dass sie sich durchsetzen?«
»Wenn wir ihm Glauben schenken dürfen, werden wir in zehn Jahren alle damit herumfahren. Er glaubt sogar, dass wir eines Tages damit kreuz und quer durch die Vereinigten Staaten fahren.«
»Und wenn er sich irrt?«
»Dann habe ich ihn zumindest in seinem Traum unterstützt, und ich werde nicht so viel investieren, dass es uns ruiniert. Aber wenn er Recht hat, will ich dabei sein. Vielleicht ist Jeremy an so etwas ja auch interessiert. Im Gegensatz zu Adam und Sophie ist er eher der praktische Typ.«
»Ja, da kommt er eher auf mich.«
Frank lächelte. Seiner Meinung nach war Annie nur an Menschen und Geldausgeben interessiert. Aber glücklicherweise beherrschte sie ja beides gleich gut. Er freute sich, dass sie diesen jungen Hult und seine Großmutter in die Oper eingeladen hatte. Dort konnte er sich den jungen Mann noch einmal genauer anschauen.

»Wenn ich an Sophies Stelle wäre, würde ich heute Nacht ganz bestimmt von Frederic Hult träumen«, sagte Frank nachdenklich.

Und genau das tat Sophie auch. Sie lag im Bett und starrte an die Decke, wo die Schatten der Straßenlaternen, die ihr Vater vor dem Haus errichtet hatte, tanzten, und versuchte vergeblich, sich Colin von Rhysdales Gesicht vor Augen zu führen. Stattdessen tauchte immer wieder Frederic Hult auf, die dunklen Augen glitzernd in der Dunkelheit, und die schwarze Haarlocke, die ihm immer wieder in die Stirn fiel.

Und sie dachte daran, wie gebannt ihr Vater Frederics Worten (durfte sie ihn überhaupt Frederic nennen?) gelauscht hatte. Es überraschte sie, dass auch sie wie hypnotisiert zugehört hatte. Der Klang seiner Stimme, sein Enthusiasmus hatten sie in ihren Bann gezogen.

Und in ihren Träumen kitzelte der Schnurrbart kein bisschen.

10

In einem Punkt hatte Sophie Recht. Mrs. Hult war eine kleine, alte Dame in Schwarz.
Sie war höchstens einen Meter fünfzig groß, hatte jedoch eine so königliche Haltung, dass sie viel größer wirkte. Sie trug Perlenstecker in den Ohrläppchen und eine mehrreihige Perlenkette um den Hals. Ihre langen schwarzen Handschuhe zog sie nicht aus. Zwar war sie schon in den Siebzigern, aber sie bewegte sich anmutig und wirkte so, als könne sie es mit jedem König aufnehmen.
Sophie mochte sie sofort, als sie sich im Foyer der Metropolitan Opera begegneten. Und auch Annie war hingerissen von ihr, als Mrs. Hult den Currans dafür dankte, dass sie sie in ihre Lieblingsoper »Aida« eingeladen hatten.
»Ich war bei der ersten Aufführung dabei, 1871 zur feierlichen Eröffnung des Suez-Kanals in Kairo«, sagte sie. »Ich fand sie wunderbar, habe sie seitdem aber leider nur noch ein Mal in Mailand gehört.«
Sophie kannte niemanden, der jemals in Ägypten gewesen war. Und es war natürlich auch kein »schickes« Reiseziel so wie London, Paris oder die französische Riviera. In Sophies Ohren klang es völlig exotisch.
Seit sie vor über zwölf Jahren nach New York gekommen waren, hatte Frank es geschafft, eine Loge in der Oper zu bekommen. Es war Annie gleichgültig, dass sie weit hinten

lag. Sie konnte von dort aus alles sehen, und das Publikum unten im Saal musste sich den Hals verrenken, um sie zu sehen. Sophie konnte einfach nicht begreifen, warum ihre Mutter so wenig Wert auf die Anerkennung der alteingesessenen Familien legte. Allerdings wurde ihr, als sie Frederics Großmutter kennen lernte, zumindest klar, dass sie sich nicht zu schämen brauchte, mit der alten Dame gesehen zu werden.
Während der Vorstellung saß sie hinter ihren Eltern und Mrs. Hult neben Frederic. Annie und die alte Dame unterhielten sich lebhaft.
»Lieben Sie die Oper?«, fragte Sophie Frederic.
»Ich habe erst eine gesehen, ›Tristan und Isolde‹, aber ich kann nicht behaupten, dass mir Wagners Musik gefällt. Mir ist sie eher zu schwer.«
»Oh, da stimme ich Ihnen zu. Ich ziehe auch Puccini vor.«
Er lächelte sie an. »Dann werde ich versuchen, ihn zu mögen.«
Sie schauten einander in die Augen, als es dunkel im Saal wurde und die Ouvertüre begann.
Sophie ließ sich von der Musik einhüllen, aber sie merkte doch, dass Frederic häufiger sie ansah als das Geschehen auf der Bühne. Einmal begegnete sie seinem Blick und lächelte.
Am Ende der Aufführung hatten Annie und Mrs. Hult Tränen in den Augen. Sophie liebte an der Oper vor allem die Musik, die in ihr nie gekannte Gefühle auslöste. Die Handlung fand sie albern. Wer würde sich schon freiwillig in einem Grabmal einschließen lassen, um mit dem Geliebten zu sterben? Wer würde sich aus Liebe umbringen? Als Kind hatte sie die Geschichten, die Frank ihr erzählt hatte, gerne gehört, aber jetzt bedeutete ihr die Musik der Opern mehr.
»Wie schreibt man nur Musik?«, sagte sie zu Frederic. »Es ist

so wundervoll, eine Melodie im Kopf zu hören und sie dann zu Papier bringen zu können.«
»Denken Sie an Beethoven, der sie nur im Kopf gehört hat.«
»Ja, wie mag das möglich gewesen sein, da er doch taub war.«
»Ich glaube, es funktioniert ähnlich wie bei meinen Automobilen. Ich sehe jeden Kolben, jedes Ventil, jeden Bolzen vor mir, ich sehe Zylinder und Kurbelwellen …«
Seine Großmutter, die aufgestanden war, um zu applaudieren, drehte sich um und sagte: »Das ist bei allen kreativen Menschen so. Sie sehen, hören und fühlen Dinge anders als gewöhnliche Menschen. Das gehört zum kreativen Prozess.« Mit diesen Worten wandte sie sich wieder Annie zu, die ihr den Arm um die Schultern gelegt hatte und sich bereit machte zum Gehen.
»Ich habe einen Tisch bei Leonetti's reserviert«, sagte Frederic.
»Meine Kutsche wartet draußen«, erwiderte Frank. »Wir können alle zusammen dorthin fahren.«
Leonetti's. Sophie war noch nie dort gewesen. Sie kannte das Restaurant nicht mal, und sie war enttäuscht, dass sie nicht zu Delmonico's gingen.
»Ich habe viel Gutes über das Leonetti's gehört«, sagte Annie gerade zu Mrs. Hult.
»Es ist mein Lieblingsrestaurant hier in der Stadt«, erwiderte die alte Dame. »Ich habe es Frederic vorgeschlagen. Hoffentlich gefällt es Ihnen. Seitdem wir in Italien waren, bin ich süchtig nach italienischem Essen. Wenn ich nicht Amerikanerin wäre, könnte ich sehr gut dort leben.«
»Ich würde mich für Paris entscheiden«, sagte Annie fröhlich.
»Nun, französische Küche mag ich auch gerne, aber es gibt kein gutes französisches Restaurant in der Stadt.«

Leonetti's war genau so, wie Mrs. Hult es versprochen hatte. Die Atmosphäre war diskret und elegant, und es sah wie in einem kleinen, italienischen Palazzo aus. Es waren vielleicht zwei Dutzend Gäste da, und alle Tische waren besetzt.
»Ich liebe die Intimität hier«, sagte Mrs. Hult.
Der Eigentümer höchstpersönlich begrüßte Mrs. Hult auf europäische Art mit einem Kuss auf beide Wangen.
»Das sind Freunde von Frederic«, sagte sie zu Leonetti.
Sophie dachte, dass sie es nie zulassen würde, dass ein Restaurantbesitzer einen so vertrauten Umgang mit ihr pflegte, und doch bewunderte sie Mrs. Hults königliche Formlosigkeit.
Frederics Großmutter wandte sich an Annie und Frank und fragte: »Würde es Ihnen etwas ausmachen, wenn Mr. Leonetti unser Menü zusammenstellt?«
Frank blickte sich mit leuchtenden Augen um, und Sophie sah ihren Eltern an, dass sie sich wohl fühlten. Wieder saß sie neben Frederic und seiner Großmutter gegenüber. Mrs. Hult und Annie begannen über die Zeiten zu reden, in denen die Entdeckungen ihrer Männer ihr Leben noch nicht verändert hatten.
»Syd und ich waren damals seit sieben Jahren verheiratet. Ich habe für andere Leute gewaschen, weil er mit seinen Löchern, die er in die Erde gebohrt hat, keinen Cent verdient hat. Aber er vertraute darauf, dass er eines Tages Erfolg haben würde, und ich hatte Vertrauen in ihn.«
»Ich habe in einem Goldgräber-Lager gekocht!«, sagte Annie aufgeregt. Sie hatte schon lange keine Frau mehr kennen gelernt, deren Leben ihrem so sehr ähnelte.
»Als er Öl gefunden hat, hatten wir bereits unsere drei Kinder. Ich kann mich noch gut erinnern, wie er schreiend angelaufen

kam, und dann tanzten wir alle unter dem schwarzen, schmierigen Regen. Natürlich hatte ich damals überhaupt keine Ahnung, was man mit Öl alles machen konnte. Und ich wusste auch nicht, wie es unser Leben verändern würde.«
Annie starrte sie an. »Ich glaube es nicht. Ich glaube es einfach nicht.« Sie wandte sich an Frederic. »Stellen Sie sich doch vor, wenn Sie Sophie am Samstag nicht nach Hause gebracht hätten, hätte ich Ihre Großmutter nie kennen gelernt. Ich kenne niemanden, der ein ähnliches Leben geführt hat wie ich. Ach, es ist so wundervoll, Mrs. Hult!«, sagte sie zu der alten Dame.
»Sie können mich Julie nennen«, erwiderte Mrs. Hult.
Da die Frauen ins Gespräch vertieft waren, sagte Frank, der Frederic gegenübersaß: »Ich habe über Ihr Projekt nachgedacht. Ich glaube, ich möchte gerne investieren.«
Frederic blickte ihn erfreut an.
»Kommen Sie morgen zu mir, dann sprechen wir darüber.«
»Ja, gerne.«
»Kommen Sie um zwölf zu mir in den Club. Dann stelle ich Sie den anderen vor, und vielleicht bekommen wir ja noch ein bisschen mehr Geld zusammen.«
»Das wäre schön, Sir.«
»Hören Sie auf, mich mit Sir anzureden, da komme ich mir so alt vor.« Frank war dreiundvierzig Jahre alt.
»Ich hätte gerne Ihre Erlaubnis, Sir … äh, Mr. Curran, mich mit Sophie zu treffen. Ich würde sie gerne am Freitag zum Abendessen ausführen.«
Frank lächelte. »Fragen Sie meine Tochter, nicht mich. An mir soll es nicht liegen.«
Das Dinner bei Leonetti's war perfekt.

Als Frederic und seine Großmutter aus Franks Kutsche an ihrem elegant aussehenden Wohnhaus an der Park Avenue ausgestiegen waren, kuschelte sich Annie seufzend in ihren Pelz.
»Ist sie nicht absolut entzückend? Es war ein wundervoller Abend.«
Frank nickte zustimmend. »Ja, sie sind beide reizend.«
Sophie saß ganz still da und bemühte sich, ihr Herz, das heftig klopfte, unter Kontrolle zu bekommen. Das ist ja lächerlich, dachte sie. Sie konnte sich nicht erinnern, dieses Gefühl schon einmal verspürt zu haben.
Am Freitagabend ging Frederic mit ihr in ein kleines Restaurant, von dem sie ebenfalls noch nie etwas gehört hatte. Ein Trio spielte leise Musik, und der Raum wurde nur von Kerzen erhellt.
»Über mich und meine Großmutter haben Sie jetzt schon alles gehört«, sagte er zu ihr. »Erzählen Sie mir von sich.«
»Von mir?«, fragte Sophie.
»Was sind Ihre Lieblingsbeschäftigungen?«
Sie zuckte mit den Schultern. »Reiten. Lesen. Ich weiß nicht.«
»Was tun Sie, wenn Sie nicht reiten oder lesen?«
»Nichts Besonderes. Früher habe ich manchmal Gedichte geschrieben, aber in den letzten Jahren nicht mehr. Samstags reite ich im Park. Im Winter laufe ich Schlittschuh. In Denver fahren wir Schlitten oder wandern.« Was taten denn die anderen Mädchen so?
»Sollen wir uns morgen auf der Eisbahn treffen?«
Sie blickte ihn an. »In drei Wochen werde ich in die Gesellschaft eingeführt. Kommen Sie zu dem Ball?«
Er schüttelte den Kopf. »Da bin ich schon wieder in Michi-

gan. Aber selbst wenn ich hier wäre, würde ich nicht kommen. Mir liegen solche Bälle nicht.«
»Warum denn nicht? Mögen Sie keine Partys?«
»Nein.«
»Meine Familie denkt, Sie könnten auf jedem Parkett die Menschen bezaubern.«
Frederic lachte. »Das liegt nur daran, dass meine Arbeit sie interessiert. Die meisten Leute langweilen sich zu Tode, wenn sie sich mit mir unterhalten, weil ich fast kein anderes Thema habe. Ich träume sogar von Kolben.«
»Ich weiß noch nicht einmal, was ein Kolben ist.«
Er lächelte. »Das werde ich Ihnen jetzt auch nicht erklären. Wissen Sie, dass ich noch nie jemanden mit grünen Augen kennen gelernt habe?«
»Wenn ich Blau trage, werden sie türkisfarben.«
Er hob sein Weinglas. »Auf Sie, Sophie. Sie haben in meiner Welt das Unterste zuoberst gekehrt.«
»Und wie habe ich das gemacht?« Sie liebte es, wenn er so mit ihr redete.
»Ich denke nicht mehr an Kolben, sondern nur noch an Sie.«
»Wie reizend von Ihnen! Ich fühle mich geschmeichelt.«
»Ich möchte, dass Sie nach Detroit kommen und sich meine Arbeit anschauen.«
Einen kurzen Moment lang hatte sie das Gefühl, dass sie seine Arbeit ganz gerne sehen würde, aber Detroit?
Der Kellner kam und servierte das Essen.
»Das würden meine Eltern nie erlauben.«
»Da bin ich mir nicht sicher«, entgegnete er. »Ich glaube, Ihr Vater würde auch gerne mitkommen.«
»Oh, weil er in Ihr Geschäft investieren will?«

»Ja. Er ist ein Mann mit Visionen, Sophie, wussten Sie das?«
»Mein Vater ist der perfekteste Mann auf der ganzen Welt«, erklärte Sophie.
Frederic legte seine Hand über ihre, und Sophie spürte überrascht, dass ein seltsames Gefühl in ihr aufstieg. Es ließ den ganzen Abend über nicht nach, und sogar, als sie bereits im Bett lag, war es noch da. O verdammt, dachte sie erschrocken. Sie durfte sich nicht verlieben. Jedenfalls nicht in einen Mann, der in Detroit lebte, einen Mann, der mit seinen Händen arbeitete und keine gesellschaftliche Stellung hatte, ganz gleich, wie reich und entzückend seine Großmutter war.
In der folgenden Woche lud Mrs. Hult Annie und Sophie zum Tee ein, nachdem Sophie und Frederic am Nachmittag mit der Fähre nach Staten Island gefahren waren.
An einem anderen Tag gingen sie in Sophies Lieblingsmuseum, das Museum of Natural History, wo Frederic fasziniert vor der ägyptischen Sammlung stand. Sie fuhren auch zur Freiheitsstatue, die Sophie bisher nur aus der Ferne gesehen hatte. Dort kletterten sie die unendlich scheinende Treppe hinauf, und oben auf der Aussichtsplattform blies der Wind Sophie den Hut vom Kopf, und lachend blickten sie ihm nach, als er aufs Wasser hinausgewirbelt wurde. Frederic ergriff ihre Hand.
An den Abenden besuchte Sophie Bälle und Debüts, bei denen sie bereits zugesagt hatte, aber die freien Abende verbrachte sie mit Frederic. Sie dinierten, manchmal mit Mrs. Hult, manchmal mit ihren Eltern und manchmal auch allein, und einmal gingen sie tanzen, und das Herz schlug ihr bis zum Hals, als er sie an sich zog.
An dem Freitagabend, bevor er nach Detroit zurückfuhr, sagte er: »Du sollst wissen, dass ich mich in dich verliebt habe.«

Seit zwei Wochen hatte sie gemerkt, dass sie nur noch an Frederic denken konnte, dass sie nur glücklich war, wenn er bei ihr war, und wenn er nicht bei ihr war, wollte sie nur ihn. Aber Detroit!
Sie saßen in der Kutsche, weil sie im Theater und danach noch zu einem späten Abendessen gewesen waren. Er nahm sie in die Arme und küsste sie. Sie spürte seine Lippen auf ihren, und als seine Zunge in ihren Mund drang, stöhnte sie leise auf. Er küsste sie auf den Hals und hauchte kleine, fedrige Küsse auf ihre Augenbrauen. Sie verlor sich in seinen Küssen. Er sollte nie mehr aufhören, sie wollte seine Hände auf ihrem Körper spüren, seine Küsse auf ihren Brüsten, sie wollte …
»Ich liebe dich auch«, flüsterte sie.
»Heirate mich«, sagte er.
Sophie löste sich von ihm.
»Nicht jetzt sofort. Nächstes Jahr, wenn ich mein erstes Modell gebaut habe.«
Sie blickte ihn an und ihr wurde klar, dass er hundertmal mehr wert war als die »Vierhundert«. Er war ein junger Mann mit einer Vision, mit Vorstellungskraft. Er sah gut aus, er hatte eine reizende Großmutter, ihre Eltern fanden ihn unwiderstehlich, und ihr Vater hatte bereits in Frederics Traum investiert. Und sie schmolz unter seinen Berührungen dahin. Er sollte sie wieder küssen und nie mehr aufhören.
»Ja«, sagte sie. »Ich heirate dich, wenn du das fertig gebaut hast, was immer es ist.«
»Ein Automobil«, erwiderte er und küsste sie.

11

Frederic wollte vor seiner Abreise um ihre Hand anhalten, aber Sophie wollte nicht, dass jetzt schon alle erfuhren, dass sie Frederic Hult heiraten würde, dessen Name in der New Yorker Gesellschaft unbekannt war. Was für ein Name war Hult überhaupt? Er klang nicht besonders vornehm. Aber das galt ja für Curran auch. Die New Yorker Gesellschaft sollte nicht wissen, dass sie einen Niemand heiratete. Aber die Berührung seiner Hände entfachte die Lust in ihr, und seine Küsse brachten sie zum Leuchten wie die Morgenröte den Himmel. Und obwohl seine größte Leidenschaft einer Maschine galt, war er weitaus interessanter als alle anderen jungen Männer, die sie kannte.

Annie hatte Recht. Seine Großmutter war entzückend. Sie war witzig und lustig, warmherzig und liebevoll. Sie lachte viel, und sie vergötterte Frederic. Sie hätte ihm all ihr Geld zur Verwirklichung seines Traums gegeben, aber genauso wie bei Frederic war es fest angelegt, selbst der üppige monatliche Scheck, den sie von den Ölquellen in Titusville bekam. Sie besaß immer noch das Haus dort, wo sie im Anfang ihrer Ehe mit ihrem Mann gelebt hatte, aber dorthin zurückgehen wollte sie nicht. Vermietet hatte sie es jedoch nicht, sondern alles so gelassen, wie es war, und jedes Jahr am achtundzwanzigsten August, am Jahrestag des Tages, an dem ihr Mann Öl gefunden hatte, fuhr sie dorthin. Sydney Hult war dort beerdigt worden, und sie besuchte sein Grab, das Grab des einzigen Mannes, den sie je geliebt hatte.

Sophie stellte fest, dass sie mehr an Frederic in Detroit als an ihr Debüt dachte, bei dem sie mit vier anderen jungen Mädchen in die Gesellschaft eingeführt werden sollte. Der Ball war zwar nicht so angesehen wie die Debüts der Töchter aus den alteingesessenen Familien in New York, aber er sollte die teuerste Veranstaltung des Jahres 1899 werden und war wochenlang das einzige Gesprächsthema. Die Väter sparten nicht an ihren Töchtern, weil mit dem Debüt formell verkündet wurde, dass diese jungen Frauen im heiratsfähigen Alter waren.

Im Allgemeinen wurden zu dem Ball nicht nur junge Männer aus New York, sondern auch aus Boston und Philadelphia eingeladen, und die jungen Frauen wurden ihnen sozusagen auf dem Silbertablett präsentiert. Sie schüttelten unzählige Hände, lächelten, bis das Lächeln ihnen im Gesicht gefror, und schritten dann über einen roten Teppich in einem Meer von Blumen (Orchideen oder Rosen, und um diese Jahreszeit auch Kamelien aus Carolina, die allerdings nur Sophie gewählt hatte) in den Saal.

Sophie stand noch in der Empfangsreihe und hatte schon so viele Hände geschüttelt, dass sie kaum noch sah, wen sie vor sich hatte. Auf einmal stand Colin von Rhysdale vor ihr. Er drückte ihr fest die Hand und sagte: »Reservieren Sie für mich einen Tanz?«

Annie, die neben ihrer Tochter stand, verzog keine Miene.

Den dritten Tanz tanzte Sophie mit Colin, und er sagte ihr, er habe seit letztem Sommer ununterbrochen an sie gedacht.

Sophie schwieg. Sie tanzte mit ihm und blickte über seine Schulter durch den Ballsaal. Sie waren fast gleich groß. Er bedeutete ihr nichts mehr.

»Ich weiß«, sagte er leise, »Sie halten bestimmt nichts mehr von mir, weil ich nicht da war, als Sie letzten September aus dem Westen gekommen sind.«

Sie blickte ihm nicht einmal in die Augen.

»Ich kann Ihnen keinen Vorwurf machen«, fuhr er fort, »aber ich bin erst vor zwei Tagen aus Europa zurückgekommen. Treffen Sie sich morgen mit mir, Sophie. Ich will Ihnen alles erklären.«

»Ich bin so gut wie verlobt«, sagte sie, obwohl sie es noch nicht einmal ihren Eltern gesagt hatte.

Einen Moment lang kam er aus dem Takt, fing sich jedoch sofort wieder. »So gut wie?«

Sie nickte, wobei sie ihn endlich anschaute.

»Das bedeutet, es hat noch keine öffentliche Ankündigung gegeben, oder?«

Als sie nicht antwortete, fuhr er fort: »Also habe ich noch eine Chance. O Sophie, meine Liebe, bitte, treffen Sie sich morgen mit mir, damit ich erklären kann, was ich getan habe.«

Die Musik endete. Sophie wandte sich von Colin ab und blickte den jungen Mann an, der den nächsten Tanz für sich beanspruchte. Sie lächelte ihn an, obwohl ihr überhaupt nicht danach zumute war. Als die Musik wieder einsetzte, wirbelte sie in seinen Armen davon, ohne Colin eine Antwort zu geben. Er war über ihre Reaktion keineswegs erstaunt. Er hatte sie sogar erwartet, schließlich hatte seine Mutter genau das bezweckt.

Als Sophie auf ihre Tanzkarte blickte, stellte sie fest, dass

Colin sich für das Dinner eingetragen hatte. Kurz entschlossen ging sie sich die Nase pudern und strich seinen Namen wieder aus. So leicht würde sie es ihm nicht machen. Er konnte sich nicht einfach wieder in ihr Leben schleichen, wo sie gerade die Liebe gefunden hatte.

Ihren nächsten Tanzpartner kannte sie seit Jahren, es war der Bruder einer ihrer Schulfreundinnen. »Hast du schon jemanden für das Essen?«, fragte sie ihn.

Er schüttelte den Kopf.

»Tust du mir dann einen Gefallen, mein lieber Trenton? Willst du mein Tischherr sein? Ich habe noch niemanden.«

»Das glaube ich nicht!« Er lachte. »Die Hälfte aller Männer hier würden alles dafür geben, um beim Essen neben dir zu sitzen.«

So ganz stimmte das allerdings nicht, denn vielen jungen Männern war Sophie viel zu ernsthaft, und da die meisten nicht hinter ihrem Geld her waren, weil sie selbst reich genug waren (beziehungsweise ihre Väter), hielten sie sich lieber an die jungen Frauen, mit denen sie lachen konnten und die nicht so gebildet waren wie Sophie.

Als Colin sie zum Dinner abholen wollte, tat sie ganz verwirrt und zeigte ihm ihre Tanzkarte, auf der er nur zum dritten Tanz eingetragen war.

»Ich mache Ihnen morgen um vierzehn Uhr meine Aufwartung«, erklärte er. »Wenn Sie nicht zu Hause sind, warte ich so lange, bis Sie wiederkommen, und wenn ich draußen auf der Treppe sitzen muss.«

Sie lachte. »Das kann ich mir kaum vorstellen, Mr. von Rhysdale.«

Sie sorgte dafür, dass sie um zwei Uhr nachmittags nicht zu

Hause war. Sie hatte zwar bis nach ein Uhr morgens getanzt und war erst gegen drei Uhr eingeschlafen, aber sie stand mittags bereits wieder auf und eilte zu den Ställen im Central Park. In den wenigen Wochen, seit Frederic Hult in ihr Leben getreten war, war sie nicht ausgeritten.

Aber Colin von Rhysdale wartete bereits auf sie, als sie an den Stallungen ankam. Er lachte, als er sie sah. »Ich habe mir schon gedacht, dass ich dich hier treffen würde«, sagte er.

Sein Pferd war bereits gesattelt und aufgezäumt, und der Pferdeknecht striegelte gerade ihre Stute.

»Du hast Glück«, sagte sie. »Ich bin seit Wochen nicht geritten.«

»Ich dachte, ich kenne dich so gut, dass ich weiß, wohin du gehst, um mir nicht zu begegnen, aber ich muss gestehen, ich war auch darauf vorbereitet, mich auf die Treppe zu setzen.«

Während ihr Pferd gesattelt wurde und sie aufsaß, schwieg er. Schließlich gingen die Tiere im Schritt zu dem Reitweg durch den Park.

»Sophie, ich habe ein Abkommen mit meiner Mutter geschlossen. Deshalb war ich nicht zu Hause.«

»Es gibt ja immer noch die Post«, erwiderte sie.

»Warst du sehr enttäuscht, als du nichts von mir gehört hast?«

»Was ist das denn für eine Frage?«, sagte sie zornig.

»Eine, auf die ich die Antwort wissen muss.«

»Natürlich war ich enttäuscht. Ich habe den ganzen Sommer über auf einen Brief gewartet. Und ich habe erwartet, dass du im September da bist, so wie du gesagt hattest.«

Wütend ließ sie ihr Pferd antraben.

»Meine Mutter mag dich nicht.«

Jetzt hatte er es ausgesprochen. Wie eine offene Wunde lag der Satz vor ihr.

»Das wusste ich. Das war an dem Abend in Saratoga nicht zu übersehen.«

»Es hat nichts mit dir persönlich zu tun, Sophie. Sie möchte, dass ich eine Frau heirate, deren Familie sie kennt. Ich soll jemanden aus unseren Kreisen heiraten, aber ich will nur dich.«

Wenn Sophie zu Fuß gegangen wäre, wäre sie jetzt stehen geblieben. Stattdessen trieb sie ihr Pferd an, und es verfiel in Galopp. Colin folgte ihr.

»Wir hatten einen schrecklichen Streit. Sie kennt dich ja noch nicht einmal, Sophie. Dann dachten sie und mein Vater sich einen Handel aus. Wir würden nach Europa reisen, mein Vater würde mich den Bankiers in London und in der Schweiz vorstellen, und ich würde ein halbes Jahr dort bleiben, um von ihnen zu lernen. Auf diese Art und Weise hielten sie mich auch von dir fern. Wenn ich nach einem halben Jahr immer noch glaubte, dich zu lieben, würde ich nach Hause kommen, um deine Hand anhalten, und sie würden unserem Glück nicht mehr im Wege stehen.«

Sophie zügelte ihr Pferd, das wieder in Schritt verfiel, und blickte Colin an.

»Und? Glaubst du immer noch, mich zu lieben?«

»Ich habe kaum an etwas anderes gedacht. Eines weiß ich mit absoluter Gewissheit: Ich will mein Leben mit dir verbringen. Ich bin nach Hause gekommen, um dich zu fragen, ob du meine Frau werden willst. Hoffentlich ist es noch nicht zu spät.«

Doch, dachte Sophie, doch, es ist viel zu spät.

»Meine Mutter möchte dich morgen zum Tee einladen, mit

deiner Mutter zusammen, wenn du möchtest. Sie legt dir keine Steine mehr in den Weg.«
Sophie bekam kaum Luft, und ihr Atem ging in kurzen, heftigen Stößen.
»Ich bitte dich, mich zu heiraten, Sophie. Wenn du jetzt stehen bleibst, falle ich vor dir auf die Knie und halte um deine Hand an.«
Sie blickte ihn an. »Ich habe einem anderen versprochen, ihn zu heiraten.«
»Hat er bei deinem Vater schon um deine Hand angehalten?«
Sie schüttelte den Kopf.
»Liebst du ihn?«
Sie antwortete nicht.

12

»Verdammt, Sophie!« Frank Curran hob kaum jemals die Stimme und fluchte nie in Gegenwart von Frauen. »Sei keine Närrin!«
Auch Annies Augen sprühten Blitze. »O Kind, Colin von Rhysdale! Ich dachte, du liebst Frederic.«
»Sophie, du bist noch jung. Du brauchst dich jetzt noch nicht zu entscheiden, wen du heiraten willst. Wenn Frederic erst einmal sein Automobil gebaut hat, wird er dich auch fragen, ob du ihn heiraten willst.«
»Er hat mich bereits gefragt.« Sophies Stimme klang gleichmütig und entschlossen.
Ihre Eltern schauten sie fassungslos an.
»Was?«, stieß Annie hervor.
»Und du hast ihn abgewiesen?«, fragte Frank ungläubig. »Sophie, er ist zehnmal mehr wert als der junge von Rhysdale.«
Sophie gestand ihren Eltern nicht, dass sie Frederic keineswegs abgewiesen hatte. Sie war die ganze letzte Nacht schlaflos in ihrem Zimmer auf und ab gelaufen und hatte auf ihr Kissen eingeschlagen, bis die Federn flogen. Und als sie nach nur vier Stunden Schlaf wieder aufgewacht war, war sie entschlossen gewesen, Frederic Hult aus ihrem Herzen und ihren Gedanken zu tilgen. Es war sowieso der reine Wahnsinn, sich von seinem Herzen leiten zu lassen. Wenn die anfängliche

Verliebtheit erst einmal vorüber war, wenn der Alltag einkehrte und Kinder kamen, was blieb dann noch? Detroit. Das war einfach nicht das Richtige für sie. Ihre Kinder sollten einen Platz an der Sonne haben, ihr Name sollte respektiert werden und ihnen Zutritt zu den ersten Häusern in New York City verschaffen. Ganz New York sollte wissen, wer sie war. Und wenn sie den ältesten Sohn der von Rhysdales heiratete, der bereits Bankier war, dann würden es alle wissen.

Was war im Vergleich dazu schon ein Mann, der an irgendwelchen Maschinen in Detroit, einer Arbeiterstadt, herumschraubte? Es ging einfach nicht. Sie war froh, dass ihr Entschluss nichts mit Geld zu tun hatte. Hinter jedem der beiden Männer stand ein Vermögen, und sie selbst hatte ja auch genug. Über Geld brauchte sie sich Gott sei Dank überhaupt keine Gedanken zu machen.

Sie faltete die Hände im Schoß und blickte ihre Eltern entschlossen an.

»Mama, Mrs. von Rhysdale hat uns um vier Uhr heute Nachmittag zum Tee eingeladen.«

»Zum Tee?« Annie krächzte nur noch. Ihr hatte es die Stimme verschlagen.

»Sophie, denk bitte noch einmal in aller Ruhe nach«, beschwor ihr Vater sie. »Du bist jung. Du wirst noch viele Anträge bekommen.«

»Daddy, von der High Society wird niemand sonst um die Hand einer Curran anhalten.« Sie betonte den Namen, als sei er schmutzig.

Ihr Vater warf ihr einen schmerzerfüllten Blick zu. »Dann hat es also gar nichts mit dem Wert des jungen Mannes zu tun, Sophie?«

Sophie schwieg und betrachtete angelegentlich ihre Hände. Sie empfand nichts. Es war ihr gleichgültig, dass sie die Gefühle ihres Vaters verletzte. Es spielte keine Rolle, dass sie gestern um diese Zeit noch Frederic Hult geliebt hatte. Es zählte nur, dass sie das Ziel erreichte, das sie sich selbst gesetzt hatte, und nichts und niemand, weder ihre Eltern noch Frederic, würden sie dazu bringen, ihre Meinung zu ändern. Ihre Kinder sollten zum amerikanischen Adel gehören.
Hilflos blickten Frank und Annie einander an.
»Mr. von Rhysdale wird sicher mit dir sprechen wollen, Daddy. Ich möchte gerne im Juni heiraten.«
Annie begann zu weinen, und Frank trat zu ihr, um ihr ein Taschentuch zu reichen. Er seufzte.
»Ich weiß nicht, warum du weinst. Genau das habe ich mein ganzes Leben lang gewollt. Jede andere Mutter wäre begeistert, dass ihre Tochter einen von Rhysdale heiratet.«
»Ich weine um das, was dir entgeht«, schniefte Annie.
»Mir wird es an nichts fehlen, Mama, das verspreche ich dir.«
Ich werde weder seine strahlenden dunklen Augen noch den Schnurrbart, der nicht kitzelt, noch seine Zunge oder seinen Gesichtsausdruck, wenn er von Automobilen spricht, vermissen. Es wird mir auch nicht fehlen, dass ich seine Arme nicht mehr um mich spüre. Seine Großmutter wird mir vielleicht fehlen, dachte Sophie, aber ich werde Mrs. von Rhysdales Herz erobern, und ich werde in ihrer Loge vorn in der Metropolitan Opera sitzen, und alle werden mich anschauen und wissen, dass ich etwas Besonderes bin. Sie werden über meine Kleider reden, die viel konservativer als die von Mutter sein werden, und ich werde ebenfalls Mrs. von Rhysdale heißen.
Warum verspürte sie keinen Triumph?

Colin sprach bei Frank vor und bat ihn förmlich um die Hand seiner Tochter.
Annie und Sophie tranken Tee bei Mrs. von Rhysdale, und beide fanden sie das Haus der von Rhysdales äußerst elegant. Als Annie später zu Frank sagte, es sei dort so dunkel wie im Leichenschauhaus, erwiderte Frank: »Wir schenken ihnen ein Haus zur Hochzeit, hier auf der Fifth Avenue.«
»Du lässt es besser nicht für sie bauen. Sie wird bestimmt wollen, dass es genauso düster ist wie das der von Rhysdales. Deshalb heiratet sie ihn doch überhaupt.«
Der Hochzeitstermin wurde für Juni bestimmt, und als das Datum feststand, besuchte Mrs. von Rhysdale Frank und Annie.
»Natürlich findet die Hochzeit in unserer Kirche, St. John the Divine, statt.«
Es war eine prächtige Kirche, die gerade erst vor sieben Jahren fertig gestellt worden war und so aussah wie eine englische Kathedrale.
»Wir sind presbyterianischen Glaubens, nicht episkopal«, erwiderte Frank.
»Das mag sein, Mr. Curran, aber Sie möchten doch sicherlich, dass die Hochzeit in der Kirche unserer Familie stattfindet. Die Anzahl der Gäste würde in keine andere passen.«
»Wie viele Personen möchten Sie denn einladen?«, fragte Annie.
Mrs. von Rhysdale öffnete ihre Tasche und holte mehrere Bögen Briefpapier heraus. »Hier ist eine Liste, die wir erstellt haben. Mein Gatte und ich haben alles besprochen, und wir möchten gerne die Hochzeit ausrichten.«
Frank hüstelte. »Mrs. von Rhysdale, ich habe nur eine Tochter. Ich gebe sie weg, und ich werde auch für die Hochzeit bezahlen.«

»Nun«, erwiderte die hochmütige, ganz in Braun gekleidete Frau, »wenn Sie darauf bestehen, können Sie gerne alles bezahlen, aber wir werden die Hochzeit arrangieren.«
»Mrs. von Rhysdale, Sie mögen versuchen, das Leben meiner Tochter nach der Hochzeit zu bestimmen, aber vorher habe ich noch die Verantwortung«, sagte Frank, der nahe daran war, die Geduld zu verlieren.
»Mr. Curran, es tut mir leid, aber Sie verstehen nicht.«
»Mrs. von Rhysdale, es tut mir leid, aber Sie verstehen nicht.« Er ergriff die Briefbögen, die sie in der Hand hielt.
Sie funkelte ihn zornig an, lenkte jedoch ein: »Nun, dann arrangieren wir zumindest den Empfang.«
»Mrs. von Rhysdale, Sie können gerne den Hochzeitsempfang für Ihre eigene Tochter arrangieren, aber nicht für meine.«
»Ich habe keine Tochter.«
»Das«, sagte Annie, »ist Ihr Pech.« Aber eigentlich hatte sie das Gefühl, dass diese Frau ihr ihr Kind wegnahm. Und Sophie ließ das alles geschehen. Sie begann zu weinen, und Frank musste ihr sein Taschentuch reichen.
Später, als Diana von Rhysdale ihrem Mann empört von dem Treffen erzählte, fügte sie allerdings hinzu: »Es ist vielleicht doch keine völlige Katastrophe. Ich war überrascht über die geschmackvolle Einrichtung ihres Hauses.«
»Diana, Curran wird reichlich Geld ausgeben, um dafür zu sorgen, dass die Hochzeit seiner einzigen Tochter genau ihren Vorstellungen entspricht. Wenn unsere Freunde vielleicht auch der Ansicht sein mögen, dass es nicht unser Standard ist, so werden sie es hoffentlich doch verstehen. Nach der Hochzeit gehört sie dann ganz dir.«
»Ja, ich weiß. Sie scheint bereitwillig auf alle meine Vorschläge

einzugehen. Vielleicht kann ich ja Einfluss auf das Hochzeitskleid nehmen, und ihre Mutter wird nie erfahren, dass ich etwas gesagt habe. Ich weiß nicht, Thomas, aber vielleicht wird diese Ehe gar nicht so katastrophal. Anscheinend will sie ja von mir lernen.«

»Mein Gott, Di, sie versucht, dir alles nachzumachen.«

Seine Frau lächelte. »Ja, nicht wahr? Nun, sie wird leicht auszubilden sein. Und ein wenig frisches Blut kann uns schließlich nicht schaden, oder?«

»Zumindest bestätigen sich deine schlimmsten Ängste nicht. Sie heiratet ihn ganz bestimmt nicht wegen seines Geldes.«

»Das stimmt«, sagte Colins Mutter. »Sie liebt ihn wirklich um seiner selbst willen.«

Selbst Diana von Rhysdale konnte an der Hochzeit nichts aussetzen.

Sie fand in der größten presbyterianischen Kirche in New York City statt, und beinahe alle der eingeladenen vierhundertundachtzig Personen und sogar die Freunde und Bekannten der von Rhysdales mussten zugeben, dass es eine geschmackvolle Veranstaltung war, die Klasse besaß. Der Empfang fand im Ballsaal des Hotels Esplanade statt, das erst vor einem Jahr eröffnet hatte und wo Sophie und Colin auch die Hochzeitsnacht verbringen würden, bevor sie zu ihrer zweimonatigen Hochzeitsreise nach Europa aufbrachen.

Als es um das Hochzeitskleid ging, fragte Sophie Mrs. von Rhysdale, ob sie ihres noch habe.

Es war in Schichten von Seidenpapier gepackt, in einer Schachtel, die sie glaubte, nie wieder aufmachen zu müssen, da sie keine Tochter hatte. Es musste an Taille und Hüften enger gemacht und ein wenig gekürzt werden, aber Mrs. von Rhysdale weinte die ganze Zeit, als Sophie den Gang entlangschritt. Warum hatte sie es Colin nur so schwer gemacht, dieses Mädchen zu heiraten?, dachte sie.

Sie und ihre Freundinnen, vor allem ihre Cousine, deren Tochter Eloise im September heiratete, gaben einen ganzen Monat vor der Hochzeit zahlreiche Partys und Dinners. Das taten auch Annies Freundinnen, aber sie zählten für Sophie kaum, sie wollte nur Mrs. von Rhysdales Freundinnen kennen lernen.

Frank bot ihr an, ihr jedes freie Grundstück an der Fifth Avenue zu kaufen, das sie haben wollte, und dort für Colin und sie ein Haus zu bauen. Sie warf ihm einen entsetzten Blick zu. »Oh, das macht Mr. von Rhysdale für uns. Er besitzt drei Grundstücke ganz in der Nähe, unten an der Fifth Avenue, die er vor langer Zeit für seine Söhne erworben hat. Ich durfte mir aussuchen, welches ich haben wollte, und der Architekt, der auch ihr Haus entworfen hat, lässt es für uns bauen. Natürlich wird es erst in zwei Jahren fertig sein, aber in der Zwischenzeit können wir ja bei Freunden oder bei euch und den von Rhysdales wohnen. Und den Sommer können wir natürlich auch in Newport verbringen.«

Endlich Newport!

Frank und Annie blickten einander an. »Wir gewinnen keinen Schwiegersohn dazu«, sagte Annie, »sondern verlieren eine Tochter.« Sie war schrecklich traurig und weinte, als Sophie in der Kirche den Gang entlangschritt.

Annie hatte versucht, mit ihrer Tochter über die Hochzeitsnacht zu sprechen, und verlegen gefragt: »Weißt du, was du tun musst?«

Sophie hatte eine vage Vorstellung, fand es aber zu peinlich, mit ihrer Mutter darüber zu sprechen.

»Er wird es dir schon beibringen. Hoffentlich ist er so zärtlich, geduldig und liebevoll wie dein Vater. Hab keine Angst.«

Sophie hatte keine Angst. Sie würde eine von Rhysdale werden.

Sie schrieb an Frederic in Detroit und teilte ihm mit, sie würde im Juni heiraten. Es täte ihr leid, und sie hoffte, er würde ihr verzeihen. Sie erhielt keine Antwort von ihm. Annie ging zu Mrs. Hult und sagte es ihr, und sie erwiderte, sie hoffe, dass Annie und sie Freundinnen bleiben könnten. Das hoffte Annie auch. Sie luden sie sogar zur Hochzeit ein, aber sie nahm natürlich nicht daran teil.

The New York Times bezeichnete es als Hochzeit des Jahres, vielleicht sogar des Jahrzehnts, weil sie so prächtig war und so viele Mitglieder der High Society daran teilnahmen. Frank mietete ein ganzes Lagerhaus, um die Hochzeitsgeschenke aufzubewahren.

Noch bevor der Empfang vorüber war, waren Sophie und Colin bereits völlig erschöpft. Sie mussten am nächsten Morgen früh aufstehen, um an Bord des Schiffes zu gehen, und deshalb war ihre Hochzeitsnacht eigentlich nichts, wovor man sich fürchten musste. Sie fand nämlich so gut wie gar nicht statt.

Während Colin sich im Badezimmer die Zähne putzte, schlief Sophie ein, in dem Nachthemd, das ihre Mutter ihr für diese Gelegenheit gekauft hatte. Colin seufzte, als er aus dem Badezimmer kam, aber dann musste er doch lächeln. Er war auch müde. Morgen Abend würden sie viel mehr Zeit haben und auch nicht mehr so erschöpft sein von den Ereignissen des

Tages. Und von nun an hatten sie fast drei Monate Zeit, um durch Europa zu reisen und sich ganz sich selbst zu widmen. Er legte sich neben sie, streichelte leicht ihre Wange, küsste sie und lauschte ihrem leisen, gleichmäßigen Atem. Er war froh, dass seine Mutter letztendlich nachgegeben hatte. Vielleicht würden die Frauen ja sogar Freundinnen werden. Es war so süß von Sophie gewesen, dass sie das Hochzeitskleid seiner Mutter tragen wollte. Was für ein Schatz sie doch war! Und sie gehörte ihm. Ihm ganz allein!
Sophie erwachte vor ihm. Eine Minute lang fragte sie sich, wo sie war. Und dann sah sie Colin neben sich. Sie lächelte. Sie war Mrs. Colin von Rhysdale. Und damit gehörte sie zu einer der ältesten Familien Amerikas, die um 1640 in die Neue Welt gekommen waren. Sie hatte keine Ahnung, wann der erste Curran den Fuß auf amerikanischen Boden gesetzt hatte, aber es war ihr auch egal. Sie war keine Curran mehr.
Sie reckte sich und blickte auf die Uhr. Erschreckt fuhr sie hoch. Sie rüttelte Colin und sagte: »Komm, beeil dich, wir haben noch nicht einmal mehr Zeit fürs Frühstück.« Hastig sprang sie aus dem Bett, holte aus ihren Koffern die Kleider, die sie für den ersten Tag als verheiratete Frau vorgesehen hatte, und eilte ins Badezimmer. Sie blieb so lange darin, dass Colin schon Angst hatte, seine Blase würde platzen.
Als sie endlich auftauchte, sah sie strahlend aus, und Colin hätte sie gerne geküsst, musste jedoch sofort ins Badezimmer. Als Colin sich ebenfalls anzog, drehte sie ihm den Rücken zu.
Da das Schiff schon um ein Uhr in See stach, hatten sie tatsächlich keine Zeit mehr, um zu frühstücken. In einer Mietdroschke fuhren sie zum Hafen, und als sie endlich auf dem Schiff waren, war Sophie völlig außer Atem. Ihr Gepäck war

zum Glück schon vorher verladen worden und türmte sich jetzt in ihrer Suite. Kurz überlegte Sophie, ob sie es wohl selbst auspacken müsste, aber da erschien auch schon ein Zimmermädchen, das seine Hilfe anbot.
Gleich nach dem Ablegen gab es Mittagessen.
»Ich verhungere«, erklärte Sophie. Sie hatte bereits gestern vor lauter Aufregung nichts essen können.
»Du siehst hinreißend aus, Mrs. von Rhysdale«, sagte Colin bewundernd.
»Mrs. von Rhysdale«, wiederholte Sophie. »Das klingt gut.«
»Das finde ich auch«, erwiderte Colin, der sie unverwandt anblickte.
»Ich war seit fast drei Jahren nicht mehr in Europa«, sagte Sophie.
»Letztes Jahr habe ich mir kaum etwas angeschaut, auch in Frankreich nicht. Ich habe gehört, die Provence soll wunderschön sein.«
»Ich möchte auch die oberitalienischen Seen sehen.« Bisher hatten sie über ihre Reisepläne so gut wie nicht gesprochen.
»Das lässt sich wohl arrangieren«, erwiderte ihr Mann und überlegte, wann sie sich wohl in ihre Suite zurückziehen könnten. Er hatte sie vom ersten Moment an, seit er sie in Saratoga vor elf Monaten gesehen hatte, begehrt. Als sie auf der Rennbahn an ihm vorbeigaloppiert war, hatte sie so frei, mutig und aufregend gewirkt.
Als der Kellner ihren Salat brachte, schlug ein junger Mann Colin auf die Schulter. »Ah, hier haben sich also die Flitterwöchner versteckt.«
Colin stand auf und schüttelte dem Mann lächelnd die Hand. Er war auf ihrer Hochzeit gewesen, aber Sophie konnte sich

nicht erinnern, ihn vorher schon einmal gesehen zu haben.
»Liebling, du erinnerst dich doch an Steven Broyhill, nicht wahr?«
Sophie lächelte. »Selbstverständlich.«
»Habt ihr Turteltauben Lust auf eine Partie Shuffle nach dem Essen?«
Colin wäre gerne zu Bett gegangen.
»Wie reizend«, erwiderte Sophie.
Als der junge Mann gegangen war, sagte Colin: »Darf ich dich daran erinnern, dass wir uns auf der Hochzeitsreise befinden?«
»Deshalb haben wir ja auch Zeit, um zu spielen. Wir können alles tun, was wir zu Hause nie täten. Ich spiele Shuffleboard immer nur, wenn ich den Atlantik überquere, und ich muss dich warnen, ich bin sehr gut.«
Innerlich seufzend sagte er sich, na gut, wir haben ja noch die Nacht vor uns.
Sie aßen spät zu Abend und tanzten bis Mitternacht zu der romantischen Tanzmusik des kleinen Orchesters. Danach spazierten sie auf Sophies Drängen im Mondlicht um das ganze Schiff herum. An der Reling blieben sie stehen und küssten sich, und Sophie seufzte: »Mrs. von Rhysdale.«
Colin gefiel der Klang auch.
Als sie schließlich in ihre Suite kamen, war das Bett aufgedeckt, und eine Rose und zwei Schokoladentäfelchen lagen auf dem Kopfkissen. Colin sagte: »Gott, ich dachte, wir kommen nie mehr ins Bett.«
»Bist du so müde?«, fragte Sophie.
»Müde?« Er lachte. »Wohl kaum. Ich möchte dich leidenschaftlich lieben.«

Leidenschaftlich? Sophie fragte sich, was das wohl bedeutete. Als Frederic Hult sie geküsst hatte, hatte sie seinen nackten Körper an ihrem spüren wollen, sie hatte sich danach gesehnt, dass er ihre Brüste berührte. Ob Colin das meinte? Daran hatte sie in Verbindung mit ihm gar nicht gedacht. Aber vielleicht würde er ja das Feuer ebenso entfachen wie Frederic, wenn er sie erst einmal richtig küsste.

Sie ging ins Badezimmer, um sich auszuziehen und in ihr Nachthemd zu schlüpfen. Als Colin anschließend im Badezimmer verschwand, hängte sie ihre Kleider weg und legte sich ins Bett. Was mochte er von ihr wollen? Niemand hatte ihr gesagt, was sie tun sollte. Natürlich hatte sie schon Hunde kopulieren sehen, und sie war auch schon dabei gewesen, wenn der Hengst zur Stute geführt wurde, aber wie sollten Menschen das Gleiche machen? Nun ja, ihre Mutter hatte ihr gesagt, dass Colin ihr schon alles zeigen würde. Hoffentlich.

Er kam aus dem Badezimmer und trug einen Pyjama mit seinen Initialen auf der Brusttasche. Lächelnd legte er sich neben sie ins Bett.

»Bist du nervös?«, fragte er.

»Ich weiß nicht«, erwiderte sie. »Ich bin mir nicht sicher, was ich tun soll.«

Er schaltete die Nachttischlampe aus. »Ich mache ganz langsam«, sagte er, »und versuche, dir nicht wehzutun.«

Wehtun? Gehörte etwa Schmerz zu leidenschaftlicher Liebe? Seine Hand glitt über ihre Brust, und er drückte ihren Nippel. Sie spürte seine Lippen auf ihren, er murmelte leise und beruhigend, seine Hand glitt unter ihr Nachthemd, und er begann, ihre Brust zu kneten. Sein Atem ging immer keuchender. Sophie lag still da und wartete darauf, dass etwas passierte.

Schließlich zog er ihr Nachthemd hoch, fasste ihr zwischen die Schenkel und berührte ihren intimsten Bereich. »O Gott«, flüsterte er.

Schließlich war sie völlig nackt, wobei sie froh darüber war, dass er sie im Dunkeln nicht sehen konnte. Und sie war auch froh, ihn nicht sehen zu müssen, als sie etwas Hartes zwischen den Beinen spürte. Er kniete vor ihr, drückte ihre Beine weiter auseinander und stieß langsam in sie hinein. Sie schrie leise auf.

»Entschuldigung«, murmelte er und bewegte sich immer weiter in ihr, bis er schließlich stöhnte, ein Laut, der eher nach Schmerz als nach Lust klang, und dann heftig atmend auf ihr zusammensank. Ein paar Augenblicke blieb er so liegen, dann rollte er von ihr herunter auf seine Seite des Bettes. Sein Atem ging immer noch stoßweise, aber als er schließlich sprach, merkte sie, dass er lächelte.

»Oh, das war gut«, sagte er, beugte sich über sie und küsste sie leicht. »Das war sehr gut.«

War das etwa alles?

13

Da sie in Europa niemanden beeindrucken musste, fühlte Sophie sich frei und ungebunden. Sie rannte barfuß über die Strände an der Riviera und watete mit gerafften Röcken ins Wasser. Zuerst behielt Colin die Schuhe an und blieb am Strand stehen, aber dann hielt auch er es nicht mehr aus, schlüpfte aus den Schuhen, krempelte seine Hose hoch und lief ihr nach. Ihre Haare lösten sich und fielen ihr über die Schultern, und lachend rannte sie über den Sand, während er versuchte, sie zu fangen.
Er packte sie, drehte sie zu sich herum und küsste sie.
»O Colin«, rief sie, »ich bin so glücklich.«
»Was macht dich am glücklichsten?«, fragte er.
»Nun, dass ich Mrs. von Rhysdale bin, natürlich.«
Sie spazierten durch die Gassen kleiner Dörfer in der Provence, aßen in Cafés zu Mittag, schwatzten und lachten. Sie machten Bergwanderungen an den oberitalienischen Seen und übernachteten in einem hübschen Holzhaus in Innsbruck. In Florenz und Venedig waren sie beide schon gewesen, deshalb hielten sie sich dort nur kurze Zeit auf, weil Sophie nach Paris zu den Modeschauen für die Wintermode wollte.
Ihr war klar, dass die Damen der ersten Gesellschaft New Yorks keine bunten Farben trugen. Sie wusste auch, dass ihre Mutter als zu auffällig galt. Als eine von Rhysdale konnte sie sich zwar nach der neuesten Mode kleiden, jedoch nur in

gedeckten, wenn auch nicht unbedingt dunklen Farben. Sie würde auf jeden Fall versuchen, ein wenig Farbe und Leben in diese gesetzte Gesellschaft zu bringen, aber sie würde behutsam und langsam vorgehen müssen. Daher wählte sie dieses Mal die meisten Kleider in Schwarz und Weiß, und lediglich für Weihnachten kaufte sie ein rotes Kleid. Sie kaufte jedenfalls so viele Kleider, dass sie sich drei weitere Schrankkoffer zulegen mussten, um ihre Neuerwerbungen nach Hause transportieren zu können.
Die Modenschauen in Paris langweilten Colin. Er wollte erst in London Kleidung kaufen. In Paris gab es keine Savile Row.
Der Preis, den Sophie für den Namen Mrs. von Rhysdale bezahlen musste, war, dass sie jede Nacht miteinander schliefen, doch das nahm sie in Kauf. Sie fragte sich, warum Colin dabei stöhnte und warum er eigentlich so erregt war. Sie lag einfach nur da. Es war nicht schrecklich unangenehm, aber es berührte sie auch nicht. Manchmal, wenn sie die Augen schloss, dachte sie an Frederics Berührungen, auf die ihr Körper reagiert hatte, aber mit der Zeit konnte sie sich nur noch schwach daran erinnern.
Colin war äußerst erfreut, als Sophie in London feststellte, dass sie schwanger war. Ihr Kind würde von Rhysdale heißen und niemals eine Zurückweisung erfahren. Es würde nie von den exklusivsten Familien im Land ausgeschlossen sein.
Ihre Schwiegermutter tätschelte ihr lächelnd den Arm, und ihr Schwiegervater schüttelte Colin begeistert die Hand, als sie Anfang September von ihrer Reise zurückkehrten und die Neuigkeiten verkündeten.
Sie ließen sich im Haus der von Rhysdales am anderen Ende

der Fifth Avenue, weit entfernt von Annie und Frank, nieder. Abends aßen sie zusammen mit Diana und Thomas von Rhysdale, und obwohl die Unterhaltung nicht allzu anregend war, genoss Sophie die Abende sehr. Der Tagesablauf war ruhiger als bei den Currans, und das kam ihr entgegen.

Aber die Sophie, die so schnell wie keine andere Frau galoppierte, die Sophie, die barfuß am Strand entlangrannte, gab es nicht mehr. Sophie richtete sich in allem nach ihrer Schwiegermutter, und sie lernte sogar, welchen Besuch man empfing und welchen nicht.

Ihre Schwiegermutter brauchte gar nichts zu sagen, denn Sophie kopierte Diana exakt. Sie und Colin wurden zu Partys und Dinners mit den älteren von Rhysdales eingeladen, und Dianas Freunde waren einhellig der Meinung, dass Sophie wundervolle Manieren hatte und man ihr nicht anmerkte, dass sie keine von ihnen war. Sie war überhaupt nicht wie ihre Mutter, die sie nur aus der Ferne kannten oder einmal lachen gehört hatten.

Sophie ignorierte allerdings ihre Eltern nicht. Mehrmals in der Woche fuhr sie mit der Kutsche zu ihnen, und einmal in der Woche dinierten sie und Colin mit ihnen, entweder in einem Restaurant oder zu Hause. In die Oper jedoch ging Sophie mit ihrer Schwiegermutter. Sie saß in der Loge der von Rhysdales, wo jeder im Theater sie sehen und etwas zu ihrem Kleid oder ihrem Schmuck sagen konnte. Allerdings war daran nie etwas auszusetzen. Sie trug nie zu viele Federn, und ihre Farben waren auch nie zu grell. Alle sagten sicher nur, wie geschmackvoll sie angezogen war und wie elegant sie wirkte. Man sagte auch von ihr, sie »sähe gut aus«. Sophie betrachtete sich im Spiegel und wusste, dass sie nicht die Schönheit ihrer

Mutter geerbt hatte. Andererseits hatte ihre Mutter aber auch niemanden von der High Society geheiratet.
Als ihre Schwangerschaft sichtbar wurde, durfte sie sich zu ihrem Bedauern nicht mehr in der Öffentlichkeit blicken lassen. Sie konnte mit einer Decke über ihrem dicker werdenden Bauch in ihrer Kutsche durch die Stadt fahren, und sie konnte auch zu Hause Einladungen geben, aber die Öffentlichkeit war in ihrem Zustand tabu. Bis das Kind auf der Welt war, würde die gesellschaftliche Saison vorbei sein. Eine schlechte Zeitplanung, dachte sie. Ihr erstes Jahr, um überall aufgenommen, in allen Häusern, von denen sie geträumt hatte, empfangen zu werden, und jetzt konnte sie nirgendwo hingehen.
Allerdings machte sie jeden Tag einen kleinen Spaziergang, um die Fortschritte an ihrem neuen Heim zu inspizieren. Als Colin, seine Mutter und der Architekt Sophie gefragt hatten, was sie gerne haben wolle, hatte sie es ganz ihnen überlassen. Sie war nicht uninteressiert, sie wollte nur einfach alles genauso haben wie sie. Sie ging gerne zur Baustelle, um durch die halbfertigen Räume zu wandern, merkte dabei jedoch auch, wie sehr sie das Haus geliebt hatte, in dem sie aufgewachsen war. Es war heller, hatte mehr Fenster, die Zimmer waren größer und luftiger, und irgendwie hing immer Annies Lachen in der Luft.
Am besten gefiel ihr in der Zeit ihrer Schwangerschaft, dass Colin aufhörte, sie jeden Abend zu besteigen.

Alexandra von Rhysdale kam mitten in einer Maienacht zur Welt. Durch die offenen Fenster drang der Duft des Flieders, und die Magnolienbäume waren schon seit einigen Wochen verblüht. Colin wunderte sich, warum er nicht glücklicher war. Lag es daran, dass er eine Tochter und keinen Sohn bekommen hatte?

Nein, vermutlich hatte es eher etwas mit seiner Frau zu tun, die überhaupt nicht so war, wie er es sich vorgestellt hatte. Von ihrer Spontaneität war nichts mehr zu spüren. Sie war wie eine perfekte kleine Schülerin, die seine Mutter in jeder Beziehung nachahmte und nichts aus eigenem Antrieb zu tun schien. Anscheinend war sie noch nicht einmal an dem Haus interessiert, das sein Vater für sie bauen ließ, da sie nie einen Vorschlag oder eine Anregung äußerte.

Manchmal kam es ihm so vor, als ob sie lieber mit seiner Mutter als mit ihm zusammen sei, weil sie ihm nur Aufmerksamkeit schenkte, wenn sie einmal ohne seine Eltern auf einen Ball gingen. Oder ob sie auch dann nur so tat, als hörte sie ihm zu?

In den Flitterwochen hatte er verstanden, warum sie auf seine Berührungen nicht reagierte. Sie war völlig unvorbereitet und wusste nichts von Liebe oder Sex. Das war bei den meisten jungen Frauen so. Er hatte geglaubt, mit der Zeit, mit viel Geduld und Zärtlichkeit würde sie ihre Zurückhaltung überwinden und seine Liebkosungen erwidern und anfangen, sich unter ihm zu bewegen.

Nie sagte sie etwas Persönliches zu ihm. Seine Mutter hingegen hatte sich um hundertachtzig Grad gedreht und schien Sophie zu vergöttern. Ständig hockten sie beieinander, schwatzten und lachten, wenn er aus dem Büro kam. In seiner Gegenwart lachte Sophie kaum, was vielleicht an ihrer Schwangerschaft lag. Äußerlich allerdings wirkte sie seitdem noch strahlender, und es fiel ihm schwer, sie nicht zu berühren. Sie hatte sich ihm natürlich noch nie verweigert, aber er

merkte deutlich, dass sie jetzt nicht wollte. Vielleicht würde ja nach der Geburt des Kindes alles wieder normal werden.
Die Geburt seiner Tochter gab seinem Leben einen neuen Sinn. Er liebte sie vom ersten Moment an, als die Hebamme aus dem Schlafzimmer kam, das kleine, fest eingepackte Bündel im Arm. Er streckte die Hände nach ihr aus, und obwohl seine Mutter es für unschicklich hielt, nahm er seine Tochter auf den Arm und hätte schwören können, dass sie ihn von Anfang an anlächelte.
»Sie sieht aus wie ein Eichhörnchen«, sagte er ein wenig erschreckt, obwohl auch das seiner Liebe keinen Abbruch tat.
»Ach, komm«, erwiderte seine Mutter, die über seine Schulter spähte, »das stimmt überhaupt nicht. Sie ist wunderschön.«
Aber sie hatte in den ersten Tagen ihres Lebens schon gewisse Ähnlichkeit mit einem Frettchen, später allerdings wuchs sich das aus und sie wurde das vollkommene Ebenbild ihrer Großmutter mütterlicherseits.
Colin fand den Namen Alexandra viel zu gewaltig für sie, aber Sophie bestand darauf. »Es klingt königlich«, sagte sie.
Alex war von Geburt an so, wie Colin es von Sophie erwartet hatte: sorglos, risikofreudig, glücklich und voller Lachen. Sie war ein ausgleichendes Kind, das mit allen sofort ins Gespräch kam. Mit dem Pferdeknecht ging sie genauso freundlich um wie mit ihren Spielkameradinnen.
Achtzehn Monate nach ihr kam Tristan zur Welt. Zu dieser Zeit waren Colin und Sophie bereits in ihr neues Haus gezogen, und obwohl es nur fünf Häuser weit entfernt lag, sahen Diana und Thomas von Rhysdale ihr Enkelkind nicht mehr so häufig. Wenn Sophie Alex zu Diana brachte, überschüttete sie das kleine Mädchen mit Geschenken, nahm sie allerdings nie

lange auf den Arm, weil sie befürchtete, das Kind könne auf ihr Kleid spucken.

Zweimal in der Woche wurde Alex in der Kutsche zu ihren anderen Großeltern gebracht, aber Frank kam jeden Tag auf seinem Weg in die Stadt vorbei, um seine Enkelin zu besuchen. Er brachte ihr Zählen bei, zeigte ihr Rotkehlchen und Pirole, nahm sie mit zum Reiten, wobei die Kleine vor ihm im Sattel saß, oder fuhr mit ihr in der Kutsche aus. Später, als die Straßen von New York schon voller Automobile waren, saß Alex neben Frank in seinem Hult. Am Broadway fuhren elektrische Bahnen, und Alex liebte es, wenn ihr Großvater mit ihr darin fuhr, obwohl er es nicht häufig tat, weil sie immer überfüllt waren.

Er nahm sie auch mit in seinen Garten, zeigte ihr, wie man pflanzte, und sie schaute jeden Tag nach, ob ihre Pflanzen schon aus der Erde kamen. Als sie vier Jahre alt war, fuhren sie mit der Long-Island-Bahn nach Westbury und wanderten über Felder und Hügel, über Land, das er vor vielen Jahren gekauft hatte, zwölfhundert Hektar bestes Bauland auf Long Island, nicht ganz zwei Stunden mit dem Zug von der Stadt entfernt.

Sophie zog nur die Augenbrauen hoch, als er ihr sagte, er würde die Grundstücke auf Alex' Namen überschreiben. Sie sagte es zwar nicht laut, aber sie wusste ganz genau, dass Alex dort auf der Insel nie den Sommer verbringen würde. Sie verbrachten den Sommer im Sommerhaus der von Rhysdales, einer Marmorfestung, in der es nicht ein einziges gemütliches Zimmer gab. Aber es gab einen Golfplatz in der Nähe für Colin und den Strand und den Country Club, wo sich die Mitglieder der exklusiven Gesellschaft nachmittags und abends trafen.

Sie und Colin ritten gerne miteinander aus, und Frank bot Colin an, er könne seine Pferde in den Stallungen unterstellen, die er an seinem Besitz in Westbury baute. Annie liebte es, den Frühsommer dort draußen zu verbringen. Im Juli begleitete sie ihren Mann dann nach Saratoga, und danach verbrachten sie einen Monat in Denver. Newport besuchte Annie nur ein Mal für ein Wochenende und dann nie wieder.

Frank und Annie verbrachten jedes Jahr den Frühling über in Frankreich und England. Sophie begleitete sie mit den beiden Kindern und deren Gouvernante, bis sie, als Alex sechs Jahre alt war, zum dritten Mal schwanger wurde. In jenem Herbst kam ihr drittes und letztes Kind zur Welt, ein Sohn, Herald.

Von allen Städten im Ausland liebte Sophie London am meisten. Der Adel akzeptierte die von Rhysdales ohne weiteres, und sie wurden häufig über das Wochenende in Schlösser eingeladen, zu Bällen, die erst um halb elf oder elf Uhr abends begannen und bis zum Morgengrauen dauerten. Edward, der Luxus liebende Sohn Victorias, liebte Amerikaner, und da er jetzt König war, gehörten sie zu seiner bevorzugten Gesellschaft. So lernten die Currans den König von England kennen und pflegten einen freundschaftlichen Umgang mit ihm. Vor allem Sophie hatte es ihm angetan, und sie freute sich sehr, als in der *New York Times* eine Fotografie von ihr und dem König auf einem Ball abgebildet wurde. Sie wurde als Mrs. Colin von Rhysdale, Tochter des Silberkönigs Frank Curran, erwähnt, und darunter stand: »Amerikas Adel tanzt mit Englands Adel.«

Diana von Rhysdale dachte, dass es vielleicht an der Zeit sei, die Currans auf ihre Dinner-Partys einzuladen.

Colin von Rhysdale machte Karriere in der Familienbank,

reiste mehrere Male im Monat nach Philadelphia und Boston, fuhr ab und zu mit dem Zug nach Cleveland und Chicago, und schließlich machte er auch eine Geschäftsreise nach San Francisco und Denver, wo Annie und Frank ihn erwarteten, ihm die majestätischen Rocky Mountains zeigten und ihn ihren zahlreichen Verwandten aus Colorado vorstellten. Frank nahm ihn sogar mit in die Mine, und Colin genoss jede Minute seines Aufenthaltes dort.

Colin war ein großartiger Vater, kam täglich um fünf Uhr nach Hause, damit er noch mit seinen Kindern zusammen sein konnte. Sophie war selten da, weil sie meistens noch Besuche machte (nur mittwochs blieb sie zu Hause, da dies ihr Empfangstag war). Beinahe jeden Abend dinierten sie auswärts oder hatten Gäste zum Abendessen bei sich zu Hause. Einmal in der Woche aßen sie mit seinen Eltern zu Abend, und Sonntagmittag aßen sie mit Frank und Annie. Alex und Tristan stellten endlos Fragen, und Colin versuchte, sie zu beantworten, und wenn er die Antwort nicht wusste, erfand er Geschichten. Alex glaubte ihm kein Wort, aber sie liebte seine Geschichten und genoss es, dass ihr Vater sich so viel mit ihnen beschäftigte. Wenn er zu Hause war, gab er ihnen immer einen Gutenachtkuss, ob sie nun Gäste hatten oder nicht.

Samstags ging er mit ihnen im Park reiten und im Winter zum Schlittschuhlaufen. Er besuchte mit ihnen das Museum, das Marionettentheater, und er redete mit ihnen, als seien sie erwachsen. Er nahm sie aber auch in den Arm und spielte mit ihnen, als ob er selbst noch ein Kind sei. Seine Kinder machten ihm große Freude, und dafür war er Sophie dankbar.

Ansonsten hatten seine Frau und er sich wenig zu sagen. Ihre Gespräche gingen kaum über die Kinder oder über gesellschaftliche Termine hinaus, und Colin war es leid geworden, mit einer Frau zu schlafen, die stocksteif unter ihm lag. Er wusste, dass sie nur darauf wartete, dass er endlich fertig war, und deshalb kam er immer seltener zu ihr.

Dafür wandte er sich immer häufiger anderen Frauen zu. Vor allem einer anderen Frau, der Witwe eines seiner Freunde, der an Typhus gestorben war. Sie lebte allein mit ihrem Sohn, der zehn Jahre älter war als Alex.

Marguerite Manson war weder schön noch hatte sie Ausstrahlung. Früher hätte man sie sicher als graue Maus bezeichnet. Aber sie hatte ein liebes Wesen, eine Entschlossenheit, sich vom Leben nicht unterkriegen zu lassen, und ein Herz voller Liebe. Wahrscheinlich hätte sie ohne Liebe nicht weiterleben können, und sie fand sie unerwartet im Central Park, wo sie eines kalten Februartages Colin begegnete, der seinen Kindern beim Schlittschuhlaufen zuschaute. Ihr Sohn war auf einer Privatschule, er wollte Pianist werden. Er hatte seit seinem sechsten Lebensjahr Klavierstunden bekommen und immer fleißig geübt. Und so war ihr Haus von Musik erfüllt, und Marguerite ließ sich von den Klängen trösten. Sie fand Zufriedenheit in der Leidenschaft ihres Sohnes, mehr konnte sie vom Leben nicht mehr erwarten. Sie war siebenunddreißig Jahre alt und besaß genug Geld, um den Rest ihres Lebens komfortabel zu verbringen. Sie hatte zahlreiche Freunde, die sie ihre Einsamkeit nicht so sehr spüren ließen, aber Liebe konnte sie nicht mehr erwarten, da sie seit dem Tod ihres Mannes nicht mehr ausging.

Die kleine Hütte am See, in der Sophie und Frederic einst heißen Apfelsaft getrunken hatten, gab es nicht mehr. Sie war durch ein erstklassiges Restaurant ersetzt worden, in das die

Leute mittags wie abends strömten. Und so geschah es eines Samstags, als Alex und Tristan gerade ihre Schlittschuhe anschnallten, dass Colin Marguerite auf einer Bank am See sitzen sah. Ihr Sohn Julian vergnügte sich bereits auf der Eisfläche. Ihm fiel ein, wer sie war, und er ging hin, um sich vorzustellen. Ja, sie erinnerte sich an ihn und war ihm dankbar, dass er auf der Beerdigung gewesen war. Er schlug vor, eine Kleinigkeit zu essen, während die Kinder Schlittschuh liefen. Sie könnten sich an ein Fenster setzen, von wo aus sie sie alle im Blick hatten.

Und so fing alles an.

Und Marguerite fand die Liebe. Sie wusste es bereits lange, bevor Colin es so bezeichnete. Und mit der Liebe fanden sie den Weg in ihr Bett, wo sie beide die Leidenschaft entdeckten.

Jahrelang wusste Sophie nichts von Marguerite. Sie war viel zu sehr damit beschäftigt, zur Hohepriesterin der Gesellschaft zu werden, der sie sich verschrieben hatte. Und ihre Schwiegermutter unterstützte sie tatkräftig dabei. Sophie gab extravagante Dinnerpartys im Speisezimmer, in das mit Leichtigkeit vierundzwanzig Personen passten. An Silvester tummelten sich zweihundertfünfzig Personen in ihrem Ballsaal. Sie verkehrte nur mit den elegantesten und am meisten respektierten alten New Yorker Familien, und sie wurde überallhin eingeladen. Manche Frauen erinnerten sich sogar, dass sie mit ihr zusammen zur Schule gegangen waren, aber das war schon sehr lange her, denn damals hatte ihre Zurückweisung Sophie vertrieben.

Sie kümmerte sich sehr um ihre Kinder, stellte eine französische Gouvernante und eine englische Nanny ein, sodass die Familie sowohl Englisch als auch Französisch parlieren konn-

te, als die Kinder ein wenig älter waren. Sie hatte es sich zur Regel gemacht, dass sie immer mit ihren Kindern zu Mittag aß. Das war die einzige Tageszeit, zu der die Kinder sie sahen. Bei diesen Gelegenheiten ließ sie sich berichten, was sie gelernt hatten, sagte Alex, sie solle gerade sitzen, und ließ Tristan Rechenaufgaben lösen (Herald war noch zu klein, aber er saß in seinem Hochstühlchen ebenfalls mit am Tisch). Alex warf dann ein: »Mutter, die Aufgabe kann ich auch lösen«, aber Sophie entgegnete, Mathematik sei nicht wichtig für ein Mädchen. Es sei viel wichtiger, gerade zu sitzen, zu wissen, welche Gabel man benutzen musste, und oberflächliche Konversation zu beherrschen. Nett sei es auch, wenn sie singen und Klavier spielen könne, sodass sie später junge Männer unterhalten könne.
Allerdings nicht irgendwelche jungen Männer. Von Alex' vierzehntem Lebensjahr an ließ Sophie sie nirgendwo mehr allein hingehen. Ob sie spazieren ging, Schlittschuh lief oder ausritt, immer begleitete sie ein Diener. Wenn sie eine Freundin besuchte, ermahnte Sophie sie, sich mit niemandem außerhalb des Hauses auf ein Gespräch einzulassen.
Jeden Frühling fuhr Sophie mit den drei Kindern nach Europa. Dort durften sie nur Französisch sprechen, selbst in Italien. Sophie verbrachte immer eine Woche in Mailand und ging mit ihren Kindern in das weltberühmte Opernhaus, wo sie Enrico Caruso hörten, der auch schon in der Metropolitan Opera in New York aufgetreten war. Alex fand seine Stimme göttlich, aber Tristan rutschte während der gesamten Vorstellung unruhig auf seinem Platz hin und her. Er war von der Oper genauso wenig angetan wie sein Vater.
Bevor sie schließlich nach New York zurückkehrten, fuhr

Sophie mit ihren Kindern für zwei Wochen nach London, wo sie amerikanische Freundinnen traf, die in den englischen Adel eingeheiratet hatten. Die Kinder wären zwar lieber gleich nach New York zurückgefahren, zu ihrem Vater und ihren Freunden, aber Sophie verlebte dort noch eine wundervolle Zeit. Sie nahm an ihrer ersten Fuchsjagd teil, während die Kinder mit ihrer Gouvernante in London im Hotel blieben. Vielleicht, dachte Sophie, konnte sie diese Tradition ja auf Long Island auch einführen, wenn sie als Ausgangspunkt das weitläufige Anwesen ihres Vaters in Westbury nahmen. Das strenge Protokoll, nach dem nicht nur die Jagd, sondern das gesamte Wochenende verlief, gefiel ihr, und es machte ihr nichts aus, dass der englische Besitz, auf dem sie eingeladen war, dringend einen frischen Anstrich benötigte und überhaupt recht heruntergekommen war. Hier in England spielte der äußere Schein keine Rolle, wichtig war nur der Adel, und wenn man zum Adel gehörte, brauchte man kein Geld, um andere Menschen zu beeindrucken. Man kam schon beeindruckend zur Welt.

Als ihr das klar wurde, beschloss Sophie, dass Alex ein Mitglied des englischen Hochadels heiraten würde. Alex war damals erst sechzehn Jahre alt, saß in einem Londoner Hotelzimmer und spielte Karten mit Tristan, während Herald das malte, was er sah, wenn er aus dem Fenster blickte. Die Gouvernante hatte dafür gesorgt, dass sie ihre Pflichten erledigt hatten, bevor sie sich vergnügen durften.

Alex lachte über eine Bemerkung von Tristan, ohne zu wissen, dass ihr Schicksal nach diesem kurzen Aufenthalt in Großbritannien besiegelt war. Sie glaubte, sie könne selbst über ihr Leben bestimmen, und deshalb lernte sie fleißig, weil sie hoffte, dass ihre Eltern ihr erlauben würden, zur Universität zu gehen, wenn sie die Aufnahmeprüfung bestand.

Sie lachte auf den Partys, die sie im Jahr darauf besuchte, ohne zu wissen, dass diese Partys bald nicht mehr zu ihrem Leben gehören würden. Sie flirtete mit den jungen Männern, mit denen sie nach dem Willen ihrer Mutter verkehren durfte. Erst vor kurzem waren Frauen auf Golfplätzen zugelassen worden, und Alex war eine der Ersten, die diesen Sport ernst nahm, allerdings nicht so ernst, dass sie über ihr schlechtes Handicap nicht lachen konnte. Sie lernte Bridge spielen und erfuhr, welche Kleider man zu welcher Tageszeit tragen durfte.

Alex war beliebt bei den Mädchen in ihrem Alter, und ihre Mütter setzten ihren Namen ganz oben auf die Gästelisten für die Partys der jungen Leute. Für Sophie bedeutete das Erfolg, und sie war erleichtert, dass ihre Tochter die Zurückweisung, unter der sie als junges Mädchen gelitten hatte, nicht erleben musste. Alex' Manieren waren tadellos, und sie gehorchte ihrer Mutter immer.

Sophie hielt ihre Ehe für gut, auch wenn sie und ihr Mann kaum noch miteinander sprachen. Sein Schlafzimmer lag noch nicht einmal neben ihrem, sondern weiter hinten am Flur. Nur noch äußerst selten schlich er sich über den Flur zu ihr, er kam nie mehr, um ihr vor dem Schlafengehen die Haare zu bürsten, fasste sie nie mehr an, flüsterte ihr nichts mehr ins Ohr und küsste sie auch nicht mehr. Aber Mrs. Colin von Rhysdale war bei den ersten Familien New Yorks gern gesehen, und für Sophie bedeutete das, dass ihre Ehe ein Erfolg war. Sophie war glücklich.

14

In jenem Sommer war Alex gerade siebzehn Jahre alt geworden.
Zur Überraschung aller verkündete Sophie, dass sie nicht nach Newport fahren, sondern den Sommer auf Franks Besitz in Westbury verbringen würden. Die Kinder freuten sich darüber, zumal vor allem die Jungen es in Newport viel zu steif und streng fanden. In Westbury konnten sie durch den Wald streifen, ausreiten und sogar ohne Begleitung in den Ort gehen. In der Apotheke dort gab es einen Soda-Brunnen, und sie konnten sich Eiscreme-Sodas bestellen und durch den Strohhalm Blasen blubbern. Vor allem Herald fand das so lustig, dass er nicht aufhören konnte zu lachen.
In dem weitläufigen Anwesen, das Frank in Westbury gebaut und auf seine Enkelin Alexandra Diana von Rhysdale hatte eintragen lassen, hatte noch nie jemand gewohnt. Als das Haus fertig war, waren Sophie und Colin einmal mit dem Zug hingefahren, um es sich gemeinsam mit Alex anzuschauen. Es war ein hübsches, behagliches Haus, das sich perfekt in die hügelige Landschaft einfügte. Im Frühjahr war es umgeben von unzähligen Veilchen, Narzissen, Krokussen und Hyazinthen. Hartriegel blühte am Rand der Eichen- und Ahornwälder, und hinter dem Hügel hatte Frank Stallungen angelegt, die Platz für zwölf Pferde boten. Im Ort nannte man den Besitz »die Curran-Farm«, weil Frank einem College für Agrar-

wissenschaften hundert Hektar Land zur Verfügung gestellt hatte. Die besten Kartoffeln auf Long Island stammten aus diesem Experiment. In den Gesellschaftsnachrichten würde das Anwesen aber erst erwähnt werden, wenn Newport nicht mehr das Synonym für Luxus und Dekadenz war und nur noch wenige Leute dorthin fuhren.

In jenem Sommer jedoch, als der Erste Weltkrieg in Europa tobte, fuhr Sophie mit ihren Kindern dorthin. In jenem Frühling starb ihre Schwiegermutter, und Sophie betrauerte sie mehr als alle anderen. Sie hatte Diana über die Maßen bewundert, und sie hatten sich sehr nahe gestanden. Als Sophie schließlich die Gerüchte über Colins Geliebte zu Ohren kamen, hatte sie sich an ihre Schwiegermutter gewandt.

Diana war ans Fenster getreten und hatte auf die Fifth Avenue geblickt, an der niemand mehr Villen baute. Sie waren weiter nach oben gezogen, in die Nähe der Currans, und aus ihrem alten Haus war ein Hotel geworden. Die ersten Kaufhäuser entstanden in der Gegend um die Vierzigste Straße.

Diana drehte sich zu Sophie um, die ihr Taschentuch in den Fingern zerknüllte. Dann setzte sie sich neben sie und ergriff ihre Hände.

»Männer sind anders als Frauen, meine Liebe. Männer haben Bedürfnisse, die wir Frauen nicht haben. Sie setzen andere Prioritäten. Wir sorgen uns um die Familie, und ihnen ist es wichtig, für uns zu sorgen. Aber Colin möchte eine Frau, für die er keine Verantwortung hat, mit der er nicht den Alltag teilt, nicht über die Kinder oder das Geschäft sprechen muss.«

»Colin spricht zu Hause nie über seine Arbeit.«

Diana nickte. »Mr. von Rhysdale hatte ebenfalls eine Geliebte, vielleicht sogar drei oder vier über die Jahre, und ich bin sicher, dass er ihr die Wohnung bezahlt, vielleicht sogar den Unterhalt für die Kinder, die möglicherweise von ihm sind, aber es stört mich nicht. Meine Eltern haben unsere Ehe arrangiert, und wir haben uns nie eingebildet, uns zu lieben. Also lasse ich ihn haben, was er will, und ich habe auch, was ich will. Aber bei dir ist es vielleicht etwas anderes, weil du Colin aus Liebe geheiratet hast.«

Als sie das sagte, wurde Sophie bewusst, dass sie Colin nie geliebt hatte, jedenfalls nicht so wie Frederic Hult.

»Deshalb fühlst du dich zurückgewiesen ...«

Nein, zurückgewiesen gefühlt hatte sie sich von den Töchtern von Dianas Freundinnen, aber nicht von Colin, auch nicht, wenn er eine andere Frau hatte. Sie fürchtete jedoch die Scheidung und den Gedanken, dass die Gesellschaft, zu der sie jetzt gehörte, sie dann erneut ablehnen würde.

»Versuch einfach an das zu denken, was du sonst von dieser Ehe hast. Dein Haus, deine Kinder, diese wundervollen Schätze, mich – unsere Freundschaft bedeutet mir viel, Sophie. Colin will keine Scheidung. Das wäre undenkbar. Und wenn er das nächste Mal zu dir ins Bett kommt ...«

»Er kommt seit Jahren schon nicht mehr zu mir ins Bett«, sprudelte Sophie hervor.

Diana zog die Augenbrauen hoch und schwieg einen Moment lang. »Das braucht dich überhaupt nicht zu beunruhigen, meine Liebe. Dein Leben geht so weiter wie bisher, und ich würde vorschlagen, du erwähnst ihm gegenüber nichts davon, es sei denn« – sie lächelte – »du willst noch einen Diamanten.«

»Ich brauche nicht noch mehr Schmuck«, erwiderte Sophie.

»Dann behalt es für dich, und es bleibt unter uns ...«

»Ich habe es aber von jemand anderem gehört. Die Leute reden.«
»Das tun sie vermutlich schon seit Jahren. Hast du denn nie die Geschichten von den anderen Ehemännern gehört?«
»Natürlich, aber das scheint mir so unwichtig.«
»Und so ist es hier auch. Es hat nichts mit dir zu tun, Sophie, nichts mit deinem Leben. Du fragst doch Colin schon seit Jahren nicht mehr, was er am Nachmittag oder am Abend tut, nicht wahr?«
Nein, dachte Sophie. Dann war er also abends nach dem Essen zu dieser Frau gegangen, und ihr hatte er erzählt, er ginge in seinen Club, um noch ein Glas zu trinken. Und plötzlich stellte sie fest, dass es ihr gleichgültig war, weil es sie von diesem Teil der ehelichen Verpflichtungen enthob. Er hatte sie seit Jahren nicht mehr angerührt, und sie war äußerst erleichtert darüber. Die Monate, die sie in Europa oder in Newport verbrachte, waren für ihn wahrscheinlich die schönste Zeit.
Nun, sie hatte ihn nicht aus Liebe geheiratet. Vielleicht hatte er ja die Liebe gefunden, und das konnte ihr nur recht sein. Ihr wurde klar, dass auch ihre Pläne für Alex hervorragend in dieses Bild passten. Um einen englischen Aristokraten zu heiraten, brauchte Alex nicht verliebt zu sein. Colin hatte geglaubt, sie zu lieben, und es war wohl ein grausames Erwachen für ihn gewesen. Wenn man jedoch eine Ehe ohne diese Erwartung einging, konnte man auch nicht enttäuscht werden. Sie besaß seit langem alles, weswegen sie ihn geheiratet hatte: den Respekt seiner Mutter und ihrer Freundinnen und den Namen, der ihr so selbstverständlich zugeschrieben wurde wie ihrer Schwiegermutter.

Diana nahm Sophie in die Arme und sagte: »In guten wie in schlechten Tagen, meine Liebe, und die guten Tage sind seltener. Aber du brauchst nicht unglücklich zu sein, du hast so viel anderes.«

»Ja, in der Tat«, erwiderte Sophie. »Ich habe eigentlich alles, was ich will, einschließlich deiner Freundschaft.«

»Es ist mehr als Freundschaft, meine Liebe. Du hast meine Liebe.«

Dann habe ich also doch aus Liebe geheiratet, dachte Sophie und musste unwillkürlich lächeln. Sie erwiderte die Umarmung ihrer Schwiegermutter. Und als sie starb, trauerte sie sehr um sie.

In jenem Sommer lag ihr nicht so viel am gesellschaftlichen Leben, und deshalb beschloss sie, nach Westbury statt nach Newport zu fahren. Sie ließ einen Swimmingpool anlegen, weil sie es dort so friedlich fand. Sie lag lesend auf der großen, überdachten Terrasse, lauschte dem Lachen der Kinder oder genoss die langen, stillen Nachmittage, an denen sie zum ersten Mal seit ihrer Kindheit wieder allein war. Sie ließ die Kinder tun, was sie wollten, und sah sie manchmal nur beim Abendessen.

Da keine anderen Kinder in der Nähe waren, mit denen sie sich treffen konnten, ritten sie häufig aus, auf den Reitwegen, die Frank im Wald hatte anlegen lassen. Alex begann, sich nachmittags bei den Ställen aufzuhalten. Sie liebte den Duft von Heu und Grünfutter, und außerdem fand sie den jungen Pferdeknecht äußerst attraktiv. Harry war der Sohn des Verwalters. Er war im Ort zur Schule gegangen und hatte vor zwei Jahren seinen Abschluss gemacht. Da ihm aufgefallen war, wie gerne der junge Mann mit Pferden umging, hatte

Frank ihm angeboten, er könne sich um seine Pferde kümmern. Eigentlich kein besonders interessanter Job für einen Jungen mit Highschool-Abschluss, aber er war besser bezahlt als alles andere, was er in Westbury hätte tun können.

Die meiste Zeit langweilte sich Harry, da er die bestgepflegten Pferde auf ganz Long Island betreute. Als dann jedoch Alex mit ihren siebzehn Jahren auftauchte, wurde er lebendig. Sie hielt sich aufrecht und hatte ein Selbstbewusstsein, wie er es noch nie erlebt hatte. Ihre Haare waren blond, ihre Augen blitzten grün, obwohl sie manchmal auch grau wirkten, und ihre vollen, sinnlichen Lippen luden zum Küssen ein. Unwillkürlich fragte er sich, ob ihm da wohl schon jemand zuvorgekommen war. Ihre Figur war noch nicht voll entwickelt, ließ aber schon die üppigen Formen ahnen, für die sie eines Tages berühmt sein würde, die schmale Taille, die fest gerundeten Hüften, die langen, aufregenden Beine.

Am attraktivsten aber fand er ihr Lachen, das perlend in ihr aufstieg. Ihre Stimme war leise, und manchmal klang es, als ob sie flüsterte. Er fand, sie sah aus wie eine Prinzessin, und er nahm jede Gelegenheit wahr, um mit ihr und ihren Brüdern auszureiten.

Eines Nachmittags unternahmen ihre Brüder etwas, zu dem sie keine Lust hatte, und sie kam allein zu den Stallungen und bat Harry, ihr Pferd zu satteln. Sie beobachtete seine knappen, effizienten Handbewegungen, seine offensichtliche Zuneigung zu dem Tier, die braunen Haare, die ihm in die Stirn fielen und länger waren als die der Jungen in ihren Kreisen, und sagte impulsiv: »Haben Sie vielleicht Lust, mit mir auszureiten?«

Etwas Schöneres konnte Harry sich gar nicht vorstellen, und

er sattelte rasch noch ein Pferd. Alex fragte ihn, ob er es eingeritten habe.

»Ja, ich habe Jupiter schon als Jährling geritten.«

»Haben Sie ihm auch seinen Namen gegeben?« Ihr Vater würde ein Pferd nie so nennen.

Harry grinste. »Das ist natürlich nicht sein richtiger Name.«

»Natürlich nicht.«

Er ritt auf dem schmalen Weg voraus, der zwischen den Bäumen entlangführte. Sie war noch nie mit Bediensteten allein gewesen, vor allem nicht mit männlichen. Außer ihren Brüdern, ihrem Vater und ihren Großvätern und vielleicht noch ein paar Verwandten in Denver war sie überhaupt noch nie mit einem Mann allein gewesen.

Schweigend ritten sie hintereinander durch den Wald. Sonnenstrahlen drangen durch das Laub der Bäume, und Vögel zwitscherten. Es war ein warmer, träger Nachmittag.

Kurz darauf ritten sie aus dem Wald und auf die Wiesen, die sich über die sanften Hügel erstreckten. Alex stockte der Atem. »Oh, es ist so schön hier.«

»Möchten Sie ein Rennen veranstalten?«

Alex blickte ihn an. »Ihr Pferd ist viel größer als meines, und außerdem kennen Sie sich hier besser aus als ich.«

»Dann lassen Sie uns einfach nur galoppieren. Auf der anderen Seite der Wiese, in etwa einem Kilometer, beginnt der Wald wieder.«

Sie warf ihm einen Blick zu, trieb ihr Pferd an und galoppierte los. Sie hörte sein Lachen, und schon war er neben ihr. Er hielt mit ihrem Tempo mit, ritt jedoch nie voraus, sondern blieb neben und sogar ein wenig hinter ihr. Offensichtlich kannte er seinen Platz.

Auch am nächsten Nachmittag ging sie zu den Ställen, und Harry wartete bereits mit zwei gesattelten Pferden auf sie. Lächelnd saß sie auf, ohne etwas zu sagen.

»Heute zeige ich Ihnen einen anderen Weg«, sagte er und ritt voraus zu einem gewundenen kleinen Bach, den sie allein nicht gefunden hätte.

»Im Frühling führt er viel Wasser«, erklärte Harry und ließ sein Pferd trinken. »Weiter vorn haben Biber einen Damm gebaut, und dort hat sich ein Tümpel gebildet. An heißen Tagen komme ich hierhin, wenn ich mich abkühlen und schwimmen möchte.«

Alex hörte ihm aufmerksam zu. »Was machen Sie so?«, fragte sie.

Fragend zog er die Augenbrauen hoch. »Ich bin Pferdeknecht.«

Sie schüttelte den Kopf. »Nein, ich meine, wenn Sie nicht arbeiten.«

»Im Herbst jagen, im Sommer fischen, am Auto meines Vaters herumbasteln. Das heißt, eigentlich ist es ja das Auto Ihres Großvaters. Und an den Abenden spiele ich Baseball mit meinen Freunden. Also das, was jeder so macht.«

»Nicht jeder«, erwiderte sie. »Ich habe so etwas noch nie gemacht. Nur auf der Jagd war ich mal, in Denver. Ich habe sogar ein Reh geschossen.«

Er hörte ihrer Stimme an, dass es ihr nicht gefallen hatte.

»Und dabei sind sie so schön«, flüsterte sie.

»Sie auch.«

Sie blickte ihn an. »Was wollen Sie mit Ihrem Leben anfangen?«, fragte sie. »Ich sehe Ihnen doch an, dass Sie nicht für immer Pferdeknecht sein wollen.«

»Ich möchte irgendetwas mit Autos machen. In einer Werkstatt oder Tankstelle arbeiten, Autos reparieren und so.«
Sie kannte niemanden, der mit seinen Händen arbeiten wollte. Die jungen Männer, die sie kannte, dachten nicht daran zu arbeiten, es sei denn als Bankier oder in den Unternehmen ihrer Väter.
»Wie alt sind Sie?«, fragte sie.
»Zwanzig.« Er blickte sie unverwandt an, bis sie wegschaute.
»Und was tun Sie?«
Sie überlegte. »Ich gehe gerne einkaufen, obwohl meine Mutter meistens meine Kleider aussucht. Ich gehe aus, auf Bälle und Partys, und ich reite. Im Winter laufe ich Schlittschuh im Central Park.«
Er lächelte sie an. »Ist das alles? Ist Ihnen nicht langweilig?«
Sie seufzte. »Ja, manchmal langweile ich mich schrecklich. Aber was soll ich sonst machen?«
Er schüttelte nachdenklich den Kopf. »Frauen sind wahrscheinlich nicht so glücklich dran.«
»Frauen? Was macht Ihre Mutter denn?«
»Meine Mutter? Gott, sie arbeitet die ganze Zeit. Sie putzt unser Haus, sie putzt Ihr Haus, sie wäscht und bügelt und kocht und kauft ein. Im Sommer hat sie auch noch den Garten, um den sie sich kümmern muss. Und sie macht die Betten und …«
Alex hörte schon nicht mehr zu. Sie war fast achtzehn Jahre alt und hatte sich noch nicht ein einziges Mal Gedanken darüber gemacht, was andere Leute taten. Sie unterbrach ihn:
»Was studieren Sie?«
»Ach, wie man einen Vergaser auseinander und wieder zusammenbaut, zum Beispiel. Ich übe an dem Ford, den Ihr

Großvater meinem Vater zur Verfügung gestellt hat. Ab und zu fahre ich damit auch mal in die Stadt. Der Wagen ist natürlich nichts gegen den Packard und den Hult, die in Ihren Garagen stehen. Können Sie Auto fahren?«
»Warum, um alles in der Welt, sollte ich das können?« Eine Frau konnte doch unmöglich Auto fahren!
»Meine Schwester kann Auto fahren«, erklärte Harry ihr. »Sie ist Lehrerin, drüben in Smithtown, und sie fährt Auto.«
»Tatsächlich?«
»Soll ich es Ihnen beibringen? Das könnte ich!«
Alex überlegte einen Moment lang. Ob ihre Mutter das wohl billigen würde? Es klang so aufregend, so anders als alles, was ihre Freundinnen machten. »Könnten Sie es mir heimlich beibringen?«
»Ja, sicher«, erwiderte er. »Der Ford wird ja kaum benutzt.«
»Oh, das wäre wunderbar.« Ihr Vater würde sich sicher freuen, oder? Und ihr Großvater wäre begeistert. Er redete doch ständig über Autos, und letztes Frühjahr war sie mit ihm bis nach Connecticut gefahren. Das wäre eine Überraschung, wenn sie zu ihm sagen könnte: »Ich kann Auto fahren, Grandpa.«
Den Rest des Sommers verbrachte Alex also damit, fahren zu lernen und sich in einen jungen Mann zu verlieben, der ganz anders war als die anderen, die sie kannte. Nachts lag sie schlaflos in ihrem Bett, lauschte auf die Geräusche vor ihrem Fenster und dachte an Harrys schlanke Finger, wie sie das Lenkrad oder die Zügel des Pferdes umfassten. Sie blickte in seine warmen braunen Augen, die immer zu zwinkern schienen, lauschte seinen Worten, die sie so oft zum Lachen brachten und ihr vermittelten, wie schön er sie fand. Sie konnte

nicht schlafen, weil sie wollte, dass seine Hände sie berührten, weil sie nichts sehnlicher wollte, als ihn anzufassen.

»Sie sind ein Naturtalent«, erklärte Harry ihr, nachdem er ihr zwei Wochen lang Fahrstunden gegeben hatte.

»Ich glaube, allein würde ich mich noch nicht zu fahren trauen«, erwiderte sie.

»Das müssen Sie auch nicht«, sagte er. Sein Arm lag über der Rückenlehne des Fahrersitzes, und auf einmal streckte er die Hand aus und streichelte ihr über die Wange. Ihre Blicke trafen sich. Er nahm seine Hand nicht weg, und sie legte ihre darüber.

An jenem Abend betrachtete Alex sich im Badezimmerspiegel, um zu sehen, ob seine Finger einen roten Abdruck hinterlassen hatten. Sie ging zu Bett, drücke ihre Hand auf die Stelle und stellte fest, dass sie dabei war, sich zu verlieben. Hoffentlich merkte ihre Mutter nichts, obwohl sie sich sicher war, dass ihr die Liebe auf die Stirn geschrieben stand.

Als sie am nächsten Nachmittag im Auto saßen, sagte er zu ihr: »Ich habe die ganze Nacht an Sie gedacht.«

Sie nahm die rechte Hand vom Lenkrad und legte sie auf seine. Am nächsten Morgen ging sie direkt nach dem Frühstück ohne ihre Brüder zu den Stallungen. Harry mistete gerade aus und blickte überrascht auf, als Alex hereinkam.

»Soll ich Ihnen ein Pferd satteln?«, fragte er.

Alex schüttelte den Kopf und setzte sich auf einen Heuballen. »Ich wollte dich nur sehen«, sagte sie.

Harry ließ den Besen fallen, trat zu ihr, zog sie in die Arme und küsste sie. Sie schlang die Arme um ihn und erwiderte seinen Kuss. Überrascht spürte sie, dass seine Zunge zwischen ihre Lippen drang, und sie stöhnte leise auf.

»Gott, Alex, du machst mich wahnsinnig«, flüsterte er und presste sie an sich.
Sie spürte seinen Herzschlag. »O Harry«, stieß sie hervor.
Er ließ sie los und ging wieder an seine Arbeit. Nach einer Weile blickte er auf und sagte: »Ich hätte das nicht tun dürfen.«
»Ich wollte es doch. Mich hat noch nie ein Junge geküsst.«
Er grinste sie an. »Hat es dir gefallen?«
»O Harry«, sagte sie wieder.
Sie schaute ihm eine Zeit lang bei der Arbeit zu, und schließlich sagte sie: »Fahrstunde um zwei?«
Er nickte und legte ihr die Hand auf die Schulter. Sie lächelte ihn an.
Vielleicht würde er sie ja wieder küssen.

15

Zum ersten Mal küsste Harry sie am dreißigsten Juli. Ihr erster Kuss!
Und er küsste sie den ganzen August über. Alex war verrückt nach ihm. Am liebsten wäre sie jeden Morgen sofort nach dem Frühstück zu den Ställen gerannt, aber sie achtete darauf, auch genug Zeit mit ihren Brüdern zu verbringen, damit niemand Verdacht schöpfte. Nach dem Mittagessen schlenderte sie dann zu den Ställen, schaute zu, wie Harry die Pferde sattelte, und versuchte, ihn nicht mit ihren Blicken zu verschlingen. Ihrer Mutter erzählte sie, sie streife so gerne durch den Wald, und sie brachte ihr jeden Tag eine Kleinigkeit mit, eine Blume oder ein Vogelei oder sonst etwas, damit Sophie glaubte, sie liebe die Natur.
Sophie verließ selten das Haus und machte sich über die Freizeitbeschäftigungen ihrer Kinder keine Gedanken. Sie belästigten sie nicht, kamen aber pünktlich zu den Mahlzeiten zurück. Und sie verließen das Anwesen nicht. Was sollte ihnen also passieren?
Im August stieg die Temperatur auf fast vierzig Grad Celsius, selbst in den Nächten. Sophie lag auf ihrem Bett, das Kissen nass geschwitzt, und versuchte, trotz der feuchten Hitze zu schlafen. An ihre Kinder verschwendete sie keine Gedanken.
Nach einer Fahrstunde eines Nachmittags in der zweiten Augustwoche schlug Harry Alex vor, zum Badetümpel zu gehen.

Es war so heiß, dass niemand einen klaren Gedanken fassen konnte.

Harry und Alex liefen durch den Wald, hielten sich an den Händen und blieben von Zeit zu Zeit stehen, um sich zu küssen und einander in die Augen zu schauen. Der Bach plätscherte träge dahin, die Vögel schwiegen, es war ganz still. Am Badetümpel ließ Alex die Hand durchs Wasser gleiten, dann schlüpfte sie aus ihren Schuhen und watete hinein.

Harry blieb am Ufer stehen und zog sich aus, zuerst sein Hemd, dann die restliche Kleidung. Alex beobachtete ihn wie hypnotisiert. Sie hatte ihre Brüder schon nackt gesehen, deshalb überraschte sie Harrys Körper nicht. Für einen Moment blieb er so vor ihr stehen, dann sprang er ins Wasser.

»Ich habe zugesehen, wie die Biber den Damm gebaut haben«, sagte er und schüttelte sich das Wasser aus den Haaren. Erneut tauchte er unter, und als er wieder hochkam, sah er, dass auch Alex ihre Kleider auszog. Sie legte sie sorgfältig zusammen, bis sie ebenfalls nackt dastand. Er hatte noch nie ein so schönes Mädchen gesehen.

Langsam kam sie auf ihn zu, mit ernstem, vielleicht auch ein wenig ängstlichem Gesicht.

Als sie schließlich vor ihm stand, reichte ihr das Wasser bis über die Schultern. Harry beugte sich zu ihr herunter, um sie zu küssen, und seine Hand schloss sich um ihre linke Brust. Ein Schauer durchrann sie, obwohl das Wasser warm war. Er zog sie so eng an sich, dass sich ihre Körper berührten. Dann hob er sie hoch, küsste sie, und sie schlang die Beine um seine Taille.

Er trug sie ans Ufer und legte sie auf den Waldboden. Dann kniete er sich neben sie, bedeckte ihre Brüste mit Küssen und

streichelte die Innenseiten ihrer Schenkel. Sie schloss die Augen, bog sich ihm unwillkürlich entgegen, und die Erde bebte, als er mit seinem Körper über ihren glitt. Sie packte seine Haare und küsste ihn, und als er in sie eindrang, schrie sie leise und überrascht auf. Unwillkürlich bewegte sie sich im gleichen Rhythmus wie er, und dann schlugen Wellen über ihr zusammen. Gefühle von einer Intensität, wie sie sie noch nie erlebt hatte, überwältigten sie. »O Gott!«, schrie sie auf.
Heftig atmend hielten sie einander in den Armen. Als sie schließlich die Augen öffnete, rollte Harry lächelnd von ihr herunter.
»Ich wusste zwar nicht, was es war«, sagte sie, »aber ich glaube, es war genau das, was ich den ganzen Sommer über tun wollte.«
»Du wusstest es nicht? Mein Gott, du wusstest es nicht?«
»Ich wusste, dass ich von dir berührt werden wollte. Ich liebe deine Küsse, aber von dem anderen wusste ich nichts. Oh, mein Harry, es ist so wundervoll.«
Er lachte. »Ja, das stimmt.« Sein Finger glitt zart über ihre Brüste. »Es war wundervoll. Für jemanden, der nicht wusste, was er tun soll, hast du deine Sache sehr gut gemacht.«
»Ich habe mich einfach so verhalten, wie mein Gefühl es mir gesagt hat.«
»Dann hast du einen guten Instinkt.« Er lächelte sie an.
»Ist das Liebe?«, fragte sie.
Er küsste sie sanft. »Ja, ich denke schon.«
Am nächsten Nachmittag trafen sie sich wieder. Sie gingen direkt zum Badetümpel, und dort liebten sie sich immer wieder, langsamer und sinnlich, um den Körper des anderen zu erforschen. In jener Nacht schlich sie sich kurz vor Mitter-

nacht aus dem Haus und traf sich mit ihm an den Stallungen. Sie kletterten zum Heuschober hinauf und liebten sich erneut, umgeben vom süßen Duft des Heus.

Jeden Nachmittag und jeden Abend liebten sie sich, zwei Wochen lang, bis ihre Welt mit einem Schlag auseinander fiel. Alex hatte sich nichts Böses gedacht. Sie lebte nur für Harry und seine Küsse, sie wollte seine Hände spüren und ihn in sich fühlen.

An einem Freitag kamen sie nach Stunden am Badetümpel zurück zur Scheune, und Alex sagte: »Ich weiß nicht, ob ich bis heute Abend warten kann.« Sie stellte sich auf die Zehenspitzen, um ihm einen Kuss zu geben. In diesem Moment ertönte ein Schrei. Als sie erschreckt herumfuhren, stand Sophie in der Tür, nur eine Silhouette gegen das Licht. Sie hatte die Hand an die Kehle gepresst und schrie, dass man sie bis in den Ort hören konnte.

Sie trat auf Alex zu, packte sie mit der einen Hand und versetzte Harry mit der anderen eine schallende Ohrfeige. Er taumelte nicht, musste sich aber an einer Stange festhalten, um nicht umzufallen.

Ohne ihn noch eines Blickes zu würdigen, zerrte Sophie die weinende Alex hinter sich her und ließ sie auch nicht los, als sie hinfiel. Im Haus sperrte sie sie in ihr Zimmer und gab Anweisung, dass die Koffer gepackt werden sollten.

Am nächsten Morgen um neun Uhr dreißig saßen sie alle im Zug nach New York.

Es war ein Samstag, und Colin war nicht zu Hause. Sophie schickte nach Frank, und die Kinder hörten ihre erhobene Stimme, als sie in Colins Arbeitszimmer mit ihm redete. Dann verließ Frank mit hochrotem Kopf das Haus und buchte für

Sophie und die Kinder eine Überfahrt nach England für die kommende Woche. Sophie war es gleichgültig, wie lange sie blieben, es war ihr sogar egal, dass sie die Saison in New York verpasste.

Als Colin am Sonntagnachmittag nach Hause kam, stand ihr Plan fest.

Frank fuhr mit dem Zug nach Westbury, gab dem Verwalter tausend Dollar und entließ ihn, wobei er ihm weitere zweitausend Dollar versprach, wenn er den Bundesstaat in Begleitung seines Sohnes verließ.

Sophie erfuhr nie, dass ihre Tochter in diesen drei Wochen mehr Leidenschaft erlebt hatte, als sie selbst jemals erfahren hatte. Alex weinte die gesamte Reise über, aß kaum etwas, reagierte trotzig, als ihre Mutter sie zwang, sich zum Essen in den Speisesaal zu begeben und am anschließenden Tanz teilzunehmen.

In London stiegen sie im Brown's Hotel ab. Sophie nahm sofort Kontakt zu den Freunden und Bekannten auf, die sie in der Stadt gefunden hatte, und schon bald darauf waren sie in fünf verschiedenen Londoner Privathäusern eingeladen. Jeder ihrer Gastgeberinnen gestand Sophie, sie träume davon, Alex an einen adeligen Engländer zu verheiraten, und in den nächsten Monaten solle ihre Tochter möglichst vielen jungen Männern aus der Aristokratie vorgestellt werden.

Das war genauso leicht getan wie gesagt, denn in England wimmelte es von armen jungen Adligen, die nur zu gerne eine amerikanische Erbin heiraten wollten, vor allem, wenn sie so hübsch und jung war wie Alex. Liebe gehörte damals zur Eheschließung nicht dazu. Entscheidend war nur das Geld.

Alex jedoch trat den jungen Männern beim Tanzen absichtlich

auf die Füße, lächelte nie und gab einsilbige Antworten. Sie sehnte sich nach Harrys Berührungen, nach seinen Küssen und seiner Liebe. Aber sie dankte auch ihrem Schöpfer, dass ihre Mutter nicht wusste, wie weit sie gegangen waren. Sie wäre außer sich vor Wut gewesen, wenn sie erfahren hätte, dass ihre Tochter keine Jungfrau mehr war.

Alex wusste nicht, was an dem Sohn des siebten Herzogs von Yarborough anders sein sollte als an den anderen jungen Männern, mit denen sie tanzen musste. Sie konnte sich kaum an ihn erinnern und war deshalb überrascht, als ihre Mutter glücklich verkündete, sie seien zum Wochenende auf Schloss Carlisle eingeladen. Man erhielt nicht leicht eine Einladung in dieses Schloss, weil es eines der größten und schönsten Schlösser im Königreich war, wenn auch ein wenig heruntergekommen.
Sophie hatte die Jungen sofort nach ihrer Ankunft in England in ein Internat geschickt, sodass nur sie und Alex im Brown's wohnten, was Alex deprimierend fand. Allerdings fand sie im Moment sowieso alles und jeden entsetzlich langweilig. Sie hatte an nichts Freude, obwohl sie zugeben musste, dass es ihr immer schwerer fiel, sich an Harrys Augen und sein Lächeln zu erinnern.
Sophie und Alex fuhren mit dem Zug an Oxford vorbei nach Woodmere, wo eine Kutsche sie erwartete, mit der sie auf den riesigen Besitz gebracht wurden. Durch ein Marmorportal gelangte man in den Park, der ebenso schön war wie das Schloss, wenn auch ein wenig verwildert.
»Es ist so wunderschön«, hauchte Sophie verzückt.
Auch an Alex war die Schönheit nicht verschwendet. Links

lag ein See, und zu ihrer Rechten tummelte sich eine Herde Schafe. Kleine Wäldchen tauchten hier und dort auf, und Kühe grasten auf den Wiesen. Etwa einen Kilometer vor dem Schloss fuhren sie über eine Brücke, die einen künstlichen See überspannte, und dann kam das Gebäude aus gelbem Stein mit seinen hohen Marmorsäulen in Sicht, dessen Flügel sich so weit zu beiden Seiten erstreckten, dass Alex die Anzahl der Fenster nicht zählen konnte. Auf dem Dach des Schlosses flatterte eine Fahne.
»Das bedeutet, dass der Herzog zu Hause ist«, erklärte der Kutscher.
»Das will ich doch hoffen«, sagte Sophie. An Alex gewandt fuhr sie fort: »Es gibt nur achtundzwanzig Herzogtümer im Land.«
Das war Alex völlig gleichgültig.
Riesige, ungemähte Rasenflächen umgaben das Schloss, und die gesamte Gartenanlage wirkte ein wenig chaotisch. Früher einmal war sie vermutlich unvergleichlich schön gewesen.
Die Kutsche hielt vor einem großen Tor, das von zwei Männern in Livree geöffnet wurde. Die Pferde trabten auf einen mit gelben Ziegeln gepflasterten Hof.
Sophie und Alex blickten staunend an dem prächtigen Gebäude hinauf. Das Schloss war drei Stockwerke hoch und etwa sechzig Meter lang. An jeder der vier Ecken ragte ein Turm mit Zinnen empor.
»Es sieht älter aus als unser Land«, sagte Sophie.
»Es sieht aus wie ein Kerker«, erklärte Alex. »Ich würde es schrecklich finden, hier wohnen zu müssen. Hier gibt es wahrscheinlich noch nicht einmal eine Zentralheizung. Wie im Mittelalter!«

Sophie hingegen fand es beeindruckend. Sie blickte sich um. »Der Park ist prachtvoll ...«
»Er ist ungepflegt«, erwiderte Alex. »Völlig verwildert und voller Unkraut. Sie sollten mal einen guten Gärtner einstellen.«
Sophie, deren eigentliche Absicht war, dass Alex eines Tages hier leben würde, fuhr fort: »Das Haus ist wahrscheinlich voller wundervoller Antiquitäten. Es ist eines der berühmtesten Schlösser in England, weißt du?«
Das war Alex völlig gleichgültig.
Die Livree des Mannes, der sie begrüßte, sah aus wie im Zirkus, dachte sie. Ob er wohl über sich selbst lachte, wenn er sich im Spiegel betrachtete? Wie schaffte er es nur, ständig so ein ernstes Gesicht zu machen? Er trug weiße Handschuhe und eine Art hohen Hut. Er begrüßte die Gäste in der Kutsche vor ihnen, nannte sie beim Namen und sagte ihren Bediensteten, in welchem Zimmer sie untergebracht waren. Alle schienen zu wissen, wohin sie gehen mussten.
Da Sophie und Alex in London im Hotel abgestiegen waren, hatten sie keine eigenen Dienstboten bei sich, was den Mann, der sie begrüßte, zu verwirren schien. Einen Moment lang krampfte sich Sophies Magen zusammen, weil sie sich nur zu gut an all die Jahre erinnern konnte, in denen sie nicht dazugehört und nicht gewusst hatte, wie sie sich verhalten sollte. Der Mann zog die Augenbrauen hoch, als sie sagte, sie hätten kein Zimmermädchen dabei, und hastig fügte sie hinzu, dass sie aus Amerika kämen, als ob Zofen in diesem barbarischen Land unbekannt seien.
Er nickte und winkte einer jungen Frau, die in einer Reihe wartend mit anderen hinter ihm stand. Er sagte ihr, in welchen

Zimmern Sophie und Alex untergebracht waren, und bat sie, sie dorthin zu begleiten. »Angela ist Ihr Mädchen für das Wochenende«, erklärte er. »Cocktails um sieben.«
Jetzt war es gerade erst vier Uhr, und Alex fragte sich, was sie wohl so lange machen sollten.

16

Mit dem Bau von Schloss Carlisle war 1709 begonnen worden, aber fertig gestellt wurden die Gebäude erst achtzehn Jahre später. In den zwei Jahrhunderten seines Bestehens waren zahlreiche Staatsoberhäupter dort empfangen worden, unter anderem auch Benjamin Franklin und Thomas Jefferson, und als Queen Victoria regierte, war es an den Wochenenden der Lieblingsaufenthalt des Prince of Wales gewesen.

Das Schloss verfügte nur über zwei Badezimmer, und lediglich in den Gemächern der Familie gab es elektrisches Licht, die übrigen Räume wurden mit Kerzen oder Öllampen beleuchtet. Der gegenwärtige Herzog verbrachte nur wenig Zeit im Schloss. Er überließ es seiner Frau, sich darum zu kümmern, während er lieber in Europa herumreiste, in Monte Carlo Bakkarat spielte, Moorhühner in Schottland jagte und die Tanzpaläste von Paris erkundete. Wenn der König jedoch den Wunsch äußerte, das Schloss übers Wochenende zum Bridgespielen oder zur Wachteljagd zu besuchen, oder wenn seine Frau ihn bat, kam er sofort nach Hause.

Der Herzog und die Herzogin führten eine recht bürgerliche Ehe, und das erwarteten sie auch von ihrem Sohn Oliver, der sich selten zu Hause aufhielt. Er zog seine kleine Wohnung in London und die Gesellschaft von Rebecca Palmerton, einer älteren Frau mit zwei halb erwachsenen Söhnen und einem reichen Fabrikanten als Gatten, vor. Der siebenundzwanzigjährige Oliver glaubte Rebecca zu lieben. Mrs. Palmerton, eine der bekanntesten Schönheiten der Stadt, war zwar nicht von Adel, führte aber den charmantesten Salon in London, in dem man Schriftsteller, Drehbuchautoren, Politiker und Intellektuelle ersten Ranges traf. Bei den Palmertons gab es keine langweiligen Gespräche.

Sie und Oliver hatten sich vor drei Jahren kennen gelernt, und es war für beide Liebe auf den ersten Blick gewesen. Sie blickten sich auf einer vollen Tanzfläche zufällig über die Menge hinweg an, und Minuten später tanzten sie bereits miteinander. Seitdem waren sie nur selten getrennt gewesen. Jeder wusste von ihrer Beziehung, auch ihr Mann, der sogar so rücksichtsvoll war, Bescheid zu geben, bevor er von seinen Mühlen im Norden des Landes nach Hause kam. Er besaß die größten Wollmühlen in diesem Teil des Landes, die ihn, seinen Vater und Großvater zu den reichsten Männern im Land gemacht hatten.

In der britischen Oberschicht heiratete man nicht aus Liebe, und geheime Liebschaften waren an der Tagesordnung. Sie hatten nichts mit der Ehe zu tun, die dazu diente, Kinder zu zeugen, die den Namen weitertrugen. Wenn aus solchen Verbindungen Liebe entstand, so war dies eine angenehme Überraschung, die man jedoch eigentlich nicht erwartete.

Einen Monat zuvor hatten der Herzog und die Herzogin ihrem Sohn angekündigt, dass er bald heiraten müsse. Oliver wusste, dass sie Recht hatten, aber er rebellierte innerlich gegen den Gedanken.

»Ich werde auch nicht jünger, und es wird langsam Zeit, dass du mir Enkelsöhne schenkst«, hatte sein Vater ihm erklärt. Er

brauchte männliche Nachkommen, damit der Name und der Besitz erhalten blieben.
»Hast du schon jemanden im Sinn?«, fragte er. Hoffentlich war das Mädchen wenigstens hübsch.
Der Herzog nickte. »In London hält sich zurzeit eine Amerikanerin auf, und wir haben gehört, dass sie ihre Tochter gerne an einen von uns verheiraten würde. Du und der Sohn von Throckmorton seid in der engeren Wahl. Du sollst sie nur einmal kennen lernen, dann siehst du ja, was du von ihr hältst.«
»Wie heißt sie?«
»Alexandra von Rhysdale.«
»Eine Amerikanerin?«, murmelte er. Der Name Alexandra gefiel ihm. So hieß die Königin auch.
»Ihrem Großvater gehört die größte Silbermine in Nordamerika.«
Bei dem Wort Silber leuchteten Olivers Augen auf.
»Wir werden sie und ihre Mutter für ein Wochenende im Sommer einladen.«
Oliver nickte. »Ja, gut«, erwiderte er. Wie würde Rebecca wohl darauf reagieren?
Das fand er später an jenem Abend heraus, nachdem sie sich geliebt hatten. Rebecca saß im Schneidersitz im Bett und rauchte eine Zigarette, eine neue Mode bei Frauen. Er mochte sie nur nicht gerne küssen, wenn sie gerade geraucht hatte. Als er sich vorbeugte, um sie auf den Bauch zu küssen, schlang sie ihm ein Bein über die Schulter, sodass er zwischen ihren Beinen gefangen war.
»Sie wollen, dass ich heirate«, sagte er.
Sie ließ das Bein zur Seite gleiten und setzte sich aufrecht hin.
»So eine reiche Amerikanerin.«

Rebecca blickte ihm in die Augen. »Und wie fühlst du dich dabei?«
»Mir gefällt die Idee gar nicht, aber ich habe schon immer gewusst, dass ich es irgendwann tun muss.«
Rebecca stand auf und hüllte sich in einen durchsichtigen Morgenmantel, der vorn mit Federn eingefasst war. Genauso gut hätte sie nackt sein können.
Sie ging im Zimmer auf und ab und zog an ihrer Zigarette. »Nun, es muss ja nichts mit uns zu tun haben. Mach ihr zwei Söhne, und dann ist es erledigt.«
»Und bis dahin? Wirst du nicht eifersüchtig sein?«
»Ich schlafe ja auch mit meinem Mann. Macht dich das etwa wahnsinnig?«
»Maßlos.« Seine Stimme klang gequält.
Lachend trat sie zu ihm und küsste ihn aufs Ohr. Er zog sie auf sich. »Dann muss ich eben eine Zeit lang vor Eifersucht außer mir sein. Solange du dich nicht in sie verliebst, mache ich mir keine Sorgen. Und das tust du doch nicht, oder? Dich in sie verlieben?«
»Als ob ich eine andere lieben könnte als dich!«
»Wie lernst du sie kennen?«
»Meine Eltern wollen nächste Woche ein Fest geben.«
»Vermutlich kannst du sie nicht überreden, mich einzuladen, oder?«
Er lachte. »Nein, vermutlich nicht.«
»Nun, es gibt immer Zeiten, in denen ich dich nicht sehen kann. Aber das muss wirklich nichts mit unserer Beziehung zu tun zu haben«, sagte sie nervös. Sie war sieben Jahre älter als Oliver und hatte schon lange befürchtet, dass er sich in eine jüngere Frau verlieben könnte. Prüfend hatte sie ihre

noch nicht vorhandenen Falten im Spiegel betrachtet. Wie lange mochte sie ihn wohl noch halten können? Sie hatte es ihm zwar noch nie gesagt, aber sie liebte ihn genauso wie er sie. Sogar ihre Kinder mochten ihn, und ihr Ehemann hatte gesagt: »Du hättest es schlimmer treffen können.«

Sie wusste, dass Oliver auf jeden Fall heiraten und Kinder zeugen musste. Sie hatte die ganze Zeit über gewusst, dass sie sich eines Tages dem Unvermeidlichen stellen müsste. Die Frau, die seine Eltern für ihn aussuchten, würde jung und furchtbar reich sein, und sie, Rebecca, würde bestimmt nicht mit ihr konkurrieren können. Aber wenn sie weiter eine Rolle in seinem Leben spielen wollte, musste sie sich klug und taktvoll verhalten. Und das war Rebecca Palmerton.

Die Herzogin von Yarborough wusste das, und ihr tat das junge Mädchen, das Olivers Frau wurde, jetzt schon leid, auch wenn Oliver seine Qualitäten hatte.

Er mochte träge sein, aber er war charmant. Er sah auch außergewöhnlich gut aus mit seinen dunklen Haaren, den dunklen Augen und einem Schnurrbart, der zu lächeln schien, wenn sich seine Lippen verzogen. Oliver lächelte oft. Er genoss das Leben. Er ging gerne auf die Jagd, und im Krieg hatte er gelernt, ein Flugzeug zu fliegen. Er war ein göttlicher Tänzer und konnte Geschichten erzählen, über die die Leute noch tagelang lachten, weil sie so gut waren.

Er hatte zahlreiche Freunde, mit denen er sich zum Essen traf, wenn er, wie meistens, in London war. Er besaß dort eine Wohnung, in der er zwar schlief, aber keine Gesellschaften gab. Sein Kammerdiener wohnte ebenfalls dort und hielt die Wohnung für ihn in Ordnung.

Da Oliver selten zu Hause war, erfreute sich der Kammerdiener der Gesellschaft der Zofe aus der Wohnung nebenan, wenn ihre Herrin nicht in der Stadt weilte. Es war eine Regelung, die allen Beteiligten gefiel. Vor dem Mittagessen kam Oliver in die Wohnung, zog sich um und aß mit Freunden in charmanten kleinen Restaurants oder in seinem Club. Nachmittags spielte er in seinem Club Billard oder Karten und kehrte dann in seine Wohnung zurück, um sich vor dem Abendessen, das selten vor acht oder neun Uhr stattfand, noch ein wenig hinzulegen.

Er fuhr zum Skilaufen in die Schweiz, im Sommer nach Nizza, und besuchte alle Museen in Europa, weil er Kunst liebte. Eines Tages, wenn er es sich leisten konnte, wollte er selbst Kunst sammeln. Dabei zog er die moderneren Künstler den alten Meistern vor, auch wenn sie nur von wenigen anderen geschätzt wurden.

Als ältester Sohn würde er Schloss Carlisle, den Titel seines Vaters und sein Vermögen erben, um den Besitz zu unterhalten, aber das Geld schwand zusehends. Die Schafe und Kühe trugen ein wenig zum Lebensunterhalt bei, aber Oliver hatte kein besonderes Interesse an Landwirtschaft. Und außerdem war sein Vater noch jung, erst vierundfünfzig, deshalb dachte er noch nicht an die Zukunft. Schließlich konnte sein Vater durchaus neunzig Jahre alt werden.

Aber für das Leben, das Oliver führen wollte, brauchte er Geld, deshalb musste er die Wünsche seiner Eltern befolgen und heiraten.

Er würde sie mit Erben beglücken und durch die Heirat genügend Geld bekommen, um das Schloss wieder zu einem Schmuckstück zu machen.

Alexandra von Rhysdale schlenderte durch den Park, um sich die Zeit bis zum Abendessen zu vertreiben. Ihr war nicht klar, dass mit diesem Wochenende ihre Zukunft und ihr Schicksal bereits besiegelt waren.

Der formelle Garten war ordentlicher als der Park, und sie fand ihn hübsch und gut angelegt. Sie streifte an den Hecken vorbei den kleinen Abhang hinunter zu dem künstlichen See, der vor fünfundsiebzig Jahren angelegt worden war. Im Wasser spiegelt sich der azurblaue Himmel, an dem nur ein paar weiße Schäfchenwolken zu sehen waren. Zwei große Hunde spielten am Ufer, altenglische Schäferhunde, die sie bisher erst einmal bei den Vanderbilts gesehen hatte.

Sophie erlaubte ihr nicht, Hunde zu halten. Wie von einem Magneten angezogen, ging Alex auf die Hunde zu, die zu ihr gerannt kamen, als sie sie sahen. Fröhlich mit dem Schwanz wedelnd sprangen sie um sie herum und wollten gestreichelt werden. Lachend hockte sie sich hin.

»Ihr hübschen Geschöpfe«, sagte sie und legte die Arme um sie. »Oh, ihr Schätzchen!«

Von einer Terrasse an der Seite des Schlosses beobachtete Oliver die Szene, bereit, die junge Frau zu retten. Dann jedoch merkte er, dass sie die beiden Hunde streichelte und liebkoste.

Er konnte zwar nicht ihr Gesicht sehen, aber er dachte unwillkürlich, ob seine Eltern ihm nicht jemanden wie sie aussuchen konnten. Langsam ging er über den Rasen und schaute zu, wie die junge Frau mit den beiden Hunden herumtobte. Sie lachte vor Freude, als sie in den See sprangen und sich schüttelten, dass die Wassertropfen spritzten, als sie wieder herauskamen. Sie sah Oliver nicht kommen und zuckte zusammen, als er sagte: »Entschuldigung.«

Immer noch lachend, drehte sie sich um. Auf ihren Haaren glitzerten Wassertropfen in der Nachmittagssonne.

»Keine Ursache. Ich wollte immer einen Hund, und diese beiden sind entzückend. Ich habe mich bereits in sie verliebt.«

Was für ein gut aussehender Mann, dachte sie. Seine dunklen Augen funkelten, und offensichtlich lachte er über ihre Erscheinung. Mit ihren feuchten Haaren und dem zerknitterten Rock musste sie ja auch entsetzlich aussehen. Aber das war ihr egal. Sie erwiderte sein Lächeln.

»Ich bin Oliver«, erklärte er.

»Und ich Alex.« Sie streckte ihm die Hand entgegen.

Er ergriff sie und schüttelte sie, wobei er dachte, dass sie eine reizende junge Frau war, trotz ihres Aufzugs.

»Sind Sie auch Gast hier?«, fragte sie, beeindruckt von seinem festen Händedruck.

»Nein, ich wohne hier«, erwiderte er. Das war anscheinend die Frau, die er auf Wunsch seiner Eltern kennen lernen sollte. Alex. Alexandra.

»Ach, du liebe Güte. Der Gastgeber? Dann sind Sie der Herzog?«

Er lächelte. »Ich bin der Sohn des Herzogs.«

Alex hatte immer noch keine Ahnung, dass dies der Mann war, den ihre Mutter für sie vorgesehen hatte.

»Ich glaube, wir sind uns schon einmal begegnet. Ich meine, wir hätten bei einem Ball miteinander getanzt.«

Sie zuckte mit den Schultern. »Ich kann mich nicht erinnern.«

Komisch, dass sie sich an so ein Gesicht nicht erinnern konnte.

»Nun ja, Sie haben sicher mit vielen Männern getanzt.«

»Ja, daran wird es vermutlich liegen.«

Er blickte sich um. »Soll ich Ihnen den Park zeigen?«

»Das wäre wundervoll«, sagte sie begeistert. Zum ersten Mal zeigte sie an etwas Interesse, seit ihre Mutter sie vor drei Monaten von Harry weggerissen hatte.
Während sie durch den Park schlenderten, gab er ihr einen historischen Abriss des Besitzes.
»Reiten Sie?«, fragte er.
»Das ist eine meiner Leidenschaften.«
Er lächelte sie an. »Haben Sie viele?«
»Nein, eigentlich nicht. Wenn ich etwas gern tue, dann gehe ich im Allgemeinen völlig darin auf. Ich reite, seitdem ich drei oder vier Jahre alt war.«
»Das kann noch nicht so lange her sein.«
Sie errötete. Er hielt sie für ein Kind. »Ich bin fast achtzehn«, sagte sie defensiv.
»Ah, ein entzückendes Alter«, murmelte er. »Und die Jagd. Jagen Sie?«
»Nicht allzu gerne. Ich kann es nicht ertragen, ein Tier zu töten.«
Ach, eine dieser Frauen, dachte er. Nun ja, Frauen sollten ja sanft sein. Rebecca hingegen nahm es bei der Jagd mit den besten Männern von ihnen auf. Aber es gab ja auch nicht viele Frauen wie seine Rebecca.
Anscheinend konnte er nirgendwo hingehen, noch nicht einmal mit einer so hübschen jungen Frau, ohne an Rebecca zu denken.
Sie waren am See vorbeigegangen, und Alex drehte sich um, um das Schloss zu betrachten. Es war riesig.
»Wie viele Zimmer gibt es?«, fragte sie.
»Hundertzweiunddreißig«, erwiderte er, »wobei natürlich die Stallungen und die Cottages für die Hilfskräfte nicht einge-

rechnet sind. Die meisten Landarbeiter wohnen sowieso im Dorf. Die Dienstboten wohnen im zweiten Stock.«

Alex blickte auf das Gebäude, das ihr unermesslich groß vorkam. Die Fenster im Parterre reichten vom Boden bis zur Decke. Die Fenster im ersten Stock schienen nicht ganz so groß zu sein, und die im zweiten Stock waren nur kleine Quadrate aus Glas. Hundertzweiunddreißig Räume.

Obwohl es so alt und schäbig war, stellte es die Villen in Newport in den Schatten.

»Was ist eigentlich ein Herzog?«, fragte sie. »Sind Sie ein Herzog?«

Oliver schüttelte den Kopf. »Nein, ich bin ein Marquis. Ein Herzog? Nun, es gibt nur achtundzwanzig Herzöge in England, und es soll auch nie mehr geben. Wir stehen im Rang direkt unter den Prinzen und Prinzessinnen königlichen Geblüts, unter den Erzbischöfen von Canterbury und York und dem Lordkanzler, aber wir haben keine Macht. Wir werden mit ›Euer Gnaden‹ angesprochen, was unserem Selbstwertgefühl gut tut.« Er lächelte ironisch.

»Ach du liebe Güte, muss ich jetzt einen Knicks machen und Sie mit ›Euer Gnaden‹ ansprechen?«

Er wusste nicht genau, ob sie es ernst meinte oder ihn nur neckte.

Die Hunde, die um sie herumtollten, rannten auf einmal weg.

»Wie werden denn Ihre Brüder genannt? Auch Marquis?«

»Ich habe keine Geschwister. Mein jüngerer Bruder ist vor drei Jahren gestorben. Er hat zwei Söhne, die den Besitz erben, wenn mir etwas passieren würde. Nein, Marquis ist nur der Titelerbe. Sie sind Lords.«

»Ah, und Ihre Schwester ist eine Lady?«

Er lachte. »Wenn ich eine Schwester hätte, wäre sie wahrscheinlich keine Lady.«
»Wie kann man sich denn nur merken, wie alle bezeichnet werden? Das ist doch sicher schrecklich schwierig.«
»Wir wachsen damit auf und lernen es, so wie wir sprechen lernen.«
»Wenn ein Lord heiratet, ist seine Frau automatisch eine Lady.«
Er lächelte sie an und verspürte auf einmal das Bedürfnis, ihr die Haarsträhnen aus dem Gesicht zu streichen. »Nun, ob sie eine Lady ist oder nicht, auf jeden Fall wird sie so genannt.«
Langsam gingen sie auf das Haus zu. »Leben Sie ständig hier?«
»Nein, eher selten. Ich habe eine Wohnung in London. Hier draußen ist es ziemlich langweilig, auch wenn es noch so prächtig ist. Außerdem bin ich schon ein bisschen zu alt, um noch bei meinen Eltern zu wohnen, finden Sie nicht auch?«
»Dann sind Sie also nur zum Wochenende nach Hause gekommen.«
»Ja, zum Wochenende. Und ich bin froh, so früh hier zu sein, dass ich den heutigen Abend mit Ihnen verbringen kann.«
Alex stieg die Röte in die Wangen.
»Wenn wir Zeit haben, zeige ich Ihnen das Schloss. Vielleicht morgen Nachmittag, es sei denn, Sie finden es zu anstrengend, morgens Tennis zu spielen. Spielen Sie überhaupt Tennis?«

Sophie hatte versucht, ein wenig zu schlafen, aber sie fand keine Ruhe, und so stand sie am Fenster und beobachtete, wie Alex und der junge Mann näher kamen. Unwillkürlich fuhr sie sich mit der Hand an den Hals. Er sah Frederic Hult so ähnlich. Die dunklen Haare, sogar sein Gang, die Fußspitzen leicht nach außen gedreht, seine Gesten. O Gott, hoffentlich verliebt sich Alex nicht in ihn, er ist so attraktiv, dachte sie. Bitte, Gott, sie soll warten, bis sie den Sohn des Herzogs kennen lernt. Wie hieß er noch einmal? Marquis von Broadmoor oder so ähnlich.

Ihr Herz raste. Hatte er auch schwarze Augen? Ob er einen Schnurrbart trug, konnte sie nicht erkennen, aber, o Gott, bitte, bitte lass sie sich nicht in ihn verlieben. Wahrscheinlich hat er noch nicht einmal einen Titel. Sophie hatte nämlich schon längst entschieden, dass Alex den jungen Erben des Herzogtums kennen lernen sollte, und vielleicht entzündete sich ein Funke zwischen den beiden jungen Leuten. Sie liebte dieses Schloss mit seinen unzähligen Zimmern und dem wunderschönen Land darum herum, auch wenn alles ein bisschen heruntergekommen war. Das konnte das Geld der von Rhysdales in Verbindung mit dem Geld der Currans leicht beheben. Alex sollte eines Tages die Herzogin von Yarborough sein. Sie sollte über diesen prachtvollen Besitz herrschen, Gesellschaften geben, Fuchsjagden und Bälle arrangieren und den König und die Königin empfangen. Um diesen Besitz musste sich endlich wieder jemand richtig kümmern. Sie hatte eines der Zimmermädchen sagen hören, dass es vier Fensterputzer gäbe, und sie brauchten ein ganzes Jahr, um alle Fenster zu putzen, bevor sie wieder von vorn anfingen. Ein Jahr, um alle Fenster in einem Schloss zu putzen.

Ein Schloss.

Alex als die Herzogin von Yarborough.

Oh, das klang hinreißend.

17

Alle außer Alex wussten, warum sie beim Dinner neben Oliver saß. Sie glaubte ihm, als er ihr erklärte: »Es war schwere Arbeit, die Sitzordnung so zu arrangieren.«
Ihr Lächeln bezauberte ihn.
Nach dem Dinner verschwand er jedoch, und sie musste sich mit den älteren Herrschaften begnügen. Die Herzogin höchstpersönlich kümmerte sich darum, dass sich Sophie und Alex wohl fühlten. Glücklicherweise konnte Alex Bridge spielen, aber ein echtes Vergnügen war der Abend für sie trotzdem nicht.
Am nächsten Morgen erschien Oliver zum Frühstück in kurzen weißen Hosen. Über seinem weißen Tennishemd trug er einen marineblauen Blazer. »Ist es noch zu früh für Tennis?«, fragte er.
»Ja, viel zu früh«, erwiderte Alex. »Ehe ich nicht eine Tasse Kaffee getrunken habe, werde ich nicht wach.«
»Kaffee?«, lachte er. »Gibt es hier welchen?«
Nein, es würde wohl noch eine Weile dauern.
»Kein Brite, der etwas auf sich hält, trinkt Kaffee zum Frühstück.« Oliver lachte. »Da werden Sie warten müssen.« Er musterte sie. »Sie sind aber nicht zum Tennisspielen angezogen.«
»Ich bin es nicht gewöhnt, so früh am Morgen Tennis zu spielen. Sind Sie immer so ein früher Vogel?«

»Nein«, gab er zu. »Der Gedanke daran, Sie endlich sehen zu können, hat mich aus dem Bett getrieben.«
Sie lachte. Ihr gefiel, dass er mit ihr flirtete. »Nun, dann setzen Sie sich und leisten Sie mir Gesellschaft. Ich habe es nicht eilig. Erst einmal muss ich zwei Tassen Kaffee trinken.«
»Sie sind eigentlich viel zu jung für so schlechte Angewohnheiten.«
»Kaffee ist eine schlechte Angewohnheit? Zumindest rauche ich nicht.«
Aber Rebecca rauchte. Und Rebecca trank auch gerne Kaffee zum Frühstück. Und vorher lag sie neben ihm, betrachtete ihn und kraulte ihn träge. Dann hockte sie sich über ihn, bot ihm ihre Brüste dar, stöhnte, wenn er ihre Brustwarzen in den Mund nahm, rieb sich an ihm und bestieg ihn schließlich. Sie reckte die Arme hoch und ritt ihn in einem Rhythmus, der ihn wild machte. Das war ihre morgendliche Routine, und ganz gleich, wie oft sie es machte, er wurde wahnsinnig vor Lust. Daran dachte er, als er die junge Frau betrachtete, die von so etwas nichts wusste. Er sah keine Leidenschaft in ihren Augen, nur Jugend, Naivität und Geld. Beim Tennis würde er sie ohne weiteres schlagen.
Und er schlug sie mit Leichtigkeit. Er schwitzte noch nicht einmal. Sophie saß auf einem Gartenstuhl und schaute ihnen zu. Sie war erleichtert, als Oliver Alex mühelos besiegte. Nichts fand ein Mann unangenehmer, als wenn eine Frau ihn bei irgendetwas besiegte.
Ein Diener in weißem Jackett erschien mit drei Gläsern Limonade.
»Möchten Sie die Stallungen sehen?«, fragte Oliver, wobei er Sophie in die Einladung einschloss.

Die Stallungen lagen einen Kilometer entfernt, auf der anderen Seite eines Wäldchens. Sie brauchten zwar einen frischen Anstrich, waren aber ansonsten in tadellosem Zustand, und die Pferde waren hervorragend gepflegt.

»Soll ich Ihnen das Dorf zeigen?«, fragte er, nachdem er sie in den Ställen herumgeführt hatte. Ohne ihre Antwort abzuwarten, wies er einen Stallburschen an, den Einspänner vorzufahren. »Es ist ein netter Ausflug, und Sie lernen die Umgebung ein wenig kennen.«

Sophie sagte sich, dass er versuchte, Alex zu beeindrucken, aber sie freute sich doch, dabei zu sein, zumal er ja mit Alex nicht ohne Begleitung hätte ausfahren dürfen.

Während sie unter einem milchig blauen Himmel dahinfuhren, erzählte Oliver den beiden Frauen etwas über die Geschichte des Schlosses.

»1700 gewann der erste Herzog die Schlacht von Durgan, und der König belohnte ihn mit Land und genügend Gold, damit er dieses Schloss bauen konnte. Über die Jahre wurde es immer wieder erweitert, aber in den letzten hundert Jahren ist nicht mehr allzu viel daran getan worden, wie Sie sehen können.«

Sophie dachte, er braucht Geld, um es restaurieren zu können. Einem besseren Zweck konnte ihr Geld gar nicht zugeführt werden.

Sie fuhren durch einen hohen Marmorbogen. Dahinter lag das Dorf.

»Das ist Woodmere«, sagte er. »Sie sind auf dem Weg vom Bahnhof sicher hier durchgekommen.«

Wenn sie an Dorfbewohnern vorbeifuhren, knicksten die Frauen und die Männer zogen grüßend die Mützen. Sophie lächelte.

Wenn alles nach Plan verlief, würden sie bald auch Alex mit Knicks und Verbeugung begrüßen. Sie selbst mochte ja in New York den Gipfel erreicht haben, aber vor ihr knickste niemand. Bei dem Gedanken schlug ihr das Herz bis zum Hals. Ihre Tochter eine Herzogin! Natürlich war der Herzog noch sehr lebendig und auch noch relativ jung, aber trotzdem …

»Alles sieht so alt aus. Und die Dächer sind mit Stroh gedeckt«, sagte Alex und dachte an die kühle Marmorpracht, in der sie aufgewachsen war.

Oliver nickte. »Dieser Ort geht zurück auf das sechzehnte Jahrhundert.«

»Auf das sechzehnte Jahrhundert! Du liebe Güte, er ist ja älter als Boston oder Plymouth Rock.«

Oliver warf Alex einen herablassenden Blick zu.

»Ein wenig weiter liegt Stratford, wo Shakespeare geboren wurde. Diese Orte hier wirken wie aus einer anderen Zeit, auch wenn sie schon moderne Elemente aufweisen. In einigen Häusern hier gibt es schon Strom, und ein oder zwei haben sogar Badezimmer.«

»Aber die Straßen werden immer noch mit Gaslaternen beleuchtet.« In Amerika waren selbst die entlegensten Dörfer nicht so rückständig, dachte Alex.

»Absolut charmant«, murmelte Sophie, damit Alex sich nicht allzu kritisch äußerte.

»Arbeiten alle hier für das Schloss?«

»Nicht alle«, erwiderte Oliver. »Unsere Gärtner leben hier und die Pferdeknechte, und außerdem ein paar Zofen, obwohl die meisten oben im Schloss wohnen. Einige der Lakaien leben auch hier im Dorf. Das ist unterschiedlich. Wenn sie aus dem Dorf kommen, bleiben sie auch hier; und wenn sie von

woanders kommen, wohnen sie bei uns. Der Metzger lebt im Dorf und hat auch seinen eigenen Laden, obwohl wir ebenfalls unsere eigenen Schafe, Rinder und Schweine haben.«
»Keine Hühner?«
»O doch, natürlich.« Er warf ihr einen Blick zu. Manchmal wusste er nicht, ob sie ihre Fragen ernst meinte oder ihn nur necken wollte.
»Wozu brauchen Sie dann einen Metzger?«
»Nun ja, in erster Linie für das Dorf. Und er kommt auch zu uns, um unsere Tiere zu schlachten. Dann gibt es hier noch die Apotheke, den Kerzenmacher, die Schneider ... alles, was man eben so braucht. Da ist die Kirche.«
»Sie ist entzückend!«, rief Sophie aus. An der Ecke stand eine alte Steinkirche, deren westliche Mauer völlig von Efeu überwuchert war.
»Dort ist der Pfarrer«, sagte Oliver und winkte. Der Geistliche erwiderte lächelnd den Gruß und musterte die beiden Frauen.
»Er ist seit über dreißig Jahren hier«, erklärte Oliver. »Er hört nicht mehr allzu gut, aber morgen wird es das gesamte Dorf wissen, dass ich mit zwei unbekannten Damen ausgefahren bin, die höchstwahrscheinlich aus Amerika kommen.«
»Woher soll er wissen, woher wir kommen?«
»Er merkt es an Ihrer Art, sich zu kleiden.«
Sophie und Alex blickten einander an, und Sophie zuckte mit den Schultern. Sie hatte von Anfang an gelernt, sich unauffällig zu kleiden. Und Alex ebenfalls, obwohl es ein ständiger Kampf war. Wie ihre Großmutter liebte Alex hellere Farben, und Annie trug sogar mit sechzig Jahren noch keine gedeckten Farben. Sie gehörte mittlerweile zu den tonangebenden

Damen der Gesellschaft in New York. Alle bauten jetzt Sommerhäuser auf Long Island, und Newport verlor mehr und mehr an Bedeutung. Annies Partys waren immer noch wesentlich lustiger als Sophies oder die der Vanderbilts und Morgans. In den Gesellschaftsnachrichten wurde sie genauso oft erwähnt wie die Familien, die so lange zur High Society gehört hatten. Der Bürgermeister kam auf ihre Feste, und die italienischen Opernsänger, die an der Met auftraten, traf man bei Frank und Annie. Dort wurde auch Enrico Caruso dem amerikanischen Publikum vorgestellt, und wenn er jetzt nach New York kam, machte er ihr Haus zu seinem Hauptquartier, und sie gaben intime »göttliche« Nachtessen für ihn oder reservierten einen Raum im Sherry's. Die Morgans, Stuyvesants, Vanderbilts und sogar die Astors waren vor Jahren dem Beispiel von Diana von Rhysdale gefolgt und hatten auch die Currans zu ihren Abendgesellschaften eingeladen, sodass auch sie jetzt an der Upper Fifth zu Gast waren. Mittlerweile war diese Gegend viel gefragter als die frühen Marmorpaläste weiter unten, die nach und nach abgerissen wurden, da ihre Eigentümer in elegante Wohnungen auf der Upper Park Avenue zogen. Kaufhäuser entstanden dort, wo früher die High Society von Manhattan gewohnt hatte. Frank baute Wolkenkratzer mit Luxuswohnungen auf den Grundstücken gegenüber vom Central Park, die ihm gehörten. Die Eröffnung des Plaza Hotel am südlichen Ende des Parks hatte den Wert seiner Grundstücke noch erhöht.
»Waren Sie jemals in Amerika?«, fragte Sophie Oliver.
Lächelnd schüttelte er den Kopf. »Der Gedanke daran, möglicherweise von Indianern skalpiert zu werden, hat mich abgeschreckt.«

Alex lachte. »Eigentlich sind wir ziemlich zivilisiert«, erwiderte sie. »Vielleicht nicht so kultiviert wie die Franzosen, aber wirklich recht zivilisiert.«
Er legte den Kopf schräg und blickte sie an, als könne er ihr nicht ganz glauben. »Finden Sie uns Briten nicht so kultiviert wie die Franzosen?«
»Himmel, nein«, sagte Alex.
»Die Franzosen lieben doch nur sich selbst«, meinte Oliver.
Sophie hätte am liebsten gesagt, dass das nicht stimme, dass die Franzosen, die sie kannte, äußerst herzlich seien und dass sie ihren Sprachwitz sehr bewundere. Aber sie biss sich auf die Zunge. Es war nicht der richtige Zeitpunkt, um einen britischen Herzog zu verärgern, zumal er Alex gerade den Ort zeigte, für den seine Familie verantwortlich war. Und außerdem sah er gut aus und erinnerte sie an Frederic Hult, obwohl Frederic bodenständiger und nicht so förmlich gewesen war. Ob er wohl jetzt, wo es seine Automobile auf der ganzen Welt gab, in jedem Haushalt, der sie sich leisten konnte, immer noch so lässig war? Ob seine Küsse wohl immer noch so leidenschaftlich waren? Und ob er seine Frau wohl liebte? Sie war häufig in *Vanity Fair* abgebildet und über dem Artikel stand: »Die neue Aristokratie – Grosse Point, Michigan.« Dort lebten die Fords und alle anderen, die mit ihren Automobilen Millionen verdient hatten. Grosse Point. Es klang vulgär. Als ob es im Mittleren Westen eine elegante Gesellschaft geben könnte.
Oliver langweilte Alex gerade mit dem Bericht über eine Farm, aber Sophie hatte sie so gut erzogen, dass sie sich das einem Mann gegenüber nicht anmerken ließ. Sie hatte Colin weiß Gott lange zugehört, und sogar ihrem Vater, obwohl bei ihm

die trivialsten Themen faszinierend klangen. Er war mit Sicherheit wesentlich interessanter als ihr Ehemann. Colin war so sanft, so unterwürfig, wie konnte ihn jemand interessant finden? Dieses Bankergeschwätz war quälend für sie. Sie hatte keinen Kopf für Zahlen. Welche Frau konnte damit schon etwas anfangen? Es überraschte sie, dass es auf Gesellschaften immer wieder Leute gab, die ihm zuhörten und anscheinend auch Wert auf seine Äußerungen legten. Erstaunt schüttelte sie den Kopf.

Alex war »Daddys Tochter«, sie liebte ihren Vater bedingungslos. Sie gingen gerne zusammen im Park spazieren, und Alex begleitete ihren Vater auch ins Theater oder in die Oper. Und sie redeten über Bücher. Woher nahm Colin wohl die Zeit, so viel zu lesen? Wahrscheinlich las er nachts im Bett, denn sie sah ihn nur selten mit einem Buch in der Hand, höchstens wenn Alex sich bei ihm im Arbeitszimmer (das sie »Bibliothek« nannte) aufhielt. Wenn das der Fall war, hörte sie die beiden zusammen lachen, und manchmal fragte sie sich, warum sie in ihrer Gegenwart kaum jemals eine Miene verzogen.

Sie wusste, dass Colin nie Bankdirektor geworden wäre, selbst nicht in einer Kleinstadt, wenn er kein von Rhysdale wäre. Sie fand, es mangelte ihm an Führungsqualitäten, und ihrer Meinung nach war seine herausragendste Fähigkeit, dass er gut tanzen konnte. Er tanzte einfach göttlich.

Ihr fiel ein, wie Frederic Hult getanzt hatte, nicht ganz so göttlich, aber er hatte sie dicht an sich gezogen, und sie hatte sein Herz an ihrem gespürt. Wie wäre ihr Leben wohl verlaufen, wenn sie die Hausherrin in einem prächtigen Haus in Grosse Point, Michigan, geworden wäre? Dann hätte ihre

Tochter jetzt sicher keine Chance, in den britischen Hochadel einzuheiraten.

Inzwischen hatte Oliver gewendet, und sie fuhren wieder durch den Triumphbogen. Im Westen ballten sich dunkle Gewitterwolken zusammen. So wie er Alex anblickte, war es wohl richtig gewesen, dass Sophie ein Hochzeitskleid bei Worth geordert hatte, als sie zur Anprobe anderer Ballkleider da gewesen waren. Davon wusste Alex natürlich nichts. Aber es würde in Sophies Schrankkoffer hängen, wenn sie nach New York zurückfuhren. Hoffentlich versprach Oliver ihnen, sie diesen Winter, während der Saison, zu besuchen. Oh, New York würde vor Neid platzen. Wenn er die Einladung akzeptierte, war klar, was das bedeutete. Und in New York würde er Alex seinen Antrag machen. Ihr Lebensstil und ihr Geld musste ihn doch einfach beeindrucken. Sie würde mit ihm nach Newport fahren, und spätestens dort würde er begreifen, was man mit Geld alles erreichen konnte. Wie viel mochte er wohl benötigen? Nun ja, darüber brauchte sie sich keine Gedanken zu machen. Der Geldfluss der von Rhysdales und Currans konnte nicht versiegen, ganz gleich, wie viel er brauchte.

Deshalb war sie auch völlig überrascht, als Colin sie nach ihrer Rückkehr ungläubig anblickte, als sie ihm berichtete, dass Oliver zu Besuch käme.

»Du willst unsere Tochter für einen Titel verkaufen?«, fragte er gepresst.

»Nun, verkaufen würde ich es nicht nennen.«

»Wie dann? Sklaverei?«, fragte er, drehte sich auf dem Absatz um und schlug die Tür hinter sich zu.

ZWEITER TEIL
1920 BIS 1930

18

Es überraschte niemanden, dass Alex schwanger war, als sie Ende September nach London zurückkehrten. Alex hätte lieber ein bisschen mehr Zeit gehabt, um sich an die Ehe und ein fremdes Land zu gewöhnen, aber Oliver war glücklich, dass er seinen Eltern verkünden konnte, dass ein Erbe unterwegs war. Er hatte seine wichtigste eheliche Pflicht erfüllt.

Während der Zugfahrt war es Alex ständig übel. In Woodmere wurden sie von einem Vierergespann abgeholt, obwohl mittlerweile schon überall Autos fuhren. Der Bahnhof war schwarz von Menschen, die dem frischgebackenen Ehepaar einen begeisterten Empfang bereiteten.

Als sie die Brücke zum Schloss überquerten, stand das gesamte Hauspersonal zur Begrüßung im Innenhof. Es waren zwanzig Personen, stellte Alex ein wenig erschrocken fest. Zu Hause hatten sie nur sieben Bedienstete. Aber natürlich waren alle Häuser der von Rhysdales und Currans zusammengenommen auch nicht so groß wie Schloss Carlisle.

»Wer ist das alles?«, fragte sie Oliver.

Er zuckte mit den Schultern. »Reginald wird sie dir vorstellen. Aber du brauchst dir die Namen nicht zu merken. Old Reg kümmert sich schon um alles.«

Reginald, der Butler, der das Kommando über alle anderen Bediensteten hatte, stellte ihr den persönlichen Kammerdiener des Herzogs, den Zweiten Butler und die Lakaien (von denen es allein vier gab) vor. Mrs. Burnham, die Haushälterin, wachte über die weiblichen Bediensteten, die zur Begrüßung knicksten. Es gab die persönliche Zofe der Herzogin, ein halbes Dutzend Hausmädchen, drei Wäscherinnen. In der Küche regierte die Chefköchin mit drei Nebenköchen. Alex nickte nur noch. Oliver hatte Recht. All die Namen würde sie sich nie merken können, zumal das nur das Personal für drinnen war.

Nach der Vorstellung wandte sich Reginald an Oliver und sagte: »Ihre Eltern erwarten Sie in ihrem Salon, Euer Gnaden. Das Essen wird um eins serviert.«

Oliver führte sie zu den Privaträumen, die Alex während ihres Wochenendbesuchs im letzten Jahr nur einmal kurz gesehen hatte. Entzückt blickte sie sich um.

»Das ist der Prunksaal«, verkündete er.

Es war leicht zu erkennen, warum er so genannt wurde. Die Decke des großen, runden Saals war über fünfzehn Meter hoch. In dem schwarzweißen Marmorboden spiegelten sich die vergoldeten Bänke, die auf jeder Seite des riesigen Perserteppichs in Rot und Gold standen. Die Wände waren cremefarben gestrichen, sodass auch sie goldfarben schimmerten.

Reich verzierte griechische Säulen trugen den Marmorgang, wo die Büsten früherer Herzöge und Herzoginnen standen. Hoch oben drang Sonnenschein durch die Fenster. Selbst die prächtigsten Räume in Newport verblassten dagegen.

Dann gab es drei Salons: Einen grünen mit goldenen Damastwänden, an denen Porträts aus dem achtzehnten und neunzehnten Jahrhundert hingen. Er enthielt Queen-Anne-Möbel, die ebenfalls mit goldenem Damast bezogen waren, und einen fadenscheinigen Teppich, der früher einmal prachtvoll gewesen sein musste. Es sah so aus, als würde der Raum nie benutzt.

Im roten Salon waren die Wände mit rotem Damast bespannt, und Sofa und Sessel passten farblich dazu. Die Möbel sahen äußerst formell und unbequem aus, und auch hier war der Teppich fadenscheinig. Der Kronleuchter in der Mitte des Zimmers hing von einer sieben Meter hohen Decke herab.
Der dritte Raum wurde nicht als Salon, sondern als Schreibzimmer bezeichnet, und die einzigen Möbelstücke darin waren ein schwarz lackierter Schreibtisch und vier mit goldenem Damast bezogene Stühle. An den Wänden hingen Wandbehänge. Dann kamen sie durch ein Zimmer mit einem Esstisch, an dem mit Leichtigkeit vierundzwanzig Personen Platz fanden, und genauso viele Stühle standen auch um den langen Tisch. Auch dieser Raum war enorm hoch.
»Wir benutzen dieses Zimmer nur noch an Weihnachten und wenn der König und die Königin das Wochenende hier verbringen.«
Sie betraten den Westflügel, in dem die Familie wohnte, durchquerten eine lange Eingangshalle und gingen durch eine prächtig geschnitzte Tür, die anscheinend nur mit Mühe zu öffnen war. Dort saßen in Queen-Anne-Lehnsesseln der Herzog und die Herzogin. Der Herzog erhob sich, als Oliver und Alex eintraten, während die Herzogin sitzen blieb. Sie musste als junges Mädchen hübsch gewesen sein, war jetzt jedoch blass und unscheinbar, obwohl sie den typischen Pfirsichteint der Engländerinnen hatte. Ihre Augen waren von einem wässerigen Blau wie bei einer alten Frau, obwohl sie kaum älter als fünfzig sein konnte, im Alter irgendwo zwischen ihrer Mutter und ihrer Großmutter, dachte Alex.
Plötzlich bekam Alex Angst, dass ihre Schwiegermutter sie ebenso wie ihre eigene Mutter dominieren würde, dass sie ihr

vorschreiben würde, wie sie sich in dieser Gesellschaft, in die sie geheiratet hatte, bewegen musste, wie sie sich anziehen musste und mit wem sie befreundet sein durfte. Alex straffte den Rücken. Das würde sie nicht zulassen. Sie würde lieber versuchen, sich die Frau zur Verbündeten zu machen, und wenn es ihre ganze Geduld erforderte. Zunächst einmal würde sie sie wegen ihrer Schwangerschaft um Rat fragen, schließlich trug sie das Enkelkind der Herzogin. Das würde doch bestimmt möglich sein. Sie hatte keine Ahnung von Geburt, Schwangerschaft oder Kindern. Dass sie schwanger war, würde Oliver seinen Eltern ja bestimmt als Erstes sagen.
Stattdessen fragte er jedoch, wo Scully sei. Sein Vater antwortete: »Er ist oben im Norden, um sich ein Pferd anzuschauen, auf das du mich aufmerksam gemacht hast.«
Oliver nickte.
»Ich habe die Räume oben, direkt über uns, für euch vorbereiten lassen«, sagte die Herzogin. Alex fand, sie hatte eine schöne Stimme. »Ich hoffe, die Einrichtung gefällt dir«, fuhr sie an Alex gewandt fort. »Ich kannte natürlich deinen Geschmack nicht. Die Räume sind seit Jahren nicht benutzt worden, aber ich habe sie den ganzen August über lüften und ein wenig renovieren lassen. Hoffentlich fühlst du dich wohl.«
»Ja, ganz bestimmt«, erwiderte Alex.
Sie war noch nie zuvor in den Privaträumen der Familie gewesen. Früher einmal war die Einrichtung sicher elegant gewesen, aber jetzt war alles schäbig und verschlissen. Durch die hohen Fenster blickte man auf weite Rasenflächen und eine italienische Gartenanlage, die früher prachtvoll gewesen sein musste, jetzt aber ungepflegt und von Unkraut überwuchert war. Trotzdem war es ein schöner Blick über die Weiden, auf

denen Schafe und Kühe grasten, und auf die Hügelkette am Horizont.

Sie erwartete, dass ihre Schwiegereltern sie fragten, wie es ihnen auf dem Kontinent gefallen habe, was sie getan und gesehen hätten, aber niemand stellte eine Frage.

»Ihr werdet euch vermutlich ein wenig frisch machen wollen«, sagte die Herzogin. »Wir essen um eins.«

Alex stand da, während Oliver sich mit seinem Vater unterhielt, und dann fragte ihr Mann: »Wollen wir?« Er führte sie zu einer großen Treppe mit zwei Aufgängen, und sie folgte ihm nach rechts den Gang entlang. Er spähte in jedes Zimmer, ging jedoch weiter.

Schließlich nickte er und trat in einen großen Raum, der genauso aussah wie das Zimmer unten. Aus hohen Fenstern blickte man über den Garten zu den Hügeln in der Ferne. Im Zimmer standen einige Sofas und ramponierte Ledersessel. Im Kamin brannte bereits ein Feuer und machte den Raum behaglich warm.

Alex blickte sich um und fragte sich, was hier wohl »renoviert« worden war. Oliver öffnete die Tür, die nach rechts führte, und warf einen Blick in das Zimmer. »Das muss dein Zimmer sein«, sagte er. »Ich bin mit den Räumlichkeiten hier nicht so vertraut. Mein altes Zimmer war unten. Sie hat uns wahrscheinlich hier eine Suite herrichten lassen.« Er ging auf die andere Seite des Wohnraumes und öffnete dort die Tür. »Das muss mein Zimmer sein«, sagte er.

Seines und ihres? Auf entgegengesetzten Seiten des Wohnraums?

»Wo ist das Badezimmer?«, fragte Alex. Es war eine lange Fahrt von London hierher gewesen.

»In diesem Stockwerk gibt es leider keines«, erwiderte ihr Mann. »Aber wahrscheinlich steht ein Nachttopf unter deinem Bett.« Mit diesen Worten ging Oliver in »sein« Zimmer und ließ Alex in ihrem gemeinsamen Wohnzimmer einfach stehen.
Als Alex in ihr Zimmer trat, stellte sie fest, dass hier anscheinend »renoviert« worden war. Ein roséfarbener Bettüberwurf aus Satin bedeckte das große Vierpfostenbett. Zwar war der Teppich verschlissen, aber der Sessel war neu bezogen. An einer Seite des Zimmers stand ein Schminktisch, und als Alex die Tür daneben öffnete, stand sie vor einem Kleiderschrank, der so groß wie ein kleines Zimmer war. Ihre Schrankkoffer befanden sich bereits dort. In jedem Zimmer hingen nackte Vierzig-Watt-Glühbirnen von der Decke. Alex hasste Deckenlampen, aber es gab keine Nachttischlampen. Wie sollte sie abends im Bett lesen?
Unter ihrem Bett stand tatsächlich ein Nachttopf. So etwas hatte sie nur einmal als Kind in einem Hotel in Paris benutzen müssen. Wie entsetzlich primitiv. Sie rümpfte die Nase. War den Engländern eigentlich nicht klar, dass sie sich bereits im zwanzigsten Jahrhundert befanden? In dem Amerika, in dem sie aufgewachsen war, hatte es keine Nachttöpfe oder Toiletten auf dem Hof gegeben. Und hier stand sie, ein Mitglied des britischen Hochadels, und es gab keine Toilette, auf die sie gehen konnte. Ekelhaft.
Zum Waschen hatte sie lediglich einen Krug mit Wasser und eine Schüssel.
Sie benutzte den Nachttopf und wusch sich die Hände. Dann zog sie sich um und ging in ihr gemeinsames Wohnzimmer, um auf Oliver zu warten. Sie blickte auf ihre Uhr. Es war Viertel nach zwölf. Es wurde halb eins, dann Viertel vor eins.

Schließlich verließ sie das Zimmer und ging allein über den breiten, dunklen Flur zur Treppe. Unten blieb sie stehen, da sie nicht wusste, in welche Richtung sie gehen sollte.

Ein Lakai kam durch die Halle, und sie musste ihn nach dem Esszimmer fragen. Er zeigte ihr den Weg.

Sie aßen schweigend zu Mittag. Es wurde nicht gelacht, und ihre Schwiegereltern stellten keine Fragen über ihre Reise. Diener servierten Suppe und dann Fleisch, das zu sehr durchgebraten war, wie Alex fand, dazu gab es Kartoffeln und irgendein Gemüse.

Am Nachmittag war sie sich selbst überlassen. Sie spazierte durch den Garten und ging dann wieder in ihr Zimmer, wo es jedoch keinen Schreibtisch gab, an dem sie Briefe hätte schreiben können. Sie holte Briefpapier aus ihrem Koffer, setzte sich auf ihr Bett und schrieb auf einem Tablett, das sie auf den Knien balancierte, einen Brief an ihre Großeltern, in dem sie ihnen schilderte, dass sie kein Badezimmer habe und nur nackte Vierzig-Watt-Glühbirnen an der Decke. Sie hatte geglaubt, dass es so etwas nur noch in China und vielleicht in Sibirien gäbe. Sollte sie von nun an so leben? Mit einem Nachttopf in einem dunklen Zimmer?

Fast genau den gleichen Brief schrieb sie an ihre Eltern. Mit irgendwas musste sie sich schließlich die Zeit vertreiben.

Sie fragte sich, ob Oliver seinen Eltern wohl mittlerweile mitgeteilt hatte, dass sie Großeltern wurden. Und über diesem Gedanken schlief sie ein, zusammengerollt in ihren Kleidern auf ihrem Bett.

Oliver klopfte an ihre Tür und weckte sie, um zu verkünden, es sei Zeit für Cocktails. Als sie erklärte, sie müsse sich nur

noch rasch frisch machen, erwiderte er: »Ich gehe schon mal nach unten ins Wohnzimmer.«
An der Unterhaltung merkte Alex, dass Oliver noch nichts von ihrer Schwangerschaft gesagt hatte. Sie warf ihrem Mann einen fragenden Blick zu und sagte zögernd: »Wir haben Neuigkeiten für euch.«
Oliver nickte.
»Ich bin in anderen Umständen«, sagte Alex.
Die Augen der Herzogin leuchteten vor Freude auf, und der Herzog blickte seinen Sohn anerkennend an. »Gut gemacht!«
Oliver nickte.
Alex hatte ihren Mann den ganzen Nachmittag über nicht gesehen. Und am nächsten Tag sah sie ihn auch erst wieder zum Mittagessen, wo er verkündete, er wolle für einige Tage nach London fahren. Er verabschiedete sich noch nicht einmal von ihr.
Sie stand in ihrem Zimmer und blickte aus dem Fenster. In der Ferne ballten sich dunkle Wolken. Bald würde es November sein.
Noch nie in ihrem Leben hatte sie sich einsamer gefühlt.

19

Oliver lächelte. Er hatte Alex geschwängert und damit seine Pflicht erfüllt, zumindest für die nächste Zeit. Natürlich würden sie noch einen weiteren Erben brauchen, falls dem ersten Kind etwas zustieß, aber damit konnte er sich noch mindestens ein Jahr lang Zeit lassen.

Er fuhr mit dem Auto nach London, und während er am Steuer saß, stellte er sich vor, wie seine Hand über Rebeccas seidige Schenkel glitt. Danach hatte er sich nicht am meisten gesehnt, aber ihm hatte das gefehlt, was sie sonst noch miteinander teilten.

Wenn sie zusammen waren, redeten sie über alles Mögliche. Sie lagen nebeneinander in dem großen Bett, in dem sie sich geliebt hatten, sprachen über Bücher oder Politik. Wenn ihr Mann nicht zu Hause war, aßen sie vor dem Kamin in ihrem Schlafzimmer. War George zufällig doch einmal zu Hause, aßen sie in irgendeinem abgelegenen Restaurant im West End, wo Restaurants für die Theaterbesucher lange geöffnet hatten.

Heute würde sie in seine Wohnung kommen (oder vielleicht war sie ja auch schon da und wartete auf ihn), und sie würden den Nachmittag im Bett verbringen. Heute Abend würden sie in einem ihrer Lieblingslokale essen, und sie würden sich unterhalten. Er fragte sich manchmal, ob wohl alle Liebespaare so viel miteinander redeten wie Rebecca und er. Natürlich war es ein Glück, dass sie nicht über Probleme mit den Kindern sprechen mussten, und auch Haushaltsangelegenheiten waren kein Thema, aber eigentlich würde ihm das sogar gefallen, dachte er. Wenn Rebecca mit ihrem Mann im Februar in die Schweiz führe, würde er vielleicht ein wenig Zeit zu Hause verbringen. Schließlich konnte er ja jetzt Geld ausgeben. Er würde gerne Fuchsjagden veranstalten und auch ein großer Silvesterball wäre schön. Den letzten Ball hatten sie gegeben, als er noch ein Kind war, und er konnte sich noch gut erinnern, wie stolz er damals auf das Schloss und die Umgebung gewesen war. Ja, jetzt konnte er alles wieder in Ordnung bringen lassen.

Er musste zugeben, dass es ihm Spaß gemacht hatte, Alex die Freuden des Geschlechtsverkehrs nahe zu bringen, aber er fragte sich wirklich, was so reizvoll daran sein sollte, eine Jungfrau im Bett zu haben. Sie hatte keine Ahnung, wie man einem Mann Lust bereitete. Er musste ihr alles sagen, und das raubte ihm ein wenig das Vergnügen. Natürlich hatte sie einen jungen, begehrenswerten Körper, aber als er ihre Brüste küsste, stöhnte sie nicht wie Rebecca; sie bewegte sich unter ihm auch nicht, wie Rebecca es tat, und sie besorgte es ihm nicht mit dem Mund. Sicher war sie fügsam gewesen, aber sie hatte ihn nicht erregt. Sie flirtete nie mit ihm und brachte ihn auch nicht zum Lachen. Sie war ein Kind. Rebecca war eine Frau. Und ein Kind zu lieben war nicht besonders erfüllend.

Er trat auf das Gaspedal, weil er hoffte, dass Rebecca in seiner Wohnung auf ihn wartete. Sie hatte einen Schlüssel, und er hatte sie angerufen, um ihr Bescheid zu sagen, dass er heute Nachmittag in die Stadt käme. Wenn er nur ihre Stimme hörte, bekam er schon eine Erektion.

Er parkte vor seiner Wohnung und rannte die Treppe hinauf.

Er schloss die Tür auf, und da war sie, in einem Chiffon-Negligé, das nichts verbarg. Ihre Zehennägel waren leuchtend rot wie ihre Lippen, und noch während sie ihn zur Tür hereinzog, knöpfte sie bereits lachend seine Hose auf.

Erregt schlang er die Arme um sie. Endlich war er wieder bei der Frau, die er mehr als alles auf der Welt liebte.

Sie zog ihn auf den Fußboden, und sie liebten sich leidenschaftlich. Noch halb angezogen drang er in sie ein, und erst danach gingen sie ins Schlafzimmer und nahmen sich Zeit, um sich in allen möglichen Stellungen zu lieben. Sie konnten nicht genug voneinander bekommen.

Stunden später, als sie eng umschlungen und gesättigt auf dem Bett lagen, sagte Rebecca: »Ich hasse mich dafür, aber ich muss einfach fragen, wie sie ist. Ist sie hübsch?«

»Ja«, antwortete er.

»Ist sie interessant?« Das war weitaus wichtiger.

»Sie ist noch ein Kind«, erwiderte er und wandte den Kopf, um sie anzusehen. »Sie weiß nichts von der Welt. Sie glaubt, alle Amerikaner leben so wie sie. Außerhalb von Amerika kennt sie nichts, aber sie hat einen guten Geschmack bei französischen Weinen. Sie ist lieb und fügsam und wird uns keine Schwierigkeiten machen.«

»Und ist sie schwanger?«

»Ja.«

»Du hast deine Pflicht getan«, sagte Rebecca und fuhr mit dem Finger über seine Brust. »Ich konnte es nicht ertragen, mir dich mit ihr vorzustellen. Ich habe nachts mein Kissen zerknüllt, wenn ich daran dachte, dass du Liebe mit einer hübschen Jungfrau machst, die so viel jünger ist als ich. Ich hätte schreien können bei dem Gedanken.«

»Sie ist ein Hohlkopf. Wir haben kein einziges interessantes Gespräch geführt. Meine Mutter wird sie mögen, weil sie so fügsam ist und jedem gefallen will. Aber sie hat auch für dich etwas Gutes getan.«

»Ich weiß. Ich weiß ja, dass du es tun musstest und dass du einen Erben brauchst. Und eigentlich hatte ich geglaubt, dass ich dich dabei unterstütze, aber als du weg warst, bin ich fast verrückt geworden vor Eifersucht. Es kam mir so vor, als seiest du Jahre weg gewesen, und nicht Monate.«

Er stand auf und ging zu seinem Jackett, das er in der Diele achtlos über einen Stuhl geworfen hatte. Aus der Tasche zog er eine schmale Schachtel, und dann kam er, nackt wie er war, wieder zu ihr zurück. Er reichte ihr die Schachtel. »Das hat sie möglich gemacht.«

Auf der Schachtel stand Tiffany's. Rebecca stieß einen leisen Schrei aus.

»Rate mal«, sagte Oliver.

»Das brauche ich nicht. Ich weiß es.«

»Und wenn du dich irrst?«

»Es sind Saphir-Ohrringe, weil du mir immer gesagt hast, du wolltest mir Ohrringe schenken, die zur Farbe meiner Augen passen.«

Er lächelte. »Irrst du dich eigentlich nie?«

Langsam und vorsichtig öffnete Rebecca die Schachtel. Sie keuchte auf. »O Gott, sie sind prachtvoll.« Rasch sprang sie auf und trat an den Spiegel. »Oliver, sie müssen ein Vermögen gekostet haben.«

Colin von Rhysdale hatte sie bezahlt.

Lange und ausgiebig betrachtete sie sich im Spiegel. Glänzende, rötlich braune Haare, die in ihrer Kindheit karottenrot

gewesen waren. Alabasterhaut mit Sommersprossen, Augen, so blau wie die Saphire an ihren Ohrläppchen, und eine unvergleichliche Figur für ihre vierunddreißig Jahre. Noch nicht einmal die Geburt ihrer Söhne, die jetzt dreizehn und fünfzehn waren, hatte ihr etwas anhaben können. Sie konnte ein zehngängiges Menü essen, ohne ein Gramm zuzunehmen.
Sie war nicht schön, noch nicht einmal hübsch. Ihr Mund war zu breit, aber ihre Lippen waren sinnlich. Ihre Nase war zu spitz, und ihre Augen zu groß für ihr Gesicht. Fremde, die eine Fotografie von ihr sahen, fragten sich unwillkürlich, warum sie als so glamourös galt, aber wenn man sie leibhaftig vor sich sah, wusste man sofort, warum sie als bezauberndste Frau Englands bezeichnet wurde. Sie hatte keine Ahnung, dass ihr dieser Titel in einigen Jahren von einer Amerikanerin streitig gemacht werden sollte, die ihr Liebhaber als hübsches, naives kleines Mädchen bezeichnet hatte, die aber in Wirklichkeit gar nicht so klein war.

20

Cocktails wurden in der Bibliothek serviert, in der eine Leiter bis an die Stuckdecke reichte, sodass man auch zu den obersten Regalen hinaufkam. Die Bücher sahen so aus, als seien sie seit Jahren nicht angerührt worden. Es war ein staubiger, düsterer Raum, trotz der hohen, schmalen Fenster. In der letzten Septemberwoche war es zur Dinnerzeit bereits dunkel. Alex zog sich ein blassgrünes Kleid an und überlegte, welchen Schmuck sie dazu nehmen sollte. Da nur die Familie anwesend war, entschied sie sich für eine einfache, lange Perlenkette. Sie wartete, bis ihre Uhr genau neunzehn Uhr achtundzwanzig anzeigte, bevor sie durch den langen Flur zur Treppe ging. Als sie in die Bibliothek kam, stand dort bereits ein Mann und schaute nach draußen in den Regen, der gerade eingesetzt hatte. Er drehte sich um, als sie eintrat, und kam lächelnd und mit ausgestreckter Hand auf sie zu.

»Ich bin Scully«, sagte er, als ob sie seinen Namen kennen müsse.

»Ich bin Alexandra.« Sein fester Händedruck gefiel ihr. »Sollte ich Sie kennen?«

Immer noch lächelnd, zuckte er mit den Schultern. »Vielleicht schmeichelt es ja meiner Eitelkeit zu glauben, dass Oliver oder der Herzog mich erwähnt haben. Es tut mir leid, dass ich bei Ihrer Ankunft nicht hier sein konnte, aber ich war in Schottland und habe mir Pferde angeschaut.«

Alex blickte ihn verwirrt an, deshalb fügte er hinzu: »Ich bin der Verwalter. Ich kümmere mich um den Besitz.«

»Ja, natürlich, darüber habe ich noch nie nachgedacht. Einer muss es ja machen.« In diesem Moment betraten der Herzog und die Herzogin den Raum, und Reginald erschien ebenfalls. Es musste genau neunzehn Uhr dreißig sein, dachte Alex. In der kurzen Zeit hier hatte Alex gelernt, dass alles auf die Minute pünktlich stattfand.

Der Herzog nickte Scully zu und sagte: »Wir möchten Martinis.«

Reginald mixte die Getränke. Mit ihren achtzehn Jahren trank Alex erst seit kurzem Alkohol, und sie fand, Martinis schmeckten wie Parfüm.

»Ich hätte lieber Wein«, sagte sie.

Der Butler blickte sie an, als er dem Herzog und der Herzogin die Martinis reichte.

»Natürlich, meine Liebe«, sagte die Herzogin. »Rot oder weiß?«

Den genauen Unterschied kannte Alex noch nicht. Sie wusste nur, dass sie sich nach einem Glas Wein nicht beschwipst fühlen würde, was bei dem Martini jedoch mit Sicherheit der Fall wäre.

Scully kam ihr zu Hilfe. »Reginald, ich glaube, ich möchte heute Abend auch etwas Wein. Vielleicht einen trockenen Weißwein?«

Reginald nickte und verließ das Zimmer.

Alex wurde klar, dass niemand vor dem Essen Wein trank, da sich unter den Flaschen auf der Anrichte keine einzige Weinflasche befand. Sie kam sich kindisch vor. Offensichtlich gab es für sie in diesem neuen Land noch viel zu lernen.

»Haben Sie etwas Gutes gefunden?«, fragte der Herzog Scully.
»Ja, ich glaube, das ist genau das Richtige«, erwiderte Scully.
»Dann wird es wohl auch ein hübsches Sümmchen kosten«, meinte der Herzog und trank einen Schluck. »Ja, nun, wir haben natürlich jetzt genug. Lassen Sie nur, Sie brauchen es mir nicht zu sagen. Oliver will bestimmt züchten.«
»Wenn nicht, Sir, habe ich einen schlechten Handel gemacht.«
Reginald trat wieder ins Zimmer, mit einem Tablett, auf dem eine Flasche und zwei Weingläser standen. Er schenkte den Wein ein und reichte Alex und Scully ihr Glas.
»Ist Scully Ihr Nachname oder Ihr Vorname?«
»Mein Vorname ist Thomas, aber niemand nennt mich so«, antwortete er. »Ist Oliver nicht hier?«
»Er ist nach London gefahren«, erwiderte der Herzog.
»Ich hatte gehofft, ihm das Pferd zeigen zu können.«
»Weiß der Himmel, wann er es zu sehen bekommt«, sagte der Herzog. »Sie kennen ihn ja.«
Scully blickte Alex an. »Ich hätte nicht gedacht, dass er so schnell wieder wegfährt.«
Als sie ihn anlächelte, murmelte er: »Ich hätte es jedenfalls nicht getan.« Lauter fragte er: »Haben Sie schon die große Besichtigungstour gemacht?«
Alex schüttelte den Kopf. »Das würde ich aber gerne. Ich möchte alles sehen.«
Die Herzogin lächelte. »Nicht alles, meine Liebe. Den Schafspferch, die Stallungen ...«
»O doch«, sagte Alex. »Schließlich lebe ich ja jetzt hier. Ich möchte alles sehen.«
»Nun, wenn ich mir erlauben darf.« Scully hob sein Weinglas, als wolle er ihr zuprosten. »Ich war jetzt zehn Tage weg, und

morgen muss ich mich vergewissern, ob alles in Ordnung ist. Sie könnten mich begleiten. Reiten Sie, oder sollen wir den Wagen nehmen?«

»Den Wagen«, sagte die Herzogin. »Lady Alexandra erwartet ein Kind.«

Lady? Ja, natürlich. Oliver war noch nicht Herzog, er war der Marquis von … von was noch mal? Meine Güte, dachte Alex, ich weiß noch nicht einmal, wie mein Mann mit vollem Namen heißt. Unwillkürlich kicherte sie, und die Blicke aller Anwesenden richteten sich auf sie.

Verlegen murmelte sie. »Entschuldigung. Es muss am Prickeln des Weins liegen. Ich bin an Alkohol nicht gewöhnt.« Das stimmte nicht ganz, denn während der Flitterwochen hatten sie jeden Abend Wein getrunken.

Reginald erschien an der Tür, und Alex bemerkte, dass der Herzog rasch austrank und sein Glas auf den Tisch stellte. Die Herzogin hatte ihren Martini bereits ausgetrunken. Alex stellte ihr halb leeres Glas ebenfalls auf den Tisch und folgte ihren Schwiegereltern gemeinsam mit Scully ins Esszimmer, das wesentlich kleiner war als das riesige offizielle Speisezimmer. Der Herzog saß am Kopfende des Tisches, an den zehn Personen passten, und die Herzogin am anderen Ende. Genau in der Mitte saßen sich Alex und Scully gegenüber. Er lächelte ihr zu.

»Ich hoffe, Sie sind nicht allzu in sich gekehrt«, sagte Alex leise, damit ihre Schwiegereltern sie nicht hörten. »Ich sehne mich nach ein wenig Unterhaltung.«

Scully legte den Kopf schräg. »Ich fürchte, meine Gesprächsthemen sind ein wenig einschränkt, weil dieser Besitz mein Leben ist.«

Ein Lakai servierte das Essen, zuerst der Herzogin, dann dem Herzog und dann Alex.
»Essen Sie jeden Abend mit der Familie?«, fragte Alex. Sie hatte gelernt, dass ihre Schwiegereltern es nicht schätzten, wenn man sich bei Tisch unterhielt. Sie saßen so weit auseinander, dass sie schreien müssten, um sich zu verstehen.
Scully nickte. »Natürlich nicht, wenn Gäste da sind, aber wenn die Familie unter sich ist, schon. Ich frühstücke auch hier, allerdings wesentlich früher als die anderen.« Sie fand, er sah nett aus, auch wenn er nicht besonders attraktiv war. Er war kräftig, hatte breite Schultern und war nicht viel größer als sie selbst. Er trug ein Tweedjackett und war wesentlich weniger formell gekleidet als der Herzog und die Herzogin. Seine rötlich braunen Haare waren auf der linken Seite gescheitelt. Sein Schnurrbart war dicker als der von Oliver, und seine Augen waren von einem warmen Braun.
»Wo wohnen Sie?«
»Ich habe Zimmer über den Stallungen. Dort ist auch mein Büro.«
»Und wo essen Sie, wenn Gäste da sind?«
Er zuckte mit den Schultern. »Es gibt einen Pub im Dorf, in den ich gerne gehe.«
Sie lachte. »Von Pubs habe ich natürlich schon gehört, aber ich war noch nie in einem.«
»Natürlich nicht«, erwiderte Scully und nahm sich noch von den Kartoffeln, die der Lakai ihm anbot.
Alex fand das Essen fade. Sie hatte schon gehört, dass England nicht für seine kulinarischen Genüsse bekannt war. Zumindest würde sie nicht zunehmen, denn bisher hatte sie noch kein Verlangen nach einer weiteren Portion gehabt, obwohl

ihr der Yorkshire Pudding, den es gestern Abend zum Roastbeef gegeben hatte, gut geschmeckt hatte. Er war so knusprig gewesen. Aber das war auch bisher das einzige Gericht, das ihren Geschmacksknospen zugesagt hatte.
»Warum natürlich nicht?«
»Nun« – er warf ihr einen ungläubigen Blick zu – »wegen Ihrer Stellung natürlich.«
»Ich dachte, in meiner Stellung könne ich mir alles erlauben.«
Er lehnte sich auf seinem Stuhl zurück und lachte. »Ich glaube beinahe, Sie werden ein bisschen frischen Wind hier hereinbringen.«
Die Herzogin, die bemerkt hatte, dass sie sich unterhielten, beugte sich vor. »Worüber lacht ihr?«
Alex blickte Scully an. »Er sagt mir, was ich tun kann und was nicht.«
»Unsinn«, sagte die Herzogin.
»Waren Sie jemals in einem Pub?«, fragte Scully.
»In einem Pub?« Stirnrunzelnd schüttelte die Herzogin den Kopf. »Das kann ich mir kaum vorstellen.«
Scully warf Alex einen Blick zu, als wolle er sagen: Sehen Sie?
»Schauen wir mal«, murmelte Alex so leise, dass nur Scully sie hören konnte. Was konnte ihr schließlich schon passieren? Sie hatte einen Titel und mehr Geld, als sie jemals ausgeben konnte. Wer sollte ihr etwas tun? Ihre Mutter war nicht mehr in der Nähe, um ihr vorzuschreiben, was sie zu tun und zu lassen hatte. Sie war verheiratet und musste niemanden mehr beeindrucken, oder? Und ihre Schwiegereltern konnten auch nichts machen, selbst wenn sie ihr Verhalten missbilligten. Und wenn es Oliver nicht gefiel, wie sie sich benahm? Nun, dann würde

er vielleicht zu Hause bleiben, um sie zu überwachen. War das das Schlimmste, was passieren konnte, oder das Beste?
»Um wie viel Uhr brechen Sie auf?«
»Normalerweise fange ich um acht Uhr an. Aber das ist natürlich viel zu früh für Sie. Um diese Uhrzeit haben Sie wahrscheinlich noch nicht einmal gefrühstückt.«
»Ich kann doch frühstücken, wann ich will. Ich werde morgen früh fertig sein, wenn Sie aufbrechen möchten. Allerdings muss ich zuerst noch jemanden finden, der meine Koffer auspackt und meine Kleider aufhängt.«
»Hat sich Oliver nicht darum gekümmert? Nein, offensichtlich nicht. Nun, dann hätte Mrs. Burnham es tun müssen. Ich sorge dafür, dass Sie eine Zofe bekommen.«
»Gut, dann ist ja alles geklärt. Ich finde sicher etwas zum Anziehen. Acht Uhr, sagen Sie?«
Er warf ihr einen zustimmenden Blick zu. »Sie werden die Küche in Aufruhr versetzen.«
»Was können die schon machen? Sich weigern, mir Frühstück zu servieren?«
Er lachte.
»Das nächste Mal setzt ihr beide euch näher zu mir«, sagte die Herzogin. »Ich möchte auch lachen.«
»Ich werde morgen früh aufstehen«, sagte Alex laut, »damit ich Mr. Scully auf seiner Runde begleiten und alles kennen lernen kann.«
»Ach, du liebe Güte«, sagte die Herzogin. Sie schenkte ihrer Schwiegertochter einen langen Blick, den Alex nicht deuten konnte. Vermutlich billigte sie ihr Verhalten nicht, aber vielleicht konnte sie ja ihre Jugend und Unwissenheit vorschützen. Außerdem war sie Amerikanerin.

»Wann kommt Oliver zurück?«, fragte Scully.
Der Herzog und die Herzogin schüttelten den Kopf.
»Sie kennen doch Oliver«, sagte der Herzog.
Scully blickte Alex fragend an.
»Ich habe keine Ahnung«, erklärte sie. »Er ist einfach weggefahren.«
»Für gewöhnlich ist er nur sehr selten hier, aber ich dachte, seit …« Scully brach ab.
Ja, dachte Alex, das hatte sie auch geglaubt. Jeder konnte sehen, wie wenig sie ihm bedeutete. Genauso gut hätte er es öffentlich verkünden können. Sie hatte die Familie mit Geld versorgt, sie trug ihren Erben aus, und offensichtlich hatte sie damit ihren Zweck erfüllt. Aber sie würde jetzt auf keinen Fall in Tränen ausbrechen.
»Ich hoffe, es regnet morgen nicht«, sagte sie.
»Die Wettervorhersage spricht von zunehmender Bewölkung und leichtem Wind, aber es soll nicht regnen, wenn man ihnen Glauben schenken darf«, erwiderte Scully.
Alex nickte. »Ja, sie ist nicht besonders zuverlässig, nicht wahr?«
»Wenn es regnet, verschieben wir es natürlich.«
»Und was machen Sie, wenn wir es verschieben müssen?«
»Ich habe mehr als genug zu tun. Ich muss mich dringend an die Bücher setzen und mit den einzelnen Leuten sprechen. Außerdem muss ich Mrs. Burnham sagen, dass sie Ihnen eine Zofe besorgen soll.«
Und was soll ich machen, wenn es regnet?, fragte sich Alex.
Anscheinend hatte die Herzogin mitbekommen, über was sie gesprochen hatten, denn sie warf ein: »Besorgen Sie ihr ein nettes Mädchen aus dem Dorf, Scully, jemanden, der auch

Mrs. Burnham recht ist. Vielleicht ein Mädchen, das noch nie in Diensten gestanden hat, damit Lady Alexandra sie so heranziehen kann, wie sie es wünscht.«

Wie sie es wünscht. Die Mädchen zu Hause hatte ihre Mutter ausgebildet. Wie mochte es wohl sein, sich seine eigene Zofe heranzuziehen? Das arme Mädchen, es hatte doch gar nicht genug zu tun.

Zum Dessert gab es einen Pudding, der nach nichts schmeckte. Noch etwas, was sie dringend nach Hause schreiben musste. Ihr fehlte das amerikanische Essen. Gewürze und Salat. Seit sie hier angekommen war, hatte sie kaum Gemüse gesehen. Aber natürlich wuchs um diese Jahreszeit auch kaum Gemüse, und hier hatten sie keinen Zugang zu Obst und Gemüse aus Südkalifornien und Florida. Womit mochten sie ihre Lebensmittel wohl kühlen? Die Stromleitungen hier leisteten nicht viel. Sie hatte entdeckt, dass es in den Repräsentationsräumen überhaupt noch keine Elektrizität gab. Dort benutzte man noch Kerzen und Öllampen. Vielleicht gab es ja auch in Amerika noch Orte ohne Strom und Wasserklosetts, aber ein solches Leben war sie nicht gewöhnt. Das kannte sie noch nicht einmal aus den Hotels in Paris oder Italien, in denen sie gewohnt hatten. Andererseits hatte sie ja auch noch nie auf dem Land gelebt. Ob ihr Leben jetzt wohl immer so weiterging? O Gott, ob ihre Mutter sie wohl auch hierher geschickt hätte, wenn sie über die Zustände Bescheid gewusst hätte?

Nach dem Essen verabschiedete sich Scully, und Alex folgte ihren Schwiegereltern in ihr Wohnzimmer. Hier wurde der Brandy serviert, und wenn der heutige Abend so verlief wie der gestrige, saßen sie einfach da und sprachen nur wenig. Die Herzogin stickte, der Herzog las, und Alex hatte nichts zu tun.

Heute Abend jedoch erklärte ihr die Herzogin: »Wir verreisen morgen über das Wochenende. Danach fährt der Herzog in die Schweiz, und ich bleibe bis Mittwoch in London, weil ich einige Dinge erledigen muss.«

Fünf Tage lang allein? Was um alles in der Welt sollte sie hier tun? Leise Panik stieg in Alex auf. Aber dann dachte sie, vielleicht kommt ja Oliver zurück und wir haben das ganze Haus für uns. Vielleicht lebte dann ja das Gefühl wieder auf, das sie während der Flitterwochen ab und zu gespürt hatte. Er hatte nicht viel mit ihr geredet, aber manchmal, wenn er sie in den Armen gehalten hatte, hatte sie gedacht, dass er vielleicht doch etwas für sie empfände. Natürlich brauchte es Zeit, um eine Beziehung aufzubauen, und sie standen ja erst am Anfang. Es war ein Wunder, dass ihr die Ehe überhaupt als wünschenswert erschien, denn ihre Eltern waren ihr kein gutes Vorbild. Sie hatten sich nie berührt, zumindest nicht in Alex' Gegenwart. Ihr Vater schlief gegenüber vom Zimmer ihrer Mutter, im kleinsten Schlafzimmer im Haus, und sie wusste, dass ihre Ehe nicht so glücklich war wie die ihrer Großeltern. Sie hatte sich oft gefragt, was ihre Eltern überhaupt zusammengeführt hatte. Viele Jahre lang hatte sie Mitleid mit ihrem Vater gehabt, der wie ein Schatten in seinem eigenen Haus herumschlich, obwohl sie wusste, dass er zu den Männern gehörte, die die Wall Street beherrschen und damit das ganze Land. Sie konnte zwischen dem Mann, den sie von zu Hause kannte, und dem Mann, dessen Name so oft in der Zeitung stand, nie eine Verbindung herstellen. Sie sah keine Stärke bei ihm. Sie liebte seine Sanftheit und Freundlichkeit, den Mann, der mit ihr zum Schlittschuhlaufen in den Park ging, der mit ihr über Bücher redete und ihr vor dem Schlafengehen wundervolle, aufregende Geschichten erzählte. Das hatte er natürlich schon seit Jahren nicht mehr gemacht, denn seit sie vierzehn oder fünfzehn war, hatte ihre Mutter ihr Leben beherrscht, und es hatte so ausgesehen, als ob sie ihn absichtlich daraus ausschloss. Und mittlerweile sagte ihr Vater kaum noch etwas. Es mochte sein, dass er die Finanzwelt beherrschte, aber zu seinem häuslichen Leben hatte er kaum etwas beizusteuern. Mit ihren Brüdern war ihre Mutter nicht annähernd so autoritär umgegangen wie mit Alex. Sie durften mehr oder weniger tun, was sie wollten, solange sie die Regeln befolgten, die Sophie für wichtig hielt.

Seltsamerweise hatte ihr die Mutter jedoch keinen Hinweis darauf gegeben, wie sie sich im Eheleben verhalten sollte. Vielleicht hatte Sophie ja gedacht, dass Oliver oder die Herzogin ihre Rolle übernehmen würden. Und sie hatte bestimmt nicht damit gerechnet, dass Oliver einfach verschwinden und sie in diesem Schloss mitten auf dem Land allein lassen würde.

Dabei hatte sie eigentlich noch nicht einmal allzu viel von der Ehe erwartet. Sie war zwar eine unverbesserliche Romantikerin, aber die wenigen Momente der Leidenschaft hatten nicht die Erinnerung daran ausgelöscht, wie Harry sie angeschaut, wie sein Mund sich auf ihren Lippen angefühlt hatte. Oliver behandelte sie mehr wie ein Kind, ein Kind, das ihn manchmal sogar sexuell erregte, dessen Verhalten ihm aber größtenteils zu unreif war.

Und sie war mit ihren beinahe neunzehn Jahren auch noch nicht so reif. Sie war immer noch das Mädchen, das sich von seiner Mutter vorschreiben ließ, wie es sich benehmen, was es anziehen und denken sollte. Jetzt jedoch war Sophie nicht hier. Ihre Mutter hatte sie mit voller Absicht weit weg geschickt, über einen Ozean, der Alex von allem trennte, was sie kannte. Ob ihre Mutter sie wohl vermisste? Was blieb ihr denn jetzt noch, wo es niemanden mehr gab, den sie beherrschen konnte?

Was sollte sie nur tun? Ihre Mutter hatte sie nicht auf diese Art von Leben vorbereitet. Nun, sie würde ein anderes Mal darüber nachdenken. Morgen würde sie sich erst einmal den Besitz ansehen, auf dem sie jetzt lebte. Irgendwie musste es ihr gelingen, hier Fuß zu fassen.

21

Scully zog die Augenbrauen hoch, als Alex am nächsten Morgen drei Minuten nach acht Uhr auftauchte. Er stand an der Anrichte, auf der Schüsseln mit Porridge und Rühreiern warm gehalten wurden, und schenkte sich gerade seine zweite Tasse Tee ein.
Sie trug eine Hose und eine zerknitterte apfelgrüne Bluse, außerdem ihre Moleskin-Jacke und ein Paar warme Handschuhe. Sie wusste zwar, dass sie dringend eine Zofe brauchte, damit ihre Schrankkoffer endlich ausgepackt und ihre Sachen gebügelt werden konnte, aber sie fragte sich doch, warum Scully so überrascht wirkte.
»Guten Morgen«, sagte sie. »Stimmt etwas nicht?«
Er schüttelte den Kopf. »Nein. Nein, ich stelle mir nur gerade vor, wie die Leute auf Sie reagieren werden, wenn Sie das da tragen.«
Sie blickte an sich herunter. »Was?«
»Machen Sie sich keine Gedanken.« Er lächelte sie an. »Sie haben Recht. Eine Frau in Ihrer Position kann alles tun, und die Leute werden Ihnen zugute halten, dass Sie Amerikanerin sind.«
»Nun, dann kann ich ja alles tun, was ich möchte, nicht wahr?«
»Viel Glück!« Er lächelte noch immer. »Soll ich Ihnen eine Tasse Tee einschenken?«

»Gibt es keinen Kaffee?«

»Ah ja, die Amerikanerin.« Er läutete, und kurz darauf betrat ein Zimmermädchen das Zimmer. »Können Sie Ihrer Ladyschaft eine Tasse Kaffee bringen?«

»O ja, sofort«, erwiderte die junge Frau und knickste vor Alex. Sie rannte beinahe zurück in die Küche.

»Du lieber Himmel, müssen denn alle ständig vor mir knicksen?«

»Sie gewöhnen sich besser schon mal daran.«

»In Amerika macht niemand vor jemand anderem einen Knicks.«

»In Amerika haben Sie ja auch eine Demokratie. Hier gehören Sie zum Hochadel.«

»Sie meinen eine Gesellschaftsschicht, in der niemand arbeitet.«

Er lachte.

»Nun ja, was tun mein Mann und mein Schwiegervater denn?«

Scully nahm sich von dem grauen Porridge. Er sagte zwar nichts, aber sein ganzer Körper bebte vor unterdrücktem Lachen.

Alex spähte in die Porridgeschüssel. »Gott, das sieht ja grässlich aus.«

»Es bleibt in Ihrem Magen kleben.«

»Wie Zement«, ergänzte Alex und nahm sich eine Portion.

»Mit Sahne darüber geht es«, erklärte Scully und goss dicke Sahne über seinen Haferbrei.

»Von unseren eigenen Kühen, nehme ich an?« Sie setzte sich ihm gegenüber. Sie hatte in ihrem ganzen Leben noch nichts mit Kühen zu tun gehabt.

»Jerseys. Eine der besten Herden in der ganzen Gegend.«
»Was machen wir mit all der Milch?« So schlecht schmeckte der Porridge gar nicht, jedenfalls nicht, wenn man genügend Sahne darüber goss.
»Wir verkaufen sie im Dorf. Wir haben unsere eigene Molkerei und machen Butter und Quark. Ich zeige es Ihnen später. Die Einkünfte sind beachtlich. Und dann bekommen wir noch Wolle von den Schafen.«
Das Hausmädchen tauchte wieder auf und verzog entschuldigend das Gesicht. »Wir haben keinen Kaffee, Mylady.«
»Kein Problem«, erklärte Scully. »Ich besorge welchen im Dorf.« Er blickte Alex an. »Ich werde mich darum kümmern, dass wir immer Kaffee im Haus haben.«
»Kümmern Sie sich eigentlich um alles?«
Er lächelte. »Nicht ganz. Ich sage es Reginald, und der gibt es an den Ladenbesitzer weiter, der von jetzt ab dafür sorgen muss, dass er immer Kaffee vorrätig hat. Nur heute kaufe ich schon mal so viel, dass Sie für die nächste Zeit Ihren Morgenkaffee bekommen.«
»Wird in England denn kein Kaffee getrunken?«
»Selten.«
»In London gab es immer Kaffee.«
»Dort haben sie ihn wegen des internationalen Publikums. London hat wenig mit dem Landleben zu tun.«
»Das habe ich auch schon begriffen.«
Er wartete, bis sie ihren Porridge aufgegessen hatte, und schlug dann vor aufzubrechen. »Der Wagen steht vor der Tür, wenn Sie bereit sind.«
»Geben Sie mir eine Viertelstunde.« Es kam ihr seltsam vor, ihre Entscheidungen selbst treffen zu können. Sie war fast

neunzehn Jahre alt und noch nie für sich verantwortlich gewesen.

»Nehmen Sie sich so viel Zeit, wie Sie möchten.«

»Länger brauche ich nicht. Ich bin gleich wieder unten.« Als sie aus dem Fenster blickte, beschloss sie, zu der Jacke und den Handschuhen auch noch eine Mütze aufzusetzen. Es regnete zwar nicht, aber die bleigrauen Wolken hingen tief, und plötzlich fiel ihr ein, dass schon Oktober war. Aber sie würde sich von dieser düsteren Stimmung nicht anstecken lassen. Entschlossen setzte sie sich die Mütze auf und griff nach ihren Handschuhen. Dann lief sie hinunter in die Eingangshalle. Sie erlebte jetzt ein Abenteuer und würde das Beste daraus machen. Und als ersten Schritt würde sie sich anschauen, was ihrer neuen Familie gehörte. Welcher Besitz mit dem Geld ihres Vaters und ihres Großvaters gekauft worden war. Und als Nächstes würde sie ein Badezimmer einrichten lassen.

Sie und Scully waren fast den ganzen Tag unterwegs, und Alex wurde überhaupt nicht müde. Alles, was sie sah, faszinierte sie. Es gab zahlreiche Schafherden auf dem riesigen Besitz, und die braunen Kühe gefielen ihr auf Anhieb. Scully zeigte ihr den Kuhstall, der moderner ausgestattet war als das Schloss, und sie nahm sich vor, wenigstens ein Mal zu versuchen, eine Kuh zu melken. Es gab auch eine kleine Ziegenherde, die der Herzog hielt, weil er gerne Ziegenkäse aß. Außerdem war Olivers jüngerer Bruder, Durward, als Kind allergisch gegen Kuhmilch gewesen, sodass sie ihm Ziegenmilch geben mussten.

Scully stellte ihr die Knechte vor, und alle zogen ihre Mützen und redeten sie mit »Mylady« an. Anschließend fragte Alex, warum die Jungen, die den Stall ausmisteten, nicht in der Schule seien.

»Über die vierte Klasse hinaus gibt es keine Schule im Dorf«, erwiderte Scully. »Auf dem Land haben die Leute keine besondere Bildung. Außerdem müssen die Kinder dabei helfen, das Einkommen aufzubessern.«

»Ich glaube, in Amerika muss jeder bis zum sechzehnten Lebensjahr zur Schule gehen.«

»Wir sind hier nicht in Amerika«, sagte Scully.

Sie blickte ihn an. »Das müssen Sie mir immer wieder ins Gedächtnis rufen, Scully. Erinnern Sie mich daran, wenn ich mich beklage.«

»Warum haben Sie eigentlich ein solches Land verlassen?«, fragte er. »Alle Ihre neuen Verwandten, und vermutlich jeder, der Ihnen begegnet, werden sich darüber wundern. Sie können sich nicht vorstellen, ihr Land zu verlassen, höchstens eine Zeit lang, um Militärdienst in den Kolonien zu leisten.«

Alex schüttelte den Kopf. »Ich wollte auch eigentlich gar nicht«, gab sie zu. »Meine Mutter hat es so gewollt.«

»Sie wollte sie loswerden?«

»Nein, sie wollte unbedingt, dass ich jemanden mit einem Titel heirate.«

Ihre Blicke trafen sich.

Nach einer Weile sagte er: »Ich dachte, die Amerikaner könnten mit dem Adel nichts anfangen?«

Alex lächelte traurig. »Ja, ja, wir sind ja so demokratisch. Aber Titel gibt es bei uns in Amerika nicht, und das ist das Einzige, was ein Amerikaner noch anstreben kann, der bereits alles besitzt, was man mit Geld kaufen kann.«

Erschreckt schlug sie die Hand vor den Mund. »Oh, das woll-

te ich nicht sagen. Bitte, Scully, das haben Sie nicht gehört«, flehte sie ihn verlegen an.
»Kommen Sie«, erwiderte er. »Wir fahren in den Ort. Die Leute werden begeistert sein, Sie zu sehen, und Ihr Aufzug wird das Thema des Tages werden.«
Während der Fahrt fragte Alex: »Regeln Sie alles hier?«
Scully nickte.
»Tut der Herzog gar nichts?«
»Der Herzog verbringt die meiste Zeit auf dem Kontinent. Er ist selten hier. Und Oliver ist meistens in London.«
»Und die Herzogin?«
»Die Herzogin hält sich meistens hier auf. Sie verbringen nicht viel Zeit gemeinsam, aber das tun die wenigsten Ehepaare aus ihrer Gesellschaftsschicht.«
Alex warf ihm einen Blick zu. »Sie leben eigentlich nicht zusammen?«
»Nein. Die unteren Schichten haben natürlich kaum andere Möglichkeiten, aber die Männer halten sich an den Abenden meistens im Pub auf.«
»Und was ist mit Ihnen, Scully? Sind Sie verheiratet?«
»Ich war es«, antwortete er. »Meine Frau war bemerkenswert.«
Alex fand, es klang, als habe er seine Frau geliebt.
Sie fuhren zum Lebensmittelladen, und Alex folgte Scully ins Geschäft. Scully begrüßte den Eigentümer mit Handschlag. Alex, die ein paar Schritte hinter ihm stehen blieb, stellte er nicht vor.
»Ich brauche Kaffee, Matt«, sagte er. »Hast du welchen?«
Matt starrte Alex mit offenem Mund an, die vorgetreten war und ihm die Hand entgegenstreckte. Kopfschüttelnd sagte

Scully: »Lady Alexandra, darf ich Ihnen Matthew Waite, den Lebensmittelhändler, vorstellen?«

Hastig wischte sich Matt die Hand an seiner Schürze ab und schüttelte heftig Alex' Hand.

»Darf ich mich ein wenig umschauen?«, fragte Alex. Sie war noch nie in einem Lebensmittelgeschäft gewesen. »Es riecht wundervoll hier.«

Matt starrte ihr nach, als sie an die Regale trat.

Scully sagte: »Kaffee, Matt?«

»O ja, Sir. Ich muss hier irgendwo noch ein Pfund haben. Aber es sind Bohnen, und ich kann mir nicht vorstellen, dass Sie im Schloss eine Kaffeemühle haben. Wenn Sie einen Moment warten wollen, dann mahle ich ihn rasch.« Er riss seinen Blick von Alexandra los, die Dosen aus den Regalen nahm und sie studierte.

Er verschwand hinten im Laden. Alex sagte zu Scully: »Das ist wundervoll. Ich war noch nie zuvor in einem Kolonialwarengeschäft.«

»Vermutlich auch nicht bei einem Metzger.«

»Nein, und bei einem Kerzenmacher ebenfalls nicht.« Sie lachten beide.

»Ah«, sagte Alex und ergriff eine Orange, »ich habe solches Verlangen nach frischem Obst. Haben Sie Geld dabei, Scully?«

»Matt setzt es auf die Rechnung fürs Schloss.«

»Sehen Sie mal, hier sind Erbsen in der Dose. Nach Gemüse sehne ich mich auch. Ich wusste gar nicht, dass Erbsen in Dosen verkauft werden. Und schauen Sie, Mandarinen.«

Matt kehrte mit einem Pfund gemahlenen Kaffee zurück, den er in eine Papiertüte gefüllt hatte. »Ich verkaufe nicht viel da-

von«, erklärte er. »Ich dachte, ich versuche es mal, aber für die Landpomeranzen hier ist es nichts.«
»Ich nehme noch verschiedene Dosen mit«, sagte Alex, die sich vorkam wie ein Kind im Spielzeugladen.
»Ich setze sie gerne auf die Rechnung.«
»Werden Sie zügig bezahlt?«
Matt warf Scully einen Blick zu. »Ja, Ma'am.«
»Er meint, ich bin derjenige, der ihm einen Scheck schickt.«
»Gut«, sagte Alex zu dem Händler, »dann nehme ich alle Dosen.« Sie wandte sich an Scully. »Meinen Sie, die Köchin hat etwas dagegen?«
»Ich glaube nicht, dass sie Einwände äußern darf.«
»Nein, natürlich nicht. Außerdem bin ich ja in den nächsten fünf Tagen allein und kann essen, was ich will.«
»Sie haben den Mann glücklich gemacht«, erklärte Scully, als sie den Laden verließen.
»Oh, sehen Sie nur, die Frau dort auf der Ecke verkauft Blumen. Kaufen Sie mir welche, Scully. Das Schloss ist so dunkel und bedrückend. Oh, sie hat Stechpalmen. Die roten Beeren werden mein Schlafzimmer ein bisschen fröhlicher machen.«
»Wir haben überall im Park Stechpalmen«, erwiderte Scully.
»Nun, dann eben Veilchen. Woher mag sie um diese Jahreszeit nur Veilchen haben?«
Scully trat zu dem Blumenstand und kaufte ein Veilchenbouquet. Alex klatschte vor Freude in die Hände, als er ihr das Sträußchen reichte.
»Und jetzt habe ich Hunger«, sagte sie. »Hat Ihr Pub um diese Uhrzeit geöffnet?«
»Oh, Sie können nicht …«
Alex warf ihm einen verschmitzten Blick zu. »Sagen Sie mir

nicht, was ich kann, Scully. Ich muss für zwei essen, und ich habe schrecklichen Hunger. Im Schloss kriege ich jetzt bestimmt nichts mehr zu essen. Gehen denn Damen nie in den Pub?«
»Doch, aber Ladys wie Sie nicht.«
»Sind Regeln nicht dazu da, dass man sie bricht? Wo ist der Pub? Ist es der da an der Ecke, The Boar's Head?«
Scully nickte.
»Dann los«, sagte sie und marschierte darauf zu.
Es war ihm peinlich, das sah sie ihm an. Nun, daran würde er sich gewöhnen müssen. Sie fühlte sich frei. In der Gegenwart von Männern hatte sie nie sie selbst sein dürfen und sich immer nur von ihrer besten Seite zeigen müssen, weil jeder Mann ein potenzieller Verehrer sein konnte. Aber jetzt war sie verheiratet, und Männer waren einfach nur noch andere Leute, in deren Gegenwart sie sich geben konnte, wie sie wirklich war.
Kurz ging ihr der Gedanke durch den Kopf, dass die Herzogin oder Oliver, wenn sie davon erfuhren, Scully vielleicht tadeln würden. Aber sie würde ihn schon verteidigen und ihnen sagen, dass sie darauf bestanden hätte. Vielleicht würde Oliver ja dann öfter zu Hause bleiben und mehr darauf achten, dass sie sich gut benahm. Und das wäre doch auch nicht das Schlechteste.
»Kommen Sie«, rief sie Scully zu und drückte die Tür zum Pub auf. Warme Luft und der Geruch nach abgestandenem Bier schlug ihr entgegen.
Es war dunkel, und es dauerte einen Augenblick, bis sich ihre Augen daran gewöhnt hatten, aber dann war bereits Scully an ihrer Seite und führte sie zu einem Tisch. Ein paar Sekunden

lang hatten alle Gespräche gestockt, aber als sie sich gesetzt hatten, redeten die Leute weiter.
Ein Schankmädchen, das sich hastig die Hände an der Schürze abtrocknete, kam zu ihnen gelaufen. »Mr. Scully«, sagte sie.
»Hallo, Molly. Gib uns eine Minute, ja?«
Alex glaubte zu sehen, dass das Mädchen knickste. Sie blickte sich um.
»Was möchten Sie essen?«, fragte Scully.
»Was essen die anderen Gäste?«
»Ich kann Ihnen ein Sandwich mit Corned Beef empfehlen.«
»Corned Beef?« Das hatte Alex noch nie gegessen.
»Mit Meerrettich auf dunklem Brot.«
Alex blickte ihn an. »Bestellen Sie bitte für mich.«
»Sie sagten, Sie hätten Hunger.«
»Ja, das stimmt auch.«
»Dann probieren Sie auch bitte Tee.«
»Ihr Briten tut immer Milch hinein. Igitt«, erwiderte sie. »Wenn ich schon Tee trinken muss, dann wenigstens mit Zitrone.«
»Ich bezweifle, dass es hier um diese Jahreszeit Zitronen gibt, aber ich würde vorschlagen, Sie lernen ihn so zu trinken wie wir, da Sie den Rest Ihres Lebens hier verbringen möchten.«
Alex beugte sich vor. »Sie haben völlig Recht, Scully. Wenn du in Rom bist, und so weiter. Ich habe die Neigung, mich an das Vertraute zu klammern und Neues nicht auszuprobieren.«
»Das geht uns allen so.«
»Warum starren mich eigentlich alle an?«
»Weil Sie sozusagen zum Schloss gehören. Und weil Sie anders angezogen sind. Die Leute hier haben noch nie eine Frau in Hosen gesehen. Und weil Sie hierher gekommen sind.«

»Dann sind der Herzog und die Herzogin also Fremde in dem Dorf, das ihnen praktisch gehört?«
»Sie müssen ihren Platz wahren.«
Alex warf ihm einen gleichmütigen Blick zu. Dann stand sie auf, trat an den Nebentisch und streckte die Hand aus. Sie ging an jeden Tisch und stellte sich vor, wobei sie jeden nach seinem Namen fragte, auch wenn sie sich sicher nicht an alle erinnern würde. Im Lokal herrschte verblüffte Stille. Schließlich lächelte sie allen zu und begab sich wieder an ihren Tisch. Als sie sich setzte, begann ein Mann zu applaudieren, und die übrigen Gäste fielen ein.
Alex winkte ihnen zu. »So«, sagte sie zu Scully, »jetzt habe ich hier einen Platz.«
Das Schankmädchen brachte ihre Sandwiches und stellte Senf und Meerrettich auf den Tisch. Sie knickste. »Es ist eine Ehre für uns, Mylady.«
Während Scully Senf auf sein Sandwich strich, überlegte er, warum Alex das getan hatte. Als ob sie seine Gedanken lesen könne, sagte Alex: »Ich habe seit fünf Nächten allein in meinem Bett im Schloss geschlafen und kein Geräusch gehört außer dem Knarren der Wände und dem Wind in den Bäumen. Keine Menschenseele in England kennt mich oder macht sich etwas aus mir, und ich fühle mich so einsam, wie ich es nie für möglich gehalten hätte.«
Einen Augenblick lang glaubte er, sie würde in Tränen ausbrechen.
»Ich möchte irgendwo hingehören, Scully. Und wenn ich in dieses Dorf gehöre, dann ist das zumindest ein Anfang. Ich will nicht herumsitzen und mir selber leid tun, weil mein Mann nicht bei mir sein möchte und ich auf dieser Insel so gut

wie niemanden kenne. Ich will hier einen Platz haben, Scully, und deswegen habe ich das gerade gemacht, falls Sie sich darüber gewundert haben sollten.«

Er blickte sie an. »Ich muss zugeben, dass ich mich tatsächlich gewundert habe.«

Sie lächelte ihn an. »Auf jeden Fall geht es mir jetzt besser als gestern um diese Zeit.«

»Und ich halte mehr von der Familie Yarborough als gestern um diese Zeit. Vielleicht sollte ich Ihnen das Pferd zeigen.«

»Das ist eine gute Idee«, erwiderte Alex und biss in ihr Sandwich. »Mein Gott, Scully, das ist ja köstlich. Warum habe ich eigentlich noch nie Corned Beef gegessen?«

»Es ist das Fleisch des kleinen Mannes, Eure Ladyschaft.« Er lächelte.

Sie erwiderte sein Lächeln. »Wenn Sie mich noch einmal so nennen, Scully, lasse ich Sie hinauswerfen.«

»Dann sollte ich es wohl besser lassen.«

»Alex. Nennen Sie mich Alex.«

»Oh, das geht nicht. Das kann ich nicht machen.«

»Gut«, sagte sie, »dann reden Sie mich eben in Gegenwart anderer mit Euer Ladyschaft an, aber nie, wenn wir allein sind. Sind Sie damit einverstanden, Scully?«

Schweigend kaute er sein Sandwich.

»Ich brauche einen Freund, Scully. Und Freunde müssen auf gleicher Ebene stehen.«

Er trank einen Schluck Tee, legte sein Sandwich auf den Teller und blickte sie an. Einen Moment lang glaubte sie, er würde seine Hand auf ihre legen.

»In Ordnung. Sie haben in mir einen Freund, Alex.«

22

Am letzten Tag im November informierte Reginald Alex, dass sie am Telefon gewünscht würde.
Es war das erste Mal, dass jemand sie anrief.
Oliver fuhr jede Woche für mehrere Tage nach London. Wenn er zu Hause war, ritt er das neue Pferd oder vertiefte sich in der Bibliothek in kunstgeschichtliche Werke. Beim Essen redeten weder er noch seine Mutter besonders viel.
Alex fragte sich, ob Scully sich wohl jemals mit Oliver oder dem Herzog beriet oder ob er alle Entscheidungen, die die Leitung des Besitzes betrafen, allein traf. Sie war froh darüber, dass Scully ihr beim Essen immer gegenübersaß, da er sich wenigstens mit ihr unterhielt.
Sie wusste nicht, ob er Oliver darüber informiert hatte, dass sie mit ihm im Pub gewesen war, aber auf jeden Fall hatte Oliver es erfahren und sie deswegen getadelt.
»Wie, um alles in der Welt, bist du nur darauf gekommen?«, hatte er in anklagendem Ton gefragt.
»Wir waren im Dorf, und ich hatte Hunger.«
»Um Himmels willen, Alexandra, wir müssen die Form wahren. Wir sind hier nicht in Amerika!«
»Das weiß ich nur zu gut«, hatte sie erwidert.
»Tu das nie wieder! Denk daran, dass du meine Frau bist!«
»Ach«, hatte sie gesagt, »und ich habe geglaubt, du seist derjenige, der es vergessen hat.«

Er starrte sie einen Moment lang an, dann drehte er sich auf dem Absatz um und verließ ihre Suite.

»Alex«, hörte sie Franks Stimme am anderen Ende der Leitung.
»Grandpa? Wie wundervoll, dass du anrufst!«
»Wir sind hier im Claridge's.«
»In London, Grandpa? Das ist ja großartig.«
»Wir wollen dich besuchen, und ich dachte, ich warne dich besser vor. Wir kommen morgen. Wir nehmen den Frühzug, und was müssen wir dann tun?«
»Ich hole euch am Bahnhof in Woodmere ab. Oh, wie wundervoll!«
»Lass die Gästezimmer lüften. Wir wollen eine Weile bleiben. Deine Großmutter möchte gerne einmal englische Weihnachten auf dem Land erleben.«
Alex traten die Tränen in die Augen. »O Grandpa.« Er hörte ihrer Stimme an, wie gerührt sie war. »Ich kann es kaum erwarten.« Sie wusste, was es für ihre Großmutter bedeutete, auf das Weihnachtsfest in Colorado zu verzichten. Oh, sie liebten sie. Sie hatten an ihren Briefen gemerkt, wie einsam sie war, ihre geliebten Großeltern. Sie kamen ihr zu Hilfe. All ihre Traurigkeit fiel von ihr ab.
Sie ging zurück ins Esszimmer, wo sie mit der Herzogin und Scully gerade zu Mittag gegessen hatte.
»Hoffentlich nichts Schlimmes?«, erkundigte sich die Herzogin.
Alex saß immer noch an der Längsseite des Tisches, sodass sie die Stimme erheben musste, wenn sie sich mit ihrer Schwiegermutter unterhalten wollte. Sie fragte sich manchmal, ob die

Herzogin sie nicht mochte oder einfach nur nicht daran dachte, traditionelle Verhaltensweisen zu ändern. Sie unterhielten sich nur wenig, selbst wenn sie nach dem Abendessen in dem kleinen Wohnzimmer der Herzogin zusammensaßen. Wenn Scully von seinem Arbeitstag berichtete, so war das für Alex oft die einzige Unterhaltung, selbst wenn Oliver sich im Schloss aufhielt.
»Meine Großeltern sind in London und treffen morgen hier ein.«
»Ich lasse die Räume auf eurer Etage für sie vorbereiten, ja? Sie gehen auf den Garten hinaus, auch wenn um diese Jahreszeit dort nicht viel zu sehen ist. Ich habe sie bei eurer Hochzeit kennen gelernt, nicht wahr? Natürlich, dieser große, gut aussehende Mann mit der schönen Frau. Du siehst ihr sehr ähnlich. Das freut mich aber, dass sie zu Besuch kommen.«
Alex versuchte, sich ihre Überraschung nicht anmerken zu lassen. So positiv hatte sich die Herzogin ihr gegenüber noch nie geäußert.
»Scully«, sagte Alex, »Sie müssen sie unbedingt kennen lernen. Ich möchte, dass Sie meinem Großvater den gesamten Besitz zeigen. Vor allem die Ställe werden ihn interessieren. Oh, ich bin so aufgeregt.«
»Sollten wir Oliver eine Nachricht zukommen lassen?«
»Nein«, erwiderte Alex, »hier soll alles ganz normal weitergehen.«
Ihre Großeltern sollten sehen, wie einsam sie war, und ihrer Mutter sagen, was sie für ein trostloses Leben führte. Sophie sollte erfahren, was sie ihrer Tochter angetan hatte.
»Können wir sie mit dem Automobil abholen?«, fragte sie.
»Mein Großvater besitzt drei Automobile, und er soll sehen,

dass wir auch hier im zwanzigsten Jahrhundert angekommen sind.«

Oliver fuhr mit dem langen Rolls in die Stadt, aber in der Garage stand noch ein Auto, das Scully immer benutzte.

»Natürlich«, erwiderte die Herzogin.

»Soll Joshua Sie zum Bahnhof fahren?«, fragte Scully. Joshua war einer der Gärtner, der bei den seltenen Gelegenheiten, in denen es erforderlich war, auch als Chauffeur fungierte.

»Nein, ich möchte Sie«, erwiderte Alex.

Scully blickte sie über den Tisch hinweg an. »Selbstverständlich.«

»Sie werden über Weihnachten bleiben«, sagte Alex zu ihrer Schwiegermutter.

»Wie reizend«, antwortete die Herzogin. »Dann haben wir ja dieses Jahr ein richtiges Fest. Der Herzog und Oliver sind während der Feiertage auch immer zu Hause, und ich liebe es, an Weihnachten Gesellschaft zu haben.«

»Wie feiert ihr Weihnachten?«, fragte Alex.

»Wir geben natürlich ein Fest für das Personal«, sagte die Herzogin, »und zur Mitternachtsmesse gehen wir in die Kirche im Dorf. Sie wird zu den Feiertagen immer prächtig beleuchtet, und die Messe ist besonders gut besucht.«

»Oh, schön«, sagte Alex. »Und am Weihnachtstag?«

Die Herzogin schwieg, deshalb fuhr Scully fort: »In den offiziellen Räumen wird ein großer Weihnachtsbaum aufgestellt, der prächtig geschmückt ist und die Woche vor Weihnachten für die Öffentlichkeit zugänglich ist. Im Dorf kann sich natürlich kaum jemand so einen prachtvollen Weihnachtsbaum leisten, und deshalb kommen sie in Scharen hierher. Wir servieren Wassail …«

»Wassail?«

»Das ist unser traditionelles Apfelgetränk, und dazu gibt es kleine Kuchen.«

Alex klatschte in die Hände. »Das wird meinen Großeltern gefallen.«

Nach dem Mittagessen würde sie nach oben gehen und sich die Räume anschauen, die ihre Schwiegermutter für ihre Großeltern vorgesehen hatte, dachte Alex. Sie würden sterben, wenn sie Nachttöpfe benutzen müssten.

Jennie, die Zofe, die Mrs. Burnham für sie eingestellt hatte, konnte sich auch um Annie kümmern. Viel hatte das Mädchen sowieso nicht zu tun. Sie war eine reizende junge Frau, fand Alex. Vielleicht nicht gerade die intelligenteste, aber eifrig bemüht, zu lernen und alles richtig zu machen. Sie hatte noch nie in Diensten gestanden, und Alex musste ihr immer alles zwei- bis dreimal sagen, aber dann hatte sie es begriffen. Sie waren ungefähr im gleichen Alter. Scully hatte sie ausgesucht. Zum Glück kam sie aus dem Dorf, sodass Alex sie wenigstens verstehen konnte. Wenn die Dienstboten aus Liverpool oder Yorkshire kamen, fragte sich Alex manchmal, ob sie tatsächlich Englisch sprachen. Und die Schotten! Ach, du liebe Güte! Aber sie alle glaubten, Englisch zu sprechen. Sie lachte.

»Frank, schau nur, wie hübsch es hier ist«, sagte Annie, während sie aus dem Zugfenster blickte. »Sieh nur, Strohdächer wie vor hundert Jahren.«

»Vermutlich gab es sie schon, noch bevor die ersten Auswanderer nach Amerika kamen.« Frank war ein begeisterter Freizeit-Historiker geworden. »Wir halten ja eigentlich alles für mittelalterlich, was vor den Puritanern gewesen ist.«

»Es ist eine wundervolle Landschaft, nicht wahr? Diese hübschen kleinen Dörfer in den Hügeln. Und ich habe noch nie so viele Schafherden gesehen.«
»Von England kennen wir ja eigentlich auch nur London. Jetzt sehen wir endlich einmal eine andere Seite des Landes.«
»Findest du es nicht auch eigenartig, dass Sophies kleines Mädchen hier wohnt?«
»Ich habe das dumme Gefühl, dass es überhaupt nicht lustig ist. Aber wir sind ja hier, um es herauszufinden.«
Der Zug wurde langsamer und fuhr in den Bahnhof ein.
»Sieh mal, da ist Alex.« Annie winkte ihrer Enkelin zu.
»Gott sei Dank ist sie nicht so wie Sophie, die einem nie zeigt, wie es ihr zumute ist.« Frank hatte seine Tochter in dieser Hinsicht nie verstanden.
Als Annie aus dem Zug stieg, fiel Alex ihrer Großmutter stürmisch um den Hals. »O Grandann, wie schön, dich zu sehen.«
Annie war in Hellblau gekleidet, ein Farbtupfer zwischen den düsteren britischen Winterfarben.
Auch Frank umarmte seine Enkelin. »Es war wunderbar, als ich gestern Mittag deine Stimme hörte«, sagte Alex und küsste ihn zur Begrüßung.
Annie hatte so viele Koffer mitgebracht, dass sie nicht in den Wagen passten, deshalb vereinbarte Scully mit dem Bahnhofsvorsteher, dass er sie zum Schloss schicken ließ. Auf dem Heimweg unterhielten sich Alex und ihre Großeltern angeregt.
»Der Herzog ist auf Reisen«, erklärte Alex ihnen. »Er verbringt die meiste Zeit auf dem Kontinent. Nur die Herzogin und ich sind im Moment zu Hause.«
»Und wo ist dein Mann?«, fragte Frank.

»In London.«

Frank blickte seine Enkeltochter an. Annie schaute aus dem Fenster.

»Heute tagsüber, oder?«

»Nein. Er hat dort eine Wohnung, in der er sich häufig aufhält.«

»Und was macht er da?«, forschte Frank.

»Grandpa, ich weiß es nicht«, erwiderte Alex, und Tränen traten ihr in die Augen.

Annie berührte Franks Hand, und er legte Alex den Arm um die Schultern.

»Hier, sieh mal.« Alex zeigte auf den großen Marmorbogen. »Hier beginnt unser Besitz.«

Schon von weitem sahen sie das Schloss, das wie ein steinerner Koloss am Horizont aufragte.

»Es wurde Anfang des achtzehnten Jahrhunderts erbaut«, erklärte Alex ihnen.

»Es ist zwar nicht ganz so groß wie Versailles«, stellte Annie fest, »aber immerhin ...«

»Warst du schon in allen Zimmern?«, fragte Frank.

Alex schüttelte den Kopf.

»Nun«, erwiderte ihr Großvater, »dann nehmen wir uns das doch mal vor für die Zeit, in der ich hier bin. Sind sie alle in Gebrauch?«

Alex zuckte mit den Schultern, aber Scully drehte sich um und sagte: »Nein. Die Räume im Mittelteil dienen nur Repräsentationszwecken, und an bestimmten Tagen hat die Öffentlichkeit Zutritt. Die Familie wohnt in einem kleinen Bereich des Westflügels.«

Und der gesamte Ostflügel stand leer, dachte Frank. Natürlich waren ihre Häuser auch viel zu groß, seit ihre Kinder erwachsen waren, aber er konnte sich nicht von ihnen trennen. In dem Anwesen in Westbury, zum Beispiel, das er für Alex gekauft hatte, als sie noch ein Kind war, hatte noch nie jemand gelebt. Er und Colin hatten ihre Pferde dort untergebracht, aber das wunderschön eingerichtete Haus stand immer leer, abgesehen von den wenigen Tagen im Jahr, in denen er nach seinen Pferden schaute. Annie redete in der letzten Zeit ständig von einem Winterquartier in Palm Beach, aber diesen Winter würden sie in einem kalten, zugigen Schloss in England verbringen.

»Ihr wisst gar nicht, was mir euer Besuch bedeutet«, sagte Alex, die immer noch die Hand ihres Großvaters umklammert hielt.

Doch das wusste Frank sehr wohl. Er hatte Pläne für die Zeit seines Aufenthalts, die er auch unverzüglich umzusetzen gedachte. Nächste Woche wollte er damit beginnen. Vorher musste er sich nur die Räumlichkeiten anschauen, damit er wusste, wie er am besten vorgehen sollte. Anscheinend hatte Alex' Ehemann noch nicht damit begonnen, die zweieinhalb Millionen Dollar, die Colin ihm gegeben hatte, für die Restaurierung des Schlosses auszugeben. Das Geld lag wohl noch immer auf einer britischen Bank und sammelte Zinsen an. Und seine Enkeltochter musste frieren und konnte noch nicht einmal ein Bad nehmen.

Annie schaute sich die Zimmer an, in denen sie untergebracht waren, und sagte nur: »Frank.«

Ihr Mann nickte.

»Es ist so verdammt kalt hier drinnen«, beklagte sich Annie, als sie sich zum Abendessen umzogen. »Wie halten sie das nur aus? Kannst du dir das vorstellen, keine Zentralheizung? Dieser Kamin ist zu nichts nütze. Wenn ich zwei Meter davon entfernt stehe, spüre ich nichts mehr von der Wärme.« Sie betrachtete die heruntergekommenen Möbel. »Das muss auch alles hergerichtet werden. Die Möbel sind wunderschön, aber sie sind nicht gepflegt worden. Aber wie soll man das auch, bei über hundert Zimmern?«

»Nun ja, wir können ja zumindest etwas an den Zimmern tun, in denen Alex wohnt.«

Sie gingen den langen dunklen Flur entlang und die Treppe hinunter zur Bibliothek, wo die Herzogin sie bereits erwartete. Annie konnte sich noch von der Hochzeit her an sie erinnern, aber damals hatte sie äußerst attraktiv ausgesehen, doch jetzt ließ ihr graues Kleid sie eher farblos wirken. Sie sah so aus, als sei das Leben an ihr vorbeigegangen. Sie konnte unmöglich älter als fünfzig sein, wenn überhaupt. Unwillkürlich fragte sich Annie, ob Alex ihre Schwiegermutter wohl mochte.

Sie hatte Franks Mutter immer gerne gemocht, als junges Mädchen schon. Sophie schien Mrs. von Rhysdale ihr vorgezogen zu haben, auch wenn sich Annie immer gefragt hatte, wie das möglich war, weil Diana von Rhysdale so streng gewirkt hatte.

Beim Abendessen jedoch stellte sich heraus, dass die Herzogin eine reizende Gastgeberin war, und Annie begann sich in ihrer Gegenwart wohl zu fühlen, obwohl das Dinner äußerst förmlich verlief und das Essen grauenvoll war. Aber sie hatten auch in London noch nie vernünftig gegessen, wenn sie dort im Hotel abgestiegen waren. In Frankreich oder Italien war das Essen einfach unvergleichlich besser. Es gab Hammel, und

Annie dachte insgeheim, dass alte Hammel eben einfach zu alt waren. Das Fleisch auf dem Teller sah grau aus, es schmeckte grau und faserig, und sie musste endlos kauen, bis sie den Bissen hinunterschlucken konnte. Kartoffelbrei. Blumenkohl, der viel zu lange gekocht war. Ein grauweißes, matschiges Abendessen. Sie wusste nicht, ob sie das einen Monat lang aushalten würde.

Nach jenem ersten Abend stellten Annie und Alex unabhängig voneinander fest, dass die Herzogin sich für das Dinner zurechtmachte, wie sie es nie tat, wenn sie mit Alex allein aß. Annie trug bei allen Mahlzeiten ihr Pelzjäckchen, weil es im Haus schrecklich kalt war.

»Kommt der Herzog zu Weihnachten nach Hause?«, fragte Frank die Herzogin.

»Für gewöhnlich ja. Früher hatten wir am Boxing Day eine Jagdgesellschaft oder einen Silvesterball, und sowohl Oliver als auch der Herzog waren dann hier. Aber in den letzten Jahren, seit Durwards Tod, haben wir keine Gesellschaften mehr gegeben. Das enttäuscht sicher viele, aber …«

Frank überlegte, ob es wohl am Geldmangel lag, doch das war ja nun kein Problem mehr.

»Vielleicht können Sie einen Silvesterball für Alex geben und sie der hiesigen Gesellschaft vorstellen«, schlug Annie vor. Partys waren ihre Stärke. Sie amüsierte sich auf jeder Feierlichkeit.

Frank hatte andere Vorstellungen, was er Alex zu Weihnachten schenken wollte. Als sie nach dem Essen bei einem Brandy im Wohnzimmer der Herzogin saßen, sagte er: »Ich möchte gerne einige meiner Vorschläge mit dem Herzog oder mit Oliver besprechen.«

»Reden Sie mit Scully«, erwiderte die Herzogin. »Er ist unser Verwalter.«
»Aber ich möchte jetzt schon einiges von meinen Plänen verwirklichen, und vielleicht kann ich es auch gleich mit Ihnen besprechen, schließlich leben Sie hier.«
Die Herzogin richtete sich im Sessel auf. »Oh, ich treffe nie Entscheidungen.«
»Nun, da weder Ihr Mann noch Ihr Sohn hier sind und es ja auch selten zu sein scheinen, müssten Sie doch zumindest entscheiden können, wie Sie wohnen wollen.«
Die Herzogin warf ihm einen erstaunten Blick zu.
»Ich möchte Badezimmer einbauen«, sagte Frank. »Meine Enkeltochter kann unmöglich so weiterleben. Und ich möchte gerne wissen, welche Zimmer in Badezimmer verwandelt werden können.«
Die Herzogin schüttelte den Kopf, als wolle sie ihren Ohren nicht trauen. Frank schwieg, und schließlich sagte sie: »Ach du liebe Güte, was für eine wundervolle Idee.«
»Mit heißem Wasser«, fügte Annie hinzu, »damit man ein Bad nehmen kann.«
Alex drückte ihrem Großvater begeistert den Arm.
»Wir haben weiß Gott genug leere Zimmer«, sagte die Herzogin. »Hier unten, zum Beispiel, gibt es ein kleines Ankleidezimmer neben dem Schlafzimmer des Herzogs, das er so gut wie überhaupt nie benutzt. Wollen Sie nicht damit anfangen?«
»Im gesamten Flügel müssen erst einmal neue Rohre verlegt werden«, erklärte Frank. »Scully hat mir einen guten Klempner im Dorf genannt, aber das Projekt ist zu groß für einen einzigen Klempner.«

Die Herzogin wehrte ab. »Darum müssen Scully und Sie sich kümmern. Das ist Männersache.«

Als Alex später mit ihren Großeltern in ihrem Wohnzimmer saß, sagte sie: »Es mag ja Männersache sein, aber ich möchte trotzdem etwas dazu sagen. Schließlich ist es dein Geld, Grandpa.« Sie brach in Tränen aus.

Erschreckt blickte Frank sie an. »Was ist los, Liebes?«

Alex lächelte unter Tränen. »Wer hätte je geglaubt, dass mein größter Wunsch eines Tages ein Badezimmer wäre?«

23

Zwei Wochen vor Weihnachten kehrte der Herzog zurück, und zwei Tage später fuhr er mit Frank nach London. Sie wollten eine Klempnerfirma ausfindig machen, die für einige Monate aufs Land kam, um im Schloss die notwendigen Arbeiten durchzuführen. Außerdem war Frank entschlossen, Oliver nach Hause zu beordern.
Während die beiden Männer in London waren, beschloss Alex, Annie das Dorf zu zeigen. Deshalb fragte sie Scully beim Frühstück: »Haben Sie heute Zeit, uns in den Ort zu fahren?«
Scully nickte. Er würde sich die Zeit nehmen.
Annie wandte sich an die Herzogin. »Sie kommen doch sicher auch mit, oder?«
Alex hatte eigentlich nicht geplant, ihre Schwiegermutter ebenfalls einzuladen, aber die Herzogin willigte erfreut ein. Sie hatte Annie ins Herz geschlossen, weil sie Fröhlichkeit und Lachen ins Schloss brachte. Ihr gefiel auch, wie Frank und Annie sich anschauten und wie sie miteinander umgingen. Eines Tages kam sie in die Bibliothek, als Frank am Fenster stand und lächelnd hinausblickte. Als sie neben ihn trat, sah sie Annie und Alex, die Hand in Hand spazieren gingen und sich angeregt unterhielten. Ihr wurde die Kehle eng, als sie feststellte, dass ihr in ihrem Leben so etwas entgangen war. Sie empfand Liebe für dieses amerikanische Paar, die Groß-

eltern der einsamen jungen Frau, die in ein fremdes Land verschlagen worden war.

Alex hatte vor, Annie einen englischen Pub zu zeigen, aber sie hatte Bedenken, ob es der Herzogin recht war. Andererseits konnte Oliver sie nicht wieder zurechtweisen, wenn seine Mutter dabei war. Allein würde die Herzogin sicher nicht mit Alex in das Lokal gehen, aber mit Annie würde sie alles wagen. Bei dem Gedanken daran, wie sprachlos die Dorfbewohner sein würden, wenn die Herzogin im Pub auftauchte, grinste Alex in sich hinein.

Annie bewunderte die strohgedeckten Häuser und erklärte, das Dorf sähe aus wie eine mittelalterliche Szene. Und während Annie die kleinen Läden an der Hauptstraße betrachtete, beobachtete die Herzogin Annie. Sie war in Dunkelgrün gekleidet mit einem schicken, dazu passenden Hut. Sogar ihre Handschuhe waren vom gleichen Grün, und die Herzogin kam sich im Vergleich dazu farblos vor. Annie hatte die Haare zu einem eleganten Chignon geschlungen, und obwohl sie schon siebenundfünfzig Jahre alt war, leuchteten ihre Haare immer noch golden. In den Ohrläppchen hatte sie winzige Smaragdstecker, die ebenfalls zur Farbe des Kleides passten.

Die Herzogin nahm sich vor, sich neue Kleider zu kaufen. Ihr hatten Alex' Kleider gut gefallen, aber sie hatte sich gesagt, dass ihre Schwiegertochter schließlich jung war und noch alles tragen konnte, als sie jetzt jedoch Alex' glamouröse Großmutter vor Augen hatte, bestärkte es sie in ihrem Entschluss, auch wenn sie hier auf dem Land nicht so viele Möglichkeiten hatte, elegante Kleidung zu tragen.

Alex saß vorn im Wagen neben Scully und sagte leise zu ihm: »Scully, wir fahren zum Lunch in den Boar's Head.«

Entgeistert blickte er sie an, aber sie drehte sich nur lächelnd um und verkündete den beiden Damen im Fond: »Heute erwartet euch etwas Besonderes. Ich wette, ihr habt noch nie Corned Beef gegessen.«

»Doch, das liebe ich«, erwiderte Annie. »Vor allem mit Meerrettich.«

Alex blickte ihre Schwiegermutter an. »Wir werden ein leckeres Sandwich hier im Pub essen.«

Der Herzogin blieb der Mund offen stehen.

Als sie aus dem Auto stiegen, hakte Annie sich bei der Herzogin ein, als seien sie Jugendfreundinnen, und rauschte mit ihr in das Lokal, noch vor Alex und Scully.

Ihre Augen leuchteten auf, als sie sich drinnen umblickte. »Oh, das ist das wirkliche England, nicht wahr? Es erinnert mich an die Kneipe, in der ich gekocht habe, als wir frisch verheiratet waren. Ich muss unbedingt mit Frank noch einmal hierher kommen!«

Der Herzogin hatte es die Sprache verschlagen. Stumm ließ sie sich mitziehen.

Frauen ohne männliche Begleitung hatte man im Pub noch nicht gesehen. Scully stand abwartend in der Tür und beobachtete die Szene.

Der Wirt kam lächelnd auf Alex zu, wobei er sich die Hände an seiner Schürze abwischte.

»Firth, schön, Sie wiederzusehen. Ich hoffe, Sie kommen zu unserer Weihnachtsfeier. Die Herzogin kennen Sie ja selbstverständlich. Und das hier ist meine Großmutter, Mrs. Curran, die aus Amerika gekommen ist, um mit mir Weihnachten zu feiern.«

Firth strahlte über das ganze Gesicht und führte die Damen

zu einem Tisch in der Nähe des Kamins. »Hier ist es am wärmsten.«

Annie schenkte ihm ihr strahlendstes Lächeln, als er zuerst für die Herzogin, dann für sie einen Stuhl zurechtrückte. Alex setzte sich ebenfalls und sah, dass Scully immer noch in der Tür stand. Er hob grüßend die Hand, drehte sich um und ging. Sie nahm es ihm nicht übel. Mit drei Frauen im Pub zu sitzen war nicht jedermanns Sache.

»Wir möchten gerne Sandwiches mit Corned Beef«, sagte Alex zu Firth.

»Und Tee?«, fragte er.

Die Herzogin nickte, aber Annie sagte: »Ich kann doch nicht in einen englischen Pub gehen, ohne Bier zu trinken.«

Die Herzogin zog die Augenbrauen hoch.

»Das ist nichts für mich. Ich kann Bier nicht ausstehen«, erklärte Alex.

»Ich habe noch nie welches getrunken«, warf die Herzogin mit leiser Stimme ein.

»Nun« – Annie tätschelte die Hand der Herzogin – »Sie können ja einen Schluck aus meinem Glas probieren und schauen, ob es Ihnen schmeckt.«

Alex unterdrückte ein Lächeln. Vermutlich hatte die Herzogin in ihrem ganzen Leben noch nicht aus einem fremden Glas getrunken.

»Ich möchte auch eins bestellen.«

»Also zwei Bier«, sagte Annie zu Firth. »Oh, dieses Feuer ist wunderbar. Ich kann mich an eure zugigen Häuser nicht gewöhnen.«

Firth ging, um ihre Bestellungen auszuführen, und Alex lehnte sich auf ihrem Stuhl zurück. »Du kennst doch sicher einige der Gäste hier«, sagte sie zu ihrer Schwiegermutter, die sich im Lokal umblickte.

Die Herzogin schüttelte den Kopf.

Firth brachte drei Tassen Tee und zwei Bier. Annie nahm gleich einen herzhaften Schluck und verkündete, es schmecke hervorragend. Ein wenig weißer Schaum saß wie ein Schnurrbart auf ihrer Oberlippe. Die Herzogin trank einen kleinen Schluck und wischte sich rasch den Mund ab. Sie verzog das Gesicht.

Als sie ihre Sandwiches verzehrt hatten, hatten die Herzogin und Annie jede zwei Bier getrunken.

»Sag Clarissa zu mir«, bot die Herzogin Annie an. Sie legte Alex die Hand auf den Arm. »Du auch. Ich möchte nicht, dass du mich Mumsy nennst wie Durwards Frau. Ich hasse das. Clarissa nennen mich auch meine Freunde«, erklärte sie.

»Clarissa, was für ein wunderschöner Name«, sagte Annie.

Als sie ins Schloss kamen, war Oliver da.

Er klopfte an ihre Tür und trat ein, als Alex sich gerade zum Abendessen umzog. »Ich werde die Renovierungsarbeiten durchführen lassen. Dein Großvater braucht sich nicht darum zu kümmern.«

»Mein Großvater erledigt die Dinge gerne sofort, und du brauchst keine Angst zu haben. Er nimmt dafür nicht das Geld, das mein Vater dir gegeben hat. Er tut es für mich.«

Oliver trat auf sie zu und half ihr, das Saphir-Collier, das zu ihrem Kleid passte, zu schließen. »Die Schwangerschaft bekommt dir anscheinend. Du siehst heute Abend entzückend aus.« Leicht fuhr er mit dem Finger über ihre nackte Schulter.

Alex erschauerte. Er hatte sie seit ihren Flitterwochen nicht mehr berührt. Und er hatte gesagt, sie sähe entzückend aus.

Da sie nichts von der Geliebten ihres Mannes ahnte, wusste sie nicht, dass Rebecca während der Feiertage mit ihrer Familie nach Gstaad gefahren war. Sie hatte Oliver nichts davon erzählt, und er hatte es erst erfahren, als er sie besuchen wollte. Er war außer sich vor Wut, und deshalb kam er auch bereitwillig mit, als Frank und der Herzog ihn dazu aufforderten. Franks Pläne, eine Zentralheizung und Badezimmer einzubauen, interessierten ihn sehr. Das würde seiner Mutter sicher gefallen. Und dann könnten sie auch wieder Gesellschaften geben. Der Gedanke an eine Jagdparty am Boxing Day gefiel ihm sehr. Natürlich würde es dieses Jahr nicht mehr klappen, aber schon bald würde es sich im Schloss wieder angenehm wohnen lassen. Und dann würde er Rebecca und ihren Mann einladen. Sie sollte sehen, was es ihm eingebracht hatte, Alex zu heiraten. Und sein Erbe wäre dann auch schon auf der Welt.
Er betrachtete Alex' Spiegelbild. Man sah ihr die Schwangerschaft noch nicht an. Aber sie sah heute Abend tatsächlich entzückend aus. Und ihre Brüste waren voller geworden. Ihre Augen funkelten, und sie wirkte so lebhaft und entspannt, wie er es seit langem nicht erlebt hatte. Nun, es gab ja keinen Grund, später am Abend nicht zu ihr zu gehen. Schließlich konnte er Rebecca ja nicht mit seiner eigenen Frau betrügen. Sie lag vermutlich in den Armen ihres reichen Gatten, auch wenn er fünfzehn Jahre älter war als sie.

Auch Annie und Frank machten sich in ihren Räumen für das Dinner bereit.
Frank sagte zu seiner Frau: »Gott, diese Engländer sind so wortkarg, dass man kaum erfährt, was sie wirklich denken.

Alles, was ich hier umbauen möchte, findet der Herzog okay.«

»Liebling, es mag ja sein, dass sie wortkarg sind, aber das hat nichts damit zu tun, dass sie dich alles so machen lassen, wie du es willst. Der Herzog hat überhaupt keine eigene Persönlichkeit, und außerdem ein schwaches Kinn. Oliver sieht zumindest gut aus, aber er hat auch diese Neigung zum fliehenden Kinn. Und Alex wird hier wahnsinnig.«

»Sie sitzt hier fest mit dieser Herzogin …«

»Nun, diese Frau hat wirklich Potenzial. Sie ist schlichtweg wundervoll. Sie kichert über alles, was ich sage. Sie musste nur aus ihrem Kerker befreit werden. Britische Frauen haben noch nicht einmal zu Hause etwas zu sagen, während in Amerika Frauen ihren Männern zwar nicht ins Geschäft hineinreden dürfen, aber …«

»Seit wann?«, unterbrach Frank sie.

»O Liebling, du bist eine Ausnahme. Es sind noch lange nicht alle Männer so wie du. Die meisten Männer besprechen geschäftliche Angelegenheiten nicht mit ihren Frauen, aber dafür lassen sich die Frauen nicht hineinreden, wenn es um ihr Heim oder ihr gesellschaftliches Leben geht. Hier dagegen haben Frauen überhaupt nichts zu sagen.«

Frank seufzte. Er war nicht glücklich über das Leben, das seiner Enkeltochter aufgezwungen worden war, Hochadel hin oder her.

»Clarissa ist intelligent und wesentlich belesener als ich. Sie hat bisher bloß nicht viel vom Leben gehabt, da sie schon so lange die Herzogin von Yarborough ist.«

»Wird das auch Alex' Schicksal sein?«

»Ja, wir sollten uns schon Sorgen machen.«

»Aus einem Mädchen kann hier nichts werden, und auch die Männer spielen nur. Unsere Söhne fangen mit ihrem Leben wenigstens etwas an, und die Tatsache, dass sie mit einem goldenen Löffel im Mund geboren wurden, hat sie nicht davon abgehalten, etwas Sinnvolles zu arbeiten. Aber diese Adeligen hier benehmen sich so, als sei einfach alles unter ihrer Würde. Hast du dir angesehen, wie sie bedient werden? Der Herzog oder Oliver würden noch nicht einmal selbst das Feuer im Kamin anzünden. Und sie beherrschen nicht die einfachsten Handgriffe. Du liebe Güte, sie ziehen sich noch nicht einmal selber die Stiefel aus, weil ihnen das zu schmutzig ist!«

»Ich glaube, Alex hat gesagt, dass der Kammerdiener Oliver anzieht.«

Frank schüttelte lachend den Kopf. »Das würde mich wahnsinnig machen.«

»Alex möchte gerne Auto fahren. Gott sei Dank erwartet sie wenigstens nicht, ständig bedient zu werden. Sie will noch so viel selbst ausprobieren, und deshalb möchte sie fahren lernen.«

»Sie möchte Automobil fahren? Hmm.« Frank rieb sich das Kinn. »Dann schenken wir ihr zu Weihnachten doch einen eigenen Wagen, oder?«

Annie lächelte. »Das ist eine hervorragende Idee«, erwiderte sie mit affektiertem britischem Akzent. »Vielleicht sollte ich es auch noch in Angriff nehmen. Oder findest du, ich bin zu alt dazu?«

Frank antwortete nicht. »Meinst du, ich soll ihr einen Hult kaufen? Oder einen Rolls? Ich fahre noch diese Woche nach London und kaufe ihr einen Wagen.« Es war die Woche vor Weihnachten. »Dann schenken wir ihr die Schlüssel, und sie

muss zur Garage laufen und nachschauen. Meinst du, es gibt so große Schleifen?«
»Das ist eine hübsche Idee«, sagte Annie. »Bauen sie auch rote Autos?«
Frank lachte. »Findest du das nicht ein wenig undamenhaft?«
»Die Einzige in unserer Familie, die sich jemals Gedanken darüber gemacht hat, was andere von ihr halten, ist unsere Tochter. Was hat es denn für einen Sinn, zum Hochadel zu gehören und noch nicht einmal ein rotes Auto fahren zu können?«
»Glaubst du, ein roter Wagen würde Alex gefallen?«
»Mir würde er gefallen.«
Frank lachte. »Vermutlich würde dann Oliver eher rotsehen.«
»Ach, und wenn schon. Ich mag ihn nicht besonders. Er schenkt ihr keine Aufmerksamkeit. Sie ist die einsamste junge Frau, die ich je gesehen habe. Es bricht mir das Herz, Alex in einer solchen Ehe zu wissen.«
»Sophies Ehe ist nicht viel anders.«
»Nein, aber Sophie hat ihre Ehe selber ruiniert.«
»Aber sie ist nicht unglücklich.«
»Gott sei Dank. Allerdings hat sie ein Talent dafür, andere Menschen, einschließlich ihrer eigenen Tochter, unglücklich zu machen.«
»Am liebsten würde ich Alex entführen und mit nach Hause nehmen.«
Annie schüttelte den Kopf. »Alex muss selber ihren Weg finden, das macht sie stärker.«
»Wenn ich das nur glauben könnte.«
Annie wusste selbst nicht so genau, ob sie es glaubte.

24

Der Weihnachtsmorgen dämmerte grau und kalt. Ein scharfer Nordwind blies über die Britischen Inseln.
Sie waren um Mitternacht zur Christmette ins Dorf gefahren und hatten danach noch bis weit nach zwei Uhr vor dem Kamin gesessen. Alles war sehr festlich, und die Amerikaner freuten sich, bei dem traditionellen Wassail der Dienstboten dabei sein zu können.
Auf Annies Vorschlag hin waren die drei Frauen einen ganzen Tag nach London gefahren, um Geschenke für das Personal zu kaufen. Frank hatte außerdem noch jedem der Bediensteten eine Zwanzig-Pfund-Note zugesteckt. Nach dem Frühstück überreichte Clarissa die Geschenke, sehr zum Erstaunen des Herzogs und Olivers. Oliver hatte den ganzen Morgen über die Stirn gerunzelt. Diese reichen Amerikaner ließen die Familie wie Geizkragen aussehen. Wer war denn auf die Idee gekommen, dem Personal so extravagante Geschenke zu machen? Geschenke an Untergebene sollten nicht so protzig sein, das verdarb die Leute nur. Das war alles die Schuld von Alex' Großeltern. Schrecklich, diese amerikanische Gleichmacherei. Als die Familie sich dann später am Vormittag um den Weihnachtsbaum versammelte, den Alex und Frank selbst geschmückt hatten, eine Aufgabe, die normalerweise von Lakaien übernommen wurde, stand Oliver verlegen daneben. Er hatte für Frank und Annie nichts gekauft, und sie über-

schütteten ihn mit Geschenken. Lediglich für Alex hatte er ein Armband gekauft, das ziemlich teuer gewesen war, wenn auch nicht annähernd so teuer wie das, was er Rebecca geschenkt hatte. Aber was ihre Augen zum Leuchten brachte, war der Schlüssel, den ihr Großvater ihr mit den Worten überreichte: »Wir ziehen uns besser warm an, denn du musst hinaus in die Garage gehen, um ihn dir anzuschauen.« Alex schrie entzückt auf, als sie vor dem knallroten Hult stand, der mit einer großen silbernen Schleife auf seine neue Besitzerin wartete. Auch Clarissa traten die Tränen in die Augen, und Oliver kniff die Lippen zusammen.
»Ich bringe dir das Fahren bei, solange ich hier bin. Danach muss es jemand anderer übernehmen«, sagte Frank zu seiner Enkelin und legte ihr den Arm um die Schultern.
Oliver dachte bei sich, er würde seiner Frau sicher keinen Fahrunterricht geben. Eine Frau brauchte kein Auto. Sie brauchte nicht fahren zu können. Und eine schwangere Frau schon gar nicht. Und dann auch noch ein rotes Auto. Typisch für die vulgären Amerikaner. Gott sei Dank hatte Alex diesen Charakterzug nicht geerbt, sonst hätte er sie nie geheiratet, ganz gleich, wie viel Geld sie besaß.
Er sah, wie ihre Augen blitzten, hörte sie lachen und dachte, wenn er so viel Geld hätte wie Frank, dann hätte er Rebecca geheiratet. Im gleichen Moment wusste er jedoch, dass das unmöglich war, weil Rebecca keine Kinder mehr bekommen wollte. Sie würde sich nicht noch einmal die Figur ruinieren, hatte sie gesagt. Und er würde den Titel verlieren, wenn er keine Erben hatte. Er betete zu Gott, dass Alex einen Sohn bekam, weil er auf keinen Fall wollte, dass Durwards schreckliche Kinder das Schloss erbten.

»Wenn ich es gelernt habe, bringe ich es dir bei«, hörte er Alex leise zu seiner Mutter sagen.
Er sah, wie seine Mutter ihr die Hand drückte.
Du lieber Himmel, hatte er bereits die Kontrolle über diese Ehe verloren? Vielleicht sollte er doch etwas häufiger zu Hause bleiben.

Die drei Frauen hatten beschlossen, zum Weihnachtsessen den Arzt und seine Frau, James und Letitia Cummins, einzuladen, die Castorbridges von einem benachbarten Besitz, die sie nur ein- oder zweimal im Jahr sahen, außerdem Scully und Durwards Witwe, deren Kinder ausgelassen herumtobten und alle belästigten. Im Stillen schwor sich Alex, dass ihre Kinder nicht so wild werden würden.
Als spät am Nachmittag die Gäste gegangen waren, sagte Frank: »Willst du jetzt deine erste Fahrstunde?«
Begeistert willigte Alex ein. Draußen fielen zwar ein paar Schneeflocken, aber der Boden war trocken. Frank gab ihr einen kleinen Überblick, und sie erwiderte: »Ein bisschen was weiß ich schon.« Ob sie sich wohl noch an alles erinnern konnte, was Harry ihr vor anderthalb Jahren beigebracht hatte?
Frank grinste. »Warum wundert mich das eigentlich nicht?«

An jenem Abend war Oliver das erste Mal seit Monaten wieder zu ihr gekommen, und während seine Hände über ihre Brüste glitten, fragte sich Alex, warum sie überhaupt nicht auf ihn reagierte. Was war los mit ihr? Vielleicht lag es ja an der Schwangerschaft. Oder daran, dass er sie nicht küsste und nicht mit ihr redete. Er war einfach im Dunkeln in ihr Zimmer gekommen, zu ihr unter die Decke geschlüpft und hatte sich auf sie gelegt.

Frank und Annie reisten Ende Januar ab. Oliver fuhr für ein paar Tage nach London. Alex hatte sich sowieso schon gewundert, dass er die ganze Zeit über geblieben war. Ihr Bauch wurde runder, und zu ihrem Entzücken spürte sie ab und zu schon einen leichten Tritt. Auch der Herzog war weg, und das Leben lief wieder in normalen Bahnen. Donnerstags kam der Arzt immer zum Tee, um mit Clarissa über Gott und die Welt zu plaudern, und dieses Mal trat Alex in die Bibliothek und fragte: »Darf ich mich zu euch gesellen?«

Clarissa und James Cummins blickten überrascht auf, da Alex sie für gewöhnlich allein ließ. Ab und zu hatte sie den Arzt natürlich begrüßt, war aber schnell wieder verschwunden, weil sie das vertraute Gespräch der beiden nicht stören wollte. Heute jedoch setzte sie sich, nahm sich ein Sandwich mit Brunnenkresse und fragte: »Sterben eigentlich viele Frauen bei der Geburt?«

James blickte sie an. »Darüber brauchen Sie sich keine Gedanken zu machen. Sie werden in guten Händen sein. Oliver wird rechtzeitig mit Ihnen nach London fahren.«

»Nein«, sagte Alex, »das will ich aber nicht. Ich möchte, dass Sie mich entbinden. Sie haben schon viele Babys auf die Welt geholt, nicht wahr?«

»Natürlich.«

»Gab es auch riskante Fälle?«

Der Arzt nickte.

»Nun, ich möchte mein Kind hier zur Welt bringen. In Woodmere, meine ich. Aber ich habe mir überlegt, dass ich in einem Krankenhaus ...«

»Ein Krankenhaus wäre hygienischer, und ich wäre auch besser auf einen Notfall eingerichtet ...«

»Genau. Deshalb habe ich mir überlegt, dass wir in Woodmere ein Krankenhaus bauen sollten.«
Clarissa und James starrten sie an.
»Ich habe Geld und kann nach London fahren, wenn es Schwierigkeiten gibt. Aber was ist mit den Hunderten von Frauen, die kein Geld haben, um sich Sicherheit zu kaufen? Außerdem möchte ich gerne mehr Kinder, und es wäre doch schön, jetzt schon mal gute Voraussetzungen zu schaffen, oder?«
Der Arzt schüttelte erstaunt den Kopf, und Alex fuhr fort: »Nun, ich habe so viel Zeit zum Nachdenken, und da ist mir eingefallen, was alles passieren kann, bei mir und auch bei anderen Frauen ...«
»Die meisten Frauen hier in der Gegend entbinden mit der Hebamme. Sie können es sich nicht leisten, mich hinzuzuziehen.«
Alex nickte. »Aber Sie mussten doch sicher trotzdem schon viele Entbindungen unter äußerst unhygienischen Bedingungen vornehmen. Ich habe einfach Glück, dass ich mir darüber keine Gedanken machen muss. Sie sagen mir, ich solle auf meine Ernährung achten, nichts Stärkeres als Wein trinken, viel Milch trinken.« Sie verzog das Gesicht. »Ich treibe Sport. Ich tue alles, was Sie mir sagen, damit mein Baby gesund zur Welt kommt. Diese Möglichkeiten haben die meisten Frauen hier gar nicht.«
»Sie können sich keine Vorsorge leisten.«
»Mein Großvater hat mich auf die Idee gebracht, als wir durch das Dorf spaziert sind. Also, was halten Sie von der Idee, hier im Ort ein Krankenhaus zu bauen?«
Clarissa und der Arzt schauten sie immer noch sprachlos an.

»Es soll ja nicht groß sein. Vielleicht zehn Betten. Sie könnten auch Ihre Praxis dort einrichten, und wir könnten zwei Krankenschwestern einstellen. Vielleicht würden dann die Leute auch nicht mehr an durchbrochenem Blinddarm sterben.« Im Herbst hatte sie gehört, wie James Clarissa von so einem Fall erzählt hatte.
»Aber das Dorf kann sich kein Krankenhaus leisten.«
»O doch, ich bin ja da.« Sie lachte. »Na ja, ich und meine Großeltern. Sie haben mich ja eigentlich auch auf den Gedanken gebracht.« Am Abend vor ihrer Abreise hatten sie zu Alex gesagt, sie sei jetzt alt genug, um auch an andere zu denken. Annie fand, es sei ein guter Weg, um Alex von ihrer Einsamkeit abzulenken. Und ihr Großvater meinte: »Wozu hat man denn Geld, wenn man damit nicht das Leben anderer verbessert, denen es nicht so gut geht?«
»Aber es würde viel Geld kosten«, erwiderte James schließlich.
»Nun, ich besitze viel Geld. Mir ist natürlich klar, dass das Krankenhaus bis zu meinem Entbindungstermin noch nicht fertig ist, aber wir könnten im Frühjahr mit dem Bau beginnen.«
»Nun, meine Liebe, ich weiß nicht«, sagte der Arzt. »Selbst wenn es hier ein Krankenhaus gäbe, könnten sich die meisten Leute die Behandlung dort nicht leisten. Sie können ja mich kaum bezahlen, und ich berechne schon so wenig wie möglich.«
Alex stand auf, nahm sich noch ein Sandwich mit Brunnenkresse und stellte sich kauend ans Fenster.
Niemand sagte etwas. Schließlich drehte sie sich um und schlug vor: »Wie wäre es denn, wenn ich Ihnen ein Gehalt

bezahle und Sie dafür alle behandeln? Sie halten Sprechstunde im Krankenhaus, aber auch wenn Sie Hausbesuche machen, berechnen Sie nichts. Wie hoch müsste Ihr monatliches Gehalt denn sein?«
Eigentlich war dies Annies Vorschlag gewesen, aber sie hatte gemeint, Alex sollte es wie ihre eigene Idee präsentieren.
»Ach, du liebe Güte.« Clarissa drückte die Hand auf ihr Herz.
James schüttelte den Kopf. »Das könnten Sie sich nicht leisten, meine Liebe. Es ist äußerst großzügig von Ihnen, aber es kommt überhaupt nicht in Frage.«
»Ich glaube nicht, dass meine Großeltern das genauso sehen.« Sie hatte von ihnen erfahren, dass sie auch in Amerika Krankenhäuser und Schulen in ländlichen Gemeinden unterstützten und förderten.
James lehnte sich in seinem Sessel zurück und atmete tief durch. Er warf Clarissa einen Blick zu. »Wer wird die Verantwortung für das alles übernehmen?«
»Für den Anfang die Herzogin und ich«, erwiderte Alex.
»Wussten Sie etwas davon?«, fragte der Arzt Clarissa.
Sie schüttelte den Kopf. »Ich hatte keine Ahnung.«
»Nun, und wie denken Sie darüber?«
Sie blickte ihre Schwiegertochter an. »Ich halte es für eine wundervolle Idee«, erwiderte sie.
»Und Sie meinen, wir sollten es versuchen?«
»Ja, selbstverständlich.«
Sie blickten beide zu Alex. Sie war noch keine zwanzig Jahre alt und hatte in ihrem Leben bisher nur Luxus gekannt.
»Glück kann ich nicht kaufen, nicht wahr?«, sagte sie wie zu sich selbst, »aber vielleicht Glück für andere.«

Clarissa erhob sich, trat zu ihr und nahm sie in die Arme. Tränen standen ihr in den Augen. Alex ergriff ihre Hand.
Schließlich orderte Clarissa noch eine Kanne Tee, und sie begannen, die Einzelheiten zu besprechen. Es wurde ein langer Nachmittag, der erste von zahlreichen Donnerstagnachmittagen, an denen sie über ihr Projekt diskutierten. Da James Cummins das Gefühl hatte, die Arbeit im Krankenhaus allein nicht bewältigen zu können, schrieb er seinem zwei Jahre jüngeren Bruder, der ebenfalls Arzt war. Er hatte als Stabsarzt in Ägypten und Indien gedient und vertrug das heiße Klima nicht mehr.

Zwölftausend Kilometer entfernt, in einem kleinen, staubigen Ort in Nordindien, packte ein Mann, dessen Haare trotz seiner zweiundfünfzig Jahre noch keine Spur von Grau aufwiesen, seine Habseligkeiten nach fünfundzwanzig Jahren Militärdienst in eine Reisetasche, zog den Reißverschluss zu und dachte: Das ist alles, was ich vorweisen kann.
Er hatte keine Ahnung, dass sein wahres Leben jetzt erst beginnen würde, dass er sein Schicksal erfüllen und ein anderes Leben führen würde.
Er glaubte, den aktiven Dienst zu verlassen, um in England als Landarzt zu arbeiten, seinen Garten zu pflegen und am Feierabend im Schaukelstuhl auf der Veranda zu sitzen und den Vögeln zu lauschen. Sein Gefühlsleben war vorbei gewesen, als seine Frau ihn nach über fünfzehn Jahren Ehe verlassen hatte und mit den beiden Kindern nach England zurückgekehrt war, wo sie die Scheidung eingereicht und einen Anwalt geheiratet hatte. Natürlich würde er seine Kinder besuchen und versuchen, erneut eine Beziehung zu ihnen aufzubauen.

Er hatte all die Jahre sehr darunter gelitten, dass er sie verloren hatte.

Manchmal fragte er sich, ob er seine Frau vielleicht nicht genug geliebt hatte, um den Militärdienst für sie aufzugeben und mit ihr nach England zurückzukehren. Sie konnte das Leben als Frau eines Militärarztes in Indien nicht ertragen, aber vielleicht hatte sie ihn auch einfach nicht genug geliebt, um bei ihm zu bleiben.

Nun, das lag jetzt lange hinter ihm. Das Leben lag hinter ihm, und er richtete sich auf eine Art Ruhestand ein, wenn er mit seinem Bruder zusammen auf dem Land als Arzt praktizierte. Es gab so viele Bücher, die er lesen konnte, er konnte sich Hunde anschaffen, spazieren gehen, angeln. Und die Tatsache, dass er an einem Krankenhaus angestellt wurde, verbesserte seine finanzielle Lage, da seine Regierungspension nur klein war. Als Militärarzt war er mit Durchfall und Cholera, Typhus und Tropenfieber konfrontiert gewesen. Er hatte Hunderte von Blinddarmoperationen durchgeführt, Dutzende von Amputationen (was er mehr als alles andere hasste), hatte unzählige Schusswunden versorgt und viele, viele Babys von Soldatenfrauen entbunden, die bei ihren Männern in Indien geblieben waren.

Das Leben zu Hause war sicher weniger fordernd und anspruchsloser. Ihm war nie bewusst gewesen, dass die Leute ihn liebten. Der indische Assistent, der in den letzten fünfzehn Jahren bei ihm gewesen war, hatte geweint, als er erfuhr, dass Ben nach England zurückging, doch Ben hatte nichts davon gemerkt, und er wusste auch nicht, dass der Kommandant ratlos gesagt hatte: »Was sollen wir bloß ohne Cummins machen?« Und damit hatte er nicht nur die ärztliche Versorgung gemeint, sondern auch die Abende, an denen ihm der Gesprächspartner fehlen würde, mit dem er so oft über Gott und die Welt diskutiert hatte.

Ben Cummins wusste nicht, dass er so vielen Menschen so viel bedeutete. Und er hatte keine Ahnung, dass im fernen England zwei Frauen sein Leben auf den Kopf stellen würden. Die eine brachte der anderen gerade bei, einen knallroten Hult zu steuern, und sie kicherten dabei wie Schulmädchen.

25

Alex starrte aus dem Fenster. Eigentlich hätte sie glücklicher sein müssen. Es war Frühling, die Luft war warm und mild, und sie hatte einen drei Wochen alten Sohn. Einen Sohn, der allergisch auf Muttermilch reagierte, sodass sie ihn noch nicht einmal stillen konnte. Ihre Brüste waren abgebunden worden, bis die Milch versiegt war. Sie hielt ihn im Arm und fütterte ihn mit der Fertigmilch, die er gierig trank. Hugh war kein einfaches Baby, er hatte Koliken und schrie Tag und Nacht.

Clarissa bestand darauf, eine Nanny einzustellen, damit Alex nachts ein wenig schlafen konnte, aber tagsüber wollte Alex selbst für ihr Kind sorgen. Sie empfand überwältigende Liebe für ihren Sohn, fragte sich jedoch manchmal, ob das wohl die einzige Liebe in ihrem Leben bleiben würde. Sie sehnte sich nach der Art von Liebe, die ihre Großeltern miteinander verband, aber vielleicht waren sie ja auch eine Ausnahme, und romantische Liebe gab es nur in der Literatur und war lediglich eine Erfindung, damit Frauen etwas hatten, worauf sie hoffen konnten. Oder sie verwechselte es mit Sex. Vielleicht hatte nur das Erwachen ihrer Hormone sie mit Harry zusammengebracht.

Oliver verbrachte nach wie vor die meiste Zeit in London. Sie fragte sich, ob er in London wohl mit ihr auf Partys gegangen wäre, aber andererseits sah man englische Ladys während der

Schwangerschaft so gut wie nicht in der Öffentlichkeit, und deshalb hatte sie hier auf dem Land bleiben müssen. Außerdem musste sie zugeben, dass ihr Clarissas Gesellschaft lieber war als Olivers. Clarissa redete wenigstens mit ihr, während Oliver kaum ein Wort mit ihr wechselte, wenn er aus der Stadt kam. Wenn überhaupt, dann äußerte er Kritik. Sie wollte schon wieder im Pub essen? Mit diesem viel zu amerikanisch aussehenden Auto durch den Ort fahren? Was sollten die Dorfbewohner von seiner Frau denken? Dachte sie gar nicht an ihre Stellung? Sie würde seinen Ruf ruinieren, aber das schien ihr ja gleichgültig zu sein.

Er konnte sich stundenlang darüber auslassen, wie sie ihre Zofe behandelte. Er hatte sie zusammen gesehen, als das Mädchen Alex gerade die Haare gebürstet hatte. Sie hatten beide gekichert wie die Schulmädchen. »Die Dienstboten müssen ihren Platz kennen. Du liebe Güte, man sollte nicht meinen, dass du auch in einem Haushalt mit Personal aufgewachsen bist.« Er tat so, als mangele es ihr völlig an guter Erziehung.

Sie bemühte sich, ihm zu gefallen, alles so zu machen, wie er es wünschte, aber er fuhr bald schon wieder nach London und blieb so lange weg, dass sie in ihr gewohntes Verhalten zurückfiel.

Seit sie aus den Flitterwochen zurückgekommen waren, hatte er nur zweimal mit ihr geschlafen. Sie war seit zehneinhalb Monaten verheiratet, und in den letzten achteinhalb Monaten hatte ihr Mann sie ganze zwei Mal berührt. Und dabei waren sie doch sozusagen noch in den Flitterwochen.

Warum begehrte Oliver sie nicht? Sobald festgestanden hatte, dass sie schwanger war, hatte er kein Verlangen mehr nach ihr gezeigt. Allerdings hatte er ihr auch vorher nicht das Gefühl gegeben, sie wirklich zu begehren. Der Verkehr mit ihm dauerte nie länger als höchstens fünfzehn Minuten. Sollte das jetzt für den Rest ihres Lebens so bleiben?

Sie seufzte. Warum erschien sie ihm nur so wenig begehrenswert?

Nach Hughs Geburt war Oliver nur drei Tage lang zu Hause gewesen. Er hatte das Baby nicht ein einziges Mal auf den Arm genommen, sondern ihn nur angeschaut und gesagt: »Nun, wir haben einen Erben.« Lächelnd hatte er sich an Alex gewandt. »Ich habe es geschafft, nicht wahr? Ein Sohn.«

Dann hatte er ihr eine schmale Schatulle aufs Bett gelegt, in der ein Diamantenarmband lag, das vermutlich Tausende von Dollar gekostet hatte. Wahrscheinlich hatte Oliver es vom Geld ihres Vaters gekauft. »Ein Geschenk für die Mutter«, hatte er gesagt und sie dabei noch nicht einmal angeschaut.

Sie hatte sich nicht bei ihm bedankt, und das Armband hatte sie noch nie angelegt.

Zur Taufe war er ebenfalls erschienen, aber auch nur wenige Tage geblieben. Mittlerweile war Sophie eingetroffen, mit so viel Gepäck, dass Alex dachte, sie wolle zwei Jahre lang bleiben.

»Du hast doch nicht etwa angenommen, ich hätte die Taufe meines Enkels vergessen?«, erklärte Sophie, küsste die Luft neben Alex' Wangen und schüttelte Clarissa die Hand.

Selbst der Herzog war zur Taufe zu Hause, aber er blieb sowieso immer den ganzen Sommer über auf den Land. Er und Clarissa verbrachten dann die Wochenenden bei Freunden.

Als Sophie sich umschaute, hatte sie das Gefühl, sie habe sich bei ihrem ersten Besuch von den Titeln blenden lassen. Das Schloss sah noch schäbiger aus als damals, auch wenn ihr Vater

damit begonnen hatte, überall Stromleitungen legen zu lassen. Sehr hübsch waren die neuen Badezimmer, groß und modern, da an ihrer Einrichtung nicht gespart worden war. Sogar im Dienstbotentrakt waren sie eingebaut worden, wenn auch nicht ganz so luxuriös wie im übrigen Haus. Aber die Dienstmädchen waren stolz darauf und prahlten damit, dass sie keine Nachttöpfe mehr leeren mussten.
Der Garten und die Parkanlagen wirkten äußerst ungepflegt. Überall wucherte das Unkraut. Wo musste ihre Tochter leben? Sie schlang die Arme um Alex und rief aus: »Oh, mein Liebling, das hätte ich mir nicht träumen lassen. Vater hat es mir ja erzählt, aber ich habe ihm nicht geglaubt! Nun, das werden wir ändern müssen. Wo ist dein Mann?«
»Ich weiß nicht.«
»Wenn er kommt, möchte ich sofort mit ihm sprechen. Oder soll ich lieber mit dem Herzog reden?«
»Weiß der Himmel, wann Oliver wieder nach Hause kommt. Er ist heute früh nach London gefahren.«
»Wie meinst du das?«, fragte Sophie scharf.
»Er ist kaum hier. Er hat eine Wohnung in London, und dort hält er sich meistens auf.«
Sophie blickte ihre Tochter entsetzt an. Dann ging sie zum Herzog, der einfach nur nickte, als sie ihm erklärte, es müssten mehr Gärtner eingestellt werden. »Sagen Sie es Scully«, erklärte er. »Scully kümmert sich darum.«
Am Ende der zweiten Woche ihres Aufenthaltes fragte Sophie: »Ist es hier immer so?«
Alex nickte.
»Gehst du nie auf Partys oder besuchst jemanden?«
Sie stellte die Frage in Clarissas Anwesenheit.

Als sie erfuhr, was für ein Leben ihre Tochter führte, ließ sie sich vom Chauffeur nach London fahren, wo sie in Brown's Hotel abstieg. Sie erledigte einige geschäftliche Angelegenheiten, und zwei Tage später holte sie die anderen beiden Frauen ab. Ihre zwanzigjährige Tochter war noch zu unerfahren für diese Art von Leben.

Clarissa und Alex freuten sich über den unerwarteten Ausflug nach London, und auch die Nanny, die noch nie in der Großstadt gewesen war, fand den Gedanken aufregend.

Obwohl die Theatersaison im Juni noch nicht auf dem Höhepunkt war, führte Sophie sie an zwei Abenden ins Theater. Schließlich verkündete sie: »Wir werden hier ein Haus kaufen. Man hat mir gesagt, die führenden Gegenden seien Grosvenor Square und Mayfair. Ich habe mit einem Makler vereinbart, dass er uns geeignete Objekte zeigt, und ich dachte, dass ihr beide sicher gerne auch eure Meinung dazu sagen möchtet.«

Alex umarmte ihre Mutter stürmisch, und Clarissa sah neidefüllt zu. Sie hätte auch gerne eine Tochter gehabt.

»Nächsten Winter gibt es keine Entschuldigungen mehr, um während der Saison in einem zugigen, alten Kasten auf dem Land zu wohnen. Wir können ein Schmuckstück daraus machen, aber im Winter werdet ihr in London wohnen und ausgehen.«

Und so wurde das Haus am Grosvenor Square 41 gekauft, ohne dass ein Mann zu Rate gezogen wurde. Die Kaufurkunde war auf Alex ausgestellt. Sophie verschob ihre Rückreise nach Amerika, bis sie zusammen mit Alex und Clarissa das Haus vollständig eingerichtet hatte. Es dauerte drei Monate, bis alles renoviert und neu möbliert war, und die Kosten dafür beliefen sich auf eine Viertelmillion Dollar, aber davon trennte Sophie sich gerne.

Zum ersten Mal in ihrem Leben hatte Alex das Gefühl, von ihrer Mutter geliebt zu werden, die ausnahmsweise ihre eigenen Wünsche nicht an die erste Stelle setzte. Alle vierzehn Tage kam auch Clarissa in die Stadt und blieb zwei oder drei Nächte, und die Frauen genossen es, Möbel auszusuchen, in kleinen Tea Rooms zu sitzen und im fast leeren Speisesaal des Hotels zu dinieren, weil die meisten vermögenden Engländer nicht in London, sondern auf dem Land waren.

Als Clarissa wieder ins Schloss zurückgekehrt war, sagte Sophie zu ihrer Tochter: »Du merkst sicher, dass ich deine Schwiegermutter mit einbeziehe, damit ihr eine gute Beziehung zueinander habt. Ich habe meiner Schwiegermutter auch sehr nahe gestanden. Aber wenn du einmal ohne sie in der Stadt sein möchtest, nimmst du dir hoffentlich die Freiheit.«

Alex konnte sich nicht vorstellen, warum sie sich allein in der Stadt aufhalten sollte.

»Die Wohnung wird dein Mann aufgeben müssen. Dies ist jetzt die Stadtadresse der Familie, und Oliver wird sich hier aufhalten und Einladungen für euch als Paar annehmen. Du wirst diesen Winter sicher nicht erneut schwanger werden wollen.«

Alex konnte ihrer Mutter gegenüber nicht zugeben, dass Oliver sie sowieso kaum jemals berührte. Sophie fuhr fort: »Ich habe einen Termin bei einem angesehenen Frauenarzt gemacht. Er wird dir ein Diaphragma einsetzen.«

»Ein was?«

»Oh, das gibt es schon seit einigen Jahren. Sie verhindern, dass Frauen ungewollte Kinder bekommen. Und dir steht *die* Saison in London bevor.«

Alex fand es schwierig, das Diaphragma einzusetzen und wieder herauszunehmen, aber dadurch lernte sie Teile ihres Kör-

pers besser kennen, mit denen sie zuvor nie in Berührung gekommen war. Sie bezweifelte zwar, dass sie es jemals benutzen würde, aber ihre Mutter hatte Recht. Sie wollte im kommenden Winter ausgehen und Leute treffen und nicht unsichtbar für alle Welt in Woodmere leben.
Clarissa erzählte sie nichts von dem Diaphragma. Sie erzählte überhaupt niemandem davon, sondern verbarg es in einer Schublade unter ihrer Unterwäsche.

Als das Haus am Grosvenor Square fast fertig war, schickte Clarissa Oliver eine Nachricht, in der sie ihm mitteilte, sie und Alex seien bei dieser Adresse und möchten ihn gerne sehen.
Er kam noch am gleichen Nachmittag, und als er die Treppe zu dem imposanten Haus hinaufstieg, fragte er sich verwundert, was seine Mutter und seine Frau hier wohl machten. Seit Sophie das Haus gekauft hatte, hatten sie ihn nur einmal gesehen und ihm nichts davon erzählt. Ein neuer Butler, Clyde, führte ihn in den Salon, wo Clarissa saß und ein Buch las. »Ah, da bist du ja. So schnell hatte ich dich gar nicht erwartet. Alex hat sich ein wenig hingelegt.«
»Was tust du in London, Mutter?«
»Dieselbe Frage könnte ich dir stellen. Aber lassen wir die Vergangenheit ruhen. Du kannst in dieser Woche deine Sachen hierher bringen lassen.«
»Hierher?«
»Ja. Dieses Haus gehört deiner Frau, und es wäre nur passend, wenn es auch deine Adresse in London wird, nicht wahr?«
Oliver setzte sich. »Möchtest du einen Whisky?«, fragte Clarissa, obwohl es erst vier Uhr nachmittags war. Oliver nickte.
»Was?«

Seine Mutter lächelte. »Warum wäre angebrachter. Wir haben uns gelangweilt. Wir brauchen Licht und Menschen um uns herum, deshalb hat Alex' liebe Mutter dieses Haus gekauft. Hier werden wir den Winter verbringen, es sei denn, du möchtest zum Skilaufen fahren, was Alex schrecklich gerne täte. Vielleicht fährst du ja nächstes Jahr mit ihr in die Schweiz. Alex kann jederzeit mit dir ins Theater oder zu Partys gehen, und du musst von nun an nicht mehr allein wohnen.«

Als er schwieg, fuhr seine Mutter fort: »Es ist viel einfacher, hier Gesellschaften zu geben. Die Leute müssen nicht für das gesamte Wochenende anreisen. Und da deine Frau und ich gute Freundinnen geworden sind, können wir zusammen Einladungen geben. Als Erstes werden wir eine Reihe von Dinnerpartys veranstalten, um Alex der Londoner Gesellschaft vorzustellen. Ist das nicht wundervoll? Und das verdanken wir alles ihrer Mutter!«

Oliver schluckte schwer.

»Alex zu heiraten war sicher das Klügste, was du je getan hast. Wir müssen Alex auf ewig dankbar sein für die Großzügigkeit ihrer Familie.«

Clarissa hatte diese Rede immer wieder geübt. Sophie und Alex hatten ihr kichernd zugehört und noch zusätzliche Vorschläge gemacht.

»Und jetzt kannst du auch endlich deinen Sohn kennen lernen!«

In diesem Moment rauschte Sophie ins Zimmer. Ungeachtet der Tatsache, dass sie mittlerweile vierzig Jahre alt war, sah sie gut aus. Sie war nicht so schön wie ihre Mutter und auch nicht so strahlend wie ihre Tochter, aber nichtsdestotrotz beeindruckend. Sie hielt sich gerade und war immer so gekleidet, als würde sie die Königin empfangen. Alex hatte ihre Mutter noch nie anders als perfekt frisiert und elegant gekleidet gesehen.

»Wie nett, dich zu sehen, Oliver«, sagte Sophie und streckte ihm die Hand entgegen.

Oliver stand auf, um sie zu begrüßen. Er war immer noch sprachlos.

»Das ist ja eine Überraschung«, stammelte er.

»Ich hoffe, die Einrichtung gefällt dir.« In Wirklichkeit war ihr seine Meinung völlig egal. Sie und Colin hatten nicht viel gemeinsam, aber in der Ehe mit ihm hatte sie alles bekommen, was sie wollte. Und sie hatte sich nicht so viel Mühe gegeben, Alex zu einer guten Partie zu erziehen, damit sie auf dem Land ein Leben ohne Aufmerksamkeit und Respekt führte. Ihre Tochter würde eines Tages Herzogin sein, und Oliver sollte schon einmal anfangen, sich wie ein Herzog zu benehmen.

Die Möglichkeit, dass es Alex eines Tages so gehen würde wie Clarissa, akzeptierte Sophie nicht. Für sie war entscheidend, dass Oliver seiner Frau kein gesellschaftliches Leben bot. In Amerika sorgten die Frauen für das gesellschaftliche Leben, und das musste Alex eben noch lernen.

Sie durfte sich nicht auf dem Land vergraben und sich bemitleiden, sondern sie musste ihr Leben selbst in die Hand nehmen. Die Einladungen zu den Dinnerpartys ihrer Tochter sollten genauso begehrt sein wie die Sophies.

Aber sie wusste nicht, dass Alex nur eine gute Gastgeberin sein wollte, um ihrem Mann zu gefallen. Sie wusste nicht, dass sie ständig nur auf ein zustimmendes Lächeln, einen anerkennenden Blick von ihm wartete. Und es war weder ihr noch ihrer Tochter klar, dass Oliver sie nie so anschauen würde.

26

Lange bevor er für immer nach England zurückkehrte, vielleicht fünf, sechs Jahre vorher, hegte Ben Cummins den Verdacht, dass sein Bruder James die Frau eines anderen Mannes liebte. Und er vermutete auch, dass sein Bruder es vor sich selbst nicht zugab. Er fragte sich, ob diese Frau oder vielleicht auch James' Ehefrau es wussten.
Auf jeden Fall verstand er seinen Bruder.
Letitia Cummins, die James und Ben seit ihrer Kindheit kannten, war eine sehr nette Frau. Viel mehr gab es allerdings über sie nicht zu sagen. Als junges Mädchen war sie recht hübsch gewesen, und wenn die Jungen Ferien hatten und zu Hause waren, war sie immer da. Sie war lieb und freundlich, hatte jedoch nicht allzu viel im Kopf, und so richtig verstand Ben nie, warum sein Bruder sie geheiratet hatte. James machte zwei Jahre vor ihm Examen, und ihm gefiel die Vorstellung, seine Praxis in einem kleinen Ort aufzumachen, wo er der einzige Arzt sein würde. Er hatte keine Ambitionen, und vermutlich tat er sich deshalb mit Letitia zusammen.
Aber James war kein Mann ohne Interessen, wohingegen Letitias Welt nur daraus bestand, ihre beiden Kinder, einen Jungen und ein Mädchen, aufzuziehen, Rezepte mit anderen Frauen im Dorf auszutauschen und Mittwochabend in die Gebetsstunde zu gehen. Sie konnten es sich nie leisten, die Kinder in ein Internat zu schicken, deshalb kamen sie jeden

Nachmittag mit dem Bus aus der Schule in Lowell nach Hause. Da sie zu den wenigen Kindern gehörten, die nach der sechsten Klasse noch die Schule besuchten, fühlten sie sich im Dorf nie so richtig wohl und verließen Woodmere, als sie die Schule beendet hatten. Maureen wurde in London Sekretärin und heiratete den stellvertretenden Direktor der Bank, in der sie arbeitete. Walter wurde Pilot und flog Verkehrsmaschinen nach Barcelona, Rom oder Wien. Letitia war zwar stolz auf den aufregenden Beruf ihres Sohnes, aber ihr Leben wurde öde, als die Kinder aus dem Haus waren. Sie hatte nichts mehr zu tun und aß viel zu viel Schokolade, was ihr zum Verhängnis wurde. Mit neunundvierzig Jahren wog sie fast zweihundert Pfund, und dabei war sie nur einen Meter fünfundfünfzig groß. Als Ben sie das letzte Mal gesehen hatte, war sie ihm vorgekommen wie ein wandelnder Pudding.

Obwohl auch Ben seine Kinder verloren hatte, als Lois sie nach der Scheidung mit zurück nach England nahm, hielt Ben sich im Vergleich zu seinem Bruder für einen glücklichen Mann. In Indien freute er sich jeden Abend auf seinen Bungalow, den sein Hausdiener tadellos in Ordnung hielt. Wenn er zu Hause aß, kochte er sogar für ihn, allerdings kam das selten vor, da in Indien Offiziere ohne Frauen sich zusammenschlossen, um ihr Leben so angenehm wie möglich zu gestalten. Sie trafen sich im Club, lasen, diskutierten über Politik und Zeitgeschehen und spielten Bridge oder Billard. Außerdem wurden sie von den verheirateten Offizieren und ihren Frauen zu Gesellschaften eingeladen.

Ben liebte seinen Garten, in dem er Rosen züchtete und sogar Gurken anbaute. Die Mauern um seinen Bungalow waren von Bougainvillea und Jasmin überwuchert, und er genoss es, an

stillen Abenden dort zu sitzen, seine Pfeife zu rauchen und zu lesen.
Bei Penguin bestellte er pro Jahr zweiundfünfzig Bücher, und er las pro Woche eines. In den fünfzehn Jahren in Indien war er vermutlich der belesenste Mann in der britischen Armee geworden. Er las geschichtliche Werke, Biographien und Romane und studierte auch die neuesten medizinischen Journale, obwohl er sie immer erst Monate nach ihrem Erscheinen in England bekam.
Ben gefiel sein Leben in Indien. Er war zwar kein Einzelgänger, aber es machte ihm nichts aus, allein zu sein.
Als er James' Brief las und die Entscheidung traf, nach England zurückzukehren, stellte er sich vor, in ein kleines Cottage mit einem hübschen Garten zu ziehen. In der Nähe würde es sicher einen kleinen Fluss geben, in dem er angeln konnte, und er würde sich einen oder vielleicht auch zwei Hunde anschaffen, Collies oder altenglische Schäferhunde. Vielleicht würde er mit ihnen auch züchten, sodass er jedes Jahr einen Wurf hätte, und eine Katze, die in der Sonne saß, wollte er sich auch anschaffen.
Die Pension, die er für seine Jahre beim Militär erhielt, würde ihn über Wasser halten, und was er bei seinem Bruder verdiente, war für zusätzlichen Luxus bestimmt. Aber er war nicht anspruchsvoll. Ein Auto vielleicht und ein Fahrrad und eine Putzfrau, die einmal in der Woche in seinem Haus sauber machte. Es gab bestimmt nicht so viele Leute, mit denen er etwas gemein hatte, und so würde er ein friedliches, zurückgezogenes Leben führen. Die Vorstellung gefiel ihm. James hatte geschrieben: »... wenn du hierher kommst, um mit mir zusammen dieses Krankenhaus zu führen, dann werden wir die

einzigen Ärzte hier sein. Allerdings hat das Dorf auch noch nicht einmal sechshundert Seelen. Wir haben zwar mit den Bauarbeiten noch nicht begonnen, aber unsere Wohltäterin ist sehr enthusiastisch, und Geld ist kein Problem.« Was für ein Glück, ein Leben zu führen, in dem Geld nie ein Problem war, dachte Ben. »Wenn du also die Operationen übernimmst (hauptsächlich Appendizitis, Tonsillitis und gelegentlich ein Beinbruch) und vielleicht ab und zu auch einmal einen Hausbesuch, wenn ich gerade beschäftigt bin, dann können wir dieses Krankenhaus mit zwei Krankenschwestern führen. Denk darüber nach. Du hast vom Ruhestand gesprochen. Setz dich hier zur Ruhe.« Die Idee gefiel Ben.

Es interessierte ihn sehr, die Herzogin von Yarborough kennen zu lernen, da sie die Frau war, die sein Bruder seiner Meinung nach schon so lange liebte. James hatte den Herzog nie erwähnt, aber Ben wusste, dass der Tee am Donnerstagnachmittag der wöchentliche Höhepunkt im Leben seines Bruders war. Vermutlich nährte ihn dieser Termin in geistiger Hinsicht mehr als der Sonntagsgottesdienst.

Irgendwie hatte er sich über die Jahre ein Bild von der Herzogin gemacht, und er stellte sie sich als Aristokratin in Pastelltönen vor. Wahrscheinlich war sie ziemlich steif und förmlich, und es erstaunte ihn ein wenig, dass sein Bruder so gerne mit einem Mitglied des Hochadels verkehrte. Er wusste, dass James mit der Herzogin über Religion, Politik und sogar über Dorfklatsch redete. Offensichtlich unterhielten sie sich über Gott und die Welt. Da sie sich seit zwanzig Jahren jeden Donnerstagnachmittag trafen, gab es bestimmt kaum ein Thema, das sie noch nicht besprochen hatten.

Ben war durchaus bereit, die Herzogin zu mögen, aber er

würde auch auf der Hut sein. Sie wusste wahrscheinlich, dass sein Bruder sie liebte, und er wollte nicht, dass sie auf seinen Gefühlen herumtrampelte. Heiraten konnten sie ja sowieso nicht, denn sie waren beide verheiratet, und außerdem war die Verbindung zwischen einem Mitglied des Hochadels und einem kleinen Landarzt gesellschaftlich undenkbar. Er wusste auch von ihrer Schwiegertochter, der einsamen zukünftigen Herzogin, die eine reiche amerikanische Erbin war, von ihrem Mann allerdings kaum beachtet wurde. Aber er hatte nicht viel Mitleid mit ihr. So viel Geld verdarb normalerweise den Charakter. Trotzdem rissen diese beiden Frauen James wenigstens aus seinem alltäglichen Elend mit der übergewichtigen Letitia. Einsame Menschen, die andere einsame Menschen davor bewahrten, einsam zu sein. Nun, er war auch einsam, und vielleicht würden sie sich alle hervorragend verstehen.

Ben war seit drei Tagen in England und schaute sich Cottages an, in der Hoffnung, eines zu finden, das seinen Vorstellungen entsprach. In der Zwischenzeit wohnte er bei James, aß Letitias graues Essen und lauschte ihrem monotonen Geplapper. Eines Tages verkündete James, sie würden heute mit der Herzogin und ihrer Schwiegertochter im Pub essen.
»Die Damen werden dir gefallen«, erklärte James. »Sie haben keine Allüren, und die Schwiegertochter isst gerne im Pub, weil sie das Gefühl hat, dadurch ins Dorf zu gehören.«
»Ach ja?«
»Doch, wirklich. Sie ist äußerst beliebt hier, obwohl sie Amerikanerin ist. Sie hat ein sehr offenes, herzliches Wesen, und für ihren amerikanischen Akzent kann sie ja nichts. Und

Clarissa vergöttert sie, weil sie in jeder Hinsicht Leben ins Schloss gebracht hat.«

Ben freute sich darauf, Clarissa kennen zu lernen. Er wollte sehen, ob seine Vorstellung von ihr richtig gewesen war.

Sie trafen ein paar Minuten vor den Frauen im Lokal ein, und James wählte einen Tisch, der weit von der Tür entfernt war. Plötzlich stand James auf und winkte zwei Frauen und einem Mann zu, die gerade hereinkamen.

Alex küsste James auf die Wange und Clarissa gab ihm die Hand, wobei sie zu Ben schaute.

»Man kann deutlich sehen, dass Sie beide miteinander verwandt sind«, erklärte sie.

James stellte seinen Bruder vor, sie setzten sich, und das Schankmädchen nahm ihre Bestellung auf.

Alex tat so, als studiere sie die Speisekarte, aber in Wirklichkeit beobachtete sie Ben. Er war braun gebrannt und durchtrainiert, ein paar Jahre jünger als James. In seinen braunen Haaren gab es keine graue Strähne, nur an den Schläfen und am Schnurrbart schimmerte es grau. Er saß so gerade, dass man ihm seine Militärkarriere sofort ansah.

»Sie haben sich also zur Ruhe gesetzt«, sagte Alex.

»Ja, aber nicht vom Leben.« Ben lächelte sie an. Er hatte ein nettes Lächeln, fand sie.

»Und wie kommen Sie damit zurecht, dass hier der Himmel grau und das Gras grün ist, im Gegensatz zu …«

»… kobaltblauem Himmel und sonnenverbrannter Wüste?«

»Oh, ich höre es an Ihrem Tonfall. Wie lange waren sie schon nicht mehr in England?«

»Ich habe alle drei oder vier Jahre meine Kinder hier besucht. Und obwohl ich insgesamt fünfundzwanzig Jahre lang weg

war, so betrachten wir doch auch auf den entlegenen Posten des Britischen Empires England als unser Zuhause. Wir träumen von grünen Bäumen, plätschernden Bächen, Nebel und Nieselregen.«
»So wie Sie es sagen, klingt es wesentlich attraktiver, als es eigentlich ist.«
Ben lachte. »Vielleicht.«
Das Schankmädchen brachte drei Steinkrüge mit Bier für die beiden Männer und Clarissa, aber Alex trank Tee ohne Milch. Sie hatte sich noch nicht ganz an die britische Art, Tee zu trinken, gewöhnt.
Ben beugte sich vor. »Jim hat mir von Ihren Plänen erzählt. Sagen Sie mir doch, warum eine Fremde, eine sehr junge Fremde, Geld in ein Krankenhaus für so ein kleines Dorf investieren will.«
Alex lehnte sich zurück und blickte ihn an.
»Reiner Egoismus, Dr. Cummins. Ich habe immer nur dort gelebt, wo ich leichten Zugang zu einem Krankenhaus hatte. Es gibt mir einfach ein sicheres Gefühl. Ich habe vor, meine weiteren Kinder im Schloss zur Welt zu bringen, aber ich möchte, dass ein Krankenhaus in der Nähe ist. Und wenn man bedenkt, was Kindern alles passieren kann, möchte ich auch nicht, dass sie weit entfernt von einem Krankenhaus aufwachsen. Ich möchte, dass es dort alles gibt, was man für den Notfall braucht.«
Sie blickten einander an. Schließlich sagte Ben: »Das ist äußerst großzügig von Ihnen.«
»Es ist leicht, großzügig zu sein, wenn man so viel Geld hat, dass man es sein Leben lang nicht ausgeben kann. Außerdem habe ich sehr liebe Großeltern, die in Amerika seit jeher

Krankenhäuser und Schulen unterstützen. Wenn Sie mit Geld nicht etwas Nutzbringendes für die Gesellschaft bewirken, wozu ist es dann gut? Ich habe mehr Pelze und Juwelen, als eine Frau eigentlich haben sollte. Meine Kinder werden das Schloss erben, und ich möchte, dass man uns in Woodmere mag. Ich finde, es hat viel zu lange eine hohe Mauer zwischen uns und den Dorfbewohnern gegeben.«

»Ach, die Amerikaner! Ich bewundere die klassenlose Gesellschaft!«

»Täuschen Sie sich nicht. Ich bin nie mit arbeitenden Menschen zusammengekommen. Ich bin nicht auf die Partys der Hausmädchen und Chauffeure gegangen, aber ich habe mich ihnen auch nie überlegen gefühlt. Vielleicht liegt es ja am Bildungsunterschied, wenn ich nicht wusste, was ich mit den Dienstboten reden sollte. Aber eine klassenlose Gesellschaft ist Amerika nicht.«

»Nun, Sie sind auf jeden Fall wesentlich demokratischer als wir Briten.«

»Da stimme ich Ihnen allerdings zu.«

»Alexandra ist das Beste, was dieser Familie in all den Jahren, in denen ich dazugehöre, passiert ist«, warf Clarissa ein.

Ihr Akzent war so vornehm, wie Ben es sich vorgestellt hatte, aber sie trug keine Pastelltöne. Ihr blassgraues Kleid passte genau zu der Farbe ihrer Augen. Früher war sie sicher blond gewesen, aber jetzt überwog auch hier das Grau, doch die Tatsache, dass diese Farbe vorherrsche, machte sie nicht langweilig, sondern ließ sie eher kostbar und edel wirken wie die schimmernden Perlen ihrer Halskette. Sie sah aus wie ein Gemälde oder ein Stück von Debussy. »Nachmittag eines Fauns« ging ihm durch den Sinn, und er dachte, ja, genauso sieht sie aus. Und in diesem Augenblick wusste er, warum sich sein Bruder in sie verliebt hatte.

Und er spürte auch, dass jetzt, nachdem er diese beiden Frauen kennen gelernt hatte, sein Leben nicht mehr dasselbe sein würde. Er wusste zwar nicht genau, wie es sich ändern würde, aber er war sich sicher, er würde eine Welt erleben, die er bisher nicht gekannt hatte.

Und er wusste etwas, das Alex nicht erkennen konnte. Nicht Egoismus bestimmte ihr Handeln, sondern Einsamkeit.

27

Ich verbiete dir, das zu tun.«
Ein Schauer überlief Alex. Konnte Oliver das? Konnte ein Mann seiner Frau so etwas verbieten?
»Du wirfst das Geld deines Vaters und deines Großvaters zum Fenster hinaus. Ich werde sicherstellen, dass nichts aus dem Trust genommen wird, den dein Vater eingerichtet hat.«
Alex hatte gerade an ihrem Frisiertisch gesessen, um sich zum Dinner fertig zu machen, als Oliver hereingestürmt war. Er war völlig unerwartet nach Hause gekommen, ohne sie vorher zu informieren.
»Du weißt sehr wohl, dass ich dieses Geld nicht anrühren kann. Es gehört dir. Warum regst du dich eigentlich so auf?« Sie klang viel mutiger, als sie sich in seiner Gegenwart fühlte.
»Warum muss ich es von Scully erfahren? Vermutlich weiß das gesamte Dorf Bescheid, und ich bin der Letzte, der es hört.«
Alex' zitterten die Knie. Wenn Oliver mit ihr schimpfte, kam sie sich immer vor wie ein ungezogenes Kind.
»Was denkst du dir eigentlich? Willst du in die Politik gehen und dir Wählerstimmen sichern?« Olivers Stimme klang sarkastisch. »Es ist lächerlich, Geld für so etwas auszugeben. Im Dorf sind sie tausend Jahre ohne Krankenhaus ausgekommen. Sie können es sich ja noch nicht einmal leisten, nach Dr. Cummins zu schicken, geschweige denn, in ein Krankenhaus zu gehen.«

Alex schwieg. Sie saß da und hielt sich den Arm, als habe er sie geschlagen. Das Herz klopfte ihr bis zum Hals. Er kann mich nicht aufhalten, sagte sie sich. Am besten erwiderte sie gar nichts, denn er würde sie ja doch nur anschreien.
»Kannst du denn nichts richtig machen?«, fuhr Oliver fort. »Du bist so amerikanisch, dass es mir peinlich ist.«
»Mein amerikanisches Geld scheint dir nicht peinlich zu sein.« Erschrocken über ihren Mut schlug sie die Hand vor den Mund.
Erschöpft ließ er sich auf einen Stuhl sinken.
»Vermutlich ist es meine Schuld. Ich sollte öfter hier sein und dich an die Leine legen. Niemand hat dir beigebracht, wie du dich als meine Frau zu benehmen hast. Du kannst ja noch nicht einmal eine Gabel richtig halten, und niemand scheint dich zu korrigieren. Nun, ich werde jetzt damit beginnen. Heute Abend beim Essen werde ich dir beibringen, wie du dich als Mitglied des englischen Hochadels zu benehmen hast. Mit den Tischmanieren fangen wir an. Aber würdest du mir vorher bitte noch erklären, warum du ein solches Projekt begonnen hast, ohne mich zu konsultieren?«
Seine Stimme klang gleichmütig, und er zeigte keine Emotionen, aber er starrte sie an, als sei sie ein Gegner.
»Du bist ja nie da.«
»Ich war in den letzten Monaten durchaus zu Hause, aber du hast nie mit mir über diese Angelegenheit gesprochen.«
»Ich habe mit der Herzogin darüber gesprochen, schließlich trägt sie hier die Verantwortung.« Alex hätte sich am liebsten die Zunge abgebissen, als ihr dieser Satz entschlüpft war. »Deine Mutter ist vollkommen im Bilde.« Sie blickte Oliver nicht an und beschäftigte sich damit, ihre Haare hochzustecken.

Im Spiegel sah sie, wie er die Augenbrauen hochzog. »Mutter?«
»Deine Mutter und ich haben mit Architekten und den beiden Cummins gesprochen. Außerdem haben wir den Bürgermeister des Dorfes informiert, weil wir es für klug hielten, ihn einzubeziehen. Wenn die Architekten und die beiden Ärzte über das Vorhaben reden, sitzt er dabei und nickt nur mit dem Kopf. Er ist so begeistert von der Idee, dass er mit allem einverstanden ist.«
»Ist ihm denn nicht klar, welche Kosten auf die Dorfbewohner zukommen?«
»Ihnen werden keine Kosten entstehen.«
Schweigen. Alex stand auf und trat an ihren Schrank. Heute Abend waren nicht nur Clarissa und Scully beim Essen zugegen, sondern auch Oliver. Und die beiden Ärzte und James' Frau waren auch eingeladen. Unschlüssig blickte sie in den Schrank. Ohne ihren Mann anzuschauen, sagte sie: »Ich nehme an, du möchtest gerne aussuchen, was ich heute Abend trage.«
Oliver erhob sich und trat auf sie zu. Er warf einen raschen Blick über ihre zahlreichen Kleider. Sie waren ebenso elegant wie die von Rebecca, aber für seine Frau fand er sie unpassend. »Es ist nicht ein einziges vernünftiges Kleid dabei«, sagte er und nahm eines vom Bügel. »Hier, zieh das an.«
Normalerweise zog sie dieses Kleid nur tagsüber im Schloss an, aber sie schlüpfte schweigend hinein und griff nach hinten, um den Reißverschluss zuzuziehen. Überraschenderweise half Oliver ihr dabei.
»Und Perlenohrringe«, sagte er. »Nicht ständig diesen Glitzerkram.« Er blickte auf seine Uhr. Fast halb acht. »Wir reden später darüber.«

»Vielleicht solltest du es mit den Ärzten und deiner Mutter besprechen. Ich fürchte, es ist zu spät, um es aufzuhalten.«
»Es ist Geldverschwendung.«
Seit wann machst du dir Gedanken über Geldverschwendung, hätte sie am liebsten gesagt. Aber sie schwieg.
»Und noch etwas«, fügte Oliver hinzu, »versuchst du bitte, daran zu denken, die Gabel in der linken Hand zu halten, damit du nicht so amerikanisch wirkst?«
Es ist ein angelernter Reflex, dachte sie. Eine lebenslange Angewohnheit. Ich weiß nicht, ob ich daran etwas ändern kann.
»Heute Abend sind alle anwesend, die mit dem Projekt zu tun haben. Du kannst mit allen reden.«
Alex holte tief Luft und nahm all ihren Mut zusammen. Sie fuhr fort: »Mir geht es darum, dass unsere Kinder von Geburt an medizinisch gut versorgt sind. Deine Mutter hat zwei Babys verloren, weil es hier kein Krankenhaus gibt. Das soll uns nicht passieren.« Vielleicht stimmte dieses »uns« ihn ja friedlicher.
Er blickte sie scharf an. »Was hat sie?«
»Wusstest du das nicht?« Er blickte sie verständnislos an, und sie fuhr fort: »Weißt du eigentlich, wie viele Frauen bei der Entbindung sterben, weil sie nicht genug Geld haben, um Dr. Cummins zu rufen? Weißt du, wie viele Babys sterben, weil ihre Eltern sich den Arzt oder Impfungen nicht leisten können?«
»Was hat das mit einem Krankenhaus zu tun?«
»Die Ärzte bekommen von uns ein Gehalt, damit jeder sich behandeln lassen kann. Und die Leute bezahlen nur das, was sie sich leisten können.«
Oliver blickte Alex an, als sei sie geisteskrank. »Was willst du tun?«

»Grandpa richtet einen Trust ein, damit die Ärzte es sich leisten können, jeden zu behandeln. Jeden bedeutet natürlich nur die Dorfbewohner und vielleicht auch die Leute aus der Grafschaft. Es gibt ja sonst kein einziges Krankenhaus in der Gegend.«
»Die gesamte Grafschaft! O mein Gott, dir ist ja nicht zu helfen! Jeder wird die Situation ausnutzen!«
Er konnte sowieso nur mit Worten wüten, und daran war sie gewöhnt. Sollte er ruhig schimpfen, solange er nichts gegen das Krankenhaus unternahm. »Sieh es doch mal so: Ich habe etwas zu tun, wenn du in London bist, und kann keinen Unfug anrichten. Dazu werde ich viel zu beschäftigt sein.«
»Was willst du machen? Die Buchhaltung?«
Ah ja, sie musste Scully deswegen unbedingt um Rat fragen.
»Ich habe nicht mit dir darüber gesprochen, weil ich wusste, dass du gegen jede Idee von mir bist. Du glaubst nie, dass ich etwas Richtiges auf die Beine stellen kann. Aber jetzt ist es zu spät. Du kannst nichts mehr dagegen unternehmen.«
Er starrte sie an. »Dann werdet ihr also heute Abend nur über das Krankenhaus reden.«
»Ja, genau das haben wir vor. Wenn du Fragen hast, werden alle sie nur zu gerne beantworten. Wenn es dich nicht interessiert, kannst du ja Solitaire spielen.«
Alex fragte sich, warum Oliver sie so einschüchterte, und sie kam sich tapfer vor, dass sie so mit ihm redete. Aber was konnte er schon tun? Er würde sich sicher nicht von ihr scheiden lassen. Und einsperren konnte er sie auch nicht. Außerdem fand er sie sowieso unattraktiv.
Ach, wenn sie ihm doch nur gefallen könnte. Wenn er zu Hause bliebe und sich wie ein Ehemann benähme, würde sie

alles für ihn tun. Dann hätte sie doch dieses Krankenhaus gar nicht erst in Angriff genommen, weil sie dann andere Pflichten zu erfüllen gehabt hätte. Ja, sie würde versuchen, die Gabel in der linken Hand zu halten. Das zumindest konnte sie für ihn tun.

»Oliver, ich will alles tun, um dir zu gefallen! Weißt du denn nicht, wie sehr ich mich danach sehne?« Tränen traten ihr in die Augen, und sie drängte sie blinzelnd zurück. Er sollte sie nicht weinen sehen. »Aber du bist ja nie da. Ich bin einsam, und dann komme ich auf solche Gedanken, und eines führt zum anderen.«

Er lehnte sich an den Türrahmen. »Du willst mir gefallen?« Er sagte es, als sei der Gedanke ihm ganz neu.

»Ich bin doch deine Frau.« Diese Tatsache schien er häufig zu vergessen.

Er lächelte sie an. »Mein armer Liebling. Du würdest also alles tun, um mir zu gefallen?«

»Nun, den Bau des Krankenhauses werde ich nicht mehr aufhalten, aber alles andere würde ich dir zu Gefallen tun.«

Er fuhr ihr mit dem Finger über die Wange. »Nun, ich werde mir etwas ausdenken, womit du mir Freude bereitest.«

»O Oliver«, sie ergriff seine Hand, »wenn du mit mir zufrieden bist, bin ich glücklich.«

»Tatsächlich, meine Liebe?«

28

»Hugh kann ein Wochenende lang ohne dich auskommen«, sagte Oliver. »Komm mit mir nach London. Wir gehen ins Theater. Ich schaue mal, wo es noch Karten gibt.«
Alex blinzelte verblüfft. Bemühte Oliver sich, ein guter Ehemann zu sein, damit sie nicht noch weitere »hanebüchene« Ideen verfolgte, wie er den Bau des Krankenhauses bezeichnete? Wollte er tatsächlich ein Wochenende mit ihr gemeinsam verbringen? Dafür würde sie bereitwillig alles opfern, was sie sich für das Wochenende allein vorgenommen hatte.
Er trat an ihren Schrank und holte drei Kleider heraus, die er auf das Bett warf.
»Ganz London soll sehen, wie elegant Lady Alexandra Carlisle ist.« Ach, hatte er sich nicht erst kürzlich darüber beklagt, dass ihre Kleider viel zu auffällig seien?
»Und setz dieses Nichts mit Federn auf, ja?«
»O Oliver.«
»Na gut, sei ein braves Mädchen und pack ein, was du brauchst.«
»Ich habe eigentlich alles in unserem Haus am Grosvenor Square.«
»Ja, natürlich. Was für eine Aufführung möchtest du denn besuchen? Ein Musical? Das scheint mir unterhaltsam zu sein.« Er blickte auf seine Uhr. »Sollen wir nach dem Mittagessen aufbrechen?«

Er wartete erst gar nicht auf ihre Antwort, sondern ging aus dem Zimmer. Alex sank kopfschüttelnd auf die Bettkante. Was war wohl in ihn gefahren?

Sie hatte für heute Morgen einen Termin mit Scully angesetzt, weil sie mit ihm über die Buchführung für das Krankenhaus sprechen wollte. Nun ja, sie würde zu den Stallungen gehen und ihm Bescheid sagen, dass das warten musste. Sie hatte Hugh noch nie allein gelassen, aber die Nanny und Clarissa würden sich schon um ihn kümmern.

Sie begann zu summen, als sie auf die Kleider blickte. Alice brauchte nur die Kleider und Schuhe einzupacken, alles andere hatte sie am Grosvenor Square. Vielleicht hatte Oliver sie ja eingeladen, weil er endlich begriffen hatte, dass sie ihm gefallen wollte. Er brauchte sich ja noch nicht einmal besonders anzustrengen. Sie hatten einen Sohn, und sie liebte seine Mutter. Innerlich sang sie vor Freude, als sie zu den Ställen lief. Sie liebte den Geruch nach Heu und Pferdemist. Viele Leute rümpften die Nase, aber da sie mit Pferden aufgewachsen war, machte es ihr nichts aus. Sie stieg die Außentreppe zu Scullys Büro hinauf und klopfte an die Tür.

»Es ist offen«, rief er von drinnen.

Er saß an seinem Schreibtisch, als sie eintrat, erhob sich jedoch sofort, als er sie sah. »Oh, Entschuldigung. Ich hatte keine Ahnung, dass Sie es sind.«

Alex machte eine abwehrende Geste mit der Hand. »Setzen Sie sich wieder, Scully. Sie müssen nicht wegen mir aufstehen.«

Aber er blieb trotzdem stehen, bis sie sich gesetzt hatte.

»Ich werde nie verstehen«, sagte sie, »warum es in Ihrem Büro nicht nach Stall riecht.«

Er grinste. »Und wenn es so wäre, mir wäre es egal.«
»Vielleicht sollte man den Geruch in Flaschen abfüllen und ihn als Parfüm für Pferdeliebhaber verkaufen.«
Er lachte. »Na, ich bezweifle, dass man damit Geschäfte machen könnte. Sie sehen heute blendend aus.«
Alex strahlte ihn an. »Ich muss leider unser Gespräch verschieben. Wir führen es irgendwann nächste Woche, ja?«
»Ja, natürlich.« Er legte die Papiere, die er in der Hand gehalten hatte, auf den Schreibtisch.
»Oliver fährt mit mir über das Wochenende nach London.«
Ach, daher wehte der Wind. Scully hatte sich sowieso schon Gedanken über ihre Ehe gemacht, da Oliver so selten zu Hause war. Er hatte Alex während des Abendessens beobachtet und festgestellt, dass sie zwar nicht mehr so gequält aussah wie im ersten Jahr, aber richtig lebendig wurde sie nur, wenn über das Krankenhaus gesprochen wurde. Und als sie gestern Abend beim Essen mit den beiden Ärzten und Clarissa darüber geredet hatten, hatten Oliver und Mrs. Cummins stumm dabeigesessen. Was mochte das wohl für eine Ehe sein? Warum ließ er eine Frau wie Alex so oft allein? Dabei würde jeder andere Mann sie begehren. Er sah sie oft allein durch den Park spazieren, und ihre einzige Gesellschaft war der kleine Hugh. Einmal hatte sie mit dem Säugling am See auf einer Decke gesessen und versonnen in die Ferne gestarrt. Er war versucht gewesen, zu ihr zu gehen, hatte es jedoch nicht gewagt. Er hielt sich besser zurück.
Sie verließ sich darauf, dass er sie beim Abendessen unterhielt, aber sie war auch an allen Einzelheiten seines Tagesablaufs interessiert. Ab und zu kam sie mittags zu den Ställen und fragte ihn, ob er Lust habe, mit ihr im Pub zu essen. Dann fuhren sie

in ihrem knallroten Auto ins Dorf, und sie kaufte erst einmal Dosengemüse beim Lebensmittelhändler ein. Im Frühjahr hatte sie tatsächlich Salatpflanzen gekauft und sich im Garten ein Gemüsebeet angelegt.
Scully bewunderte sie. Er spürte, wie einsam sie war, auch wenn sie es sich nur selten anmerken ließ. Sie war eine patente junge Frau. Ob wohl alle Amerikanerinnen so waren?
»Ja, natürlich, nächste Woche ist in Ordnung. Ich wünsche Ihnen ein schönes Wochenende.«
»Ja, danke, das habe ich bestimmt.«

Auf der Fahrt in die Stadt war Oliver schweigsam wie gewöhnlich und sah starr geradeaus. Erst als sie beinahe angekommen waren, sagte er: »Wenn dieses Wochenende so wird, wie ich es hoffe, dann werde ich häufiger zu Hause sein. Und wenn du dann wieder eine deiner Ideen hast, kannst du mit mir darüber sprechen, damit wir uns gemeinsam darum kümmern können. Es ist nicht passend für dich, allein durch das Dorf zu gehen oder mit Scully im Pub zu essen. Die Leute reden.«
»Scully könnte mein Vater sein!«
»Das hat nichts damit zu tun. Er ist ein Mann. Und dieses Krankenhaus! Nun, wenn wir dieses Wochenende Freude aneinander haben, dann werde ich häufiger da sein und wir können deine Ideen gemeinsam verwirklichen, wenn ich sie für durchführbar halte. Zum Beispiel die Neuanlage des Parks. Du kannst dich gerne mit ein oder zwei der Gärten befassen, aber die Gesamtgestaltung würde ich gerne durchführen. Ich habe da so meine Ideen.«
Was sollten diese Andeutungen? Nun, sie würde tun, was in

ihrer Macht stand, um ihm ein schönes Wochenende zu bereiten.
Als sie am Stadthaus ankamen, sagte er: »Das Stück beginnt um acht, und wir dinieren erst hinterher. Bestell uns also bitte einen gehaltvollen Tee.« Dann verschwand er ins obere Geschoss.
Die Köchin hatte Scones gebacken, und dazu gab es fette Sahne und Himbeergelee. Außerdem hatte sie auch die Brunnenkresse-Sandwiches vorbereitet, die Alex so gerne mochte.
»Wenn du möchtest, kannst du dich noch ein wenig hinlegen«, sagte Oliver lächelnd. »Heute Abend wird es sicher spät.«
Sie konnte sich nicht erinnern, wann er sie das letzte Mal angelächelt hatte.
Sie schlief tatsächlich ein wenig. Es war fast dunkel, als sie erwachte. Das Mädchen ließ ihr ein Bad ein, und während sie im warmen Wasser lag, dachte sie voller Vorfreude daran, dass ihr Mann sie heute Nacht lieben würde. Sie wusste einfach, es würde ein höchst romantischer Abend werden. Er hatte sie angelächelt. Sie waren noch nie zusammen im Theater gewesen; sie waren auch noch nie zusammen nach London gefahren. Seit den Flitterwochen hatten sie nie mehr etwas gemeinsam gemacht.
Als sie sich ankleidete, trat Oliver in ihr Zimmer.
»Welches Kleid soll ich heute Abend anziehen?« Von den Abendkleidern, die sie mitgenommen hatte, hatte sie noch nie eines getragen.
»Das Schwarze.«
Sie trug selten Schwarz, es war so eine dramatische Farbe, und das Kleid war tief ausgeschnitten. Sie würde dazu das Diamantencollier anlegen, das ihr Vater ihr zum achtzehnten

Geburtstag geschenkt hatte. Es würde ihre bloßen Schultern betonen.

Oliver saß mit übereinander geschlagenen Beinen im Sessel, eine Zigarette in der linken Hand, und schaute ihr zu. »Komm einen Moment her«, sagte er.

Als sie zu ihm trat, zog er sie auf seinen Schoß. Er griff nach ihrer Brust, und sie erschauerte vor Lust. »Seit du Hugh hast, hast du hübsche Brüste bekommen«, stellte er fest. »Du bist kein kleines Mädchen mehr, nicht wahr?«

Sanft schob er sie wieder von seinem Schoß herunter und zog an seiner Zigarette. »Vielleicht ist es ja an der Zeit, dir zu zeigen, wie du mir gefallen kannst. Und du wirst daran auch Gefallen finden.«

»O ja«, erwiderte Alex, »das wäre wundervoll.«

»So ist es brav«, sagte er. »Soll ich dir den Reißverschluss zuziehen? Warum werden nur solche Kleider entworfen? Jemand, der allein lebt, könnte sie gar nicht tragen!«

Er trat hinter sie, und während er den Reißverschluss hochzog, küsste er sie auf die Schulter und den Nacken. Alex bekam Gänsehaut.

Er macht mir den Hof, dachte sie glücklich. Endlich neckt er mich, damit ich so reagiere, wie er es gerne hätte. Er will nicht, dass ich mir noch mal so etwas wie das Krankenhaus ausdenke.

Und das war ja auch völlig in Ordnung. Wenn Oliver sie in sein Leben einbezog und sie endlich seine Ehefrau sein konnte, hatte sie sowieso keine Zeit mehr, auf irgendwelche Ideen zu kommen.

Alex konnte sich nicht erinnern, jemals so glücklich gewesen zu sein.

Sie saßen in der vierten Reihe. Die Aufführung war hinreißend, und die Handlung so komisch, dass sie häufig lachten. Im Dunkeln griff Oliver sogar nach ihrer Hand und flüsterte: »Ich habe bemerkt, wie die Männer dich in der Pause angeschaut haben.«

Nach dem Theater ging er mit ihr in ein kleines italienisches Restaurant, wo er Wein und das Essen bestellte. Alex trank mehr Wein als gewöhnlich, lachte mehr und lauter als sonst und sagte Oliver, wie glücklich sie sei. Er legte ihr unter dem Tisch die Hand auf den Schenkel, und sie wünschte, sie lägen zu Hause im Bett.

Oliver verspürte anscheinend das gleiche Verlangen, denn er wartete das Dessert gar nicht erst ab, bestellte eine Droschke, und sie fuhren nach Hause.

Dort angekommen sagte er: »Ich bin in einer Viertelstunde wieder da. Kleide dich bitte nicht aus und schlaf auch nicht ein.«

»Wohin gehst du?« Sie hatte so viel Wein getrunken, dass sie kaum wusste, wie sie allein die Treppe hinaufkommen sollte.

»Ich habe eine Überraschung für dich. Ich bin gleich wieder da«, rief er und eilte zur Droschke zurück.

Er gab dem Fahrer eine Adresse an, ließ ihn dort warten und kam mit einer Frau im Pelzmantel wieder zum Wagen zurück.

»Meine Frau hat keine Ahnung. Ich will sie überraschen. Sie müssen die Führung übernehmen, weil sie so etwas noch nie gemacht hat. Und ich werde nicht nur zuschauen, ich mache mit.«

Die Frau lachte heiser auf. »Mann, das wird ja wirklich eine Überraschung. Wie weit soll ich gehen?«

»Das überlasse ich Ihnen, aber meinetwegen können Sie so weit gehen, wie Sie wollen.«

Alex schlief beinahe im Stehen. Wo blieb Oliver nur? Der Abend war so wunderschön gewesen, und es war nur zu offensichtlich, dass er sie begehrte. Wohin war er bloß gegangen?
Sie hörte eine Frau lachen, und dann ging die Tür auf.
»Meine Liebe, das ist Felicity.« Oliver lächelte sie an. »Ihr Name bedeutet Glück.«
Blinzelnd richtete Alex sich auf. Warum brachte er eine andere Frau in ihr Schlafzimmer?
Felicity schaute sich um und warf ihren Mantel über einen Sessel. Alex keuchte auf. Die andere Frau trug nur einen roten Büstenhalter, durch den man ihre Nippel sah, und einen roten Strumpfgürtel, an dem sie schwarze Spitzenstrümpfe befestigt hatte. Auch ihre Schuhe waren rot.
Oliver blickte seine Frau an. »Felicity wird uns heute Nacht zeigen, was Glück bedeutet, meine Liebe.«
Alex wollte etwas sagen, aber sie bekam kein Wort heraus. Ihr Mann trat auf sie zu, zog den Reißverschluss ihres Kleides auf und streifte es ihr von den Schultern. »Steig heraus, Liebling«, befahl er und fuhr mit dem Finger leicht über Alex' Rücken. Sie gehorchte.
Er ließ das Kleid achtlos am Boden liegen und nickte Felicity zu, die langsam auf Alex zukam. Sie blickte sie unverwandt an, und dann begann sie, Alex' Brüste zu streicheln, die Oliver mittlerweile vom Büstenhalter befreit hatte.
Alex wollte zurückweichen, aber hinter ihr stand ihr Mann und hielt sie fest.

»Du hast gesagt, du wolltest mir gefallen«, flüsterte er.
Felicity beugte sich vor und nahm einen Nippel in den Mund. Zugleich glitt ihre Hand Alex zwischen die Beine.
Oliver trug seine Frau zum Bett, zog ihr das Höschen herunter und lächelte Felicity auffordernd zu. Sie senkte den Kopf zwischen Alex' Beine. Oliver kniete sich neben sie und fuhr mit der Zunge über ihre Brust.
Alex stöhnte auf.

Alex kauerte nackt über der weißen Porzellanschüssel der Toilette und übergab sich, bis nur noch Galle kam.
Ihr Rücken schmerzte. Die Schultern taten ihr weh, und ihr Kopf pochte. War sie so betrunken gewesen?
Mühsam richtete sie sich auf. Ihr war schwindlig. Langsam tastete sie sich wieder zurück ins Schlafzimmer, wo Oliver noch schlief. Ihre Kleider waren überall im Zimmer verstreut.
Und dann fiel ihr alles wieder ein. Der ganze Raum drehte sich um sie. O Gott, was war nur geschehen?
Da war die andere Frau gewesen und hatte Dinge mit ihr gemacht, die sie nie für möglich gehalten hätte. Die Frau und Oliver, die sich gemeinsam an ihr zu schaffen gemacht hatten, dann Oliver mit der Frau, und dann die Frau mit ihr allein und dann Oliver mit ihr. Sie lehnte sich an die Tür, um nicht zu Boden zu sinken.
Musste sie das tun, um Oliver zu gefallen?
O nein, nein, nein, nein.
Sie begann zu weinen und weinte, bis sie keine Tränen mehr hatte.
Dann atmete sie tief durch und trat ans Bett.

Oliver schlief so tief, dass er sie nicht einmal weinen gehört hatte. Sie betrachtete ihn voller Abscheu.
Dann ging sie wieder ins Badezimmer und ließ heißes Wasser in die Wanne laufen. Sie wusch sich so gründlich, als wolle sie ihre Haut abschrubben. Anschließend zog sie sich an, nahm genügend Geld für den Zug aus Olivers Brieftasche, die in seiner Hosentasche steckte.
Als sie die Treppe herunterkam, wunderte sie sich, wo die Dienstboten waren, aber dann fiel ihr ein, dass Oliver ihnen gestern frei gegeben hatte. Jetzt wusste sie auch, warum.
Sie rief am Bahnhof an, um zu erfahren, wann der nächste Zug nach Woodmere ginge, und der Stationsvorsteher sagte ihr, an Sonntagen führe der Zug nur morgens und abends. Sie blickte auf ihre Uhr. Nein, bis heute Abend würde sie nicht warten.
Rasch lief sie wieder nach oben, wo Oliver immer noch schlief, und nahm die Autoschlüssel aus seiner Hosentasche. Er konnte zusehen, wie er ins Schloss zurückkam.
Oliver hatte das Auto noch nicht einmal in die Garage gestellt, und ihr Bedürfnis, hier wegzukommen, war so überwältigend, dass sie einstieg, den Motor anließ und losfuhr. In London war sie noch nie gefahren, aber da es Sonntagvormittag war, waren die Straßen leer, und sie erreichte schnell die Stadtgrenze.
Ob ihre Mutter wohl immer noch so glücklich über ihre Ehe mit einem englischen Herzog wäre, wenn sie wüsste, was ihrer Tochter geschehen war? Ihr Großvater würde Oliver umbringen, wenn er es erführe. Alex schämte sich vor sich selbst. Sie fühlte sich so schmutzig. Wieder begann sie zu weinen. Ihre Brüste schmerzten. Sie hatte im Badezimmer gesehen, dass sie voller blauer Flecke waren.

Sie musste versuchen, die letzte Nacht zu vergessen. Oder nein, sie sollte sie immer daran erinnern, dass sie ihrem Mann nie wieder zu Gefallen sein musste. Ihr eigener Mann hatte sie betrunken gemacht und Dinge mit ihr getan, die sie in nüchternem Zustand abgelehnt hätte. Sie wollte nie mehr etwas mit ihm zu tun haben. Von nun an würde sie ihr eigenes Leben leben, ob es ihm gefiel oder nicht.

Clarissa war überrascht, dass sie schon so früh aus London zurückkam.
»Ich habe dich frühestens morgen zurückerwartet.«
»Es war viel zu stickig in London«, erwiderte Alex.
Sie ging ins Kinderzimmer und gab der Nanny für den Rest des Tages frei. Als sie ihren Sohn in die Arme schloss, dachte sie: Wie kann so ein süßes Kind einen so abscheulichen Mann zum Vater haben?
Am Montagmorgen begab sie sich Punkt acht Uhr zum Frühstück, um mit Scully zu sprechen. Sie hatte ihn in der Woche zuvor gebeten, einen Landschaftsgärtner zu suchen, der die Neugestaltung des Parks in Angriff nehmen konnte.
»Haben Sie jemanden gefunden?«, fragte sie.
»Ja, in der Tat«, erwiderte Scully. »Einen Mann aus Bowdoin.«
»Ich habe mir überlegt, dass wir ihm mehr bezahlen, als er woanders verdienen könnte, wenn er wirklich gut ist«, erklärte sie. »Allerdings habe ich keine Ahnung, was ein Gärtner normalerweise verdient.«
Scully nannte ihr eine Summe. Alex schüttelte den Kopf.
»Nein, wenn er wirklich gut ist, zahlen wir ihm wesentlich mehr, schließlich ist es eine große Aufgabe. Er darf so viele

Leute einstellen, wie er braucht, damit der Park wieder so aussieht wie früher. Ich möchte auch den italienischen Garten wiederherstellen lassen. Laden Sie den Mann hierher ein, damit ich alles mit ihm besprechen kann.«
Scully dachte, wie großartig es doch war, wenn Geld keine Rolle spielte, aber ihm fiel auch auf, dass Alex wieder gequält wirkte. Das Wochenende war anscheinend ein Fiasko gewesen. Und Glück konnte man nicht mit Geld kaufen. Was mochte wohl in London passiert sein?
»Vielleicht können wir das kleine Steinhaus auf dem Hügel für ihn herrichten. Es steht schon seit Jahren leer. Es hat drei Zimmer, und wir lassen ein Badezimmer einbauen. O ja, das ist eine gute Idee. Können Sie sofort Leute dorthin schicken? Lassen Sie es sauber machen, und ich erkläre den Arbeitern dann, wie ich es mir vorstelle. Haben wir genug Männer dafür? Reden Sie mit dem Klempner im Dorf, damit er das Badezimmer und ein Spülbecken in der Küche einbaut, ja? Sie haben doch auch nur drei Zimmer neben Ihrem Büro, oder?«
Scully nickte, da er gerade den Mund voll hatte. Seine Räume waren weitaus größer als das kleine Cottage.
»Wir richten es so attraktiv her, dass er gerne kommt und auch ein paar Jahre bleibt. Lassen Sie uns sofort mit den Arbeiten beginnen, damit er sieht, was ihn erwartet.«
Alex trank einen Schluck Kaffee. Wenn sie erst einmal Herzogin war, würde sie als Erstes einen französischen Koch einstellen. Vielleicht bekam sie dann wenigstens anständigen Kaffee zum Frühstück. Und Croissants wären ihr auch lieber als der schwere Porridge.
Sie lächelte. »Und wenn er unverheiratet ist, stellen wir ihm einige hübsche junge Frauen aus dem Dorf vor. Wenn er erst

einmal eine Familie hier gegründet hat, wird er nicht mehr wegwollen.«

Sie hatte ständig neue Ideen, dachte Scully. Oliver war wirklich ein Narr. Wie konnte er sie nur so schlecht behandeln?

»Buchen Sie ihm ein Zimmer im Gasthof, damit er über Nacht bleiben kann.«

Es war eine Schande, dass es ihr schlecht ging, dachte Scully. Und dabei hatte sie vor zwei Tagen noch so strahlend ausgesehen.

29

»Mylady.« Reginald kam auf Alex zu, als sie das Esszimmer betrat. »Können Sie bitte mit mir kommen.«
»Hat es nicht Zeit, bis ich etwas gegessen habe?«
»Nein, leider nicht.« Er wies in Richtung Küche. »Hier entlang, bitte.«
Vor der Küche standen zwei Dienstmädchen über ein Bündel gebeugt und gaben leise, beruhigende Laute von sich.
»Das lag auf der Küchentreppe, als ich heute Morgen den Dienst antrat«, sagte der Butler.
Alex blickte in einen Karton, der mit einer Decke ausgepolstert war. Darin lag ein Neugeborenes.
»Ach du lieber Himmel!«
»Genau, Madam.«
Alex betrachtete den unbekleideten Säugling. Die Decke, auf der er lag, war nass und schmutzig.
»Gehen Sie zur Nanny und bitten Sie sie, Windeln und Babykleidung zu bringen. Ach was, ich mache es selber. Und, Reginald, besorgen Sie ein Körbchen.«
Sie wandte sich zur Hintertreppe, die sie sonst nie benutzte, aber sie war näher als die große Treppe. Reginald rief: »Warten Sie, Mylady, ich begleite sie.« Gehorsam blieb sie stehen, bis er bei ihr war, und dann führte er sie über diese Treppe durch ein Gewirr von Korridoren, an zahlreichen Türen vorbei, bis sie sich schließlich wieder auskannte.

»Danke, Reginald«, sagte sie, »ohne Ihre Hilfe hätte ich mich verirrt.«

Die Nanny gab Hugh gerade sein Frühstück, als sie das Kinderzimmer betrat. Alex küsste ihren Sohn und erklärte der Kinderfrau, was sie benötigte. Als sie die Windeln in der Hand hielt, wurde ihr auf einmal klar, dass sie nicht wusste, was sie damit machen sollte, denn sie hatte bei Hugh noch nie die Windeln gewechselt. Rasch lief sie die Treppe zur Küche wieder hinunter, wo die beiden Hausmädchen bei dem Säugling standen.

Es stellte sich jedoch heraus, dass auch die beiden nicht wussten, wie ein Baby gewickelt wurde. Schließlich kam die Köchin und zeigte es ihnen. Alex schaute interessiert zu und dachte bei sich, dass sie es unbedingt lernen sollte. Eigentlich sollten es alle Mütter können, auch wenn sie sich ganz sicher war, dass weder ihre Mutter noch Clarissa es beherrschten.

»Wir können dem kleinen Mädchen aber auf keinen Fall Kuhmilch füttern«, sagte die Köchin.

»Ich rufe den Arzt«, erklärte Alex, die sich sowieso wunderte, warum das Baby nicht vor Hunger schrie.

Reginald brachte einen kleinen Korb, und Alex zog dem Neugeborenen die abgelegten Sachen von Hugh an. Dann wickelte sie das Kind in eine Decke und legte es in das Körbchen. Sie würde das kleine Ding nicht den Küchenmädchen überlassen, sondern es mitnehmen, um den Arzt anzurufen.

Wie konnte eine Frau sich nur von ihrem Kind trennen, das kaum älter als zwei Tage war? Ihr eigen Fleisch und Blut. Wie konnte jemand so etwas tun?

Sie ging durch den Flur zurück ins Esszimmer, wo Scully gerade frühstückte.

»Ah, da sind Sie ja«, sagte er. »Ich dachte schon, Sie hätten verschlafen.«
»Nein, sehen Sie, was Reginald vor der Küchentür gefunden hat!«
Scully spähte in das Körbchen. »Herr im Himmel!«
»Ich lasse es Ihnen hier auf dem Tisch stehen und gehe den Doktor anrufen.«
Mrs. Cummins sagte ihr, James sei bereits zu Hausbesuchen unterwegs, aber Ben käme vorbei. Als er eine halbe Stunde später eintraf, berichtete Alex ihm rasch, dass der Säugling auf der Küchentreppe gelegen habe und dass sie das kleine Mädchen zwar gewickelt und warm eingepackt hätten, aber nicht wüssten, was sie ihm zu essen geben sollten. Er hatte vorsorglich Fertigmilch aus der Apotheke mitgebracht und erklärte ihr, wie sie zubereitet werden müsse. Sofort schickte Alex nach Mrs. Burnham und gab ihr entsprechende Anweisungen.
»Beeilen Sie sich«, bat sie die Haushälterin.
Ben untersuchte das Baby, erklärte, es sei bei guter Gesundheit und höchstens achtundvierzig Stunden alt. »Es wundert mich, dass es so sauber abgenabelt ist, wenn sie es ohne Hilfe zur Welt gebracht hat.«
»Warum gibt denn jemand sein Kind weg?«, fragte Alex.
Ben schaute sie an, als könne er so viel Naivität kaum fassen. »Offenbar hat sie keine andere Möglichkeit gesehen. Wahrscheinlich ist sie unverheiratet und das Kind unehelich.«
»Ich könnte mein Kind unter keinen Umständen weggeben.«
»Sie sind eine verheiratete Frau. Sie haben Geld. Es gibt Abertausende von Frauen, die ihre Kinder nicht ernähren können, selbst verheiratete Frauen, deren Ehemänner faul oder unnütz sind.«

»Abertausende?«, fragte Alex erstaunt.
»Wo leben Sie denn?«, rief Ben aus. »Um Himmels willen, wissen Sie denn nicht, wie viele Frauen wegen ein paar Minuten Glück ihr Leben ruinieren?«
Alex schüttelte den Kopf.
»Und Frauen, die vergewaltigt werden. Auch das sind Tausende.«
»Ach, du lieber Himmel. Und was passiert mit den Kindern?«
»Sie kommen ins Waisenhaus. Überall in England gibt es Waisenhäuser, die entweder von der Kirche oder vom Staat finanziert werden. Allesamt trübselige Orte.«
»Und werden die Kinder adoptiert?«
»Die kleineren Kinder schon. Ein Kind wie dieses hier, das erst wenige Tage alt ist, findet rasch neue Eltern. Bei Säuglingen bis zu einem Jahr ist das kaum ein Problem, aber für die Älteren gibt es kaum Hoffnung.«
»Wer adoptiert sie?«
»Alle möglichen Leute. Es gibt viele kinderlose Paare.«
»Dieses kleine Mädchen hier kommt also in ein Waisenhaus?«
Ben nickte. »Heute kann ich sie noch nicht mitnehmen, aber morgen. Oder Sie bringen sie selbst dorthin. Das nächste Waisenhaus ist in Greenview Wells. Ich kann Ihnen erklären, wie Sie dorthin kommen, wenn Sie möchten.«
»Vielleicht bringen Sie das Kind besser dorthin. Kennt man Sie dort?«
»Sie kennen James. Ich bin ja gerade erst seit einem Monat hier, aber James hat im Laufe der Jahre viele Kinder dorthin gebracht.«

»Hier aus dem Dorf?«
Ben nickte. »Ich war noch nie dort, und ich muss mich der Heimleiterin sowieso vorstellen. Wenn Sie also möchten, begleite ich Sie dorthin. Morgen Nachmittag? Können Sie das Baby so lange hier behalten?« Er blickte sie an. »Oder soll ich es besser zu meiner Schwägerin bringen? Sie hat im Laufe der Jahre zahlreiche Kinder über Nacht beherbergt.«
In diesem Moment erschien Mrs. Burnham mit dem Milchfläschchen.
Alex nahm das Kind auf den Arm und sagte zu der Haushälterin: »Ich füttere sie.« Sie hatte glückliche Erinnerungen an die Zeit, als Hugh noch so klein gewesen war und sie ihn gefüttert und gewiegt hatte.
Als der Säugling hungrig anfing zu trinken, erklärte Alex: »Wir behalten die Kleine hier, bis Sie Zeit haben, um sie ins Waisenhaus zu bringen.«
»Sie sollten es sich auch anschauen. Kommen Sie doch mit«, erwiderte Ben.
»Nein«, sagte Alex. »Ich glaube, es würde mir nicht gefallen.«
»Genau deshalb sollten Sie es sich ja ansehen. Ich erwarte, dass Sie mit mir kommen und Ihren Horizont erweitern.« Es erstaunte ihn, dass sie keine Ahnung von unehelichen Kindern gehabt hatte. Sie führte ein behütetes Leben und wusste nicht, was in der Welt vor sich ging. Eigentlich konnte er mit so naiven Frauen nichts anfangen, aber es war schwer, Alex nicht zu mögen. Sie hatte ihm vom ersten Moment an gefallen. Bei jeder anderen Frau hätte ihn so viel großäugige Naivität irritiert, aber sie weckte in ihm das Gefühl, ihr etwas beibringen und sie zugleich beschützen zu wollen.

Clarissa trat ins Esszimmer und staunte, als sie sah, dass Alex einen Säugling fütterte. Als Ben und ihre Schwiegertochter ihr berichteten, was passiert war, sagte sie: »Ich habe es immer sehr bedauert, keine Tochter zu haben. Jungen habe ich eigentlich nie verstanden. Warum mag es gerade vor unsere Tür gelegt worden sein?«

»Ich habe keine Ahnung«, erwiderte Ben. »Für gewöhnlich werden sie bei James abgelegt. Und das Pfarrhaus bekommt wahrscheinlich auch seinen Teil ab. Ich weiß nicht, warum dieses Mal gerade Sie ausgesucht worden sind.« Er schwieg. »Vielleicht hat sich die Mutter ja hier ein besseres Leben für ihr Kind erhofft.« Vielleicht hatte es auch etwas mit Alex zu tun.

»Ein besseres Leben«, murmelte Alex. Sie drückte das kleine Mädchen an sich. »Können wir Ihnen einen Kaffee oder einen Tee anbieten, Doktor?«

»Eine Tasse Kaffee wäre nicht schlecht. Ich bin noch nicht dazu gekommen, welchen zu trinken.«

»Dann frühstücken Sie doch mit uns. Es ist immer genug da für eine ganze Armee«, bot Clarissa an.

»Ja, gerne«, erwiderte er. Als er sich an den Tisch setzte, fragte die Herzogin: »Haben Sie mittlerweile ein Haus gefunden?«

»Oh, hat James es Ihnen nicht erzählt? Ja, ein hübsches Cottage, genau wie ich es mir vorgestellt hatte. Und ich habe mir auch einen Hund angeschafft, eine wunderschöne Colliehündin. Noch ist sie zu klein, aber ich freue mich schon darauf, sie auszubilden. Zurzeit schläft sie allerdings noch bei mir im Bett, muss ich zugeben, ich weiß also nicht, ob ich wirklich streng mit ihr sein kann. Sie beide müssen einmal nachmittags zum Tee kommen und mein neues Haus und den Hund bewundern.«

»Wie reizend«, erwiderte Clarissa und schenkte sich Tee ein. Ohne Tee wurde sie nicht richtig wach, und es war immerhin schon neun Uhr.

Das Baby hatte die Flasche ausgetrunken, und Alex nahm es hoch, damit es ein Bäuerchen machen konnte.

»Was soll aus ihr werden?«, fragte Clarissa und streckte die Arme aus.

»Lady Alexandra und ich bringen sie morgen Nachmittag ins Waisenhaus.« Der Arzt stand auf und fügte hinzu: »Ich muss jetzt aufbrechen. Ich habe mir heute früh noch nicht einmal die Zeit genommen, meinen Hund zu füttern.«

»Vielen, vielen Dank«, sagte Alex und reichte Clarissa den Säugling.

»Ich komme heute Nachmittag vorbei, um nachzusehen, wie Sie zurechtkommen.«

Als er weg war, sagte Clarissa: »Meine Mutter war immer der Ansicht, junge Frauen sollten nur Kinder bekommen, wenn sie verheiratet waren und für sie sorgen konnten. Allerdings hatte meine Mutter auch nicht allzu viel Ahnung von der menschlichen Natur.«

Alex dachte an den Sommer, den sie mit Harry verbracht hatte. Was wäre passiert, wenn sie schwanger geworden wäre? An diese Möglichkeit hatte sie damals gar nicht gedacht. »Ja, wir haben wirklich Glück«, sagte sie.

»Wenn du meinst«, erwiderte Clarissa.

»Bist du denn nicht der Meinung?«

»Oh, ich weiß nicht.« Clarissa aß einen Löffel von dem grauen Porridge, den Alex so verabscheute. »Irgendeine junge Frau hat wenigstens für eine einzige Nacht Leidenschaft erfahren. Vielleicht war es das ja wert, meinst du nicht?«

Erstaunt blickte Alex ihre Schwiegermutter an.

Clarissa erwiderte ihren Blick und fuhr fort: »Es wäre doch schrecklich, wenn auf dem Grabstein stehen würde: ›Hier liegt jemand, der in seinem ganzen Leben keine Leidenschaft erfuhr.‹«

Alex legte ihre Hand über die Hand der älteren Frau. »Oh, meine Liebe.«

»Nun, hattest du Momente der Leidenschaft? Ich habe die Menschen beneidet, die Leidenschaft erlebt und empfunden haben. Hast du dieses Gefühl jemals erfahren?«

Alex nickte und schenkte sich eine weitere Tasse Kaffee ein. »Ja.«

»Aber sicher nicht mit meinem Sohn.«

»Vor ihm. Als ich siebzehn war, glaubte ich, unsterblich in den Pferdeknecht verliebt zu sein. Als meine Mutter uns überraschte, fuhr sie mit mir nach Europa.«

»Ja, natürlich.« Clarissa seufzte. »Und kannst du dich noch daran erinnern, obwohl es jetzt schon so lange her ist? Wenn du nachts allein in deinem Bett liegst, weißt du dann noch, wie sich die Leidenschaft anfühlte?«

»Nein, eigentlich nicht. Es ist alles verblasst.«

»Oh, wie schade. Ich habe immer geglaubt, dass man dieses Gefühl sein Leben lang in sich trägt, wenn man es einmal erfahren hat, und dass es einen wärmt.« Sie legte den Löffel hin und lächelte Alex an. »Ein Pferdeknecht also? Ich hätte wissen müssen, dass er nicht von Adel war. Du brauchst mir nicht zu antworten, aber ich hoffe, ihr habt euch geliebt, sodass du keine Jungfrau mehr warst, als du meinen Sohn geheiratet hast. Ich fürchte nämlich, dass du mit meinem Sohn nicht allzu glücklich bist.«

»Liebst du ihn denn nicht?«
»Oh, meine Liebe, ich würde mein Leben für ihn geben, aber ich mag ihn nicht besonders. Sein Vater hat ihm beigebracht, Frauen zu verachten, und auch mich. Er war noch nicht fünf Jahre alt, da hat er mir schon keinen Kuss mehr gegeben. Der Herzog brachte ihm Jagen bei, und er war kaum sechzehn, da nahm er ihn schon mit in Bordelle. Das weiß ich mit Sicherheit. Sein Vater dachte, dort würde er lernen, Frauen zu befriedigen. Ist das so?«
Alex schüttelte den Kopf.
»Nun, Mrs. Palmerton muss er offensichtlich gefallen, sonst hätte sie es ja nicht so lange mit ihm ausgehalten.« Als sie Alex' überraschten Gesichtsausdruck sah, fuhr sie fort: »Oh, meine Liebe, ich bin zu einem großen Teil daran schuld, dass du unglücklich bist. Sein Vater und ich sagten ihm, er müsse heiraten und einen Erben zeugen. Dabei wussten wir beide, dass er seit Jahren eine Affäre mit Mrs. Palmerton hat, aber wir glaubten, wenn er erst einmal Frau und Kinder hätte, dann würde das aufhören. Anscheinend ist es jedoch nicht der Fall, denn er trifft sie immer noch.«
Alex schnürte es die Kehle zusammen. Ihr Mund wurde trocken, und sie schluckte. »Mrs. Palmerton?«, krächzte sie.
»Und ich habe geglaubt, es läge daran, dass ich unattraktiv und nicht begehrenswert bin ...«
Clarissa stand auf und eilte zu Alex, um sie in die Arme zu nehmen. »Rebecca Palmerton. Ich hätte es dir vielleicht nicht erzählen sollen, aber ich sehe doch jeden Tag, wie unglücklich du bist. Und Oliver ist nie hier.«
Alex hob Clarissa ihr tränenüberströmtes Gesicht entgegen.

»Ich bin egoistisch«, sagte Clarissa. »Ich bin so froh, dass er dich geheiratet hat, denn ich liebe und brauche dich.«
Alex griff nach Clarissas Hand. »Ich liebe dich auch.«
Clarissa traten Tränen in die Augen.

30

Als Ben am nächsten Morgen kam, um mit Alex ins Waisenhaus zu fahren, wurde er ins Esszimmer gebeten, wo ihm Alex erklärte: »Ich werde sie bei mir behalten, bis sie ein wenig kräftiger geworden ist. Trinken Sie eine Tasse Kaffee mit mir und erzählen Sie mir, warum Frauen ihre Kinder weggeben.«
»Daran ist nichts Geheimnisvolles«, erwiderte Ben.
Alex hatte gerade ihr Frühstück später als gewöhnlich beendet, da sie zuerst das Baby gefüttert hatte. Scully war bereits weg.
Ben nahm die Einladung zum Kaffee dankend an und setzte sich. In diesem Moment erschien Clarissa.
Sie lächelte ihn an. »Das wird zu einer angenehmen Gewohnheit.«
Er musterte sie verstohlen. Eine attraktive Frau, dachte er, schlank wie eine Weide. Sie hatte ihre Haare noch nicht aufgesteckt, und sie wurden von zwei Kämmen zurückgehalten, was ihr ein mädchenhaftes Aussehen verlieh. Sie trug ein graublaues Kleid, das ihn an die Farbe der Berge im Licht des späten Nachmittags erinnerte.
»Sie erinnern mich an Indien«, sagte er, ohne nachzudenken.
»Tatsächlich?« Clarissa drehte sich zu ihm um. »An Indien?«
»Eigentlich an die Berge«, sagte er. »Wenn die Schatten sich am späten Nachmittag darauf legen.«

»Oh, das klingt hübsch«, erwiderte sie. »Die einzigen Berge, die ich kenne, sind die Alpen.«

Ben war auf einmal verlegen. »Nun ja, Ihr Kleid ist wie die Farbe der Berge um diese Tageszeit.« Dann wandte er sich an Alex und fuhr fort: »Und Sie wollen also das kleine Wurm noch ein wenig behalten.«

»Es tut mir so leid, dass sie ohne Familie aufwachsen muss. Im Waisenhaus sind so viele andere Kinder, dass sich wahrscheinlich niemand richtig um sie kümmert. Vielleicht wird sie noch nicht einmal auf den Arm genommen.«

Einen Moment lang schwiegen sie, dann wiederholte Alex ihre Bitte: »Erzählen Sie mir, warum Frauen ihre Kinder weggeben.«

»Es gibt nicht so viele Gründe. Eine Frau wird zufällig schwanger, und das Kind ruiniert ihr Leben. Sie weiß nicht, wie sie es großziehen soll. Im Allgemeinen ist sie ein Dienstmädchen und muss für ihren Lebensunterhalt arbeiten. Ab und zu bekommen wir auch ein Kind von einer verheirateten Frau, die bereits mehr Kinder hat, als ihr Mann ernähren kann, weil er trinkt oder ein Tunichtgut ist. Oft werden die Frauen auch nach einer Vergewaltigung schwanger, und sie wollen die Schwangerschaft geheim halten, um ihre Arbeit nicht zu verlieren oder um sich die Chance zu erhalten, noch geheiratet zu werden.«

Alex schwieg. Ben schenkte sich noch eine Tasse Kaffee ein. Er konnte sich nicht vorstellen, dass sie von all dem keine Ahnung gehabt hatte. Aber vielleicht hatte sie ja auch einfach nur keinen Gedanken daran verschwendet.

»Es ist ein Skandal«, warf Clarissa ein. »Dagegen müsste wirklich etwas unternommen werden.«

Ben lachte freudlos. »Wenn Sie eine Lösung finden, bekommen Sie den Nobelpreis für den Dienst am Menschen.«
»Gibt es so einen Preis?«
Ben lächelte. »Es sollte ihn zumindest geben.«
Alex schoss der Samstagabend in London durch den Kopf.
»Was ist mit Frauen aus unserer Schicht? Werden sie denn nie ungewollt schwanger?«
»Oh, meine Liebe, überall auf der Welt werden Frauen ungewollt schwanger. Aber Frauen aus Ihrer Schicht können zu Verwandten ins Ausland geschickt werden und das Kind dort zur Adoption freigeben oder, in der Schweiz zum Beispiel, auch abtreiben lassen. Möglicherweise gehen sie auch zu Abtreibungsärzten hier in England. Manche Frauen versuchen allerdings auch, die unerwünschte Schwangerschaft mit Stricknadeln oder Kleiderbügeln zu ...«
Alex stöhnte gequält auf, und Clarissa war blass geworden.
»... beenden, oder sie nehmen irgendwelche ätzenden Flüssigkeiten, die ihnen empfohlen werden. Die Zahl der Frauen, die dabei zu Tode kommen, ist sehr hoch. Ungewollte Schwangerschaft ist die Geißel der Frauen. Niemand sollte ein unerwünschtes Kind bekommen, wirklich niemand.«
Ben hatte die Stimme erhoben, und seine Augen bekamen einen harten Ausdruck.
»In Indien sterben die Frauen zu Tausenden, weil sie viel zu oft schwanger werden, jedes Jahr ein Kind bekommen und ihr Körper dem nicht gewachsen ist.«
Unbehagliches Schweigen senkte sich über den Raum.
Nach ein paar Minuten erhob sich Ben und sagte: »Meine Damen, ich muss mich entschuldigen. Ich bin an diesem Thema sehr interessiert und vertrete es viel zu leidenschaftlich. Ver-

zeihen Sie. Und es ist völlig in Ordnung, wenn Sie das Baby so lange hier behalten, wie Sie möchten.«

Er ging, und die Frauen schwiegen, bis Clarissa schließlich sagte: »Du liebe Güte, er geht wirklich mit Leidenschaft an dieses Thema heran. Ich habe es lange nicht mehr erlebt, dass jemand so für eine Idee eintritt.«

In der Eingangshalle ertönten Schritte, und auf einmal stand Oliver im Esszimmer.

»Ah, ich komme rechtzeitig zum Frühstück.« Er warf sein Cape und seine Lederhandschuhe auf einen Stuhl und trat an die Anrichte.

»Du kommst früh aus London.«

»Nein, eigentlich spät. Ich habe die ganze Nacht lang Karten gespielt und bin bei Sonnenaufgang aufgebrochen. War das nicht der Bruder des Doktors, der mir gerade entgegengekommen ist? Ist jemand krank?«

»Er hat nur rasch vorbeigeschaut.«

Oliver belud sich seinen Teller mit Toast und Marmelade, Eiern und Würstchen und setzte sich ans Tischende. Er aß, ohne seine Frau oder seine Mutter eines Blickes zu würdigen. Schließlich blickte er auf.

»Was, zum Teufel, ist das denn?«, fragte er und wies auf das Körbchen, in dem das Baby lag. »Ist das etwa ein Baby?«

Alex nickte.

»Und wessen Kind ist es?«

»Das weiß niemand«, antwortete Clarissa. »Es lag vor unserer Tür.«

»Nun, und was macht ihr hier damit? Lasst es auf der Stelle ins Waisenhaus bringen.«

Alex fragte sich unwillkürlich, ob er für ungewollte Schwan-

gerschaften verantwortlich war, ob auch er das Leben mancher Frauen ruiniert hatte.
Als keine der beiden Frauen antwortete, läutete Oliver. Ein Lakai kam ins Zimmer.
»Ich hätte gerne frischen Tee«, sagte Oliver, »und Reginald soll herkommen.«
Alex rührte sich nicht und sagte auch nichts. Sie ballte die Fäuste.
Als Reginald eintrat, befahl Oliver: »Reginald, nehmen Sie den Korb und bringen Sie ihn ins Waisenhaus. Scully fährt Sie dorthin. Geben Sie das Kind persönlich ab.«
Alex griff nach dem Körbchen. »Das geht dich nichts an, Oliver. Dieses Kind gehört nicht dir. Reginald wird es nicht zum Waisenhaus bringen.«
Der Butler sah unsicher von einem zum anderen.
»Dies ist mein Haus, und hier wird getan, was ich sage. Was sollen wir hier mit einem fremden Baby?«
Clarissa erhob sich. »Dies wird eines Tages dein Haus sein, aber der Tag ist noch nicht gekommen. Und bis dahin ist es mein Haus.«
»Und wessen Baby ist es?«, wollte Oliver wissen.
»Meines«, erwiderte Alex und hielt das Körbchen fest an sich gedrückt.
»Deines?« Oliver lachte. »Das bezweifle ich. Der Vater bin ich jedenfalls ganz gewiss nicht.«
»Nein, hoffentlich nicht.«
»Dann kann es nicht deines sein.« Er maß sich mit ihr.
»Du weißt doch gar nicht, was ich tue, wenn du weg bist.«
Clarissa riss die Augen auf, und Reginald schürzte unmerklich die Lippen.

Oliver lachte dröhnend. »Meine Liebe, ich habe Samstagnacht mit dir verbracht. Du warst nicht schwanger.«
»Und doch ist dieses Kind meines.« Alex' Stimme war kalt.
Oliver entspannte sich sichtlich. »Ach, jetzt hör auf, Alex. Und du auch, Mutter. Na schön, man hat euch ein Findelkind vor die Tür gelegt. Aber es kann nicht hier bleiben.«
»Spiel dich nicht so auf«, erwiderte Clarissa. »Wir könnten es überall im Schloss verstecken, und du würdest nie erfahren, dass es überhaupt da ist. Lass uns in Ruhe, Oliver. Du hast keine Ahnung, was vor sich geht, du bist ja kaum hier. Und misch dich nicht in Dinge ein, die dich nichts angehen. Du bist hier nur ein Gast, Oliver, mehr nicht.«
Erstaunt blickte er seine Mutter an.
Clarissa entließ den Butler, und als er gegangen war, sagte Oliver: »Du solltest mich nicht vor dem Personal demütigen, Mutter.«
»Du hättest dich ja auch nicht wie ein ungezogenes Kind benehmen müssen.«
So hatte Clarissa noch nie mit ihrem Sohn geredet. Sie stand aufrecht da und blickte ihn unerschrocken an.
»Du brauchst Alex nicht vorzuschreiben, wie sie mit einem fremden Säugling umzugehen hat. Du kümmerst dich ja nicht einmal um dein eigenes Kind.«
»Was gibt es denn da zu kümmern? Er kann doch noch nicht einmal sprechen, was soll ich also mit ihm anfangen?«
»Nein, du wartest lieber, bis du ihm Jagen beibringen kannst, nicht wahr? Bis du ihm zeigen kannst, wie er mit Frauen umgehen muss.« Clarissa sprach leise. »Wie man tötet und missbraucht.«
Mit diesen Worten drehte sie sich auf dem Absatz um und

rauschte aus dem Zimmer. Alex hätte am liebsten Beifall geklatscht.
»Nun, welche Laus ist ihr denn über die Leber gelaufen?«
Oliver wandte sich an Alex. »Du hast mein Auto gestohlen! Was hast du dir denn dabei gedacht? Wie sollte ich denn hierher zurückkommen?«
»Das war mir gleichgültig.«
»Dann hat dir also unsere kleine Party Samstagnacht nicht gefallen?« Er blickte sie an.
Sie schwieg.
»Dein Pech.«
»Meines? Du weißt sehr genau, wie entwürdigend diese Nacht war. Und du hast es mit mir versucht, weil du es nicht gewagt hättest, deiner kostbaren Mrs. Palmerton einen solchen Vorschlag zu unterbreiten, den sie sicher abgelehnt hätte. Du würdest nicht wollen, dass sie schlecht von dir denkt, aber was ich von dir halte, ist dir völlig gleichgültig, nicht wahr?«
Er blickte sie kurz an und betrachtete dann seine Fingernägel.
»Du hast Recht, es mir egal, was du von mir denkst.«
In diesem Moment wusste Alex, dass sie frei war. Sie musste sich nie wieder Gedanken darüber machen, wie sie Oliver gefallen konnte. Sie brauchte sich auch nicht mehr einsam zu fühlen, weil sie keine Erwartungen mehr an ihn hatte. Wenn sie Liebe finden wollte, musste sie außerhalb der Ehe danach suchen, aber vielleicht war ihr das ja auch gar nicht so wichtig. Sie würde sich lieber mit unerwünschten Kindern beschäftigen.

31

Am Donnerstagnachmittag fuhr James Cummins wie immer vor dem Schloss vor. Sein Bruder begleitete ihn. Clarissa sah die beiden kommen, warf noch einen raschen Blick in den Spiegel und fuhr sich mit der Hand durch die Haare. Seit sie heute früh um acht Uhr aufgestanden war, hatte sie ihr Make-up noch nicht erneuert.

Sie war so glücklich wie seit langem nicht mehr, und das lag vor allem daran, dass sie sich mit Alex um den Bau des Krankenhauses kümmerte. Es war ungewohnt für sie, dass sie etwas zu tun hatte, und zwar nicht nur etwas, das ihre Zeit in Anspruch nahm, sondern das sie auch geistig forderte. Zum ersten Mal in ihrem Leben hatte sie das Gefühl, eine wirkliche Aufgabe zu haben.

Als sie jetzt beobachtete, wie die beiden Ärzte näher kamen, regte sich etwas in ihr, das dreißig Jahre lang geschlummert hatte. Sie wusste nicht, was es war, aber sie freute sich einfach, am Leben zu sein.

Noch einmal blickte sie in den Spiegel und zupfte an ihren Haaren, aber dann dachte sie, dass es eigentlich egal war, wie sie aussah. Schließlich war sie schon neunundvierzig Jahre alt.

Sie ging in den Salon, wo der Tee serviert worden war. Als die beiden Männer eintraten, streckte sie ihnen die Hand entgegen, aber zu ihrer Überraschung begrüßte James sie mit Wangenküssen und sagte: »Ich habe Ben gewarnt, dass es in unserem kleinen Dorf nicht allzu viele anregende Gesprächspartner gibt, und deshalb habe ich ihm vorgeschlagen, dass er uns heute Gesellschaft leistet. Ich hoffe, es macht Ihnen nichts aus. Er wird schnell merken, dass wir beide die Probleme auf der Welt hervorragend zu lösen verstehen.« Er lachte verlegen. »Und lassen Sie uns heute nicht vom Krankenhaus reden, er hört ständig davon.«

Clarissa setzte sich und forderte die beiden Männer ebenfalls auf, Platz zu nehmen. Ben wählte einen Sessel, von dem aus er in den Garten blicken konnte.

»Ja, unser Garten muss dringend neu gestaltet werden. Ich verstehe nicht allzu viel davon, aber Alex hat gerade neue Gärtner eingestellt. Nächstes Jahr im Frühjahr sieht es hier bestimmt wunderbar aus. Heute Morgen habe ich gesehen, wie sie neue Tulpen und Narzissen gepflanzt haben.«

Alex kam ins Zimmer. »Macht es Ihnen etwas aus, wenn ich mich Ihnen anschließe? Ich kann den Gedanken nicht ertragen, still in der Ecke zu sitzen und zu lesen, während Sie hier lebhafte Gespräche führen.« Sie wandte sich an Ben. »Verstehen Sie etwas von Gärten?«

»Ja, ein wenig. Ich kann voller Stolz behaupten, dass es mir sogar in Nordindien gelungen ist, Rosen zu züchten.«

»Ah«, sagte Clarissa, »einen Rosengarten hätte ich auch schrecklich gerne.«

»Ja, warum nicht?« Alex blickte Ben fragend an. »Können Sie uns helfen? Rosen aussuchen und entscheiden, wo sie gepflanzt werden sollen, und so weiter?«

»Nichts würde mir mehr Freude bereiten.«

»Dann ist es also abgemacht«, erklärte Alex. »Sie und Clarissa

kaufen die Rosen. Scully hat gerade einen hervorragenden Gärtner eingestellt, der die besten Empfehlungen hat. Ich habe ihm grenzenlose Mittel versprochen, und ihm gefällt die Vorstellung, aus unserem Garten ein Juwel zu machen.« Sie lachte. »Kein bescheidenes Ziel, was?«
»Nun, Sie haben ja auch genügend Land dafür«, erwiderte Ben. »Wenn ich Gärtner wäre, würde ich auch hier arbeiten wollen.«
»Alex hatte die Idee, das kleine Cottage auf dem Hügel für ihn herrichten zu lassen. Ich weiß nicht, ob Sie es schon einmal gesehen haben, es liegt ein wenig versteckt, aber man hat eine hübsche Aussicht von da oben. Es ist seit Jahren nicht benutzt worden, und sie hat jetzt ein Badezimmer dort einbauen lassen.«
»Ich hoffe, es gefällt ihm dort so gut, dass er nicht daran denkt, uns wieder zu verlassen.«
Ben lächelte. »Wenn er alle Freiheiten hat und genug Gärtner, die für ihn arbeiten, dann wird er wahrscheinlich hier bleiben.«
»Eine von Alex' zahlreichen Tugenden ist, dass sie die Dinge nicht verschiebt«, warf Clarissa ein. »Wenn sie eine Idee hat, setzt sie sie sofort in die Tat um.«
»Jedenfalls könnte Ihr Garten der Schönste im ganzen Land werden«, sagte Ben.
Clarissa reichte jedem eine Teetasse. Ben trank einen Schluck und lächelte zufrieden. »Ah, ein Darjeeling.«
Sein Bruder starrte ihn an. »Mann«, lachte er, »ich kann da keinen Unterschied feststellen.«
»Ich habe übrigens noch eine Idee.« Alex blickte Clarissa an. »Vielleicht findest du sie ja schockierend und billigst sie nicht,

und es ist auch absolut in Ordnung, wenn dir der Gedanke nicht gefällt.« Sie legte die Hand auf Clarissas Arm. »Vermutlich ist sie sowieso nicht praktikabel.«
Clarissa lächelte ermutigend.
»Ich bin vor ein paar Tagen durchs Schloss gegangen. Durch alle über hundert Zimmer. Hast du das jemals gemacht?«
»Es ist zwar lange her, aber ...«
»Nun, es ist eine Schande, so viel Raum zu vergeuden. Es erinnert mich an Versailles«, fuhr Alex fort. »Und eigentlich finde ich es unglaublich, dass einer einzigen Familie so viel Platz zur Verfügung steht.« Sie schwieg.
»Kein Wunder, dass es die Französische Revolution gab. Einige Familien lebten in Luxus und Überfluss, und die Bauern verhungerten. Nun, wir sind hoffentlich nicht so blind.« Sie warf Clarissa einen Blick zu. »Im Ostflügel habe ich festgestellt, dass dort ja noch ein weiterer Flügel angebaut worden ist, den man von vorn nicht sieht. Was haltet ihr davon, wenn wir diese Räume – fünfzehn in diesem angebauten Teil und über fünfzig im gesamten Ostflügel – Ihnen« – sie nickte den beiden Ärzten zu – »zur Verfügung stellen, damit dort ledige Mütter in den letzten Monaten der Schwangerschaft und nach der Entbindung versorgt werden können?« Clarissa und die beiden Cummins schauten sie erstaunt an. »Wir stellen eine Krankenschwester und ein oder zwei Pflegerinnen ein, je nachdem, wie viele Frauen wir aufnehmen, und sie können dort entbinden und so lange bleiben, bis sie wieder auf den Beinen sind, und ihre Kinder zur Adoption freigeben. Um den Rest kümmern wir uns.«
Clarissa, James und Ben starrten sie an, als sie an Ben gewandt fortfuhr: »Seit Sie mir gestern das Waisenhaus gezeigt haben,

ist mir der Gedanke nicht mehr aus dem Kopf gegangen. Ich kann mir nicht vorstellen, dass die kleine Lina …«
»Lina?«, fragte James.
»So haben wir das Baby genannt. Meine Urgroßmutter hieß Carolina, und der Name hat mir immer gut gefallen. Ich möchte nicht, dass sie in diesem dunklen, trübsinnigen Haus leben muss. Ich habe den Kindern beim Mittagessen zugeschaut, und es ist kein Wunder, dass die Kinder so traurig aussehen. Das Essen war genauso grau wie der Porridge, den es hier morgens immer gibt.«
»Oh«, murmelte Clarissa, »ich mag Porridge eigentlich ganz gerne.«
»Nun ja, vielleicht war er ja essbarer, als er aussah. Aber die Kinder hatten alle diese Kittel an und sahen alle gleich aus. Und um die Säuglinge kümmerte sich stundenlang keiner, und selbst als sie gefüttert wurden, nahm sie niemand auf den Arm. Also mit Liebe überschüttet werden sie nicht gerade, und sie wachsen ohne Zuneigung und Wärme auf … Ich habe ständig daran denken müssen.« Alex wischte sich eine Träne von der Wange. »Ich könnte es nicht ertragen, Lina dort zu wissen. Und so bin ich auf die Idee gekommen, einen Flügel für unverheiratete Mütter einzurichten. Und wenn wir Frauen einstellen, die sich gerne um die Neugeborenen kümmern, dann brauchen die armen Würmchen nicht ohne Liebe aufzuwachsen.«
Nicht zum ersten Mal dachte Ben, wie einfach es doch war, Gutes zu tun, wenn man genug Geld hatte. Und er musste zugeben, dass Alex es sich nicht leicht machte. Sie schrieb nicht einfach nur einen Scheck aus, sondern war mit ganzem Herzen bei der Sache.

»Wir stellen Personal ein, damit die Neugeborenen und auch die Mütter mit Respekt und Fürsorge behandelt werden. Wir können ja vielleicht auch versuchen, den ledigen Müttern Arbeit zu beschaffen, damit sie ihre Kinder behalten können, wenn sie möchten.«

Als niemand antwortete, fragte Alex: »Und? Was haltet ihr davon?«

»Oh, meine Liebe«, erwiderte Clarissa gerührt, »ich finde, es ist eine wundervolle Idee.«

Vermutlich hätte Clarissa die Idee auch wundervoll gefunden, wenn Alex vorgeschlagen hätte, Schweine in den Repräsentationsräumen zu züchten, dachte Ben.

»Wir brauchen sie gar nicht zu Gesicht zu bekommen«, beruhigte Alex ihre Schwiegermutter. »Dort drüben gibt es sogar einen separaten Eingang, und sie müssen auch die Haupteinfahrt nicht benutzen. Auch unsere Gäste werden nichts davon mitkriegen. Es gibt sogar eine große Veranda, auf der die Frauen bei schönem Wetter sitzen können, und wir könnten eine Küche einbauen lassen. Und ich denke auch, ich könnte meinen Großvater überreden, dass er in diesem Teil des Schlosses für Heizung und Strom sorgen lässt.«

Als alle schwiegen, fügte Alex hinzu: »Was nützt mir denn das viele Geld, wenn ich nichts Gutes damit tun kann? Soll ich mir nur Pelze und Reisen und Sommerhäuser dafür kaufen?« Sie dachte an das Haus ihrer Großmutter in Newport und die selten genutzte Villa ihres Großvaters in Westbury. Die Marmorpaläste, in denen sie aufgewachsen war. »Ich brauche keine Yacht oder eine private Eisenbahnlinie …«

»Ja, wir haben schon verstanden.« James streckte beschwichtigend die Hand aus. »Wir sind nur alle ein wenig sprachlos,

weil es so ein großzügiges Angebot ist.« Er warf Clarissa einen fragenden Blick zu. Wie mochte sie es wohl finden, wenn hier alles umgebaut wurde? Schließlich lebte sie schon seit dreißig Jahren hier. »Ich glaube nicht, dass Oliver oder der Herzog die Maßnahmen gutheißen werden.«
Alex zuckte mit den Schultern. »Sie sind käuflich.«
»Hier in der Gegend werden nicht so viele illegitime Kinder geboren, dass zwanzig Zimmer das ganze Jahr über belegt wären«, sagte James.
»Aber es wird sich doch bestimmt wie ein Lauffeuer verbreiten, dass so eine Einrichtung zur Verfügung steht.«
»Sollen wir denn nicht nur für die Frauen aus dem Dorf sorgen?«
»Ich habe an alle Frauen aus der Grafschaft gedacht, die nicht wissen, wo sie hingehen sollen. Wenn nötig, können wir sogar als Waisenhaus dienen, bis die Kinder ein Zuhause gefunden haben.«
»Und wenn sie keines finden?«
»Wir können Pflegerinnen einstellen, die ihnen Liebe schenken. Wir werden sie großzügig entlohnen, und ich möchte vor allem darauf hinweisen, dass es uns nicht ansteht, ein moralisches Urteil zu fällen.«
Das hatte Sophie viel zu lange bei ihr, Alex, getan. In den Augen ihrer Mutter hatte sie nie etwas richtig gemacht, bis sie schließlich Oliver heiratete, und wohin das geführt hatte, sah man ja. Ihr Herz war von Lina berührt worden. Sie fragte sich jeden Tag, was diese Mutter wohl durchgemacht hatte.
Ben nahm sich noch ein Kressesandwich. »Und ich habe gedacht, ich würde mich hier halbwegs zur Ruhe setzen, einen Garten anlegen, angeln und Hunde erziehen und meinem

Bruder ein wenig in seiner kleinen Landarztpraxis helfen.« Er und James blickten sich an und lachten.
Clarissa nahm sich ebenfalls ein Sandwich. »Und jetzt haben wir alle neue Aufgaben.«
Sie hat »wir« gesagt, dachte Alex.
James sagte: »Morgen fahren wir nach London, um Ben ein Auto zu kaufen.«
»Das können wir ja vielleicht aus dem Geldfonds für das Krankenhaus bestreiten«, schlug Alex vor.
»Nein, danke«, erwiderte Ben. »Das bezahle ich schon selbst. Im Gegensatz zu Ihrem Mann lasse ich mich nicht kaufen.«
Zerknirscht murmelte Alex: »Gut zu wissen, dass es noch moralische Menschen gibt.«
Ihr wurde klar, dass sie langsam aufhören musste zu glauben, alles und jeden kaufen zu können. Und das war ja auch gut so.

32

Oliver hatte sich einen blauen Stutz Bearcat gekauft, ein Auto, das man in England noch nicht gesehen hatte. Jeremy Dawson hatte sich in den Wagen verliebt, als er in Amerika war, und hatte drei davon nach England verschiffen lassen. Zwei wollte er für den doppelten Preis verkaufen.
Drei Tage, bevor Alex ihm das Auto weggenommen hatte, hatte er die Wagen zufällig Oliver gegenüber in ihrem Club erwähnt.
Ein wunderbarer Vorwand, um ein solches Auto zu kaufen. Der Preis spielte keine Rolle. Er würde es ihr schon zeigen.
Sie hatte noch nicht einmal gefragt, wie er ins Schloss gekommen war, nachdem sie ihm den Wagen gestohlen hatte. Nun, zumindest hatte er seiner Frau und seiner Mutter Bescheid gesagt, dass er am Boxing Day wieder eine Jagdparty geben wollte, für die sie vor Jahren berühmt gewesen waren.
»Und was ist der Boxing Day?«, hatte Alex gefragt.
»Das ist der Tag nach Weihnachten«, antwortete Clarissa. »Viele Leute geben ihren Dienstboten an diesem Tag die Geschenke. Aber wir machen es ja direkt am Weihnachtstag. Der Tag danach, das Fest des heiligen Stephan, des ersten christlichen Märtyrers, wird Boxing Day genannt. Worauf das zurückgeht, ist nicht ganz klar, aber es ist ein beinahe ebenso wichtiger Feiertag wie Weihnachten. Als ich jung verheiratet war, haben meine Schwiegereltern, der Herzog und die Her-

zogin, an diesem Tag eine Jagd und eine Gala veranstaltet. Die Einladungen waren äußerst begehrt.«

»Ich habe schon eine Einladungsliste erstellt.« Oliver warf ein Blatt Papier auf den Tisch. »Mutter, du kannst dich vermutlich gar nicht mehr daran erinnern, wie man eine Jagd veranstaltet.«

»Aber natürlich«, erwiderte die Herzogin empört.

»Nun, schick auf jeden Fall die Einladungen so früh heraus, dass die Männer ihre Hunde bis dahin noch trainieren können. Normalerweise sind sie nämlich erst gegen Ende Januar in Topform. Ich gebe Scully und Mrs. Burnham Anweisungen, da ja keiner von euch beiden weiß, was zu tun ist.« Das sagte er nicht herablassend, sondern ganz nüchtern, und Alex hatte tatsächlich keine Ahnung, um was es ging.

»Es stehen acht Paare auf der Liste und drei ledige Männer. Die meisten Frauen werden auch reiten. Ihr müsst alles lüften lassen und dafür sorgen, dass elf Schlafzimmer vorbereitet sind.«

Alex war ganz aufgeregt. Sie hatte noch keine Gesellschaft auf Schloss Carlisle miterlebt, und jetzt würde sie endlich in die britische Gesellschaft eingeführt. Sie freute sich darauf, den Winter in der Stadt zu verbringen, aber andererseits wollte sie auch den Bau des Krankenhauses nicht versäumen. Es würde im Frühjahr fertig werden. Und zur gleichen Zeit richteten sie die Zimmer im Ostflügel her. Natürlich hatte Großvater ihr das Geld für die Stromleitungen und Badezimmer überwiesen. Und als er gehört hatte, dass Oliver nichts mit dem kleinen Mädchen zu tun haben wollte, hatte er Alex geschrieben, dass er es als Ehre ansähe, wenn die Kleine seinen Namen trüge: Carolina Curran. Er und Annie würden nur zu gerne ihre

Paten sein. Allerdings hatte auch Clarissa das bereits angeboten. Sie war völlig vernarrt in das kleine Mädchen.

Es passierte so viel Aufregendes um Alex herum, dass sie es sich eigentlich nicht leisten konnte, sich den Winter über in London aufzuhalten, aber sie wollte auch gerne auf Bälle gehen, andere Leute treffen und selbst Einladungen geben. Nun, sie würde sehen, vielleicht konnte sie ja ihre Zeit irgendwie aufteilen. Schließlich dauerte die Fahrt nach London mit dem Auto nur zwei Stunden.

Was möchte sie wohl für eine Gastgeberin sein?, fragte sich Oliver. Sie war ja kaum einundzwanzig Jahre alt und hatte noch nie in ihrem Leben Einladungen gegeben. In Amerika hatte bestimmt ihre Mutter alles immer arrangiert. Nun, er würde abwarten. Auf jeden Fall konnte er mit ihrem Geld die frühere Pracht wieder aufleben lassen. Im Sommer konnten sie vielleicht einmal eine Wochenendparty geben, mit Booten auf dem kleinen See. Die Tennisplätze müssten auch neu belegt werden. Hoffentlich vergaß er nicht, Scully rechtzeitig daran zu erinnern. Sein Vater hatte für solche Dinge nie genug Geld gehabt, obwohl es für seine Vergnügungen auf Reisen immer gereicht hatte. Man munkelte, er habe eine Villa in Marbella gemietet und dort wohne eine Frau mit ihm zusammen, aber das waren nur Gerüchte. Er würde auf jeden Fall Weihnachten zu Hause sein. Auch Oliver wollte alle Wochenenden im Dezember im Schloss verbringen, um sich persönlich um die Vorbereitungen für die Jagd und den Ball zu kümmern. Er lächelte. Alex war wenigstens dazu gut, auch wenn das Wochenende in London ein Fehler gewesen war. Aber Rebecca hätte so etwas auch auf keinen Fall mitgemacht, und er achtete auch viel zu sehr darauf, dass sie ihn respektierte.

Wenn das nicht mehr der Fall war, dann würde sie nichts mehr an ihn binden.
Aber was Alex anging, so war es ihre Schuld. Sie hatte gesagt, sie würde alles tun, um ihm zu gefallen. Es war das aufregendste Erlebnis gewesen, was er je gehabt hatte. Sie hatten die ganze Nacht nicht geschlafen. Und diese Felicity war auch toll gewesen. Er würde sie jederzeit wieder engagieren, auch wenn es sich nicht um einen Dreier handelte. Wenn Alex besser aufgepasst hätte, hätte sie eine ganze Menge von Felicity lernen können. Und ihr hatte es doch auch gefallen, er hatte sie ja stöhnen hören. Aber Frauen gaben wohl nicht zu, dass andere Frauen ihnen Lust bereiten konnten. Sie setzten sich viel engere Grenzen als Männer. Jesus, wenn er bloß daran dachte, bekam er schon wieder eine Erektion. Vielleicht sollte er Felicity anrufen, wenn er wieder in der Stadt war, und dann konnten sie sich miteinander vergnügen.
Es war ja nicht so, dass Rebecca ihm keine Freude mehr bereitete. Im Gegenteil, er liebte sie wahnsinnig, aber bei Felicity brauchte er sich keine Gedanken zu machen. Sie war nur dazu da, ihm Lust zu bereiten, und dachte sich immer neue Überraschungen aus. Aber das brauchte Rebecca natürlich auch nicht zu tun. Bei ihr reichte es schon aus, wenn sie ihm über den Handrücken strich oder er ihren Atem im Nacken spürte.
Als er Rebecca in der ersten Dezemberwoche eines Abends zum Dinner abholte, war er überrascht oder vielmehr geschockt.
»Na, du bist mir ja vielleicht einer«, sagte sie.
»Wie meinst du das?«, fragte er.
»Hier.« Sie zeigte auf eine Karte, die auf dem Telefontischchen lag.

Es war eine Einladung zur Boxing-Day-Jagd auf Schloss Carlisle.
Fassungslos starrte er darauf.
»Wie hast du das denn gemacht?«
Er antwortete nicht.
»Weiß sie von uns?«
Oliver wandte sich zu Rebecca. »Ich habe nichts damit zu tun.«
»Ach, tatsächlich?« Sie lachte.
»Aber du kommst doch bestimmt nicht, oder?«
»O Liebling, ich möchte so gerne sehen, wie sie aussieht, und außerdem brenne ich darauf, mir dein berühmtes Schloss anzuschauen. So könnte ich zwei Fliegen mit einer Klappe schlagen. George hält es auch für eine wundervolle Idee. Er denkt sicher, dass ich mich mit eigenen Augen überzeugen soll, dass eine jüngere und wahrscheinlich hübschere Frau viel größere Chancen bei dir hat. Allerdings ist es ihm eigentlich gleichgültig, du weißt ja, dass er seine Affären hat. Aber sie hat immerhin einen Sohn von dir.«
»O Himmel, Liebling, das wäre eine Katastrophe. Das hat Alex sich ausgedacht. Sie ist zurzeit sowieso böse auf mich.«
»Glaubst du, ich habe keine Manieren? Natürlich wird es keine Katastrophe, dafür sorge ich schon. Wir werden uns äußerst zivilisiert benehmen und einander übersehen.«
»O Himmel.« Oliver war wütend. Verdammt noch mal, sie wollte ihm eins auswischen. Sie will sich meine Geliebte anschauen. Nun, es geschieht ihr recht. Alle werden es wissen, schließlich weiß es in London auch jeder. Alex würde sich auf keinen Fall von ihm scheiden lassen. Sie würde nicht riskieren wollen, ihren Sohn zu verlieren. Und an das Geld, das er zur

Hochzeit bekommen hatte, konnte sie auch nicht heran. Er würde sie noch einmal daran erinnern, dass sie nicht besser als eine Prostituierte war, schließlich war sie ihm ja sozusagen verkauft worden. Er war bezahlt worden, damit er sie zur Frau nahm. Was mochte das wohl für ein Gefühl sein? Er war für das Privileg, mit ihr zu schlafen, bezahlt worden. Privileg? Er schlief nur aus Pflichtgefühl mit ihr, weil sein Name weiterbestehen musste. Das würde er ihr das nächste Mal sagen, wenn sie ihn so von oben herab behandelte.
Ihr schmutziger Trick, Rebecca und ihren Mann zur Jagd einzuladen, würde nicht funktionieren. Sie würde schon sehen.

33

Du weißt gar nicht, wie hart alle in den letzten Monaten gearbeitet haben, um die Jagd vorzubereiten.«
Weihnachten würde dagegen fast verblassen. Alex hoffte jedenfalls, dass es ein ruhiges Fest werden würde, weil sie erschöpft war und sich nach Ruhe sehnte.
»Hast du dir Reitkleidung besorgt? Das, was du hier bei Ausritten trägst, ist unpassend für eine Jagd.«
»Ich werde nicht mitreiten.«
Ah, vermutlich dachte sie, sie könne sich nicht mit Rebecca messen, die eine hervorragende Reiterin war.
»Ach, und warum nicht?« Bis jetzt hatten sie noch nicht darüber gesprochen, dass die Palmertons eingeladen waren.
»Ich bin schwanger.« Er starrte sie an. Unmöglich.
»Von jener Nacht am Grosvenor Square.«
Das war vor zwei Monaten gewesen. Seitdem hatten sie nur noch über die Jagd geredet.
»Wann soll das Kind kommen?«
»Du kannst genauso gut rechnen wie ich. Neun Monate von jener Nacht an.« Alex fragte sich, ob Oliver in der letzten Zeit auch nur einmal nach seinem Sohn geschaut hatte. Er sah ihn nur, wenn er zufällig in ihr Zimmer trat, und sie gerade mit Hugh spielte oder ihm vorlas.
»Er versteht doch gar nicht, was du ihm vorliest«, hatte Oliver einmal gesagt.

Sie hatte ihn ignoriert und weitergelesen. Oliver war stehen geblieben und hatte ihrer Stimme gelauscht, wobei in ihm eine leise Erinnerung aufstieg ... Vor langer Zeit hatte er auf dem Schoß seiner Mutter gesessen, und sie hatte ihm auch vorgelesen. Dann hatte sie ihn auf den Scheitel geküsst. Seufzend schüttelte er den Kopf.

Alex hingegen wusste noch sehr gut, wie ihre Nanny ihr vorgelesen hatte. Sie war damals schon ein bisschen älter gewesen, nicht erst acht Monate, wie Hugh. Aber Sophie hatte ihr nie vorgelesen. Nur ihr Vater ... Sie musste ihm dringend schreiben.

Sie wandte sich wieder zu ihrem Mann. »Meine Schwangerschaft wird mich jedoch diesen Winter nicht davon abhalten, an der Saison teilzunehmen. Ich werde am Grosvenor Square sein und hoffe, du nimmst alle Einladungen für uns beide an. Ich werde auch Gesellschaften geben.«

Er nickte.

»Mir liegt nichts daran, mit dir ins Theater zu gehen, aber ich erwarte von dir, dass du bei unseren Dinnerpartys anwesend bist. Außerdem werden wir Ende Februar einen Ball geben.« Bisher hatte sie ihm gegenüber nichts davon erwähnt. »Bis dahin wird man mir meine Schwangerschaft noch nicht ansehen. Und danach ziehe ich mich dann hierher zurück, bis das Kind geboren ist.«

Gut, dachte er. Seine Pflicht war getan. Ein weiterer Erbe. Das heißt, wenn das neue Baby wieder ein Sohn war. Er grinste. Nun, zumindest hatte ihm die Zeugung dieses Mal Vergnügen bereitet. »William«, sagte er, »ich möchte, dass das Kind William heißt.«

»Ach, hast du als Einziger über den Namen des Babys zu bestimmen?«

»Du weißt doch: Du suchst den Mädchennamen aus und ich den Namen für den Jungen.«

Als Alex nicht antwortete, fügte er hinzu: »Ich kann nur hoffen, dass du unseren Gästen gegenüber mehr Charme entwickelst.«

»Ach ja, wir sind ja noch nie als Paar zusammen in der Öffentlichkeit aufgetreten, nicht wahr? Nun, Oliver, die Jagdparty wird meine Einführung in die Gesellschaft sein. Ich erwarte von dir, dass du mich genauso gut behandelst wie Mrs. Palmerton.«

»Sie und ihr Ehemann fahren über die Feiertage nach St. Moritz.«

»Ach, das ist aber seltsam. Sie hat mir einen reizenden Brief geschrieben und zugesagt. Die Einladung zur Jagd am Boxing Day sei eine große Ehre für sie und ihren Gatten. Ich glaube, genauso hat sie es formuliert.«

Er hatte sich erst gestern von Rebecca verabschiedet. Sie hatte ihn lächelnd geküsst und gesagt: »Bis nächstes Jahr dann.« Sie hatte ihm absichtlich verschwiegen, dass sie zugesagt hatte. Verdammt, wie peinlich.

»Sie sind im Zimmer ganz hinten am Gang untergebracht. Wenn du auf Zehenspitzen zu ihr schleichst, musst du an allen anderen Zimmern vorbei. Aber das bietet sich vielleicht auch nicht an, weil ja ihr Mann dabei ist. Soll ich ihn ein oder zwei Stunden lang ablenken?«

»Du bist ein Luder, aber das weißt du, oder? Ein echtes Luder, meine Liebe.«

»Kennst du ihren Mann?«

»Ich bin ihm häufig begegnet.«

»Warum soll denn dann Mrs. Palmerton nicht auch deine Frau

kennen lernen? Sie ist bestimmt ebenso neugierig auf mich wie ich auf sie.«
»Wie hast du herausgefunden, wer sie ist?«
»Deine Mutter hat es mir gesagt.«
»Meine Mutter?« Oliver versagte die Stimme.
»Entschuldige mich jetzt, Oliver, ich habe zu tun.«

Im Wohnzimmer der Familie brannte ein Feuer im Kamin. Clarissa saß im Sessel und schaute zu, wie Alex den Weihnachtsbaum schmückte, der auf ihrem eigenen Besitz geschlagen worden war.
Beide Kinder waren bei ihnen, Hugh in seinem Laufställchen und Lina in ihrem Körbchen. Alex hatte das Schmücken des Baumes nicht den Dienstboten überlassen wollen und stand jetzt auf einer Leiter, um die letzten Kugeln an die oberen Zweige zu hängen.
»Es sieht perfekt aus«, erklärte Clarissa. »Noch mehr wäre zu viel.«
Alex liebte den Christbaumschmuck, der schon seit Generationen in der Familie war und zum Teil noch von Clarissas deutscher Großmutter stammte.
»Als ich ein kleines Mädchen war«, erzählte sie Alex, während sie ihr die schimmernden Kugeln reichte, »fuhr meine Großmutter jeden Sommer mit mir nach Deutschland, um ihre Verwandten zu besuchen. Ich habe sie seit Jahren nicht mehr gesehen, aber ich schreibe ihnen jedes Jahr zu Weihnachten. Während des Krieges ist es mir sehr schwer gefallen, sie als Feinde zu betrachten. Diese lieben Menschen, die ich jedes Jahr in München besuchte, waren keine Feinde. Es war eine wunderschöne Zeit bei ihnen.«

Sie verbrachten einen gemütlichen Nachmittag mit dem Schmücken des Baumes, tranken Tee und schwatzten dabei. Der Baum war nicht annähernd so groß oder so prächtig wie der, den sie auf der Fifth Avenue immer gehabt hatten, aber Alex fand ihn wunderschön. Es war *ihr* Baum.

Sie warf Clarissa einen Blick zu und sagte: »Weißt du, ich fühle mich dir viel näher als meiner Mutter.«

Clarissa blinzelte und lächelte gerührt. »Und du, meine Liebe, bist die Tochter, die ich nie gehabt habe.«

In diesem Moment trat der Herzog ins Zimmer, die Arme mit Geschenken beladen.

»Es sieht so aus, als ob es schneien würde«, sagte er und legte seine Päckchen unter den Baum.

»Oh, hoffentlich nicht«, erwiderte Clarissa. »Das würde die Jagd ruinieren.«

»Ich habe sowieso seit Monaten nicht mehr auf einem Pferd gesessen. Nun, auf jeden Fall ist es sehr kalt.« Er zog seinen Mantel aus und warf ihn über einen Sessel. Geräuschlos trat Reginald ins Zimmer und räumte Mantel, Hut und Schal des Herzogs weg.

»Möchtest du Tee?«, fragte Clarissa und wies auf die bereits geleerte Teekanne. Schon stand ein Diener im Zimmer und brachte frischen Tee.

Alex sagte: »Ich gehe Scully holen, damit wir mit der Bescherung beginnen können.«

Sie warf sich einen Umhang um und trat in den grauen Nachmittag hinaus. Es ging kein Wind, aber es war schneidend kalt. Der Dezember war manchmal der kälteste Monat im Jahr. Einer der Hunde kam angesprungen und lief neben ihr her. Sie tätschelte ihm den Kopf. In Scullys Büro brannte bereits Licht,

weil es um diese Tageszeit schon langsam dunkel wurde. Sie stieg die Treppe hinauf und klopfte.
»Das ist ja eine Freude«, sagte Scully. »Kommen Sie ins Warme.«
»Ja, es ist wirklich sehr kalt«, erwiderte Alex. »Ich wollte Sie abholen.«
»Mich abholen?«
»Nun, Oliver und der Herzog sind zu Hause, und ich habe niemanden, mit dem ich mich unterhalten kann. Alle reden sie nur von der Jagd und von Pferden.«
Scully lachte. »Ich kann mir gar nicht vorstellen, dass Sie Probleme haben, sich mit jemandem zu unterhalten.«
»Nur mit meinem Mann und meinem Schwiegervater.«
Neugierig blickte sie auf ein aufgeschlagenes Buch, das auf dem Tisch lag. »Haben Sie gerade gelesen?«
»Ja. Was soll man an einem so kalten, grauen Nachmittag am Tag vor Weihnachten denn anderes machen?«
»Und was lesen Sie?«
»Eine Biographie über Nikolaus und Alexandra.«
»Über Russland?«
»Ja. Über eine Frau mit Ihrem Namen.«
»Nun, markieren Sie die Seite und kommen Sie mit mir. Es gibt gleich Cocktails. Scully, ich bin so nervös. Wir haben hier noch nie eine Einladung gegeben. Die Leute werden mich genau unter die Lupe nehmen. Was, wenn sie mich nicht akzeptieren?«
»Meine Liebe, diese Gefahr besteht nicht.«
»Ich bin alles im Geiste noch einmal durchgegangen. Alle Gästezimmer sind hergerichtet worden, es sind frische Handtücher in den Badezimmern, wir haben Zahnpasta, Zahnbürsten und Seife. Die Zimmer sind gelüftet und die Betten

frisch bezogen worden. Überall liegt neue Tischwäsche, und das Silber ist poliert. Das Personal weiß, wo die Gäste schlafen und wo ihre Dienstboten untergebracht sind. Neunzehn Leute für zwei Nächte zu beherbergen ist nicht einfach. Und wenn ich nun scheitere?«

»Ich habe nicht den leisesten Zweifel, dass die Jagd ein großer Erfolg wird.«

»Hier spricht ein wahrer Freund. Ich kenne diese Leute nicht und weiß nicht, worüber ich mich mit ihnen unterhalten soll, was ich zu ihnen sagen soll.«

»Genau dasselbe, was Sie auch zu Ihren amerikanischen Freunden gesagt haben.«

»Ach, das waren doch Albernheiten. Damals habe ich geflirtet und versucht, junge Männer zu beeindrucken.«

»Sie können sich mit den Gästen über Pferde und Hunde unterhalten, und wenn Ihnen die Themen ausgehen, können Sie sich immer noch darüber auslassen, wie schwierig es heutzutage ist, gutes Personal zu bekommen.«

»Das stimmt doch gar nicht.«

»Na ja, Sie haben vermutlich auch schon in Amerika nicht unter normalen Umständen gelebt.«

»Was soll das heißen, Scully? Bin ich etwa nicht normal?«

Scully klopfte seine Pfeife aus. »Sie sind zumindest nicht so wie jeder andere.«

»Kein Mensch ist wie der andere, Scully.«

»Ja, da haben Sie vermutlich Recht.«

»Sie wissen, dass *sie* auch kommt, oder?«

Scully zögerte. »*Wer ist sie?*«

»Mrs. Palmerton. Wissen Sie, wer die Palmertons sind?«

»Besitzt er nicht all diese Mühlen oben im Norden?«

»Ach ja?«
Scully trat ans Fenster. »Ja, ich weiß, wer die Palmertons sind. Haben Sie sie tatsächlich eingeladen?«
»Ich wollte sehen, wie sie ist. Ich hatte von Anfang an keine Chance gegen sie, wissen Sie. Oliver liebte sie schon, als er mich heiratete.«
Scully blickte sie an. Ihre Blicke trafen sich, und sie fragte sich, was er wohl dachte.
»Glauben Sie, Sie können Oliver von ihr losreißen?«
Seufzend sank Alex auf einen Stuhl. Sie überlegte einen Moment lang. »Ich weiß nicht. Ich will ihn nicht mehr. Er ist zu weit gegangen. Nein, ich will ihn ihr nicht wegnehmen. Ich will sie einfach nur sehen. Mir ist es egal, ob er mich noch liebt oder nicht. Als wir geheiratet haben, war ich auch nicht in ihn verliebt. Aber ich habe zumindest erwartet, dass er mir Gesellschaft leistet, mit mir reiten geht ...«
»Jemand, der mehr mit Ihnen unternimmt als ich, meinen Sie?«
»O Scully, lieber Scully, das habe ich nicht gemeint. Mit Ihnen kann ich wunderbar ausreiten. Nein, ich dachte, dass mein Mann wenigstens gerne mit mir zusammen ist, obwohl, wenn ich es recht überlege, bei meinen Eltern war es auch nicht so.«
»Ihr Amerikaner seid viel romantischer als die Briten aus der Oberschicht. Der Adel heiratet aus politischen und finanziellen Gründen oder weil Ehen zwischen den Familien arrangiert werden ...«
»So wie meine.«
»Genau. Und dann versuchen sie, außerhalb der Ehe ein wenig Liebe oder zumindest Vergnügen zu finden, benehmen sich jedoch in der Öffentlichkeit untadelig, als wenn es keinen Klatsch gäbe.«

»Wie deprimierend.«
»Aber Sie wirken gar nicht so unglücklich. Sie tun bewundernswerte Dinge und erreichen viel mehr als die meisten jungen Damen Ihres Alters. Sie sind nur jetzt im Moment ein bisschen deprimiert, weil der Herzog und Oliver zu Hause sind und Sie daran erinnern, wie einsam Sie sich fühlen.«
»Ich weiß nicht. Wenn ich nachts allein in meinem Bett liege, merke ich, dass mich niemand liebt, und dann fühle ich mich einsam.«
»Ja, aber Sie werden doch geliebt. Und wenn dieses Krankenhaus erst fertig ist, werden Sie noch viel mehr Menschen lieben. Sie werden Ihnen danken, weil Sie ihr Leben verändert haben.«
»Aber diese Tatsache legt nicht die Arme um mich und wärmt mich, damit ich mich nicht mehr so einsam fühle.«
Scully trat zu ihr und legte die Arme um sie. »So«, sagte er, »wenn Sie in den Arm genommen werden möchten, kommen Sie zu mir. Sie bedeuten mir viel, und das geht allen Leuten so, die Sie kennen. Sogar die Dienstboten lieben Sie, weil Sie nicht durch sie hindurchschauen, als ob sie unsichtbar wären. Sie wissen gar nicht, was Sie in anderen Menschen für Gefühle auslösen.«
Alex legte den Kopf an seine Schulter. »Ich fühle mich wohl in Ihrer Umarmung. Danke. Sie sind ein wahrer Freund.«
Einen Moment lang blieben sie so stehen, dann löste er sich von ihr und sagte: »Und jetzt gehen wir hinüber und stimmen uns auf Weihnachten ein.«
»Welche Gedanken helfen Ihnen, wenn Sie sich einsam fühlen, Scully?«, fragte Alex, während er seinen Mantel anzog.
»Ich denke an Sie, Mylady. Ich denke an Sie.«

34

Das Schönste an Weihnachten war für Alex, den Dienstboten ihre Geschenke zu überreichen. Dabei folgte sie dem Beispiel ihrer Großmutter und schenkte nicht einfach jedem das Gleiche, sondern suchte individuelle Geschenke aus. Es bereitete ihr große Freude, die Augen des Beschenkten aufleuchten zu sehen, und am meisten Vergnügen machte ihr in diesem Jahr Mrs. Burnhams Geschenk. Sie hatte zufällig gehört, wie die Haushälterin eines Tages zu Reginald gesagt hatte: »Irgendwann einmal, und hoffentlich bin ich dann noch nicht zu alt, kaufe ich mir einen Hut, so einen mit Federn, wie Mylady ihn hat, und dann trage ich ihn in der Kirche. Ich werde aussehen wie eine große Dame, das sage ich dir!«
Daraufhin hatte Alex Mrs. Burnham einen prächtigen Hut gekauft, den auch sie in der Westminster Abbey tragen würde. Die Frau keuchte entzückte auf, als sie ihn sah, und fasste sich ans Herz. In ganz London gäbe es keine elegantere Frau als Mrs. Burnham nächsten Sonntag in der kleinen Kirche in Woodmere.
Clarissa, die einem so persönlichen Geschenk kritisch gegenübergestanden hatte, blickte auf, als Alex Mrs. Burnham den Hut überreichte. Die Haushälterin war völlig sprachlos, und einen Moment lang sah es so aus, als würde sie in Tränen ausbrechen.
Das war der Höhepunkt von Alex' Weihnachtsfest.

Das Geschenk, das Clarissa ihrem Sohn machte, überraschte Alex. Clarissa hatte ihr gegenüber nichts davon erwähnt, und Oliver schien sich sehr darüber zu freuen. Es war ein kleines, ungerahmtes Gemälde einer Pariser Straßenszene. Alex hörte, wie Oliver leise zu seiner Mutter sagte: »Ein Utrillo. Danke, Mutter. Mein Erster.«
»Du kannst ihn dir ja nach Belieben rahmen lassen.«
Oliver beugte sich tatsächlich zu seiner Mutter herunter, um ihr einen Kuss auf die Stirn zu geben, und Clarissa errötete wie ein junges Mädchen.
Vielleicht liebt sie ihn mehr, als sie weiß. Oder mehr, als sie ihm gegenüber zu erkennen geben will, dachte Alex.
Ihr schenkte Oliver ein Armband, und sie sah förmlich vor sich, wie er zum Juwelier gegangen war und gesagt hatte: »Ich brauche ein Geschenk für meine Frau.« Sie trug nur selten Armbänder, vielleicht schenkte er ihr gerade deshalb ständig welche.

Den Nachmittag verbrachten der Herzog und Oliver damit, ihre Stiefel zu polieren und die Strecke abzugehen, um sich davon zu überzeugen, dass alles in Ordnung war. Die Füchse waren in Käfigen untergebracht und würden, kurz bevor die Jagd begann, herausgelassen.
Die ersten Gäste sollten am Sechsundzwanzigsten nachmittags eintreffen. Clarissa erklärte Alex, dass Reginald sie in Empfang nehmen würde, und dann konnten sie sich ausruhen oder spazieren gehen. Sie und Alex würden sich erst vor dem Abendessen zu den Cocktails um sieben Uhr blicken lassen. Alex fand es unhöflich, dass sie die Gäste nicht begrüßten, sagte jedoch nichts dazu.

Sie schlief wenig in der Nacht vorher, weil ihr ständig durch den Kopf ging, ob sie wohl alles richtig machte. In Amerika hatte sie sich nie solche Gedanken machen müssen, weil dort niemand das Verhalten einer von Rhysdale in Frage gestellt hatte. Aber hier würde man sie natürlich genau unter die Lupe nehmen, um festzustellen, ob sie eine dieser unzivilisierten, barbarischen Amerikanerinnen war.

Nun, am besten benahm sie sich einfach so wie immer. Mrs. Palmerton würde sicher sofort verstehen, warum Oliver immer noch an ihr hing und nicht der viel jüngeren und reicheren amerikanischen Erbin erlegen war, die er hatte heiraten müssen.

Warum mache ich mir überhaupt Gedanken darüber, was diese Frau von mir hält, wunderte sie sich insgeheim. Die Antwort darauf wusste sie auch nicht.

Sie wollte gerade hinuntergehen und die Gäste empfangen, als es leise an ihre Tür klopfte. Mrs. Burnham trat ein.

»Ich wollte mich persönlich bei Ihnen für den Hut bedanken, Mylady.«

»Eigentlich wollte ich damit meinem Dank Ihnen gegenüber Ausdruck verleihen. Sie sollen wissen, wie sehr ich Ihre Arbeit schätze.«

»Ich bin jetzt seit über fünfzehn Jahren hier, und so etwas hat noch nie jemand für mich getan.«

»Ich weiß, dass die Herzogin Sie ebenso sehr schätzt wie ich, aber vielleicht fällt es mir leichter, etwas zu sagen, weil ich Amerikanerin bin.«

»Lang lebe Amerika«, sagte die Frau, drehte sich auf dem Absatz um und ging aus dem Zimmer. Leise zog sie die Tür hinter sich zu.

Alex lächelte und atmete tief ein.
»Mrs. Palmerton, ich komme.« Sie hatte ihr Kleid für heute Abend mit Bedacht ausgesucht, ein weißes Satinkleid mit einer kleinen Schleppe. Dazu legte sie das Rubincollier an, das ihre Großeltern ihr zu ihrem siebzehnten Geburtstag geschenkt hatten, und die dazu passenden tropfenförmigen Ohrringe. Die Wirkung war dramatisch. In diesem Aufzug sollte ich mich eigentlich malen lassen, dachte sie.
Sie holte tief Luft und öffnete die Tür. Dann ging sie an der Treppe, die zu den Familienräumen führte, vorbei zum großen Treppenhaus. Wie eine Königin würde sie die Treppe hinunterschreiten. Die Gäste wussten ja nicht, dass ihre Handflächen feucht waren und ihr das Herz bis zum Hals schlug.

»Mein Mann fand sie bezaubernd.« Rebecca lachte, aber es klang freudlos. »Er glaubt, dass sie noch vor Ende der Saison die gefeierte neue Ballkönigin sein wird. Sie wird für unsere Beziehungen zu Amerika mehr tun, als es der Botschafter jemals vermag, meint er. Und er kann sich nicht vorstellen, warum du sie nicht wie wahnsinnig liebst.«
Oliver saß in Rebeccas Salon und starrte aus dem Fenster. »Die Geschmäcker sind eben verschieden«, murmelte er. »Er kann es ja gerne bei ihr versuchen.«
»Ach, und du schläfst nie mit ihr? Wie ist sie denn dann schwanger geworden? Das hat sie mir sofort unter die Nase gerieben, und ich bezweifle, dass sie es noch jemand anderem verkündet hat. Liebt sie dich, Oliver? Oder hat sie auch eine Affäre? Setzt sie dir Hörner auf? Oder findest du sie unwiderstehlicher, als du behauptest?«
»Ach, hör doch auf, Becky.« Er wusste, wie sehr es sie ärgerte,

wenn er sie so nannte. »Du weißt ganz genau, dass wir einen zusätzlichen Erben brauchen, falls Hugh etwas passieren sollte.«
Sie nickte. Dann stand sie auf und trat zu ihm. »Ja, das weiß ich. Ich bin so schrecklich eifersüchtig, dass ich noch nicht einmal St. Moritz genießen konnte.«
Das freute Oliver. Sie sollte die Zeit ohne ihn nicht genießen. Sie sollte nicht über die Witze ihres Ehemannes lachen oder den alten Mann dafür belohnen, dass er ihr etwas Schönes zu Weihnachten geschenkt hatte.
Alex hatte ihn gar nicht so alt gefunden. »Er ist ein sehr gut aussehender Mann im mittleren Alter«, hatte sie gesagt. Das hatte sie natürlich absichtlich getan, um ihn zu quälen. »Ich fand ihn äußerst charmant.« Eigentlich hatte sie ihn eher kraftvoll gefunden, er hatte etwas sehr Männliches, und sie hatte sich gefragt, was Mrs. Palmerton wohl bei ihm fehlte, das sie bei Oliver fand. Er sah sogar ganz gut aus. An den Schläfen wurde er bereits grau, und er war sicher mindestens fünfzehn Jahre älter als Oliver. Er war ein großer, kräftiger Mann, aber er hatte leichtfüßig mit Alex getanzt und über ihre witzigen Bemerkungen gelacht. Beim Dinner hatte sie ihn neben sich platziert.
Mit den anwesenden jungen Frauen hatte Alex sich blendend verstanden, und sie erklärte ihnen, wie sehr sie sich freute, sie in London wiederzusehen. Es würde schön sein, gleichaltrige Frauen um sich zu haben.
»Alle werden deine Frau ansehen und sich fragen, was du an mir überhaupt noch findest.« Rebecca wusste, dass das nicht stimmte. Sie war eine der beliebtesten Gastgeberinnen in der Stadt, und sie hatte bis zum Ende der Saison kein einziges frei-

es Wochenende. Aber trotzdem nagte die Angst an ihr, dass Oliver eines Tages bemerken würde, dass sie alt wurde. Jeden Morgen musterte sie sich aufmerksam im Spiegel, um die ersten Falten zu entdecken. Immerhin war sie schon vierunddreißig. Ihre Mutter war mit sechsunddreißig Jahren bereits Großmutter gewesen.

Dieses Jahr würde Alex mit Oliver in London sein und während der Saison mit ihm gemeinsam auftreten. In diesem weißen Satinkleid hatte Alex sehr verführerisch ausgesehen, und man hatte erkennen können, dass ihre Figur noch nicht üppig, sondern jung und unwiderstehlich war. Rebecca studierte jeden Tag ihre Brüste im Spiegel, um zu überprüfen, ob sie noch nicht hingen. Oliver hatte ja keine Ahnung, was sie jeden Tag durchmachte vor lauter Angst, er könne sie nicht mehr begehrenswert finden. Ihr Mann mochte ja vierzehn Jahre älter sein als sie, aber Alex war vierzehn Jahre jünger. Kein Wunder, dass ihr Mann Alex entzückend gefunden hatte. Sie hatte mit ihm geflirtet, über seine Geschichten gelacht und sich beim Tanzen ein wenig zu eng an ihn geschmiegt. Alex hatte ihm das Gefühl gegeben, wieder jung zu sein.

Und bei all dem musste Rebecca auch noch zugeben, dass Alex frischen Wind in ihre Kreise brachte. Sie war so ... amerikanisch. So offen und ungekünstelt, und ihre atemlose Art zu sprechen brachte die Männer auf den Gedanken, sie sei unschuldig und naiv. Rebecca jedoch spürte hinter der Fassade einen Willen aus Stahl. Sie fragte sich, ob Oliver das wohl wusste. Aber vielleicht wusste das kleine Luder selbst noch nicht davon.

Die Herzogin hatte sie keines Blickes gewürdigt. Es erstaunte sie, dass ihr Mann Olivers Mutter als schön bezeichnete. Sie war zwar schlank, aber die Frau hatte Falten, du liebe Güte! Allerdings bewegte sie sich voller Anmut und war eine geistreiche Gesprächspartnerin, das musste Rebecca zugeben. Geistreicher jedenfalls als ihr Mann.

Oliver wandte sich zu ihr und vergrub sein Gesicht zwischen ihren Brüsten. Eine Hand glitt an ihrem Schenkel empor.

»Zieh dich aus«, sagte er, als sie begann, sein Hemd aufzuknöpfen. »Wir gehen später essen.« An jenem Nachmittag zeigte er ihr einen der Tricks, die er von Felicity gelernt hatte, und er fragte sich, was die Dienstboten sich wohl dachten, als Rebeccas Schreie durchs Haus drangen. Sie zitterte am ganzen Leib, und ihre Nägel zerkratzten seinen Rücken und hinterließen blutige Striemen.

35

Im April war das Krankenhaus fertig. An einem Sonntagnachmittag durften die Dorfbewohner es sich anschauen und die zehn Betten, den Operationssaal und das Röntgengerät bewundern. James verlegte seine Praxis dorthin.
Eine Krankenschwester war eingestellt worden, außerdem noch eine Frau, die sie bei der Arbeit unterstützte, und ein Mann zum Saubermachen. Mit der Zeit würden sie sehen, ob noch mehr Personal nötig war. Zugleich schritten die Arbeiten an den ersten zehn Zimmern im erweiterten Ostflügel voran, ohne dass die Öffentlichkeit davon etwas mitbekam. Badezimmer wurden eingebaut, und die Zimmer wurden so eingerichtet, dass die Frauen dort in völliger Abgeschiedenheit leben konnten.
Clarissa kannte zwei verwitwete Schwestern im Dorf, deren Töchter geheiratet hatten und weggezogen waren. Sie lebten in kleinen Verhältnissen, und Clarissa schlug vor, ihnen eine Wohnung im Schloss anzubieten und sie als Pflegerinnen einzustellen.
»Sie sind so liebenswert, und sie haben sich nie unterkriegen lassen, auch wenn ihnen das Leben übel mitgespielt hat. Sie haben es immer bedauert, ihre Enkelkinder nicht in der Nähe zu haben, und sie werden sich bestimmt liebevoll um die Neugeborenen hier kümmern. Das wird ihrem Leben einen neuen Sinn geben.«

Die Schwestern, Gladys Southworth und Margaret Milbank, hatten das Gefühl, ihnen sei ein Platz im Paradies angeboten worden.
»Stell dir nur vor, wir werden in einem Schloss wohnen«, sagte Gladys immer wieder.
»Und stell dir vor, wir dürfen für Babys sorgen«, sagte Margaret.
Alex schlug vor, die beiden Damen sollten ihre Wohnung selbst einrichten, aber Clarissa meinte: »Es wird ihnen mehr Freude machen, wenn wir es tun. Du weißt nicht, mit welcher Ehrfurcht die Dorfbewohner das Schloss betrachten. Lass uns das in Angriff nehmen. Sie brauchen ein Wohnzimmer und eine kleine Küche, und dann noch für jede ein eigenes Zimmer. Am besten wendest du dich an den Mann, der das kleine Cottage für den Landschaftsgärtner hergerichtet hat.«
»Kannst du das bitte für mich übernehmen? Ich fühle mich in der letzten Zeit so erschöpft.«
Sie wollte Clarissa nicht erzählen, dass sie in der letzten Zeit das Baby nicht mehr spürte, und dabei war sie bereits am Ende des fünften Monats. Noch vor drei Wochen hatte sie die Bewegungen des Kindes gespürt. Am besten wandte sie sich an einen der Ärzte. Aber sie schob es ständig vor sich her, da sie eigentlich jede Minute darauf hoffte, wieder etwas zu spüren.
Sie verbrachte viel Zeit mit Hugh, der gerade seine ersten Schritte machte und nicht mehr zu bändigen war. Allerdings war sie häufig so schwach, dass sie nicht mit ihm herumtobte, sondern eher dasaß und Lina in den Armen wiegte. Hugh liebte das kleine Mädchen über alles. Sie war die erste Person, die er küsste.

Eines Tages jedoch fühlte Alex sich so elend, dass sie im Krankenhaus anrief. James war am Telefon.
»James, irgendetwas ist nicht in Ordnung. Ich fühle mich wie zerschlagen, und das Baby bewegt sich nicht mehr.«
»Ich komme sofort.«
Alex war nicht mehr in der Lage, irgendwo hinzugehen, und blieb einfach sitzen. Als sie nicht zum Mittagessen erschien, machte Clarissa sich auf die Suche nach ihr. »Meine Liebe, es ist Zeit zum ... o Gott, was ist los?«
Alex versuchte aufzustehen, aber ihr wurde schwindlig und sie sank zu Boden.
»O Alex, Liebes, ich rufe James an.«
»Ich habe ihn schon angerufen.« Sie übergab sich.
Clarissa geriet in Panik. »Komm, Liebes, ich helfe dir ins Bett.«
»Nein.« Der Raum drehte sich um Alex, und dann wurde alles um sie herum dunkel.
Als sie wieder zu sich kam, lag sie auf dem Bett, und James beugte sich über sie. Erneut schloss sie die Augen und lauschte seiner leisen Stimme.
»Ich werde Sie jetzt untersuchen, Alex. Können Sie mich hören?«
Sie hörte ihn zwar, war aber zu müde, um zu antworten. Wieder wurde sie ohnmächtig.
Als sie erwachte, merkte sie am Stand der Sonne, dass es später Nachmittag war. Sie war mit einer Decke zugedeckt.
»Wie geht es Ihnen, meine Liebe?« Das war James' Stimme.
»Ich weiß nicht«, krächzte sie.
»Ich muss Sie in die Klinik mitnehmen«, erklärte James. »Ihr Kind ist tot.«

Alex empfand gar nichts.

»Ich habe Ihnen ein Beruhigungsmittel gegeben, aber wir müssen im Krankenhaus noch eine Ausschabung vornehmen. Danach können Sie wieder nach Hause.«

Clarissa stand neben James. Sie sagte: »Ich hole Scully, damit er sie nach unten trägt. Er kann sie im Rolls ins Krankenhaus fahren, das ist bequemer für sie. Ich fahre mit ihr, und wir treffen uns dann in der Klinik.«

Was sonst noch an diesem Tag passierte, glitt wie im Nebel an Alex vorbei. Sie erwachte einmal, als Scully sie ins Auto trug, und noch einmal, als er sie auf den Operationstisch hob. »Ich warte draußen vor der Tür«, sagte er zu ihr, während Clarissa bei ihr blieb und ihr die Hand hielt.

Sie fühlte keinen Schmerz. Sie empfand gar nichts. Sie konnte sich nicht erinnern, dass Scully sie wieder nach Hause fuhr und die Treppe hinauf in ihr Zimmer trug, wo Clarissa sie auskleidete und ins Bett legte.

Als sie früh am nächsten Morgen erwachte, war ihr Kopf wieder klar. Da erst fiel ihr ein, was passiert war, und sie begann zu weinen. Clarissa, die auf einem Sessel neben Alex' Bett geschlafen hatte, fuhr hoch. Sie setzte sich zu Alex auf die Bettkante und nahm sie in die Arme. Auch ihr liefen die Tränen übers Gesicht.

»Es war ein kleines Mädchen«, flüsterte sie.

In jenem Sommer fuhr Alex mit Hugh und Lina nach Amerika, und ihre Großeltern verliebten sich auf der Stelle in das kleine Mädchen.

»Ich werde sie formell adoptieren«, erklärte Alex.

Sophie zog die Augenbrauen hoch. »Du hast schon früher

immer alle möglichen streunenden Hunde und Katzen mit nach Hause gebracht«, sagte sie.

Als Alex und die Kinder im Herbst nach England zurückkehrten, stürzte Alex sich in die Arbeit im Ostflügel, wo die Schwestern sich schon um drei Kinder kümmerten, die von ihren Müttern zurückgelassen worden waren. Alex musste sich sehr zusammennehmen, um nicht auch diese Kinder zu adoptieren.

36

»Ihre Kinder sind im Bett, und Sie genießen ganz allein den Mondschein«, sagte eine Männerstimme mit französischem Akzent in ihrem Rücken.
Alex nickte und blickte auf das Mondlicht, das auf den Wellen tanzte. »Woher wissen Sie, dass ich Kinder habe?«, fragte sie.
Er trat an die Reling neben sie. Er war einen halben Kopf größer als sie. »Ich habe Sie an den vergangenen drei Abenden beim Essen beobachtet.«
»Tatsächlich? Benehmen sich meine Kinder so schlecht?«
»Ihr Sohn ist sehr unternehmungslustig, würde ich sagen. Ich habe ihn heute Morgen begleitet, als er seine tägliche Runde auf dem Schiff gedreht hat.«
»Ja, das stimmt. Hugh ist unternehmungslustig. Hoffentlich hat er Sie nicht belästigt.«
»Ganz im Gegenteil. Ich bin mit ihm zum Captain's Deck gegangen, und der Kapitän hat ihn das Schiff steuern lassen.«
Der Franzose lachte.
»Ach, Sie sind das. Der nette Mann mit dem Akzent.«
Er deutete eine Verbeugung an. »Und Sie sind die Marquesa Alexandra Carlisle.«
»Schuldig. Aber woher wissen Sie das?«
»Ich habe gefragt. Außerdem habe ich ab und zu Ihr Foto in der Zeitung gesehen. Sie gehören zu den bestangezogenen Frauen auf der Welt.«

»Macht das meinen Ruhm aus? Wie traurig«, murmelte Alex.
»Wäre Ihnen etwas anderes lieber?«
»Ja, natürlich. Ihnen nicht?«
»Es gibt Schlimmeres.«
»Vielleicht. Aber ich hasse den Gedanken, so oberflächlich zu sein.«
»Wären Sie denn lieber nicht berühmt?«
Sie lachte. »Ja, ich wäre lieber nicht berühmt. Oder eher bekannt für … Ach, es ist ja gleichgültig. Wie das meiste.«
»Das sagt eine unglückliche Frau.«
Leises Schuldgefühl stieg in ihr auf, weil sie ihm einen Blick in ihr Innerstes gestattet hatte.
Er berührte sie am Arm. »Es tut mir leid. Das wollte ich nicht sagen. Ich versuche schon seit drei Tagen, Sie kennen zu lernen.«
»Bin ich so unnahbar?«
»Ich sehe Sie beim Abendessen lachen, ich sehe Sie mit Ihren Kindern spielen, und Sie wirken … Sie sehen nicht unglücklich aus. Es tut mir leid, dass ich das gesagt habe. Nein, im Gegenteil, ich wollte unbedingt Ihre Bekanntschaft machen, weil Sie glücklich wirken. Meine Frau ist tot, und auch ich habe Kinder, ein paar Jahre älter als Ihre, aber Sie machen auf mich den Eindruck einer glücklichen Familie, als ob …« Er zögerte. »Als ob Sie nichts mehr lieben, als mit Ihren Kindern zusammen zu sein.«
»Aber das stimmt ja auch.«
Er nickte. »Das spüre ich. Meinen Kindern fehlt die Mutter, und in den drei Tagen, in denen ich Sie beobachte, habe ich Ihre Kinder um Sie beneidet.«
Alex lächelte. »Das haben Sie nett gesagt, Monsieur …?«

»Renoir. Philippe Renoir.«
»Wie der Maler?«
»Wie der Maler, obwohl wir nur eine äußerst entfernte verwandtschaftliche Beziehung haben. Er ist ein Cousin fünften Grades oder so ähnlich.«
»Und was führt Sie auf diese Reise?«, fragte Alex.
»Geschäfte. Ihr Sohn hat mir erzählt, er besuche in New York seine Großeltern.«
»Ja. Ich war seit sechs Jahren nicht mehr zu Hause, was wirklich lächerlich ist.« Sophie hatte ihr geschrieben, sie zöge aus, weil sie das Haus an ein Warenhaus verkauft habe. Mittlerweile säumten zahlreiche Geschäfte die Fifth Avenue, und die Villen, die dort früher gestanden hatten, wurden abgerissen, um Kaufhäusern und Wolkenkratzern Platz zu machen. Das war für Alex der Hauptgrund gewesen, nach Amerika zurückzukehren, und weil Hugh und Carolina endlich einmal Amerika erleben mussten, schließlich gehörte es ebenso zu ihrem Erbe wie England. Außerdem waren ihre Großeltern mittlerweile in den Siebzigern. Sie waren schon zweimal in England gewesen, vor allem, um sich das Waisenhaus anzuschauen. Auch bei Sophie, die dreimal zu Besuch gewesen war, war die Idee, dass ledige Mütter im Schloss Zuflucht finden konnten, auf Interesse gestoßen.
Oliver hingegen erboste es immer noch, dass es in Schloss Carlisle eine solche Einrichtung gab. »Was sollen die Leute bloß denken?«, hatte er gesagt.
»Die Leute finden die Idee großartig. Wenn du dich häufiger hier aufhalten würdest, wüsstest du, was die Dorfbewohner davon halten.«
»Ich rede nicht vom Krankenhaus, ich rede vom Schloss. Du

liebe Güte, hier bekommen Frauen uneheliche Kinder und Waisen werden großgezogen. Es überrascht mich wirklich, dass wir in London noch nicht zum Gespött geworden sind.«
Alex schüttelte den Kopf. Sie verstand ihren Mann nicht. Kühl erwiderte sie: »Du bist nicht derjenige, der entscheidet, was hier geschieht. Deine Eltern leben noch. Der Herzog ist sogar noch seltener da als du, und er hat sich auch damit abgefunden. Deine Mutter leitet die Einrichtung, falls dir das nicht klar sein sollte. Sie arbeitet den ganzen Tag in der Klinik.«
»Ach, hör doch auf. Jeder weiß, dass du hinter all dem steckst.«
»Ich helfe, wenn ich kann.«
Oliver warf ihr einen verärgerten Blick zu.
Alex verbrachte allerdings mehr Zeit damit, sich um die Renovierung des Schlosses und die Neuanlage der Gärten zu kümmern. Auch Oliver wusste, dass die Anlage auf dem besten Weg war, zu einem der Schmuckstücke Großbritanniens zu werden, und er genoss diese Tatsache auch. Schließlich würde er eines Tages der Herzog von Yarborough sein und das alles besitzen. Und wenn der Preis, den er dafür zahlen musste, die ihm unverständliche Nutzung des Ostflügels war, so bezahlte er eben. Sie sprachen sowieso kaum noch miteinander. Wenn Scully nicht wäre, nähmen sie das Abendessen schweigend ein. Manchmal aß auch Ben mit ihnen, aber sonntags ging er nach der Kirche immer zu seinem Bruder und nahm Clarissa meistens mit.

Alex hatte diese Reise nicht nur aus den Gründen angetreten, die sie Clarissa gesagt hatte. Sie wollte die Gelegenheit auch nutzen, um Distanz zu ihrer Ehe zu bekommen.

Als sie sich an jenem Abend in ihre Suite begab, konnte sie sich kaum an das Gesicht des Franzosen erinnern. Er hatte im Schatten gestanden, und sie wusste noch nicht einmal, welche Farbe seine Augen hatten. Aber der Klang seiner Stimme war ihr im Gedächtnis haften geblieben.
Als sie mit den Kindern um acht Uhr am nächsten Morgen ins Restaurant kam, war er bereits da. Er erhob sich, als sie eintraten. Alex fragte Hugh: »Sollen wir uns an seinen Tisch setzen?«
Ohne zu zögern trat Hugh auf ihn zu und schüttelte ihm die Hand. Sie wechselten ein paar Worte miteinander, dann setzte Hugh sich, Monsieur Renoir rückte einen Stuhl für Alex zurecht und dann auch für Lina.
»Mein Name ist Carolina«, sagte die neunjährige Lina zu ihm, »aber alle nennen mich Lina. Du redest komisch.«
»Meine Kinder sind ein wenig zwanglos, fürchte ich«, sagte Alex.
»Mein Großvater zeigt uns einen Elefanten«, verkündete Lina.
»Ah, der Zirkus«, sagte der Franzose. »Barnum and Bailey. Er ist berühmt und soll sehr groß sein.«
»Haben Sie ihn schon gesehen?«, fragte Hugh.
»Nein. Wo ich lebe, gibt es nur kleine Zirkusse von Zigeunern.«
»Wo leben Sie denn?«, fragte Hugh.
Während ein Kellner Kaffee für die Erwachsenen und Kakao für die Kinder einschenkte, erwiderte Philippe: »Ich lebe in der Provence.«
»Ist das ein Land?«
»Nein, es ist eine Gegend in Frankreich.«

»Frankreich ist das Land neben uns«, erklärte Hugh seiner Schwester. »Auf der anderen Seite vom Kanal.«
»Was ist ein Kanal?«
»Wir überqueren ihn, wenn wir mit der Fähre nach Paris fahren«, erklärte ihre Mutter.
»Ach, der Kanal«, erwiderte Lina.
»Ich lebe im Süden von Frankreich«, erläuterte Philippe.
»Haben Sie Tiere?«, fragte Lina, der immer noch die Elefanten im Kopf herumschwirrten.
»Ich habe drei Hunde«, antwortete Philippe, »und meine Tochter hat eine Katze.«
»Keine Pferde?«, fragte Hugh.
Philippe nickte lächelnd. »Doch, wir haben jeder ein Pferd. Mein Sohn, meine Tochter und ich reiten samstags immer aus.«
»Wenn ich dich besuche, kann ich dann mit deiner Tochter spielen?«, fragte Lina.
Philippe schüttelte den Kopf. »Nein, leider ist sie viel älter als du. Sie ist sechzehn, und mein Sohn ist siebzehn.«
»Oh, die sind ja alt«, erklärte Lina und verlor das Interesse.
Der Kellner brachte Waffeln, und die Kinder machten sich darüber her. Lina tunkte verstohlen den Finger in die Sahne und leckte ihn ab. Alex lächelte. Das hätte Sophie ihr nie erlaubt, doch sie war fast versucht, es selbst auch zu tun.
»Sie können gut mit Kindern umgehen«, sagte sie zu Philippe, wobei sie dachte, dass ihre Kinder sich mit diesem Fremden gerade länger unterhalten hatten als in den letzten sechs Monaten mit ihrem Vater.
»Wenn ich in einer anderen Familie zur Welt gekommen wäre«, erwiderte er, »dann wäre ich vielleicht Lehrer geworden.«

»Und was hat Sie davon abgehalten?«
»Das Familienunternehmen. Ich beklage mich ja nicht. Ich bin damit aufgewachsen und liebe es eigentlich auch. Aber wenn ich hätte wählen können ...«
»Und was ist Ihr Familienunternehmen?«
»Wein.«
»Ach?«
»Wie wächst Wein?«, fragte Lina.
»Die Trauben wachsen, und daraus machen wir Wein.«
»Sind Ihre Weine berühmt?«, fragte Hugh.
»Ja, ziemlich.« Er wandte sich zu Alex. »Beauchamps.«
»Oh, das sind Sie?«
»Mein Urgroßvater hat die Firma gegründet.«
Der Kellner schenkte ihnen Kaffee nach. Hugh und Lina hatten mittlerweile fertig gefrühstückt. »Dürfen wir aufstehen, Mutter?«
»Passt du auch gut auf deine Schwester auf?«, fragte Alex Hugh, aber sie wusste, dass er es tat.
Hugh nahm Lina an der Hand, und weil ihm plötzlich seine guten Manieren einfielen, wandte er sich zu Philippe und sagte: »Schön, Sie wiedergesehen zu haben, Sir.«
Alex begann das Rührei mit Speck zu essen, das der Kellner gebracht hatte.
»Bleiben Sie lange in den Staaten?«, fragte Philippe.
»Den Sommer über. Wenn im Herbst die Schule wieder beginnt, fahren wir nach England zurück.«
»Ich könnte mir vorstellen, dass es Ihrem Mann gar nicht recht ist, wenn Sie so lange weg sind.«
Sie blickte ihn an. »Ach, glauben Sie?«
»Ja.«

»Sie irren sich völlig, Monsieur Renoir. In jeder Hinsicht.«
Ihre Blicke trafen sich. Ein Augenblick verstrich, dann aß er weiter. »Wie soll ich Sie anreden? Euer Ladyschaft? Euer Gnaden?«
»Alex genügt.«
»Ach ja, Amerikaner sind ja für ihre Formlosigkeit berühmt.« Er griff nach einem Croissant. »Vermutlich könnte ich Sie nicht dazu überreden, heute Abend ohne Ihre Kinder zu essen? So sehr ich sie mag, aber wenn wir das späte Abendessen nehmen, könnten wir anschließend tanzen.«
»So sehr ich meine Kinder liebe, ich nehme Ihre Einladung gerne an. Ich würde schrecklich gerne tanzen.«
Er legte den Kopf schräg. »Ich will ja nicht indiskret sein, aber ich meine, aus Ihren Worten entnehmen zu können, dass Sie nicht oft mit Ihrem Mann tanzen?«
»Monsieur Renoir, ich kann mich noch nicht einmal mehr daran erinnern, wann mein Mann zuletzt mit mir getanzt hat.«
»Philippe«, sagte er. »Franzosen können auch formlos sein.«

37

Alex' Abendkleider waren noch in ihren Koffern verpackt, deshalb trug sie ein mauvefarbenes Seidenkleid, das schlicht geschnitten war, sich jedoch an sie schmiegte wie eine zweite Haut.
Sie lächelte bei dem Gedanken an das Abendessen mit einem Fremden. Ein Franzose. Sie war neunundzwanzig Jahre alt und hatte seit ihrer Hochzeit nie mehr mit einem Mann allein diniert. Natürlich hatte sie geflirtet, das ließ sich während der Saison in London gar nicht vermeiden, aber das war harmlos, ja sogar langweilig gewesen. Es war lediglich ein Signal dafür gewesen, dass sie als Frau immer noch attraktiv war, auch wenn sich ihr Mann einer anderen zugewandt hatte.
Ein paar Männer hatten ihr offene Avancen gemacht, aber sie war noch nicht einmal in Versuchung geraten. Nur manchmal dachte sie, wie schön es wäre, wieder geküsst zu werden, eng mit einem Mann zu tanzen, seinen Körper an ihrem zu spüren.
Das letzte Mal hatte sie diese Leidenschaft mit siebzehn Jahren gespürt, in einer Scheune in Westbury, und das war jetzt zwölf lange Jahre her. Vielleicht träumten ja auch nur die Dichter von wahrer Leidenschaft. Vielleicht verliebten sich die Menschen in die Idee der Liebe, in die Idee, dass jemand sie begehrte. Liebe war eben nur ein Mythos.
Sie blickte in den Spiegel und beschloss, heute Abend außer

Perlenohrringen keinen Schmuck zu tragen. Eine harmlose Affäre würde ihr sicher gut tun. Sie würde endlich wieder das Gefühl haben, begehrt zu werden, und sie sah diesem Franzosen an, dass er sie begehrte. Hieß es nicht, dass die Franzosen gute Liebhaber waren? Es wäre schön, zur Abwechslung mal von jemandem geliebt zu werden, der Freude an ihrem Körper hatte und die Freuden zum Leben erweckte, die ihr so lange entgangen waren.
So! Zufrieden musterte sie ihr Spiegelbild. Oliver blickte meistens durch sie hindurch, aber sie wusste, dass sie vielen Männern begehrenswert erschien, und heute Abend sollte sie der Franzose begehren. Sie wollte eine Schiffsromanze erleben, die nach zwei Nächten vorbei war. Wie weit sie gehen würde, darüber dachte sie jetzt nicht nach. Das würde man sehen. Jetzt wollte sie nur mit ihm tanzen, seine Arme um sich spüren und den Ausdruck in seinen Augen sehen, wenn er sie anschaute.
Lachend schüttelte sie den Kopf. Wie albern! Clarissa las doch diese gewissen Liebesromane, nicht sie!
Sie hatte gehofft, einen großen Auftritt zu haben, aber er war noch nicht da. Ein Kellner geleitete sie zum reservierten Tisch, wo bereits eine Flasche Champagner kalt gestellt war.
Es dauerte noch beinahe fünf Minuten, bis Philippe erschien, und jetzt war sie es, die seinen Auftritt mit anerkennenden Blicken begleitete. Er trug ein weißes Dinnerjackett und sah aus, als habe er bereits einige Wochen an einem tropischen Strand verbracht. Ihr fielen die Krähenfüße um seine Augen auf, die vermutlich von der Sonne in Südfrankreich stammten. Er hatte schöne Hände wie ein Pianist oder Chirurg, dachte sie.

Als er an den Tisch trat und sich entschuldigte, weil sie auf ihn hatte warten müssen, zogen seine Augen sie in ihren Bann. Es kam ihr so vor, als könne er direkt in sie hineinschauen, bis auf den Grund ihrer Seele. Und offensichtlich gefiel ihm, was er sah, denn er blickte sie unverwandt an, als er sich setzte und der Kellner Champagner einschenkte.

Er hob sein Glas. »Auf die schönste Frau der Welt«, sagte er leise.

»Der Welt?« Sie lächelte.

»In meiner Welt«, erwiderte er, und sie wusste auf einmal, dass er es ernst meinte.

Er hielt sie für schön, und er redete nicht von dem, was sie gerade im Spiegel gesehen hatte.

»Sie kennen mich doch kaum«, sagte sie.

»Nein, nicht annähernd so gut, wie ich gerne möchte.«

Er trank einen Schluck Champagner und blickte sie an.

»Es tut mir jetzt schon leid, dass ich nicht den ganzen Sommer über in New York bleibe.«

»Und wohin fahren Sie?«

»Nach San Francisco. Ich bleibe nur zwei Wochen in New York.«

»Sind Sie auf Verkaufsreise?«

»Nein. Wir expandieren nach Amerika, und ich muss mir bei San Francisco Land ansehen, das einer unserer Männer entdeckt hat. Er hält es für ein perfektes Anbaugebiet und möchte dort ein Weingut aufbauen.«

»Ist das Ihre Arbeit? Den richtigen Standort für Weingüter feststellen?«

»Unter anderem.«

»Und würden Sie das Gut in Kalifornien auch leiten?«

»Nein, ich bin Chemiker, kein Geschäftsmann. Wenn wir uns dafür entscheiden, dort zu investieren, wird meine Schwester dort die Leitung übernehmen.«
Ein Kellner erschien, um ihre Bestellung aufzunehmen. Philippe schenkte ihnen noch ein Glas Champagner ein.
»Als Sie gesagt haben, Wein sei Ihr Beruf, habe ich eher angenommen, Sie seien Winzer, und nicht Chemiker.«
Er lachte. »Wein anzubauen ist eine Leidenschaft.«
»Dann ist Ihr Haus vermutlich von Weinreben umgeben.«
»Ja, ich probiere neue Sorten in meinem Garten aus.«
Sie kniff die Augen zusammen und musterte ihn. »Und Sie kochen gerne.«
Sie kannte keinen einzigen Mann, der kochte. Andererseits gab es in ihren Kreisen auch keine Frau, die kochen konnte.
»Ja, es heißt, ich mache ein ausgezeichnetes Omelett«, gab er zu. »Was sehen Sie noch?«
Sie blickte ihn an.
»Sie sind freundlich. Sie nehmen sich Zeit für Ihre Kinder. Sie haben Humor.«
Was fehlte Oliver sonst noch?
»Sie singen unter der Dusche. Sie werden selten laut. Sie segeln gerne und laufen gerne Ski. Sie sind ein guter Zuhörer. Und Sie lesen gerne.«
Er lachte. »Sie sind schlau. Wie haben Sie das mit dem Segeln herausgefunden?«
Durch die Krähenfüße um deine Augen, hätte sie am liebsten gesagt, aber sie schwieg.
»Ich lese auch gerne sonntagmorgens die Zeitung im Bett. Haben Sie das nicht auch gesehen?«
»Sind Sie ein typischer Franzose?«

»Ich habe mich nie in irgendeiner Hinsicht als typisch empfunden.«
»Sie jagen nicht, oder?«
Er legte den Kopf schräg und blickte sie an. »Nein, ich jage nicht.«
»Habe ich es wirklich getroffen?«, fragte sie. »Eigentlich habe ich nur geraten und dabei an die Dinge gedacht, die ich bei einem Mann mag.«
»Und wenn ich sie alle auf mir vereine, dann mögen Sie mich?«
»Das tue ich bereits.«
»Nun, da bin ich ja erleichtert.«
»Sie haben einen amerikanischen Akzent, und Ihr Englisch hört sich auch eher amerikanisch an.«
»Ich war zwei Jahre lang auf der University of Wisconsin und bin dann nach Frankreich zurückgekehrt, um dort Examen zu machen.«
»Warum sind Sie nicht in den USA geblieben?«
»Ich sage es ungern, aber in Amerika werden geistige Ziele nicht so ernst genommen. Außerdem war meine Mutter krank, und ich wollte in ihrer Nähe sein.«
»Und wie geht es Ihrer Mutter jetzt?«
»Es geht ihr wieder gut. Meine Kinder sind bei ihr. Wir leben in einem Haus auf ihrem Anwesen. Da ich oft reise, ist das die beste Lösung.«
»Und wohin reisen Sie?«
»Hören Sie, die Musik hat eingesetzt. Möchten Sie schon vor dem Essen tanzen?«
»Ja, gerne.«
Er stand auf und reichte ihr die Hand, um sie auf die Tanz-

fläche zu führen. Sie ergänzten sich perfekt. Er war ein exzellenter Tänzer und führte sie hervorragend.
Alex schloss die Augen und gab sich dem Rhythmus hin.
»Versprechen Sie mir«, sagte sie, »versprechen Sie mir, dass Sie in den nächsten zwei Tagen nicht weggehen.«
Er lachte. »Das verspreche ich Ihnen.«

38

Sie tanzten, bis das Orchester eine Pause machte. Dann gingen sie an Deck, wo gerade eine Wolke vor den Mond zog.
»Wie alt waren Ihre Kinder, als Ihre Frau starb?«, fragte Alex.
»Celeste war sechs und Raoul sieben.«
»Haben Sie Ihre Frau geliebt?«
»Von ganzem Herzen.«
Warum mochte er wohl nicht wieder geheiratet haben? Als ob er ihre Gedanken lesen könne, sagte Philippe: »Ich bin nie wieder einer Frau wie ihr begegnet.«
»Ihre Kinder kannten sie ja kaum, sie hätten sich bestimmt an eine neue Mutter gewöhnt.«
»Meine Kinder nicht. Und ich auch nicht.«
»Sind Sie einsam?«
»Nein, eigentlich nicht. Die ersten drei oder vier Jahre waren ... schwierig. Aber das ist jetzt über zehn Jahre her, und ich finde das Leben wieder interessant und reich. Wir sind glücklich. Ich liebe meine Arbeit und reise an exotische Orte, die kaum jemand kennt. Meine Kinder sind gut geraten und machen mir viel Freude. Raoul träumt davon, die zehn höchsten Berge der Welt zu besteigen. Celeste wird vielen Männern das Herz brechen, weil sie das charmanteste Geschöpf auf der Welt ist und immer ihren Willen bekommt.« Er lachte. »Aber das sagen wohl alle Eltern von ihren Kindern, nicht wahr?«

»Sie scheinen ein hinreißender Vater zu sein«, erwiderte sie und verglich ihn im Stillen mit Oliver. »Und was ist mit Ihrer Schwester, die das Weingut in San Francisco leiten wird?«
»Michelle hat einen messerscharfen Verstand, aber sie ist auch eine sehr weibliche Frau. Ich glaube jedoch, dass ihr Intellekt Männer abschreckt, denn sie ist mit ihren dreiunddreißig Jahren immer noch unverheiratet. Sie ist nur ein Jahr jünger als ich, und wir haben uns immer sehr nahe gestanden. Sie hat Ökonomie studiert, sie hat schon immer gewusst, was sie wollte. Ich treffe sie in New York. Sie besucht gerade ein Seminar an der Rutgers University und will das Wochenende mit mir verbringen.«
»Haben Sie sie lange nicht mehr gesehen?«
Philippe lachte. »Fünf Wochen. Wenn dieses Seminar vorbei ist, fährt sie für zehn Tage nach Chicago, und dann trifft sie sich mit mir in Kalifornien. Wenn uns das Weinbaugebiet gefällt und wir uns für das Projekt entscheiden, zieht sie dorthin.«
»Ich kenne meine Brüder kaum noch. Sie haben mich nur einmal in England besucht und sind auch nur kurz geblieben.«
»Leben sie in New York?«
Alex schüttelte den Kopf. »Einer lebt in Denver und der andere in Los Angeles. Sie arbeiten beide für meinen Vater. Einer ist Bankier und der andere investiert in Grundbesitz.«
»Ist Ihr Vater Bankier?«
Alex nickte. Sie wollte ihm nicht sagen, dass ihrem Vater die bedeutendste Bank Amerikas gehörte. Er sollte nicht wissen, dass sie aus dieser Familie stammte. Noch nicht.
Sie lehnten sich an die Reling und blickten auf das ruhige Meer, in dem sich der Vollmond spiegelte.

»Warum hat eine Frau, die so voller Leben ist wie Sie, gesagt, alles sei gleichgültig?«
»Oh, das habe ich bestimmt nicht gesagt. Es stimmt ja auch gar nicht.«
»Wenn Sie glücklich verheiratet sind, warum tanzen und flirten Sie dann heute Abend mit mir?«
»Habe ich das getan?«, fragte sie. »Ja, nicht wahr?«
»Ja, in der Tat.«
Philippe legte ihr die Hände auf die Schultern und drehte sie zu sich. »Das haben Sie in der Tat.«
Sie blickte ihm in die Augen und ließ sich gegen ihn sinken. Seine Arme schlossen sich um sie, und dann spürte sie seinen Mund auf ihren Lippen. Sie schloss die Augen. Sie spürte seinen Herzschlag und versank in einem leidenschaftlichen Kuss. Als sie sich wieder voneinander lösten, glitt eine Sternschnuppe über den Himmel.
»Ich habe mit dir geflirtet, weil ich wusste, dass du mich so küssen würdest. So hat mich noch nie jemand geküsst.«
Stumm zog er sie an sich.
»Ich bin so lange nicht geküsst worden, dass ich vergessen habe, wie es sich anfühlt.«
Seine Arme umschlossen sie fester, und wieder fand sein Mund ihren. Anschließend bedeckte er ihr Gesicht mit kleinen Federküssen und murmelte: »Vielleicht hat das Schicksal uns hier zusammengebracht.«
Sie ergriff seine Hand und legte sie auf ihre Brust. »Fühl doch, wie mein Herz schlägt.«
Sie wusste ganz genau, was sie tat. Und es war richtig, schließlich würde sie den Mann nach diesen zwei Tagen nie wiedersehen.

Er umschloss ihr Gesicht mit den Händen und blickte ihr in die Augen.
»Ja«, sagte sie. »Ja.«
Er zog sie den Gang entlang zu seinem Zimmer. Dort nahm er sie wieder in die Arme und küsste sie voller Leidenschaft. Er hob sie hoch und trug sie zum Bett. Als sie beginnen wollte, sich auszuziehen, sagte er: »Nein, warte, lass mich.«

Als der Morgen graute, kehrte Alex in ihr Zimmer zurück. Durch ihr Bullauge sah sie, dass der Horizont sich gerade rosa färbte. Sie vergewisserte sich, dass ihre Kinder ruhig schliefen, und schlüpfte dann ins Bett.
Sie hatte kein schlechtes Gewissen, sondern fühlte sich auf sinnliche Weise glücklich. Eine solche Nacht hatte sie noch nie verbracht. Noch kein Mann hatte sie je so geküsst wie Philippe. Noch nie hatte sie solche Orgasmen erlebt, eine so köstliche Ekstase. Die ganze Nacht über hatte Philippe mit ihr geredet und sie immer wieder geliebt.
Als sie erwachte, stand die Sonne hoch am Himmel. Sie sprang aus dem Bett und lief zur Kabine der Kinder. Sie waren nicht da, aber das machte ihr keine Sorgen, weil sie sich darauf verlassen konnte, dass Hugh auf Lina aufpasste. Sie blickte auf ihre Uhr. O Gott, es war schon nach zehn.
Sie sank auf die Bettkante und fuhr sich mit der Hand durch die Haare. Lächelnd dachte sie, dass sie bestimmt zum Fürchten aussah. Körperlich allerdings fühlte sie sich hervorragend. Nie in ihrem Leben hatte sie sich lebendiger, mehr wie eine Frau gefühlt. Am liebsten hätte sie sich sofort wieder in Philippes Bett begeben und ihn geliebt. Morgen würden sie in New York ankommen, und dann wäre alles vorbei.

Aber deshalb hatte sie es ja getan, oder? Sie hatte mit einem hinreißend netten Mann geschlafen, den sie nie im Leben wiedersehen würde. Das war sie sich selbst schuldig gewesen. Sie war neunundzwanzig, und seit fast acht Jahren hatte sie kein Mann mehr berührt. Niemand hätte das für möglich gehalten, aber Philippe hatte ihr geglaubt. Er wollte alles über sie wissen. Er hatte ihr vom Tod seiner Frau erzählt und von dem Leben, das er jetzt führte. Er war im Vorstand des Familienunternehmens, hatte zwei brillante Schwestern, liebte seine Kinder und war im Grunde ein glücklicher Mann. Das war mehr, als sie über andere Männer wusste. Und sie hatte ihm bereitwillig von sich erzählt, vom Krankenhaus und Waisenhaus, von Clarissa, James und Ben, von der Gartenanlage, von der Geliebten ihres Mannes, von den Gründen für ihre Ehe.
Und er hatte sie geküsst und in den Armen gehalten, als ob alles, was sie ihm berichtete, für ihn das Wichtigste auf der Welt sei.
Wenn sie an ihn dachte, stand ihr Körper in Flammen.
Kopfschüttelnd ging sie ins Badezimmer. Sie hatte absichtlich keine Dienstboten mit auf die Reise genommen, noch nicht einmal das Kindermädchen. Sie wollte allein mit ihren Kindern Amerika erleben, ihnen die Freiheitsstatue zeigen, mit ihnen über den Broadway spazieren und in den Zirkus gehen. Vielleicht würden sie auch für ein paar Wochen nach Denver fahren, damit ihre Kinder die Rocky Mountains sehen konnten. Sie wollte mit ihnen den Yellowstone-Nationalpark besuchen, ihnen die Grand Tetons zeigen, ihnen die ganze Pracht des Kontinents vor Augen führen. Seit Monaten hatte sie die Reise schon geplant, und jetzt dachte sie nur noch an diesen Franzosen und seine Liebe.

Liebe? Das war doch sicher keine Liebe. Es war höchstens Verliebtheit, und zwar nicht in Philippe Renoir, sondern in den Mann, der ihren Körper erweckt und ihr das Gefühl gegeben hatte, sie sei wunderschön. Das durfte sie auf keinen Fall mit Liebe verwechseln. In einer einzigen Nacht voller Leidenschaft entstand schließlich keine Liebe.
Ob Philippe wohl schon wach war und an sie dachte? Ob ihm die vergangene Nacht wohl auch so viel bedeutet hatte?
Bis sie gewaschen und in ein gelbweißes Leinenkleid geschlüpft war, war es nach elf. Sie würde sich jetzt erst einmal eine Tasse Kaffee besorgen.
Als sie in die Lounge trat, saß Philippe mit Hugh und Lina da und spielte mit ihnen Dame.
Hugh blickte auf. »Mr. Renoir hat uns ein neues Spiel beigebracht, Mama.«
Lina saß auf Philippes Schoß. »Ich darf auch mitspielen«, erklärte sie mit leuchtenden Augen.
Alex setzte sich auf die Armlehne von Hughs Sessel. »Ob ich hier wohl einen Kaffee bekommen kann?«
Philippe winkte einem Kellner und bestellte ihr einen Café au lait.
»Woher wussten Sie, dass ich Milch nehme?«
»Weil Sie den Kaffee gestern so getrunken haben.« Ihre Blicke trafen sich, und er lächelte sie an, als ob sie ein Geheimnis teilten. Hugh machte einen Zug, und Philippe sagte anerkennend: »Gut gemacht!« Dann flüsterte er Lina zu: »Und wie sollen wir unseren Stein jetzt setzen?«
Lina dachte angestrengt nach, dann machte sie einen Zug. Philippe jubelte so laut auf, dass die Leute sich nach ihnen umdrehten: »Hey, du lernst ja schnell!«

Lina strahlte.

Ein Steward erschien mit einem Tablett und stellte es auf den Tisch nebenan. Alex setzte sich dorthin und trank ihren Kaffee, während sie Philippe und den Kindern weiter zusah.

Als das Spiel zu Ende war, standen die drei auf, und Hugh sagte: »Mr. Renoir hat uns eingeladen, mit ihm in den Zoo in der Bronx zu gehen.«

»Jetzt gleich?«

»O Mama.« Hugh lächelte.

Philippe erklärte: »Ich habe mir überlegt, dass meine Schwester und ich am Sonntag mit ihnen in den Zoo gehen könnten.«

»Ihr wart doch schon in London im Zoo«, wandte Alex ein.

»Ja, aber Mr. Renoir sagt, er bringt uns auch Französisch bei.«

»Dann kann ich über den Kanal fahren und so sprechen wie er«, fügte Lina hinzu.

»Wir schauen mal«, sagte Alex. »Ich weiß nicht, welche Pläne eure Großeltern gemacht haben oder Grandann …«

»Wir sehen sie doch sowieso alle in diesem Sommer«, warf Hugh ein.

»Na, mal schauen«, murmelte Alex. Diese Geschichte sollte doch vorbei sein, wenn das Schiff morgen anlegte.

Sie wollte noch eine Nacht voller Leidenschaft und mehr nicht. Eine Schiffsaffäre. Aber dann musste es zu Ende sein. Ein Anfang durfte es ganz bestimmt nicht werden. Das ging einfach nicht.

»Komm«, sagte Hugh zu Lina, und die beiden hüpften fröhlich davon.

»Du bist hinreißend schön heute Morgen.«

»Danke. Ich fühle mich auch wundervoll.«
»Ist noch Kaffee für mich übrig?« Er setzte sich ihr gegenüber.
»Deine Kinder sind ein guter Ersatz für Raoul und Celeste. Ich vermisse sie immer schrecklich, wenn ich auf Reisen bin, und deine beiden sind entzückend. Danke.«
»Nicht«, erwiderte sie.
Philippe zog die Augenbrauen hoch.
»Lass meine Kinder bitte aus dem Ganzen heraus. Schmeichle dich bei ihnen nicht ein.«
»Wie bitte?«
»Wir wissen doch beide, dass dies hier nichts bedeutet. Es ist eine nette kleine Reiseaffäre. Mehr nicht. Wenn wir morgen angelegt haben, werden wir uns nie wiedersehen, also versprich meinen Kindern nicht, mit ihnen in den Zoo zu gehen. Du weißt ja nicht, wie oft ihr Vater seine Versprechen ihnen gegenüber nicht gehalten hat. Bitte, lass meine Kinder aus dem Spiel. Kein Zoo.«
Philippe trank einen Schluck Kaffee und blickte sie dabei unverwandt an. Er schwieg eine Zeit lang, dann sagte er: »Mach das, was uns verbindet, nicht so klein. Und versuch nicht, mir einzureden, meine Gefühle bedeuteten nichts. Erzähl mir auch nicht, ich solle deine Kinder nicht anlügen. Ich lüge Kinder nie an. Und erzähl mir nicht, wir sähen uns nie wieder, wenn dieses Schiff morgen in den Hafen von New York eingelaufen ist. Und du willst doch nicht allen Ernstes behaupten …«
»Die letzte Nacht wäre nie geschehen, wenn ich nicht ganz genau gewusst hätte, dass uns nur zwei Nächte bleiben, bevor sich unsere Wege für immer trennen.«
Er starrte sie an.

»So magst du ja gestern Abend gedacht haben, aber ich glaube einfach nicht, dass du auch heute noch so denkst.«
Alex stellte ihre Tasse auf den Tisch. »Heute weiß ich nur, dass ich nichts anderes möchte, als dich wieder zu lieben.«
Er beugte sich vor. »Sag das noch einmal.«
Alex atmete schwer.
»Hör zu«, sagte Philippe so leise, dass sie ihn kaum verstehen konnte. »Ich werde dich nicht leichtfertig aufgeben, und schon gar nicht in den nächsten Wochen. Ich möchte irgendwo mit dir hinfahren, wo du ganz du selbst sein kannst, und dort möchte ich Liebe mit dir machen, wann und wo wir wollen ... unter der Dusche und auf dem Küchentisch.«
Er lächelte, als sie lachte.
»Und vor dem Kamin.«
»Es ist Juni.«
»Ja, aber ich möchte dich auch im Herbst und im Winter lieben, in einem Auto und am Strand ...«
»Warte!« Lachend berührte sie seinen Handrücken. »Du machst mich fertig.«
Er griff nach ihrer Hand. »Ich möchte dich so lieben, wie du noch nie in deinem Leben geliebt worden bist. Ich möchte dich für all die Jahre entschädigen, in denen ...«
»Das hast du letzte Nacht getan.«
Philippe grinste. »Das war erst die Spitze des Eisbergs.«
»Ich habe gehört, die Franzosen sollen wundervolle Liebhaber sein.«
»Willst du dir das wirklich entgehen lassen?«
»Vorsicht!«, warnte sie ihn. »Wenn du mir weiter so drohst, lasse ich dich nie mehr gehen.«
»Ah« – er grinste – »das passt schon besser zu dir. Komm, lass

uns ein wenig an Deck spazieren gehen. Ich habe noch nicht gefrühstückt und könnte mittlerweile ein Pferd verschlingen.«
»Ja, ich habe auch schrecklichen Hunger.«
»Den hast du wahrscheinlich seit Jahren.«
»Willst du damit andeuten, dass ich dich gebraucht habe?«
Hinter seinem leichten, flirtenden Tonfall spürte Alex, dass es ihm ernst war.
»Ich hoffe, dass ich die Antwort auf deine Gebete bin.«
»Ich habe um gar nichts gebetet.«
»Vielleicht nicht bewusst. Aber ich weiß ja auch erst seit vier Tagen, dass ich all die Jahre auf dich gewartet habe.«
»Nein«, erwiderte Alex, »das ist nicht möglich.«
»Nun, dann wollen wir zumindest das Beste daraus machen. Und lauf nicht gleich weg, wenn du es gefunden hast.«
»Gefunden? Bei dir klingt es so, als habe die Erde gebebt.«
»Ja, hat sie das denn nicht?«
»Ich will das nicht«, erwiderte sie kläglich, wusste jedoch im gleichen Moment, dass das eine Lüge war.
»Zu spät«, sagte Philippe. »In manchen Momenten kann man das Leben nicht aufhalten. Die meisten Menschen stolpern durchs Leben und wissen gar nicht, dass sie die Möglichkeit haben, nach den Sternen zu greifen. Sie lassen das Leben einfach an sich vorbeiziehen. Aber wir werden in den Himmel steigen, und ich hoffe, du begleitest mich dabei.«
»Und wenn wir herunterfallen?«
»Das Risiko müssen wir auf uns nehmen.«

39

»Wo steigst du ab?«, fragte Alex, als das Schiff an der Freiheitsstatue vorbeiglitt. Sie stand mit Philippe und den Kindern an der Reling.
»Im Plaza.«
»Oh, das ist ganz in der Nähe vom Haus meiner Großeltern.«
»Komm morgen Abend zu mir. Meine Schwester trifft erst am Samstagmittag ein, und es wäre schön, wenn du morgen Abend zu mir kommen könntest.«
»Ich kann aber nicht die ganze Nacht bleiben. Das würde einen Skandal verursachen.«
»Versuch es auf jeden Fall.«
»Ich kann es nicht versprechen. Ruf mich an. Ich wohne bei meiner Mutter auf der Fifth, in der Nähe der Fünfzigsten. Von Rhysdale. Colin von Rhysdale.« Sie sagte ihm ihre Telefonnummer. »Wenn du sie nicht behalten kannst, wir stehen bestimmt im Telefonbuch.«
»Morgen habe ich Geburtstag.«
»Tatsächlich? Nun, ich werde es versuchen. Aber möglicherweise wird es spät werden.«
»Das ist mir egal. Wann ist denn eine gute Zeit, um dich anzurufen?«
»Früher war vier Uhr am Nachmittag immer gut. Wenn ich nicht da bin, kannst du ja eine Nachricht hinterlassen.«
»Gehst du denn noch mit uns in den Zoo?«, fragte Hugh.

»Wenn eure Mutter einverstanden ist.«
»Wir schauen mal.« Noch wusste sie nicht, wie sie alles regeln sollte.
»Sieh mal, Mama, die Leute da unten winken alle. Wartet auf uns auch jemand?«, fragte Hugh.
»Das bezweifle ich. Deine Großmutter hat bestimmt einen Wagen geschickt.« Ihre Mutter mied Menschenaufläufe, wann immer es ging. Und ihr Vater war um diese Uhrzeit natürlich in der Bank.
Aber es holte sie doch jemand ab. Alex erblickte Frank und Annie im Gewühl und machte die Kinder auf sie aufmerksam.
»Meine Großeltern«, erklärte sie Philippe. »Die Lieben!«
Als sie die Gangway hinuntergingen, sagte Philippe: »Ich rufe dich dann morgen an.«
Alex nickte. Sie hielt Hugh und Lina an der Hand.
»Ich kann nichts sehen!«, beschwerte sich Lina.
Philipp beugte sich zu ihr herunter und nahm sie auf den Arm.
»So, jetzt kannst du auch etwas sehen.«
Er blieb stehen, als Alex ihre Großeltern zur Begrüßung umarmte. Dann stellte sie ihn vor: »Das ist Mr. Renoir, der sehr freundlich zu uns war. Meine Großeltern, Mr. und Mrs. Curran.«
Philippe setzte Lina ab und zog Annies Hand, die sie ihm entgegenstreckte, an die Lippen.
»Oh, das liebe ich an den Europäern«, erklärte Annie, die strahlend aussah in einem hellblauen Kostüm mit einem kecken Strohhütchen auf ihren immer noch blonden Haaren.
Dann verabschiedete sich Philippe und verschwand in der Menge. Frank nahm Lina auf den Arm, und gemeinsam machten sie sich auf den Weg zu seinem Wagen.

»Wir konnten es nicht erwarten, dich zu sehen. Deine Mutter wartet mit dem Mittagessen, aber wir haben uns erboten, dich vom Schiff abzuholen.«
»Sieh mal, die hohen Häuser«, sagte Hugh. »Ich wusste gar nicht, dass es so hohe Häuser gibt.«
Auch Lina, die auf dem Schoß ihres Urgroßvaters saß, schaute fasziniert aus dem Fenster.
»Ich hoffe, die Reise ist ohne weitere Zwischenfälle verlaufen?«, fragte Annie.
»Sie war äußerst angenehm«, erwiderte Alex.
»Ist New York größer als London?«, fragte Hugh.
»Ich glaube nicht«, antwortete Frank. »Sie gehören beide zu den größten Städten der Welt.«
»New York sieht aber viel größer aus. Sieh dir doch all diese hohen Häuser an. Und es sind so viele Leute auf der Straße. Die Gebäude sehen auch viel neuer aus.«
»Das sind sie auch«, erwiderte Frank. »London ist über tausend Jahre alt, aber New York gibt es erst seit ungefähr dreihundert Jahren. Und London wächst in die Breite, während New York in die Höhe wächst.«
Alex drückte Annies Hand. »Verbringt ihr den Sommer in Denver?«
»Nun, wir haben darüber gesprochen, aber jetzt, wo du hier bist, wollten wir lieber …«
»Ich würde auch schrecklich gerne für ein paar Wochen nach Denver fahren, um den Kindern die Berge zu zeigen.«
»Wundervoll. Dann sorge ich dafür, dass das Haus vorbereitet wird. Wir wären auch hier geblieben, wenn es dir lieber gewesen wäre. Ich sehe ja meine geliebten Urenkel nicht so oft.«

»Mutter wird vermutlich nicht nach Denver fahren wollen, oder?«

»Für deine Mutter gibt es kein Amerika jenseits des Hudson«, sagte Frank.

Alex schüttelte den Kopf. »Ich weiß. Sie wird wahrscheinlich nach Newport fahren. In der Stadt ist es ihr im Juli und August immer zu heiß.«

»Ich weiß nicht. Es fahren immer mehr Leute nach Southampton und ...«

»Aber das ist so weit draußen, bestimmt hundertfünfzig Kilometer, oder?«

»Ja, in etwa. Aber die Leute bauen sich dort ihre Sommerhäuser. Newport ist nicht mehr das, was es einmal war. Ich fand es dort auch nie so schön. Und außerdem muss deine Mutter ja jetzt nichts mehr beweisen. Sie und Mrs. Vanderbilt sind tonangebend in der Gesellschaft, und sie haben beide eine Tochter, die einen englischen Herzog geheiratet hat.«

»Dann bin ich ja froh, dass meine Ehe wenigstens einen Menschen glücklich gemacht hat.«

Frank und Annie wechselten einen Blick. Der Chauffeur bog auf die Fifth Avenue ab.

»Ich hoffe, du erlaubst mir, mit den Kindern in den Park zu gehen«, sagte Frank.

»Grandpa, du darfst mit den Kindern überall hingehen.«

»Ich habe einen wundervollen Laden mit Drachen entdeckt und wollte schon welche kaufen, aber dann habe ich mir überlegt, dass sie sich vielleicht selbst einen aussuchen möchten. Und auf dem kleinen See im Park können wir rudern ...«

»Und wir beide setzen uns in die Tavern on the Green«, sagte Annie zu Alex.

»Habt ihr einen Hund?«, fragte Lina. »Mir fehlt mein Hund.«
»Wir haben zwei Hunde«, erwiderte Frank. »Ein Haus ohne Hund ist kein richtiges Zuhause.«
»Hat Grandma auch einen Hund?«, fragte Lina.
Alex schüttelte den Kopf. »Ich kann mir nicht vorstellen, dass Mutter einen Hund im Haus dulden würde.«
»Was macht dein Garten?«, fragte Frank. Der Wagen hielt vor Sophies Haus.
»Ich hoffe, ihr kommt ihn euch nächstes Jahr anschauen. Dieses Jahr war er prachtvoll. Er war in der Londoner Presse abgebildet und in *Home Beautiful*.«
Sie standen in der Eingangshalle, und Frank sagte dem Butler, dass das Gepäck später käme. Sophie kam die Treppe heruntergelaufen und streckte die Arme nach ihren Enkelkindern aus, die jedoch wie angewurzelt bei ihrer Mutter stehen blieben. Sie waren hier fremd, und außerdem hatten sie sich bei ihrer Großmutter mütterlicherseits nie wohl gefühlt.
Alex schob Hugh ein wenig nach vorn, und er blickte sich hilfesuchend nach ihr um, als Sophie auf ihn zustürzte und ausrief: »Mein Gott, bist du groß geworden, du bist ja ein richtiger junger Mann!«
Annie verdrehte die Augen.
»Und dich hätte ich auch kaum wiedererkannt.« Sophie beugte sich zu Lina, um sie zu küssen.
Sie legte Alex den Arm um die Schultern und zog sie mit sich.
»Ich wusste nicht, was ich den Kindern kaufen sollte«, sagte sie, »deshalb habe ich mir gedacht, wir könnten heute Nachmittag alle zu F.A.O. Schwartz gehen.« Dieser Spielzeugladen für alle, die Geld hatten, existierte seit 1870. Vor kurzem war

er in die Fifth Avenue umgezogen, wo die Villen durch Kaufhäuser ersetzt wurden. »Das Geschäft ist ja praktisch neben deinen Großeltern.«

Frank warf ein: »Auf der Fifth steht ein Kaufhaus neben dem anderen. Wir haben in einem Apartmenthaus ein Penthouse gekauft, das ich gegenüber vom Park hochbauen muss.«

»O Grandpa, du willst doch nicht dein Haus verkaufen!«

»Wir müssen mit der Zeit gehen, Liebes. In der Stadt ist kein Platz mehr für Einfamilienhäuser, sie nehmen viel zu viel Raum ein. Ich baue zwei Apartmenthäuser am Park, und von jeder Wohnung aus hast du einen Blick auf den Park. Das ist allerbeste Lage.«

»Ich habe ihn dazu überredet, ein paar Wohnungen nicht so teuer auszustatten, damit auch normale Menschen sie sich leisten können«, sagte Annie.

Sophie warf ihrer Mutter einen erbosten Blick zu.

Der Butler, den Alex noch nie gesehen hatte, verkündete, es sei angerichtet, und sie begaben sich alle ins Esszimmer.

»Es ist nicht viel«, erklärte Sophie. »Ich habe gedacht, dass du von dem guten Essen auf dem Schiff schon dick genug bist.«

»Morgen Abend haben wir Karten für ›Tristan und Isolde‹, sagte Frank.

»Ich war gestern Abend in der Oper«, meinte Sophie. »Die Isolde ist einfach göttlich. Sie singt zum Sterben schön.«

Annie beugte sich zu Alex. »Geh du mit ihm, Liebes. Er ist immer so gerne mit dir in die Oper gegangen. Er weiß ja, dass ich doch nur mitgehen würde, um ihm einen Gefallen zu tun. Es wäre uns beiden geholfen, wenn du mitgingest.«

Morgen Abend. Philippe wollte, dass sie morgen Abend zu ihm kam.

Es wäre ein guter Vorwand. Wenn sie aus der Oper kam, würde Sophie schon längst schlafen. Dann konnte sie unbemerkt zu Philippe ins Plaza eilen.
»Ja, ich würde gerne mitgehen«, sagte Alex.
Es gab keinen Hinweis darauf, dass der Opernbesuch ihr Leben völlig verändern würde.

40

»Liebes«, begann Frank, »ich wollte schon die ganze Zeit mit dir sprechen. Annie hat zwar gemeint, es ginge mich nichts an, aber ich glaube, da hat sie Unrecht. Du gehst mich sehr viel an. Deshalb gestatte mir jetzt zu sagen, was mir schon seit Jahren auf dem Herzen liegt.«
Es war Pause, und Frank hatte Alex in der Loge zurückgehalten.
»Zunächst einmal möchte ich gerne wissen, ob du irgendjemanden hast, mit dem du reden kannst?«
»Mit Clarissa bespreche ich vieles, aber ich weiß nicht genau, was du meinst.«
»Liebes, du kannst nicht mehr so weitermachen, wie du in den letzten zehn Jahren gelebt hast.«
Alex hatte Angst, in Tränen auszubrechen, wenn sie jetzt etwas sagte. Sie wusste, dass die Leute sie bemerkt hatten und darüber tuschelten, dass »Frank Currans Enkelin, die zukünftige Herzogin von Yarborough«, in der Oper war, und sie konnte nicht weinend in der Loge sitzen.
Frank reichte ihr ein Taschentuch. »Ich weiß, hier ist nicht der richtige Ort für so eine Unterhaltung, aber ich sehe keine andere Möglichkeit.«
Alex schüttelte den Kopf. »Nein, Grandpa, ich kann mit niemandem wirklich reden. Clarissa weiß zwar, dass ich nicht glücklich bin, aber wir sprechen nicht darüber. Und es

geht mir ja auch nicht wirklich schlecht. Ich habe so vieles, dank eurer Hilfe, Grandpa, und die Dorfbewohner sind mir unendlich dankbar, aber das wird alles von deinem Geld finanziert, das Krankenhaus, das Gehalt der Ärzte, das Waisenhaus.«
»Nun, es hat dich gelehrt, dass man Geld ausgeben sollte, damit die Welt ein wenig besser wird.«
»Ja, und dein Geld hat mir auch geholfen, das Schloss zu einem wahren Schmuckstück zu machen. Ich bin wirklich stolz darauf.«
»Und das hast du auch gut gemacht. Ich kann gar nicht so viel ausgeben, wie die Mine und meine Immobilien abwerfen. Wenn du faul wärst und nur ständig mehr Schmuck haben wolltest, würde ich dir sicher nicht so viel helfen, aber bei deinem Engagement habe ich das Gefühl, dass mein Geld gut angelegt ist. Ich hoffe, dass die Welt ein wenig besser ist, wenn ich sie verlasse. Zumindest meine kleine Welt.«
Alex schlang ihm die Arme um den Hals. »Weißt du eigentlich, wie sehr ich dich liebe? Es kommt mir manchmal so vor, als sei ich deine Tochter und nicht deine Enkelin.«
Frank nickte. »Ich sage mir immer wieder, dass es eurem kleinen Dorf, Woodmere, heute viel schlechter ginge, wenn deine Mutter dich nicht gezwungen hätte, diese Ehe ohne Liebe einzugehen.«
»O Grandpa.« Gleich würde sie doch in Tränen ausbrechen.
Frank beugte sich vor. »Weißt du eigentlich, dass du die zweitschönste Frau auf der ganzen Welt bist? Und das sage ich nicht, weil du meine Enkelin bist ...«
Alex musste unwillkürlich lächeln.
»Schönheit hat nichts mit ...«

»Mit Liebe zu tun, ich weiß. Das weiß ich wirklich, obwohl ich Annie zur Frau habe. Wir lieben einander sehr, und ich könnte trotz all meines Geldes nicht leben, wenn ich ihre Liebe nicht hätte.«

Alex biss sich auf die Lippen. »Ich glaube nicht, dass sich Mutter und Daddy jemals geliebt haben.«

»Deine Mutter kann nicht lieben. Weißt du eigentlich, dass dein Vater seit fast zwanzig Jahren eine andere Frau hat? Bei ihr hat dein Vater die Liebe gefunden. Und das ist Sophies Schuld.«

Alex nickte. »Als Mutter das letzte Mal in England war, hat sie es mir erzählt.«

»Verurteile ihn deswegen nicht. Die meisten Männer in England, einschließlich deines Mannes, schätze ich, haben auch Geliebte.«

»Oliver hatte bereits eine Geliebte, als er mich heiratete.«

»Ja, ich habe mich mit deiner Mutter gestritten, als sie die Ehe arrangierte. Damals wusste ich natürlich noch nichts von der anderen Frau, aber ich wusste, dass diese Heirat nichts mit Liebe zu tun hatte.«

»Meinst du nicht, das ist bei den meisten Ehen so?«

»Nun, das will ich nicht hoffen. Aber fest steht, dass deine Mutter nicht aus Liebe geheiratet hat. Das war deinem Vater gegenüber, den ich sehr mag, nicht fair. Wir treffen uns übrigens einmal in der Woche zum Mittagessen, und er würde gerne am Dienstag mit dir essen.«

»Warum fragt er mich denn nicht?«

»Hast du dich nicht gewundert, warum er gestern nicht zu Hause war?«

»Mama sagte irgendetwas von einem Termin in der Bank.«

»Er wohnt nicht mehr dort, Alex. Dein Vater ist schon vor Jahren ausgezogen. Deine Mutter weigert sich nur, es zuzugeben.«

Alex rang nach Luft. »O Grandpa.«

»Am besten sagst du deiner Mutter, dass du am Dienstag mit mir essen gehst, und dann treffen wir uns mit deinem Vater. Du darfst ihm keinen Vorwurf machen, Alex. Jeder braucht Liebe, und dein Vater hat sie gefunden. Er ist äußerst diskret, um deine Mutter nicht in Verlegenheit zu bringen. Wenn sie eine ihrer berühmten Partys gibt, ist er anwesend. Bei Einladungen, bei denen sie zusammen erscheinen müssen, begleitet er sie ebenfalls. Natürlich weiß jeder Bescheid, aber niemand sagt etwas. Ich muss zugeben, dass ich mich ihm näher fühle als deiner Mutter.«

»Das ist genau wie bei Oliver.«

»Ich wollte dir sagen, dass zumindest ich es gutheiße, wenn du irgendwo anders Liebe findest. Eine so junge und schöne Frau wie du sollte nicht ohne Liebe leben müssen. Und das sage ich dir jetzt, weil ich gestern gesehen habe, wie dieser Franzose dich angeschaut hat. Wenn du etwas für ihn empfindest, Alex, dann geh zu ihm.«

»O Grandpa, ich kenne ihn doch erst seit drei Tagen.« Drei Tage, einundzwanzig Stunden und siebzehn Minuten, dachte sie und blickte auf die Uhr. »So schnell kann doch die Liebe nicht kommen.«

Frank schüttelte den Kopf. »Gib dir die Chance, herauszufinden, was dahinter steckt. Ich nehme mein Eheversprechen nicht auf die leichte Schulter, Alex, und ich war nie, kein einziges Mal in meinem Leben, in Versuchung, fremdzugehen, aber Annie gibt mir auch alles, was ich in einer Beziehung brauche, und ich hoffe, es geht ihr mit mir genauso. Aber was hast du?«

»Meine Kinder.«

Frank nickte. »Ja, und eines Tages gehen sie aus dem Haus, und dann?«

»Nun, Hugh wird nicht aus dem Haus gehen. Er wird den Titel erben, und vielleicht werde ich diejenige sein, die geht.«

»Mit wem und wohin willst du gehen? Sicher, manche Menschen entscheiden sich ganz bewusst dafür, allein zu leben, aber ich möchte, dass du zumindest einmal erlebst, was deine Großmutter und ich zusammen gefunden haben.«

»Wird das nicht eher zu noch größerem Leid führen, da ich ja bereits verheiratet bin?«

»Vielleicht. Die Liebe ist nicht für jeden so einfach wie für Annie und mich. Und eines Tages werden selbst wir das Leid erfahren, den anderen zu verlieren. Das ist der Preis, den du für das Glück bezahlst.«

»Ich habe Angst, Grandpa.«

»Natürlich. Die Höhen und Tiefen von Gefühlen auszuloten macht einem immer Angst. Deine Mutter hat dies ihr ganzes Leben lang vermieden und sich von allem abgewandt, das ihr Erfüllung hätte schenken können. Es geht nicht um Sicherheit, meine Liebe. Du musst das Leben in all seinen Facetten erfahren und zugleich versuchen, niemanden zu verletzen. Wahrscheinlich bist du die Einzige, die dabei verletzt wird, aber das ist eben der Preis, den du bezahlen musst. Und er ist es wert, glaube mir. Deinen Mann wird es nicht verletzen, und ich könnte mir vorstellen, dass auch Clarissa nicht allzu entsetzt wäre, wenn sie es entdeckte.«

»Ich kann mich nicht scheiden lassen.«

»Ich rede nicht von Scheidung. Ich rede davon, dass du in der Situation, in der du steckst, das Glück findest.« Er griff nach ihrer Hand. »Jemand muss dir ja einen Ratschlag geben, und da ich dich so sehr liebe, kann ich es wahrscheinlich am besten.«

Alex wandte sich ab, damit niemand ihre Tränen sehen konnte. »Erzähl mir von ihm ...«

»Seine Familie besitzt Weinberge. Er ist geschäftlich hier und will nach Kalifornien, um dort Land zu kaufen und ein Weingut aufzubauen.«

»Will er es in Kalifornien führen?«

Alex schüttelte den Kopf. »Nein, seine Schwester.«

Frank lachte. »Die Familie gefällt mir schon jetzt. Wie war noch mal sein Name?«

»Philippe Renoir.«

»Und wann willst du ihn wiedersehen?«

Alex holte tief Luft. »Er wohnt im Plaza und will, dass ich heute Abend zu ihm komme.«

Frank drückte seiner Enkelin die Hand. »Und willst du hingehen?«

»Ich glaube schon.«

»Hier«, sagte er und griff nach ihrem Umhang. »Wenn die Lichter ausgehen, lauf zum Plaza. Ich werde es noch nicht einmal Annie erzählen.«

Alex blickte ihn an. »Oh, meinst du wirklich?«

»Entscheide dich für die Liebe, Alex. Du hast viel zu lange ohne sie gelebt.«

Unten im Saal strömte das Publikum wieder auf die Plätze zurück. Alex gab ihrem Großvater einen Kuss.

»Jetzt sag nicht schon wieder ›O Grandpa‹. Ich erwarte dich

am Dienstag um zwölf Uhr dreißig zum Mittagessen, und verschon mich bitte mit all den schlüpfrigen Details.«
»Hoffst du, dass sie schlüpfrig sind?«
»Mein liebes Kind, ich hoffe sogar, dass du errötest, wenn du mich nur anschaust.«
Es wurde dunkel im Saal, und Alex legte sich ihr Cape um die Schultern.
»Und du brauchst kein schlechtes Gewissen zu haben«, flüsterte er ihr zu, als sie ihn zum Abschied küsste.

»Ich hatte schon Angst, du würdest nicht kommen.«
»Du wirst lachen, wenn du hörst, warum ich sogar früher hier bin, als ich ursprünglich geplant habe. Mein Großvater hat mich hierher geschickt. Er sitzt noch in der Oper und genießt den letzten Akt.«
»Die Weisheit des Alters«, murmelte Philippe und zog Alex an sich.
Sie schlang die Arme um ihn. »O Philippe, ich denke ständig an deine Küsse. Ich komme mir vor wie ein Schulmädchen.«
»Erlebt man denn nur als junges Mädchen Leidenschaft?«
»Bei mir war es so.«
»Später musst du mir unbedingt von deiner Ehe erzählen. Aber jetzt gibt es erst mal nur uns zwei. Ich möchte dich festhalten, küssen, deinen nackten Körper betrachten, dich lieben. Ich will ...«
»Ich will dich«, sagte sie und küsste ihn. »Ja, ja, ich will dich so sehr. Ich habe in der Oper ständig dein Gesicht vor Augen gehabt – dein wunderschönes französisches Gesicht.«
»Männer haben kein wunderschönes Gesicht.« Seine Lippen glitten über ihren Hals.

»Du schon.« Sie betrachtete ihn eingehend. Seine links gescheitelten Haare, seine warmen braunen Augen, seine olivfarbene Haut. »Du könntest ein Zigeuner sein.«
Er lächelte. »Das kommt dir nur so vor, weil du mich immer an den romantischsten Orten siehst – an Deck eines Schiffes, hier im Plaza. Du siehst ja nicht, wie ich die Stirn runzele, wenn ich am Schreibtisch sitze, oder wie ich schwitze, wenn ich durch die Weinberge marschiere, oder …«
»Hör auf! Ich will dich so, wie du bist!«
Er hob sie hoch und trug sie zum Bett. »Vor dem Morgengrauen lasse ich dich nicht gehen.«
Und sie ging tatsächlich erst eine halbe Stunde, bevor es hell wurde, nach einer Nacht, in der sie sich geliebt, geredet und wieder geliebt hatten.
Vorher nahm Philippe ihr noch das Versprechen ab, dass er am nächsten Tag, einem Sonntag, mit den Kindern in den Zoo gehen dürfe. »Meine Schwester wird sie entzückend finden. Sie liebt Kinder.«
»Es ist schade, dass sie selbst keine hat. Werde ich sie kennen lernen?«
»Du kannst ja mit uns in den Zoo kommen. Sie ist nur über das Wochenende hier. Am Montagmorgen fährt sie nach Chicago, um eine Zimmergenossin aus dem College zu besuchen, und dann fahren wir zusammen nach Kalifornien.«
»Küss mich noch einmal. Wenn du mich noch einmal küsst, versuche ich, auch in den Zoo zu kommen. Ich war seit meiner Kindheit nicht mehr dort.« Sie überlegte. »Meinst du, sie missbilligt es? Schließlich bin ich eine verheiratete Frau.«
»Ihre einzige Sorge wird sein, dass ich verletzt werde.«
»Und machst du dir darüber keine Gedanken?«

»Nein, das lasse ich nicht zu.«
»Es kann nur Unglück dabei herauskommen. Ich bin verheiratet, habe zwei Kinder und gehöre zum britischen Hochadel.«
»In Ordnung«, erwiderte er. »Wir werden uns nie wiedersehen.« Sie blickten einander an und wussten beide, dass es dafür schon längst zu spät war. »Du wirst noch keine fünf Minuten weg sein, und ich werde jeden Zentimeter deines Körpers mit Küssen bedecken wollen.«
»Du hast sogar Stellen geküsst, die ich gar nicht kannte.«
Er lachte. »Amerikaner sind ein bisschen prüde.«
»Du weißt, dass es hoffnungslos ist, oder?«
»Denk nicht so viel an die Zukunft. Genieß lieber die Gegenwart.«
Als Alex in den Aufzug trat, dachte sie, dass sie ursprünglich nur ein wenig Abwechslung gesucht hatte. Und jetzt, was wurde jetzt daraus? Liebe?

41

Philippes Schwester, Michelle, war nicht schön, noch nicht einmal hübsch, aber sie war, abgesehen von Annie, die faszinierendste Person, der Alex je begegnet war. Ihre Haare waren dunkler als die ihres Bruders, und sie hatte grüne Augen, in denen goldene Lichter tanzten.
Sie trug ein schwarzes Seidenkostüm mit einer goldfarbenen Bluse und zahlreiche goldene Armreifen am rechten Handgelenk. Ihre schwarzen Ohrringe wippten, als sie lachend den Kopf zurückwarf und dabei perfekte, strahlend weiße Zähne enthüllte. Ihre Lippen waren tiefrot, und ihre Augen dramatisch geschminkt. Sie sah aus, als sei sie dem Cover der *Vogue* entsprungen.
Philippe brachte sie mit, als er Alex und die Kinder zum Zoobesuch abholte. Zu ihrer Überraschung wusste Sophie sofort, wer Philippe und Michelle waren.
»Ich habe vor vielen Jahren Ihre Mutter kennen gelernt. Sie war sehr freundlich zu mir. Wir haben uns beim Rennen in Deauville getroffen, und ich habe mit ihr und Ihrer Großmutter diniert. Aber das ist jetzt schon über zwanzig Jahre her. Damals haben die Kinder und ich ein Jahr in Frankreich verbracht.«
»Grandmère? Oh, sie war eine reizende Frau«, sagte Michelle lächelnd. Sie sprach fast akzentfrei Englisch, im Gegensatz zu ihrem Bruder. »Unglaublich, dass Sie Großmutter gekannt haben.«

»Ich habe nur einen Nachmittag und einen Abend mit ihr verbracht, aber ich habe es nie vergessen.«

»Ihr Haus ist sehr hübsch, Mrs. von Rhysdale.«

»Wie lange bleiben Sie? Ich würde Sie sehr gerne zum Essen einladen.«

»Leider reise ich morgen früh ab. Ich besuche eine Freundin in Chicago, und dann fahren mein Bruder und ich an die Westküste.«

Sophie wandte sich an Philippe. »Und Sie? Reisen Sie auch morgen ab?«

Philippe schüttelte den Kopf. »Nein, ich bleibe zwei Wochen hier.«

»Und wo wohnen Sie?«

»Im Plaza.«

»Nun, vielleicht finden Sie ja Zeit, um zum Essen zu kommen. Nächsten Samstag vielleicht, da gebe ich eine Dinnerparty. Oder wir können auch nur mit der Familie essen, wenn Ihnen das lieber ist.«

Alex lächelte Philippe hinter dem Rücken ihrer Mutter zu. »Vielleicht möchte Monsieur Renoir zu beiden Gelegenheiten kommen. Er fühlt sich in diesem fremden Land bestimmt einsam.«

»Natürlich«, sagte Sophie. »Kommen Sie doch am Samstag und, oh, vielleicht Dienstagabend um neunzehn Uhr dreißig?«

»Ja, ich komme sehr gerne.«

»Es ist nett von Ihnen, dass sie mit Hugh und Carolina in den Zoo gehen. Daran habe ich gar nicht gedacht. Ich war einmal mit Alex da, als sie noch ein Kind war. Ehrlich gesagt hat es dort fürchterlich gestunken.«

Hugh hatte wartend neben den Erwachsenen gestanden, aber jetzt war seine Geduld zu Ende. Er ergriff Philippes Hand und zog ihn zur Tür. Lächelnd ließ der Mann es sich gefallen.
»Komisch«, sagte Alex, als sie im Auto saßen, »dass unsere Mütter sich gekannt haben. Ob das etwas zu bedeuten hat?«
Die Kinder fassten sofort Vertrauen zu Michelle. Als sie durch den Zoo spazierten, sagte sie zu Alex: »Philippe hat mir erzählt, dass Sie schon seit sechs oder sieben Jahren nicht mehr zu Hause waren.«
»Und mir hat er erzählt, dass Sie die Leitung des amerikanischen Zweigs Ihres Familienunternehmens übernehmen. Ich bin tief beeindruckt.«
»Ja, amerikanische Frauen würden das wohl nicht tun. Ich glaube, wir in Europa sind ihnen um Lichtjahre voraus. Ich wusste schon als Kind ganz genau, welchen Beruf ich ergreifen wollte.«
»Wollten Sie denn nicht heiraten?«
Michelle zuckte mit den Schultern. »Eine Ehe erfordert Kompromisse, und ich mag Kompromisse nicht.«
»Sind Sie denn nicht einsam?«
Michelle blickte Alex an. »Lassen Sie mich mit einer Gegenfrage antworten: Hat Ihre Ehe Sie vor der Einsamkeit bewahrt?«
Alex schloss die Augen und sagte wie zu sich selbst: »Seit ich verheiratet bin, bin ich einsamer als jemals zuvor.«
»Sehen Sie. Das Problem der Einsamkeit wird durch die Ehe nicht gelöst. Nein, ich bin nicht oft allein. Ich liebe meine Arbeit, und zu Hause in Frankreich habe ich meine Familie.«
»Wohnen Sie auch bei ihnen?«
»Nein.« Die Französin lachte. »Das würde ich nicht aushalten. Ich wohne im Dorf, in einer Wohnung über der Bäckerei.«

Lächelnd schüttelte Alex den Kopf. »Sie sehen gar nicht so aus wie jemand, der über einer Bäckerei wohnt.«
»Ah, Sie kennen meine Wohnung nicht. Ich habe auch ein Landhaus am Meer, und dort fahre ich hin, wenn ich dem Trubel mal entkommen möchte.«
»Wenn Sie nach Kalifornien ziehen, sind Sie aber weit weg von zu Hause.«
»Ich fand es immer schon aufregend, an neuen Orten zu leben. Wenn das Gebiet Philippe und mir gefällt, bleibe ich gleich da und baue mir mein Traumhaus.«
»Dann freuen Sie sich also auf den Umzug?«
»Ich liebe Amerika, auch wenn ich hier nicht so viel Freiheit habe wie in Frankreich. Und ich freue mich darauf, hier ein Weingut zu führen.«
»Ich kenne überhaupt keine unverheirateten Frauen.«
Lächelnd tätschelte Michelle Alex die Hand. »Ich auch nicht.«
»Sie können sehr gut mit Kindern umgehen.«
»Unsere ganze Familie ist kinderlieb, aber ich habe nicht das brennende Verlangen nach eigenen Kindern. Ich hätte ja gar keine Zeit für sie. Ich bin sehr glücklich. Und« – sie schaute Alex eindringlich an – »ich möchte, dass mein Bruder glücklich ist.«
Alex blickte zu Philippe, der mit Lina an der Hand vor dem Löwenkäfig stand. »Und Sie sind der Meinung, das liegt an mir.« Es war eine Feststellung, keine Frage.
»Er glaubt, Sie zu lieben.«
»Wollen Sie, dass ich mich von ihm fernhalte, weil ich verheiratet bin?«
»Nein, keineswegs. In Frankreich hat die Ehe mit Liebe meis-

tens nichts zu tun, und Affären gehören zum Alltag. Ich kenne einige Leute, die zwanzig, dreißig Jahre lang Affären hatten. Amerikaner hingegen sind so romantisch, zu glauben, dass Liebe und Ehe zusammengehören.«

»Glauben Sie nicht an die Liebe?«

»Au contraire. Ich liebe selbst einen verheirateten Mann, was für mich die beste aller Möglichkeiten ist. Es bedeutet, dass ich mich frei bewegen, aber auch ab und zu romantische Wochenenden mit ihm verbringen kann.«

»Und das ist Ihnen genug?«

»Was haben Sie, was ich nicht habe? Kinder, oui. Reizende Kinder. Mein Bruder hat sich übrigens auch in Ihre Kinder verliebt, und er ist ein wundervoller Vater. Aber ich beneide Sie nicht. Sie haben Verpflichtungen, die ich nicht habe. Ich liebe die Freiheit. Für Sie wird es viel schwieriger sein, eine Affäre zu haben, als für mich oder Philippe, weil wir niemanden anlügen müssen.«

»Ich kenne keine Frau, die so ist wie Sie.«

»Was hoffentlich nicht bedeutet, dass Sie mich nicht mögen. Ich möchte von der Frau, die Philippe liebt, gemocht werden.«

»Nein, es bedeutet eher, dass ich mein eigenes Leben in Frage stelle, wenn ich Ihre Art zu leben betrachte.«

»Das sollten Sie auch tun, und vor allem sollten Sie sich fragen, ob Sie aus der Zeit, die Ihnen auf Erden gegeben ist, das Beste machen.«

»Tut das überhaupt jemand?«

Michelle zuckte mit den Schultern. Sie gingen gerade am Tigerkäfig vorbei. »Eines Tages möchte ich auf Safari gehen. Wenn ich die Kunst der Fotografie beherrsche und wenn ich

mir einen Urlaub leisten kann.« Sie lächelte. »Vielleicht möchten Sie ja mit mir nach Afrika kommen.«
»Nach Afrika? Nun, das bezweifle ich.«
»Würden Sie sich dort nicht wohl fühlen?«
»Nein, ganz bestimmt nicht. Ich glaube, ich bleibe eher auf Schloss Carlisle. Dort habe ich mich anfangs auch nicht wohl gefühlt, aber mittlerweile kommt es mir immer mehr vor wie mein Zuhause.«

Alex verbrachte zehn der vierzehn Nächte, die Philippe in New York war, mit ihm. Sie sah mehr von seinem Bett im Plaza als von ihrem Zimmer zu Hause. Im Morgengrauen lag sie jedoch immer in ihrem eigenen Bett, und ihre Mutter wunderte sich, warum sie morgens so lange schlief. Sophie hatte keine Ahnung, was sie mit ihren Enkeln anfangen sollte, aber zum Glück war das Spielzimmer, in dem Alex und ihre Brüder so viele verregnete Nachmittage verbracht hatten, noch vorhanden, und dort hielten Lina und Hugh sich auf, bis Alex aufstand oder Frank vorbeikam, um mit ihnen in den Park zu gehen, wo sie Drachen steigen und auf dem kleinen See Boote fahren ließen.
Alex merkte kaum, was um sie herum vorging. Sie aß mechanisch und unterhielt sich mit ihren Tischherren bei den Gesellschaften, zu denen sie mit ihrer Mutter eingeladen war. An dem Tag jedoch, an dem sie und Frank mit Colin zu Mittag aßen, hörte sie genau zu.
Ihr Vater wirkte verlegen, als er sie umarmte. Er hatte bereits am Tisch gesessen, als Alex und Frank das Restaurant betraten, und in seiner Eile, auf seine Tochter zuzugehen, warf er sein Wasserglas um. Er versicherte ihr, dass er selbstverständ-

lich auf der Dinnerparty, die ihre Mutter am Samstag gab, anwesend sein würde, und man merkte bei jedem Wort, dass er hoffte, seine Tochter würde ihn nicht allzu sehr verdammen, weil er Sophie verlassen hatte.

Gegen Ende des Essens legte Alex ihm die Hand auf den Arm und sagte: »Papa, ich weiß, wie es ist, unglücklich verheiratet zu sein. Ich mache dir keinen Vorwurf.« Sie wünschte, sie könnte es ihm nachmachen, aber sie hatte in den britischen Hochadel geheiratet, und es war undenkbar für sie, einfach auszuziehen. Und das wollte sie auch Clarissa nicht antun. Außerdem hatte sie sich auch mit ihrem Leben arrangiert. Zwar wurde sie nicht von einem Mann in den Armen gehalten und geküsst, aber geliebt wurde sie, das wusste sie. Clarissa liebte sie mehr als ihren eigenen Sohn. Ben und James liebten sie. Scully, ach ja, Scully. Er liebte sie auch und wartete vielleicht nur darauf, dass sie ihn ermutigte. Aber Alex fand ihren Lebensinhalt im Krankenhaus und in der Klinik und seltsamerweise auch im Garten, den sie in seiner früheren Pracht wieder auferstehen ließ. Und natürlich schenkten ihre Kinder ihr Glück. Hugh war manchmal ein bisschen eigensinnig, und dann hatte sein Vater auch noch darauf bestanden, dass er jagen lernte. Als Hugh sechs Jahre alt war, hatte Oliver ihn das erste Mal mit auf die Jagd genommen, obwohl Alex sich heftig dagegen gesträubt hatte. Sie wollte nicht, dass ihr Sohn mit Waffen in Berührung kam, außerdem war er noch viel zu klein, um Tiere zu töten. Aber da dies eine der wenigen Gelegenheiten war, zu denen Oliver dem Kind überhaupt Aufmerksamkeit schenkte, hatte Hugh sich natürlich bemüht, seinem Vater zu gefallen.

Philippe begleitete sie, wenn Alex nachmittags den Kindern die Stadt zeigte. Sie war zwar in New York aufgewachsen, aber noch nie auf der Freiheitsstatue gewesen oder mit dem Schiff um Manhattan herumgefahren. Frank freute sich, als Alex ihm sagte, dass sie Philippe gerne das Anwesen in Westbury zeigen würde. Sie fuhren mit dem Wagen dorthin, und Sophie war erleichtert, als Alex und die Kinder für drei Tage nach Long Island aufbrachen.

Den Kindern gefiel es dort. Hugh und Philippe ritten morgens aus, und Alex brachte Lina das Schwimmen bei in dem Pool, den ihre Mutter vor so vielen Jahren hatte anlegen lassen.

»Warum ist eigentlich Philippe nicht unser Daddy?«, fragte Lina eines Abends beim Essen. Ja, warum?

An den langen Sommerabenden wurde es erst um zehn Uhr dunkel, und obwohl Philippe und Alex sich danach sehnten, allein zu sein, ließen sie die Kinder lange aufbleiben und draußen spielen.

Wenn sie dann endlich in ihren Betten lagen, saßen die beiden noch bis weit nach Mitternacht auf der Veranda und unterhielten sich.

Sie achteten darauf, dass ihr Schlafzimmer am anderen Ende des Hauses lag, sodass die Kinder nicht wach werden konnten, wenn Alex nachts vor Ekstase aufschrie, ein Schrei so voller Liebe, Schmerz und Lust, dass sie ihn nicht unterdrücken konnte.

»Ich möchte dich immer in mir behalten und dich nie gehen lassen«, flüsterte Alex in der letzten Nacht, in der sie zusammen waren. »Ich ertrage es nicht, dass du morgen gehst.«

»Ich komme ja vor dem Ende des Sommers zurück. Vor deiner Abreise bin ich wieder hier.«

Sie seufzte. »Ich hatte mein Leben akzeptiert, aber jetzt … jetzt wird nichts wieder so sein, wie es war. Ich werde jeden Tag an dich denken.«
»Nachts hoffentlich auch.« Er küsste sie auf die Nasenspitze.
»Ich hatte das Leben auch akzeptiert. Ich dachte, ich sei glücklich, und jetzt wird es für mich ohne dich an meiner Seite kein Glück mehr geben.«
»Ich kann Oliver nicht verlassen«, sagte Alex. »Ich kann mich nicht scheiden lassen.«
»Ich weiß. Ich verstehe dich auch. Aber wenn ich in England lebte, und wenn du in Frankreich lebtest …«
»Ich kann ja nach Frankreich kommen«, sagte sie. »Nach Paris. Oder du kommst in die Normandie, und ich fahre ab und zu für eine Nacht über den Kanal.«
»Wir wollen uns das nicht antun«, sagte Philippe und zog sie an sich, sodass ihr Kopf an seiner Schulter lag. »Denk nur an die schönen Dinge, an unsere gemeinsame Zeit hier. Und wo immer du bist …« Er sprang aus dem Bett und trat ans Fenster. »Komm her«, forderte er sie auf und zeigte auf den sternenübersäten Himmel. »Schau, dort, das ist der Polarstern.« Er erklärte ihr, wie sie ihn finden konnte. »Schau ihn dir jede Nacht an. Das ist unser Stern. Ich werde ihn auch betrachten. Er ist ein Zeichen unserer Liebe. Wenn du ihn siehst, weißt du, dass ich ihn auch sehe und an dich denke. Solange der Polarstern am Himmel steht, werde ich dich lieben, und daran sollst du denken, wenn du ihn siehst.«
Am nächsten Tag kehrten sie in die Stadt zurück, und um Mitternacht nahm er den Zug nach San Francisco.
Bevor Alex ihn telefonisch erreichen konnte, weil der Zug fünf Tage lang nach San Francisco unterwegs war, rief Clarissa

an. Die Leitung war so schlecht, dass Alex sie kaum verstehen konnte.

»Der Herzog liegt im Sterben«, sagte Clarissa. »Du musst zurückkehren. Es tut mir so leid, dein erster Urlaub. Aber du wirst die nächste Herzogin von Yarborough, und es wäre besser, wenn du auf der Beerdigung dabei bist.« Es rauschte in der Leitung. »Alex, meine Liebe, ich brauche dich. Der Arzt gibt ihm noch einen oder zwei Tage, und wir werden versuchen, die Beerdigung aufzuschieben, bis du hier bist. Wann geht das nächste Schiff?«

»Ich weiß nicht«, erwiderte Alex. »Ich erkundige mich bei der Schifffahrtslinie.«

»Liebling, es tut mir so leid.«

Clarissa brauchte sie, und ohne eine Sekunde zu zögern fuhr Alex mit den Kindern nach Hause. Als sie eintrafen, war der Herzog bereits seit zwei Tagen tot, und die Beerdigung sollte am Samstag sein. Sogar der König und die Königin würden daran teilnehmen.

Das würde meiner Mutter gefallen, dachte Alex.

Sie würde die nächste Herzogin von Yarborough sein.

Und sie hatte den Verdacht, dass sie schwanger war.

42

O Gott. Sie hatte ja nicht ahnen können, dass sie mit einem Mann schlafen würde, und dann auch noch so häufig. Die wenigen Male, die Oliver seit ihren Flitterwochen zu ihr ins Bett gekommen war, konnte sie an einer Hand abzählen, und deshalb hatte sie nicht im Traum daran gedacht, schwanger werden zu können.

Nun, sie würde Oliver verführen. Oder es zumindest versuchen. Sie würde ihn betrunken machen und mit ihm flirten. Sie hatte noch nie mit ihrem eigenen Ehemann geflirtet, aber irgendetwas musste sie ja tun, damit er glaubte, dass dieses Kind von ihm war. Und sie musste auch Clarissa davon überzeugen, dass es ihr Enkelkind war.

Sie blickte zum Himmel, suchte den Großen Wagen und folgte der Deichsel bis zum Polarstern. Philippe, der mittlerweile in Kalifornien angekommen war, würde den Stern ebenfalls anschauen und an sie denken. Und er wusste nicht, dass sie sein Kind trug.

Sie liebte ihn. Sie hatte sich in diesen wunderschönen Franzosen restlos und unsterblich verliebt. Reichte es aus, um Oliver zu verlassen und nach Frankreich zu gehen? Natürlich hatte Philippe sie nicht darum gebeten. Sie ging davon aus, dass er katholisch war, und wahrscheinlich durfte er eine geschiedene Frau gar nicht heiraten. Konnte sie sich überhaupt scheiden lassen? Würde Oliver zustimmen? Scheidung bedeutete Skandal. Sie würde mit Sicherheit das Sorgerecht für Hugh verlieren, und das war undenkbar. Sie konnte ihr Kind nicht zurücklassen, und sie konnte auch den Gedanken nicht ertragen, Clarissa zu enttäuschen. Nein, Scheidung war unmöglich. Sie durfte einen solchen Schritt nicht einmal in Erwägung ziehen.

Wahrscheinlich würde sie Philippe nie wiedersehen, und er würde nie von diesem Kind erfahren. Sie musste einen Weg finden, um Oliver zu täuschen.

Clarissa war gefasst und hatte bereits alle Vorbereitungen für die Beerdigung in die Wege geleitet, als Alex in England eintraf. Die Trauerfeier, an der neben dem König und der Königin der gesamte Hochadel des Landes teilnehmen würde, sollte in London stattfinden, aber der Herzog würde auf Schloss Carlisle beigesetzt werden.

Alex war seit zehn Jahren verheiratet und hatte ihren Schwiegervater kaum gekannt. Nach dem, was sie von ihm gehört hatte, hatte er schnelle Autos geliebt und gerne Jagden geritten und hatte ständig wechselnde Geliebte gehabt. Er war ein guter Polospieler gewesen und ein recht guter Tänzer. Und er hatte gespielt.

Die Trauergäste, die Clarissa ihr Beileid aussprachen und sie insgeheim sicher bedauerten, weil sie jetzt für den Rest ihres Lebens Schwarz tragen musste, wären schockiert gewesen, wenn sie gehört hätten, wie sie Alex begrüßte. Nachdem sie ihr mitgeteilt hatte, dass der Herzog gestorben war, verkündete sie nämlich, dass sie jetzt dringend mit ihrer Schwiegertochter in die Stadt fahren müsse, um »mir ein schickes schwarzes Kleid zu kaufen, das ich aber ganz bestimmt nur einmal anziehen werde, weil ich nicht vorhabe, den Rest meines Lebens in Trauerkleidung herumzulaufen.«

Als die Beerdigung vorbei war und alle Gäste wieder abgereist waren, ging Alex zu Oliver und sagte. »Nun, da du jetzt Herzog bist, sollten wir wohl besser dafür sorgen, dass wir noch einen weiteren Sohn bekommen.«

Überrascht blickte Oliver auf. Er hatte in den letzten Jahren kein Verlangen mehr nach Alex verspürt, aber als sie jetzt auf ihn zutrat, regte sich doch etwas in ihm.

Sie stand vor ihm und ließ langsam ihren Morgenmantel von den Schultern gleiten. Verdammt, dachte sie, er begehrt mich genauso wenig wie ich ihn. Hoffentlich geht alles gut. Entschlossen setzte sie sich auf seinen Schoß und schlang ihm die Arme um den Hals. Als sie ihn küsste, zögerte er kurz, erwiderte jedoch ihren Kuss. Und dann trug er sie ins Bett.

Beim Frühstück am nächsten Morgen lächelte Oliver sie an und fragte: »Möchtest du, dass ich noch bleibe?«

Sie schüttelte den Kopf. »Nein, das ist nicht nötig. Du willst doch sicher zurück in die Stadt, oder nicht?«

Oliver lehnte sich auf seinem Stuhl zurück. »Nein, ich dachte, ich bleibe wenigstens ein paar Tage.«

Verdammt, dachte sie. Das habe ich jetzt von der letzten Nacht.

»Da ich jetzt Herzog bin, habe ich mir gedacht, ich kümmere mich um alles. Ich wollte heute früh mit Scully die Bücher durchgehen. Es wird Zeit, dass ich hier die Verantwortung übernehme.«

Alex war klar, dass er das nicht lange durchhalten würde. Er würde sich sicher bald wieder in die Stadt zurücksehnen. Außerdem kümmerte sich Scully hervorragend um alles, und es gab nichts zu kritisieren.

»Wo wird die Herzogin denn jetzt wohnen?«, hatte er Alex gefragt.

»Ich hoffe, hier«, hatte Alex überrascht erwidert.

Clarissa hatte zwar deutlich zu verstehen gegeben, dass sie nicht in den Familienräumen bleiben wollte, aber sie hatte auch nicht vor, woanders hinzuziehen. »Ich will nicht weg«, hatte sie gesagt. »Wo soll ich denn hin? Ich finde nur, dass ihr jetzt in die Räume im Parterre ziehen solltet.«

»Möchtest du vielleicht unsere Zimmer haben?«, hatte Alex gefragt, und Clarissa war einverstanden gewesen.

Alex nahm sich vor, die unteren Räume renovieren und neu einrichten zu lassen. Sie würde das Esszimmer und vielleicht sogar die Bibliothek neu herrichten. Und sie wollte einen Swimmingpool bauen lassen.

Scully gab jedoch zu bedenken, dass jetzt, mitten im Sommer, der Zeitpunkt ungünstig wäre, weil niemand mehr schwimmen könnte, bis er fertig war.

»Ja, daran habe ich nicht gedacht«, gab Alex zu. »Dann bauen wir ihn eben nächstes Frühjahr.«

Nachts lag sie im Bett und dachte an Philippe Renoir. Sie dachte daran, wie sie in seinen Armen gelegen hatte, sie dachte an seine Küsse und weinte, weil sie ihn nie wiedersehen würde. Aber sie trug sein Kind und hatte damit für immer ein Teil von ihm. Nur er hatte nichts von ihr. Ob er sie wohl vergessen würde?

Am nächsten Tag kam Clarissa zu ihr und sagte: »Ich bin jederzeit bereit, umzuziehen.«

»Ich möchte dich nicht drängen.«

Clarissa blickte sich um. »Ich finde deine Räume wunderschön. Sie sind viel geschmackvoller als die Zimmer unten. Ich würde es ja sonst niemandem gegenüber zugeben, aber ich freue mich darauf, mich in meinem neuen Leben einzurichten. Natürlich hat mich der Herzog nicht so besonders eingeschränkt, er war ja kaum da, aber jetzt brauche ich mir noch nicht einmal mehr Gedanken darüber zu machen, ob er billigt, was ich tue. Ich brauche niemandem mehr Rechenschaft abzulegen. Nur völlig allein möchte ich nicht sein, und vor allem dich könnte ich nie verlassen.«
»Ich weiß.«
»Du bist wirklich meine liebste Freundin.«
»Und du meine.«
»Du bist die Einzige, die versteht, wie einsam man sich in einer Ehe fühlen kann.«
Alex legte Clarissa die Hand auf den Arm. »Ich habe in New York eine Frau kennen gelernt, die noch nie verheiratet war, und sie hat zu mir gesagt, sie sei nie einsam. Als sie mich gefragt hat, wie es mir ginge, habe ich zugegeben, dass ich in meiner Ehe einsamer bin als jemals zuvor.«
»Mein Sohn verdient dich nicht.«
»Auch darin sind wir uns einig.« Alex lachte.
»Verrate es niemandem, aber ich freue mich darauf, frei zu sein. Ich brauche niemandem Rechenschaft abzulegen.«
»Wegen Ben?«, fragte Alex. »Entschuldigung, es geht mich nichts an. Du brauchst mir auch nicht zu antworten«, fügte sie hastig hinzu.
Clarissa trat ans Fenster. »Ich weiß nicht«, sagte sie ernst. »Ich glaubte, James zu lieben. All die Jahre. Und es war auch ganz richtig, weil wir beide verheiratet waren und wussten, es war

nicht zu ändern. Natürlich haben wir es nie ausgesprochen, versteh mich bitte nicht falsch. Aber ich wusste es, und James sicher auch. Es war unser süßes Geheimnis, und wenn wir es ausgesprochen hätten, dann hätte es sich vielleicht in Luft aufgelöst. Aber ich wusste all die Jahre, dass ich ihn liebe.«
»James?« Alex blickte ihre Schwiegermutter ungläubig an. Sie hatte die beiden immer nur für alte Freunde gehalten.
Clarissa fuhr fort: »Und dann kam Ben. Er ist James so ähnlich. Wir sind abends spazieren gegangen. Er berichtet mir täglich von der Klinik und erzählt mir von den Frauen, den Kindern ... Und er blickt mir dabei tief in die Augen, und jetzt ... jetzt steht nichts Trennendes mehr zwischen uns. Ich weiß nicht, ich habe so ein Gefühl, als ob ich James verlassen hätte. Ich fühle mich schuldig. Er kommt immer noch jeden Donnerstag, aber ... ach, ich weiß nicht.« Sie lachte leise. »Ich bin vierundfünfzig Jahre alt und stehe zwischen zwei Männern.« Verlegen lachend blickte sie Alex an.
»Natürlich hat keiner der beiden jemals etwas gesagt, und vielleicht bilde ich es mir ja auch alles nur ein, weil ich unbedingt von jemandem geliebt werden möchte.«
»Ich liebe dich.« Alex schlang die Arme um die ältere Frau.
Clarissa tätschelte ihr die Hand. »Das weiß ich. Und ich bin auch unendlich dankbar dafür. Aber warum reicht uns die Liebe einer anderen Frau nicht? Warum müssen wir uns in den Augen eines Mannes spiegeln, um unseren Wert zu erkennen und Erfüllung zu finden?«
Alex dachte an Philippe. Brauchte eine Frau tatsächlich einen Mann, um sich vollständig zu fühlen?
»Und du, meine Liebe, in der Blüte deiner Jahre welkst du dahin. Oliver gibt dir doch nicht, was du brauchst.«

»Ich habe schon vor langer Zeit aufgehört, etwas von ihm zu erwarten. Ich habe andere Wege gefunden, zufrieden zu leben. Du gehörst dazu, und auch das Krankenhaus und die Klinik. Und die Brüder Cummins. Und das hier alles.« Ihre Geste umfasste das Schloss und den Park. »Sieh dir doch an, was ich daraus gemacht habe. Das erfüllt mich mit Befriedigung. Und ich schwöre dir, ich liebe alles hier, als ob es mir gehörte.«
»Aber es gehört dir doch. Du bist jetzt die Herzogin von Yarborough. Dein Blut fließt in den Adern der zukünftigen Herzöge. Du bist die Hüterin des Schlosses und hast ihm das Leben neu geschenkt. Selbst der König hat das gesagt.«
Alex schüttelte den Kopf. »Und ich habe gedacht, ich muss mich mit wenig zufrieden geben.« Sie ließ sich auf einen Sessel sinken. Aber trotzdem konnte sie nicht glücklich sein. Sie vermisste Philippe, vermisste sein Lachen, seine Berührungen, die Gespräche mit ihm. Wäre es so geblieben, wenn sie frei füreinander gewesen wären? Oder wäre auch die tiefe Liebe zwischen ihnen eines Tages der Gewohnheit gewichen? Vielleicht hatte sie jetzt den aufregenderen Teil erlebt. Seufzend blickte sie aus dem Fenster.
Ihre erste Amtshandlung als Herzogin von Yarborough würde sein, die Köchin zu entlassen und einen französischen Küchenchef einzustellen. Sie war das einfallslose englische Essen leid. In ihrem Haus in London hatte sie auch einen französischen Koch, und so wollte sie auch hier auf dem Land essen.
»Ich werde die Köchin entlassen«, erklärte sie Clarissa.
»Aber sie ist schon hier, seit ich hier wohne.«
»Dann geht sie jetzt in den Ruhestand und bekommt eine monatliche Pension von mir.«

»Nun, meine Liebe, das ist deine Entscheidung. Mir ist alles recht, was du tust.«

Alex hatte auf einmal das Gefühl, zum ersten Mal schalten und walten zu können, wie sie wollte. Endlich konnte sie über ihr Leben bestimmen.

Sie sah Clarissa an. »Ich bin schwanger«, sagte sie.

43

»Oh, verdammt!«, schrie Rebecca. »Ich bin zweiundvierzig Jahre alt und will kein Kind mehr. Was meinst du, was eine Schwangerschaft meiner Figur antut? Außerdem würde mein Mann sofort wissen, dass es nicht von ihm ist. Nein, nein, ich will es nicht!«

»Jetzt, wo ich Herzog bin und einen Erben habe, kann ich mich scheiden lassen.«

»O Gott!« Sie begann hysterisch zu lachen. »Weißt du eigentlich, wie lange das dauern würde? Bis die Scheidung durch wäre, wäre das Kind erwachsen. Ich will keinen Skandal. Und, um Himmels willen, wie kommst du auf die Idee, dass ich dich heiraten will? Glaubst du etwa, das Einkommen aus einem Trust von zweieinhalb Millionen reicht mir?«

Rebecca war also mit ihm fertig. Sie wollte sein Kind nicht. Und erst heute Morgen hatte Alex ihm eröffnet, sie sei schwanger. Er musste zugeben, dass er recht stolz auf sich war. Immerhin hatte er im selben Monat zwei Frauen geschwängert. Seine Pflichten als Herzog von Yarborough hatte er erfüllt und für einen zusätzlichen Erben gesorgt. Zumindest hoffte er, dass es ein Junge würde. Er hatte mit Kindern noch nie viel anfangen können, aber er merkte, dass er sich auf Carolina freute. Er mochte das kleine Mädchen. Sie hatte ihn um eine kleine Kutsche gebeten, damit sie ihn und Hugh bei Ausritten begleiten konnte. Vielleicht würde er ihr eine bestellen. Wenn

Rebecca ihn nur noch anschrie, würde er sich jetzt mehr um familiäre Belange kümmern. Aber sie würde sich auch wieder beruhigen. In der Schweiz gab es einen Arzt, der für unglaublich viel Geld Abtreibungen vornahm. Er blickte auf und warf ein: »Ich glaube, Dr. Armand heißt er. Ich muss irgendwo seine Adresse haben.«

Rebecca hörte auf zu weinen. Ihr Gesicht war rot und verquollen, und sie rieb sich mit der Hand über die Augen. »Glaubst du, ich kenne keinen Arzt, der so etwas macht?«

Oliver schwieg.

»Ich dachte, wir wären so vorsichtig gewesen. Es war der Abend im Auto, nicht wahr? Der Abend, an dem wir es nicht erwarten konnten, nach Hause zu kommen. Oh, Mist. Für mich ist Sex gestorben. Hörst du? Ich will es nie mehr. Mein Leben ist mir wichtiger.«

»Du wirst ja nicht daran sterben.«

»Ja, aber wir wollen in zwei Wochen den Nil hinunterfahren. Wir sind eine ganze Gruppe!«

»Das wusste ich nicht.« Sie verreiste in der letzten Zeit häufig und sagte ihm oft erst in der letzten Minute Bescheid. Plötzlich fragte er sich, ob sie wohl mit anderen Männern schlief. Der Gedanke war ihm vorher noch nie gekommen.

»Woher weißt du eigentlich, dass du von mir schwanger bist?«

Sie starrte ihn an, dann ergriff sie einen Schuh, der herumlag, und warf ihn aufgebracht nach ihm. Der Absatz traf ihn an der Wange, und als er mit der Hand darüber fuhr, hatte er Blut am Finger.

»Ich bin fertig mit dir«, schrie sie. »Und Sex will ich auch keinen mehr.«

Sie hatte einen Wutanfall, aber sie würde sich schon wieder beruhigen. Sie konnte genauso wenig wie er ohne Sex leben. Und ohne ihn leben konnte sie schon gar nicht.

»Soll ich für dich einen Termin arrangieren?«

»Du? Du willst dich um die Abtreibung kümmern?« Sie lachte. »Das kannst du doch gar nicht. Du hast doch noch nie in deinem Leben für irgendetwas die Verantwortung übernommen! Du bist ein kleiner Junge, ein Spielzeug, mehr nicht. Es macht Spaß, mit dir zusammen zu sein, und du küsst göttlich. Küsse sind deine Stärke, aber sie sind es nicht wert, schwanger zu werden. Oliver, mein lieber Junge, von dir würde ich mir noch nicht einmal eine Einladung zum Tee organisieren lassen, geschweige denn eine Abtreibung. Geh, verschwinde. Und ruf mich nicht an. Ruf mich nie wieder an.«

»Das meinst du doch nicht so. In ein paar Wochen ist alles vergessen.«

»Ach, glaubst du? Glaubst du, ich liebe dich? Weißt du was, Oliver? Ich glaube, wir lieben beide eher die Idee der verbotenen Frucht. Ich will jedenfalls deine Liebe nicht mehr. Ich will nicht schwanger werden. Verdammt!«

Er trat zu ihr, um sie in die Arme zu nehmen, obwohl ihm im Moment eigentlich nicht danach war. »Du bist nicht besonders attraktiv, wenn du weinst.«

Sie wich vor ihm zurück. »Geh«, sagte sie, »hau endlich ab. Und ruf mich nicht an.«

Er würde einfach warten, bis sie wieder anrief, das würde sie nämlich ganz bestimmt tun. Sie würde das Baby wegmachen lassen, und wenn sie aus Ägypten wiederkam, würde sie sich vor Verlangen nach ihm verzehren. Er würde einfach abwarten.

Er warf Rebecca, die sich im Spiegel musterte, einen Blick zu, nahm Hut und Mantel und ging, ohne sich zu verabschieden. Wenn er sie jetzt eine Weile in Ruhe ließ, würde sie sich schon wieder beruhigen. Frauen gaben doch nicht den Sex auf, nur weil sie nicht schwanger werden wollten. Und außerdem war zwischen ihnen viel mehr als nur Sex.

Pfeifend verließ er das Haus durch die Seitentür. Bald würde die Jagdsaison beginnen, und auch wenn Alex schwanger war, würde sie am Boxing Day ihre Jagdparty geben. Seine erste Jagdparty als Herzog von Yarborough. Er lachte in sich hinein. Im Moment waren zwei Frauen von ihm schwanger. Um seine Manneskraft brauchte er sich wohl keine Gedanken zu machen.

Er würde zum Schloss hinausfahren, auch wenn Alex sicher überrascht wäre, ihn zu sehen. Er konnte ja mit Hugh ausreiten. Carolina würde er vor sich auf den Sattel setzen, das würde ihr bestimmt Spaß machen. Vielleicht würde er ihr statt eines Wagens auch eine sanfte kleine Stute kaufen und ihr diesen Sommer das Reiten beibringen. Und er würde mit seiner Mutter reden, damit sie so schnell wie möglich aus den Familienräumen auszog. Er war schließlich jetzt der Herzog, und es wurde Zeit, dass er unten residierte. Seine Mutter würde das einsehen müssen. Sie konnte ihm nicht mehr vorschreiben, was er zu tun und zu lassen hatte. Und als Erstes würde er dafür sorgen, dass dieses Waisenhaus aus dem Schloss verschwand. Ein Waisenhaus auf Schloss Carlisle, du liebe Güte! Wie peinlich!

Während Rebecca schmollte, konnte er sich ja wieder seiner Frau zuwenden. Es machte ihn stolz, wie bewundernd die Leute über sie redeten. Sie war immer geschmackvoll geklei-

det, und sie war auch fraulicher geworden. Er musste sich eingestehen, dass sie wirklich sehr hübsch geworden war. Die Leute sagten das auch.
Er lachte laut auf. Und Rebecca glaubte, sie würde ihn bestrafen.
Nein, er würde diese Strafe eher genießen und sich wieder ein wenig mehr um sein häusliches Leben kümmern. Aber zuerst einmal musste er dieses verdammte Waisenhaus loswerden. Was dachte Alex sich eigentlich dabei, dass sie all diese unmoralischen Frauen betreute, die zu arm waren, um selbst für ihre Kinder zu sorgen. Am besten sollte man sie alle sterilisieren. Nein, Oliver hatte kein Mitleid mit ihnen.

Dritter Teil
1935 bis 1939

44

Alex lehnte an der Reling. Es war neblig wie meistens, wenn sie über den Kanal fuhr. Oliver stand neben ihr, und sie schwiegen sich an.

Eine Frau, die auf der anderen Seite neben Alex an der Reling stand, sprach sie an: »Sind Sie nicht die Herzogin von Yarborough? Ich habe das Foto von Ihnen und Ihrer Familie in der *Sunday Times* gesehen. Sie haben so eine wundervolle Familie, drei so entzückende Kinder.«

In der *Times* war ein Artikel über die Familien der Aristokratie gewesen, und die Familie Carlisle hatte das größte Foto und den meisten Text bekommen. Es war ein hübsches Foto. Alex stand, in einem roten Samtkleid und mit der Diamantentiara auf dem Kopf, die Annie und Frank ihr zum dreißigsten Geburtstag geschenkt hatten. Oliver saß, mit Michael auf dem Schoß, und hatte den Arm um Lina gelegt, die in die Kamera strahlte. Alex hatte eine Hand auf Hughs Schulter gelegt, der vor ihr stand und mit offenem Blick in die Kamera schaute. Im Artikel war Alex' amerikanischer Hintergrund erwähnt worden und dass sie »die Enkelin des Silberkönigs« war. Es war auch die Rede davon gewesen, dass Hugh, der älteste Sohn, sportbegeistert und Captain der Polo-Mannschaft seiner Schule sei. Sie waren unwidersprochen die bestaussehende und die reichste aller Familien, über die in der *Times* berichtet wurde. Sie galten als Philanthropen, die große Summen an

verschiedene Organisationen spendeten. Das Krankenhaus in Woodmere wurde erwähnt, nicht jedoch das Waisenhaus und die Entbindungsklinik für die ledigen Mütter. Oliver hatte seinen Willen durchgesetzt, und die Räume befanden sich jetzt in einem abgelegenen Haus auf dem Land.
Auch über die Jagd, die jedes Jahr am Boxing Day stattfand, und den anschließenden Ball im schönsten Schloss Englands wurde berichtet. Obwohl Alex stolz darauf war, hielt sie sich mittlerweile immer seltener dort auf. Lina besuchte eine Privatschule in London, und Alex hatte zwar eine hervorragende Gouvernante eingestellt, als Michael vor vier Jahren zur Welt gekommen war, aber sie wollte so viel Zeit wie möglich mit ihren Kindern verbringen, und deshalb fuhr sie meistens nur noch an den Wochenenden mit ihnen zusammen nach Woodmere.
In einem Jahr waren sie im Sommer auf den Kontinent gereist, und im Jahr darauf nach Amerika. Bei jedem Schiff, das ihnen begegnete, hielt sie Ausschau. Es konnte ja sein, dass Philippe …
Die Kinder waren mittlerweile in den Rockies geklettert, hatten die Silbermine gesehen und waren durch den Yellowstone Park geritten. In einem Jahr bestand Frank darauf, dass die Kinder San Francisco kennen lernten, und sie hielten sich zwei Wochen in dieser schönen Stadt auf. An der Ostküste verbrachten sie mehr Zeit auf dem Anwesen in Westbury, weil es in der Stadt im Sommer einfach zu heiß war. Nach Newport fuhren sie praktisch nie, die Kinder waren nur einmal ein Wochenende dort gewesen. Seine Zeit war vorbei, und Sophie sprach sogar davon, das Haus zu verkaufen. Sie bewohnte mittlerweile eine Wohnung im dreiundzwanzigsten und vierundzwanzigsten Stock eines Apartmenthauses an der Park Avenue. Colin ging mit den Kindern reiten, und Frank fuhr

mit ihnen auf dem See im Central Park Boot. In einem Jahr bestand Oliver darauf, nach Amerika mitzukommen. Zum Glück legte er keinen Wert darauf, mit nach Westbury zu fahren, sondern blieb lieber in Sophies Wohnung in der Stadt, wo er ins Theater gehen oder sich mit den Briten, die in New York lebten, treffen konnte.

Hugh versuchte ständig, seinem Vater alles recht zu machen, und tat alles, was Oliver von ihm verlangte. Er ging sogar zur Jagd, obwohl er diesen Sport eigentlich nicht ausstehen konnte.

Lina wusste, dass ihr Vater sie vergötterte, aber sie hatte nicht viel Vertrauen zu ihm, weil er zu selten da war. Er mochte es, wenn sie sich hübsch anzog und sich gesittet benahm, aber wenn sie draußen herumtobte und sich schmutzig machte, presste er missbilligend die Lippen zusammen. Allerdings sagte er selten etwas, weil Alex ihm dann sofort in die Parade fuhr. Alex förderte Linas unbekümmerte Art, und sie hielt es auch für eine großartige Idee, wenn das Mädchen erklärte, es wolle Tierärztin oder Ärztin werden wie Onkel Ben und Onkel James.

»Du ermutigst sie«, beschuldigte Oliver seine Frau. »Du weißt genau, dass sie bestimmte Dinge nicht tun kann.«

Alex blickte ihn nur an.

In Amerika erschien Alex' Foto häufig in den Zeitungen. Sie galt als eine der bestangezogenen Frauen der Welt. Nach einem Aufenthalt in Indien zog sie häufig Saris an, und die Presse schrieb, dass »die Herzogin von Yarborough sich nicht um die herrschende Mode kümmert, sondern sich nach ihrem eigenen exzellenten Geschmack kleidet«.

Der Herzog und die Herzogin von Yarborough gaben nicht

häufig Einladungen, aber wenn sie es taten, dann erregten ihre Feste großes Aufsehen in der Öffentlichkeit.
Wenn Alex in London war, gab sie oft intime Dinnerpartys, und die Einladungen waren begehrt, weil sowohl Politiker und Schauspieler anwesend waren als auch die Crème der Gesellschaft. In dieser Hinsicht trat sie in die Fußstapfen ihrer Großmutter.

An jenem Tag Ende Mai waren sie auf dem Weg nach Paris, zur Eröffnung einer Kunstgalerie. Oliver frönte mittlerweile rückhaltlos seiner Leidenschaft, Gemälde zu sammeln, und war dabei, die größte Privatsammlung impressionistischer Kunst in England aufzubauen. Alex bewunderte seinen Geschmack, und es überraschte und freute sie, wie er talentierte junge Künstler förderte und unterstützte. Seit er nicht mehr mit Rebecca zusammen war, verfügte er über ein wesentlich höheres Einkommen aus dem Trust, den Alex' Vater für ihn eingerichtet hatte.
Dieses Mal wollten sie im Haus der Comtesse de Rocheford übernachten, die Oliver in einer Galerie in London kennen gelernt hatte. Daraus war eine rege Korrespondenz entstanden, und sie hatte ihn mit seiner Frau über das Wochenende in ihr Haus in Paris eingeladen.
Alex hatte Paris immer schon geliebt, und sie begleitete Oliver gerne. Sie hatten ein Stadium in ihrer Ehe erreicht, wo sie privat zwar getrennte Wege gingen, in der Öffentlichkeit aber häufig gemeinsam auftraten. Es war kein schlechtes Leben, fand Alex, und auf jeden Fall nicht so einsam wie in den ersten Jahren ihrer Ehe. Nur manchmal empfand sie tief im Innern eine schmerzende Leere, und dann fragte sie sich, wo Philippe

wohl sein mochte. Immer noch suchte sie ab und zu am Himmel den Polarstern, aber es kam nicht mehr so häufig vor, da sie sich sagte, dass Philippe sie wohl längst vergessen habe. Drei Wochen voller Ekstase und körperlicher Erfüllung, drei Wochen, in denen sie mit jemandem über Bücher und Ideen sprechen konnte. Oliver war viel zu provinziell. Obwohl sie Amerikanerin war, sprach sie wesentlich besser Französisch als Oliver, der sein Leben lang in der Nähe von Frankreich gelebt hatte.
Der Nebel legte sich wie ein feuchter Schleier auf Alex' Haare, als sie vom Schiff zum Bahnhof eilte. Wenn die Reise nicht so mühsam wäre, würde sie viel häufiger nach Paris fahren. Heute Abend gab die Comtesse ihnen zu Ehren eine Dinnerparty, und die Eröffnung der Galerie würde den ganzen morgigen Tag in Anspruch nehmen, zumindest für Oliver. Sie hatte vor, lediglich an der Cocktailparty morgen Abend teilzunehmen. Tagsüber wollte sie ein wenig durch die Stadt streifen und sich die neueste Pariser Mode anschauen.
»Ich denke, du wirst sie mögen«, sagte Oliver, als sie sich in ihr Abteil setzten. »Sie ist in Amerika zur Schule gegangen. Allerdings ist sie etwa zehn Jahre älter als du.«
»Warum benutzt sie eigentlich noch ihren Titel? Ich dachte, das hätten die Franzosen seit der Revolution abgeschafft.«
Oliver zuckte mit den Schultern. »Nicht alle Franzosen halten Titel für überflüssig.«
»Also, ich finde sie seit über hundert Jahren völlig unangebracht«, erklärte Alex. Sie waren selten einer Meinung, und Alex hatte sich eigentlich vorgenommen, die ständigen Sticheleien zu vermeiden, aber dann konnte sie meistens doch nicht widerstehen.

»Ihr Amerikaner seid so unglaublich demokratisch«, erwiderte Oliver und blickte aus dem Fenster. »Das merke ich jedes Jahr, wenn die Kinder aus den Staaten zurückkommen. Meistens dauert es zwei Monate, bis sie wieder normal werden.«
»Du meinst, Snobs.«
»Die Schlimmste ist deine Mutter.«
Das stimmte allerdings. Alex schloss die Augen und lehnte sich zurück. Sie kannte die öde Landschaft, die am Zugfenster vorbeizog. Der Süden des Landes war schön, aber der Norden, zumindest zwischen dem Kanal und Paris, war so eintönig, dass es sie langweilte. Genau wie Oliver. Nichts, was er sagte, interessierte sie. Für gewöhnlich hörte sie ihm nur halb zu und gab gelegentlich einen zustimmenden Laut von sich. Seit sechzehn Jahren war sie jetzt mit diesem Mann verheiratet. Es kam ihr vor wie eine Ewigkeit.
»Warum schüttelst du den Kopf?«
»Ach, nichts. Ich habe nur nachgedacht.«
»Ich gehe in den Salonwagen und rauche dort.«
»Hm«, murmelte sie und war bereits eingeschlafen.
Oliver weckte sie, als sie in Paris ankamen. Es war später Nachmittag. Sie hatten gerade noch Zeit, um auszupacken und sich umzuziehen.
»Ich hoffe, sie sprechen Englisch«, erklärte Oliver. »Sonst sind diese Dinner immer sterbenslangweilig.«
»Wir sind hier in Frankreich«, erwiderte sie, während sie durch das Bahnhofsgebäude zum Droschkenstand gingen.
Sie fuhren zu einem Apartmentgebäude an der Rive Gauche. In der eleganten Lobby wurden sie vom Portier in der Wohnung der Comtesse im obersten Stockwerk angemeldet, und als sie aus dem Aufzug stiegen, wurden sie von der Dame des

Hauses höchstpersönlich in Empfang genommen. Sie war eine aufsehenerregende Erscheinung im kleinen Schwarzen, das ihre exzellente Figur zur Geltung brachte, mit dunklen Haaren, die sie zu einem Chignon geschlungen hatte. Sie trug keinen Schmuck außer ihrem Ehering.

»Ah, ich habe schon viel von Ihnen gehört.« Sie lächelte Alex strahlend an und streckte ihr die Hand entgegen. »Sie sind noch viel schöner als auf den Fotos.«

Sie führte ihre Gäste durch breite Doppeltüren in einen großen Raum, von dem aus man auf die Türme von Notre-Dame blickte.

»Was für eine wundervolle Aussicht«, kommentierte Alex.

»Ja, nicht wahr?« Sie bot ihnen etwas zu trinken an, was jedoch nur Oliver annahm.

»Dinner ist erst um acht Uhr, Sie haben also noch genügend Zeit für ein Bad oder vielleicht sogar ein kleines Nickerchen. Wir können uns aber auch gerne unterhalten. Mein Mann kommt in etwa einer Stunde.«

»Mein Mann hat mir erzählt, dass Sie in Amerika zur Schule gegangen sind.«

Die Comtesse nickte. »Ich war auf dem Smith College, und ich habe jede Minute dort geliebt. Im Winter möchte ich gerne zur Theatersaison für ein oder zwei Monate in die Staaten fahren.«

»Die Theater sind nirgends besser als in London«, warf Oliver ein.

»Da haben Sie Recht«, erwiderte die Comtesse, »aber ich liebe die aufregende Atmosphäre in New York. Ich kenne übrigens auch Ihre Mutter« – sie wandte sich wieder an Alex – »und Ihre Großeltern habe ich in der Oper kennen gelernt. Ich habe die Loge neben ihnen. Ich bin zwar nicht oft da, aber wenn …«

»Sie kennen meine Großeltern?«

»Es gibt keine faszinierendere Frau als Ihre Großmutter, und statt älter zu werden, wird sie jedes Jahr schöner. Vor einigen Jahren haben sie mich nach ›La Bohème‹ zum Essen eingeladen. Wir saßen bei Luchows, bis das Restaurant schloss, und dann hat Ihr Großvater mit Ihrer Großmutter und mir eine Kutschenfahrt durch den Central Park gemacht. Ich bin erst im Morgengrauen ins Hotel zurückgekommen. Es ist eine meiner schönsten Erinnerungen, und wenn ich in New York bin, besuche ich Ihre Großeltern immer.«

Alex lächelte. Die Welt war doch klein. Sie fand die Comtesse ganz reizend, zog sich jedoch auf ihr Zimmer zurück, da sie vor dem Dinner noch ein Bad nehmen wollte.

Am Abend wollte sie einen Sari tragen, obwohl Oliver nicht damit einverstanden war. Er war aus hellrotem, mit Goldfäden durchsetztem Chiffon. Alex machte sich nie Gedanken darüber, ob das, was sie trug, passend war, weil sie instinktiv wusste, dass sie alles tragen konnte. Und sie liebte es, die Leute zu verblüffen.

Als Alex den Salon betrat, unterhielt sich die Comtesse mit Oliver.

»Oh, Sie sehen hinreißend aus«, sagte sie zu Alex. »Ich habe mich in Indien auch in diese Saris verliebt. Man sieht darin so anmutig aus, nicht wahr? Ah, hier kommt mein Bruder. Ich glaube, Sie kennen sich.«

Alex drehte sich um und stand vor Philippe.

Einen Moment lang dachte sie, ihr bliebe das Herz stehen. Unwillkürlich fasste sie sich mit der Hand an den Hals.

»Herzogin«, sagte er und zog ihre Hand an die Lippen, »wie schön, Sie wiederzusehen.«

45

Kurz blickte er ihr in die Augen, dann wandte er sich zu Oliver.

»Der Herzog, nehme ich an.«

Die Comtesse stellte sie einander vor. »Oliver, das ist mein Bruder, Philippe Renoir.«

»Auch ein Kunstsammler. Ich habe Ihren Namen schon gehört.«

»Ja, das stimmt«, erwiderte Philippe. »Aber mit Ihnen kann ich mich natürlich nicht vergleichen.«

Oliver freute sich, dass sein Name auf dem Kontinent bekannt war. »Sie hatten vermutlich keine andere Wahl«, sagte er. »Wenn man schon Renoir heißt …«

Philippe lächelte. »Vielleicht. Ich freue mich auf jeden Fall, Sie kennen zu lernen. Als ich hörte, dass Sie hier sind, habe ich meine Schwester um eine Einladung gebeten.«

Oliver schien ein ganzes Stück zu wachsen. »Leben Sie in Paris?«, fragte er Philippe.

»Nein, in der Provence, aber ich bin zur Eröffnung der Galerie angereist. Gelegentlich fahre ich gerne nach Paris. Bei mir auf dem Land passiert nicht allzu viel.«

»Und was machen Sie dort?«

»Er braucht sich gar nicht so bescheiden zu geben«, warf die Comtesse ein und reichte ihrem Bruder etwas zu trinken. »Er tut immer so, als sei er nur ein einfacher Geschäftsmann und kleiner Chemiker. Dabei ist er Präsident von Beauchamps, einem der geachtetsten Weingüter der Welt. Unser Großvater hat es gegründet, und Vater hat sich jetzt aus dem Unternehmen zurückgezogen, deshalb hat Philippe die Geschäftsleitung übernommen.«

»Ah, Beauchamps. Ja, natürlich«, sagte Oliver. »Warum hast du nie gesagt, dass du ihn kennst?«, fragte er Alex.

Alex bekam kaum Luft, und Philippe antwortete an ihrer Stelle: »Ihre Frau und ich sind uns vor einigen Jahren auf dem Schiff begegnet, als sie mit den Kindern nach Amerika gefahren ist. Sie erinnert sich vielleicht nicht mehr an mich, aber eine so schöne Frau kann man als Mann natürlich nicht vergessen.«

Er drehte sich um und blickte ihr in die Augen.

»Ach, dann sind Sie vielleicht der Franzose, der mit meinem älteren Sohn im Zoo in der Bronx war? Er hat nach seiner Rückkehr von nichts anderem gesprochen.«

»Ja, ja. Wie nett, dass er sich daran erinnert. Es war nur eine kurze Begegnung, weil ich damals auf dem Weg zur Westküste war. Reizende Kinder.«

»Ja, jetzt erinnere ich mich.« Alex hatte endlich ihre Stimme wiedergefunden. »Sie und Ihre Schwester wollten nach Kalifornien.«

»Ja, und wir haben das Weingut dort auch eröffnet. Es ist wunderschön, und nächstes Jahr produzieren wir den ersten Wein. Wir sind schon ganz aufgeregt.«

»Ich kann mich noch gut an sie erinnern. Ich war sehr erstaunt, dass eine Frau ein solch großes Unternehmen leitet.«

»Ja, sie hat sich damit auch einen gewissen Ruhm erarbeitet«, warf die Comtesse ein. »Es gefällt ihr großartig in Kalifornien.

Ich habe sie letztes Jahr besucht. Sie hat ein prachtvolles Haus dort.«

»Fahren Sie oft in die Staaten, um Ihre Schwester zu besuchen?«, fragte Alex Philippe.

»Einmal im Jahr«, antwortete er. »Und dann suche ich immer das Schiff nach Ihren beiden entzückenden Kindern ab. Die Reise mit ihnen war eine Freude.«

»Mittlerweile gibt es ein drittes Kind«, sagte Oliver.

»Oh?« Philippe zog die Augenbrauen hoch.

»Einen Sohn«, fügte Alex hinzu.

»Nun, dann kann ich nur hoffen, dass er ebenso reizend ist wie seine Geschwister. Sie sind sicher beide groß geworden. Das ist ja nun schon ein paar Jahre her. Als ich in jenem Jahr im Spätsommer wieder nach New York gekommen bin, hat mir Ihre Mutter gesagt, dass Sie unvermutet abreisen mussten, weil Ihr Schwiegervater gestorben war.«

»Ja.« Also wusste er wenigstens, warum sie nicht da gewesen war.

Es läutete, und weitere Gäste kamen. »Ah, hier sind die anderen«, sagte die Comtesse. »Ich hoffe, es wird ein lebhafter Abend. Sie können sich nach Herzenslust über Kunst unterhalten. Und morgen können Sie sich dann gegenseitig überbieten.«

Bei Tisch waren sie elf Personen. Oliver saß an einem Tischende neben der Comtesse, und am anderen Ende saß Philippe neben Alex. Er hatte seine Schwester vermutlich um diese Sitzordnung gebeten.

Das Essen war so köstlich, dass Alex am liebsten den Koch abgeworben hätte. Aber ansonsten bekam sie nicht viel mit. Einsilbig antwortete sie auf Philippes oberflächliche Fragen

und redete mit dem Mann, der rechts neben ihr saß, kaum ein Wort.
Gegen Ende des Essens fragte Philippe leise: »Was machst du morgen?«
»Ich dachte, ich gehe in den Louvre.«
»Treffen wir uns?«
Sie blickte ihn an.
»Vor der Mona Lisa um elf Uhr.«
Als sie in ihr Zimmer gingen, fragte Oliver: »Geht es dir gut? Du warst so still heute Abend.«
»Ich habe schreckliche Kopfschmerzen«, antwortete sie, und das war die Wahrheit.
Sie warf sich die ganze Nacht unruhig im Bett herum, froh darüber, dass sie und Oliver in getrennten Betten schliefen.

Als sie am nächsten Morgen um neun zum Frühstück erschien, war Philippe nirgends zu sehen.
»Er hat seine eigene Wohnung in der Stadt«, erklärte die Comtesse.
»Er kommt oft hierher und möchte ungestört sein. Manchmal frage ich mich, ob er wohl eine Freundin hat.«
Oliver zog fragend eine Augenbraue hoch, und sie erklärte: »Seine Frau ist vor vielen Jahren gestorben, aber er hat nie wieder geheiratet. Er behauptet, er habe zu viel zu tun, aber ich kenne eine ganze Menge Frauen, die ihm gerne die angenehmeren Seiten des Lebens nahe bringen würden.«
»Lass ihn doch zufrieden«, murmelte ihr Mann. »Er ist glücklich mit seinem Leben. Meine Frau versucht schon seit Jahren, die richtige Frau für ihren Bruder zu finden, aber wenn er weiß, dass sie jemanden für ihn eingeladen hat, kommt er ein-

fach nicht. Vielleicht hat er ja unten im Süden eine Freundin. Oder in Amerika. Lass ihn einfach in Ruhe.«
»Macht es Ihnen etwas aus, wenn ich Ihren Mann in die Galerie begleite?«, fragte die Comtesse Alex, wartete jedoch die Antwort gar nicht erst ab. »Oliver, ich bin sofort fertig, ich muss mich nur noch ein wenig zurechtmachen.«
»Sie sehen jetzt schon entzückend aus«, murmelte Oliver. Anderen Frauen gegenüber konnte er äußerst charmant sein.
Aber es stimmte. Selbst so früh am Morgen sah die Comtesse reizend aus. Im Vergleich dazu kam Alex sich blass vor. Die letzte Nacht hatte ihr alle Kraft geraubt.
Sie schminkte sich sorgfältig und überlegte lange, ob sie die kleinen Perlenohrringe oder die dramatischeren großen schwarzen Perlen nehmen sollte. Schließlich entschied sie sich für die kleinen Perlen. Es spielte ja sowieso keine Rolle.
Aber sie wählte ein rotes Kostüm. Sie trug gerne Rot. Es war eine so leuchtende Farbe, vor allem im Londoner Nebel. Hier war allerdings kein Nebel, sondern es war ein schöner, sonniger Tag. Sie nahm ein Taxi zum Louvre und blickte auf ihre Uhr. Sie war eine Viertelstunde zu früh.
Philippe stand bereits vor dem Eingang. Als er sie sah, trat er lächelnd auf sie zu. »Du bist früh.«
»Und du noch früher.«
»Ich wäre am liebsten schon um sechs Uhr hier gewesen. Komm, wir gehen dort in das kleine Café. Oder möchtest du dir die alte Dame tatsächlich anschauen?«
»Ich habe sie schon ein halbes Dutzend Mal gesehen und bin jedes Mal überrascht darüber, wie klein das Bild ist.«
»Bleib mal kurz stehen, damit ich dich anschauen kann. Du bist noch schöner geworden.«

Alex machte eine abwehrende Geste.

Sie gingen zum Café. »Hier gibt es alle möglichen Sorten Kaffee. Nicht wie in England, wo es immer noch ein Getränk zweiter Klasse ist.«

»Ja, ich habe mich in all den Jahren nicht daran gewöhnt, dass eine Tasse Tee das Allheilmittel für alles sein soll.«

Lachend traten sie ein und setzten sich an einen Tisch für zwei. »Hier ist Selbstbedienung«, sagte Philippe. »Ich bin gleich wieder da. Wenn ich mich recht erinnere, trinkst du deinen Kaffee ohne Zucker, aber au lait.«

Er stand auf, um an die Theke zu gehen, drehte sich aber noch einmal um. »Versprichst du, dass du noch da bist, wenn ich wiederkomme?«

Alex nickte.

Als er mit zwei Tassen Kaffee an den Tisch zurückkam, sagte sie: »Ich wollte dir Bescheid sagen, als ich nach Hause gerufen wurde, aber ich wusste nicht, wie ich dich erreichen sollte.«

»In jenem Sommer habe ich jeden Tag an dich gedacht. Ich konnte es kaum erwarten, dich wiederzusehen, und als dann deine Mutter sagte, du seiest schon lange wieder nach England zurückgekehrt ...«

»Hast du geglaubt, ich liebe dich nicht mehr?«

Er umschloss ihr Handgelenk. »Und, ist es so?«

Alex schloss die Augen. »Ich weiß nicht. Ich habe versucht, dich zu vergessen. Ich habe mir fast fünf Jahre lang jeden Tag, jede Nacht gesagt, dass es nur eine Affäre war, nicht mehr ...«

»Nicht mehr? Es war mehr als alles, weißt du das denn nicht? Zumindest für mich. Mich interessiert keine andere Frau, weil keine so ist wie du.«

Alex beugte sich vor. »O Philippe, bitte nicht. Wir können nie

mehr als diese wenigen Wochen haben. Das habe ich dir damals schon gesagt. Wir wussten es doch beide.«
»Vom Verstand her wusste ich es, ja, aber ...« Er nahm sich zusammen. »Du hast also noch einen Sohn bekommen. Wie wundervoll. Und wie heißt er?«
»Michael.«
»Dann muss deine Ehe ja besser geworden sein.« Als sie seinem forschenden Blick auswich, fuhr er fort: »Michael ist ein guter Name. Wie alt ist er jetzt?«
»Er ist letzten Monat vier geworden. Am zehnten April.« Sie schlug die Augen nieder.
Philippe stand auf und trat ans Fenster. Dann drehte er sich um und blickte sie an. Dieses Mal erwiderte sie seinen Blick.
»Es ist mein Kind, nicht wahr?«
Ihre Augen füllten sich mit Tränen. »Ich wollte es dir nicht sagen.«
»Um Gottes willen, warum denn nicht? Warum hast du mich denn nicht informiert?«
»Es ist ja nicht zu ändern. Ich habe Tag und Nacht an dich gedacht und mich gefragt, was du gerade machst, ob du wieder geheiratet hast, ob du ...« Ihr versagte die Stimme.
»Ich habe in meinem Leben nur zwei Frauen geliebt«, erwiderte Philippe. »Eine ist mir durch den Tod entrissen worden. Und die andere hat sich selbst aus meinem Leben gerissen, noch bevor wir eine Chance hatten, uns richtig kennen zu lernen.«
»Aber es kann doch nichts daraus werden.«
»Es kann nichts daraus werden? Sag mir doch, wie es dir gestern Abend gegangen ist. Wie hast du dich gefühlt, als du mich gesehen hast?«

»O Philippe, bitte nicht. Ich bin doch nicht frei, um dich zu lieben.«
»Was hat das denn damit zu tun?«
»Warum behältst du unsere Zeit nicht einfach in guter Erinnerung und lässt es dabei bewenden?«
»Weißt du was? Ich habe Vorstandssitzung, ich gehe durch die Weinberge oder bin auf einer Party, und plötzlich stehst du mir vor Augen, direkt vor mir, weil mir dein Gesicht in jedem Moment gegenwärtig ist. Wir kennen einander gut genug, um zu wissen, dass wir uns lieben, aber die Details wissen wir nicht voneinander. Ich möchte aber jede Einzelheit über dich erfahren. Schraubst du den Deckel wieder auf die Zahnpastatube?«
Lachend schüttelte Alex den Kopf.
»Was glaubst du denn, was mir an dir nicht gefallen könnte?«
Alex überlegte einen Moment. »Ich kann nicht kochen.«
Philippe schüttelte den Kopf.
»Ich habe noch nie gebügelt.«
Wieder schüttelte er den Kopf.
»Ich beschäftige mich zu viel mit unwichtigen, oberflächlichen Dingen.«
»Was, zum Beispiel?«
»Kleider. Und dann mache ich mir auch unnötig Sorgen über Dinge, die ich sowieso nicht ändern kann.«
»Gib mir ein Beispiel.«
»Zum Beispiel über Menschen, die verhungern. Über Frauen, die Kinder bekommen, für die sie nicht sorgen können. Über Frauen, die missbraucht werden. Über Männer, die ihre Familien nicht ernähren können. Über Vögel, die nicht mehr fliegen können. Und ich mache mir Gedanken über das leere,

sinnlose Leben, das ich und viele andere Leute führen. Ich frage mich, ob ich meinen Kindern und der Zukunft der Welt überhaupt etwas hinterlasse.«

»Der Zukunft der Welt? Es wird Krieg geben.«

»Oh, sag das nicht.«

»Glaubst du etwa, dieser wahnsinnige Hitler wird verschwinden, wenn man ihn ignoriert?«

»Glaubst du wirklich, dass es Krieg gibt?«

»Ich habe schreckliche Angst davor.«

Sie schwiegen einen Moment, dann legte er die Hand über ihre.

»Was möchtest du denn gerne mit deinem Leben anfangen?«, fragte Philippe schließlich.

Sie dachte einen Augenblick lang nach. »Ich möchte gerne etwas bewirken. So wie ein Stein, den man in einen Teich wirft, Kreise zieht. Ich möchte mein Leben nicht vergeuden, und ich möchte, dass wegen mir die Welt ein wenig besser wird.«

Er lachte. »Wenn du mir klarmachen willst, dass ich dich vergessen soll, dann fängst du es aber ganz falsch an!«

»Solche Fragen hat mir noch nie jemand gestellt. Ich wusste gar nicht, dass ich überhaupt solche Gedanken in mir trage.«

»Sag mir eines.« Er blickte sie ernst an. »Liebst du deinen Mann?«

Alex schüttelte den Kopf. »Nein.«

»Freust du dich, mich wiederzusehen?«

Sie schloss die Augen.

Philippe stand auf. »Komm, es ist ein wunderschöner Frühlingstag. Michaels Eltern machen jetzt einen Spaziergang, und du kannst mir von ihm erzählen. Ich werde dich nicht bitten, deinen Mann zu verlassen. Ich verlange nichts von dir, was du

mir nicht geben kannst, aber du musst mir versprechen, dass ich ihn sehen kann.«
Alex nickte.
»Gut. Dann verbringen wir heute den Tag zusammen. Lass uns durch Paris spazieren wie ein Liebespaar im Frühling. Wir werden uns an den Händen halten und uns so tief in die Augen schauen, dass alle Leute wissen, wie verliebt wir sind. Und wenn du artig bist, lade ich dich zum Mittagessen ein.«
»Und wenn ich unartig bin?«
Philippe lachte. »Das sehen wir dann.«

46

Ich habe eigentlich erwartet, dass du die Arme voller Einkaufstaschen hast.«

Alex stand vor dem Badezimmerspiegel und steckte ihre Amethystohrringe fest. Dann zog sie sich die Lippen nach. Sie hatte sich gedacht, dass die meisten Frauen wahrscheinlich im kleinen Schwarzen kämen, deshalb hatte sie ein fliederfarbenes Kleid mit gezacktem Saum gewählt.

»Was hast du denn den ganzen Tag gemacht?«

Oliver fragte eigentlich nur selten, wie sie ihre Zeit verbrachte.

»Ich bin durch Paris gelaufen.«

»Einfach nur herumgelaufen?«

»Ja.«

»Willst du gar nicht wissen, was ich heute getan habe?«

Eigentlich nicht. »Was hast du heute getan?«

»Ich habe mir zwei Bilder ausgesucht, die ich heute Abend ersteigern will.«

Alex trat ins Schlafzimmer und nahm das fliederfarbene Kleid vom Bügel.

»Eines davon wird dir nicht gefallen.«

»Dann musst du es unbedingt kaufen.«

Oliver blickte sie an. »Interessierst du dich denn gar nicht für Kunst?«

Alex zog ihr Kleid hoch und drehte ihm den Rücken zu, damit er den Reißverschluss schließen konnte.

»Eines ist von Mondrian. Die Leute beginnen über ihn zu reden.«
»Warum denkst du, es gefällt mir nicht?«
»Es ist kein hübsches Bild.«
»Ja, ich bin ja auch ein Kunstbanause, nicht wahr?«
»Genau, meine Liebe. So könnte man sagen.«
»Du könntest ja noch einen Utrillo kaufen.«
»Der einzige Utrillo, den die Galerie hat, ist von einer Kirche, und das würdest du doch bestimmt nicht aufhängen wollen, oder?«
»Ach, mach doch, was du willst«, sagte sie. Das würde er ja sowieso tun. Wenn ihr ein Bild gefiel, konnte sie ziemlich sicher sein, dass er es nicht kaufen würde. Wenn sie diesen Mondrian nicht haben wollte, dann sollte sie sich wahrscheinlich begeistert darüber äußern. Er bewahrte seine Gemälde im Haus am Grosvenor Square auf. Die meisten Gemälde hingen in seinem Studierzimmer, einem großen Raum im Parterre. Es waren nur so viele, wie er mit dem Geld aus dem Trust erwerben konnte.

Zur Erhaltung des Schlosses oder des Londoner Hauses brauchte er nichts beizutragen, das war ihr Steckenpferd, zumal das Haus am Grosvenor Square ja auch auf ihren Namen eingetragen war. Ihr Großvater zahlte für das Schloss und das Krankenhaus, und er hatte sie informiert, dass er für das Waisenhaus einen Trust eingerichtet hatte, der die Institution auf lange Zeit sicherte.

Seit dem letzten Jahr schrieb auch ihr Vater ihr wieder regelmäßig, und sie beantwortete seine Briefe umgehend. Sie hatte das Gefühl, ihren Vater erst jetzt, mit vierunddreißig Jahren, richtig kennen zu lernen. Sophie hatte ihn immer so in den

Hintergrund gedrängt, dass er auch schon, bevor er ausgezogen ist, kaum vorhanden gewesen war. Jetzt fielen ihr die Samstage und Sonntage wieder ein, an denen er ihr Reiten oder Schlittschuhlaufen beigebracht hatte. Aber sonst hatte sie nur wenige Erinnerungen an ihn aus ihrer Jugendzeit.
Zweimal im Monat aß ihr Vater mit Annie und Frank zu Abend, und Frank und er diskutierten über die Mittel, die sie Alex zur Verfügung stellten. Sie bezahlten die Dienstboten im Schloss, die Reparaturen, die Gartenanlagen, und sie sorgten dafür, dass Scully weiterhin Schafe und Rinder züchten konnte. Mit ihrem Geld wurde Hughs Schule bezahlt, und sie finanzierten das Gehalt der beiden Ärzte, die sich das Dorf sonst nie hätte leisten können. Der Einzige, der neben Alex darüber Bescheid wusste, war Thomas Scully. Und er führte gewissenhaft Buch darüber.
»Das ist eine interessante Farbe«, durchbrach Olivers Stimme Alex' Träumerei. »Alle werden förmliches Schwarz tragen, nur du kommst in deinem Lieblingspastellton. Meine Liebe, du machst mich stolz. Du gehst immer deinen eigenen Weg.«
»Macht es dir etwas aus?«
»Das wäre dir doch egal, oder?«
Alex antwortete nicht. Sie warf einen prüfenden Blick in den Spiegel und legte ein goldenes Armband mit Amethysten um, das zu den Ohrringen passte. Das Kleid war tief ausgeschnitten, obwohl es nicht bodenlang war, aber sie beschloss, keine Kette zu tragen.
»Mein Vater spielt mit dem Gedanken, sich zur Ruhe zu setzen und hierher zu ziehen.«
»Hierher? Du meinst, nach England.«
»Wenn ich hier sage, meine ich auch hier. Frankreich.«

»Nicht gerade die günstigste Zeit, da der Krieg auszubrechen droht.«
Sie blickte ihn an. »Das hat Philippe auch gesagt, dass es Krieg geben wird.«
»Und wann hat Philippe das gesagt?«
Sie überlegte rasch. »Gestern Abend, beim Essen.«
»Und lässt sich dein Vater von deiner Mutter scheiden?«
Alex zuckte mit den Schultern. Ihr Vater lebte seit zwanzig Jahren mit einer anderen Frau zusammen.
Ob sie das auch könnte? Über Jahre hinweg eine Affäre mit Philippe haben?
»Hast du eigentlich eine andere Frau, Oliver? Nach Mrs. Palmerton?«
Er antwortete nicht.
Aber es war ja auch egal, an ihrer Situation würde es nichts ändern.
Oliver wartete im Flur auf sie. Anerkennend musterte er sie.
»Du siehst heute Abend hinreißend aus. Die Farbe steht dir.«
»Du möchtest, dass mir dein Mondrian gefällt, nicht wahr?«
Er lächelte. »Mache ich dir nur dann Komplimente, wenn ich etwas haben möchte? Aber du hast ja sowieso nicht zu bestimmen, wofür ich mein Geld ausgebe.«
»Dann nehme ich es als Kompliment, danke.«
Sie gingen die Treppe hinunter.
»Es ist ein so schöner Abend«, sagte Alex. »Lass uns zu Fuß zur Galerie gehen.«
»Ich dachte, du bist den ganzen Tag gelaufen.«
»Das bin ich ja auch. Es roch nach Flieder und Maiglöckchen, es war himmlisch.«
Nach der Cocktailparty und der Auktion wollten sie in einem

Restaurant am linken Seine-Ufer zu Abend essen. Philippe würde auch da sein.

»Wir kommen zu spät, wenn wir zu Fuß gehen. Hier ist auch schon ein Taxi.«

Auf der Fahrt zur Galerie fragte Alex: »Gehört die Galerie der Comtesse?«

»Nein, aber sie und ihr Mann haben Geld hineingesteckt. Ich nehme an, der Comte betrachtet sie als gute Kapitalanlage, weil sie in einem eleganten Viertel liegt.«

»Oder zumindest möchte er seiner Frau damit eine Freude machen.«

Oliver nickte geistesabwesend. Er überlegte sich, wie hoch er auf die beiden Bilder, die er haben wollte, bieten konnte. Ihm war klar geworden, dass er Gemälde mittlerweile mehr begehrte als Frauen.

Er warf seiner Frau einen verstohlenen Blick zu. Heute Abend würden ihn vermutlich wieder viele Leute um seine attraktive Ehefrau beneiden. Wahrscheinlich stellten sie sich vor, wie er anschließend mit ihr ins Bett ginge, aber er hatte nur wenig Verlangen nach ihr. Sie war eine Eisprinzessin, der es an Leidenschaft mangelte. Das Einzige, das ihr wirklich etwas bedeutete, waren ihr Krankenhaus und diese unmoralischen Weiber mit ihren unehelichen Kindern.

Er musste allerdings zugeben, dass sie eine gute Mutter war. Er hatte nicht die Geduld, um so viel Zeit mit den Kindern zu verbringen. Aber trotzdem war er stolz auf sie, selbst auf das kleine Mädchen, obwohl er ihr nie erlauben würde, seinen Namen zu tragen. Es erfüllte ihn mit tiefer Befriedigung, wenn er jemanden sagen hörte, wie gut erzogen sie waren, wie fließend sie Französisch sprachen. Zu Hause allerdings gestattete

Alex ihnen viel zu viele Freiheiten, und das machte ihn rasend. Kinder durfte man sehen, nicht hören.

Lina machte ihm mehr Freude als die Jungen, und er vergaß oft, dass sie nicht sein Kind war. Sie konnte ihn um den kleinen Finger wickeln.

Und Michael, nun ja, er war ja erst vier Jahre alt und allzu viel konnte man über ihn noch nicht sagen, aber vielleicht würde er später einmal die Liebe seines Vaters für die Kunst teilen, denn er malte sehr gerne. Er betrachtete auch die Gemälde in Olivers Studierzimmer eingehend und hockte sich dann davor, um sie abzumalen.

Hugh war schwieriger. Oliver merkte, wie sehr sich der Junge bemühte, ihm zu gefallen. Er war sehr gut in der Schule, aber das bedeutete Oliver nicht so viel, das machte eher Alex Freude. Es freute ihn hingegen, dass der Junge gut im Polospiel war, obwohl das wohl mehr mit der Liebe zu seinem Pferd als mit dem Sport zu tun hatte. Oliver hatte seinem Sohn auch Schießen beigebracht, und Hugh war ein guter Schütze geworden, aber er jagte nicht gerne, und Oliver verspürte immer wieder das Bedürfnis, den Jungen zu packen und zu schütteln, weil er so anders war.

Hugh interessierte sich zum Beispiel für Autos und konnte sich stundenlang in der Garage aufhalten, um mit Scully oder Andrew, dem Mechaniker, der ihren Wagenpark in Ordnung hielt, zu fachsimpeln. Er reparierte auch die Traktoren und alle anderen Motoren. Oliver hatte ebenfalls Interesse an Autos, aber er machte sich nicht gerne die Hände schmutzig, und so richtig kannte er sich mit einem Motor nicht aus. Dafür hatte man doch Leute.

Oliver wusste nicht genau, warum, aber er musste sich zwin-

gen, Hugh zu lieben. Dabei würde sein Sohn der neunte Herzog von Yarborough sein und würde den Titel erben, aber irgendwie konnte Oliver mit dem Jungen nichts anfangen.
Die anderen Männer um ihn herum liebten Hugh so, wie er war. Scully, James und Ben und auch Alex' Großvater liebten ihn mehr als Oliver. Nun ja, vielleicht würde er dieses Jahr nach der Jagd am Boxing Day mit der Familie in die Schweiz fahren und Hugh Skilaufen beibringen.
»Möchtest du über Silvester Winterurlaub machen?«, fragte er Alex. Das Taxi hielt gerade vor der Galerie.
Alex hörte ihn nicht, denn vor dem Haus stand Philippe.

Sie waren nur zu fünft im Restaurant. Es war fast Mitternacht, und Oliver war äußerst zufrieden mit sich. Er hatte beide Bilder gekauft. Eines Tages, sagte er sich, würden sie ihn reich machen, und in der Zwischenzeit konnte er sich an ihnen freuen. Er hatte den Mondrian für viel weniger bekommen, als er gedacht hatte. Die Leute schätzten den holländischen Maler noch nicht genug. Vielleicht musste er dazu erst sterben. Eines Tages, sagte sich Oliver, würde er nach Amsterdam fahren, sich mit Mondrian treffen und ihn zum Essen einladen. Allerdings erzählte er niemandem von seinen geheimen Träumen.
Die Comtesse war die Einzige, die ihm zu seinen Neuerwerbungen gratuliert hatte. Sie hatten sich auf der Cocktailparty angeregt unterhalten, und am Abend sprühte auch Alex nur so vor Charme und Esprit. Vielleicht wollte sie ja ihr Tief von gestern wieder wettmachen. Die Comtesse schien jedenfalls Gefallen an ihr zu finden. Sie sagte gerade, dass sie Alex gerne in London besuchen würde.

»Sagen Sie mir nur bitte vorher Bescheid. Um diese Jahreszeit bin ich oft auf dem Land.«

»Das Schloss würde ich auch sehr gerne einmal sehen. Ich habe so viel darüber gelesen.«

Oliver warf ein: »Nun, dann kommen Sie doch übers Wochenende. Sie sind herzlich eingeladen.« Er blickte Alex an. »Meine Frau würde sich sicherlich auch freuen.«

Iris wandte sich an ihren Bruder. »Du fährst Ende Juni in die Staaten, nicht wahr?«

Philippe nickte. »Ja, das Schiff legt in der dritten Juniwoche in Southampton ab.«

»Dann steht es also fest«, sagte Oliver. »Sie kommen uns am zweiten Wochenende im Juni besuchen.« Er blickte Philippe an. »Wenn Sie möchten, können Sie bleiben, bis Sie aufs Schiff müssen. Wenn es Ihnen allerdings zu langweilig ist, können Sie auch gerne in unserem Haus in London wohnen.«

»Das ist sehr freundlich von Ihnen«, erwiderte Philippe, ohne eine Miene zu verziehen.

»Also, uns würde es freuen, nicht wahr?« Oliver wandte sich an Alex. Eigentlich war es ihm gleichgültig, ob es ihr recht war oder nicht. Er konnte sich darauf verlassen, dass sie immer die charmante Gastgeberin spielte, wenn es erforderlich war.

»Natürlich«, erwiderte Alex und blickte Philippe direkt an, ein Blick, der nur der Comtesse auffiel.

»Ich lasse Sie an der Fähre abholen und nach Woodmere fahren. Sagen Sie nur Bescheid, wann Sie ankommen.« Oliver freute sich auf ein perfektes Wochenende. Er sah nicht, dass das Knie seiner Frau sich an das von Philippe drückte.

47

Der Einzige aus der Familie, dem das Mondrian-Gemälde wirklich gefiel, war Michael. Er stellte sich auf einen Stuhl, um es aus der Nähe betrachten zu können.
»Ganz mein Sohn«, stellte Oliver fest. »Er hat meinen Kunstgeschmack geerbt.«
»Was meinst du«, fragte Alex, »sollen wir an dem Wochenende, an dem deine französischen Freunde zu Besuch kommen, nicht noch ein paar andere Gäste einladen? Wir könnten ja vielleicht eine kleine Party geben.«
»Das habe ich auch schon überlegt. Ja, wen würdest du denn vorschlagen?«
Eigentlich war es ihr völlig egal. Es war nur einfacher, ein paar Augenblicke mit Philippe allein zu finden, je mehr Leute da waren. Dann würde es niemandem auffallen, wenn sie kurz verschwand.
»Komisch, dass du den Bruder von Iris nie vorher erwähnt hast.«
»Ach, dabei fällt mir ein, dass ich es Hugh erzählen muss. Ob er sich wohl an ihn erinnert? Es ist ja schon fünf Jahre her, und es war ja nur eine kurze Bekanntschaft. Mir ist hauptsächlich seine Schwester in Erinnerung geblieben, die in Kalifornien das Weingut leitet. Sie war eine faszinierende Frau.« Alex lachte. »Sie hat davon geredet, dass ich mit ihr nach Afrika gehen sollte.«

»Nach Afrika?«

»Ja, stell dir vor! Ausgerechnet dorthin!«

»Du willst wahrscheinlich Mutter und diesen Arzt, diesen Ben, einladen.«

»Immerhin wohnt deine Mutter hier.«

»Aber wir müssen sie nicht zu jedem Fest einladen. Und dieser Doktor passt nicht zu unseren Freunden.«

»Dieser Doktor und deine Mutter gehören zu meinen engsten Freunden.« Sie bemerkte, wie Oliver die Fäuste ballte. »Was ist mit den Ashleys? Willst du sie einladen, oder soll ich es tun?«

»Das kannst du machen. Bertie und Edwina können wir auch einladen. Und in der letzten Zeit habe ich mich in der Stadt häufig mit Eddie Spencer und seiner Frau getroffen.«

»Ist das Lord Ambley? Ich kenne die beiden nicht, aber natürlich ... Lass mal sehen, das macht dann ...« Alex zählte die Personen mit den Fingern ab. »Nun, das wird bestimmt ein nettes Wochenende.«

Oliver konnte zwar seine neuen Gemälde nicht vorführen, weil sie sich im Londoner Haus befanden, aber der Gedanke an das bevorstehende Wochenende gefiel ihm. Den Comte und die Comtesse mochte er gern, und auch der Bruder war als Präsident dieses international operierenden Unternehmens recht beeindruckend. Nun, als Herr von Schloss Carlisle würden sie ihn vermutlich auch beeindruckend finden. Er wusste, dass er das Alex zu verdanken hatte, nicht nur ihrem Geld, sondern auch ihrem Geschmack, und er war dankbar dafür.

Die beiden Männer allerdings, die aus der Ferne dafür sorgten, dass immer genügend Geld da war, Frank Curran und Colin von Rhysdale, waren Oliver ein Rätsel. Er verstand nicht ganz, warum sie ein englisches Schloss finanzierten, sodass Alex dort dem Lebensstil nachgehen konnte, den sie gewöhnt war. Aber die Amerikaner waren sowieso komisch. Man brauchte sich doch nur Jennie Churchill und die Herzogin von Marlborough anzusehen, die beide im Alter seiner Mutter waren. Es gab immer etwas über sie zu klatschen, und die Gazetten waren voll von Geschichten über sie. Andererseits verliehen sie aber auch jedem Fest Glamour, und der König und die Königin schienen sie zu favorisieren. Nun, Alex mochte der König ja auch. Vielleicht lag es an ihrer formlosen, entspannten Art. Sie unterwarfen sich nicht dem steifen Protokoll, aber sie waren als Ausländer ja auch entschuldigt. Allerdings hatte Alex ihn in der Öffentlichkeit auch noch nie in Verlegenheit gebracht. In den Augen der Welt konnte er sich glücklich schätzen, sie und ihr Geld geheiratet zu haben. Und umgekehrt hatte sie großes Glück gehabt, in eine so alte Familie hineinzuheiraten. Und damit war zumindest in dieser Hinsicht das Kräfteverhältnis zwischen ihnen beiden ausgeglichen.

Ansonsten waren sie völlig unterschiedliche Charaktere, und unter normalen Umständen hätten sie sicher nie zusammengefunden. Alex war immer mit etwas beschäftigt, setzte alle möglichen Ideen um, während er ganz zufrieden damit war, nichts zu tun. Das Einzige, was ihm wirklich Freude machte und Erfüllung gab, war das Sammeln von Kunstwerken. Als er noch mit Rebecca zusammen gewesen war, hatte er nur ab und zu ein Gemälde erworben, aber nachdem die Affäre mit ihr beendet war, war das Sammeln von Kunst zur Leidenschaft geworden. Stundenlang streifte er durch die Galerien, und bald schon dachte er nicht mehr an Rebecca, und die Erinnerung an sie verblasste.

Eines Tages verliebte er sich in eine Statue, die kleine, fein gearbeitete Statue eines Rehkitzes, die er in einer Londoner Galerie entdeckte. Einen Monat lang ging er zweimal in der Woche dorthin, um sie zu betrachten, wusste jedoch, dass er sich in den nächsten zwei Jahren kein Kunstwerk leisten konnte. Er hätte alles gegeben, um diese Statue zu besitzen. Und eines Nachmittags, als Alex das Haus am Grosvenor Square verlassen hatte, um über das Wochenende aufs Land zu fahren, nahm er ein Diamantenarmband aus ihrer Schmuckschatulle. Sie besaß es schon seit Jahren und trug es nur selten. Er hatte noch nicht einmal Schuldgefühle, als er es verkaufte und mit dem Erlös die Statue erwarb.

Zu Hause stellte er das Rehkitz auf seinen Schreibtisch, betrachtete es stundenlang und stellte überrascht fest, dass er eine Erektion bekam. Er lachte, als er sich selbst berührte. Offensichtlich konnten ihn nicht nur Frauen erregen. Von diesem Tag an nahm er die Statue abends mit in sein Schlafzimmer und stellte sie auf seinen Nachttisch.

Alex erwähnte den Verlust des Armbands nie, aber vielleicht bemerkte sie es ja auch gar nicht. Das kleine Rehkitz fiel ihr auch nie auf.

48

Das Wetter hätte nicht perfekter sein können. Die Rosen standen in voller Blüte, und der Rosengarten war gerade von einem amerikanischen Wohnmagazin, in dem ein Artikel über englische Gärten erschien, fotografiert worden.
Die Kinder würden zwar nicht mit ihnen essen, aber Alex hielt nichts davon, sie zu verstecken, wenn sie Gäste hatten. Im Moment waren sie alle ausgeritten. Hugh, der mittlerweile schon fünfzehn war, hatte die Aufgabe übertragen bekommen, gut auf seinen kleinen Bruder aufzupassen, der auf seinem Pony die Geschwister begleitete. Anschließend würden sie mit Amy, der Gouvernante, die schon seit Linas fünftem Lebensjahr bei ihnen war, im Kindertrakt zu Abend essen, aber danach durften sie sich nach Belieben unter die Gäste mischen.
Alex ging noch einmal in das Zimmer, das sie Philippe zugedacht hatte, um sich zu überzeugen, dass alles tadellos in Ordnung war. Vom Fenster aus hatte man einen wunderschönen Ausblick auf den Park und die Hügelkette in der Ferne. Es war das Lieblingszimmer ihrer Mutter, wenn sie zu Besuch kam. Der Comte und seine Frau waren auf der anderen Seite des Flurs untergebracht.
Sie wünschte, Oliver hätte sie nicht eingeladen. Die jüngsten Ereignisse hatten sie durcheinander gebracht. Sie hatte es akzeptiert, dass Philippe seit fünf Jahren nicht mehr zu ihrem

Leben gehörte, und sie hatte nicht damit gerechnet, dass er wieder auftauchen und ihr Herz in Aufruhr versetzen würde. Ein einziger Abend, und ihre Ruhe war dahin. Als sie ihm gegenübergestanden hatte, war es so, als seien sie nie getrennt gewesen.
An dem Nachmittag, als sie durch Paris gewandert waren, hatte er keinen Druck auf sie ausgeübt. Er hatte sie nicht gefragt, ob sie ihn noch liebte, und er hatte sie auch nicht seiner unsterblichen Liebe versichert. Aber sie hatte es in seinen Augen gelesen, sie hatte es in seinen Berührungen gespürt und auch, als er ihr zum Abschied einen Kuss gegeben hatte. Konnte eine Liebe, die nur drei Wochen gedauert hatte, so schnell wieder entzündet werden? Alex schüttelte den Kopf. Sie würde es nicht zulassen. Sie konnte ihm gegenüber zwar zugeben, dass diese drei Wochen die glücklichsten ihres Lebens waren, aber mehr auch nicht. Das musste er akzeptieren.
Aber sie wollte, dass er seinen Sohn kennen lernte.
In jedem Gästezimmer standen Blumen. Draußen war es warm. Nicht so heiß, wie es im Juni sein konnte, aber warm genug, dass man den Pool benutzen konnte. Morgens konnte man Tennis spielen, abends Krockett oder Federball. Am Ufer des Sees lagen zwei Ruderboote, und Laternen hingen an der Anlegestelle. Es war wundervoll, bei Sonnenuntergang mit dem Boot hinauszurudern, zuzuschauen, wie die Sonne hinter dem Horizont verschwand, und nur noch das Quaken der Frösche zu hören. Wenn der Mond aufgegangen war, sangen die Nachtigallen, und dieses Wochenende war zudem noch fast Vollmond.
Vom Fenster im ersten Stock, von dem Zimmer aus, das sie für

Philippe vorbereitet hatte, sah sie das erste Auto die lange Auffahrt heraufkommen. Rasch blickte sie sich noch einmal um, dann ging sie hinunter, um die Gäste zu begrüßen. Vor Aufregung hatte sie feuchte Handflächen.

Oliver war zur Fähre gefahren und hatte die Franzosen abgeholt. Da er gerne selbst Auto fuhr, hatte er keinen Chauffeur. Sogar Clarissa fuhr selbst, und diese Tatsache gab Anlass zu endlosem Gerede. Mit achtundfünfzig Jahren sollte sie sich doch den Luxus gönnen, gefahren zu werden, aber nein, seit diese amerikanische Schwiegertochter aufgetaucht und ihr Autofahren beigebracht hatte, fuhr sie selbst. Die meisten Leute verstanden einfach nicht, dass es Freiheit bedeutete, fahren zu können, wann und wohin man wollte.

Aber sie gaben ohne weiteres zu, dass es der Familie nicht an Klasse mangelte. Der Stammbaum von Olivers Familie ließ sich über viele Jahrhunderte hinweg zurückverfolgen, und Alex hatte mehr Geld, als manche Länder besaßen. Und sie war eine schöne Frau, auch wenn sie nur selten lachte und oft traurig aussah.

Sie ging hinunter, durch die Räume der Familie, die alle im Westflügel lagen, durch den offiziellen Empfangsraum in die Halle, wo die Tür offen stand und Reginald bereits die Lakaien anwies, wohin sie das Gepäck bringen sollten. Der Comte und die Comtesse erschienen als Erste.

»Was für ein großartiges Schloss«, schnurrte die Comtesse. »Ich hatte natürlich Fotografien gesehen, aber die Wirklichkeit übertrifft alles.« Sie beugte sich vor und küsste Alex zur Begrüßung auf die Wangen. »Die Fotos bereiten einen ja nicht auf die herrliche Landschaft vor.«

Der Comte zog Alex' Hand an die Lippen und deutete eine

Verbeugung an. »Ihr Gatte hat gemeint, wir müssten uns unbedingt den italienischen Garten anschauen.«
»Ich zeige ihn Ihnen nur zu gerne. Hatten Sie eine gute Überfahrt?«
Und dann stand Philippe vor ihr und zog ihre Hand an die Lippen. Und die Welt um sie herum versank. Sie sah und hörte nichts mehr, sah nur noch Philippes Augen.
Plötzlich merkte sie, dass sie ganz allein dastanden.
»O Philippe«, sagte sie, »ich freue mich so, dich wiederzusehen.«
»Ich habe mich oft gefragt, wie es hier wohl aussieht. Ich habe versucht, mir vorzustellen, wie du hier lebst und deine Tage verbringst.«
Alex entzog ihm ihre Hände und ging auf den Eingang zu.
»Gibt es etwas Prachtvolleres als einen Junitag?«, sagte Philippe und schaute sich um.
»Ich führe dich später herum.«
»Darauf freue ich mich schon.«
Alex warf ihm einen Blick zu. »Ich hoffe, du verstehst, dass die Situation für mich nicht einfach ist.«
»Natürlich nicht, aber ich freue mich einfach, hier zu sein. Und natürlich auch, die Kinder wiederzusehen.«
»Hugh kann sich nicht mehr so gut an dich erinnern. Fünf Jahre sind für einen Fünfzehnjährigen eine lange Zeit.«
»Mir kommt es gar nicht so lang vor.«
»O Philippe, ich habe so sehr versucht, dich zu vergessen.«
»Hoffentlich ist es dir nicht gelungen.«
»Ich dachte, ich hätte es geschafft, aber als ich dich dann wiedergesehen habe ...«
»Ich will dich nicht unglücklich machen.«

Sie schwieg und führte ihn ins Wohnzimmer der Familie, wo Oliver schon für Getränke sorgte. »Was kann ich Ihnen anbieten?«, rief er Philippe zu.

»Im Moment nichts, danke«, erwiderte Philippe. Er trat ans Fenster und blickte hinaus auf den italienischen Garten. Alex musste sich zusammenreißen, damit ihr Blick nicht jeder seiner Bewegungen folgte.

»Morgen können Sie mit einer Kutsche über den Besitz fahren«, sagte Oliver gerade stolz zur Comtesse.

»Wie lange ist das Land schon im Besitz Ihrer Familie?«

»Der erste Herzog hat 1703 mit dem Bau des Schlosses begonnen«, erwiderte Oliver. »Das Land ist ihm vom König geschenkt worden.«

»Ungefähr um die gleiche Zeit sind meine Vorfahren von hier aus nach Amerika aufgebrochen«, warf Alex ein.

»Und haben sie im Bürgerkrieg gekämpft?«, fragte der Comte.

»Das weiß ich leider nicht«, antwortete Alex. »Ich kenne nur meine Großväter, darüber hinaus weiß ich eigentlich wenig.«

»Interessiert es Sie denn nicht zu erfahren, woher Sie kommen?«

»Doch, natürlich. Meine Urgroßeltern müssen auf jeden Fall sehr nette Leute gewesen sein, weil sowohl mein Großvater als auch meine Großmutter ganz außergewöhnliche Menschen sind. Iris sagte, sie habe meine Großeltern kennen gelernt. Und Sie auch, nicht wahr?« Sie wandte sich an Philippe.

»Ja, ich habe sie kennen gelernt«, erwiderte er.

In diesem Moment betraten die drei Kinder den Raum. Sie hatten sich umgezogen, aber man sah, dass sie gebadet hatten, weil ihre Haare noch nass waren.

»Liebling.« Alex trat zu Hugh. »Erinnerst du dich noch an Monsieur Renoir? Er ist vor vielen Jahren mit dir im Zoo in der Bronx gewesen.«
Hugh runzelte die Stirn. »An die Löwen erinnere ich mich.« Dann jedoch besann er sich auf seine guten Manieren und trat mit ausgestreckter Hand auf Philippe zu. »Schön, Sie wiederzusehen, Sir.«
Lächelnd schüttelte Philippe dem Jungen die Hand. »Nun, ich kann mich noch gut an dich erinnern, aber ich hätte dich nicht wiedererkannt. Du bist gewachsen. Weißt du noch, dass du mich im Damespiel geschlagen hast?«
Hugh lächelte. »O ja, jetzt weiß ich es wieder. Wir haben es auf dem Schiff gespielt.«
Philippe nickte und blickte zu Lina. »Und diese junge Dame hat während des Spiels auf meinem Schoß gesessen.«
Lina blickte ihn lächelnd an. Sie konnte sich überhaupt nicht daran erinnern.
Michael hatte sich an den Rock seiner Mutter geklammert und beobachtete die Szene.
»Ach du liebe Güte«, murmelte die Comtesse, als ihr Blick auf den kleinen Jungen fiel.

Während des Abendessens unterhielten sich alle angeregt, und es wurde viel gelacht. Später spazierten die meisten durch den Garten oder hinunter zum See. Clarissa und Ben ruderten als einziges Paar hinaus. Der Park und die Anlagen hatten noch nie schöner ausgesehen, und Alex dachte, dass sich das Geld und die Mühe, die sie über die Jahre hineingesteckt hatte, gelohnt hatten.
»Einer der Gäste hat mir erzählt, dass es hier vor deiner An-

kunft ganz anders aussah. Du scheinst wahre Wunder bewirkt zu haben.« Alex und Philippe spazierten über die Kieswege im Garten, der vom Duft der Rosen erfüllt war.

»Ich umgebe mich gerne mit Schönheit«, erwiderte Alex. »Und ich gärtnere gerne. Wir hatten Glück, dass wir einen wunderbaren Landschaftsgärtner gefunden haben.«

»Es hört sich so an, als ob du diesen Ort hier liebst.«

»Ja, das tue ich«, erwiderte Alex. »Ich habe hier viel investiert, und ich muss zugeben, dass ich stolz darauf bin.« Mittlerweile war es neun Uhr abends, aber es war immer noch hell, und der Himmel begann langsam, sich golden zu färben. »Sieh mal, der Mond.«

Philippe warf ihr einen Blick zu. »Du wirkst glücklicher als damals in Amerika.«

»Glücklich? Oh, vermutlich ist man glücklich, wenn man nicht die Zeit hat, um dauernd darüber nachzugrübeln. Ich habe ständig zu tun.«

»Deine Ehe ist gefestigter.« Es war keine Frage.

Alex antwortete nicht.

»Hast du dich in deinen Mann verliebt?«

»O Gott, nein. Aber ist Liebe denn notwendig für eine Ehe?«

»Vielleicht nicht für eine Ehe, aber für das Leben.«

Sie wandte ihm das Gesicht zu. »Ich bin zufrieden mit meinem Schicksal. Aber die drei Wochen, die ich mit dir verbracht habe, waren die glücklichste Zeit meines Lebens.«

»Da du so lange ohne Liebe gelebt hast«, sagte Philippe, »weißt du vielleicht gar nicht, was dir fehlt. Ich hatte acht Jahre lang Liebe und weiß, was es heißt, ohne sie zu leben.«

»Warum hast du denn nie wieder geheiratet?«

»Für Francine gab es keinen Ersatz, und bevor ich dich ken-

nen lernte, habe ich mich nie verliebt. Und jetzt kann ich keine andere Frau mehr lieben wegen dir.«
»Philippe, es ist unmöglich. Das verstehst du doch, oder? Ich habe Verpflichtungen hier. Ich kann mich nicht scheiden lassen, schon nicht wegen meiner Schwiegermutter. Das kann ich ihr nicht antun.«
»Ja, das weiß ich doch.«
»Ich fühle mich emotional nicht an Oliver gebunden. Aber mein Sohn wird eines Tages das alles hier erben, und …«
Sie schwieg, dann fuhr sie fort: »Als Oliver mich heiratete, hat er eine andere geliebt. Er hat mich wegen meines Geldes geheiratet.«
»Und du, warum hast du ihn geheiratet?«
»Weil meine Mutter unbedingt wollte, dass ich einen Titel habe. Einen Titel konnte sie in Amerika trotz ihres Vermögens nicht kaufen.«
»Du hast auch mir gegenüber eine Verpflichtung.«
Erstaunt blickte sie ihn an.
»Meine Schwester hat sofort gesehen, dass Michael mein Sohn ist. Sie sagt, er sieht genauso aus wie ich in dem Alter.« Er zog sie leicht an sich und sah, dass ihr eine Träne über die Wange lief. »Meine Liebe, wir sind auf ewig aneinander gebunden, weißt du das nicht?«
Alex riss sich los und rannte weg. Drei Gäste bogen um die Ecke und bewunderten den Rosengarten. Da Philippe es nicht wagte, ihr nachzulaufen, zwang er sich, langsam weiterzuschlendern.
An einem kleinen Zypressenhain blieb Alex stehen. Hier konnte sie niemand sehen. Iris hatte es also sofort erkannt. Sie schloss die Augen und lehnte sich an einen Baum.

Als Philippe vor ihr stand, wirkte sie wieder gefasster, obwohl ihre Wangen feucht von Tränen waren.
»Ich wollte ihn dir nicht verschweigen«, sagte sie, »aber ich dachte, wir würden uns nie wiedersehen. Ich konnte niemandem sagen, dass er dein Sohn ist. Es hätte einen Skandal gegeben. O Philippe, ich wollte dich nicht von ihm fernhalten, aber ...«
Er griff in seine Tasche und zog ein Taschentuch heraus. »Hier«, sagte er und reichte es ihr. »Ich weiß doch, dass du es mir nicht sagen konntest. Aber jetzt, wo ich ihn gesehen habe, möchte ich ein bisschen mehr von ihm haben. Komm mich in der Provence besuchen, wenn ich wieder aus Amerika zurück bin. Das wird nicht allzu schwierig sein, weil ich euch ja auch besucht habe. Du hast doch gesagt, du wolltest im Sommer nach Italien fahren. Komm auf dem Rückweg bei mir in der Provence vorbei. Du kannst meine Kinder kennen lernen, und ich möchte dich auch meinen Eltern vorstellen.«
»Willst du es ihnen sagen?«
»Ich weiß nicht. Darüber bin ich mir noch nicht im Klaren. Meine Schwester hätte bestimmt nichts vermutet, wenn sie nicht wüsste, dass ich dich seit Jahren liebe. Ich habe es ihr erzählt, als ich erfuhr, dass du sie in Paris besuchen würdest ... und als sie dann Michael sah, hat sie eins und eins zusammengezählt, schließlich weiß sie ja, wie ich als Kind ausgesehen habe. Sie wird es niemandem erzählen, noch nicht einmal ihrem Mann. Und sie wird dich lieben, weil ich dich liebe.«
»Dann wissen es deine Eltern auch, wenn sie Michael sehen.«
»Ich fürchte, ja.«
»Ich wollte dich nicht verletzen.«
»Mein Liebling, das weiß ich doch. Lass einfach zu, dass ich

dich liebe. Werde ein Teil meines Lebens, wenn auch nur ein kleiner Teil.«
»Wenn du in meiner Nähe bist, fühle ich mich immer viel lebendiger. Ich höre jedes Geräusch, sehe jede Farbe, der Himmel ist blauer, die Sterne strahlen heller ... und nichts zählt mehr, wenn du bei mir bist.«
Philippe lachte. »Das ist eine gute Definition von Liebe.«
»Ich möchte, dass du mich küsst, aber es sind zu viele Leute hier.«
Er nickte. »Wir finden schon einen Weg. Komm, lass uns zurückgehen, sonst fällt es noch jemandem auf.«
»Ich sollte vielleicht vorschlagen, dass wir Karten spielen.«
»Ist dein Klavier gestimmt?«
»Himmel, das weiß ich nicht.«
»Nun, das werden wir herausfinden. Ich möchte lieber Klavier spielen als Karten.«
»Was für eine Art von Musik spielst du denn?«
»Normalerweise klassische Musik, aber heute Abend werde ich mich auf Cole Porter konzentrieren.«
»Bei dir gibt es offensichtlich für mich noch viel zu entdecken.«
»Du bist ja schon dabei. Schau mal, einer der Gäste winkt uns zu.«
Kurz darauf erklang die Melodie von Cole Porters »Night and Day« ...

49

Am Sonntagnachmittag reisten die britischen Gäste ab, und es blieben nur noch der Comte und seine Frau und Philippe. Oliver wollte das Pariser Ehepaar am Montagmorgen zur Fähre fahren und bei der Gelegenheit ein paar Tage in Frankreich bleiben. Alex sagte, sie würde Philippe am Mittwoch zu seinem Schiff nach Southampton bringen.

Clarissa erklärte, Ben Wales zeigen zu wollen, wo er noch nie gewesen war, und da das Wetter perfekt war, fuhren sie am Montagmorgen ebenfalls ab.

Damit blieben Alex und Philippe mit den Kindern allein auf dem Schloss zurück.

Philippe lächelte Alex an. »Ich unternehme gern etwas mit den Kindern, wenn sie nichts dagegen haben.«

»Wir fragen sie einfach.«

In diesem Moment trat Hugh ins Zimmer. »Frühstückt ihr immer noch?«, fragte er.

»Wir haben gerade überlegt, was wir heute gemeinsam unternehmen könnten«, erwiderte Alex. »Monsieur Renoir möchte noch ein bisschen was von euch haben, bevor er abreist.«

»Lina möchte gern ein Picknick machen«, sagte Hugh. »Du weißt schon, an der Stelle, wo der Fluss breit genug zum Schwimmen ist. Scully ist letzten Sommer mit uns dort gewesen.«

»Ja, das ist eine gute Idee. Holt eure Badeanzüge, und ich lasse

uns einen Picknickkorb packen. In einer Stunde brechen wir auf. In Ordnung?«
»Ja, großartig!« Hugh rannte aus dem Zimmer.
»Ich habe keine Badehose dabei«, sagte Philippe.
»Oh, wir finden sicher eine, die dir passt. Es ist ein hübsches Fleckchen am Fluss.«
»Weißt du, was ich irgendwann auch gerne einmal machen möchte?«
»Was?«
»Ich möchte mir Stratford-upon-Avon anschauen. Es muss hier in der Nähe sein.«
»Ja, weniger als eine Stunde entfernt. Wenn du möchtest, können wir morgen hinfahren.«
»Ja, gerne.«
»Ich war seit dem ersten Besuch meiner Großeltern auch nicht mehr dort. Ich habe nicht viel Ahnung von Shakespeare.«
»Bei mir dauert es immer zwei Akte, bis ich überhaupt kapiere, um was es geht.«
»Gott sei Dank, und ich dachte schon, es läge daran, dass ich einfach zu dumm bin.«
»Werden gerade irgendwelche Stücke aufgeführt?«
»Ich glaube, im Theater dort steht immer eines auf dem Spielplan.«
»Nun, wenn du nichts dagegen hast …«
»Nein, weißt du was? Wir könnten dort übernachten und am Mittwochmorgen direkt von da aus nach Southampton fahren. Was hältst du davon?«
»Weißt du, was ich noch gar nicht gesagt habe, seit ich hier bin?«
»Nein.«

»Ich liebe dich.«
»Daran muss ich mich erst noch gewöhnen.«
»Ich werde nicht mehr von dir erwarten, als du mir geben kannst, aber ich werde dich auf keinen Fall wieder gehen lassen.«
»Du bist katholisch, nicht wahr?«
»Ja, aber nicht gläubig. Meine gesamte Familie ist nicht religiös.«
»Ich hatte gehofft, dass du verstehen kannst, warum ich mich nicht scheiden lassen kann.«
Philippe ergriff Alex' Hand und zog sie an die Lippen. »Weißt du, was ich mir überlegt habe? Ich glaube, ich kaufe uns in Dieppe oder Dünkirchen ein kleines Haus an der Küste. Auf jeden Fall in einem der Orte, wo täglich die Kanalfähre verkehrt. Wir könnten uns natürlich auch für Calais entscheiden, aber ich glaube, dort ist es zu voll. Dann könnte ich rasch nach London kommen, oder du könntest die Fähre nehmen …«
»O Philippe, das ist eine wundervolle Idee.«
»Wir müssten zwar unser Leben ein wenig anders organisieren, aber … Würde dir das gefallen?«
»Ich weiß nur, wie glücklich ich bin, seit ich dich wiedergefunden habe. Ich habe geglaubt, du solltest nichts von Michael erfahren, und jetzt …«
»Und jetzt möchtest du, dass ich ihn aufwachsen sehe.«
Alex nickte.
»Ich muss mindestens sechsmal pro Jahr geschäftlich nach Paris, manchmal auch häufiger. Und von dort zu einem der Küstenorte fährt man nur ein paar Stunden. Ich werde mich sofort nach meiner Rückkehr aus San Francisco darum kümmern.«

»Ich helfe dir dabei. Ich will dir beim Suchen helfen.« Sie wusste zwar noch nicht, wie sie das hinbekommen sollte, aber es würde ihr schon etwas einfallen.
»Du kannst ja einen Besuch bei meiner Schwester vorschieben. Sie weiß ja, dass Michael ihr ... ihr Neffe ist. Sag einfach, du möchtest sie besuchen.«
Und damit fangen die Lügen an, dachte Alex. »Was für ein Netz müssen wir da spinnen?«, fragte sie.
»Wir wissen nicht, wohin es führt«, erwiderte Philippe. »Aber um mit dir zusammen zu sein, riskiere ich alles.«
»So groß ist dein Risiko nicht«, wandte sie ein.
»Nein, ich weiß.«
»Aber wenn du wieder in meinem Leben bist, scheint die Sonne, selbst wenn der Nebel dick ist wie ...«
»Erbsensuppe«, ergänzte er. Sie lachten.
»Ja, ich kann nicht aufgeben, was ich gerade erst wiedergefunden habe. Aber wir müssen aufpassen, dass ich nicht noch einmal schwanger werde. Ich weiß nicht, ob ich Oliver noch einmal täuschen könnte. Er kommt nie mehr zu mir ins Schlafzimmer, dem Himmel sei Dank.«
»Ich kümmere mich darum. Du brauchst dir keine Sorgen zu machen.«
»Machst du dir Sorgen?«
»Im Moment nur darüber, dass dieser Hitler sich als Führer von Deutschland bezeichnet.«
»Was bedeutet das?«
»Ich vermute, es bedeutet das Ende der Welt, wie wir sie kennen.«
»Ach, du übertreibst.«
»Hoffentlich. Mir wäre nichts lieber, als Unrecht zu haben.

Aber er rüstet auf, und es gibt so viele Arbeitslose, dass die Männer scharenweise in die Armee eintreten.«
»Das deutsche Volk hält ihn bestimmt auf.«
»Sie merken vielleicht erst, was passiert, wenn es zu spät ist. Und ich fürchte, es ist jetzt schon zu spät.«
»Du bist nicht gerade optimistisch.«
»Nein, eigentlich sogar ziemlich pessimistisch. Ich nehme immer das Schlimmste an, damit ich mich dann freuen kann, wenn es nicht eingetreten ist.«
Alex lachte. »Ich werde mich bemühen, dass du Mr. Hitler vergisst.«
»Da wirst du dich aber sehr anstrengen müssen.«
»Sollen wir morgen damit beginnen, wenn wir in Shakespeares Geburtsort fahren und uns dort ein kleines Hotel suchen …«
»Hör auf, sonst kann ich nur noch an uns beide denken.«
»Weißt du eigentlich, wie glücklich du mich machst?«
»Ich liebe dich.«
Alex sagte es jedoch erst in der Nacht darauf zu ihm, als sie in einem kleinen Hotel mit Strohdach, das laut Datum über dem Eingang zehn Jahre älter war als Schloss Carlisle, in einem Federbett lagen. Sie war nackt und hielt ein Glas Champagner in der Hand.
Sie hatten sich gerade geliebt, und Alex sagte: »Du gibst mir das Gefühl, wunderschön zu sein.«
Philippes Hand glitt über die Innenseiten ihrer Schenkel.
»Könnten wir nicht vor uns selbst ein Gelübde ablegen?«, fragte sie.
»Wie meinst du das?«
»Ich verspreche, dich für immer zu lieben, in Krankheit, Armut und Krieg. Nichts soll uns jemals trennen.«

»Und wenn auch die Welt glaubt, du gehörst einem anderen Mann, so weiß ich doch, dass du mein bist und ich dein, auf ewig. In alle Ewigkeit.« Er drehte sich zu ihr und fuhr mit dem Finger über ihre linke Brust. »Ich liebe deinen Körper. Ich bin besessen von deinem Körper. Ich liebe es, deinen Körper zu betrachten. Ich liebe es, mich in deinem Körper zu spüren. Ich liebe es, deinen Körper zu küssen …«
Sie goss ein wenig Champagner über ihre rechte Brust.
»Ich liebe es, deinen Körper zu lecken.«
»Glaubst du eigentlich, wir wären es bald leid, wenn wir uns jede Nacht lieben könnten? Würden wir es dann als gegeben hinnehmen und uns nicht mehr leidenschaftlich begehren?«
»Einer der kleineren Vorteile unserer Beziehung ist, dass wir das nie herausfinden werden.«
»Was meinst du, wie oft wir es in einer Nacht tun können?«
»Wenn wir wüssten, was der Rekord ist, würden wir versuchen, ihn zu brechen.«
Alex lachte.
In diesem Augenblick marschierten Mussolinis Truppen in Äthiopien ein. Selbst wenn sie es gewusst hätten, hätten weder sie noch sonst jemand auf der Welt geahnt, wie viel das mit ihrer Zukunft zu tun hatte. Und anstatt zu merken, dass sie auf einem Vulkan tanzten, liebten sie sich erneut und glaubten, niemals glücklicher gewesen zu sein.
Am nächsten Tag fuhren sie nach Southampton, wo Philippe das Schiff nach New York City bestieg.
»In sieben Wochen sehen wir uns wieder«, sagte er.
»In der Zwischenzeit trage ich dich bei mir«, erwiderte Alex.
»Und ich verspreche dir, dich ewig zu lieben.«
Sie wussten beide nicht, wie lange ewig sein würde.

50

In den nächsten drei Jahren fuhr Alex jeden Sommer mit den Kindern für ein paar Wochen in die Provence zu den Renoirs. Die Kinder liebten den Aufenthalt dort. Hugh fand das Weingut äußerst interessant. Ihn faszinierten die Verarbeitung der Trauben und der Gärprozess. Philippe wurde es nie müde, seine Fragen zu beantworten.
Der neunjährige Michael streifte glücklich durch die Blumenfelder oder saß am Erkerfenster im Esszimmer und malte. In jedem Sommer, den sie dort verbrachten, malte er mindestens ein Dutzend Bilder, die er nie mit nach Hause nahm, sondern bei seinen Großeltern ließ, wobei er natürlich nicht wusste, dass er mit ihnen blutsverwandt war.
Philippes Tochter, Celeste, nahm Michael unter ihre Fittiche, kaufte ihm Farben und Leinwand und machte Ausflüge mit ihm, damit er in der Natur malen konnte. Einmal fuhr sie sogar mit ihm in die Alpen, damit er Berge zeichnen konnte.
»Weiß sie Bescheid?«, fragte Alex Philippe.
Er zuckte mit den Schultern. »Bevor du zum ersten Mal hierher gekommen bist, habe ich es meinen Eltern gesagt, aber Celeste weiß ja nicht, wie ich als kleiner Junge ausgesehen habe. Meine Kinder betrachten dich vermutlich als Freundin der Familie, da du jeden Sommer hier verbringst. Vielleicht hält Celeste dich auch für eine Freundin von Iris. Ich bin selber überrascht, dass sie sich so um Michael kümmert. Viel-

leicht ist Blut tatsächlich dicker als Wasser.« Er lächelte wehmütig. »Sie wird mir fehlen.«
»Wohin geht sie?«
»Sie fährt zu Michelle nach Kalifornien. Das Weingut hat sich fantastisch entwickelt, und es soll im Familienbesitz bleiben.«
»Wo ist Raoul dieses Jahr?« Alex war zwar schon zum dritten Mal in der Provence, hatte aber Philippes Sohn noch nicht kennen gelernt.
»Er klettert doch ständig auf den höchsten Bergen der Welt herum. Diesen Sommer ist er in Südamerika.«
»Und letztes Jahr war er auf dem Kilimandscharo.«
Philippe nickte. »Vielleicht wird er ja Ethnologe. Die Stammeskulturen in Afrika haben ihn fasziniert.«
»Ich kann gar nicht verstehen, wie jemand freiwillig dorthin reist.«
»Abgesehen von den Großstädten, sind die ärmsten Gebiete der Welt in Asien und Afrika.«
Alex nickte. Das wusste sie, und sie wusste auch, dass Armut ein guter Grund war, fernzubleiben. Sie wollte damit nichts zu tun haben; mit der Klinik und dem Waisenhaus tat sie schon genug für die Welt.
»Na ja, auf jeden Fall hat er im Moment nichts anderes als Bergsteigen im Kopf.«
»Unsere Kinder haben so fantastische Träume. Kürzlich sagte Lina, sie wolle Ärztin werden. Zu meiner Zeit wäre das für ein Mädchen undenkbar gewesen.«
»Zu deiner Zeit? Hast du das Leben schon hinter dir?«
Alex zuckte mit den Schultern. »Nun ja, so etwas wie Lina kann ich mir nicht mehr vornehmen, oder? Oliver glaubt allerdings, dass sie verheiratet ist, bevor sie mit dem Studium fertig ist.«

»Und was glaubst du?«
»Sie ist siebzehn. Nächstes Jahr kann sie zur Universität gehen. Sie wird die Aufnahmeprüfung sicher bestehen.«
»Ja, lass sie studieren. Wenn Biologie oder Chemie in ihr Leben treten« – er lachte – »dann wird es noch schwierig genug. Aber Bildung ist nie vergeudet.«
»Sie ist siebzehn und war noch nie verliebt. Sie ist mit allem Möglichen beschäftigt und hat gar keine Zeit für Jungen.«
»Vielleicht sieht sie ja die Ehe auch nicht als Weg zum Glück an.«
»Das wäre kein Wunder, wenn man bedenkt, was sie zu Hause mitbekommt.« Alex dachte einen Moment lang nach. »Andererseits, was gibt es sonst für Möglichkeiten für eine Frau?«
»Reicht das Glück, das man in der Ehe findet, aus? Ich glaube nicht.«
»Du weißt, dass es nicht so ist.«
»Was ist mit Madame Curie? Den Brontës? Gib Lina Zeit, ihren eigenen Weg zu finden.«
Mit ihren siebzehn Jahren war Lina ein zerbrechlich aussehendes Geschöpf mit einem eisernen Willen. Meistens las sie, aber sie gewann auch bei sämtlichen Tennisturnieren, bei denen sie mitspielte. Sie spielte Golf mit Oliver, bis dieser es nicht mehr ertrug, ständig von ihr geschlagen zu werden. In ihrem Schlafzimmer hingen unzählige Trophäen von Reitturnieren. Sie schiente die Flügel verletzter Vögel und blieb ganze Nächte lang wach, um kranke Hunde zu pflegen. Sie schlief im Stall, wenn eine Geburt bevorstand, und rettete einmal sogar ein Fohlen, das in Steißlage gelegen hatte.
Auf Partys war sie von Jungen umringt, weil sie zierlich und

schutzbedürftig wirkte. Ihren scharfen Verstand hielt sie geheim. Den kannte nur ihre Mutter, die von ihr völlig hingerissen war. Einmal sagte Alex zu Philippe: »Wenn ich die Person benennen sollte, die ich am interessantesten auf der ganzen Welt finde, würde ich Lina nehmen.«
»Sie sagt, bis sie dreißig ist, heiratet sie auf keinen Fall. Dazu hat sie viel zu viel zu tun.«

Oliver hatte gegen die Reisen in die Provence nichts einzuwenden. Er wusste, dass Iris Alex und die Kinder auf den Familienbesitz begleitete. Jedes Jahr fragte Alex ihn der Form halber, ob er sie nicht begleiten wollen, aber er verdrehte bloß die Augen und erklärte, dass ihn keine zehn Pferde in das Provinznest bekämen.
Es war einfach nicht seine Art, Urlaub zu machen. Im ersten Jahr war er stattdessen nach Italien gefahren, aber dort war es mittlerweile zu unruhig geworden.
1936 remilitarisierte Hitler entgegen dem Versailler Vertrag das Rheinland. Im März 1938 marschierten seine Truppen in Österreich ein, und er besetzte das Sudetenland. Es waren Zeiten voller Angst, auch wenn die Franzosen und die Engländer versuchten, sie zu ignorieren. Schließlich gab es die Maginot-Linie, und die Deutschen konnten nicht einfach so in Frankreich eindringen. Die Regierung beruhigte die Bürger und erklärte, dass Frankreich vor einem weiteren Krieg mit seinem nächsten und größten Nachbarn geschützt sei. Die Maginot-Linie reichte von den Schweizer Alpen bis zur belgischen Grenze, wo sie in den Ardennen endete, und dort war der Wald undurchdringlich. Keine Armee konnte ihn überwinden.

Alex und Philippe trafen sich etwa jede zweite Woche. Philippe hatte ein hübsches Haus mit Blick auf den Kanal erworben, in einem Ort an der Küste, der sechsmal am Tag von der Fähre angefahren wurde. Einige Male kam er auch nach England, immer begleitet von seiner Schwester, die sich mit Oliver in der Stadt traf, um zu plaudern und Kunst zu kaufen. Oliver fand Philippe ganz in Ordnung, war ihm aber nicht so eng verbunden wie Iris oder ihrem Mann, und deshalb war er froh, dass Alex sich um ihn kümmerte, während er mit Iris durch die Kunstgalerien streifte. Alex und Iris waren gute Freundinnen geworden, die über Gott und die Welt miteinander plauderten, jedoch nie ein Wort über die Beziehung zwischen Alex und Philippe verloren. Alex war auch klar, dass Iris Oliver in einem anderen Licht sah. Sie fand ihn amüsant und kenntnisreich, was die Kunst der Impressionisten und des Art déco anging.

In der letzten Woche ihres Aufenthaltes in der Provence, an einem Nachmittag, als die gesamte Familie, einschließlich des alten Renoirs, gerade zu einem Picknick aufbrechen wollte, rief Clarissa Alex an. »Oliver ist krank«, sagte sie. »Die Ärzte glauben, es sei Polio.« Er lag nicht im Krankenhaus, weil man in dem kleinen Ort eine zu rasche Ausbreitung der Infektion fürchtete. »Wir haben ihm einen Raum im Ostflügel hergerichtet, und sie versuchen gerade, eine eiserne Lunge aufzutreiben, die hierher gebracht werden kann. Ich brauche dich.«

Alex nahm sofort den Nachtzug nach Calais, wo sie gegen Mittag auf die Fähre gingen. Am Abend kamen sie im Schloss an.

»Lass die Kinder nicht in seine Nähe«, sagte Clarissa. »Es ist sehr ansteckend. Wir haben keine Ahnung, wo er sich die

Krankheit geholt hat. James und Ben sorgen wundervoll für ihn, aber sie haben beide noch nie einen solchen Fall erlebt. Morgen kommt ein Techniker aus Birmingham, um die eiserne Lunge anzuschließen.«

»Was ist mit Pflegerinnen?«

»Keine von den Krankenschwestern hier will auch nur in seine Nähe kommen. Bisher habe ich ihn gepflegt. Ich habe seit drei Nächten nicht mehr geschlafen.«

»Es muss doch Krankenschwestern geben, die bereit sind, ihn zu pflegen, und die sich mit Kinderlähmung auskennen. Jeden Sommer bricht doch eine Epidemie aus.«

»Sie sind aber vermutlich in London. Im Moment ist Ben bei Oliver.«

Alex nahm sich nicht die Zeit, sich umzuziehen, sondern rannte noch in Reisekleidung den langen Flur entlang zum Ostflügel. Clarissa konnte kaum mit ihr Schritt halten.

Ben Cummins saß in einem Lehnsessel und beobachtete Oliver, der gerade schlief. Als Alex eintrat, erhob er sich und umarmte sie. »Schön, dass du gleich gekommen bist.«

Alex verschwendete keine Zeit. »Wir müssen Pflegerinnen haben, die sich mit solchen Fällen auskennen. Sieh zu, dass wir welche bekommen. Ich zahle ihnen jede Summe. Wenn sie hier gearbeitet haben, können sie sich zur Ruhe setzen«, sagte sie. »Um Himmels willen, finde zwei Krankenschwestern. Clarissa kann unmöglich so weitermachen.«

»Genau aus diesem Grund ist James nach London gefahren«, erwiderte Ben. »Wir beide verstehen nicht genug davon. Bis jetzt haben wir zweimal am Tag mit einem Londoner Krankenhaus telefoniert, und Dr. Chater dort hat uns sehr geholfen. Er hat auch eine mobile eiserne Lunge aufgetrieben, die

bereits auf dem Weg zu uns ist. James will ihn bitten, dass er uns zwei Pflegerinnen zur Verfügung stellt. Ah, da kommt ja die eiserne Lunge«, fügte er hinzu, als er aus dem Fenster blickte.
Ein Lastwagen hielt vor dem Eingang zum Ostflügel.
»Was bewirkt die eiserne Lunge?«
»Sie unterstützt die Brustmuskeln, damit der Patient atmen kann. Im Moment ist Oliver vom Hals abwärts gelähmt, und wir können nur hoffen, dass die Infektion nicht ins Gehirn dringt. Dann könnte auch die Atmung betroffen sein, und er stirbt. Wenn wir jedoch verhindern können, dass eine Muskellähmung eintritt, dann ist die Schlacht schon halb gewonnen. Wir hatten diesen Sommer viele Fälle in London und Edinburgh. Auch drüben in Cardiff. In den letzten zwei Wochen hat sich die Lage allerdings ein wenig verbessert. Clarissa hat mir erzählt, dass Oliver letzte Woche über Kopfschmerzen klagte. Er ist mit dem Zug aus London gekommen, um der Hitze dort zu entfliehen. Wasch dir gründlich die Hände, bevor du sein Zimmer betrittst, und auch, wenn du es verlässt. Lass auf keinen Fall die Kinder hier herein. Ich gebe dir eine Atemmaske. Fass nichts an. Clarissa hatte natürlich keine andere Wahl, aber da du jetzt hier bist, kann ich sie ins Bett schicken.«
Ben öffnete die Tür, und zwei Männer schleppten die riesige Maschine ins Schloss. »Ich weiß noch nicht einmal, ob unsere Stromleitungen das aushalten«, murmelte er. Er warf Alex einen Blick zu. »Geh dich umziehen. Zieh irgendetwas Einfaches an, kein Schmuck, keine Accessoires. Nach jedem Besuch im Krankenzimmer müssen die Kleider gewaschen werden. Und sorg bitte dafür, dass zwei Zimmer in diesem Flügel

vorbereitet sind, falls James mit den Pflegerinnen zurückkommt.«
»Ich wünschte, du könntest ihm Bescheid sagen, dass ich jede Summe bezahle.«
»Mach dir darüber keine Gedanken. Beeil dich jetzt und zieh dich um. Die Männer können uns bestimmt erklären, wie die Maschine funktioniert.«
Alex lief in ihr Zimmer und schlüpfte in Hose und Bluse. Etwas Einfacheres hatte sie nicht. Sie wusch sich die Hände und erklärte Hugh, er müsse sich um alles kümmern, da sie die ganze Nacht bei seinem Vater bleiben würde.
Clarissa, die geduscht hatte, bestand darauf, dass Alex mit ihr zu Abend aß. Während des Essens berichtete sie ihr, was passiert war. Ben erschien ebenfalls und sagte ihnen, der Techniker, der gerade die eiserne Lunge anschloss, würde ein paar Tage bleiben.
»Was macht eine eiserne Lunge eigentlich genau?«, fragte Alex.
»Die Idee ist wundervoll einfach. Viele Polio-Opfer können die Muskeln, mit denen die Lunge arbeitet, nicht mehr bewegen, weil sie gelähmt sind. Die eiserne Lunge erzeugt Druck, wodurch sich ein Hohlraum bildet, der sich automatisch mit Luft füllt, die dann durch Mund und Nase wieder entweicht. Die Maschine reduziert den Druck, und erneut kann Luft in die Lunge dringen. Und so weiter. Dabei gibt es ein pumpendes Geräusch. Wenn die Maschine versagt, kann er in drei Minuten tot sein. Deshalb muss er ständig überwacht werden.«
»Wie lange wird er in dem Gerät bleiben müssen?«
Ben zuckte mit den Schultern. »Das wissen wir nicht. Vor

zehn Jahren gab es noch keine eisernen Lungen, jetzt gibt es Tausende davon allein in England. Wir haben aber noch keine Erfahrungswerte. Manche bleiben nur ein paar Tage darin, andere ein ganzes Leben lang.«

»Für immer?«, flüsterte Alex. Sie und Clarissa blickten einander an. »Das kann ich mir nicht vorstellen.«

»Ein schreckliches Schicksal«, stimmte Ben zu. »Und doch ...« Er brach ab.

In diesem Moment klingelte das Telefon. James' Frau sagte Bescheid, es gäbe einen Notfall im Dorf, anscheinend eine Blinddarmentzündung. Ben stand auf. »Ich muss nach Hause, um zu baden und mich umzuziehen«, erklärte er. »Aber ich komme wieder. Clarissa, meine Liebe, nimm diese hier.« Er reichte ihr zwei Tabletten. »Du wirst tief und fest schlafen.«

Später rief James an und sagte, er komme erst gegen Mittag am nächsten Tag zurück, aber er habe zwei Krankenschwestern gefunden, die Erfahrung mit Polio hätten, und da die Epidemie in London den Höhepunkt überschritten habe, kämen sie mit ihm. Sie hätten sich bereit erklärt, mindestens zwei Wochen zu bleiben.

»Versprich ihnen alles«, sagte Alex.

»Das habe ich bereits getan.«

Als Alex in Olivers Krankenzimmer trat, lag er schon in der riesigen Maschine. Der Techniker schlief in einem Sessel.

Oliver war wach. Panik stand in seinen Augen, und Alex sah ihm an, dass er Angst davor hatte, für immer in dieser hässlichen Maschine gefangen zu sein, Angst davor, zu sterben.

Sie weckte den Techniker und zeigte ihm das Zimmer nebenan, wo er die Nacht verbringen konnte. Wenn es nötig war, würde sie ihn wecken. Sie setzte sich ans Bett und sagte: »Ich bin hier, Oliver. Ich bleibe die ganze Nacht.« Sie konnte sonst nichts für ihn tun. Weit nach Mitternacht fiel auch sie in einen unruhigen Schlaf.

Noch bevor der Morgen graute, wachte sie auf, steif von der ungewohnten Haltung. Sie erhob sich und trat zu Oliver, der die Augen geschlossen hatte. Sie reckte sich und trat ans Fenster. Im Osten, hinter den Hügeln, färbte sich der Himmel rosa.

Und wenn Oliver starb, dann würde Hugh der Herzog sein. Würde sie dann Philippe heiraten können?

Und wenn Oliver nicht starb? Wenn er für immer gelähmt bliebe?

Sie beobachtete, wie der rosa Streifen am Horizont breiter wurde und langsam die Sonne aufging.

Keine der beiden Möglichkeiten war für sie zu begreifen, aber sie wusste nicht, dass ihr Leben sich so oder so ändern würde.

51

Ende August erklärte der Arzt, den James und Ben aus London zu Rate gezogen hatten, dass Oliver wahrscheinlich monatelang in der eisernen Lunge bleiben müsse, vielleicht sogar für immer.

Frank und Annie, mittlerweile achtundsiebzig und einundachtzig Jahre alt, bestiegen sofort die *Normandie*, als sie von Oliver hörten, und kamen am achtundzwanzigsten August in Woodmere an. Sie richteten sich in den Räumen im Obergeschoss ein, in denen sie immer wohnten. Wie Philippe war auch Frank der Meinung, dass die Ereignisse in Europa Anlass zur Besorgnis gaben.

Clarissa war überglücklich über den Besuch von Frank und Annie. Trotz ihres Alters wirkte Annie jünger als die meisten Frauen, die Clarissa kannte. Annies Haare waren mittlerweile weiß geworden, und sie trug immer noch leuchtende Farben, wenn auch ein wenig gedämpfter als früher. Und sie war mit Diamanten behängt. Als Sophie ihr vorhielt, es zeuge von schlechtem Geschmack, vor vier Uhr nachmittags Diamanten zu tragen, lächelte Annie nur und erwiderte: »Das gilt nur für Frauen, die keine Diamanten haben.«

Frank trug sein weißes Haar länger als andere Männer, es reichte ihm fast bis auf die Schultern. Sein Schnurrbart war ebenfalls weiß, und Alex fand, er sah eher aus wie ein Trapper und nicht wie einer der geachtetsten Männer in Amerika. Er

verkehrte nicht mit den Vanderbilts, die keine große Rolle mehr spielten, sondern mit wichtigen Politikern. Er war einer der wenigen aus New Yorks Elite, der 1932 die Demokraten unterstützt hatte, und jetzt, sieben Jahre später, voraussah, dass Amerika in einen Krieg eintreten würde, der den gesamten Erdball umspannte.
Am dritten September 1939 hörte er als Einziger im Schloss die Rede von Premierminister Neville Chamberlain, die im Radio übertragen wurde.
Fünf Tage, nachdem er und Annie in England eingetroffen waren, dreieinhalb Wochen, nachdem Oliver in die eiserne Lunge gelegt worden war, schaltete Frank Curran morgens um elf Uhr fünfzehn das Radio ein und hörte, wie Englands Premierminister verkündete, dass die Deutschen in Polen einmarschiert seien und England sowie Frankreich sich an ihr Versprechen hielten, Polen zu beschützen, und sich demzufolge im Krieg mit Deutschland befänden.
Frank ballte die Fäuste. Ihm war klar, dass letztlich auch Amerika davon betroffen wäre, auch wenn es zu diesem Zeitpunkt noch niemand wahrhaben wollte.
Chamberlain fuhr fort, dass sie alles getan hätten, um den Frieden zu bewahren, dass sich jedoch gezeigt habe, dass man auf das Wort des deutschen Führers nicht vertrauen könne. Daher hätten sie beschlossen einzugreifen, und er wisse, dass das britische Volk besonnen und mutig bleiben würde.
Die westliche Welt würde nie mehr dieselbe sein. Im Vergleich zu dem, was auf sie zukam, verblasste der Erste Weltkrieg.
»Ach, du lieber Himmel«, war Clarissas erste Reaktion. »Ihr fahrt wohl besser nach Hause.«
Allerdings machte sie sich nicht wirklich Sorgen. Es würde

sicher nicht auf englischem Boden gekämpft werden. Der letzte Krieg hatte hauptsächlich in Frankreich stattgefunden, und dieses Mal würden die Franzosen die deutschen Truppen schon an der Maginot-Linie zurückdrängen.

Alex' erster Gedanke war: »Was bedeutet das für Hugh?« Ihr Sohn war achtzehn, und er wollte diesen Monat in Oxford mit dem Studium beginnen. Hoffentlich war der Krieg bald vorüber, damit seine Ausbildung nicht gefährdet war.

Aber Hugh ging nicht nach Oxford. Wie fast alle jungen Männer in England meldete er sich freiwillig zum Militär. Er würde nicht zulassen, dass die Nazis in England eindrangen. Der Erste, dem er seinen Entschluss mitteilte, war sein Vater. Oliver konnte mittlerweile wieder sprechen, aber es kostete ihn viel Kraft. Noch wusste er nicht, dass er vielleicht sein ganzes Leben lang in diesem Eisenkäfig liegen musste.

Auf die Besuche seiner Familie freute er sich jeden Tag am meisten. Lina besuchte ihn mehrmals am Tag, und auch Hugh und Michael schauten täglich vorbei. Zum ersten Mal seit neunzehn Jahren war er wirklich Teil seiner Familie.

Sogar Annie, die für Oliver nie viel übrig gehabt hatte, kam jeden Morgen zu ihm, und es gelang ihr meistens, ihm ein Lächeln zu entlocken. Frank, der auch kein besseres Verhältnis zu seinem Schwiegerenkel hatte als Annie, berichtete ihm jeden Nachmittag, was in der Welt vor sich ging.

Alex stellte eine der Krankenschwestern, Louise, als Dauerpflegerin ein und zahlte ihr so viel, wie sie sonst vermutlich in ihrem ganzen Leben nicht verdient hätte. Sie zog aus ihrer düsteren Londoner Wohnung in eines der schönen Zimmer im Ostflügel, wo sich früher das Waisenhaus befunden hatte. Alex forderte sie auf, mit der Familie zusammen zu essen, und

Louise, die noch nie an einem Tisch mit Limoges-Porzellan und Sterling-Silber gesessen hatte oder von einem Butler bedient worden war, staunte über solchen Luxus.

Ben nahm ebenfalls regelmäßig am Abendessen teil, weil er spät am Nachmittag immer bei Oliver vorbeischaute. Zuerst blieb er anschließend nur zum Cocktail, aber mit der Zeit wurde es selbstverständlich, dass er mit ihnen aß. Scully brachte immer noch die gesamte Runde zum Lachen, und Louise liebte vor allem die drei Kinder. Hugh hatte sich mittlerweile zur Royal Air Force gemeldet.

Alex blickte ihn an und dachte, dass er viel zu jung war. Er sollte nach Oxford gehen und lernen. Manchmal hatte sie das Gefühl, dass ihre ganze Welt mit einem Schlag zusammengebrochen war. Oliver gelähmt und in der eisernen Lunge, Hugh, der zur Royal Air Force ging und vielleicht auf dem Kontinent kämpfen musste.

Im Oktober verkündete Hugh, er habe alle Prüfungen bestanden und die RAF habe ihn genommen. Eigentlich wollte er Pilot werden, aber er war auch zufrieden damit, Navigator oder Bombenschütze zu sein. Alex hatte Alpträume, in denen sie ihn vom Himmel stürzen sah. Meistens wachte sie mit einem Ruck auf, bevor sein Körper auf der Erde aufschlug.

Und Philippe? Was war mit Iris und Philippe und ihren Familien? Telefone, Telegrafenämter und Post funktionierten noch. Philippe fuhr mit dem Auto nach Norden, da die Züge überfüllt waren. Von seinem Haus am Kanal aus rief er Alex an und sagte Bescheid, er würde am nächsten Morgen mit der Fähre nach England kommen und wolle sich mit ihr in ihrem Londoner Haus treffen.

»Das wird nicht mehr lange funktionieren«, erklärte er Alex

am nächsten Tag. »Ich bin nur noch einmal hierher gekommen, um dich zu sehen und dich um einen Gefallen zu bitten. Wie geht es dir denn?«
»So gut, wie es mir nun mal unter diesen Umständen gehen kann.«
»Ich möchte meine Eltern aus Frankreich herausbringen«, sagte Philippe, während sie in der Bibliothek im Haus am Grosvenor Square Tee tranken. »Natürlich wäre es ideal, wenn sie nach Kalifornien gehen könnten, aber in der Zwischenzeit, habe ich gedacht … es ist mir sehr unangenehm, aber …«
»Selbstverständlich. Sie sind willkommen, entweder hier oder im Schloss. Wir haben reichlich Zimmer.«
»Wie wird dein Mann reagieren?«
Alex schüttelte den Kopf. »Oliver liegt in der eisernen Lunge. Er wird nie wieder laufen können. Meine Großeltern sind zurzeit hier, und der Krieg wird unsere Beziehungen zu Amerika zum Glück nicht beeinträchtigen. Aber ich möchte doch, dass sie wieder zurückfahren und sich in den Staaten in Sicherheit bringen. Vielleicht könnten ja deine Eltern …«
Philippe schüttelte den Kopf. »Ich glaube nicht, dass ich sie so schnell zur Abreise bewegen kann. Lass mich mal überlegen. Ich rufe am besten von hier aus Michelle an. Wir könnten uns ja eine Geschichte ausdenken, dass sie dringend den Rat meines Vaters braucht, und ob er nicht zu ihr kommen könnte. Ob er darauf wohl hereinfallen würde? Er war noch nie in Amerika, aber wenn sie behauptet, ihn zu brauchen …«
»Meine Großeltern können sicher noch ein paar Wochen warten. Und deine Eltern sprechen auch kein Englisch. Wie ich meinen Großvater kenne, würde er sie bestimmt persönlich in Kalifornien abliefern.«

»Vielleicht könnte ich ja auch Celeste überreden, mit ihnen zu fahren und meinen Eltern gegenüber zu behaupten, sie müssten auf meine Tochter aufpassen. Ja, mein Liebling, so wird es funktionieren.«

»Hast du die Telefonnummer deiner Schwester?«

Philippe nickte. »Wie spät ist es jetzt dort?«

»Spielt das eine Rolle? Weck sie einfach auf. Ich glaube, es sind acht oder neun Stunden Zeitunterschied zwischen hier und Kalifornien. Jetzt ist es drei Uhr.« Alex blickte auf ihre Armbanduhr.

»Dann ist es dort fast Mitternacht. Na ja, wir versuchen es mal. Wo ist dein Telefon?«

Alex führte ihn ins Studierzimmer und wies auf den Schreibtisch. Dann ging sie in die Küche, um dem Koch Bescheid zu sagen, dass sie heute Abend nur zu zweit sein würden. Philippe hatte zwar nicht gesagt, dass er über Nacht bliebe, aber sie wusste, dass er es tun würde. Sie wollte es so. Das Leben ging viel zu schnell vorbei.

Als er zwanzig Minuten später ins Wohnzimmer kam, sagte er: »Ich habe schon Plätze auf dem Schiff reserviert. Wenn meine Eltern sich weigern, habe ich eben Pech gehabt. Michelle will sie morgen früh anrufen, und ich muss noch Celeste Bescheid sagen und sie vorbereiten. O Gott« – er legte die Hand an die Stirn – »was ist nur aus der Welt geworden.«

»In ein paar Monaten ist bestimmt alles vorbei«, erklärte Alex beruhigend und schlang die Arme um ihn.

»Begreifst du nicht? Das Leben, so wie wir es kennen, gibt es nicht mehr! Raoul hat sich übrigens freiwillig gemeldet.«

»Keine Berge mehr?«

»Alle jungen Franzosen wollen kämpfen. Sie schicken sie an

die Grenze. Auch bei euch melden sich doch die jungen Männer freiwillig, oder?«
Alex hatte nur an Hugh gedacht.
»Vielleicht kämpfen unsere Söhne ja gemeinsam an der Grenze. Im Osten werden sie wegen der Maginot-Linie natürlich nicht gebraucht, aber an der belgischen Grenze.«
»Belgien ist neutral. Die Niederlande werden doch nicht von Deutschland bedroht.«
Philippe lachte. »Oh, mein Liebling, du bist so naiv.« Er zog sie in die Arme und küsste sie.
»Ich hoffe, du bleibst zum Abendessen und über Nacht.«
»Ja, natürlich. Wer weiß, wann wir uns wiedersehen.«
Als sie sich später liebten, hielt er sie fest, als wolle er sie nie wieder loslassen.

Drei Wochen später sahen sie sich wieder. Er brachte seine Eltern und seine Tochter nach London in das Haus am Grosvenor Square. Drei Tage später sollten sie mit Frank und Annie nach Amerika fahren. Alex hatte Michael mitgebracht, damit er den Abend mit Celeste verbringen konnte. Sie versprach, ihm zu schreiben, und sagte, sie hoffe, er käme nach Kalifornien, wenn er das nächste Mal in den Staaten sei. Obwohl die junge Frau fast zwölf Jahre älter als Michael war, schrieben sie sich regelmäßig, und Michael ließ niemanden die Korrespondenz lesen. Alex mochte das Mädchen sehr und fragte sich manchmal, ob sie ahnte, dass Michael ihr Bruder war. In Frankreich war das wahrscheinlich nicht so skandalös wie in England.
»Wenn meine Eltern erst einmal heil in Kalifornien angekommen sind, will ich Iris und ihren Mann auch überreden, dort-

hin zu fahren. Im Moment glaubt er noch, hier seinem Land besser dienen zu können. Aber das geht uns vermutlich allen so.«
»Was ist mit dir?«
Philippe blickte sie an. »Ich gehe in den Untergrund.«
»Was bedeutet das denn?«
»Es bedeutet, dass ich nicht weiß, wann ich dich wiedersehen werde.«
Das hatte sie befürchtet.
»Und wer wird dein Weingut leiten?«
»Das ist unsere kleinste Sorge. Das kann Michelle von Kalifornien aus machen.«
Eine Frau an der Spitze des berühmtesten Weingutes in Frankreich? Das ging Alex durch den Kopf, als sie zum Schloss zurückfuhr.
Genau in diesem Moment lief in Deutschland, in Wilhelmshafen, ein U-Boot aus, das den Schiffsverkehr zwischen Europa und Amerika unterbrechen sollte. Es war zu spät, um bei der *Queen Mary* Schaden anzurichten, aber die nächsten beiden Schiffe, die von Southampton und Le Havre ausliefen, wurden von diesem U-Boot versenkt.
Frank und Annie und die Renoirs waren die Letzten, die eine sichere Überfahrt hatten.

Vierter Teil
1940 bis 1946

52

»Ich habe eigentlich nicht das Gefühl, so viel zu tun«, sagte Clarissa. Sie und Alex wickelten im Keller der Kirche Verbände auf, wie sie es jeden Donnerstagmorgen taten.
Alex stimmte ihr zu. Sie lernten beide stricken, und Clarissa hatte schon einen Schal gestrickt, während Alex noch an einer Mütze arbeitete. Heute Morgen hatten die beiden jüngeren Hausmädchen gekündigt, weil sie in Munitionsfabriken oder in Männerberufen viel mehr Geld verdienen konnten. Zahlreiche junge Frauen arbeiteten mittlerweile in London als Taxifahrer.
Hugh, der irgendwo hoch im Norden in Schottland zur Ausbildung war, schrieb regelmäßig.
»Wenn ihr glaubt, der Winter in London sei düster und trostlos, dann wart ihr noch nie hier im Norden. Es ist deprimierend grau. Ich kann mir nicht vorstellen, warum Menschen freiwillig hier oben leben.«
Er hatte jedoch ein hübsches schottisches Mädchen kennen gelernt, die mit ihrem Vater mit dem Fischerboot hinausfuhr, seit ihr Bruder in der Armee war. Ein schottisches Fischermädchen! »Genau das Richtige für eine zukünftige Herzogin, nicht wahr?« Clarissa lächelte.
»Er ist doch erst achtzehn.«
»Das perfekte Alter, um sich zu verlieben.«
Alex dachte an ihre eigene Jugend zurück. Harry. Sie konnte

sich nicht einmal mehr an seinen Nachnamen erinnern. Ob Hugh wohl mit der kleinen Schottin schlief?

»Ich denke die ganze Zeit, dass wir eigentlich mehr tun sollten, aber ich weiß nicht, was.«

»Ja, mir geht es genauso.« Clarissa wechselte das Thema. »Was würden die Leute wohl denken, wenn ich Ben heiratete?«

»Spielt es eine Rolle, was die Leute denken? Hat er dich endlich gefragt?«

»Nein, ich habe vor, ihn zu fragen. Eigentlich möchte ich ja auch nur wissen, was du davon hältst?«

»Ich werde dich schrecklich vermissen, wenn du nicht mehr jeden Tag um mich bist.«

»Ach, Unsinn. Ich will doch nicht weggehen. Glaubst du, ich ziehe in sein winziges Haus? Ich hatte gedacht, er möchte vielleicht zu mir ziehen. Schließlich isst er ja schon jeden Abend mit uns.«

»Reicht es dir denn nicht, wenn alles beim Alten bleibt?«

»Die Leute reden bestimmt schon.«

Alex blickte ihre Schwiegermutter an. Ben schlich sich sicher heimlich im Morgengrauen aus dem Haus, und manchmal kam auch Clarissa erst weit nach Mitternacht nach Hause.

»Ich finde es eine Schande, dass ihr in eurem Alter so heimlich durch die Gegend schleichen müsst. Aber heiraten würde ich wahrscheinlich nicht mehr.«

»Wenn Oliver in dieser schrecklichen Maschine stirbt, würdest du nie wieder heiraten? Was ist denn mit Philippe?«

Clarissa ließ zum ersten Mal durchblicken, dass sie Bescheid wusste.

»Eines habe ich über Männer herausgefunden. Wenn ich sie liebe oder mit ihnen zusammenlebe, verliere ich mich. Ich bemühe mich so sehr, ihnen zu gefallen, dass ich nicht mehr an mich denke. Ich glaube, die Ehe wurde von Männern erfunden, damit jemand für sie sorgt und ihnen zuhört. Hört Ben dir eigentlich zu?«

Clarissa riss verwundert die Augen auf.

»Na?«, drängte Alex. »Hört er dir zu?«

»Ich glaube, ich habe gar nicht so viel zu sagen. Und vieles von dem, was ich sage, ist sowieso nicht so interessant.«

Alex schüttelte den Kopf. »Das darf doch nicht wahr sein! Also, mich hast du noch nie auch nur eine Minute lang gelangweilt.«

Clarissa beugte sich vor. »Tatsächlich?«

Alex lächelte. »Ja, es stimmt. An all den Abenden, die wir in den letzten neunzehn Jahren miteinander verbracht haben, habe ich deine Gesellschaft immer sehr genossen.«

»O Liebling, wie reizend von dir, mir so etwas zu sagen. Ich hatte ständig das Gefühl, absolut langweilig zu sein. Und vor allem verglichen mit dir. Du sprudelst ja förmlich über vor neuen Ideen ...«

Clarissa ergriff den Verband, den sie gerade aufgerollt hatte, und betrachtete ihn. »Ich habe mir mein ganzes Leben lang gewünscht, neben jemandem aufzuwachen, der mich anschaut und denkt, dass er nur bei mir sein möchte. Ich bin zweiundsechzig Jahre alt, und es ist noch nicht zu spät dazu. Als ich dreißig war, glaubte ich, es sei zu spät, aber jetzt weiß ich, dass es immer noch möglich ist.«

Vielleicht hatte Clarissa ja Recht, dachte Alex. Aber es war eben nicht jeder für die Ehe geeignet. Von Frauen wurde erwartet, dass sie heirateten, und wenn sie es nicht taten, wurde sie mitleidig als alte Jungfern belächelt. Es gab kein schlim-

meres Schicksal für eine Frau. Aber Alex sah das nicht so. Andererseits war für Clarissa eine zweite Ehe vielleicht wirklich gut, weil sie in ihrer ersten nicht glücklich gewesen war. Und überhaupt, was würden all die Frauen, die finanziell abhängig waren, ohne Ehe anfangen? Alex wusste, dass sie privilegiert war, weil sie zumindest nie Armut fürchten musste.
»James ist übrigens vor ein paar Tagen bei mir gewesen«, sagte Clarissa. »Er kam Vormittags um halb elf, was ganz ungewöhnlich für ihn ist, und sagte, er wolle mit mir sprechen. Dann räusperte er sich stundenlang, und schließlich sagte er: ›Oh, meine Liebe, du weißt sicher, dass ich dich seit vierzig Jahren liebe.‹ Natürlich wusste ich es, aber wir haben es ja nie ausgesprochen. ›Du und Ben‹, fuhr er fort, ›seid die Menschen auf der Welt, die ich am meisten liebe. Und da ich nicht glaube, dass eine *Menage à trois*‹« – Clarissa lachte – »›ist das nicht ulkig? Er sagte wahrhaftig: ›Ich glaube nicht, dass eine *Menage à trois* in unserem Alter funktionieren würde, und deshalb möchte ich, dass ihr beide euer Glück findet, bevor es zu spät ist. Wir sind alle nicht mehr die Jüngsten, und eigentlich wollte ich mich schon längst zur Ruhe setzen. Aber jetzt, wo Krieg ist, sind die jungen Ärzte natürlich alle eingezogen worden, und wir alten Knaben müssen auf die Zivilbevölkerung aufpassen.‹ Dann blickte er mich an und sagte: ›Du liebe Güte, Clarissa, willst du mir nicht endlich einen Stuhl anbieten?‹ Irgendwie war er verlegen und souverän zugleich. ›All die Jahre habe ich dich geliebt‹, sagte er, ›wollte frei sein, dich zu lieben, mit dir einzuschlafen und mit dir aufzuwachen, aber als dann Ben kam, da wusste ich, dass ich dich verloren hatte. Ich wusste es schon, als ich ihn das erste Mal mit zu unserem Donnerstagstee brachte. Danach war es nicht mehr dasselbe

zwischen uns. Wir gingen nicht mehr so intim miteinander um wie vorher. Ich merkte, als es geschah, aber ich konnte es Ben nicht übel nehmen, da wir beide ja nicht frei füreinander waren. Und da standen wir nun, zwei Brüder im mittleren Alter, und liebten beide dieselbe Frau. Es wäre eine traurige Situation gewesen, wenn wir uns nicht so gut verstanden hätten. Wenn du sonntags mit ihm zu mir nach Hause zum Essen gekommen bist, hat sogar meine Frau etwas gemerkt. Ich glaube, sie wusste auch, dass wir dich beide lieben. Aber das ist jetzt alles schon so lange her. Damit kann ich leben, Clarissa, aber ich könnte es nicht ertragen, wenn du und Ben euch wegen mir das Glück versagt. Heirate ihn, meine Liebe. Heirate ihn und werde meine Schwester, die Liebe meines Lebens.‹ Ich saß einfach nur da und riss Mund und Augen auf.«
Clarissas Augen schimmerten feucht.
»Hattest du denn nie vorher mit Ben darüber gesprochen, dass ihr heiraten wolltet?«
Clarissa schüttelte den Kopf. »Nein, darüber haben wir nie geredet. Obwohl« – verschwörerisch senkte sie die Stimme – »wir schon vor dem Tod des Herzogs ein Liebespaar waren.«
Alex fuhr sich mit der Hand an den Hals. »Ach, du liebe Güte!« Noch vor dem Tod des Herzogs? Dann hatte also auch Clarissa Ehebruch begangen. Sie war nicht die Einzige.
»Ich glaube, wir haben nie darüber geredet, weil wir beide wussten, dass James zwischen uns stand. Ich hatte nie das Gefühl, dem Herzog untreu zu sein, sondern fühlte mich eher schuldig, weil ich James betrog, obwohl wir noch nie über unsere Gefühle gesprochen hatten. Allerdings gingen meine Schuldgefühle nicht so weit, dass ich Bens Liebe nicht genie-

ßen konnte. O Alex, meine Liebe, hoffentlich findest du mich nicht furchtbar, aber ich habe so etwas noch nie erlebt. Bei unserem ersten Mal war ich so verlegen, schließlich war ich nicht mehr jung und wusste, dass mein Körper nicht mehr so schön war. Als ich das ihm gegenüber äußerte, erwiderte er bloß: Ich gucke nicht hin. Darüber haben wir später noch oft gelacht.«

Alex starrte ihre Schwiegermutter an. Schließlich sagte sie: »Ich habe gemerkt, dass er manchmal über Nacht geblieben ist, und habe mich für dich gefreut ...«

»Wenn ich schon einmal bei Geständnissen bin«, fuhr Clarissa fort, »kann ich dir auch noch etwas anderes gestehen. Ich weiß, dass Michael der Sohn dieses Franzosen ist. Ich habe es mir schon gedacht, als du schwanger warst, aber da glaubte ich noch, du hättest in Amerika jemanden kennen gelernt, als ich ihn dann jedoch sah, war mir alles klar. Die Augenpartie ist absolut identisch.«

Alex griff nach Clarissas Hand. »Oh, kannst du mir jemals verzeihen?«

»Schscht«, erwiderte Clarissa nur und drückte Alex' Hand. »Ich sagte doch, es ginge um Geständnisse. Ich muss dir nämlich noch etwas gestehen. Als ich den Herzog heiratete, war ich gerade achtzehn Jahre alt und sehr verliebt. Ich glaube nicht, dass er mich jemals geliebt hat, aber wir begehrten einander sehr und versuchten, ein Kind zu bekommen. Als ich neunzehn Jahre und immer noch nicht schwanger war, schlug seine Mutter vor, wir sollten einen berühmten Arzt konsultieren, der dann feststellte, dass der Herzog nicht zeugungsfähig war.«

Alex riss verblüfft die Augen auf.

»Eine Adoption kam nicht in Frage, schließlich musste der Name Carlisle mit einem leiblichen Kind weitergeführt werden. Und so sagte der Herzog eines Abends zu mir: ›Du musst eben von einem anderen empfangen, von jemandem, der es niemandem sagt, damit alle glauben, das Kind sei von mir.‹ Ich glaubte nicht, dass ich mit einem anderen ins Bett gehen konnte, aber sowohl der Herzog als auch seine Mutter bestanden darauf. Also schlief ich vier Monate lang mit einem seiner Freunde. Nichts. Danach weitere Monate mit einem anderen Freund. Und so weiter. Schließlich kam meine Schwiegermutter zu mir und sagte: ›Der Prince of Wales ist an dir interessiert. Er weiß jedoch nichts von unserem Problem. Es wäre reizend, wenn du dich von ihm verführen ließest.‹ Er war als Frauenheld bekannt. Und im selben Monat, in dem der König und ich … nun ja, ich wurde schwanger. Er war allerdings als Mann nicht sonderlich interessant. Es war ihm völlig egal, ob die Frau befriedigt worden war oder nicht.«
»Mein Gott, Oliver ist …«
»Nun, er mag dem Thron näher sein, als alle glauben, aber es kann auch sein, dass er der Sohn des Gärtners ist, der von allen Männern der attraktivste war.«
»Oh, mein Gott, Clarissa!« Alex fasste es nicht. Clarissa hatte innerhalb eines Jahres mit einem halben Dutzend Männern geschlafen, einschließlich dem König und einem Gärtner. Sie blickte die ältere Frau an und brach in Lachen aus.
Auch Clarissa musste lachen, und sie lachten, bis ihnen die Tränen über die Wangen liefen und sie Seitenstechen bekamen.
»O Gott, es tut so gut, dass ich es endlich einmal jemandem erzählen konnte!«
»Dann ist Oliver also gar kein Carlisle?«

»Nein, nur in der Hinsicht, dass ich eine Carlisle bin und er mein Sohn ist. Am schlimmsten war für mich, dass der Herzog anschließend nichts mehr mit mir zu tun haben wollte, weil ich, wie er sagte, nicht mehr sein süßes, reines Mädchen sei. Er hat mich niemals wieder berührt und seine Frauengeschichten damit legitimiert, dass er sich eingeredet hat, ich hätte schließlich ein illegitimes Kind bekommen. Für die Öffentlichkeit jedoch hatte er den Sohn, der den Titel erbte.«
Clarissa lächelte spitzbübisch. »Und Durwards Vater war ganz bestimmt der Gärtner.«
Erneut brach Alex in Lachen aus.
Clarissa fuhr fort: »Aber meine Schwiegermutter belohnte mich. Sie war mir dankbar. Natürlich hatte der Prince of Wales vermutlich so viele Frauen geschwängert, dass halb England königlichen Geblüts ist. Meiner Schwiegermutter war klar, dass der Herzog sich jederzeit von mir scheiden lassen konnte oder dass ich mittellos dastünde, wenn er stürbe. Also schenkte sie mir ihre Diamantentiara, die sich im Safe einer Londoner Bank befindet, sodass ich mir immer ein Leben im Luxus leisten kann.«
»Und niemand weiß davon?«
»Du bist die Erste.«
»Wirst du es Ben erzählen?«
»Nein.«
Eine Weile saßen sie schweigend da, bis Alex schließlich die nächste Verbandrolle ergriff und weitermachte.
»Sag mir bitte Bescheid, was Ben auf deinen Antrag geantwortet hat, ja?«

53

Zur Überraschung aller war Oliver kein anstrengender Patient. Er redete wenig, und Alex konnte gut verstehen, warum er nie lächelte.
Nachmittags las Clarissa ihm vor, damit Louise ein oder zwei Stunden frei hatte. Bei dieser Gelegenheit verkündete sie ihm eines Tages, dass sie Ben heiraten würde. Alex beobachtete ihn dabei. Er dachte bestimmt, dass seine Mutter unter ihrem Stand heiratete, aber er schwieg und starrte blicklos vor sich hin.
»Er wird zu mir ziehen«, sagte Clarissa lächelnd. »Wir dachten an eine kleine Hochzeit und wollten sie hier abhalten, damit du auch teilnehmen kannst, Oliver.« Sie wartete seine Reaktion gar nicht erst ab und fuhr gleich fort: »Er wusste nur nicht, ob er seinen Collie mitbringen konnte, aber ich habe ihm gesagt, dass bei uns jeder Hund willkommen ist.«
Seit Oliver ans Schloss gefesselt war und in London die ersten nächtlichen Luftangriffe stattfanden, wurde das Haus am Grosvenor Square nur noch selten genutzt. Da Lina die Woche über in der Schule war, langweilte Michael sich ein wenig und verbrachte lange Stunden im Zimmer seines Vaters, um zu malen. Der Geruch des Terpentins jedoch verursachte Oliver solche Übelkeit, dass er dem Jungen vorschlug, es mit Aquarellfarben zu versuchen. Außerdem bat er Louise, den Tisch für Michael nach Norden auszurichten, weil er gehört hatte, dass Nordlicht zum Malen das Beste war.

Als Alex eines Nachmittags bei Oliver vorbeischaute, äußerte er eine Bitte.
»Ich bin dieses eine Zimmer so leid. Ich möchte ein Wohnzimmer, oder wie immer du es nennen willst, haben. Hier an diesem Flur liegen lauter unbenutzte Zimmer. Was hältst du davon, wenn wir eine Wand einreißen und einen großen Raum daraus machen? Außerdem hätte ich gerne meine Gemälde aus London hier. Sie sollen nicht von Bomben oder Feuer zerstört werden, und ich möchte sie anschauen können. Und Michael sicher auch.«
»Ich habe sowieso schon überlegt, ob es nicht besser für dich wäre, wenn du im Westflügel eine Suite beziehen würdest. Dann wärst du nicht so allein. In unserem Flügel gibt es schließlich auch noch genügend unbenutzte Räume, und ich kann leicht eine Wand einreißen lassen, damit du genug Platz für deine Gemälde und die eiserne Lunge hast. Du bist ja ursprünglich nur hier untergebracht gewesen, weil wir Angst vor einer Ansteckung hatten. Und im Westflügel ist auch genügend Platz für Louise.«
»Und besorg Michael eine Staffelei.«
Alex blickte ihn an. Was für eine Ironie, dachte sie. Das einzige Kind, mit dem er etwas gemeinsam hat.

»Madam«, sagte Reginald, »ein Besucher erwartet Sie.«
»Wer ist es?«
»Er hat seinen Namen nicht gesagt und wollte nicht hereinkommen, aber ich glaube, ich habe trotz der Dunkelheit den französischen Herrn erkannt.«
Es konnte unmöglich Philippe sein. »Führen Sie ihn herein.«
»Er möchte Sie lieber draußen treffen.«

»Es regnet in Strömen.«

»Er hat mir aufgetragen, Ihnen ›Polarstern‹ zu sagen. Und er erwartet Sie in seinem Auto.«

»Wo ist mein Regenmantel?«

»Im Schrank neben der Haustür, Madam. Und ihre Gummistiefel auch.«

Warum wollte Philippe sie bei diesem Wetter draußen vor der Tür treffen? Rasch schlüpfte sie in ihre Regensachen und lief die Eingangstreppe hinunter. Vor dem Haus stand ein zerbeultes, schmutziges Auto mit laufendem Motor. Die Tür auf der Beifahrerseite öffnete sich, als sie darauf zuging.

»Komm rasch herein«, sagte Philippe.

Er küsste sie flüchtig und fuhr los. »Wohin fahren wir?«, fragte Alex.

»Ich muss dir etwas zeigen«, erwiderte er. Er war unrasiert, und seine Haare kringelten sich im Nacken und über den Ohren.

»Wie bist du nach England gekommen?«

Er antwortete nicht, sondern sagte nur: »Wir müssen an die Küste.«

»Aber das dauert doch fast eine Stunde!«

Er nickte. »Du nimmst an einer Operation teil, bei der Hunderte, wenn nicht sogar Tausende von Kindern gerettet werden.«

Sie legte den Schal ab, den sie sich über den Kopf gelegt hatte. Er hatte nicht viel genützt. Sie war klatschnass. Dann schlüpfte sie aus der Regenjacke und warf sie auf den Rücksitz. »So, das ist besser.«

Sie hatte ihn seit über fünf Monaten nicht mehr gesehen. Hitlers Truppen hatten mittlerweile ganz Frankreich besetzt.

»Wie bist du aus Frankreich herausgekommen?«
Philippe spähte angestrengt durch die Windschutzscheibe. Die Scheibenwischer konnten die Regenmassen kaum bewältigen.
»Hast du das Auto gestohlen?«
Er lachte und warf ihr einen Blick zu. »Gott, so etwas Gutes wie dich habe ich schon lange nicht mehr gesehen. Ich war beim Stadthaus, aber dort ist niemand mehr.«
»Nein, wir haben alle hierher aufs Land geholt. Seit August wird London jede Nacht bombardiert.«
»Ich habe einen Auftrag für dich.«
Es war so dunkel, dass Alex Philippes Profil kaum erkennen konnte. Plötzlich hielt er an und wandte sich ihr zu. »Komm her«, sagte er und zog sie an sich. »Ich kann es nicht ertragen, dich so nahe neben mir zu spüren und dich nicht zu berühren und zu küssen.«
Ihre Lippen fanden sich in einem leidenschaftlichen Kuss. Nach einer Weile löste er sich von ihr und fuhr wieder an.
»Jetzt geht es mir besser«, erklärte er.
»Ist es so schlimm?«
Er nickte. »Wir wollen so viele Kinder wie möglich in England in Sicherheit bringen.«
Schweigend fuhr er weiter. Sie blickte ihn an. »Und ich soll sie hier unterbringen.« Es war keine Frage. Sie wusste, was er von ihr erwartete.
»Ich dachte, die Ersten können ja zunächst einmal im leeren Flügel des Schlosses bleiben. Dort passen mindestens hundert Kinder hinein.«
»Mindestens«, erwiderte sie, wobei sie überlegte, wie sie sie alle satt bekommen sollte. Die medizinische Versorgung war gewährleistet.

»Wie kommen sie hierher?«
»Genauso wie von Dünkirchen, nur im Schutz der Dunkelheit. Wir werden alle Boote und Fischkutter nehmen, die wir kriegen können. Ich habe genügend Männer, die den Kanal wie ihre Westentasche kennen, und wir werden ihnen nachfahren. Du musst die Männer bis zur nächsten Nacht irgendwo unterbringen, wo niemand von ihnen erfährt. Sie können ja erst wieder zurück, wenn es dunkel ist.«
»Ich muss Autos organisieren, aber man bekommt im Moment nicht leicht Benzin.« Ihre Gedanken überschlugen sich.
»Es wird dir schon gelingen. Das weiß ich.«
Ben, James und Clarissa. Scully. Der Pfarrer. Louise. Wo, um alles in der Welt, sollte sie bloß Benzin herbekommen?
»Wie viele Kinder werden deiner Schätzung nach kommen?«
»Ungefähr zwanzig oder dreißig alle drei bis vier Wochen.«
Zwanzig oder dreißig? Der Ostflügel würde schnell voll sein.
»Wie erfahre ich es?«
»Wir treffen Vereinbarungen. Ich zeige dir jetzt die Stelle am Strand, wo wir landen wollen. Es sind ein paar Häuser in der Nähe. Manchmal wird eine Schwangere oder eine Frau mit einem Neugeborenen dabei sein, aber hauptsächlich werden es Kinder sein.«
Alex überlegte. »Du musst darauf achten, dass die Kinder Ausweise bei sich haben. Ihre Eltern werden sie nach dem Krieg zurückhaben wollen, und wir müssen die Möglichkeit haben, die Eltern zu finden, wenn es vorbei ist.«
Philippe blickte sie an. »Ja«, sagte er leise, »wenn das alles vorbei ist. Oh, ich bin so froh, dass ich meine Familie nach Kalifornien geschickt habe, bevor es zu spät war.«
»Du weißt es also noch nicht?«

Sein Kopf fuhr herum. »Was?«
»Deine Mutter ist tot. Sie ist einfach auf der Straße zusammengebrochen.«
Philippe trat heftig auf die Bremse. Er schloss die Augen und ließ den Kopf auf das Lenkrad sinken. Alex glaubte, ein ersticktes Schluchzen zu hören. Aber gleich darauf hatte er sich wieder unter Kontrolle und fuhr weiter. Der Regen hatte nachgelassen, es tröpfelte nur noch, aber dafür lag dicker Nebel über der Straße.
»Du fährst doch heute Nacht nicht mehr zurück, oder?«
Philippe schüttelte den Kopf. »Ich dachte, bis morgen früh kannst du mich vielleicht ertragen.«
»Ich könnte dich in meinem Schlafzimmer verstecken«, erwiderte Alex.
»Das habe ich gehofft.«
»Ich verstehe ja, warum du dich auf deiner Seite des Kanals verstecken musst, aber warum, in aller Welt, versteckst du dich denn in England?«
»Ich will nicht, dass mich jemand sieht. Niemand soll von diesem Vorhaben erfahren.«
»Wie soll ich erklären, dass auf einmal so viele Kinder da sind?«
»Dir fällt schon etwas ein. Ich vertraue dir.«
»Du weißt, dass die Lebensmittel rationiert sind. Woher soll ich das Essen für so viele Personen nehmen?«
»Du musst eben Gemüse anbauen.«
»Es ist September. Vor nächstem Frühjahr können wir nichts aussäen.«
»Darauf habe ich auch keine Antwort.«
Alex überlegte laut. »Wir werden zahlreiche Leute einweihen

müssen«, sagte sie. »Wir brauchen Leute, um die Autos zu fahren, um Nahrungsmittel zu besorgen, Kleidung. Leute, die sich um die Kinder kümmern. O Gott, Philippe!«
Ihr wurde klar, dass er sie nicht mal gefragt hatte. Er war einfach davon ausgegangen, dass sie die Aufgabe bewältigen konnte und würde.
»Keiner wird eine Kriegswaise abweisen«, sagte sie. »Alle werden helfen wollen. Ich weiß nur noch nicht, wie die Schule mit all den zusätzlichen Kindern fertig werden soll.«
»Zumal sie nicht Englisch sprechen.«
»Ach, daran hatte ich noch gar nicht gedacht.«
»Ich ernenne dich hiermit zum verantwortlichen General.«
Trotz der gigantischen Aufgabe, die vor ihr lag, musste sie lachen. »Und Clarissa und ich haben gerade noch gejammert, dass wir wünschten, mehr tun zu können.«
War es Philippe, oder hatte das Schicksal die Finger im Spiel? Gibt es im Leben einen entscheidenden Moment, der uns in die Richtung stößt, die unser weiteres Leben bestimmt? Eine regnerische Nacht Ende September im vierzigsten Lebensjahr?
Erst letzte Woche noch hatte Alex in den Spiegel geblickt und Fältchen in den Augenwinkeln entdeckt. Sie hatte an Oliver in seiner eisernen Lunge, an Hugh, der jede Nacht über den Kanal flog (das stellte sie sich zumindest vor), gedacht und sich gefragt, ob ihr Leben vorbei war. Vierzig. Das war eine Art Grenze. Die Jugend war vergangen, und auf einmal fühlte sie sich alt. Lina hatte sich an einem College in Oxford eingeschrieben, ein Motorrad gekauft und fuhr damit zur Universität, die Bücher auf den Gepäckträger geschnallt. Ihr machte die tägliche Fahrt nichts aus, weil die meisten Jungen am Col-

lege sowieso nur tranken und Sport trieben. Die wenigsten von ihnen hatten ein Ziel im Leben. Allerdings waren ja auch die meisten jungen Männer Soldaten, und in Oxford war man froh über jede Studentin, die Studiengebühren zahlte. Lina wollte unbedingt Medizin studieren. Ben ermutigte sie, aber Oliver fand, es sei kein Beruf für eine Frau. Ben widersprach ihm jedoch, weil er der Meinung war, dass Frauen viel natürlicher an Pflegeberufe herangingen. »Wir müssen uns anstrengen, um unsere Arbeit gut zu machen. Die wissenschaftliche Seite fällt uns leicht, aber im Allgemeinen haben wir Mängel, was die menschliche Seite angeht. Frauen sind perfekt darin.«

Philippe fragte: »Ist Michael zu Hause?«
Alex nickte.
Philippe legte ihr die Hand aufs Knie. »Gott, ich habe dich so vermisst.«
»Bleib doch einfach hier. Warum bleibst du nicht in England?«
»Das kann ich nicht, das weißt du doch.«
Ja, das wusste sie.
»Wir werden uns unregelmäßig sehen. Wir bringen die Kinder in mein Haus an der Küste und warten dort ab, bis die Wetterbedingungen gut sind. Wir dürfen bei den Wachen, die am Strand patrouillieren, keinen Verdacht erregen.«
»Woher weiß ich, wann du kommst?«
»Das ist der Grund, warum du genau wissen sollst, wo die Stelle ist. Wir können nicht immer lange im Voraus Bescheid sagen. Es stehen nicht viele Häuser an diesem Strandstück, das ich dir zeigen will. Ich dachte, du hast vielleicht eine Idee.«
»Mitten in einer regnerischen Nacht, wenn wir kaum die Straße erkennen können?«

»Wir haben genug Zeit.«
»Ich kriege vielleicht nicht genügend Benzin.«
Er warf ihr einen Blick von der Seite zu. »Dir wird schon etwas einfallen.«
Glaubte er, sie könne Berge versetzen? »Hast du so viel Vertrauen zu mir?«, fragte sie.
Er beugte sich zu ihr und küsste sie auf die Wange. »Ist das nicht so, wenn man liebt? Und ich liebe dich.« Er hielt an und zog sie an sich. Als sie sich küssten, umschlang er sie so fest, dass sie kaum Luft bekam.
»Ich liebe dich auch.«
Schweigend fuhren sie weiter, bis sie zu einer Straßengabelung kamen. Philippe hielt an. »Links, in nördliche Richtung, stehen ein paar Häuser, aber rechts kommt erst mal zwei Kilometer weit gar nichts.«
»Woher weißt du denn, wo ihr landen müsst?«
»Das sollst du auch festlegen. Wir brauchen irgendein Licht.«
»Aber wenn ich doch nicht weiß, wann ihr kommt?«
»Irgendjemand wird dir immer vorher Bescheid sagen. Jeder Engländer, jede Engländerin wird dich unterstützen.«
Trotzdem verlangte er viel von ihr. Die Kinder mussten abgeholt, versorgt, gekleidet und ernährt werden. Sie benötigte Fahrer und Benzin. Wenn jedes Mal zwanzig oder dreißig Kinder kamen, würde der Ostflügel bald voll sein.
Philippe öffnete die Wagentür. »Komm, wir schauen es uns an.«
Der Strand war leer. Er dehnte sich hier endlos aus, und weiter im Süden begann irgendwann die Felsenküste, aber vor ihnen lag nur breiter Sandstrand.
»Die Strömung ist hier nicht so stark, man kann sich auf die

Gezeiten verlassen, und einer meiner Männer kennt diese Gegend wie seine Westentasche. Es werden nie mehr als fünf bis sieben Boote auf einmal kommen. Die Einzelheiten müssen wir noch klären.«

»Babys sind wahrscheinlich keine dabei.« Allerdings würde es in jedem Alter schwierig sein, mit Kindern umzugehen, die von ihren Eltern getrennt worden waren. Abgesehen von ihren eigenen Kindern hatte sie keine wirkliche Erfahrung, und sie hatte immer eine Nanny gehabt.

»Versprechen kann ich dir nichts.«

Sie gingen den Strand entlang. Sie sah keine Häuser, aber um diese Uhrzeit brannte sowieso nirgendwo Licht.

»Hier«, sagte Philippe, »hier ist der weiße Felsen. Wir haben ihn extra angestrichen, damit wir ihn vom Wasser aus erkennen können. Schau ihn dir morgen bei Tageslicht noch einmal an, um dir einzuprägen, wo du auf uns warten musst.«

»Warum sind wir denn nicht erst morgen früh hierher gefahren? Dann hätte ich alles bei Tageslicht sehen können.«

»Ich muss im Morgengrauen aufbrechen, das Auto zurückgeben und mich mit jemandem treffen, der mich nach Frankreich zurückbringt.«

»Aber nicht tagsüber.«

»Nein.«

Sie gingen wieder zum Auto.

»Merk dir jeden Zentimeter hier«, sagte er. »Wenn du den Strand morgen noch einmal abgegangen bist, musst du ihn mit geschlossenen Augen vor dir sehen.«

»Ich überlege, wer mir alles helfen kann.«

»Und ich überlege schon, ob ich noch lange warten kann, bis ich mit dir schlafe.«

Sie lachte. »Tu mir einen Gefallen und nimm zuerst ein Bad.«
»Ist es so schlimm?«
»Na ja, ich würde unter allen Umständen mit dir schlafen, aber gebadet wärst du mir lieber.«
»Hast du Angst?«
»Davor, mit dir zu schlafen?«
»Nein.« Er lächelte. »Vor dem Projekt.«
»Ich bin überwältigt, aber Angst habe ich nicht. Nur, dich zu verlieren.«

54

Während Philippe duschte, ging Alex in die Küche und machte Speck mit Rührei. Gott sei Dank hatten sie ihre eigenen Hühner und Schweine. Brot fand sie keines, lediglich zwei altbackene Scones, die sie im Backofen aufbuk. Im letzten Jahr waren sowohl ihr Londoner Koch als auch der aus dem Schloss zur Armee gegangen, und Alex hatte zwei Frauen aus dem Ort einstellen müssen, die sich um Frühstück und Abendessen kümmerten. Da London mittlerweile jede Nacht Luftangriffen ausgesetzt war, hoffte sie, dort einen Koch zu finden, der bereit war, sich aufs Land zurückzuziehen. In der Zwischenzeit jedoch kümmerten sie und Clarissa sich um die Küche, aber weder zu kochen noch zu putzen machte ihnen besonders viel Spaß.

Sie richtete ein Tablett her und trug es in ihr Wohnzimmer. Philippe kam aus dem Badezimmer, die Haare noch nass vom Duschen, ein Handtuch um die Hüften geschlungen. Er war dünner als vor vier Monaten, als sie ihn das letzte Mal gesehen hatte.

Hungrig schlang er Eier und Speck hinunter. Er sah erschöpft aus, viel zu müde, um Liebe zu machen. Sie würde sich einfach an ihn schmiegen und ihn wärmen, damit er sich ausschlafen konnte.

Aber er streckte schon die Hand nach ihr aus und sagte: »Komm ins Bett. Ich muss noch vor dem Morgengrauen aufstehen.«

Alex blickte auf die Uhr. Es war bereits nach Mitternacht.
Er ließ das Handtuch zu Boden fallen und ging in ihr Schlafzimmer. Sie folgte ihm und schloss leise die Tür hinter sich. Dann zog sie sich im Halbdunkel aus, legte ihre Kleider ordentlich auf einen Stuhl und schlüpfte neben ihn unter die Decke. Sie liebten sich langsam, sprachen nichts und berührten einander auf eine Art, als wollten sie sich den Körper des anderen für immer einprägen. Er schien es nicht eilig zu haben, obwohl er nur noch so wenig Zeit zum Schlafen hatte. Sie setzte sich auf ihn und nahm ihn in sich auf, und er küsste ihre Brüste, während sie sich auf und ab bewegte. Mit den Händen umfasste er ihre Hüften, und ihr gemeinsamer Rhythmus wurde schneller und drängender, bis Alex schließlich mit einem leisen Aufschrei kam. Im gleichen Augenblick kam auch er, und die Wellen der Lust schlugen über ihnen zusammen.
Sie schliefen ein, er schmiegte sich an sie, und sie zog seine Hand auf ihre Brust.
Es war noch dunkel, als sie spürte, wie er sich von ihr löste. Sie setzte sich auf und machte das Licht an. Philippe hatte das Zimmer verlassen, rasch schlüpfte sie in ihre Kleider. Auch er war bereits angezogen, als er zurückkam.
»Ich mache dir Frühstück.«
»Nur Kaffee«, antwortete er.
Hildy, die Frau aus dem Dorf, die für das Frühstück zuständig war, stand bereits in der Küche.
»Ich hätte gerne eine Thermoskanne mit Kaffee«, sagte Alex zu ihr. Sie war erleichtert, dass schon jemand da war. Sie hätte nicht einmal gewusst, wo der Kaffee aufbewahrt wurde.
Rasch holte sie einen dunkelbraunen Pullover, der Oliver

gehörte, einen weichen, warmen Wollschal, den sie bei einem Besuch in Schottland gekauft hatte, und mit Schaffell gefütterte Handschuhe, die Oliver nie getragen hatte, und brachte die Sachen zu Philippe.

»Wir geben einen Funkspruch durch, wenn wir auslaufen. Der Mann, der ihn hier empfängt, ruft dich an. Am besten bist du zwischen vier Uhr früh und der Dämmerung dort. Irgendwie wird es schon klappen. Die ersten paar Male wird es sicher am schwierigsten sein, aber danach kriegen wir es schon hin.«

Er nahm die Thermoskanne entgegen, küsste Alex, und sie begleitete ihn zum Eingang. Sie stand auf der Treppe und winkte ihm nach, als er losfuhr.

In ihrem Zimmer setzte sie sich an den Schreibtisch und begann, eine Liste der Dinge zu erstellen, die sie heute erledigen musste. Im Traum hatte sie vermutlich alles schon ausgearbeitet, denn sie wusste ganz genau, dass sie Ben, James, Scully, Louise und Clarissa mit ins Boot nehmen musste. Außer James aßen sie sowieso alle zusammen zu Abend. Sie würde ihnen erzählen, was geplant war, und sie fragen, ob sie mitmachen wollten. Louise konnte eines der Autos fahren, Scully konnte den Lieferwagen übernehmen, und sie selbst fuhr den Rolls. Aber sie brauchten mehr als drei Fahrer. Reginald! Sie würde ihn auch noch fragen.

Sie blickte auf ihre Armbanduhr. In einer Stunde würde Scully zum Frühstück kommen. Ihm würde sie als Erstem alles erzählen, und vielleicht hatte er ja ein paar gute Ideen.

»Scully«, sagte sie, als er das Speisezimmer betrat, »ich möchte eine Fahrt mit Ihnen machen.«

Er zog fragend eine Augenbraue hoch.

Lächelnd blickte sie ihn an. »Wie würde es Ihnen gefallen, dabei zu helfen, dass Hunderte französischer Kinder gerettet werden?«
»Nun, Sie erwischen mich gerade zum richtigen Zeitpunkt.«
»Was heißt das?«
»Ich habe mir schon die ganze Zeit überlegt, wie Sie hier wohl klarkommen, wenn ich mich zur Armee melde. Ich muss etwas tun, ich kann nicht untätig hier herumsitzen. Aber dabei zu helfen, Kinder zu retten, ist genauso so wichtig wie mit einem Gewehr in der Hand zu kämpfen.«
»Fahren Sie heute Morgen mit mir zur Küste«, bat Alex ihn. »Hoffentlich finde ich die Stelle wieder. Und vielleicht fällt uns ja etwas ein, wenn wir bei Tageslicht dort sind.« Als sie kurz nach zehn Uhr ankamen, hatte der Nebel sich aufgelöst und es war ein recht schöner, wenn auch windiger Tag. Der Strand erstreckte sich kilometerweit vor ihnen. Hinter einer Biegung standen mehrere große Strandhäuser mit Veranden, von denen aus man aufs Meer blickte.
»Das sieht aus wie Sommerhäuser«, sagte Scully. »Kommen Sie, wir schauen Sie uns an.«
Sie liefen den menschenleeren Strand entlang, gingen dann zum Auto zurück und fuhren langsam auf der Straße an den Häusern vorbei. »Kaufen Sie eines«, sagte Alex zu Scully. »Oder mieten Sie zumindest eines.«
»Und wenn keines zu verkaufen oder zu vermieten ist?«
»Finden Sie es heraus. Machen Sie den Leuten ein Angebot, dem sie nicht widerstehen können. Hier wohnt doch offensichtlich niemand das ganze Jahr über. Und mit Geld kann man alles kaufen, alles außer Liebe.«
Scully warf ihr einen Blick zu, schwieg jedoch.

»Wie sollen wir denn herausfinden, wem diese Häuser gehören?«, dachte Alex laut.
Scully zuckte mit den Schultern. »Wir klopfen einfach an die Türen. Vielleicht ist ja jemand zu Hause.« Es waren sowieso nur fünf Häuser, und beim dritten hatten sie Glück. Ein älterer Mann in Bademantel und Pyjama öffnete die Tür. Er hatte sich noch nicht einmal die spärlichen Haare gekämmt.
»Oh, Entschuldigung«, murmelte er. »Ich lebe allein, und da spielt es keine Rolle …«
»Ich bin Thomas Scully«, sagte Scully. »Wir möchten ein Strandhaus kaufen und dachten, Sie wüssten vielleicht, ob eines zu verkaufen ist.«
»Zu verkaufen?« Der Mann kratzte sich nachdenklich den fast kahlen Schädel. »Ich weiß nicht genau. Niemand hat mehr genug Benzin, um hierher zu fahren. Vielleicht würden tatsächlich welche verkaufen.«
»Sie nicht?«
Der Mann schüttelte den Kopf. »Nein, wohl kaum. Ich habe kein anderes Zuhause.«
Scully nickte Alex zu.
»Dürfen wir hereinkommen?«, fragte sie. »Könnten Sie uns vielleicht die Namen der anderen Eigentümer geben?«
Der Mann öffnete die Tür weit. »Entschuldigung, selbstverständlich, wo sind nur meine Manieren geblieben?«
Er führte sie in ein kleines Zimmer, in dem ein Feuer im Kamin brannte. »Ich versuche, es ständig am Brennen zu halten, aber ich habe kaum noch Holz«, sagte er leise. Überall im Zimmer standen und hingen Gemälde, ungerahmt, manche mit Reißzwecken an der Wand befestigt.
»Sind das Ihre Bilder?«

Der Mann nickte. »Aber jetzt kann ich nicht mehr malen, weil ich nicht mehr gut sehen kann. Deshalb habe ich ja auch vor fünfundfünfzig Jahren dieses Haus gekauft – um das Meer zu malen.«

Alex fand die Bilder hübsch. Sie hatte natürlich nicht wirklich Ahnung von Kunst, aber sie wusste, was ihr gefiel und was nicht. »Sehr hübsch«, sagte sie.

Der alte Mann hatte sie nicht gehört. Er durchwühlte die Schubladen an seinem Schreibtisch. »Ah, da sind ja die Telefonnummern meiner Nachbarn. Ich kann die Ziffern allerdings nicht mehr gut erkennen. Soll ich Ihnen etwas zu schreiben bringen, damit Sie sie abschreiben können?«

Scully zog sein kleines Notizbuch aus der Tasche. »Nein, danke, ich habe alles bei mir.«

Er begann, sich die Nummern zu notieren.

»Wo bekommen Sie hier draußen eigentlich etwas zu essen?«, fragte Alex.

»Ach, das ist nicht leicht. Meine Nichte kommt einmal im Monat, zu mehr reicht ihr Benzin nicht, und bringt mir Lebensmittel und Toilettenpapier und so.«

»Warum ziehen Sie denn nicht in ihre Nähe?«

»Sie lebt in Talent. Aber sie hat drei Kinder zu versorgen. Ihr Mann ist im Ausland, und sie arbeitet den ganzen Tag. Sie kann sich nicht auch noch um mich kümmern. Und außerdem will ich das Haus nicht verkaufen. Ich möchte es ihr eines Tages vererben.«

»Ich kann mich um Sie kümmern«, erklärte Alex und setzte sich.

Scully warf ihr einen Blick zu.

»Um mich braucht sich keiner zu kümmern.«

»Ich kann Ihre Gemälde verkaufen«, sagte Alex, »und Ihnen so viel Geld geben, dass sie in einer Stadtwohnung in der Nähe von Ärzten und Geschäften wohnen können. Wenn Sie es wollen, können Sie in die Nähe Ihrer Nichte ziehen oder auch nach London.«

»Damit ich jede Nacht bombardiert werde. Nein, danke. Was soll das heißen, Sie können meine Bilder verkaufen?«

»Sind Sie überhaupt zu verkaufen?«

»Ja, natürlich, aber ich habe in meinem ganzen Leben erst drei oder vier verkauft.«

»Wie viele haben Sie?«

»Hunderte.«

»Lassen Sie mal sehen.« Scully war klar, dass Alex keine Ahnung hatte, wie viel die Bilder wert waren.

Eine ganze Stunde lang schaute sie sich die Gemälde des alten Mannes an.

»Ich biete Ihnen« – sie dachte einen Moment lang nach und nannte dann eine außergewöhnlich hohe Summe – »wenn Sie mir das Haus für fünf Jahre vermieten. Ich helfe Ihnen dabei, eine Wohnung zu finden und …«

Der alte Mann schluckte.

»Sie brauchen sich nicht gleich zu entscheiden, Mr. … Ach du lieber Himmel, ich weiß noch nicht einmal Ihren Namen.«

»Edwards«, erwiderte er, »Bert Edwards.«

»Und ich bin die Herzogin von Yarborough. Ich rufe Sie heute Abend an. Mein Mann sammelt Kunst und hat Freunde, die Galerien in London und anderswo besitzen. Ich erzähle ihm von Ihnen, aber jetzt kaufe ich sofort ein Bild, um es ihm mitzunehmen und zu zeigen. Sie brauchen nichts zu überstürzen.«

Eine Woche lang jedenfalls nicht, dachte sie. Laut fuhr sie fort: »Denken Sie darüber nach. Eine kleine Wohnung, Restaurants in der Nähe, damit Sie nicht immer selbst kochen müssen. Geld genug, um einmal in der Woche eine Zugehfrau zu bezahlen. Menschen um sie herum, und vielleicht finden Sie sogar eine Wohnung in der Nähe von einem kleinen Park.«
»Oder einem Kino«, sagte er. »Große Bilder kann ich immer noch erkennen. Ich gehe gerne ins Kino.«
»Ja, sicher«, sagte Alex. Sie stand auf. »Ich rufe Sie heute Abend an, Mr. Edwards. Es war mir ein Vergnügen, Sie kennen zu lernen.« Sie streckte die Hand aus, und er schüttelte sie mit überraschender Kraft. »Vielleicht wollen Sie das Ganze ja mit Ihrer Nichte besprechen.«
Als sie wieder im Auto saßen, lachte Scully. »Sie sind eine großartige Lügnerin und Diplomatin zugleich.«
»Gehört das nicht zusammen? Ich finde seine Bilder aber wirklich ganz hübsch.«
»Aber sie sind nicht die Summe wert, die Sie ihm angeboten haben.«
»Nein, natürlich nicht. Aber mir war klar, dass er das Haus nicht verkaufen würde.«
»Das haben Sie aber schnell gemerkt.«
Alex lächelte. »Ja, das habe ich ehrlich gesagt auch gedacht.«
Sie lachten beide.

55

Alex legte sich hin und versuchte, in Gedanken noch einmal alles durchzugehen, was getan werden musste. Aber sie war noch nicht bis zu Punkt drei gekommen, als sie auch schon eingeschlafen war. Als sie um vier erwachte, ging sie in Olivers Zimmer. Vielleicht schlief er ja ebenfalls. Aber er war wach. Michael war bei ihm, saß an dem kleinen Tisch am Fenster und malte. Oliver beobachtete ihn dabei.
Sie zog sich einen Stuhl ans Bett heran und sagte: »Philippe Renoir war gestern Abend hier.«
Oliver blickte sie an.
»Er ist mit mir zur Küste gefahren. Er will mit einigen Freunden französische Kinder aus dem Land heraus und in Sicherheit bringen. Und er will, dass ich, das wir ihm helfen.« Wenn in naher Zukunft Hunderte von Kindern sich auf dem Anwesen aufhielten, würde Oliver Bescheid wissen müssen. Zwar hatte er sich über das Waisenhaus damals sehr aufgeregt, aber jetzt würde er wegen des Krieges vielleicht bereitwilliger mitmachen.
Sie berichtete ihm von Philippes Plänen und von der Fahrt, die Scully und sie heute früh unternommen hatten. Er sagte nichts, aber sie merkte, dass er ihr aufmerksam zuhörte.
»Ich kann mir kaum vorstellen, was diese Eltern durchmachen müssen«, sagte Alex. »Unter solchen Bedingungen leben zu müssen, Angst um die Kinder zu haben und sie doch weg-

schicken zu müssen, ohne zu wissen, wann und ob sie sie jemals wiedersehen ...«
»Warum schicken sie sie denn weg?«, fragte Michael.
»Damit sie in Sicherheit sind.« Alex stand auf und fuhr ihm mit der Hand durch die Haare. »Na ja, ich dachte, du solltest zuerst davon erfahren, bevor ich es beim Abendessen den anderen sage.«
Sie ergriff Mr. Edwards Gemälde, das sie mitgebracht hatte, zeigte es ihm und fragte: »Taugt das etwas?«
»Halt es bitte ein bisschen höher, direkt vor mich.« Oliver betrachtete es ein paar Minuten lang. »Ich weiß nicht. Es ist hübsch. Ein bisschen wie Winslow Homer, allerdings nicht so kraftvoll.«
»Wer ist das?«
»Ein Künstler, der ebenfalls das Meer malt. Also, Kunst ist das eigentlich nicht, aber es ist hübsch. Homer spielt allerdings besser mit dem Licht als dieser Mann. Wer ist er?«
Alex erzählte ihm von Edwards Haus und was für eine Geschichte sie erfunden hatte, um das Haus zu bekommen. »Allerdings ist es noch nicht sicher. Er muss es erst noch mit seiner Nichte besprechen. Wenn ich bis morgen früh nichts von ihm gehört habe, fahre ich noch einmal hin.«
»Wenn du sie nicht verbrennen willst, kannst du die Bilder immer noch in irgendeinem Zimmer hier lagern.«
»Wir werden wahrscheinlich alle verfügbaren Zimmer brauchen, wenn wir dreißig bis fünfzig Kinder im Monat bekommen.« Bis jetzt hatte sie noch keine Idee, wie sie alles instand halten sollte. Der Park sah jetzt schon vernachlässigt aus, da ihn nur noch ein alter Mann pflegte.
»In Caldwell ist eine Matratzenfabrik«, sagte Oliver. »Sie stel-

len wahrscheinlich Matratzen für die Armee her, aber du bräuchtest sie ja auch für einen Beitrag zum Krieg.«
»Oh, das ist eine gute Idee. Daran hatte ich gar nicht gedacht. Ich frage mich sowieso, wo wir alles herbekommen sollen. Wir brauchen zum Beispiel Hunderte von Decken, Laken, Kopfkissen und Handtücher, ach du liebe Güte.«
Alex merkte Oliver an, dass sie ihn ermüdete. Sie erhob sich und fragte. »Brauchst du etwas?«
»Nein, danke, du machst mein Leben so aufregend wie schon lange nicht mehr.«
Vor fünfzehn oder zwanzig Jahren wäre sie selig gewesen, so etwas von ihm zu hören, dachte sie.
»Gott verdammt«, hörte sie ihn sagen, als sie das Zimmer verließ. Seine Ohnmacht quälte ihn sehr.
Beim Abendessen erzählte sie den anderen von Philippes Besuch und seinem Vorhaben.
»Wenn keiner von euch mitmachen möchte, ist es auch in Ordnung«, erklärte sie, aber sie hatte keinen Zweifel daran, dass alle begeistert reagieren würden.
»Können Sie mich auch brauchen?«, fragte Louise.
»Ja, sicher. Ich dachte, Sie könnten eines der Autos fahren. Sie können doch Auto fahren, oder?«
Enttäuscht schüttelte Louise den Kopf.
»Ich bringe es ihr bei«, erbot sich Scully. »Geben Sie uns drei Wochen, dann hat sie es gelernt.« Er nickte der Krankenschwester zu. »Oder vielleicht brauchen Sie ja auch nur zwei.«
Louise freute sich sichtlich. »Wer kümmert sich denn so lange um den Herzog?«, fragte sie.
Alex wandte sich an Clarissa. »Ich habe an dich gedacht. Ich weiß, dass du gerne mitmachen würdest, aber Louise ist kräf-

tiger als du, und du würdest uns sehr helfen, wenn du in der Zwischenzeit bei Oliver bliebest. Wenn die Kinder erst einmal da sind, habt ihr beide mehr als genug zu tun. Überhaupt ist das Abholen der Kinder unsere kleinste Sorge. Wir müssen überlegen, wie wir für sie sorgen können. Wir brauchen Leute, und wenn das Schloss erst einmal voll ist, brauchen wir auch Privathäuser, wo wir sie unterbringen können. Sie werden verängstigt sein, wenn sie mitten in der Nacht ohne ihre Eltern hier in einem fremden Land ankommen. Wir sprechen eine Sprache, die sie nicht verstehen. Wir müssen ihnen liebevoll begegnen, damit sie sich wohl fühlen.«

Wie sollten sie das nur bewerkstelligen?

»Und wenn der Krieg noch länger dauert, brauchen wir auch Lehrer für sie«, warf Clarissa ein. In den letzten sechs Jahren hatte die Kirche im Dorf eine Grundschule eingerichtet, und Alex, die wie immer im Hintergrund geblieben war, hatte das Geld für das Gebäude und einen Direktor zur Verfügung gestellt. Die Dorfbewohner trugen zum Gehalt der Lehrer bei, indem sie Kuchen verkauften und Weihnachtsbasare abhielten. Der Schulbesuch war nicht zwingend, aber Clarissa schlug vor, sie sollten versuchen, Lehrer für die französischen Kinder zu engagieren.

»Wir sollten uns zunächst um die wichtigsten Probleme kümmern«, sagte Alex. »Wenn ein- oder zweimal im Monat zwanzig bis dreißig Kinder hierher kommen, dann wächst die Zahl der Bewohner hier in einem Maß, auf das wir nicht vorbereitet sind. Wir haben nicht genug Betten. Wenn wir vier Kinder in ein Zimmer stecken, und Gott allein weiß, woher wir die ganzen Betten bekommen sollen, dann ist unsere Grenze bei knapp zweihundert Kindern erreicht. Manche Räume müssen

wir ja auch in einen Speisesaal oder eine Küche umwandeln.«
Sie blickte Scully an. »Wie sollen wir hier renovieren und umbauen, wenn alle Männer an der Front sind?«
»Einen Speisesaal haben wir schon«, sagte Clarissa. »Wir nehmen einfach den Ballsaal. Wir müssen nur noch Tische und Stühle hineinstellen.«
Ben warf ein: »Nach ein paar Monaten müssen wir zusätzliche Unterkünfte für die Kinder finden.« Das Unterfangen erschien einfach zu groß.
»Vom Essen ganz zu schweigen«, sagte Scully.
»Ich denke, dass der gesamte Ort mitmachen wird«, sagte Ben. »Als Erstes müssen wir mehr Benzin organisieren. Ich rede mit Wachtmeister Runion. Die Polizei bekommt doch sicher mehr für ihre Einsätze. Dann müssen wir die Dorfbewohner ansprechen. Vor allem den Pfarrer. Und die Ladenbesitzer. Und wir müssen Wege finden, um weitere Nahrungsmittel zu organisieren. Außerdem müssen die Kinder gekleidet und unterrichtet werden.«
Louise lächelte. »Ich muss zugeben, dass ich schon darüber nachgedacht hatte, wieder in einem Krankenhaus zu arbeiten, aber ich glaube, hier kann ich unserem Land ebenso gut dienen.«
Ben schlug vor: »Mein Bruder, seine Frau und ich kennen alle Leute im Dorf. Wir halten eine Versammlung ab und fragen nach Freiwilligen.«
»Wir dürfen ihnen nicht sagen, wo wir die Kinder abholen. Das muss unter uns bleiben, weil wir die Kinder und auch die Männer, die sie herüberbringen, schützen müssen«, erklärte Alex.
»Wir müssen unbedingt Leute finden, die fließend Französisch sprechen, sonst bricht hier das Chaos aus«, sagte Ben.
»Ich beherrsche die Grundzüge, aber wir müssen Leute hier

haben, die sich mit den Kindern unterhalten können.« Er überlegte. »Wir haben keine Ahnung, wie alt sie sind, oder? Sie werden verängstigt sein.«
Als Alex später am Abend Oliver gute Nacht sagte, meinte sie zu Louise: »Ich bin froh, dass wir Sie davon abhalten konnten, sich zum Kriegsdienst zu melden.«
»Ja, Gott sei Dank«, sagte Oliver inbrünstig und schloss die Augen.
Am nächsten Morgen rief Mr. Edwards Nichte an. Sie sagte zu Alex, sie habe gar kein Interesse an dem Haus an der Küste, und es sei ihr lieber, wenn ihr Onkel es verkaufte, damit sie sich ein größeres Haus kaufen könne. Sie würde ihn dann nur zu gerne aufnehmen und versorgen. Die beiden Frauen wurden sich rasch einig.

Louise las Oliver jeden Abend vor. Als gesunder Mann hatte er kaum gelesen, aber jetzt wartete er jeden Abend ungeduldig darauf, dass sie ihm nach dem Essen vorlas. Manchmal schlief er über ihrer beruhigenden Stimme ein, obwohl sie mit Begeisterung las. Sie war geduldig und fröhlich und sagte ihm immer wieder, dass sie ihn gerne pflege und dass sie im Schloss glücklicher sei als jemals zuvor in ihrem Leben. Es gab ja wohl keinen anderen adeligen Haushalt in ganz England, wo sie mit der Familie zu Abend gegessen hätte.
Wenn sie morgens in sein Zimmer trat, war er schon wach, und er begann, diese vierzigjährige Frau so zu sehen, wie sie wahrscheinlich noch keiner gesehen hatte. Für ihn war sie nicht farblos und langweilig. Eines Tages bat er sie sogar, auf ihre Schwesterntracht zu verzichten und ihre reguläre Kleidung zu tragen.

Zum ersten Mal in seinem Leben konnte Oliver lieben, ohne dass Sex im Spiel war. Er stellte fest, dass er diese Krankenschwester liebte, ohne sich je in sie verliebt zu haben, eine ganz neue Erfahrung für ihn. Begierig lauschte er auf jedes Wort von ihr. Sie erhellte sein Leben.

»Weißt du«, sagte Alex zu Clarissa, »ich habe große Achtung vor Oliver. Er beklagt sich nie. Ich weiß nicht, wie ich reagieren würde, wenn ich mich nicht bewegen könnte.«

»Oh, meine Liebe, er zeigt es nur nicht. Aber ich bin auch überrascht.«

Seit Tagen schon waren die beiden damit beschäftigt, Bettwäsche und Handtücher aufzutreiben. Scully hatte die Idee gehabt, die kleine Bäckerei im Dorf anzusprechen und sie zu fragen, ob sie täglich hundert Brotlaibe beisteuern könnten.

»Unsere Backöfen sind nicht groß genug.«

»Haben Sie denn noch Platz für weitere Öfen?«, fragte Alex.

Das Bäckerehepaar beriet sich und stimmte zu, aber in Kriegszeiten war ein neuer Backofen schwer zu bekommen.

»Ich finde schon einen«, erklärte Alex, obwohl sie noch nicht wusste, wo sie überhaupt suchen sollte.

Jedes Mal, wenn das Telefon klingelte, dachte sie, es könne eine Nachricht von Philippe sein. Und Samstagsabend um acht Uhr kam dann schließlich der Anruf. Eine fremde Stimme verlangte die Herzogin und sagte nur: »Operation Polarstern hat begonnen.«

O Gott!

Alex informierte Scully und Louise und stellte ihren Wecker auf zwei Uhr. Sie schlief unruhig, weil sie ständig an die Kinder denken musste, die der Krieg so grausam von ihren Eltern trennte.

56

Louise war noch keine sichere Fahrerin, deshalb begleitete sie Scully im Lieferwagen als Beifahrerin. Alex hatte auch Reginald in ihren Plan eingeweiht, und der Butler fuhr ebenfalls einen der Wagen. James, Ben und der Pfarrer folgten in ihren eigenen Autos.

Mr. Edwards war bereits ausgezogen. Alex hatte ihm angeboten, auch seine Möbel zu kaufen, sodass sie das Haus sofort übernehmen konnte. Zwei Stunden vor den anderen war sie bereits da. Sie hängte ein Blinklicht an die Veranda, das vom Meer aus zu sehen war. Sie hatte Decken und Handtücher für die Männer, die die Boote gesteuert hatten, mitgebracht, außerdem Kaffee und Eier und Speck. Wenn sie sich einen Tag lang hier ausgeruht hatten, konnten sie am nächsten Abend im Schutz der Dunkelheit zurückfahren. Sie lachte leise, als sie daran dachte, dass sie hier das Hausmütterchen spielte. Sie hatte sogar eine Pfanne und eine Kaffeekanne mitgebracht. Und Seife und Toilettenpapier. Ben hatte zusätzlich noch eine Flasche Whisky vorgeschlagen.

Alex saß im Dunkeln und beobachtete die schwankende Laterne. In zwei Stunden würde es dämmern. Sie blickte auf ihre Uhr, und als sie merkte, dass sie das alle zwei Minuten tat, sprang sie auf, zog sich ihren Mantel über und ging zum Strand. Die anderen waren bereits da und saßen in ihren Autos, um sich warm zu halten.

Als er sie näher kommen sah, sprang Reginald aus seinem Wagen und trat zu ihr. »Ich habe nachgedacht, Mylady«, begann er.

Alex nickte ermunternd.

»Mit so vielen Autos werden wie nie genug Benzin für die Fahrten zusammenbekommen.«

Darüber hatte sie sich auch schon Gedanken gemacht, obwohl der Wachtmeister sie beruhigt hatte.

»Wir haben doch die beiden Heuwagen«, fuhr Reginald fort. »Wenn wir die anspannen, dann bekämen wir genug Personen unter und würden kein Benzin verbrauchen.«

»Ja, aber das würde Stunden dauern, Reginald.«

Er nickte. »Ich weiß, Mylady, aber die Kinder hätten es warm im Heu.«

»Das ist ein guter Vorschlag, Reginald. Vielleicht sollten wir es beim nächsten Mal einfach ausprobieren.«

Der Gedanke, nicht genügend Benzin zu bekommen, hatte sie belastet.

Scully und Louise tauchten auf. »Sehen Sie«, sagte Scully und zeigte aufs Meer, auf dem die Positionslampen von Booten zu erkennen waren. Glücklicherweise war die See ruhig.

Sie versammelten sich am Wasser, und Ben gab Signale mit der Taschenlampe. Den Franzosen konnte jetzt nichts mehr passieren.

Das erste Boot hatte einen Innenbordmotor, der nicht abgestellt wurde, bis das Boot auf dem Sand auflag. Dann sprang ein Mann heraus und zog es an Land.

Insgesamt waren es fünf Boote, und die Besatzung bestand aus sieben Männern und einer Frau.

Aus einem der Boote sprang Philippe heraus und watete durch

das flache Wasser. Alex riss sich zusammen, damit sie ihm nicht entgegenlief und die Arme um ihn schlang.
Als Erstes sollten die Kinder ins Schloss gebracht werden, wo Louise dafür sorgte, dass sie etwas zu essen bekamen und zu Bett gebracht wurden. Alex blieb bei den Franzosen, bis sie am nächsten Abend wieder aufbrachen.
Die beiden Ärzte, Louise, der Butler und Alex begrüßten die Kinder, und dann wurden sie rasch auf die verfügbaren Autos verteilt. Zu Alex' Verwunderung weinte nicht eines der Kinder. Es dauerte keine halbe Stunde, und die Autos waren verschwunden.
Alex wandte sich an Philippe.
»Ich habe ein Haus hier oben, wo deine Leute schlafen und essen können. Ich habe Decken, Essen und Whisky.«
Philippe legte ihr den Arm um die Schultern. Schweigend gingen sie den Strand zum Haus entlang.
Alex sah den Leuten an, wie erschöpft sie waren, und als sie gegessen hatten, legten sie sich sofort hin. Alex folgte Philippe nach oben in einen Raum, in dem eine Matratze auf dem Boden lag. Sie legte sich neben ihn, und innerhalb weniger Minuten war er fest eingeschlafen. Alex betrachtete ihn, als sich der Himmel im Osten rosig färbte. Kurz darauf zogen jedoch schon wieder bleigraue Wolken auf. Alex schlich sich auf Zehenspitzen durch das Haus und ging hinaus an den Strand.
Kurz nach zwei Uhr, als die Franzosen nach und nach aufwachten, war sie wieder im Haus. Sie tranken Kaffee und gingen hinaus, um sich ein wenig die Beine am Strand zu vertreten. Philippe erwachte um Punkt drei Uhr. Als Alex ins Zimmer trat, lag er auf der Matratze und starrte aus dem Fenster.
»Uns schlug das Herz bis zum Hals«, sagte er, »wegen der

deutschen Patrouillen am Strand. Aber sie sind ja zum Glück überpräzise, und wir wissen genau, wann sie ihre Runden machen. Aber wir wussten natürlich nicht, ob nicht einer von ihnen die Motoren hörte.«
»Ich habe sie noch nicht einmal so kurz vor der Küste gehört.«
Philippe blickte sie an und streckte die Arme aus. Sie legte sich zu ihm, und er hielt sie so fest, als wolle er sie nie wieder loslassen. »Ich konnte es kaum ertragen, die schmerzerfüllten Blicke der Eltern zu sehen. Sie haben sich gefragt, ob sie ihre Kinder wohl jemals wiedersehen würden und was aus ihnen werden würde.«
»Mir hat auch die ganze Nacht das Herz bis zum Hals geschlagen.«
Philippe küsste sie. Dann erhob er sich und blickte aus dem Fenster. »Komm, lass uns an den Strand gehen«, sagte er. »Ich möchte dich lieben, aber nicht in einem Haus voller Menschen.«
Sie liebten sich hinter einer Düne, und nur ein paar Möwen sahen zu, wie sie einander so zärtlich berührten, als wären sie nicht von Krieg umgeben.
»Bleib«, flüsterte Alex, aber sie wussten beide, dass es unmöglich war.
Danach zogen sie sich an und wanderten Hand in Hand am Strand entlang. Alex erzählte ihm, wie die Dorfbewohner sie unterstützten.
Um diese Jahreszeit war es um sechs Uhr bereits dunkel. Alex briet den Männern und der Frau noch einmal Eier und Speck, und dann brachen sie um sieben Uhr auf, in der Hoffnung, gegen Mitternacht wieder in Frankreich zu sein.

Alex fuhr zurück zum Schloss. Die Frau des Pfarrers und James' Frau hatten versprochen, sich um Freiwillige aus dem Dorf zu bemühen, die sich um die Kinder kümmerten, und in der Folgezeit riss der Strom der Frauen nicht ab, die kochten und mit den Kindern spielten, die sie in den Arm nahmen und aufpassten, dass sie sich nicht zankten. Die Frauen aus dem Dorf, die nicht ins Schloss kamen, backten Plätzchen und Kuchen, wuschen und bügelten die Kleider der Kinder. Sie holten längst vergessene Kinderbettchen vom Speicher, Kinderkleidung, die in Truhen verpackt gewesen war, und die Männer, die noch im Dorf waren, reparierten alte Dreiräder.

Mit jedem Monat wurden es dreißig Kinder mehr. Die Älteren wurden zu Familien im Dorf gebracht, und in der Schule wurde ein Kindergarten eingerichtet, den die Töchter des Earl of Spoffard leiteten. Sie waren achtzehn und neunzehn Jahre alt und sprachen fließend Französisch. Sie hatten Alex überredet, diese Verantwortung übernehmen zu dürfen, statt sich zum Frauenkorps zu melden, und ihr Entschluss stand fest, als sie erfuhren, dass in der Nähe ein Flugplatz gebaut werden sollte. Als sie davon erfuhr, schrieb Alex an Hugh und fragte ihn, ob er sich nicht dorthin versetzen lassen könne.

Louise erwies sich als hervorragende Organisatorin. Sie vergaß nie, dass sie ursprünglich für Oliver eingestellt worden war, entwarf aber darüber hinaus Pläne für die Frauen aus dem Dorf, die sich in Sechs-Stunden-Schichten um die Kinder kümmerten. Eine Köchin brauchten sie nicht einzustellen, weil diese Aufgabe von den Frauen erledigt wurde. Alex engagierte noch einige Studenten aus Oxford zum Unterrichten, und bald hörte man in Schloss Carlisle häufiger Französisch als Englisch. Der Park verwilderte völlig, aber dafür waren alle, die im Schloss lebten und arbeiteten, glücklich und zufrieden.

Lakaien gab es nicht mehr, an ihre Stelle traten junge Mädchen, die von einer etwas ungeduldigen Mrs. Burnham angelernt wurden. Die einzigen männlichen Wesen in Woodmere wie in den meisten englischen Orten waren Jungen unter sechzehn Jahren und ältere Männer. Scully haderte jeden Tag mit sich, ob er sich zum Kämpfen melden oder weiterhin französische Kinder retten sollte. Natürlich gewannen immer die Kinder, aber er lief doch ständig mit einem Schuldkomplex herum.

Zu Weihnachten kam Hugh nach Hause, schneidig in seiner RAF-Uniform. Er war Heckschütze geworden und schon unzählige Male über den Kanal geflogen. Es hieß, erzählte er seiner Mutter, sie würden nach Nordafrika geschickt. Ja, das schottische Mädchen gab es auch noch, aber er war sich nicht sicher, ob es Liebe oder einfach nur Lust war. Seine schockierte Mutter dachte, dass sie ihrer Mutter so etwas nie im Leben anvertraut hätte. Sie erinnerte sich noch allzu gut an Sophies Reaktion auf den Stallburschen.

An den Wochenenden befreite Lina Louise von Oliver, aber wenn er nachmittags schlief, dann las sie den Kindern französische Bücher vor oder spielte mit ihnen.

Die einzige feststehende Einrichtung blieb das Abendessen im Kreis der Familie, an dem immer alle teilnahmen, wenn es möglich war.

Die Frauen in der Küche, die aus drei zusammengelegten Räumen im Westflügel entstanden war, hatten dort einen langen Tisch für die Leute, die im Schloss arbeiteten, aufgebaut. Zu den Mahlzeiten saßen bis zu einem Dutzend Erwachsene daran. James und seine Frau traf man auch häufig dort an, und wenn sie danach nach Hause gingen, unterhielten sie sich meistens so angeregt wie in den letzten dreißig Jahren nicht mehr.

Wenn eine Nachricht aus Frankreich kam, sagte Alex sofort Reginald Bescheid, der dann alles stehen und liegen ließ, die Pferde anspannte und sich mit zwei Männern aus dem Dorf und drei Heuwagen auf den Weg zur Küste machte. Wenn es nicht regnete, waren sie für gewöhnlich eine Stunde vor Alex und den anderen da. Bis Mai war alles wunderbar eingespielt, und über dreihundert Kinder waren auf das Schloss und zahlreiche Häuser im Dorf verteilt.

Als in der dritten Maiwoche die Heuwagen mit Ben, Scully und Louise und den Kindern abgefahren waren, sagte Alex zu Philippe: »Ich habe daran gedacht, Kinder nach Amerika zu schicken. Hier in England ist alles rationiert, und selbst Engländer bringen ihre Kinder in Amerika in Sicherheit. London wird fast jede Nacht bombardiert, und auch wir sind in Gefahr. Ich habe an meine Mutter und meinen Großvater geschrieben.«

»Sind denn die Schifffahrtsstraßen noch offen?«

»Die Deutschen werden keine amerikanischen Schiffe bombardieren. Sie werden nicht wollen, dass Amerika in den Krieg eintritt.«

Philippe und seine Leute sahen mit jedem Monat elender aus. Er erwähnte nie, wie er in der Zeit zwischen seinen Besuchen lebte oder was er tat. Da die Kinder aus allen möglichen Gegenden Frankreichs kamen, reiste er wohl viel, und Alex hatte ständig Angst um ihn.

Während Louise und die Frauen aus dem Dorf sich um die

alltägliche Arbeit kümmerten, musste Alex das große Ganze im Auge behalten und dafür sorgen, dass immer genug zu essen da war, dass die Kinder Kleidung hatten und untergebracht waren. Zu ihrer Erleichterung lernten die Kinder rasch Englisch, wobei sie oft eine Mischung aus ihrer Muttersprache und der Sprache, von der sie umgeben waren, sprachen. Sie fühlten sich wohl in der neuen Umgebung, und es gab keine größeren Anpassungsschwierigkeiten.

57

Im September 1941, auf den Monat genau zwei Jahre nachdem England in den Krieg eingetreten war, fuhr ein Schiff mit mehreren hundert Kindern nach Amerika.
Frank hatte seinen Einfluss (und sein Geld) geltend gemacht, und in Southampton ging ein großer amerikanischer Zerstörer vor Anker. Nicht nur die französischen Kinder befanden sich an Bord, sondern auch viele englische Kinder wurden zu Verwandten und Freunden nach Amerika geschickt. Die nächtlichen Luftangriffe hatten die Nerven aller strapaziert.
Schweren Herzens hatte sich Alex dazu entschlossen, auch Michael für die Dauer des Krieges nach New York zu schicken. Da sie die Kinder während der Überfahrt nicht begleiten konnte, überredete sie Lina, die Verantwortung für die Kinder zu übernehmen. Sie war zwar erst neunzehn Jahre alt, hätte sich aber sonst bestimmt geweigert, England zu verlassen. »Ich muss jemanden auf dem Schiff haben, auf den ich mich verlassen kann, jemanden, der kühlen Kopf bewahrt. Und ich möchte, dass du bleibst, bis Michael sich eingewöhnt hat.«
»Was du wirklich möchtest, ist, mich in Sicherheit zu bringen. Gib es doch zu.«
»Es gibt großartige Universitäten in den Vereinigten Staaten, und ich glaube, an allen sind Frauen zugelassen. Und du sollst dich ja auch um die anderen Kinder kümmern. Das wird dich in New York ganz schön auf Trab halten.«

»Grandma hat für fast jedes Kind ein Zuhause gefunden.«
Alex konnte es immer noch nicht fassen, was für eine großartige Arbeit ihre Mutter geleistet hatte. »Deine Großmutter versetzt mich in Erstaunen. Sie hat monatelang dafür gearbeitet. Aber trotzdem, wenn ihr einlauft, werden alle Leute auf die Kinder warten, die sie aufgenommen haben. Es wird der Teufel los sein, und du musst versuchen, den Überblick zu behalten. Ich kann mir nicht vorstellen, dass deine Großmutter alles im Griff hat, wie sie behauptet. Ben wird dir dabei helfen. Er fährt mit für den Fall, dass eines von den Kindern während der Überfahrt krank wird. Aber die Gesamtverantwortung übertrage ich dir. Und ich möchte auch, dass du die Kinder begleitest, die nicht direkt in New York untergebracht sind …«
»Ben kommt mit dem nächsten Schiff zurück, und ich fahre mit ihm.«
Alex schwieg. Das überließ sie Frank und Sophie. In solchen Zeiten hatten Großeltern mehr Einfluss als Eltern.
Die *USS Forrester* legte am neunzehnten September in Southampton mit den Kindern ab, die in den nächsten vier Jahren in Amerika leben sollten. Manche von ihnen blieben für immer.
Lina, Michael und Ben waren ebenfalls auf dem Schiff.
Michael war hin und her gerissen, aber im Großen und Ganzen fand er alles recht aufregend, und er zögerte nur ein einziges Mal, als Oliver beim Abschied in Tränen ausbrach. »Ich male ein paar Bilder von New York und schicke sie dir, Papa«, versuchte er ihn zu trösten, als er ihn auf die tränennasse Wange küsste.
Alex und Clarissa standen am Pier und blickten dem Schiff nach, bis es nur noch ein winziger Fleck am Horizont war.

Alex nahm sich zusammen, bis sie im Auto saßen, aber dann brach sie in Tränen aus. Wann würde sie ihre Kinder wiedersehen?

Clarissa, der ebenfalls die Tränen in den Augen standen, sagte: »Zumindest weißt du, wo sie sind. Denk an all die Eltern in Frankreich, die keine Ahnung haben, wo ihre Kinder sind.«

Schweigend fuhren sie zum Schloss zurück.

Nach dem Essen ging Alex wie jeden Tag zu Oliver, um ihm gute Nacht zu wünschen. Noch bevor sie die Tür erreicht hatte, hörte sie das mittlerweile vertraute Pumpgeräusch der Maschine. Sie setzte sich neben ihren Mann.

»Sie sind weg«, sagte sie seufzend. »Sie werden mir schrecklich fehlen.«

Oliver drehte den Kopf, sodass er sie anschauen konnte. »Sie waren das Einzige, das mich am Leben gehalten hat.« Er schloss die Augen. »Am meisten bedauere ich, dass ich dir damals verboten habe, Lina meinen Namen zu geben. Sie war mir immer eine wahre Tochter. Ich liebe sie sehr.«

Alex nickte. Zum ersten Mal hatte Oliver in ihrer Gegenwart das Wort Liebe ausgesprochen.

»Meine Tage werden trostlos sein ohne sie.«

»Ja.«

»Ich bin so verdammt hilflos, nichts kann ich allein tun. Ich liege seit zwei Jahren in diesem Gefängnis und kann auf nichts mehr hoffen. Schalte das Gerät aus, ja?«

Daran war sie mittlerweile gewöhnt. Immer und immer wieder bat er sie, ihn sterben zu lassen.

»Wie würde es dir denn gehen, wenn du überhaupt nichts tun könntest? Wenn du dich von anderen pflegen lassen musst? Himmel, Alex, das ist kein Leben. Ich will so nicht leben.«

Alex beugte sich vor und tätschelte ihm den Arm. »Morgen geht es dir bestimmt wieder besser. Du bist nur durcheinander, weil die Kinder nicht mehr da sind. Aber sie kommen ja zurück.«

»Wann? In Jahren? Wenn ich noch ein Jahrtausend in dieser verdammten Maschine verbracht habe?« Er knirschte mit den Zähnen. »Wenn es um Hugh oder Michael ginge, würdest du es tun. Du könntest es nicht ertragen, sie so dahinvegetieren zu sehen. Für die Kinder würdest du sogar das Risiko eingehen, ins Gefängnis zu kommen.«

Als Alex später in ihr Zimmer trat, wartete Clarissa dort auf sie.

»Ich habe gehört, was er gesagt hat«, sagte sie.

»Er ist nur deprimiert, weil die Kinder weg sind. Für ihn ist es noch viel schlimmer als für uns, er sieht ja außer ihnen niemanden. Michael hat Stunden dort verbracht, gemalt und sich mit ihm unterhalten. Jetzt hat er niemanden mehr.«

Clarissa begann zu weinen. »O Alex, stell dir bloß vor, du seiest in diesem Ding eingesperrt, könntest dich nicht bewegen und nur für drei Minuten am Tag heraus.«

»Ich könnte es nicht ertragen.«

»Ich auch nicht. Ich stelle mir vor, wie er nachts allein in seinem Zimmer liegt, nur dieses schreckliche Pumpen der Maschine hört und sich nicht bewegen kann. Ich fühle mich ja sogar schon in einem Aufzug eingesperrt. Und am Tag wird es auch nicht viel anders sein, außer dass Louise bei ihm ist, aber seit die Kinder aus Frankreich kommen, hat sie ja auch nicht mehr so viel Zeit für ihn gehabt.«

»Er hat sich nie beklagt.«

»Er glaubt, das sei sein Beitrag zum Kriegsdienst, wenn er

Louise bei uns mitarbeiten lässt. Aber heute Abend ist es auch besonders still hier, nicht wahr? Kein einziges Kind im Schloss.«
»In zwei Wochen kommen wieder neue Kinder.«
»Was glaubst du, wie lange dieser Krieg dauern wird?«
Alex schüttelte den Kopf. »Ich hätte gedacht, dass er jetzt, nach zwei Jahren, vorbei wäre. Aber die Nachrichten werden immer deprimierender. Philippes Sohn wird vermisst. Aber Gott sie Dank ist wenigstens der Rest seiner Familie in Kalifornien.«

In jener Nacht lag Alex noch lange wach. Wenn eines ihrer Kinder für den Rest seines Lebens in dieser eisernen Lunge liegen müsste und sich nicht bewegen könnte, würde sie dann das Gerät abstellen, wenn man sie darum bäte? Oliver hatte Recht. Sie würde es tun. Aber sie war nicht bereit, dieses Risiko für Oliver einzugehen. Für ihn würde sie nicht ins Gefängnis gehen. Ihre Kinder brauchten sie, und sie liebte die Freiheit. Er hatte Recht, sie liebte ihn nicht genug. Sie hatte ihn nie wirklich geliebt.
Als sie morgens ins Esszimmer trat, hatte Scully bereits gefrühstückt. Es war eine seltsame Atmosphäre ohne Michael, Ben und Lina. Aber wenigstens betrat kurz darauf Clarissa das Zimmer.
Alex sagte: »Ich habe die halbe Nacht wachgelegen und mich gefragt, warum ich nicht bereit bin, für Oliver ins Gefängnis zu gehen, obwohl ich es für jedes der Kinder täte.«
Sie blickte Clarissa an, der die Tränen über die Wangen liefen.
»Ich könnte es auch nicht mit meinem Gewissen vereinbaren.«

»Wenn du ihn liebtest, könntest du es«, sagte Clarissa mit erstickter Stimme.
Alex schwieg.
Schließlich erklärte Clarissa: »Ich lese Oliver heute Nachmittag vor. Ich habe mir ein Buch aus der Bücherei ausgeliehen, von dem alle reden. *Rebecca* von Daphne du Maurier. Ich weiß nicht, ob es ihn interessiert oder ob es nur etwas für Frauen ist. Aber ich glaube, das spielt auch keine Rolle. Ihm scheint alles zu gefallen, was ich ihm vorlese.«
»Ja, ich kenne das Buch. Ich habe es letztes Jahr gelesen. Es ist wirklich spannend.«
»Ich heitere ihn schon auf, meine Liebe. Mach du dir keine Gedanken, du hast genug andere Sorgen.«
»Ich glaube, heute geht es uns allen nicht so gut.«
Sie konnte nicht wissen, was Clarissa vorhatte. Sie hörte nicht das Gespräch, das Clarissa mit Oliver führte, bevor sie die erste Zeile zu lesen begann. *Letzte Nacht träumte ich, ich sei wieder auf Manderley.* Sie konnte nicht wissen, dass dieser Satz nicht von dem pumpenden Geräusch der Maschine begleitet wurde. Sie wusste nicht, dass Clarissa, während sie den Satz mit ihrer schönen Stimme in der ungewohnten Stille von Olivers Zimmer las, ihre Hand auf die Wange ihres Sohnes presste.
Erst nach fünf Seiten machte sie eine Pause und beugte sich über ihn, um festzustellen, ob er noch atmete. Dann stand sie auf, betrachtete ihren einzigen Sohn und steckte den Stecker wieder ein, sodass das Pumpen, das Heben und Senken des lebensrettenden Geräts erneut den Raum erfüllte. Clarissa klappte das Buch zu, blickte sich um und ging aus dem Zimmer, wobei sie leise die Tür hinter sich schloss. Sie ging den

Flur entlang, nach oben in ihr Zimmer und warf sich schluchzend aufs Bett.

Als Louise Alex informierte, wies diese sie an, James Bescheid zu sagen, und dann klopfte sie leise an die Tür ihrer Schwiegermutter. Als keine Antwort kam, trat sie ein, durchquerte das Wohnzimmer und fand Clarissa auf dem Bett. Sie war völlig bekleidet eingeschlafen, das Gesicht nass von Tränen.

Alex legte sich neben die ältere Frau und zog sie an sich. Clarissa rührte sich und griff, immer noch mit geschlossenen Augen, nach Alex' Hand.

58

Ich hoffe, Louise, dass Sie uns jetzt nicht verlassen wollen«, sagte Alex nach der Beerdigung.
»Ich möchte eigentlich nicht, aber da der Herzog jetzt nicht mehr lebt und auch keine Kinder mehr hier sind ...«
»Es müssten jeden Tag neue Kinder kommen. Es geht immer noch weiter. Das war nur eine kurze Pause.«
»Nun, wenn das so ist, möchte ich mir gerne eine Woche Urlaub nehmen und meine Schwester im Norden besuchen. Ich habe sie seit Kriegsausbruch nicht mehr gesehen.«
»Ja, aber natürlich. Wenn Sie möchten, können Sie auch gerne länger bleiben.«
»Und wenn nun weitere Kinder eintreffen?«
Alex wollte gerade sagen, dass sie mit fünfunddreißig oder vierzig Kindern schon fertig würden, schließlich waren sie Hunderte gewöhnt, aber sie begriff, dass Louise das gar nicht hören wollte.
»Hat Ihre Schwester Telefon?«
»Nein, aber ich kann Sie ja vom Dorf aus jeden Tag anrufen.«
»Wenn Sie nur eine Woche dort sind, kommen wir schon zurecht. Aber« – Alex schüttelte den Kopf – »nicht viel länger.«
»Es kommt mir so unnatürlich still vor«, warf Clarissa ein. Bis zur Beerdigung hatte sie sich nur in ihrem Zimmer aufgehalten, aber jetzt nahm sie wieder an den Mahlzeiten der Familie

teil. Allerdings war sie ruhiger als sonst und hielt sich die ganze Zeit nahe bei Alex.
»Ich weiß noch nicht einmal, ob die Züge regelmäßig verkehren«, sagte Louise. »Aber der Mann und der Sohn meiner Schwester sind beide im Krieg, und sie muss die Farm allein führen. Ich dachte, ich helfe ihr ein bisschen.«
Angst stieg in Alex auf. Und wenn nun Louise dort entdeckte, dass ihre Schwester nicht ohne sie auskam? Was sollte sie ohne Louise machen?

Noch in derselben Nacht, in der Louise abgereist war, bekamen sie die Nachricht, dass weitere Kinder an der Küste eintreffen würden.
Was sollen wir bloß tun?, dachte Alex. Kein Ben. Keine Louise. Als sie James anrief, um ihm Bescheid zu sagen, erwiderte er spontan: »Ich bringe meine Frau mit.«
Auch Clarissa erbot sich, mitzukommen.
Alex verbrachte eine halbe Stunde am Telefon, um alle anderen Beteiligten zu informieren, die genau wie sie gedacht hatten, eine Pause zum Luftholen zu haben. Es war wie in der Armee. Jeder wusste, was er zu tun hatte und an welchem Platz er stand.
Alex und Clarissa fuhren zur Küste und übernachteten dort, wobei sie sich den Wecker auf vier Uhr früh stellten. Und genau um diese Uhrzeit, als auch Reginald und die anderen beiden Heuwagen eintrafen, tanzten die Lichter von Booten auf den Wellen.
Alex atmete erleichtert auf. Ob wohl jemals wieder eine Zeit käme, in der sie sich um nichts und niemanden Sorgen machen müsste?

In der nächsten halben Stunde legten alle Boote an. Philippe war jedoch nicht bei den Männern.
»Wo ist er?«, fragte sie einen der Männer. Aber er zuckte nur mit den Schultern.
Schließlich kam Claude, einer derjenigen, die von Anfang an dabei gewesen waren, auf sie zu.
Er nahm ihre Hände in seine und sagte: »Sein Boot ist letztes Mal nicht zurückgekehrt.«
Sie starrte ihn an. »Wie meinst du das, sein Boot ist nicht zurückgekehrt?«
»Wir wissen es nicht. Wir haben den Strand in beide Richtungen abgesucht, aber es gab kein Zeichen von ihm. Wir wissen nicht, ob die See oder die Deutschen ihn bekommen haben.«
Alex schnürte es die Kehle zu, und sie würgte. Ihr Atem ging stoßweise. Claude fing sie auf, als sie taumelte und beinahe ohnmächtig wurde.
James trat auf sie zu. »Was ist los?«
»Philippe ist letztes Mal nicht zurückgekehrt«, erklärte Claude.
»O Gott«, sagte James. Zu Alex gewandt fügte er hinzu: »Ich bleibe bei dir.«
»Nein«, erwiderte sie, »ich gebe den Männern etwas zu essen. Es geht schon.«
Aber eigentlich ging es nicht. Mechanisch bereitete sie Eier und Speck und Kaffee zu, dann legten sich die Männer hin, um zu schlafen, und sie lag auf Philippes Matratze und blickte auf die tief hängenden grauen Wolken, die weißen Schaumkronen und das Gras auf den Dünen, das sich im Wind wiegte. Sie lag da, mit offenen Augen, ohne wirklich etwas zu sehen.

Um fünf Uhr stand sie auf, kochte den Männern etwas zu essen und blickte ihnen nach, als sie in der Dämmerung aufbrachen. Claude küsste sie zum Abschied auf die Wange. Sie spürten den Verlust sicher ebenso wie sie.
Als sie weg waren, kehrte sie zum Haus zurück, setzte sich auf einen Stuhl und starrte die ganze Nacht in die Dunkelheit hinaus. Es war so still, dass sie sich fragte, ob ihr Herz wohl aufgehört hatte zu schlagen. Sie spürte nichts.
Hatten sie ihn gefangen genommen? War er tot? War er schon seit drei Wochen tot, und sie hatte es nicht gewusst? Dann war er gestorben, bevor Oliver gestorben war, bevor die Kinder gegangen waren. War er ertrunken? Hatte ein deutscher Soldat ihn gefangen genommen? Hatten sie ihn gefoltert? Hatten sie ihn erschossen? War er irgendwo im Gefängnis? Sie hatte gehört, dass manche Gefangenen sich ihr eigenes Grab schaufeln mussten. War ihm das auch geschehen? Hatte er Angst gehabt? Oder war sein Boot untergegangen, und er hatte gewusst, dass er ertrinken würde? War er Minuten oder Stunden, nachdem er sie verlassen hatte, nachdem sie sich hinter der Düne geliebt hatten, gestorben?
Ihr war kalt. Sie drückte die Hände auf die Brust, spürte jedoch keinen Herzschlag. Alles war wie erstarrt. Sie konnte nicht weinen.
Als sich am Horizont der erste Lichtstreifen zeigte, stieg sie in ihr Auto und fuhr zum Schloss zurück. Sie sah kaum, wo sie entlangfuhr.
Kurz vor halb acht hielt sie vor dem Schloss. Ein Army-Jeep stand dort. Oh, Gott sei Dank, Hugh war zu Hause. Er hatte wohl überraschend Urlaub bekommen. Ihr Herz machte einen Satz, als sie die Wagentür öffnete.

In diesem Moment kam Clarissa auf sie zugerannt und schwenkte die Arme.
»Hugh«, schrie sie. Tränen liefen ihr übers Gesicht. Sie war noch im Nachthemd. Sie hatte sich noch nicht einmal die Zeit genommen, einen Morgenmantel anzuziehen.
»Sein Flugzeug ist abgestürzt. Es gibt keine Überlebenden.«

59

»Sie ist völlig erstarrt und teilnahmslos«, sagte James zu Clarissa.
»Ja, sie scheint mich nicht zu erkennen und starrt immer nur vor sich hin. Selbst nachts macht sie kein Auge zu«, erwiderte Clarissa.
James nickte. »Sie flieht vor der Wirklichkeit, weil sie zu grausam ist.«
»Und dabei war sie immer diejenige, auf die wir uns verlassen konnten. Ich weiß nicht, was ich all die Jahre ohne sie getan hätte.«
»Ja, das gilt für uns alle.«
»Noch vor drei Wochen hatte sie einen Ehemann, alle ihre Kinder und …« Sie vollendete den Satz nicht. James brauchte nichts von Philippe zu wissen.
»Und jetzt ist keines ihrer Kinder hier.«
Und ich, dachte Clarissa, ich bin eine Mörderin. Warum hat es mich nicht getroffen, warum Alex? Laut sagte sie: »Und dabei soll das Leben doch einfacher werden, je älter man wird.«
»Das habe ich auch einmal geglaubt, aber jetzt … Wir haben unser Schicksal nicht in der Hand, meine liebe Clarissa. Wir müssen annehmen, was das Leben für uns bereithält.«
»Ach, James, das ist alles nicht zu erklären, oder?«
»Nein. Nun, ich muss jetzt weiter meine Runde machen. Der Krieg hält die Menschen nicht davon ab, krank zu werden

oder Babys zu bekommen.« Er wies mit dem Kopf auf Alex, die völlig erstarrt auf ihrem Bett lag und mit weit aufgerissenen Augen ins Leere schaute. »Wenn sie zu sich kommt, sagst du ihr besser nicht, dass Amerika in den Krieg eingetreten ist.«
»Wird das denn etwas ändern?«
»Das können wir nur hoffen. Vor allem für uns auf unserer kleinen Insel wird sich etwas ändern. Du wirst sehen, binnen weniger Monate wimmelt es hier von amerikanischen Truppen. Es werden schon überall Stützpunkte errichtet.«
»Wir haben nicht mehr genügend Leute, die uns hier helfen. Ich musste diese Woche sogar selber bügeln, und ich habe leider ein paar Taschentücher angesengt. Schließlich hatte ich noch nie in meinem Leben ein Bügeleisen in der Hand. Aber wir können doch keine zerknitterten Taschentücher benutzen.«
James lachte. »Nein, meine Liebe, das kannst du bestimmt nicht.«
Clarissa entging seine Erheiterung. »Wir schlafen sogar in ungebügelter Bettwäsche.«
»Ihr habt Glück, dass ihr immer noch Wäscherinnen habt.«
»Die Frauen im Dorf helfen bereitwillig mit, wenn es um die Kinder geht, aber als Hausmädchen will sich niemand mehr einstellen lassen. Früher haben sie sich um die Stellen gerissen.«
»Mittlerweile machen Frauen die Arbeit, die die Männer getan haben. Es wird ein Problem sein, sie wieder an den Herd zurückzuschicken, nachdem sie jetzt die Unabhängigkeit kennen gelernt haben, die ihnen eigenes Geld sichert.«
»Glaubst du das wirklich?«

James erhob sich. »Ja, das glaube ich wirklich.« Er ergriff seine schwarze Medikamententasche und seinen Hut. »Hoffentlich habe ich Unrecht.«
Gemeinsam gingen sie zur Tür.
»Ben sagte, er sei Weihnachten wieder zu Hause, aber ich habe Angst, dass die U-Boote jetzt auch die amerikanischen Schiffe angreifen. Wir hatten schon genug Unglück hier, und nach dem Gesetz der Serie müsste er eigentlich heil zurückkommen.«
Clarissa stellte sich auf die Zehenspitzen und küsste James auf die Wange. Er legte den Arm um sie und zog sie einen Moment lang an sich.
»O James«, hauchte sie.
»Ich bin ja hier, meine Liebe.«
»Du warst immer mein Fels in der Brandung.«
»Und das werde ich auch hoffentlich immer sein.«
Clarissa blickte ihm nach, als er die Treppe hinunter zu seinem Auto ging. Bald würde es schneien, dachte sie.
Sie ging den langen Flur entlang zu den Räumen der Kinder. Letztes Jahr zu Weihnachten hatten Alex und sie für zweihundert Kinder Weihnachtsgeschenke gekauft. Unterwäsche und Schuhe, Socken und Jacken. Alex hatte darauf bestanden, für jedes Kind noch etwas anderes dazuzukaufen, ein Spielzeug, eine Puppe, ein Buch, eine Eisenbahn, etwas, an dem sie Freude haben konnten. Einen großzügigeren Menschen als Alex kannte Clarissa nicht. Vielleicht war es ja leicht, mit einem so großen Vermögen großzügig zu sein, aber sie kannte niemanden sonst, der so viel für andere ausgab. Wenn Clarissa daran dachte, wie sie Oliver in diese Ehe gedrängt hatte, weil sie damals nur daran interessiert war, was man mit dem Geld

der amerikanischen Erbin alles anfangen könne, stieg ihr die Schamröte ins Gesicht. Und letztlich waren ihre kühnsten Träume übertroffen worden. Sie hatte ihre engste Freundin gefunden, die Frau, die sie über alles in der Welt liebte, sogar noch mehr als Ben und James. Diese Schwiegertochter hatte ihrem Leben einen Sinn gegeben und ihr zum ersten Mal das Gefühl vermittelt, etwas wert zu sein.

Wie hatte sie sich zu der Frau entwickelt, die sie heute war? Als sie mit Oliver hierher gekommen war, war sie ein typisches neunzehnjähriges Mädchen gewesen, das nur Kleider und dummes Zeug im Kopf hatte und sich hier draußen in der Einsamkeit eingesperrt fühlte. Clarissa erinnerte sich noch zu gut an das einsame Geschöpf, das in dicken Jacken herumgelaufen war, weil es hier im Schloss so zugig und kalt war. Und sie, die ältere Frau, war ihre einzige Gesellschaft gewesen, obwohl sie nichts anderes verband als die Tatsache, dass sie miteinander verwandt waren und ihre Männer sie allein ließen.

Hatte alles an dem Tag begonnen, als sie Lina vor der Tür gefunden hatten? Hatte Alex das Gefühl gehabt, sie dürfe die anderen nicht die Zurückweisung und Einsamkeit spüren lassen, die sie mit sich herumtrug? Nun, Clarissa hatte sich jahrelang genauso gefühlt, aber nichts dagegen unternommen. Alex jedoch hatte anderen Menschen Liebe und Verständnis entgegengebracht. Für Clarissa war sie beinahe so etwas wie eine Heilige.

Kopfschüttelnd stellte Clarissa fest, dass sie schon die ganze Zeit im Flur stand und aus dem Fenster starrte. Leise murmelnd machte sie sich auf die Suche nach Louise. Mit ihr konnte sie sich beim Abendessen unterhalten. Die liebe Louise. Als sie bei ihnen anfing, war sie Clarissa durchschnittlich und matronenhaft vorgekommen, aber mit den Jahren wurde sie immer jünger und attraktiver, und seit Alex einmal mit ihr einkaufen gegangen war, kleidete sie sich geschmackvoll. Sie benutzte jetzt Lippenstift, und ihre Augen strahlten, auch wenn sie müde war. Sie hatte beinahe so viel zu tun wie Alex und erledigte ihre Arbeit voller Elan. Sie konnte mittlerweile Auto fahren und beherrschte zahlreiche andere Dinge, die sie sonst nie gelernt hätte. Unter anderem konnte man sich mit ihr gepflegt unterhalten, und Clarissa war froh, dass sie mit ihr die Zeit überbrücken konnte, bis Ben zurückkam und Alex sich wieder erholt hatte.

Clarissa hörte Kinderstimmen und trat lächelnd durch die Tür, die zum Kinderflügel führte.

Ben kam an Weihnachten nach Hause.
Alex erholte sich wieder, blieb aber still und in sich gekehrt, saß am Fenster und schaute hinaus, machte lange Spaziergänge mit den Hunden oder ritt stundenlang aus. Clarissa musste sich wieder verstärkt um den Haushalt kümmern, während Louise für die etwa fünfzig Kinder verantwortlich war. Alex zeigte nur wenig Interesse. Sie bot keine Hilfe an, aß kaum und wurde dünn und blass. An kalten Nachmittagen saß sie vor dem Kamin und las. Meistens glitt ihr nach kurzer Zeit das Buch aus den Händen, und Clarissa deckte sie mit einem Quilt zu.

Erst im Februar wurde Alex ein wenig lebendiger. Eines Nachmittags war sie wieder vor dem Kamin eingeschlafen. Als sie erwachte, reckte sie sich und sagte zu Clarissa: »Wann gibt es Tee? Ich habe Hunger.«

Sie erklärte nichts, versuchte nicht, sich zu entschuldigen, sondern nahm einfach ihr gewohntes Leben wieder auf und kümmerte sich um alles.

Im Juni 1944 landeten die Alliierten in der Normandie, und Hoffnung kam auf. Mittlerweile hatte Alex dreitausend Kinder nach Amerika geschickt. Sophie hatte für jedes ein Zuhause besorgt und genauestens darüber Buch geführt. Sie hatte fünf Leute eingestellt und kümmerte sich mit ihnen um die kleinsten Details.

So hatte sie glücklicherweise keine Zeit, auch noch Linas Leben zu organisieren, die bei Kriegsende ihr Medizinstudium an der New York University beinahe abgeschlossen hatte. In all den Jahren in New York hatte sie nicht eine einzige Verabredung, aber natürlich waren die meisten jungen Männer auch im Krieg. Außerdem war sie beschäftigt mit ihrem Studium, unterstützte Sophie bei ihrer Arbeit und leistete Michael Gesellschaft, wenn er zu Hause war, sodass sie für junge Männer einfach keine Zeit hatte.

Sophie war sich sicher, dass sie eine alte Jungfer werden würde, aber wenn sie so darüber nachdachte, war das sicher nicht das Schlechteste, schließlich gab es nicht allzu viele glücklich verheiratete Frauen.

Die Gesellschaft hatte sich gewandelt. Es spielte kaum noch eine Rolle, ob man richtig angezogen war oder ohne Begleitung ausritt.

Als Alex das erste Mal nach dem Krieg wieder nach New York kam, hatte sie ihre Kinder vier Jahre lang nicht gesehen. Michael, der jetzt sechzehn war, erkannte sie kaum wieder. Sophie hatte ihn nach Phillips-Exeter geschickt, aber er war nicht so weit weg, dass er nicht alle zwei Monate nach New

York kommen konnte, um seine Schwester zu sehen. Er hatte auch seine Großmutter sehr lieb gewonnen, und Frank und Annie waren seiner Meinung nach sowieso die allerbesten Urgroßeltern, die man sich nur vorstellen konnte. Frank und Sophie gingen mit ihm in die Oper. Er liebte Musik, weil der Stiefsohn seines Großvaters Colin, Julian, Musiker war und Michael ihn sehr gerne mochte. Aber seine wirkliche Leidenschaft galt immer noch der Kunst. Sowohl Lina wie er sprachen Englisch wie Amerikaner, und an den Wochenenden, an denen Michael in New York war, gingen sie abends nach Greenwich Village, um in dunklen, verräucherten Bars Jazz zu hören.
Alex erkannte ihre Kinder kaum wieder.
Amerika hatte zwar am Krieg teilgenommen, war aber nicht so stark davon berührt worden. Während die Männer gekämpft hatten und in den Schlachten gefallen waren, war das alltägliche Leben nicht davon betroffen gewesen, und kein Amerikaner konnte sich vorstellen, wie die Europäer in den letzten sechs Jahren gelebt hatten.
Ein neues Zeitalter dämmerte heran. Und 1946 war die neue Zeit da.

60

„Es ist so wunderbar, wieder Farbe im Leben zu haben. In Europa ist alles grau, und wenn ich mich hier umschaue, kann ich kaum glauben, dass auch Amerika im Krieg war."
Alex aß mit ihren Großeltern zu Abend. Frank war achtundachtzig und Annie fünfundachtzig Jahre alt, aber Alex hatte das Gefühl, die beiden hätten mehr Energie als sie. Sie war müde. Müde von sechs Jahren Krieg und seinen Auswirkungen. Auf dem Schiff, mit dem sie hierher gekommen war, hatte sie die ersten vierundzwanzig Stunden nur geschlafen.
Sie hatte ihre Großeltern nicht mehr gesehen, seit England vor sieben Jahren in den Krieg eingetreten war. Lina und Michael hatte sie seit 1941 nicht mehr gesehen. Man stelle sich vor, die eigenen Kinder vier Jahre lang nicht zu sehen! Aber es gab viele Franzosen und Belgier, die ihre Kinder nie wiedersehen würden. Das war auch ein Grund, warum Alex nach Amerika gekommen war: Sie wollte die Kinder ausfindig machen, deren Eltern bereits nach ihnen suchten. Ihre Mutter hatte über alles Buch geführt. In den letzten fünf Jahren hatte sie sich mit Feuereifer diesem Projekt gewidmet.
Jetzt war der Zeitpunkt gekommen, um die Kinder wieder zu ihren Eltern zurückzuschicken, falls diese noch lebten, oder sie zur Adoption freizugeben. Alex hoffte, dass die Kinder in diesem Fall bei den Familien bleiben konnten, bei denen sie bereits untergebracht waren. Die Aufgabe, die sie zu bewälti-

gen hatte, war groß, aber wenigstens war sie nicht so gefährlich wie während des Krieges. Frank hatte die Regierung überredet, einen ausgedienten Truppentransporter zur Verfügung zu stellen, mit dem die Kinder wieder nach Europa gebracht werden konnten. Alex vermutete, dass ihn das eine hübsche Summe gekostet hatte.

»Was hast du vor, wenn du alle Kinder wieder zurückgebracht hast?«, fragte Annie.

»Ich weiß noch nicht genau«, erwiderte Alex. »Das Schloss gehört jetzt rechtmäßig Michael, aber er möchte gerne Kunst studieren, deshalb werde ich wohl dort wohnen bleiben und alles in Ordnung halten. Scully ist ja nach wie vor mein Verwalter, und er wird es wohl auch noch einige Jahre bleiben. Viel älter als fünfzig kann er doch noch nicht sein. Er hat sich ja nur deshalb nicht freiwillig zum Militär gemeldet, weil wir ihn brauchten, um all die Kinder zu retten.«

»Ja, und damit hast du allen ein gutes Beispiel gegeben. Lina möchte auch die Welt retten.«

Alex lächelte. »Ich glaube, dazu hat sie die besten Möglichkeiten. Ich beneide sie darum, dass sie etwas bewirken kann.«

»Glaubst du, du hättest nichts bewirkt?« Frank erwiderte das Lächeln seiner Enkelin.

Alex drehte ihr Weinglas zwischen den Fingern. Sie trank einen Schluck, rollte ihn auf der Zunge und meinte: »Ich kann diese neuen kalifornischen Weine und die französischen wirklich nicht auseinander halten.«

»Er ist übrigens von deiner Freundin.«

»Ich weiß gar nicht, ob sie die Briefe, die ich ihr nach Philippes Tod geschrieben habe, jemals erreicht haben. Ich wollte ihr doch sagen, wie mutig er war.«

Annie beugte sich vor. »Es geht mich ja nichts an und du brauchst auch nichts zu sagen, wenn du nicht willst, aber du hast ihn geliebt, nicht wahr?«
Alex traten die Tränen in die Augen. »Ja«, erwiderte sie leise. Entschlossen drängte sie die Tränen zurück und lächelte schwach. »Vor euch konnte ich noch nie etwas verbergen.«
»Wir haben es uns schon gedacht, als er mit Lina auf dem Arm vom Schiff kam, damals, 1930, oder?«
War es wirklich schon so lange her? Sechzehn Jahre? »Ja. Er hat mich dazu gebracht, dass ich dabei geholfen habe, Kinder zu retten. Er starb ein Jahr, nachdem er mit der Arbeit begonnen hatte. Immer wenn ich so müde war, dass ich glaubte, nicht mehr weitermachen zu können, dachte ich an ihn und wusste, ich muss.«
»Ich hoffe, du ruhst dich jetzt ein paar Wochen lang aus«, sagte Annie.
»Ja, das mache ich, Grandann. Es nützt ja niemandem, wenn ich erschöpft bin. Ich werde lange schlafen, und wir werden bummeln und ins Kino gehen. Vielleicht fahre ich auch für ein oder zwei Wochen nach Westbury.«
»Dein Vater hat immer noch seine Pferde dort. Trefft ihr euch?«
»Ich esse morgen Abend mit ihm.«
»Verurteile ihn nicht zu sehr.«
»Ihn verurteilen? O Grandpa, ich habe ihn immer schon verstanden. Ich weiß doch, wie Mama sein kann. In den letzten Jahren hat er mir regelmäßig geschrieben. Ich liebe ihn, auch wenn ich ihn eigentlich gar nicht richtig kenne.«
»Es hat uns damals nicht gefallen, als deine Mutter ihn heiratete, aber wir haben ihn sehr lieb gewonnen. Seit er deine

Mutter verlassen hat, steht er uns noch näher. Ich glaube, er würde sich scheiden lassen, wenn er nicht dächte, dass du dich dann von ihm zurückziehst. Deine Brüder weigern sich, seine Frau kennen zu lernen.«

»Kennt ihr sie?«

»Wir haben uns über die Jahre oft mit den beiden in abgelegenen Restaurants getroffen. Sie sind schon lange zusammen, das ist keine flüchtige Liebesaffäre. Sie hat einen wundervollen Sohn. Genau wie Michael geht er seinen eigenen Weg. Er ist Musiker. Kurz vor Kriegsausbruch hat er sein Examen auf der Juillard School of Music gemacht. Er wird dir gefallen. Dein Vater ist ganz vernarrt in ihn.«

»Warum wolltet ihr denn damals nicht, dass Mutter Daddy heiratete?«

»Sie war in jemand anderen verliebt, in jemanden, den wir für den eindrucksvollsten jungen Mann hielten, dem wir je begegnet waren. Aber Sophie fand, er sei ein Niemand, und außerdem lebte er in Detroit. Der Name deines Vaters war gleichbedeutend mit Reichtum und alteingesessener Familie, und nur darauf kam es deiner Mutter an. Außerdem glaubte sie, der junge Hult würde es ja sowieso nie zu etwas bringen, und Detroit war eben nicht mit New York zu vergleichen.«

»Hult? Die Automarke? Mama war in Mr. Hult verliebt? Ach, du liebe Güte.« Alex brach in Lachen aus. »Und sie glaubte, es würde nichts aus ihm?«

»Ich war sein erster Investor«, sagte Frank, »und bin verdammt stolz darauf. Ich fahre immer noch zu den Aufsichtsratssitzungen, und dann wohne ich in seinem Haus. Es kann wohl niemand behaupten, er habe es zu nichts gebracht. Er will sich jetzt zur Ruhe setzen und das Unternehmen seinem

ältesten Sohn übergeben. Außerdem hat er noch zwei Töchter, und ich habe die kennen gelernt, die für ihn arbeitet. Im Automobilgeschäft gibt es nicht viele Frauen. Sie hat einen messerscharfen Verstand. Interessante Frau. Unverheiratet. Sie sagte, sie könne nicht verheiratet sein und sich zugleich so intensiv der Firma widmen. Und dann gibt es noch einen Enkel, der wie Lina Medizin studiert.«
»Seltsam, dass sowohl Mutter als auch er Enkelkinder haben, die Ärzte werden wollen.«
»Die Enkelkinder habe ich nicht kennen gelernt, aber wenn man den Großeltern Glauben schenken darf, sind sie bemerkenswert.«
»So wie bei euch?« Alex lächelte.
»Genau.« Grinsend zupfte Frank an seinem Schnurrbart.
»Dann liebte Mutter also jemand anderen, als sie Daddy heiratete.« Wie Oliver.
»Ich weiß nicht, ob Liebe in diesem Zusammenhang das richtige Wort ist«, sagte Annie. »Ich bin mir nicht sicher, ob sie überhaupt jemals jemanden geliebt hat. Heute liebt sie Projekte. Wenigstens hast du sie in dieser Hinsicht zum Guten beeinflusst.«
»Ich frage mich, wie es dazu gekommen ist«, meinte Alex nachdenklich. »Sie ist doch mit viel Liebe aufgewachsen.«
»Ich glaube, es hat etwas mit ihrer Schulzeit zu tun«, sagte Frank.
»Aber das kann sich doch nicht auf ihr gesamtes Leben auswirken«, widersprach Annie.
»Wer weiß. Nun« – er wandte sich an Alex – »du bleibst jetzt also ein paar Monate lang hier?«
»Ja, das habe ich mir selber versprochen. Ich wollte eigentlich

mit Mutter ins Kino gehen, aber ihr scheint nicht viel daran zu liegen.«

»Ich gehe mit dir«, erwiderte Annie. »Und du warst auch noch nie in der Radio City Music Hall, oder?«

»Nein, sie wurde gerade gebaut, als ich das letzte Mal hier war.« Das war so lange her. »Lina hat diese Woche Abschlussprüfungen, und den Sommer über will sie sich frei nehmen. Ich habe sie gefragt, ob sie mit mir nach Westbury fahren möchte, und sie ist begeistert darauf eingegangen. Wir können einfach nur faulenzen und uns unterhalten und so.«

»Ihr zwei habt viel nachzuholen.«

»Glaubt ihr, sie verzeiht es mir, dass ich sie quasi gezwungen habe, während des Kriegs hier zu bleiben?«

»Sie hat natürlich verstanden, um was es dir wirklich ging, als du sie gebeten hast, sich um die Kinder zu kümmern. Aber sie hat die Verantwortung auch geliebt, und sie hat sich nach ihrer Ankunft hier weiterhin engagiert. Und hinzu kam, dass sie so gut mit Sophie zusammengearbeitet hat.«

»Wir müssen miteinander reden. Ich bin ihr zwar durch die Briefe immer nahe geblieben, aber ihr müsst euch vorstellen, ich hatte jetzt meinen Liebling fünf Jahre lang nicht bei mir. Vielleicht steckt sie ja mitten in einer Liebesgeschichte.«

»Sie sagt, sie hat Wichtigeres zu tun, aber Annie und ich finden natürlich, es gibt nichts Wichtigeres.«

»Eure Kinder und Enkel treten nicht gerade in eure Fußstapfen.«

»Nein, keiner von euch ist wirklich glücklich verheiratet.«

»Ich habe mich manchmal schon gefragt, ob wir vielleicht zu viel Geld haben«, sagte Alex.

Frank und Annie blickten einander an. »Sag das nicht, sonst

glauben wir noch, es sei unsere Schuld. Arme Leute sind auch unglücklich.«
»Es ist nicht eure Schuld. Ihr habt eure Kinder liebevoll großgezogen. Es hat eben nur nicht auf uns abgefärbt.«
»Nein, das stimmt nicht, Alex«, sagte Frank. »Du verbreitest überall Liebe. Mach dich nicht klein.«
Alex beugte sich über den Tisch. »Meine Liebe, man muss geben, um etwas zu bekommen. Lina ist in dieser Hinsicht genauso wie du.« Sie blickte ihren Mann an. »Und vielleicht hat ja auch Sophie in den letzten Jahren etwas dazugelernt.«
»Ich habe das Gefühl, wenn Lina sich einmal verlieben sollte, dann wird es für immer sein, genau der Richtige.«
Alex lachte. »Dein Wunsch in Gottes Ohr. Hoffentlich hast du Recht. Bei Michael habe ich übrigens ein ähnliches Gefühl. Das wäre doch zur Abwechslung mal etwas Schönes – zwei glückliche Kinder.«
»Ja«, erwiderte Annie. »Das ist eine schreckliche Frage, aber warst du erleichtert, als Oliver gestorben ist?«
Alex dachte einen Moment nach. Der Butler räumte die Teller ab und brachte ihnen ein Sorbet zum Dessert.
»Ich war Oliver in den letzten zwei Jahren seines Lebens näher als jemals vorher. Ganz abgesehen davon, dass es natürlich auch keine anderen Frauen mehr gab, glaube ich, wir haben unseren Frieden miteinander gemacht. Es war wohl sehr schlimm für ihn, dass er in seinem schrecklichen Gefängnis liegen musste und zum Nichtstun verdammt war. Nein, Erleichterung habe ich nicht verspürt. Aber ich war auch nicht unglücklich. Er wollte sterben. Das war kein Leben mehr.«
Annie erhob sich und sagte: »Sollen wir den Kaffee in der Bibliothek nehmen?«

»Ich rufe morgen den Verwalter in Westbury an und informiere ihn, dass du kommst. Der Pool ist beheizt, du kannst also zu jeder Jahreszeit draußen schwimmen.«
»Klingt himmlisch. Ich möchte mich nur ausruhen.«
Diese ruhigen Wochen im Sommer 1945, in denen sie nichts tat, als mit Lina durch den Wald zu spazieren und zu reden, sollten auf Monate hinaus die einzige Pause sein, die sie sich gönnen konnte.

61

Es gibt so viel zu tun auf der Welt, ich finde es wirklich frustrierend, dass ich erst in zwei Jahren als Ärztin arbeiten kann.«
Alex lächelte. »Du hast noch das ganze Leben vor dir. Ich beneide dich darum.«
»O Mama, auch wenn ich hundert Jahre alt werde, so viel wie du werde ich nie erreichen. Ich war damals das erste Baby, für das du ein Zuhause finden musstest, nicht wahr?«
Alex nickte.
»Clarissa hat mir die Geschichte oft erzählt.«
Alex und Lina lagen auf Liegen im so genannten Sonnenzimmer von Sophies Wohnung. Auf dem kleinen Tisch zwischen ihnen standen zwei Gläser mit Eistee. »Ich habe nur getan, was getan werden musste.«
»Mama, du hast mir in den letzten Jahren sehr gefehlt. Ich hätte sehr oft deinen Rat gebraucht. Aber in dieser Zeit hat es mir sehr geholfen, dich bei deiner Arbeit zu unterstützen.«
»Ja, das große Problem ist jetzt, die Kinder wieder zu ihren Eltern zurückzubringen. Deine Großmutter hat allerdings schon einiges an Papierkram erledigt. Ich hätte nie gedacht, dass sie sich so engagieren könnte. Früher hat sie sich nur dafür interessiert, ob sie richtig gekleidet war, das Richtige sagte und zur Crème der Gesellschaft gehörte.«
»Ich glaube, sie hat gesehen, wie unglücklich du warst, und ihr

ist auch klar geworden, wie unglücklich Grandpa immer war, und sie hat sich die Schuld daran gegeben. Was sie jetzt tut, macht sie glücklich. Sie versucht, dich nach Kräften in deiner Arbeit zu unterstützen, um vergangene Fehler wieder gutzumachen.«

Alex stützte sich auf einen Ellbogen und griff nach ihrem Glas. »Dafür, dass du so jung bist, hast du erstaunliche reife Ansichten.«

»Mama, vierundzwanzig ist nicht mehr so jung.«

»Das hat wohl etwas mit Einsteins Relativitätstheorie zu tun, oder?« Von wissenschaftlichen Zusammenhängen hatte Alex noch nie etwas verstanden.

»Du warst viel zu sehr damit beschäftigt, zu leben und Leben zu retten, um Zeit für dich selber zu haben.«

»Sieh dir nur Churchill an. Er nimmt sich sogar die Zeit für einen Mittagsschlaf. Und seine Gemälde sind wirklich schön. Jetzt hat er auch noch angefangen, Bücher zu schreiben. Er hat einfach für alles Zeit.«

»Ich habe gehört, er soll kein besonders guter Vater gewesen sein, aber du warst eine wundervolle Mutter. Und wie soll man Erfolg messen?«

Alex stellte ihr Glas wieder auf den Tisch. »In den letzten fünf Jahren war ich überhaupt keine Mutter für dich.«

»Doch. Ich habe alle deine Briefe aufbewahrt, und du warst mir ein großes Vorbild.« Lina stellte die Füße auf den Boden und setzte sich auf. »Was wirst du anfangen, wenn alle Kinder versorgt sind?«

»Das wird sicher eine Weile dauern. Es ist keine kleine Aufgabe.«

»Ich weiß, aber was machst du anschließend?«

Alex überlegte kurz. »Ich kümmere mich für Michael um das Schloss, bis er heiratet. Und das wird ja wohl noch ziemlich lange dauern.«
»Ich glaube nicht, dass es dir ausreicht, dich um Schloss Carlisle zu kümmern.«
»O doch, Liebling. Ich brauche jetzt erst einmal sehr viel Ruhe. Ich möchte einfach nur dasitzen und den Gärtnern Anweisungen geben.«
»Scully kümmert sich doch um alles.«
»Habe ich dir eigentlich erzählt, dass er Louise geheiratet hat?«
»Ich habe immer geglaubt, er sei in dich verliebt. Hast du das manchmal auch so empfunden?«
»Manchmal. Aber es hätte nicht funktioniert.«
»Hast du Papa geliebt?«
Alex schloss die Augen. Nach ein paar Minuten sagte sie: »Früher hat man nicht aus Liebe geheiratet.«
»Das beantwortet meine Frage nicht.«
»Ich dachte, ich könnte lernen, ihn zu lieben, als ich ihn heiratete. Aber es funktionierte nicht. Er liebte damals eine andere Frau, die ebenfalls verheiratet war. Abgesehen davon hätte er sie auch nicht heiraten können, wenn sie geschieden gewesen wäre, und er brauchte einen Erben. Das Schloss benötigte Geld, damit er es erhalten konnte. Diese Ehe brachte den Carlisles eine Menge Geld von meinem Vater und Großvater, und deiner Großmutter brachte sie einen Titel ein.«
»Du hast also Papa nicht geliebt. Das habe ich auch nie angenommen.«
»Hast du ihn geliebt?«
»Ja, obwohl mir klar geworden ist, dass ich ihn eigentlich nie

richtig gekannt habe. Ich habe wohl eher meine Vorstellung von ihm geliebt.«
»Ich glaube, er hat dich und Michael wirklich geliebt.«
»Ich hatte nie das Gefühl, etwas zu entbehren. Du hast uns als Kindern alles gegeben, was wir brauchten. Wir waren immer in Liebe eingebettet, da waren ja auch noch Clarissa, Scully und all die anderen.«
Alex traten die Tränen in die Augen.
»Du vermittelst allen Menschen dieses Gefühl, Mama.«
»O Liebling, ich kenne die Kinder doch noch nicht einmal, um die ich mich kümmere.«
»Trotzdem, du vermittelst ein Gefühl von Liebe und Sicherheit.«
»Lina, weißt du eigentlich, dass du die wundervollste Tochter auf der ganzen Welt bist?«
Lina stand auf und setzte sich auf den Rand der Liege ihrer Mutter. »Ich möchte so werden wie du, Mama.«
»Oh, du wirst sogar noch viel besser werden. Deine Voraussetzungen sind viel günstiger.«
»Und das verdanke ich dir. Und jetzt erzähl mir, was du tun willst, wenn die Rückführung mit den Kindern abgeschlossen ist.«
»Ich hatte noch nie die Zeit, um mir über die Zukunft Gedanken zu machen, Liebling. Wenn die Zukunft da ist, weiß ich vermutlich die Antwort.«
Lina lächelte ihre Mutter an. Sie stand auf und blickte aus dem Fenster. »Hat es dir eigentlich etwas ausgemacht, dass du deine Erfahrungen nie mit jemandem teilen konntest?«
»Bist du auf der Suche nach Liebe?«, antwortete Alex mit einer Gegenfrage.

»Nein, aber ich hoffe, dass sie mir eines Tages begegnet. Für dich wünschte ich mir das auch.«
»Wusstest du, dass Philippe und ich uns geliebt haben?«
Lina drehte sich um und blickte ihre Mutter erstaunt an.
»Wir waren jahrelang ein Paar. Er hat mich dazu gebracht, mich um die Kinder zu kümmern. Wenn er nicht gewesen wäre …«
»O Mama, das wusste ich nicht. Wir haben ihn auch alle geliebt. Ich wünschte, ich hätte es gewusst.«
»Ich glaube, du warst damals noch zu jung, um es zu verstehen.«
»Und seine Familie? Wir lieben sie. Ich treffe mich regelmäßig mit seiner Schwester und seiner Tochter, wenn sie nach New York kommen. Michelle kommt übrigens in zwei Wochen. Sie hat mich gefragt, ob ich mit ihr diesen Sommer nach Afrika gehen will.«
»Vor sechzehn Jahren, als ich ihr zum ersten Mal begegnet bin, da sagte sie mir, dass sie dorthin wolle. Also tut sie es jetzt endlich. Sie hat immer über Philippe und mich Bescheid gewusst, von Anfang an. Und Iris hat es möglich gemacht, dass Philippe und ich uns treffen konnten, ohne dass jemand Verdacht schöpfte.«
»Ihr wart also ein richtiges Liebespaar?«
Kinder taten sich immer schwer, ihre Eltern in dieser Hinsicht zu verstehen.
Alex nickte. »Ja, Michelle und Iris wussten es von Anfang an und waren immer sehr freundlich zu mir. Philippe hatte seine Frau Jahre, bevor wir uns kennen lernten, verloren. Außerdem haben die Franzosen sowieso mehr Verständnis für Affären.«
»O Mama, ich kann mir kaum vorstellen, dass du eine Affäre

hattest.« Lina lachte. »Aber es macht mich froh, zu wissen, dass dich ein Mann geliebt hat. Warum hast du dich nicht scheiden lassen?«

»Liebling, das war 1930, nicht 1946. Und für den britischen Hochadel ist es immer noch nahezu unmöglich, sich scheiden zu lassen.«

»Dann habt ihr euch also von 1930 bis zu seinem Tod geliebt. O Mama.« Lina schwieg einen Moment lang. »Mama, ihr wart schon damals ein Liebespaar? Noch vor Michael?«

Alex blieb das Herz stehen. Hatte sie zu viel gesagt? Das hatte sie nicht gewollt. Zögernd nickte sie. Lina starrte sie stumm an, aber am Ausdruck in ihren Augen erkannte Alex, dass sie die Wahrheit erraten hatte.

Sophie hatte Unterlagen zu jedem Kind, das untergebracht worden war. Natürlich konnte Alex nicht jedes französische Kind, das irgendwo in Amerika eine Familie gefunden hatte, aufsuchen, aber sie wollte zumindest die wenigen Kinder sehen, die in New York City geblieben waren. Sophie beschäftigte eine ganze Schar von Pflegerinnen, die sich zweimal im Jahr davon überzeugten, dass es allen Kindern in ihrem neuen Zuhause gut ging.

Alex hatte nicht damit gerechnet, so herzlich empfangen zu werden. Sie hatte sich gedacht, dass manche Familien sicher traurig sein würden, das Kind wieder weggeben zu müssen, aber andere wären bestimmt auch erleichtert. Auf die Reaktion des ersten Kindes jedoch, das sie besuchte, war sie nicht vorbereitet. Das kleine Mädchen, das mittlerweile neun Jahre alt war, war mit drei Jahren aus Frankreich gekommen. Sie klammerte sich an ihre Mutter und wollte sie nicht loslassen.

»Sie will nicht weg«, sagte die Pflegemutter mit Tränen in den Augen und legte dem Kind den Arm um die Schultern. »Wir sind ihre Familie.«

»Ich will nicht gehen.« Das Mädchen hob sein tränenüberströmtes Gesicht und stampfte mit dem Fuß auf.

»Sie kann kein Französisch mehr, und an andere Eltern als uns erinnert sie sich nicht.«

»Ich weiß«, erwiderte Alex. Aber sie war auf einen solchen Schmerz nicht vorbereitet gewesen. »Ich weiß, dass es sehr schmerzlich wird. Aber ich muss Ihnen leider sagen, dass das Schiff in drei Wochen ablegt, am Dreiundzwanzigsten. Sollen wir sie abholen, oder möchten Sie die Kleine lieber selber zum Schiff bringen?«

»Nein«, erwiderte die Frau, »ich bringe sie. Sie wird sowieso völlig verängstigt sein.«

Es war eine Szene, die sich tausendfach wiederholen sollte. Nicht ein einziges Mal war Alex in den Sinn gekommen, dass diese Kinder viel zu klein gewesen waren, um sich an ihre wahren Eltern zu erinnern. Und sie hatte nicht daran gedacht, dass es quälend für die Kinder sein würde, die einzige Familie zu verlassen, die sie in den letzten Jahren gekannt hatten. Die Eltern in Frankreich und England warteten sehnsüchtig auf die Heimkehr ihrer Kinder, und auch sie hatten nicht bedacht, dass diese Kinder jetzt Fremde waren, die noch nicht einmal mehr ihre Sprache sprachen. Sie glaubten, sie hätten ihre Kinder gerettet und die Kinder würden ebenso glücklich sein wie sie, sie wieder in die Arme schließen zu können. Aber letztendlich empfand kein einziges Kind Wärme und Liebe, als es zu seinen leiblichen Eltern zurückkehrte. Tausende hatten in Frankreich nur noch einen Elternteil, meistens die Mutter, da der Vater im Krieg gefallen war, und einige kamen sogar nur zu Großeltern zurück. Aber, so sagte Alex sich, sie waren gesund und lebten und sie würden sich wieder zurechtfinden. Manche jedoch hatten keine Verwandten mehr in Frankreich und konnten in Amerika bleiben, bei den einzigen Eltern, die sie kannten.

Bis zum Frühjahr 1946 überquerte Alex dreimal den Atlantik, und jedes Mal brachte sie Hunderte von Kindern mit, die wieder mit ihren Eltern vereint wurden. Im April 1946 war die Aktion abgeschlossen, und Alex fuhr wieder nach New York zurück. Die Kinder, die in Amerika geblieben waren, waren mittlerweile von ihren amerikanischen Familien adoptiert worden. Sophie kümmerte sich um all diese Angelegenheiten, und Alex staunte immer wieder darüber, mit wie viel Energie und Selbstlosigkeit ihre Mutter sich dieser Aufgabe widmete. Einmal hatte sie mit ihrer Mutter über Scheidung geredet, und zum ersten Mal hatte Sophie nicht geantwortet: »Was sollen die Leute denken?«

Stattdessen hatte sie gefragt: »Meinst du, ich sollte mich scheiden lassen?«

»Du hinderst Daddy daran, glücklich zu sein. Weil du verletzt bist, willst du ihm auch weh tun.«

»Ich bin gar nicht mehr verletzt. Bin ich wirklich so unfreundlich?«

Alex antwortete darauf nicht, sondern sagte: »Ihr lebt jetzt seit über fünfundzwanzig Jahren getrennt. Das weiß doch sowieso jeder.«

Sophie lächelte. »Ach, weißt du, es ist mir schon lange egal, was die Leute denken. Habe ich denn dein Leben ruiniert?«

Alex zuckte mit den Schultern. Das war Schnee von gestern.

»Du hast deine Söhne gegen Daddy aufgebracht. Sie tun so, als gäbe es die Frau, mit der er zusammenlebt, gar nicht.«
Sophie seufzte. »Das war wirklich egoistisch von mir. Ich war nie eine gute Ehefrau, und ich war auch keine gute Mutter, nicht wahr?«
»Es ist nie zu spät«, erwiderte Alex.
»Zufriedenheit habe ich nur in der Arbeit mit diesen Kindern gefunden.«
»Das kann ich gut verstehen.«
»Aber du hast dein Glück auch als Mutter gefunden, nicht wahr?«
»Ja. Die Kinder haben mir immer viel Freude bereitet.« Alex' Augen wurden dunkel beim Gedanken an Hugh. Der liebe Hugh, ihr Erstgeborener.
»Ich bin gerne Großmutter.«
»Ja, die Kinder mögen dich auch.«
»Das liegt daran, dass ich mich nicht in ihr Leben eingemischt habe. Als ich es einmal versucht habe, hat Lina mir gedroht auszuziehen, und das hätte sie auch gemacht. Sie wäre auf der Stelle zu meinen Eltern gezogen.«
»Und was willst du jetzt machen?«
Sophie zuckte mit den Schultern. Sie läutete nach dem Mädchen und bat um eine Tasse Kaffee. »Darüber habe ich auch schon nachgedacht. Heiraten wie Clarissa möchte ich jedenfalls nicht mehr.«
Alex konnte sich auch kaum vorstellen, dass jemand so eine eiserne Lady wie ihre Mutter heiraten wollte. »Ich bin eigentlich ganz gern allein. Niemand schreibt mir vor, was ich zu tun habe. Du Ärmste. Erst ich und dann auch noch dieser Ehemann.«
»Ich muss zugeben, dass ich mir zuerst schrecklich leid getan

habe, aber dann habe ich gemerkt, dass ich tun konnte, was ich wollte. So unglücklich war ich gar nicht, Mutter. Sieh es doch einmal so: Wenn ich glücklich verheiratet gewesen wäre, hätte ich mich nie in Philippe verliebt, und wir hätten nie all diese Kinder gerettet.«

»Ich musste immer an die Frauen denken, die uneheliche Kinder bekommen haben. Was du für sie getan hast, war genauso wichtig, wie all diese französischen Kinder zu retten. Diese Frauen wurden von der Gesellschaft so verächtlich behandelt, und ich habe beschlossen, stärker mit Planned Parenthood zusammenzuarbeiten. Frauen sollten das Recht haben, selber über ihren Körper zu entscheiden und auch darüber, ob sie Kinder haben wollen oder nicht.«

Alex blickte ihre Mutter erstaunt an.

»Weißt du, ich habe erst spät entdeckt, wie ausgeprägt meine organisatorischen Fähigkeiten sind, und die Leute bei Planned Parenthood sind der Meinung, ich eigne mich gut dazu, herumzureisen und den Leuten, die eine solche Organisation gründen wollen, Hilfestellung zu geben.«

Alex' Augen leuchteten auf. »Wie Kansas City, zum Beispiel?« Sie lachte.

»Ja, hier in Amerika, aber auch in Indien und anderen Ländern der Welt.«

»Mein Gott, Mutter, das ist ja großartig!«

»Findest du?« Sophie lächelte. »Nun, ich habe auf jeden Fall in diesem Bereich schon mal meine Fühler ausgestreckt. Lina gefällt die Idee auch. Eigentlich hatte ich ja gedacht, dass ich mit fünfundsechzig zu alt dafür sei.«

»Ja, ich finde mich mit meinen fünfundvierzig Jahren schon zu alt.«

»Ach, meine Liebe, im Vergleich zu mir bist du ein Küken.«
Sie lachten beide.
»Ich habe einfach das Gefühl, dass es nicht ausreicht, diese Kinder ihren Eltern zurückzugeben. Europa versinkt immer noch im Chaos. Kinder sind heimatlos, krank, verhungern. Natürlich kann ich mich nicht um alles kümmern, aber es bricht mir das Herz, wenn ich sehe, wie manche Kinder in Europa leben müssen. Am liebsten würde ich jedes Einzelne zu mir nach Hause holen, aber das kann ich ja nicht tun.«
»Ach, mein liebes Kind, früher habe ich auf Frauen herabgeblickt, die schwanger wurden, ohne verheiratet zu sein. Ich dachte immer, sie seien selber schuld, und wenn sie nur einen Funken Verstand hätten, würden sie sich nicht mit einem Mann einlassen. Aber als ich dann dein Waisenhaus und deine Entbindungsklinik gesehen habe, wurde mir klar, dass ich durchaus etwas tun kann. Diese Frauen kamen allein nicht zurecht, und ich dachte, dass ihnen einfach jemand helfen muss. Als dann der Krieg und deine französischen Kinder kamen, fand ich einen neuen Sinn im Leben, aber jetzt ist es für mich an der Zeit, mich dieser Aufgabe zu widmen. Natürlich kann ich das nicht allein tun, aber mit Planet Parenthood kann ich viel bewirken. Ich kann Frauen überall auf der Welt ausbilden, damit sie sich selber helfen können. Und ich kann Männern eine andere Einstellung Frauen gegenüber vermitteln.«
Alex blickte ihre Mutter erstaunt an.
»Als du damals die Waisen und die schwangeren Frauen im Schloss hattest, hatte ich noch viele Vorurteile, aber mit den Jahren wurde mir klar, dass eine Frau das Recht haben muss, über sich selber zu bestimmen. Es ist einfach tragisch, darauf zu bestehen, dass eine Frau ein Kind austrägt, das ihr Leben

ruiniert. Es ist eine Schande! Männer stehlen sich einfach aus der Verantwortung. Wenn jeder Mann ein ungewolltes Kind zur Welt bringen müsste, dann wäre Abtreibung auf der ganzen Welt legal, da kannst du sicher sein!«
»Vielleicht solltest du in die Politik gehen, Mutter!«
»Unsinn. Um das bisschen an Moral, was ich gewonnen habe, wieder zu verlieren? Nein, mit Planned Parenthood zu arbeiten ist für mich genau das Richtige. Du könntest es auch tun.«
»Nein, für mich ist das nichts. Ich finde es wundervoll für dich und für die Welt, aber ich brauche jetzt erst einmal Ferien. Ich muss auf Schloss Carlisle sitzen und dafür sorgen, dass der Garten wieder in Ordnung gebracht wird und vielleicht ein bisschen handarbeiten …«
»Ach, Unsinn! Ich kann mir nicht vorstellen, dass dir das ausreicht!«
Alex lächelte. »Nein, ich auch nicht. Vielleicht fahre ich auch an die Riviera und setze mich in die Sonne. Oder ich reise nach Hawaii. Lina hat gesagt, entweder studiert sie ein Semester lang dort oder an der Tulane in New Orleans.«
»Ach, du meine Güte. Davon hat sie mir ja gar nichts erzählt.«
»Es sind die beiden einzigen Universitäten, an denen auch Tropenmedizin gelehrt wird, und sie möchte sich auf Afrika vorbereiten.«
»Mangelnde Vielseitigkeit kann man ihr sicher nicht vorwerfen.«
»Ich könnte ein Haus auf Hawaii kaufen, damit Lina bei mir wohnen kann, während sie dort zur Universität geht«, überlegte Alex.

»Ach, ihr armen Schätzchen! Ihr habt viel nachzuholen, nicht wahr? Ist das nicht Ironie des Schicksals? Ich war dir eine schlechte Mutter, und mir fällt die Aufgabe zu, deine beiden Kinder aufzuziehen. Das Leben ist unfair, weil es mich mit so viel Glück beschenkt. Und ich verdanke es dir, dass ich mit fünfundsechzig noch in die Welt gehe und ein Ziel habe!«

»Ich beneide dich, Mutter. Ich habe das Gefühl, ich bin zu nichts mehr nütze.«

»Das darf ja wohl nicht wahr sein, Kind. Willst du nicht mit mir auf einen Ball kommen? Die Vereinten Nationen geben einen Wohltätigkeitsball am Freitag, und ich habe eine Einladung. Ich wette, du bist seit vor dem Krieg nicht mehr richtig ausgegangen.«

»Da hast du Recht. Ich habe überhaupt nichts zum Anziehen. Und ich bin auch nicht über die Vereinten Nationen informiert. Sind sie nicht gerade erst im Entstehen begriffen?«

»Wir wissen nicht, was letztendlich daraus wird. Mehr als ein Völkerbund hoffentlich.« Sophie lächelte. »Auf jeden Fall findet am Freitag ein großer Wohltätigkeitsball im Waldorf statt, um Geld für die Vereinten Nationen zu sammeln. Ich habe zwei Eintrittskarten geschickt bekommen, wie vermutlich jeder mit Geld hier. Dann kannst du dich endlich mal wieder schön machen.«

Alex seufzte. »Ich werde mir wohl ein neues Kleid kaufen müssen. Während des Krieges habe ich ganz vergessen, dass es so etwas wie Bälle überhaupt gibt. In England haben wir immer noch Rationierung.«

»Es könnte dir auch nicht schaden, zur Kosmetikerin und zum Friseur zu gehen«, meinte ihre Mutter.

»Ich dachte, du mischst dich nicht mehr in das Leben anderer

Leute?«, sagte Alex lächelnd. Sie trat zu einem Spiegel und betrachtete sich. »Sehe ich wirklich so schlimm aus?«
»Ein bisschen Unterstützung täte dir sicher gut.«
»So kann nur eine Mutter reden. Glaubst du, Lina möchte auch mitkommen?«
»Nein«, erwiderte Sophie. »Deine Töchter kriegen keine zehn Pferde auf einen Ball.«
»Noch nicht einmal zu wohltätigen Zwecken?«
»Um nichts in der Welt.«
»Die Zeiten haben sich anscheinend geändert. Ich wünschte, ich wäre zu einer anderen Zeit jung gewesen.«
»Und wer hätte dann all diese Kinder gerettet?«
Alex warf ihrer Mutter einen Blick zu. »Sag Daddy, du lässt dich von ihm scheiden.«
Sophie trat ans Fenster und blickte hinaus. »Nein, sag du es ihm.«
»Ich sage es auch den Jungs.«
Alex hatte ihre Brüder seit Jahren nicht mehr gesehen. Zuletzt hatten sie sie vor dem Krieg in England besucht, und mittlerweile waren sie ihr fremd geworden. Nur Annie und Frank hatten noch regelmäßigen Kontakt zu ihnen.
»Bergdorf's«, sagte Sophie.
»Wie bitte?«
»Wir gehen heute Nachmittag zu Bergdorf's und sehen uns Kleider für dich an. Es ist keine Zeit mehr, um eines schneidern zu lassen. Ich brauche keines. Ich habe mehr als genug im Schrank. Aber für dich finden wir bestimmt etwas.«

62

Seit ihren Flitterwochen vor sechsundzwanzig Jahren war Alex nicht mehr im Waldorf Astoria gewesen.

»Eine solche Pracht habe ich schon lange nicht mehr gesehen«, sagte sie zu ihrer Mutter. »Ich war schon so lange nicht mehr auf so einer Veranstaltung, dass ich gar nicht mehr weiß, wie ich mich bewegen muss.«

»Auf so einer Veranstaltung warst du noch nie«, erwiderte Sophie. »Sieh dich doch um. Hier sind Leute aus Afrika, China, Indien, aus der ganzen Welt. So etwas hat es noch nie zuvor gegeben. Die meisten Ausländer, die du hier siehst, sind UNO-Delegierte. Die anderen sind, abgesehen von Politikern und Neureichen, Leute aus unserer Schicht. Allerdings sind sie deshalb nicht mehr wert als die anderen.«

Alex schüttelte lachend den Kopf. »Mutter, du erstaunst mich.«

»O Liebling, ich erstaune mich ja selber. Siehst du den Mann dort, der gerade auf uns zukommt? Das ist der Botschafter von Kenia. Ich bin ihm einige Male in Washington begegnet. Pass auf. Ich wette mit dir, er will mich zum Tanzen auffordern.«

»Und, nimmst du an?«

Sophie lachte. »Wir leben in einer neuen Welt, meine Liebe. Und außerdem finde ich, er ist ein netter Mann, auch wenn ich sein Englisch kaum verstehe … Ah, Botschafter, wie schön,

Sie wiederzusehen. Darf ich Ihnen meine Tochter vorstellen? Alexandra, Herzogin von Yarborough.«
Sophie wirbelte mit dem Schwarzen davon. Meine Mutter, dachte Alex. Sie hätte sich nicht träumen lassen, dass sie eines Tages einmal so stolz auf sie sein würde.
Links neben ihr sagte jemand: »Alex, bist du das? Ich wusste gar nicht, dass du in der Stadt bist. Es ist schon so lange her ...«
Alex stand einer Frau ungefähr in ihrem Alter gegenüber.
»Du erinnerst dich nicht an mich, oder? Das letzte Mal haben wir uns auf deiner Hochzeit gesehen, also ist es auch kein Wunder. Wir waren zusammen in der Schule ...«
Gloria Allenby redete auf Alex ein, aber Alex blickte zu dem großen Mann am anderen Ende des Saales, der sie anscheinend beobachtete. Als sich ihre Blicke trafen, nickte er und lächelte. Er kam auf sie zu, wurde aber auf halbem Weg von jemandem aufgehalten. Während er sich mit ihm unterhielt, blickte er wiederholt in ihre Richtung.
Schließlich ging Gloria Allenby weiter. Alex blieb stehen und wartete darauf, dass der Mann zu ihr kam, aber er wurde ständig in irgendein Gespräch verwickelt. Schließlich gelang es ihm, sich loszureißen und zu ihr zu kommen.
Alex lächelte. »Sie sind äußerst beliebt.«
Grinsend deutete er eine Verbeugung an. »Und Sie sind die berühmte Herzogin von Yarborough.«
»Berühmt? Warum bin ich denn berühmt?«
»Weil Sie ein Engel in Menschengestalt sind.« Er sprach Englisch mit amerikanischem Akzent, aber es klang auch noch etwas anderes mit. »Ihr Ruhm in Europa ist grenzenlos. Meine Tochter möchte auch gerne der Menschheit dienen. In ihren Augen sind Sie eine Heldin, ihr großes Vorbild.«

»Eine Heldin? Ach, du liebe Güte. Und wer ist Ihre Tochter?«
»Ah, erlauben Sie mir, mich vorzustellen. Mein Name ist Lars Nielsen, und meine Tochter heißt Brigitte.«
»Ich nehme an, Sie sind Skandinavier.«
»Däne und stolz darauf.«
»Ihre Reputation ist auch schwer zu übertreffen. War Dänemark nicht das einzige Land, das keine Juden an Deutschland ausgeliefert hat?«
»Wir haben es zumindest versucht.«
Alex streckte ihm die Hand entgegen. »Ich freue mich, einen Dänen kennen zu lernen.«
Lars Nielsen schüttelte ihr die Hand, ein Handkuss war nach dem Krieg nicht mehr üblich. »Dann beginne ich also unsere Bekanntschaft mit einem Pluspunkt für mich?«
»Nun, Sie haben mich fasziniert, bevor ich überhaupt wusste, wer Sie waren. Mich hat schon lange niemand mehr quer durch einen Saal angestarrt.« Sie lachte.
»Möchten Sie mit mir tanzen?«
Sie ließ sich von ihm zur Tanzfläche führen. »Ich habe seit Kriegsbeginn nicht mehr getanzt. Verzeihen Sie mir, wenn ich Ihnen auf die Füße trete.«
»Was tun Sie hier?«, fragte er. »In Amerika, meine ich. Müssen Sie immer noch Kinder nach Europa zurückbringen? Ich dachte, das wäre jetzt vorbei.«
»Ich besuche meine Familie. Seit 1941 habe ich meine Kinder nicht mehr gesehen. Und Sie, was macht ein Däne in New York?«
»Ich bin der dänische Botschafter der Vereinten Nationen.«
»Oh, arbeiten Sie zusammen? Das war mir nicht klar.«

»Ja, es stimmt auch, die UNO ist noch nicht besonders gut organisiert. Wir haben lediglich Übergangsbüros draußen am Lake Success.«
»Wo, in aller Welt, ist das denn?«
»Weit entfernt vom Times Square auf Long Island. Ihr Mr. Rockefeller hat der UNO Grundstücke in Manhattan geschenkt, aber wir haben noch nicht angefangen zu bauen. Wir sind immer noch in der Organisationsphase.« Er lachte. »Es ist nicht einfach, die Länder der Welt unter einen Hut zu bringen.«
»Das kann ich mir vorstellen.«
»Wir organisieren gerade Komitees, aber bis jetzt weiß noch niemand so richtig, was er will oder was er machen soll.«
»Werden die Vereinten Nationen in Zukunft wirklich Kriege verhindern?«
Nielsens Augen verdunkelten sich. »Das können wir nur hoffen.«
Das Orchester spielte Cole Porter, und Nielsen gestand: »Ich habe eine Schwäche für seine Musik.«
Plötzlich stand ihr Philippe vor Augen. Hatte er nicht so etwas Ähnliches gesagt? Und er hatte auf dem Klavier »Night and Day« gespielt ...
Schweigend tanzten sie eine Weile. Lars Nielsen war größer als die meisten Männer, die sie kannte. Seine Augen gefielen ihr, sie waren blau wie Kornblumen. Als junger Mann war er bestimmt hellblond gewesen. Jetzt war er schon ein wenig grau an den Schläfen.
Alex genoss es, wieder die Arme eines Mannes um sich zu spüren. Sie lächelte ihn an.
»Stimmt es«, fragte er, »dass es keinen Herzog mehr gibt?«

»Nein, keineswegs. Mein Sohn, Michael, ist jetzt der Herzog.«
»Und ich bin Witwer.«
»Botschafter, ich bin schon ein bisschen alt für das, was Sie damit andeuten wollen. Ich bin fünfundvierzig.«
»Herzogin, was für ein Zufall. Ich auch. Ich glaube, Sie müssen einmal für eine Weile hier heraus«, sagte der Däne.
»Ach ja?«
»Haben Sie jemals den Sonnenaufgang bei Jones Beach gesehen?«
»Ich war noch nie an Jones Beach.«
»Sind Sie nicht in New York aufgewachsen?«
»Ja. Nicht weit entfernt von hier.«
»Und da waren Sie nie an Jones Beach? Was haben Sie denn im Sommer gemacht, wenn es in der Stadt so heiß war?«
»Dann waren wir in Newport, was ich leidenschaftlich gehasst habe.«
»Nun, dann lassen Sie mich Ihnen den Sonnenaufgang bei Jones Beach zeigen.«
»Und wann?«
»Morgen früh natürlich.«

63

Um ein Uhr dreißig waren die Straßen in New York fast menschenleer. Lars Nielsen kannte sich offensichtlich aus.
»Ich habe Hunger«, sagte er. »Was ist mit Ihnen?«
»Ich auch.«
»Ich kenne ein großartiges kleines Hamburger-Restaurant, das die ganze Nacht lang offen hat. Allerdings ist es eine Stunde von hier entfernt.«
»Wissen Sie, dass ich noch nie in meinem Leben einen Hamburger gegessen habe?«
Lars starrte sie entgeistert an. »Sie haben noch nie einen Hamburger gegessen?«
Alex schüttelte den Kopf. »Und ich hatte auch noch nie einen Milchshake.«
»Meinen Sie das ernst?« Erstaunt schüttelte er den Kopf. »Nun, dann ist das Lokal als Einführung für Sie genau das Richtige. Die Milchshakes sind so dick, dass der Strohhalm darin stehen bleibt. Ich dachte, Amerikaner wachsen damit auf.«
Sie schüttelte den Kopf. »Nun, ich nicht.«
»Dann ist es ja ein Glück, dass Sie mir begegnet sind.«
»Ja, vermutlich.« Alex lachte und beugte sich vor, um das Radio einzuschalten. George Gershwins »They're singing songs of love but not for me« ertönte.

Lars legte seine Hand auf ihre. »Mögen Sie Gershwin?«, fragte er.
»Ja.« Sie lehnte sich zurück, schloss die Augen und seufzte zufrieden.
»Stimmt irgendetwas nicht?«, erkundigte er sich.
»Nein, im Gegenteil. So schön habe ich es lange nicht mehr gehabt.«
Er drückte ihre Hand.
Kurz darauf sagte er: »Wir fahren jetzt über die Triborough Bridge. Machen Sie die Augen auf und schauen Sie auf die Lichter. Es ist schön, nach den dunklen Kriegsjahren in Europa die Lichter in Amerika zu sehen.«
»Wie haben Sie die Zeit verbracht?«
»Im Vergleich zu Frankreich und dem übrigen Europa hatten wir Glück. Hitler hat uns besetzt, bevor wir überhaupt merkten, was los war. Aber im Gegensatz zu den anderen Ländern durften wir ein relativ normales Leben führen. Die Nazis brauchten die skandinavischen Länder, weil in Norwegen ihre U-Boote lagen, um von dort in den Nordatlantik auszulaufen. Allerdings wurde die Arbeit in der Käsefabrik meines Vaters stark eingeschränkt, weil wir natürlich nicht mehr die ganze Welt beliefern durften. Als dann die Deutschen von uns Dänen verlangten, die Juden auszuliefern, hat sich der König geweigert, und wir sind seinem Beispiel gefolgt. Ich habe selber zahlreiche Juden mit dem Boot nach Schweden in Sicherheit gebracht. Die Deutschen bewachten unsere Küsten, deshalb konnten wir nicht immer von den gleichen Stellen aufbrechen, aber es waren nicht genug Soldaten da, um die gesamte Küste im Auge zu behalten. Wir sind meistens nachts gefahren, damit wir vor dem Morgengrauen wieder zurück waren, um unsere Familien nicht in Schwierigkeiten zu bringen.«

Wie Philippe, dachte Alex.

»Im Winter haben wir bei stürmischem Wind natürlich viel länger dafür gebraucht als im Sommer.«

»Aber die Nazis haben nicht einen dänischen Juden bekommen.«

»Ich kann nur hoffen, dass das stimmt. Ich habe jedenfalls mein Bestes getan. Und 1943 wurde auch der Widerstand immer stärker.«

»In welcher Hinsicht? In England haben wir in jener Zeit nur wenig von anderen Ländern mitbekommen.«

»Nun, wir haben zum Beispiel Züge entgleisen lassen, mit denen deutsche Truppen nach Norwegen gebracht wurden. Fabriken, die für die Deutschen arbeiteten, wurden in die Luft gejagt. Brücken wurden gesprengt, was in unserem Land entscheidend ist, weil wir ein Inselstaat sind. Die Briten haben uns mit Waffen versorgt und hatten ein System ausgearbeitet, uns über das Radio zu informieren, wann die Übergabe stattfinden würde. Ein dänischer Sprecher bei der BBC sagte zum Beispiel: Grüße gehen an Peter, Hanne und Ole, und dann wusste die Widerstandsbewegung Bescheid. Die Deutschen sind nie dahintergekommen.« Lars lachte.

»Dadurch wurde der Widerstand immer stärker, aber die Deutschen gingen auch immer härter dagegen vor. Sie erschossen Zivilisten, um der Bevölkerung Angst zu machen, und wenn sie einen Widerstandskämpfer fassten, dann erwartete ihn der sichere Tod.«

»Aber ich nehme an, das hat Sie nicht davon abgehalten, oder?«

»Nein. Wir wurden allerdings immer vorsichtiger, und die Deutschen haben nicht viele von uns gefasst. Euer britischer

Feldmarschall Montgomery, der im Mai 1945 mit seiner einundzwanzigsten Armee unser Befreier wurde, sagte über den dänischen Widerstand, er sei ›unvergleichlich‹. Er hat uns gegen den Willen Eisenhowers vor dem russischen Zugriff bewahrt, und wir verehren ihn in Dänemark wie einen Helden.«

Schweigend fuhr er weiter.

Alex musste eingeschlafen sein, denn sie fuhr hoch, als Lars auf einmal sagte: »Ah, hier ist das Hamburger-Lokal, von dem ich Ihnen erzählt habe.«

»Wo sind wir?«

»Wir sind auf dem Sunrise Highway in dem kleinen Ort Freeport, kurz vor der Ausfahrt nach Jones Beach.«

»Wie spät ist es?«

»Spielt das eine Rolle?«

»Nein, überhaupt nicht. Ich weiß eigentlich gar nicht, warum ich gefragt habe.«

»Um diese Jahreszeit geht die Sonne auf, wenn wir am Strand sind.«

Sie traten in das hell erleuchtete Lokal. Außer ihnen waren nur noch drei andere Gäste anwesend.

Lars warf Alex einen Blick zu. »Sie sind nicht besonders amerikanisch, oder?«

»Ich glaube, ich war nie eine richtige Amerikanerin. Andererseits finden die Engländer mich auch nicht besonders englisch.«

»Ich habe gehört, sie sind sehr stolz auf Sie.«

»Oh, ihnen gefällt, was ich mit dem Geld meines Vaters und meines Großvaters bewirkt habe.«

»Das Geld Ihres Vaters und Ihres Großvaters könnte auch auf der Bank liegen und Zinsen bringen«, sagte Lars.

Alex lächelte ihn an. »So habe ich es nie gesehen.«
Er führte sie zu einem Tisch, auf dem das Besteck in Papierservietten eingewickelt lag.
»Hey«, rief der Mann hinter dem Tresen, »was kann ich für euch tun?«
»Ich habe dieser Dame gesagt, Sie hätten die besten Hamburger auf der Welt.«
»Und Milchshakes«, fügte Alex hinzu.
»Wir bekommen zwei Hamburger, Pommes frites und zwei Schokoladen-Milchshakes«, sagte Lars.
»Sie klingen so, als hätten Sie Ihr ganzes Leben in Amerika verbracht«, stellte Alex fest.
»Ich habe hier studiert, am Massachusetts Institute of Technology, Jahrgang 1927.«
»Womit haben Sie Ihren Lebensunterhalt verdient, bevor Sie Botschafter für Ihr Land wurden?«
»Ich mache Käse.«
»Ach, tatsächlich?« Alex beugte sich interessiert vor. »Ja, Sie haben erwähnt, dass Ihr Vater eine Käsefabrik hatte.«
»Ist das so seltsam?«
»Es ist zumindest ein seltsamer Zufall. Während des Krieges hat Scully, unser Verwalter, vorgeschlagen, wir sollten selber Käse machen. Wir haben ziemlich viele Kühe, und wir hatten sogar Erfolg. Wir haben Quark gemacht und einen Käse nach einem Rezept aus dem Norden. Schließlich war es sogar so viel, dass wir ihn an die Leute aus dem Dorf verkaufen konnten, obwohl die Produktionskosten eigentlich höher waren als das, was wir dafür bekamen. Wir machten zwar keinen Profit, hatten aber etwas wirklich Leckeres zu essen.«
Lars blickte sie an. »Na, da hol mich doch …«, sagte er.

»Oh, hoffentlich nicht.« Alex lächelte ihn an. »Sagen Sie mir, wie sind Sie dazu gekommen, Käse zu machen?«
»Bei uns liegt das in der Familie. Mein Großvater hat gegen Ende des neunzehnten Jahrhunderts die Firma gegründet, und mein Vater wuchs schon in dem Bewusstsein auf, sie eines Tages zu übernehmen. Für ihn gab es sein Leben lang nur Käse.«
»Lebt er noch?«
»Er starb vor zwei Jahren. Als ich auf dem College war, bekam er Parkinson, und als ich nach Hause kam, musste ich direkt in die Firma eintreten.«
»Haben Sie sich darüber geärgert?«
»Nein, eigentlich nicht. Ich konnte mein Ingenieurstudium dazu nutzen, die Ausstattung zu modernisieren, und eigentlich hatte ich sowieso nie Ingenieur werden wollen. Bevor der Krieg ausbrach, war ich viel auf Reisen, was ich für mein Leben gern tue. Ich liebe ferne Länder.«
»Und Ihre Familie?«
»Ich habe zwei Kinder, Brigitte, achtzehn, die, wie schon erwähnt, so werden möchte wie Sie ...«
»Und dabei möchte ich manchmal gar nicht wie ich sein.«
»Und einen Sohn, Carl, der zwanzig ist und alles andere lieber täte, als die Käsefabrik zu übernehmen. Hier kommen die Hamburger.« Seine Augen leuchteten auf. »Sie müssen Ketchup darauf geben und einen Klecks Senf und ein paar Zwiebeln. Ich hoffe, Sie mögen Zwiebeln.«
Alex nickte.
»Und binden Sie sich die Serviette um den Hals, damit Sie sich nicht bekleckern.«
Der Wirt stellte die Hamburger auf den Tisch. »Guten Appetit«, sagte er.

»Sie sind aber fröhlich, obwohl Sie mitten in der Nacht arbeiten.«

Der Mann grinste. »Ich bin einer der Eigentümer. Mein Bruder arbeitet die andere Schicht, aber mir gefällt die Nacht.«

Alex überlegte, wie der Hamburger wohl in ihren Mund passte, aber dann biss sie einfach hinein, genau wie Lars.

»Oh, das schmeckt ja himmlisch«, erklärte sie, mit vollem Mund kauend.

»Ich glaube, ich habe Sie verstanden«, erwiderte Lars grinsend. »Ja, er ist wirklich gut.« Er blickte sie an. »Ich wette, Sie sind die Einzige von dem Ball, die in einem Fünfhundert-Dollar-Kleid einen Hamburger isst und dann barfuß am Strand entlangläuft.«

Sie sagte ihm nicht, dass ihr Kleid fast doppelt so viel gekostet hatte.

Schweigend verzehrten sie ihre Hamburger. Jemand warf einen Nickel in die Jukebox, und Frank Sinatra sang »Tenderness«.

»Ich komme mir so vor wie auf einer Verabredung, die eigentlich meine Tochter haben müsste.«

»Hamburger, Milchshakes und Frank Sinatra?«

Alex nickte. »Meine Tochter ist vierundzwanzig und hat mit Männern nichts im Sinn.«

Lars legte den Kopf schräg. »Oh, das ist aber schade. Was ist los?«

Alex schüttelte den Kopf. »Sie behauptet, sie habe zu viel zu tun. Sie studiert im letzten Jahr Medizin, und außerdem hat sie meiner Mutter mit den Tausenden von Kindern geholfen, die ich ihnen geschickt habe …«

»Liegt diese Arbeitsethik bei Ihnen in der Familie?«

»Nein, wohl kaum. Meine Mutter hat in ihrem ganzen Leben nicht einen Tag gearbeitet, bis die Sache mit den Kindern anfing. Auch mein Vater oder mein Großvater mussten für ihr Geld nicht schwer arbeiten. Mein Vater stammt aus einer der ältesten Familien in Manhattan, und mein Großvater mütterlicherseits hatte einfach nur Glück.«
»Dann gehören Sie also nicht nur zum britischen Hochadel, sondern sind auch noch eine reiche amerikanische Erbin?«
»Ich dachte, Sie wüssten über mich Bescheid.«
»Ich weiß, welche Arbeit Sie geleistet haben.«
»Mehr brauchen Sie auch nicht zu wissen. Du lieber Himmel, ich kann den Milchshake kaum durch den Strohhalm saugen, so dick ist er.«
»Wenn wir uns hier noch länger aufhalten, verpassen wir den Sonnenaufgang.«
»Und das können wir bestimmt nicht zulassen, oder?«
»Nein, das können wir nicht zulassen.«
»Werden Sie mich küssen?«, fragte Alex.
Lars lachte. »Jetzt gleich?«
Alex lächelte. »Das habe ich mich gerade gefragt.«
»Mir ist der Gedanke auch gerade durch den Kopf gegangen.«
»Das ist schön, denn ich glaube, dass ich mich darauf freuen könnte, auch wenn ich nicht überzeugt bin, dass etwas noch besser sein kann als dieser Hamburger.«
Er lachte so laut, dass er Frank Sinatra übertönte.

64

Als sie auf den großen Parkplatz am Strand einbogen, war die Sonne noch nicht aufgegangen. Am Horizont färbten sich die ersten Wolken rot.
Der Parkplatz war leer. »Kein Wunder«, sagte Alex. »Wer kommt schon um halb fünf morgens an den Strand.«
»Sie wären überrascht«, erwiderte Lars. »Warten Sie.« Er öffnete die Fahrertür. »Um diese Uhrzeit ist es noch ein bisschen frisch.« Er stieg aus, trat an den Kofferraum und holte einen hellroten Anorak heraus. »Hier, ziehen Sie den an. Die Schuhe lassen Sie besser im Auto.«
Die Jacke war so groß, dass ihr die Ärmel bis weit über die Hände reichten. Er griff nach einem Ärmel und zog sie hinter sich her zum Strand. »Sehen Sie, dort am Horizont wird die Sonne jeden Augenblick aufgehen. Ich wusste, dass wir rechtzeitig hier sind.«
Goldene Strahlen zogen sich über den tiefroten Himmel, und das Meer, das bis jetzt dunkel gewirkt hatte, wurde auf einmal strahlend blau. Weiße Schaumkronen tanzten auf den Wellen. Alex stand ganz still. Man hörte nur das Rauschen der Wellen und das Schreien der Möwen, die über dem Wasser kreisten.
Und dann lösten sich die Wolken langsam auf, und der Himmel wurde hellblau.
Lars blickte Alex an, trat hinter sie, schlang die Arme um sie und hielt sie fest, während die Welt um sie herum erwachte.

Sie lehnte sich an ihn und genoss seine Wärme. Wie lange sie so dort standen, wusste sie nicht, aber schließlich drehte er sie zu sich herum, und ihre Lippen trafen sich zu einem leidenschaftlichen Kuss.

»Ich glaube«, sagte er anschließend, »ich wusste es schon, noch bevor ich im Saal vor dir stand.«

»Kennst du den Weg nach Westbury?«, flüsterte sie.

»Es liegt ungefähr eine Stunde von hier«, erwiderte er und löste sich von ihr. »Was für eine seltsame Frage, wenn ich dich gerade geküsst habe.«

»Ich habe ein Haus dort. Von hier aus ist es viel näher dorthin als nach New York City, und um diese Jahreszeit ist außer der Haushälterin keiner da.«

Erneut zog er sie an sich und küsste sie lachend. »Vielleicht kann ich ja das Tempolimit überschreiten.«

Sie behielt im Auto die Jacke an. Es würde ein heißer Tag werden, aber um diese Uhrzeit war es noch kühl. »Ich bin jetzt seit zweiundzwanzig Stunden wach und überhaupt noch nicht müde«, sagte sie.

»Ich bin seit zweiundzwanzig Stunden wach und habe mich noch nie lebendiger gefühlt.« Er griff nach ihrer Hand und hielt sie fest.

»Ich habe so etwas noch nie getan«, sagte sie. »Das musst du wissen.«

»Ich auch nicht«, erwiderte er. »Aber spielt das überhaupt eine Rolle?«

»Na ja, vielleicht habe ich es ja doch schon einmal getan. Vor sechzehn Jahren habe ich auf dem Schiff nach Amerika einen Mann kennen gelernt und in der ersten Nacht mit ihm geschlafen. Ach nein, es war die zweite.«

»Etwas für eine Nacht?«, fragte er grinsend.
»Nein. Es hat dann zehn Jahre gedauert.«
»Na ja, ich kann nicht behaupten, du hättest mich nicht gewarnt. Und weshalb ist es zu Ende gegangen?«
»Er ist gestorben«, erwiderte Alex. »Auf der Fahrt zurück nach Frankreich, nachdem er die Kinder an der englischen Küste abgesetzt hatte. Er hat mich dazu gebracht, bei der Rettung der Kinder zu helfen. Wenn ich ihn nicht kennen gelernt hätte, wäre mein Leben ärmer gewesen.«
»Dann kann ich ja nur dankbar sein, dass du ihn kennen gelernt hast, sonst hätte Brigitte keine Heldin, die sie bewundern könnte.«
»Wann ist deine Frau gestorben?«
»Sie ist 1942 an Pankreas-Krebs gestorben.«
»Hast du sie geliebt?«
»Ja, sehr. Wir kannten uns seit unserer Kindheit, und selbst mein Studium in Amerika konnte uns nicht auseinander bringen. Im März ging es ihr noch gut, und im April war sie tot. Es war ein ziemlicher Schock.«
Schweigend fuhren sie weiter.
»Und du?«, fragte Lars nach einer Weile. »Wann ist dein Mann gestorben?«
»Mein Mann, mein ältester Sohn und der Mann, den ich auf dem Schiff kennen gelernt habe, starben alle im gleichen Monat, im Herbst 1941, im gleichen Monat, als ich meine anderen beiden Kinder nach Amerika geschickt habe.«
Er drückte ihre Hand. »Wenn es diesen Mann schon in deinem Leben gab, während dein Ehemann noch lebte, war deine Ehe vermutlich nicht glücklich?«
»Mein Mann liebte eine andere Frau, als wir heirateten.«

»Und warum hat er dich dann geheiratet?«
»Er brauchte einen Erben, und seine Geliebte war bereits verheiratet. Außerdem brauchte seine Familie Geld, um das Schloss zu restaurieren. Ich war jung und reich.«
»Warst du denn niemals glücklich mit ihm?«
»Nein, nie.«
»Ein ganz schön ernsthaftes Gespräch für eine erste Verabredung, was?«
»Dann haben wir es hinter uns.«
»Ja, so kann man es auch sehen.«
Lars trat auf die Bremse und fuhr an den Straßenrand. Er zog sie in die Arme und küsste sie.
»Sie küssen himmlisch, Mr. Nielsen.«
»Und Sie lassen sich himmlisch küssen, Herzogin.«

»Bieg hier ab«, wies Alex Lars an.
Er bog links ab und fuhr an Stallungen vorbei und durch den Wald. »Die Auffahrt gefällt mir«, sagte er. »Gehört das gesamte Land euch?«
»Mein Großvater hat es noch vor meiner Geburt gekauft. Damals gab es hier lediglich ein paar Farmer.«
»Und jetzt werden keine vierzig Kilometer von hier entfernt lauter kleine Schuhschachteln gebaut, um die Familien all der Soldaten aufzunehmen, die für die Rettung der Demokratie gekämpft haben.«
»Du klingst so zynisch.«
»Nun, ich mache mir Sorgen, dass sie am Ende noch die Erde auseinander reißen. Oh, das ist ja ein hinreißend schönes Haus.«
»Es ist mein Lieblingshaus, weil es am unaufdringlichsten ist.«

Lars hielt vor dem Haus und nickte. »Ja, mir gefällt es auch. Es ist wie du.«
Alex lachte. »Aber ich habe gar nichts damit zu tun.«
»Bist du selten hier?«
»Während des Krieges haben einige der Kinder hier gewohnt. Hier und in unserem Haus in Newport, bis meine Mutter sie in Familien untergebracht hatte. Das war die einzige Zeit, in der hier wirklich etwas los war, weil sich sonst kaum jemand in diesen so genannten Sommerhäusern aufhält. Am Wochenende kommt mein Vater manchmal hierher, um nach seinen Pferden zu schauen. Und als die Kinder hier waren, hat auch Lina hier gewohnt.«
»War sie nicht viel zu jung für so eine große Verantwortung?«
»Sie ist sehr verantwortungsbewusst.«
»Deine Eltern …«
»Sie leben getrennt. Aber ich will dich nicht mit meiner ganzen Familiengeschichte langweilen. Küss mich lieber noch einmal.«
Sie stiegen aus, und Alex öffnete die Tür. »Mary!«, rief sie, während sie durch die große Eingangshalle zum Esszimmer eilte. Eine grauhaarige, ältere Frau kam angelaufen.
»Ah, da sind Sie ja, Mary. Ich will nicht lange bleiben, Sie brauchen sich also keine Gedanken um die Mahlzeiten zu machen. Vielleicht nur eine Kleinigkeit zum Mittagessen heute …« Sie warf Lars einen Blick zu.
Er blickte auf seine Armbanduhr. »Um ein Uhr dreißig?«
»Haben Sie genug dafür im Haus? Wir haben geschäftliche Dinge zu besprechen und möchten nicht gestört werden. Bevor wir dann wieder aufbrechen, essen wir eine Kleinigkeit. Ist das in Ordnung?«

Die Haushälterin nickte, blickte jedoch ein wenig ungläubig auf Alex' lavendelfarbenes Abendkleid und den roten Anorak.
»Nichts Besonderes. Salat haben Sie ja wahrscheinlich um diese Jahreszeit nicht da, also vielleicht ein Sandwich oder so. Wir haben es dann sicher auch eilig.«
Sie zog die Jacke aus und warf sie über einen Stuhl im Esszimmer. Dann begann sie zu lachen.
»Was ist so komisch?«
»Das Leben. Wenn du mir das vor vierundzwanzig Stunden gesagt hättest, hätte ich es nicht geglaubt.«
»Komm her.«
Sie ließ sich in seine Arme ziehen.
»Das Leben ist nicht nur komisch, sondern auch wundervoll, so wie jetzt.«
Er hob sie hoch. »Wohin?«, fragte er.
»Nach oben, die zweite Tür links.«
Er nahm zwei Stufen auf einmal. Als sie in dem lichtdurchfluteten Zimmer standen, setzte er sie auf dem Bett ab.
»Komm her«, sagte sie und griff nach seiner Krawatte.
»Ich habe nicht vor, mich die nächsten Stunden von dir zu entfernen.« Er begann, sein Hemd aufzuknöpfen.
Sie stand auf und drehte ihm den Rücken zu. »Frauen können diese Kleider nie allein ausziehen. Öffnest du bitte den Reißverschluss?«
Als ihr Kleid zu Boden fiel, nahm er sie von hinten in die Arme. Seine Hände umfassten ihre Brüste, dann drehte er sie zu sich um. »Du bist eine schöne Frau.«
Er zog sie an sich, und seine Berührungen brachten sie zum Seufzen.

»Du stehst wahrscheinlich nicht im Telefonbuch. Wie kann ich dich erreichen?«

Er hatte während der ganzen Fahrt in die Stadt ihre Hand gehalten, und jetzt stoppte er am Straßenrand vor Sophies Haus. Sie sagte ihm die Telefonnummer, und er wiederholte sie zweimal.

Als sie aus dem Auto stieg und um das Auto herum zum Bürgersteig ging, kurbelte er das Fenster herunter. »Hey, gib mir einen Abschiedskuss.«

»Ich hoffe, das ist kein Abschied.«

»Nein, du hast Recht. Gib mir einen Anfangskuss.«

Sie küsste ihn und staunte über sich selbst. Der Doorman beobachtete sie, und sie stand da in ihrem Abendkleid und dem roten Anorak, als wenn dies am helllichten Tag das Normalste der Welt wäre.

Lars griff nach ihrer Hand. »Falls ich mich bis jetzt noch nicht deutlich genug ausgedrückt haben sollte, du bist eine tolle Frau!« Lachend kurbelte er die Scheibe wieder hoch und fuhr davon.

Eine tolle Frau. Alex lächelte leise.

65

»Na, wenn sie dich jetzt sehen könnten«, sagte Sophie, als Alex ins Zimmer trat.
»Wer?«
»*Vanity Fair*. Sie haben angerufen und wollten dich für die Oktober-Ausgabe im Abendkleid auf dem Cover. Aber die rote Windjacke wollen sie bestimmt nicht. Und sie wollen auch noch Fotos mit dir und ein paar von den Kindern, die du gerettet hast.«
»Oh, mein Gott, Mutter!«
»Die Redakteurin war gestern Abend auch auf dem Ball und war überrascht, dass die Frau, die die Rettung der Kinder organisiert hat, so glamourös ist.«
Alex verdrehte die Augen. »Mutter, was soll der Unsinn? Du hast mindestens genauso viel getan wie ich.«
Lina trat ins Zimmer. »Ach, habe ich mir doch gedacht, dass ich Stimmen gehört habe. Ich habe mir Sorgen gemacht, aber Grandma meinte, du seiest mit einem gut aussehenden Mann verschwunden. Er hat dir doch nichts getan, oder?«
»Nein, eher nicht.«
»Dann hattest du es also schön?«
»Ja, wundervoll. Hinreißend. Himmlisch.«
Sophie und Lina warfen einander einen vielsagenden Blick zu.
»O Mama. Was habt ihr denn gemacht?«
»Wir sind zum Jones Beach gefahren, und auf dem Weg dort-

hin haben wir noch angehalten, um einen Hamburger und einen Schokoladen-Milchshake zu essen und uns Frank Sinatra aus der Jukebox anzuhören.«
Lina lachte. »Sollte nicht eher ich so eine Verabredung haben?«
»Ja, darauf kannst du dich freuen. Es war wundervoll. Und anschließend haben wir uns am Strand den Sonnenaufgang angesehen.«
»Das klingt ja sehr romantisch.«
»Das war es auch.«
»Und wer ist er?«
»Der dänische Botschafter der Vereinten Nationen.«
»Zumindest etwa Anständiges«, sagte Sophie.
»Und wirst du ihn wiedersehen?«, fragte Lina.
»Das will ich doch hoffen.«
»Du siehst so aus wie die Katze, die den sprichwörtlichen Kanarienvogel gefressen hat«, meinte Sophie.
»Ich glaube, ich muss jetzt mal dieses Kleid ausziehen. Was mag wohl Henry von mir gedacht haben, dass ich mitten am Nachmittag in so einem Aufzug herumlaufe.«
»Doormen werden nicht fürs Denken bezahlt.«
Alex wollte aufstehen, aber Lina hob die Hand. »Warte mal, Mama. Ich möchte dich etwas fragen, und du sollst mir ehrlich antworten. Michelle ist in der Stadt, und nächsten Mittwoch fliegt sie für drei Wochen auf Foto-Safari nach Afrika. Sie möchte, dass ich mit ihr komme.«
»Liebling, du träumst seit Jahren von Afrika. Das ist eine gute Idee. Vielleicht möchtest du ja dort letztendlich als Ärztin arbeiten.«
»Aber den restlichen Sommer nehme ich mir dann frei, damit

wir zusammen sein können. Wir haben so wenig voneinander gehabt.«
»Wir haben ja noch den ganzen August.«
Alex stand auf, trat zu ihrer Tochter und gab ihr einen Kuss.
»Wir haben noch eine Ewigkeit Zeit füreinander. Fahr für drei Wochen nach Afrika. Ich liebe dich.«
»Ich weiß.« Alex ergriff den roten Anorak und ging duschen.

»Chérie«, kam eine leise Stimme übers Telefon. »Es ist so lange her, viel zu lange.«
Es war Sonntagmorgen, ein strahlender Junitag.
»Hat deine Tochter dir gesagt, dass ich sie mit nach Afrika nehmen möchte?«, gurrte Michelle.
»Ja.«
»Ich möchte dich unbedingt sehen. Es ist so ein schöner Tag, willst du mich nicht hier im Plaza abholen und mit mir durch den Park spazieren? Später können wir mit Lina in der Tavern on the Green zu Mittag essen.«
»Ja, das wäre wunderbar. Um wie viel Uhr?«
»Wann passt es dir am besten?«
Alex blickte auf die Uhr. Es war fast schon Mittag. »Wie wäre es mit eins? Du wohnst ja nicht weit weg. Wir kommen zum Hotel und holen dich ab.«
»Ah, Chérie, wunderbar.«
»Ich hoffe, wir erkennen einander.«
»Ich habe ein paar graue Haare bekommen.«
»Ich auch.«
Alex machte sich auf die Suche nach Lina, um ihr ihre Pläne mitzuteilen. »Ich ziehe mich nur rasch um, dann können wir gehen.«

»Mama, du brauchst dich nicht umzuziehen. Du siehst hervorragend aus.«
»Ich muss doch Strümpfe und anständige Schuhe anziehen.«
»Du bist hier nicht in England, ja, noch nicht einmal in dem New York, an das du dich erinnerst. Im Juni kann man hier ohne weiteres in Sandalen ohne Strümpfe herumlaufen.« Sie lachte. »Selbst Grandma hat nicht mehr jedes Mal weiße Handschuhe an, wenn sie ausgeht.«

Alex hatte Michelle nur das eine Mal gesehen. Jetzt, sechzehn Jahre später, hätte sie sie nicht mehr wiedererkannt. Michelle und Lina umarmten sich, und auch Alex wurde von Michelle auf beide Wangen geküsst, als seien sie schon immer Freundinnen gewesen.
»Chérie, du bist so dünn.« Michelle hielt Alex an den Schultern fest und trat einen Schritt zurück, um sie zu mustern. »Aber ich hätte dich sofort erkannt, weil Iris mir ein Foto von dir und Philippe geschickt hat, das seitdem auf meinem Klavier steht.«
»Du musst mir unbedingt einen Abzug schicken.«
Michelle war immer noch eine attraktive Frau, mit einer weißen Strähne in ihren kurzen, dunklen Haaren. Sie trug ein weißes Leinenkleid, weiße Sandalen und Ohrringe mit großen, weißen Ringen, die ihren sonnengebräunten Teint betonten. Ihre Fußnägel waren knallrot lackiert.
»Du siehst aus wie ein Filmstar.«
»Ach was.« Michelle hakte sich bei Alex und Lina ein, während sie das Restaurant betraten. »Ich bin einfach für das Leben in Kalifornien wie geschaffen.«
»Kehrt deine Familie jetzt nach Frankreich zurück?«

Michelle zuckte mit den Schultern. »Celeste hat unseren Winzer geheiratet, der mittlerweile meine rechte Hand geworden ist. Sie reden zwar davon, dass sie mal in Frankreich nach dem Rechten sehen wollen, aber wir sind hier sehr erfolgreich. Das Weingut in Kalifornien ist mein Leben, und eigentlich möchte ich lieber, dass sie hier bleiben. Andererseits möchte ich auch, dass wir in Frankreich wieder Wein produzieren. Na ja, wir werden sehen, wie sie sich entscheiden.«

Der Kellner wies ihnen einen Tisch zu und reichte ihnen die Speisekarten.

»Ich nehme Eistee«, sagte Alex.

»Du bist nicht wirklich eine Britin geworden, was?« Michelle lächelte.

»In England mag niemand Eistee. Ich gebe ja sogar Eiswürfel in Rotwein.«

»Mon Dieu! Das ist ja beinahe ein Verbrechen!«

»Mein Mann hat immer gesagt, ich sei ein Kunstbanause. Vermutlich erstreckt sich das auch auf Wein.«

»Ich glaube, ich nehme die Quiche.« Michelle studierte die Speisekarte. »Obwohl man in den wenigsten amerikanischen Lokalen eine anständige Quiche bekommt.«

»Ich nehme nur einen Salat.«

»Kein Wunder, dass du so dünn bist.«

Der Kellner nahm ihre Bestellungen entgegen, und als er wieder verschwunden war, legte Michelle ihre Hände auf die von Alex. »Ich kann dir gar nicht sagen, wie wundervoll es ist, dich zu sehen. Für Iris, Celeste und mich gehörst du zur Familie. Du hast einen besonderen Platz in unseren Herzen. Sag mir, was für Pläne hast du jetzt?«

Alex zuckte mit den Schultern. »Eigentlich habe ich keine besondern Pläne. Am liebsten möchte ich nach Hause fahren und den Blumen beim Wachsen zuschauen, aber allein der Gedanke verursacht mir schon Schuldgefühle.«

»Warum denn? Hast du nicht schon genug getan?«

»Tut man denn jemals genug? Der Gedanke daran, was mit der Welt passiert ist, hält mich nachts wach. Ich sehe flehende Kindergesichter vor mir. Als ich durch Europa gereist bin, um die Kinder nach Hause zurückzubringen, habe ich gesehen, dass viele gar kein Zuhause haben. Ich sah Kinder, die auf der Straße schlafen, die betteln oder stehlen, um etwas zu essen zu haben, die keine warme Kleidung und keine Schuhe besitzen, und ich sah, was die Nachwirkungen des Krieges angerichtet haben. Jeden Tag sterben zu Hunderten Kinder, und andere können kaum überleben. Wer rettet denn diese Kinder? Ist für sie niemand verantwortlich? Wer soll sich denn um sie kümmern?«

»Du hast schon mehr getan, als du hättest tun müssen«, erwiderte Michelle.

Alex schüttelte den Kopf.

»Aber wir können doch nur begrenzt helfen, in unserem kleinen Teil der Welt, meinst du nicht?«, entgegnete Michelle.

»Ich glaube, Mama möchte die ganze Welt retten«, warf Lina ein.

Der Kellner brachte ihr Essen. Michelle sagte: »Iris und ich glauben, du hast Lina adoptiert, weil du es nicht ertragen konntest, dass jemand so zurückgewiesen wurde wie du von deinem Ehemann.« Sie tätschelte Lina die Hand. »Manchmal entsteht Liebe durch Mangel an Liebe.«

»Das ist mir zu psychologisch. Ich weiß nur, dass sie mein Kind ist und ich sie von ganzem Herzen liebe.«

Lina blinzelte. Dann sagte sie leise: »Ich glaube, es sind alles deine Kinder, Mama. Alle Kinder, die du gerettet hast.«
Schweigend aßen sie. »Jetzt waren wir aber lange genug so ernst«, sagte Alex schließlich und wandte sich an Michelle. »Wir haben uns viel zu erzählen. Gibt es einen Mann in deinem Leben?«
Michelle schüttelte den Kopf. »Jeder fragt das, als ob das Leben ohne Mann nicht vollständig sei. Ich könnte Beauchamps nicht führen, wenn ich verheiratet wäre. Für mich kommt das Weingut an erster Stelle, und das könnte kein Mann ertragen. Und ich könnte keinen Mann ertragen, der wichtiger sein wollte als Beauchamps. Oh, du musst es dir einmal anschauen kommen, es ist so wunderschön dort im Napa Valley, nördlich von San Francisco. Ich prophezeie euch, eines Tages wird das gesamte Tal voller Weinreben stehen, aber bis jetzt sind es noch nicht so viele, und ich habe mir dort mein Traumhaus gebaut.«
»Es sieht aus wie eine spanische Hazienda«, sagte Lina.
Michelle nickt. »Es ist wirklich schön. Und ich bin umgeben von meiner Familie. Nach dem Tod meiner Mutter ist mein Vater zu mir gezogen. Iris und ihr Mann haben ebenfalls eine Zweitwohnung auf dem Anwesen und Celeste und ihr Mann auch. Ich bin glücklich und stolz.«
»Du hast auch allen Grund dazu.«
»Und jetzt gönne ich mir zum ersten Mal seit sechzehn Jahren Urlaub, und dazu will ich mir von dir das Einzige ausleihen, was ich nicht habe. Deine Tochter. Nur für drei Wochen.«
»Ich möchte, dass sie dich begleitet.«
Michelle blickte Lina mit hochgezogenen Augenbrauen an.
»Wie soll ich denn bis Mittwoch fertig sein?«, fragte Lina.

»In den nächsten beiden Tagen kaufen wir nur ein. Ich habe eine Liste, was wir alles brauchen, und wir können uns bei Abercrombie and Fitch ausstatten lassen. O ja, Lina, komm mit und sei die nächsten drei Wochen meine Freundin und Tochter.«
Lächelnd blickte Lina ihre Mutter an. Dann hob sie ihr Wasserglas. »Wie kann ich da nein sagen?«

Alex dachte, Lars würde sie am Wochenende anrufen. Sie hatten sich zwar erst am Samstagnachmittag getrennt, aber am Montag und auch am Dienstag hatte er sich noch nicht gemeldet. Vielleicht hatte er ja ihre Telefonnummer vergessen.
Das war das Problem, wenn Männer in das Leben einer Frau traten. Ganz gleich, was man tat, man wartete auf sie.
Vanity Fair teilte ihr mit, sie müsse sich bis Ende Juli entschieden haben, ob sie im Oktober auf das Cover der Zeitschrift wolle. Sie wollten einen Artikel über sie und die Kriegsjahre schreiben und fragten, ob sie Fotos von sich aus dieser Zeit mit den Kindern hätte. Außerdem wollten sie alte Fotos von Schloss Carlisle verwenden. Sie selbst sollte sich mit ihrem fliederfarbenen Abendkleid und einer Kamelie hinter dem Ohr fotografieren lassen. Alex hatte gesagt, sie wolle es sich überlegen, aber im Herzen wusste sie, dass sie es nicht tun würde. Es war viel zu viel Aufwand, und sie war zu alt dafür, um auf dem Titel einer solchen Zeitschrift zu sein.
Wenn sie jedoch an Freitagnacht und Samstag dachte, an das, was sie und Lars getan hatten, fühlte sie sich überhaupt nicht alt. Warum rief er nicht an?

66

Am Mittwoch fuhr Lina mit einem Taxi kurz vor zwölf zum La Guardia Airport, und Alex stellte erstaunt fest, dass sie nur einen kleinen Koffer und eine Schultertasche dabei hatte.

Sophie war in Newport. Sie hatte beschlossen, das Haus, in dem sie fast fünfundvierzig Sommer verbracht hatte, zu verkaufen. Als ihre Schwiegermutter noch gelebt hatte, war sie gerne dort gewesen, aber jetzt war Newport als Sommerfrische schon lange aus der Mode gekommen, und auch sie verbrachte die heißen Tage lieber in Westbury, wo es schön kühl war und sie im Swimmingpool baden konnte. Diese Woche wollte sie in Newport mit einem Makler sprechen.

Alex blickte aus dem Fenster auf die Taxis auf der Park Avenue und sehnte sich nach grünen Weiden und Schafherden, nach ihren Blumen und nach Gesprächen mit Clarissa, die sie sicher vermisste. Vielleicht würde sie für ein paar Wochen nach Hause fliegen. Michael war irgendwo in New Hampshire. Grandpa und Grandann waren in Denver. Jedes Jahr blieben sie ein bisschen länger, und dieses Jahr wollten sie vor Ende September nicht zurückkommen. Vielleicht sollte sie ihre Großeltern besuchen. Sie hatten sie gebeten, dieses Jahr in den Westen zu kommen. Ja, das hatte was, die Rockys im Sommer. Hm, wofür sollte sie sich entscheiden? Für London oder für Denver?

In diesem Augenblick klingelte das Telefon, und noch bevor sie den Hörer abnahm, wusste sie, dass es Lars war.
»Ich nehme an, du hast schon eine Verabredung für heute Abend?«
»Nein, eigentlich nicht. Ich bin frei wie ein Vogel.«
»Ist neunzehn Uhr dreißig zu früh?«
»Nein, überhaupt nicht.«
»Gut. Ich hole dich um halb acht ab.«
»Schön, ich freue mich.«
»Du hast vermutlich nichts davon gemerkt, aber du hast mir gefehlt. Und so etwas passiert mir normalerweise nicht.«
»Nun, ich habe auch ein- oder zweimal an dich gedacht.«
»Ich habe gehofft, dass du das sagst. Bis heute Abend.« Er legte auf. Alex schlang lächelnd die Arme um sich. Wie albern, sich mit fünfundvierzig Jahren so zu fühlen.
Ach was. Durften denn nur junge Leute so empfinden? Fand man es denn nur mit sechzehn, siebzehn so erregend, die Stimme eines Mannes zu hören? Sie war dreißig gewesen, als Philippe in ihr Leben trat, und bei ihm hatte sie zehn Jahre lang Schmetterlinge im Bauch gehabt. Und sie hatte geglaubt, dieses Gefühl nie wieder zu erleben. Jetzt war es wieder da.
Sie wirbelte durch das Zimmer. An Denver und London dachte sie nicht mehr.

Als Lars eintrat, blickte er sich um und stieß einen leisen Pfiff aus.
»Der Aufzug ist durchgefahren, und außer mir war niemand darin.«
»Er heißt auch der Penthouse-Express.«
»Deine Mutter muss ganz schön wichtig sein.«

»Das macht nur ihr Geld.«
»Das deines Vaters vermutlich.«
»Und ihres Vaters. Die Leute werden glauben, du seiest hinter meinem Geld her.«
»Besitzt du so viel?«
»Ich weiß gar nicht, auf wie viel sich mein Vermögen beläuft.«
»Ich glaube, wir sind quitt. In Dänemark würden die Leute denken, du seiest hinter meinem Käse her.«
»Da würden sie sich aber irren«, erwiderte sie. »Es gibt einiges an dir, was mir viel besser gefällt als dein Käse.«
»Mein Körper vielleicht?«
»Dein Sinn für Humor.«
Er trat ans Fenster und blickte hinaus. »Ich habe eine schönere Aussicht. Ich blicke auf den Central Park.«
»Vielleicht wohnst du ja in einem Gebäude meines Großvaters. Er besitzt mehrere Häuser mit Blick auf den Park. Er hatte dort drüben auch ein Haus, aber sie haben es abgerissen, um Platz für die Wolkenkratzer zu schaffen.«
Er drehte sich zu ihr um und fragte: »Wie sehen deine Pläne für die Zukunft aus?«
»Meine aktuellen Pläne sehen vor, dass ich etwas essen muss, sonst verhungere ich.«
»Magst du italienisches Essen?«
»Ich habe es nicht oft gegessen, nur wenn ich in Italien war.«
»Nun, dann gehen wir ins Village in ein charmantes kleines italienisches Restaurant, das ich kenne. Zu Mama Mia.«
»Machst du Witze?«
»Nein, keineswegs, obwohl du ja behauptest, du fändest meinen Sinn für Humor anziehend.«
»Ja, und deine Art zu küssen.«

»Ich glaube, damit warten wir besser noch ein bisschen, sonst kommen wir nie zu unserem Abendessen.«
»Ich kann dich ja schon einmal vorwarnen: Heute Abend ist hier niemand zu Hause.«
Er trat auf sie zu und ergriff ihre Hände. »Ich freue mich schon darauf. Aber bevor wir uns der Lust hingeben, muss ich einiges mit dir besprechen.«
»Besprechen?«
»Ja, ich habe seit Samstagnachmittag pausenlos an dich gedacht und ein bisschen für dich gearbeitet.«
»Für mich?«
»Nun ja, eigentlich für die Welt. Komm, wir nehmen uns ein Taxi und fahren erst einmal zum Essen. Dann können wir weiterreden.«
Im Aufzug küsste er sie.
»Das war sehr schön«, murmelte sie.
»Du riechst wundervoll«, sagte er.
Die Türen des Aufzugs glitten auf. »Wie kann das nur so schnell gehen?«, fragte er, als sie in die Halle traten.

Das Restaurant befand sich auf der Christopher Street, ein kleines Lokal, zu dem man ein paar Stufen hinuntersteigen musste. Auf den Tischen lagen rotweiß karierte Tischdecken, und der Geruch, der aus der Küche drang, war köstlich.
»Das ist ja reizend hier«, sagte Alex.
Lars nickte.
Ein Kellner brachte sie zu ihrem Tisch. Kurz darauf kam eine kleine, füllige Frau aus der Küche, die über das ganze Gesicht strahlte.
»Ah, Botschafter, schön, Sie wiederzusehen. Ich habe mich

gefreut, als ich Ihren Namen auf der Reservierungsliste gelesen habe.«

»Mama.« Lars stand auf und beugte sich herunter, um die Frau auf die Wange zu küssen. »Das ist Alex Carlisle.«

So hatte sie noch nie jemand vorgestellt. Alex Carlisle.

»Die Freunde des Botschafters sind mir stets willkommen.«

»Sie hat in New York noch nie in einem italienischen Restaurant gegessen.«

»Sind Sie aus New York?«, fragte Mama.

»Ich bin zwar hier geboren, habe aber die letzten fünfundzwanzig Jahre in London gelebt.«

»Und dort gibt es keine italienischen Restaurants?«

»Jedenfalls keines, in dem ich je gegessen hätte.«

»Sie Ärmste!« Mama rieb sich die Hände. »Überlassen Sie mir das Menü?«

Alex blickte Lars an. Sie nickten beide.

»Und eine Flasche Beauchamps Cabernet Sauvignon«, bestellte Lars.

»Ach, du liebe Güte.«

»Was soll das heißen? Magst du ihn nicht?«

»Doch, doch, aber das ist das Weingut des Mannes, von dem ich dir erzählt habe.«

»Die Zehnjahresaffäre?« Er grinste.

Alex nickte. »Meine Tochter ist gerade heute mit seiner Schwester, die das amerikanische Unternehmen leitet, nach Afrika gereist.«

»Die Welt ist wirklich klein«, sagte Lars und setzte sich wieder. Sie blickten einander an.

»Und du hast für mich gearbeitet?«

»Ja, ich glaube, die Menschen brauchen dich.«

Sie lehnte sich auf ihrem Stuhl zurück und blickte ihn an. Der Kellner brachte den Wein, den Lars probierte und für gut befand. Er schenkte ihnen beiden ein und ließ die Flasche auf dem Tisch stehen.

»Ich hatte ja keine Ahnung, dass das kurze Zusammentreffen mit mir dein Gehirn so beschäftigt.«

»Ja, das hat es tatsächlich«, erwiderte er. Erstaunt stellte sie fest, wie ernst er auf einmal dreinblickte. »Als ich am Samstagabend zu Bett ging und einschlief, träumte ich ... tatsächlich hatte ich Alpträume von Kindern, die auf der Straße starben, die beim Stehlen erwischt und ins Gefängnis geworfen wurden, wo sie wenigstens etwas zu essen hatten. Ich träumte davon, dass die Straßen Europas voller umherirrender Kinder wären. Drei- oder viermal bin ich aufgewacht, nur um wieder solche schrecklichen Träume zu haben, und am nächsten Morgen sah mein Bett aus, als sei eine Armee hindurchmarschiert.«

Kopfschüttelnd nahm er sein Weinglas.

Alex griff über den Tisch nach seiner Hand. »Aber genauso ist es«, sagte sie.

»An jenem Morgen habe ich mich beim Anziehen gefragt, ob ich wirklich durch den Ballsaal auf dich zugekommen wäre und dich zum Tanzen aufgefordert hätte, wenn ich gewusst hätte, welche Alpträume du für mich bereithältst.«

»Und, hättest du es getan?«, fragte sie.

»Natürlich. Wenn eine Frau einfach so in mein Leben tanzen und mich so beschäftigen kann, weiß ich, dass nichts mehr ist, wie es war. Bei jeder Mahlzeit, die ich seitdem gegessen habe, habe ich daran gedacht, dass in Europa Kinder verhungern. Und dann waren heute Morgen auf der Titelseite der *Times* Bilder von hungernden Kindern in Äthiopien.«

»Ich glaube, die meisten von uns betrachten solche Fotos und denken: Ist das nicht schrecklich?, und vergessen es gleich wieder. Was kann ein Einzelner schon tun? Es ist hoffnungslos.«
»Nein«, sagte er, »das ist es nicht.«
Sie trank einen Schluck Wein und blickte ihn erwartungsvoll an.
»Was kann ein Einzelner schon tun?«, wiederholte er ihre Frage. »Viel, wenn du es bist.«
»Ich? Ich kann nicht allen hungernden Kindern in Europa und Äthiopien zu essen geben.«
»Wenn dein Franzose dich von Anfang an gebeten hätte, einige tausend Kinder zu retten, was hättest du dann geantwortet?«
Sie dachte einen Moment nach. »Unmöglich.« Lächelnd dachte sie, dass sie das zwar gesagt hätte, aber sie hätte es doch getan.
»Aber mehrere Menschen können es. Allein hättest du alle diese Kinder nicht retten können, und auch dein Franzose hätte ohne die Helfer in Frankreich und England nichts bewirken können. Er konnte den Plan ausarbeiten, aber umsetzen konnte er ihn letztlich nur, weil er sich zahlreiche andere Leute ins Boot geholt hat. Und jeder trug das, was er tun konnte, zu diesem heroischen Projekt bei.«
»Nun, das, was ich getan habe, würde ich nicht heroisch nennen.«
»Du vielleicht nicht. Aber wenn man bedenkt, dass Tausende von Kindern dir ihr Leben verdanken … dir und so vielen anderen, die gemeinsam etwas bewirkt haben, was sie allein nie geschafft hätten.«
Ein Kellner brachte Antipasti und stellte kleine Teller vor sie hin.

»Wie soll ich essen, wenn wir von hungernden Kindern reden?«
»Weil wir sie retten werden.«
Sie warf ihm einen skeptischen Blick zu, aber er lächelte sie an.
»Du wirst jetzt wundervoll zu Abend essen und dich immer daran erinnern, weil es der Beginn einer beispiellosen Rettungsaktion sein wird.«
Alex trank einen Schluck Wein und aß schweigend ihre Vorspeise. Schließlich sagte sie: »Wenn du so hochfliegende Pläne hast, warum beschränkst du dich dann auf Europa? Dann können wir doch gleich die Kinder der Welt retten.«
Lars blickte sie erstaunt an. »Ich dachte, du machst dir nur Sorgen wegen der Auswirkungen des Krieges?«
»Das tue ich ja auch, aber hast du dir schon mal überlegt, wie viele Kriege es auf der Welt gibt? Wir vergessen andere, vom Krieg zerrissene Länder gern, weil wir nur an uns und unsere Verbindung mit Europa denken. Aber wie viele Menschen sterben in China, in Indien und im Kongo? Weißt du, wie viele Kriege es jedes Jahr auf dem afrikanischen Kontinent gibt? Weißt du, wie viele Kinder täglich verhungern, weil sie unter Umständen zur Welt kommen, die sie nicht überleben können?«
Lars lächelte sie an. »Vielleicht sollten wir doch erst einmal mit Europa anfangen. Die anderen Kontinente heben wir uns für später auf.«
Auch Alex musste unwillkürlich lächeln. »Ja, natürlich. Ich habe dich ja noch nicht einmal gefragt, wie du es dir überhaupt vorstellst.«
»Über die Vereinten Nationen.«
»Ich habe keine Verbindung zu den Vereinten Nationen.«

»Noch nicht. Andererseits bin ich der Meinung, dass jeder eine Verbindung mit dem hat, was die UNO anstrebt. Ursprünglich ist sie als Staatenbündnis gedacht gewesen, das ›zukünftige Aggression verhindern und humanitären Zwecken dienen soll‹. Was ist humanitärer, als Kinder zu retten?«
Er aß den Salat, den der Kellner vor ihn hingestellt hatte, doch Alex rührte ihren Salat nicht an. Sie trank noch einen Schluck Wein und drehte das Glas nachdenklich zwischen den Fingern.
»Sag mir, was eine Frau allein bei den Vereinten Nationen bewirken kann. Das sind doch Träume.«
»Du und ich und ein paar meiner UN-Freunde werden den Sommer miteinander verbringen und uns überlegen, wie wir das Thema am besten angehen sollen. Mit ein wenig Glück bist du im Herbst so weit, dass du vor den Vereinten Nationen eine Rede halten kannst.«
»Oh, mein Gott!« Sie lachte. »Das kann ich nicht. Ich habe noch nie eine Rede gehalten.«
»Wenn nötig, können wir uns die Rede schreiben lassen, aber ich glaube, wenn du sie selber schreibst, spiegelt sie eher wider, was du tief im Herzen empfindest, und dann hältst du sie auch leidenschaftlicher.«
Erschreckt stellte sie ihr Weinglas ab.
»Wir werden im Sommer den Weg dafür ebnen. Der schwedische Botschafter ist ein guter Freund von mir, und wir werden ein Komitee gründen. Aber du wirst das Ganze leiten. Dein Name ist bekannt. Die Leute wissen, dass du viele Kinder gerettet hast, und du wirst diesen Kreuzzug jetzt fortführen.« Er wedelte auffordernd mit der Hand. »Iss etwas. Wir haben viel zu tun.«
»Heute Abend noch?«

»Nein, aber in den nächsten Monaten und Jahren.«

»Ich kann so eine Aufgabe nicht übernehmen. Während des Kriegs habe ich das nur geschafft, weil immer nur wenige Kinder auf einmal in Booten herübergebracht wurden.«

»Ja, und?« Lars lehnte sich auf seinem Stuhl zurück. »Welche Qualifikationen sollte man denn deiner Meinung nach für diese Aufgabe besitzen?«

Alex runzelte die Stirn. »Es müsste jemand mit Manager-Fähigkeiten sein, jemand, der die Welt besser versteht als ich. Jemand, der einflussreiche Freunde auf den richtigen Posten hat. Jemand mit Vision und Leidenschaft …«

»Weißt du was? Das ist am allerwichtigsten, und ich bin noch nie einer leidenschaftlicheren Person als dir begegnet.« Er grinste. »Und zwar in jeder Hinsicht.«

Alex beugte sich vor. »Hältst du es wirklich für möglich?«

»Ja.«

Sie ergriff ihre Gabel. »Sie brauchen nicht nur Essen, sondern auch ein Zuhause, wo es für sie Wärme, saubere Bettwäsche und Liebe gibt, auch wenn es nur ein Waisenhaus ist. Sie brauchen medizinische Versorgung und Hoffnung.«

Lars lächelte. Er spürte, wie es in ihrem Kopf bereits zu arbeiten begann.

»O Lars, wie soll ich eine so große Aufgabe bewältigen?«

»Denk einfach nicht darüber nach, dass du es nicht könntest. Zuerst musst du vor den Vereinten Nationen eine Rede halten, um ihnen das Projekt vorzustellen. Wenn die UNO hinter dir steht, kannst du nach den Sternen greifen.«

So etwas Ähnliches hatte schon einmal jemand zu ihr gesagt.

»Du entscheidest, was deiner Meinung nach getan werden muss.«

»Das kann ich nicht allein, dazu weiß ich nicht genug.«
»Du hast ja mich. Gemeinsam werden wir festlegen, *wie* es gemacht werden kann. Und deshalb brauchen wir die UN.«
»Vor fünf Tagen kannte ich dich noch nicht einmal.« Alex schüttelte den Kopf.
»Vor fünf Tagen war unser Leben noch nicht annähernd so reich, wie es werden wird.«
Der Kellner räumte den Salat ab und schenkte ihnen Wein nach.
»Präsident Truman hat Mrs. Roosevelt kürzlich zur UNO-Delegierten ernannt«, sagte Lars. »Zurzeit ist sie gerade in London bei einer Konferenz. Die anderen amerikanischen Delegierten, John Foster Dulles und Senator Arthur Vandenberg, sind darüber nicht gerade erfreut, weil sie immer gegen Roosevelt und seine liberale Politik waren. Vermutlich sind sie auch der Ansicht, dass Frauen nicht auf solche Posten gehören. Um sie auszuschalten, haben sie sie in ein nicht existentes Komitee abgeschoben, das humanitäre Komitee.« Lars lachte. »Und sie leistet hervorragende Arbeit dort, die die Welt verändern wird. Ich möchte, dass du sie kennen lernst. Unser Unternehmen gefällt ihr bestimmt, und vielleicht kann sie ja einige Vorschläge beisteuern. Außerdem glaube ich, ihr beide würdet euch gut verstehen.«
»Meine Eltern hassten die Roosevelts, aber mein Großvater schätzte ihn sehr. Ich habe sie neulich in der Wochenschau gesehen. Zu schade, dass sie eine so hohe Stimme hat und so unattraktiv ist.«
Lars holte tief Luft. »Du hast nur Kameraaufnahmen von ihr gesehen. Und du irrst dich sehr, was ihr Aussehen angeht.«
Er blickte Alex eindringlich an.

»Abgesehen von dir, halte ich sie für die schönste Frau der Welt.«

Alex brach in Tränen aus.

»Was ist denn passiert?« Lars blickte sie ratlos an.

Unter Tränen lächelnd sagte Alex: »Ich habe noch nie jemanden gekannt wie dich.«

»Und das bringt dich zum Weinen?«, fragte er besorgt.

»Ja. Ich habe gerade festgestellt, dass ich mich in dich verliebt habe.«

»Oh.« Erleichtert stieß er die Luft aus. »Ich dachte, das wäre schon letztes Wochenende gewesen.«

»Das dachte ich auch, aber jetzt weiß ich es mit absoluter Gewissheit.«

»Iss auf, damit wir uns in deine leere Wohnung zurückziehen und den Hunger in der Welt ein wenig vergessen können.«

»Ja, wenigstens für kurze Zeit.«

»Und danach wecken wir die ganze Welt auf.«

»Können wir das? Glaubst du wirklich, dass wir das können?«

»Nur, wenn du keine Angst hast, für deine Überzeugungen zu kämpfen, wenn du keine Angst vor Unbequemlichkeit und harter Arbeit und Erschöpfung hast. Du hast mir gesagt, du wolltest dich für die Jahre voller Mühe und Sorge belohnen, indem du nach Hause fährst und auf deinem Schloss den Blumen beim Wachsen zusiehst. Aber das wirst du nicht eine Minute lang genießen können, da du ja weißt, was du gesehen hast. Du willst eigentlich dafür sorgen, dass diese unzähligen Kinder nicht sterben, nicht allein sind, keinen Hunger haben und nicht frieren, auch wenn es dir mehr abverlangt, als du glaubst geben zu können.«

»Woher weißt du so viel über mich?«
Er blickte ihr in die Augen. »Habe ich Recht?«
»Ja, natürlich. Ich war mir sicher, dass ich als Einzelperson gar nichts bewirken kann.«
»So wie eine Nation vermutlich nicht allein den Frieden in der Welt sichern kann. Deshalb haben sich die Nationen ja auch zusammengeschlossen. Ich persönlich glaube, dass die Chance, die Kinder der Welt zu retten, größer ist, als dauerhaften Frieden zu schaffen. Und damit du deine Rede vor der UNO halten kannst, müssen wir den ganzen Sommer und Herbst hinter den Kulissen arbeiten, damit du auch genügend Publicity bekommst.«
»*Vanity Fair* will mich auf dem Titel der Oktober-Ausgabe haben.«
Lars nickte. »Perfektes Timing. Deine Rede wirst du im November halten. Ich bringe Delegierte aus jedem Kontinent zu einem Leitungsteam zusammen, aber du wirst die Speerspitze sein, deshalb hast du nicht mehr viel Zeit, und wenn alles so läuft, wie ich es mir vorstelle, dann wirst du in den nächsten Jahren alle Hände voll zu tun haben.«
Er hob sein Weinglas und prostete ihr zu. »Du weißt, dass du es kannst, oder?«
Sie stieß mit ihm an. »Natürlich kann ich es, aber wie soll ich dich dann noch in meinem Leben unterbringen, wenn ich so beschäftigt sein werde?«
Er legte seine Hand auf ihre. »Du brauchst mich nicht unterzubringen. Ich bin ein Teil deines Lebens, und wir meistern diese Aufgabe gemeinsam.«
»Was wird es wohl werden?«
»Das kann ich dir sagen: Unser gemeinsames Leben.«

67

Vier Monate später, vier anstrengende Monate später, blickte Alex in den überfüllten Saal in Lake Success und schaute auf ihre Armbanduhr. Zwölf Minuten lang hatte sie bis jetzt geredet. Sie holte tief Luft und fuhr fort.
»Die Vereinten Nationen wurden gegründet, um zukünftige Aggression zu verhindern und anderen humanitären Zwecken zu dienen.
Wenn wir uns um die Kinder der Welt kümmern, verhindern wir in der Zukunft Aggression. Jedes Kind hat das Recht auf Gesundheit, Ausbildung und Schutz.
Wir – die Welt – müssen rasch handeln, um die Bedürfnisse der Kinder nach Kleidung, Nahrung und medizinischer Versorgung zu erfüllen. Vor allem in Europa ist unsere Hilfe dringend erforderlich. Mit jedem Tag, den wir warten, sterben mehr Kinder oder werden kriminell, um überleben zu können.
Diese frierenden, hungrigen, heimatlosen Kinder gehören zu keiner bestimmten Nation, sondern es sind Kinder der Welt. Es sind unsere Kinder.«
Donnernder Applaus ertönte, und Alex ging wieder an ihren Platz und setzte sich. Erleichtert schloss sie die Augen. Ihre Handflächen waren nicht mehr feucht. Als sie dort oben gestanden hatte, hatte sie keine Angst mehr gehabt, ihre Rede zu halten. Sie blickte auf ihr Publikum und wusste, dass sich die-

se Menschen hier versammelt hatten, um die Welt ein wenig besser zu machen. Aber bisher hatten sie immer nur in politischen Zusammenhängen gedacht. Sie wollte ihnen nahe bringen, an die Kinder zu denken, die ohne ihre Hilfe nicht überleben konnten.

In drei Wochen, im Dezember, würden die Nationen darüber abstimmen. Genau der richtige Zeitpunkt, um die Welt an den Weihnachtsmann glauben zu lassen, hatte Lars gesagt. Lächelnd griff sie nach seiner Hand.

Epilog
oder: Wie ein Roman entsteht

Im Herbst 2004 war ich in Dänemark zu einem Vortrag eingeladen. Meine Reisen hatten mich oft nach Asien geführt, nach China, Thailand, Japan, Indien und dreimal auch nach Australien. Seit mittlerweile sieben Jahren lebte ich in Mexiko, aber in Europa war ich noch nie gewesen. Ich wollte mir bei dieser Gelegenheit Paris und London anschauen. Also fuhr ich zuerst nach England und dann nach Frankreich, bevor ich ins wunderschöne Dänemark reiste.
An dem einzigen Tag in England, an dem es nicht regnete, unternahm ich eine Bustour durch die Cotswolds mit ihren sanften Hügeln und den hübschen Städtchen aus dem sechzehnten Jahrhundert. Der Höhepunkt der Fahrt war Blenheim Palace, wo Winston Churchill geboren worden war. Für eine Amerikanerin, die alles aus dem neunzehnten Jahrhundert bereits alt findet, ist Blenheim unglaublich inspirierend. Erbaut Anfang des achtzehnten Jahrhunderts, ist es riesig und liegt wundervoll inmitten von sanften Hügeln und Wäldern, umgeben von Seen, die von Menschenhand geschaffen wurden. Während ich die Landschaft betrachtete, hörte ich, wie die Reiseleiterin mit einem jungen Paar aus Rhode Island sprach und ihnen erklärte, dass Consuelo Vanderbilt von ihrer

Mutter zur Ehe mit dem Duke of Marlborough gezwungen worden sei und hier in Blenheim Palace gelebt habe. Ich bin auf Long Island aufgewachsen, nicht weit entfernt vom Anwesen der Vanderbilts, und meine Mutter interessierte sich sehr für die Familie, sodass mir die Tatsache noch gegenwärtig war. Consuelo, Jennie Churchill und Lady Astor waren die berühmtesten der zahllosen amerikanischen Erbinnen, die in den bedürftigen englischen Adel einheirateten.

Wenn mein Vater mit uns am Sonntagnachmittag Ausflüge machte, fuhren wir manchmal am Besitz der Vanderbilts vorbei. Die Stallungen waren luxuriöser als das Haus, in dem wir wohnten. Und ich weiß noch, wie meine Mutter (die mir nahe bringen wollte, dass man Glück nicht kaufen kann) von Gloria Vanderbilt, die in meinem Alter war, als dem »armen kleinen reichen Mädchen« redete. All das fiel mir ein, als ich im Oktober 2004 durch Blenheim Palace wanderte. Und es ging mir nicht mehr aus dem Kopf, als ich anschließend das British Museum besichtigte, mir Versailles anschaute und aus meinem Hotelfenster in Kopenhagen blickte. In diesen wenigen Wochen schlich sich eine Idee in meinen Kopf, und ich beschäftigte mich mehr und mehr mit dem Gedanken, wie es wohl für ein sorgloses amerikanisches Mädchen lange vor meiner Geburt gewesen sein mochte, in den britischen Hochadel einzuheiraten.

In Dänemark empfingen mich meine dänischen Agenten, die ich seit Jahren nur durch die E-Mails kannte, aufs Herzlichste und luden mich zu sich nach Hause zum Essen ein. Es war sozusagen Liebe auf den ersten Blick. Und als ich an diesem Abend ging, sagte die Frau: »Schreiben Sie doch über eine weitere Bickmore-Heldin, die etwas bewegt.« Kennen Sie das, wenn in Comics eine Glühbirne eine neue brillante Idee anzeigt? In meinem Kopf erstrahlte eine Glühbirne, und in den nächsten Tagen brachte ich das erste Konzept für diesen Roman zu Papier.

Zu Hause begann ich sofort mit der Recherche, und ich möchte an dieser Stelle drei Bücher erwähnen, die deutlich machen, wie elend das Leben für amerikanische Erbinnen damals war. *The Glitter and the Gold* von Consuelo Vanderbilt Balsan, *To Marry an English Lord* von Gail MacColl und Carl McD. Wallace, und *The Vanderbilt Women* von Clarice Stasz.

Und so begann ich zu schreiben, wobei ich in groben Zügen meinem Entwurf folgte, obwohl noch viele Details fehlten. Ich hatte noch keinen Monat geschrieben, als der gigantische Tsunami Asien traf und Tod und Zerstörung mit sich brachte. Während ich Nachrichten sah, fragte ich mich: »Wie kann ich helfen?« Sofort fiel mir UNICEF ein, die einzige wohltätige Organisation, die mit ihrem Geld wirklich hilfsbedürftigen Menschen half, vor allem den Kindern, die allein und zu Tode verängstigt zurückblieben. Also überwies ich Geld an UNICEF.

Der Tsunami führte zu meinem Interesse an UNICEF, und danach recherchierte ich über die Vereinten Nationen. Und am Anfang hatte sowieso der Satz meiner dänischen Freundin über »eine Frau, die etwas bewirkt«, gestanden. Damit stand der Kern meines Buches fest.

Ohne die Einladung nach Dänemark und ohne den tragischen Tsunami hätte ich dieses Buch nicht geschrieben.

Mein Roman ist fiktiv, und die Personen sind es natürlich auch. Der Zweite Weltkrieg jedoch und die Kinder, die von

Frankreich nach England in Sicherheit gebracht wurden, entsprechen den Tatsachen. Es stimmt ebenfalls, dass später von England aus Tausende französischer und englischer Kinder während des Krieges nach Amerika geschickt wurden. Nach dem Zeitpunkt, an dem mein Roman endet, geschah Folgendes:

Am elften Dezember 1946 gründeten die Vereinten Nationen den UN International Children's Emergency Fund.

Die Vereinten Nationen ergriffen sofortige Maßnahmen, um die Nahrung, Kleidung und medizinische Versorgung der Kinder im Nachkriegseuropa sicherzustellen. Für 112 Millionen Dollar verteilte die UNICEF Kleidung an fünf Millionen Kinder in vierzehn Ländern, impfte acht Millionen gegen Tuberkulose, baute Molkereien und milchverarbeitende Fabriken wieder auf und sorgte dafür, dass Millionen von Kindern täglich eine warme Mahlzeit bekamen.

1948 wurde (dank Eleanor Roosevelts heroischer Anstrengungen) die historische Deklaration der Menschenrechte in den Vereinten Nationen einstimmig verabschiedet. In Artikel 26 steht, dass »jeder das Recht auf freie Bildung hat«. Kurz darauf wurde »Emergency« durch »Education« ersetzt.

1965 bekam UNICEF den Friedensnobelpreis.